AF723721

The Grandmaster of Demonic Cultivation

BAND 4

MO XIANG TONG XIU

TOKYOPOP

Kapitel 19:

Loyalität (Fortsetzung)

3

Um drei Uhr nachts kamen sie in Yunmeng an.

Vor dem Haupttor des Lotuspiers brannte helles Licht, das golden vom Wasser reflektiert wurde.

Es war ein überaus seltenes Ereignis, dass so viele Boote auf einmal am Pier anlegten. Nicht nur die Torwächter waren verblüfft, sondern auch die Greise, die entlang des Flusses noch Mitternachtssnacks an ihren Ständen verkauften.

Jiang Cheng stieg als Erster vom Boot. Nachdem er einige Worte mit einer Wache gewechselt hatte, kamen augenblicklich unzählige bewaffnete Clanmitglieder aus dem Haupttor.

Grüppchenweise verließ die Menge die Boote und wurde von Gastkultivierern des Yunmeng-Jiang-Clans hineingeführt. Endlich erwischte Oberhaupt Ouyang seinen Sohn, schalt ihn leise und zerrte ihn fort.

Wei Wuxian und Lan Wangji traten aus der Kabine und sprangen nun ebenfalls vom Fischerboot.

»Junger Herr, ich werde hier draußen auf dich warten«, meinte Wen Ning.

Wei Wuxian wusste, dass er das Haupttor des Lotuspiers nicht durchschreiten würde, und ebenso wusste er, dass Jiang Cheng ihm auch auf keinen Fall Eintritt gewähren würde, also nickte er.

»Werter Herr Wen, ich leiste dir Gesellschaft«, sagte Lan Sizhui.

»Du bleibst bei mir?« Damit hatte Wen Ning niemals gerechnet und freute sich sehr darüber.

Lan Sizhui lächelte. »Genau, immerhin müssen die werten Qianbeis* noch einige wichtige Dinge besprechen, da bringt meine Anwesenheit herzlich wenig. Wir können uns weiter unterhalten. Wo waren wir gerade stehengeblieben? Hat Wei Qianbei wirklich ein zweijähriges Kind wie einen Rettich in die Erde gesteckt?«

* Ein »Qianbei« ist jemand, der (eine Generation) älter oder erfahrener und nicht unbedingt mit einem verwandt ist.

Obwohl er leise sprach, hörten die beiden vor ihm aufgrund ihrer außergewöhnlich guten Ohren, was er sagte. Wei Wuxian stolperte. Lan Wangji hob für einen Moment die Augenbrauen, setzte dann jedoch sofort wieder seine gewohnte Miene auf. Erst nachdem ihre Silhouetten hinter dem Haupttor des Lotuspiers verschwunden waren, fuhr Lan Sizhui leise fort: »Der Kleine kann einem wirklich leidtun. Wobei ... Ich erinnere mich auch daran, wie Hanguang-Jun mich als Kind mal unter einem Haufen Hasen vergraben hat. In einigen Dingen ähneln sie sich sehr ...«

Bevor Wei Wuxian durch das Tor geschritten war, hatte er einen tiefen Atemzug genommen, um sich zu beruhigen. Drinnen angekommen war er jedoch überhaupt nicht so aufgeregt, wie er angenommen hatte. Vielleicht lag es daran, dass vieles erneuert worden war. Der Übungsplatz war nun doppelt so groß und die unzähligen neuen Gebäude mit den geschwungenen Dachtraufen in den unterschiedlichsten Größen waren imposanter und prächtiger als die alten. Von dem Lotuspier, den er in Erinnerung hatte, erkannte er kaum etwas wieder.

Wei Wuxian fühlte sich verloren. Er wusste nicht, ob die Gebäude von früher lediglich von den prachtvollen neuen verdeckt wurden oder ob sie abgerissen worden waren – schließlich waren sie tatsächlich schon alt gewesen.

Auf dem Übungsplatz fanden sich die Mitglieder der unterschiedlichen Clans in einer Phalanx-Formation zusammen, meditierten im Schneidersitz, kurierten sich weiter aus und regenerierten ihre spirituelle Energie. Nachdem sie beinahe einen ganzen Tag und eine ganze Nacht solche Strapazen durchgemacht hatten, waren sie alle überaus erschöpft und mussten ein wenig verschnaufen.

Jiang Cheng führte die Clanoberhäupter und bedeutsamen Kultivierer erst in die Haupt- und dann in die Trainingshalle, um mit ihnen die am Tag zuvor stattgefundene Angelegenheit zu besprechen.

Wei Wuxian und Lan Wangji folgten ihnen, und obwohl einige dies etwas unangebracht fanden, konnten sie nichts dagegen sagen.

Sobald sie hineingingen, trat jemand vor, der wie ein Gastkultivierer wirkte. Noch ehe sie sich hatten setzen können, richtete er das Wort an Jiang Cheng. »Oberhaupt.« Anschließend flüsterte er ihm einige Worte ins Ohr, worauf dieser die Stirn runzelte.

»Ich werde sie jetzt nicht empfangen. Sie sollen an einem anderen Tag wiederkommen. Siehst du denn nicht, in welcher Situation wir uns gerade befinden?«

Der Gastkultivierer entgegnete: »Das habe ich den beiden Frauen bereits mitgeteilt, aber sie sagten … dass sie wegen der gestrigen Sache hier sind.«

»Was ist ihr Hintergrund? Welchem Clan gehören diese Kultiviererinnen an?«, erkundigte sich Jiang Cheng.

Der Gastkultivierer antwortete: »Sie gehören keinem Clan an und sind auch keine Kultiviererinnen. Meine Wenigkeit kann versichern, dass sie über keinerlei spirituelle Energie verfügen und ganz gewöhnliche Frauen sind. Sie sind beide heute angekommen und führen wertvolle Heilkräuter mit sich, aber sie haben nicht gesagt, welches Oberhaupt sie schickt. Sie meinten lediglich, dass sie Euch etwas Wichtiges zu berichten hätten, Oberhaupt. Ihren Worten nach zu urteilen, wirkte ihr Anliegen auf mich keinesfalls wie eine Bagatelle. Um sie nicht zu verprellen, habe ich sie in einem Gästezimmer untergebracht. Die Heilkräuter befinden sich noch nicht im Lager. Sie wurden aber bereits untersucht und sind nicht verflucht.«

Nicht jedem war es gestattet, das Oberhaupt des Yunmeng-Jiang-Clans zu treffen, und dann waren sie noch nicht einmal gewillt, ihre Herkunft preiszugeben. Obendrein handelte es sich bei ihnen auch noch um gewöhnliche Frauen, die weder über spirituelle Energie verfügten noch einem Clan angehörten. Allerdings trugen sie wertvolle Heilkräuter bei sich, sodass der zuständige Gastkultivierer es nicht wagte, sie nachlässig zu behandeln. Selbst wenn es sich nicht um so ein kostbares Geschenk gehandelt hätte, schon allein aufgrund ihres merkwürdigen Auftretens hatte der Diener die beiden nicht ignorieren können.

»Werte Herrschaften, setzt euch bitte hin, wo es euch beliebt. Und bitte entschuldigt mich für einen Moment, ich bin sogleich zurück«, sagte Jiang Cheng.

»Selbstredend, Oberhaupt Jiang«, antwortete die Menge einhellig.

Doch Jiang Cheng war nicht sogleich zurück, sondern blieb eine ganze Weile fort.

Sich nicht um seine Gäste zu kümmern galt als unhöflich, ganz besonders in so einer Notsituation, wo jeder nur darauf wartete, über diese wichtige Angelegenheit zu sprechen.

Nach fast einer Stunde war Jiang Cheng immer noch fort, sodass viele der Anwesenden nun entweder unruhig oder unzufrieden wurden.

Da kam Jiang Cheng endlich zurück.

Als er gegangen war, war er wie immer gewesen, nun jedoch waren seine Gesichtszüge kalt und streng. Fast schon fliegend eilte er herein, gefolgt von zwei Personen. Es waren zwei Frauen, wahrscheinlich jene, die um ein Treffen mit ihm gebeten hatten.

Die Menge war davon ausgegangen, dass etwas an ihnen besonders sein musste, denn auch wenn sie gewöhnlich waren, so hatten sie doch kostbare Geschenke mit sich geführt. Zu ihrer Überraschung hatten die beiden Frauen ihre besten Jahre jedoch bereits hinter sich.

Ihr Alter zeichnete sich in ihren Augen- und Mundwinkeln ab.

Eine von ihnen wirkte unterwürfig und verängstigt, während die andere am ganzen Körper voller Staub war und zudem noch an die fünf, sechs Narben von Schnitten im Gesicht hatte. Die Narben waren alt und die Frau wirkte unheimlich. Man konnte durchaus sagen, dass sich einem bei ihrem Anblick der Magen umdrehte.

Die Anwesenden waren schwer enttäuscht und fragten sich, warum Jiang Cheng solche Frauen mit in die Trainingshalle brachte.

Schließlich wies er ihnen Plätze im Zentrum zu. Mit finsterer Miene sagte er zu den beiden Frauen, die sich zitternd hinsetzten: »Erzählt es hier.«

Oberhaupt Yao fragte: »Oberhaupt Jiang, was hat das zu bedeuten?«

»Diese Sache ist derart unerhört, dass meine Wenigkeit es nicht gewagt hat, leichtsinnig zu handeln. Ich habe sie gründlich verhört, was ein wenig Zeit in Anspruch genommen hat. Ich bitte um Ruhe, werte Herrschaften. Schenkt den beiden bitte euer Gehör.« Dann wandte Jiang Cheng sich um und fragte: »Wer von euch möchte anfangen?«

Die beiden Frauen tauschten Blicke aus. Die verstaubte Frau war mutiger und stand auf. »Ich mache den Anfang!« Beiläufig grüßte sie die Menge und fing an zu reden: »Ich möchte eine alte Geschichte erzählen, die etwa elf Jahre in der Vergangenheit liegt.«

An Jiang Chengs Tonfall hatten die Anwesenden erkannt, dass es sich bei dem, was diese Frau zu erzählen hatte, keinesfalls um eine Belanglosigkeit handeln konnte. Fieberhaft dachten sie darüber nach, was vor elf Jahren gewesen war.

»Ich heiße Sisi. Früher habe ich meinen Körper verkauft, und man kann durchaus sagen, dass ich eine Zeit lang sehr gefragt gewesen bin. Vor über zehn Jahren wollte ich einen reichen Händler heiraten, doch seine Frau erwies sich als unerwartet aggressiv. Sie hat eine Gruppe kräftiger Männer angeheuert, die mir das Gesicht aufschlitzten, sodass ich jetzt so aussehe.«

Die Frau sprach ohne jegliches Schamgefühl und redete nicht um die Angelegenheit herum, woraufhin einige Kultiviererinnen sich mit ihren Ärmeln die Münder verdeckten, während die Männer die Stirn runzelten.

Sisi fuhr fort: »Mit dem entstellten Gesicht war für mich nichts mehr wie zuvor. Niemand würdigte mich mehr eines Blickes, und so konnte ich natürlich nicht mehr meinen Geschäften nachgehen. Das Bordell, in dem ich gearbeitet habe, warf mich raus. Ich konnte nichts anderes und fand daher nirgendwo Arbeit. Also tat ich mich mit einigen älteren Frauen zusammen. Deren Kunden waren nicht sonderlich anspruchsvoll und wenn Arbeit anfiel, nahmen sie mich mit. Solang ich mein Gesicht verdeckte, klappte es auch irgendwie.«

Als sie an diesem Punkt der Erzählung angelangte, hielten einige es nicht mehr aus. Unverhüllte Verachtung war in ihren Blicken zu erkennen. Es war ihnen unerklärlich, warum Jiang Cheng von ihnen verlangte, der schmutzigen Geschichte dieser Frau zu lauschen. Die Clanoberhäupter bewahrten jedoch die Fassung und ließen sie ausreden. Und so kam sie nun auch zum Punkt.

»Eines Tages haben die Frauen in meiner Gasse und ich plötzlich einen besonderen Auftrag bekommen. Wir waren über zwanzig, und der Auftrag war an uns alle gerichtet. Wir wurden mit einer Pferdekutsche abgeholt und an einen anderen Ort gebracht. Nachdem meine betagten Schwestern den Preis verhandelt hatten, waren sie während der Fahrt in Höchststimmung. Ich aber fand das seltsam. Um es ganz direkt zu sagen: Alle waren entweder alt und hatten an Wert verloren, oder sie hatten wie ich einen Schönheitsmakel. Wir haben so viel Geld bekommen, und dann auch noch im Voraus. Wie konnte man so viel Glück haben? Zudem wirkten die Personen, die uns aufgesucht hatten, äußerst verdächtig. Sie hatten uns sofort zu einer Kutsche geführt und fortgebracht, damit niemand etwas mitbekam. Wie man es auch betrachtete, sie konnten nichts Gutes im Schilde führen!«

Die Anwesenden dachten das Gleiche und die anfängliche Verachtung wich nun der Neugier.

Sisi fuhr fort: »Als die Kutsche den Zielort erreichte, bogen wir direkt in einen Hof ein und stiegen aus. Niemand von uns hatte je so ein großes und prächtiges Haus gesehen. Wir waren alle geblendet und wagten es nicht, auch nur einen Laut von uns zu geben. Ein Junge lehnte am Eingang und spielte mit einem Dolch herum. Als er uns sah, rief er uns herein und schloss die Tür, sobald wir eingetreten waren. In dem riesigen Zimmer, in das er uns führte, befanden sich nur zwei Menschen. In einem großen Bett lag ein Mann unter einer Baumwollsteppdecke. Er schien dreißig oder vierzig Jahre alt zu sein, wirkte krank und eher tot als lebendig. Als er bemerkte, dass jemand hereinkam, waren seine Augäpfel das Einzige, das sich noch bewegen konnte.«

»Ah!«

In der Trainingshalle schien jemandem plötzlich ein Licht aufgegangen zu sein, sodass er nun überrascht aufschrie.

»Vor elf Jahren?! Das war ... Das war ...!«

Sisi redete weiter: »Wir hatten zuvor Anweisungen bekommen, was wir zu tun hatten. Jede von uns sollte nacheinander ihr bestes Können zeigen und der Person im Bett dienen. Keinen Moment lang sollten wir ruhen. Ich hatte erwartet, dass es dabei um einen imposanten Kraftprotz ginge, dabei war es ein kranker Tropf. Wie sollte der durchhalten, wenn wir uns ihm voll widmen würden? Wahrscheinlich würde er sein Leben bereits aushauchen, ehe wir richtig losgelegt hatten. Wer war denn schon so pervers, dass er deswegen seinen Tod riskierte? Außerdem waren sie reich, es lag also sicher nicht daran, dass sie sich keine jungen, hübschen Frauen leisten konnten. Wieso also haben sie ausgerechnet so alte und hässliche wie uns angeheuert? Ich war gerade auf ihn gestiegen und dachte noch darüber nach, als plötzlich ein junger Mann zu lachen schien. Ich erschrak und bemerkte erst da, dass sich neben dem Bett ein Vorhang befand, hinter dem eine weitere Person saß!«

Alle Anwesenden in der Halle hielten die Luft an.

Sisi erzählte weiter: »Erst da begriff ich, dass die Person schon die ganze Zeit über hinter dem Vorhang gesessen hatte. Als sie lachte, wehrte der Mann auf dem Bett sich plötzlich und schleuderte mich fort, dann rollte er sich von der Matratze. Die Person hinter dem Vorhang lachte nur umso mehr. ›Vater, ich habe dir Frauen gebracht, die liebst du doch so sehr. Und zwar sehr viele. Freust du dich denn nicht?‹«

Obwohl Sisi diejenige gewesen war, die diesen Satz ausgesprochen hatte, bekamen die anderen Gänsehaut. Vor ihrem inneren Auge erschien ein lächelndes Gesicht.

Jin Guangyao!

Und der halb tote Mann auf dem Bett war mit Sicherheit Jin Guangshan!

Jin Guangshans Tod war in der Kultivierungswelt stets ein offenes Geheimnis gewesen. Er war sein Leben lang ein derartiger Charmeur gewesen, dass es beinahe an Obszönität gegrenzt hatte. Überall hatte er seine Liebe und seine Saat hinterlassen, und natürlich hatte seine Todesursache ebenfalls damit in Zusammenhang gestanden. Das große Oberhaupt des Lanling-Jin-Clans hatte sich selbst dann noch auf Teufel komm raus mit Frauen vergnügt, als er körperlich geschwächt gewesen war, und sein Ende während des Akts gefunden. Hätte man so eine Geschichte publik gemacht, wäre wahrlich nicht sonderlich viel von seiner Würde übrig geblieben.

Nachdem Frau Jin den schmerzlichen Verlust ihres einzigen Sohnes und ihrer Schwiegertochter erlitten hatte, war sie ohnehin schon mehrere Jahre in tiefer Trauer gewesen. Bei dem Gedanken daran, dass sich ihr Mann kurz vor seinem Tod mit anderen Frauen herumgetrieben hatte und dabei ums Leben gekommen war, war sie so wütend geworden, dass sie ebenfalls erkrankt und bald darauf verstorben war. Der Lanling-Jin-Clan hatte verzweifelt versucht, die Gerüchte im Keim zu ersticken, und doch hatte jeder insgeheim Bescheid gewusst. Nach außen hin hatten sie schmerzlich seinen Verlust beklagt, während sie in Wahrheit der Ansicht gewesen waren, dass es ihm recht geschehen sei und sein Tod überaus passend gewesen war.

Keiner der Anwesenden hatte damit gerechnet, heute eine noch widerwärtigere, abscheulichere Wahrheit präsentiert zu bekommen. Überall in der Trainingshalle hörte man, wie die Menschen nach Luft schnappten.

Sisi erzählte weiter: »Der Mann wollte schreien und sich wehren, doch seine ganze Kraft hatte ihn verlassen. Der Jugendliche, der uns zuvor hereingeführt hatte, kam zu uns und kicherte, während er ihn zurück in das Bett zog. Dann nahm er ein Seil, trat auf seinen Kopf und fesselte ihn. Zu uns meinte er, dass wir weitermachen und selbst dann nicht aufhören sollten, wenn er dabei sterben würde. Niemand von uns hatte sich je in so einer Situation befunden. Wir erschraken halb zu Tode, wagten es aber nicht, uns zu widersetzen. Uns blieb nichts anderes übrig, als weiterzumachen. Als die elfte oder zwölfte von uns an der Reihe war, schrie diese plötzlich schrill auf und rief, dass er wirklich gestorben sei. Ich trat vor, um nachzusehen. Er atmete tatsächlich nicht mehr. Doch die Person hinter dem Vorhang meinte: ›Habt ihr nicht gehört? Hört nicht auf, selbst wenn er tot ist!‹«

Oberhaupt Ouyang konnte sich nicht länger zurückhalten: »Wie man es auch dreht und wendet, Jin Guangshan war sein leiblicher Vater. Wenn diese Geschichte wirklich der Wahrheit entspricht ... wäre das zu ... zu ...«

Sisi fuhr fort: »Als ich sah, dass der Mann tot war, wusste ich, das war's, wir würden hier sicher auch nicht lebend herauskommen. Und tatsächlich töteten sie alle meiner über zwanzig alten Schwestern, keine ließen sie am Leben ...«

»Und wieso wurdest du als Einzige verschont?«, fragte Wei Wuxian.

»Ich weiß es auch nicht! Damals habe ich verzweifelt um mein Leben gebettelt und gesagt, dass ich das Geld nicht mehr will und dass ich es auf keinen Fall jemandem erzählen werde. Zu meiner Überraschung haben sie mich tatsächlich nicht getötet, sondern brachten mich an einen anderen Ort. Dort schlossen sie mich für elf Jahre ein. Erst vor Kurzem bin ich zufällig von jemandem befreit worden und entkommen.«

»Wer hat dich gerettet?«, wollte Wei Wuxian wissen.

»Das weiß ich nicht. Ich habe das Gesicht meines Retters nie direkt gesehen. Aber nachdem er gehört hat, was mir widerfahren war, wollte er nicht weiter zulassen, dass dieser scheinheilige, teuflische Mensch die ganze Welt belügt. Auch wenn er gerade alle hinters Licht führt, möchte mein Retter alles aufdecken, was passiert ist. Er möchte Gerechtigkeit für die Geschädigten und dass meine armen Schwestern im Jenseits ihren Frieden finden.«

Wei Wuxian fragte: »Und hast du einen Beweis für das alles?«

Sisi zögerte einen Moment, ehe sie antwortete: »Nein. Aber wenn auch nur ein einziges meiner Worte gelogen ist, soll man mich nicht mal in eine Bambusmatte einwickeln, wenn ich sterbe!«*

Oberhaupt Yao rief sofort: »Sie hat so klare Details genannt, das ist sicher keine Lüge!«

Lan Qiren runzelte stark die Stirn und drehte sich zu der anderen Frau. »Mir kommt es so vor, als hätte ich dich schon einmal gesehen.«

»Wahrscheinlich ... Wahrscheinlich habt Ihr das«, entgegnete sie panisch.

Die Umstehenden waren verblüfft. Sisi war eine Prostituierte, diese Frau etwa auch? Wie hätte Lan Qiren ihr da begegnet sein sollen?

Die Frau meinte: »Ich habe meine Herrin oft zu den Diskussionskonferenzen des Yueling-Qin-Clans begleitet.«

»Der Yueling-Qin-Clan?«, fragte eine Kultiviererin. »Du bist eine Dienerin des Yueling-Qin-Clans?«

Eine Kultiviererin, die gute Augen hatte, rief sie direkt beim Namen: »Du bist ... Bicao, Frau Qins persönliche Dienerin! Richtig?«

Mit Frau Qin meinte sie Qin Cangyes Frau, und damit auch die leibliche Mutter von Jin Guangyaos Ehefrau, Qin Su.

Die Frau nickte. »Aber mittlerweile bin ich nicht mehr beim Qin-Clan.«

* In China wurden früher nur Menschen, die es sich leisten konnten, in einem Sarg beerdigt. Arme Menschen wickelte man in Bambusmatten.

Oberhaupt Yao war überaus aufgeregt und schlug mit der Hand auf den Tisch, als er aufstand. »Hast du auch etwas, das du uns erzählen möchtest?«

Bicaos Augen waren rot. »Die Sache, von der ich berichten möchte, ist sogar noch ein wenig früher passiert, etwa vor zwölf oder dreizehn Jahren.«

»Ich habe meiner Herrin viele Jahre gedient und das Fräulein meines Clans aufwachsen sehen. Meine Herrin hat sich immer besonders liebevoll um Fräulein Su gekümmert, doch kurz vor ihrer Hochzeit hatte meine Herrin durchgehend schlechte Laune. Ständig hatte sie nachts Albträume, und auch tagsüber brach sie manchmal einfach so aus heiterem Himmel in Tränen aus. Ich dachte, dass es daran läge, dass ihre Tochter bald heiraten würde und ihr der Abschied so schwerfiel. Immerzu tröstete ich sie und meinte, dass Fräulein Sus künftiger Gatte, Lianfang-Zun Jin Guangyao, ein junger und vielversprechender Mann sei, der dazu noch liebevoll und aufrichtig war, und dass sie es sicher sehr gut haben würde. Aber zu meiner Überraschung wirkte die Herrin noch erschütterter, als ich das sagte. Als schließlich der Tag der Hochzeit näher rückte, offenbarte mir meine Herrin eines Abends plötzlich, dass sie den zukünftigen Gatten von Fräulein Su treffen würde, und zwar gleich. Und sie wollte, dass ich sie dabei heimlich begleitete. Ich meinte, dass sie ihn doch zu sich rufen könne, warum also wollte sie mitten in der Nacht klammheimlich aufbrechen, um sich mit einem jungen Mann zu treffen? Wenn andere das erfahren würden, würden womöglich noch unschöne Gerüchte aufkommen. Doch meine Herrin war fest entschlossen, sodass mir nichts anderes übrig blieb, als sie zu begleiten. Als wir ankamen wies sie mich allerdings an, draußen zu warten und nicht mit hineinzukommen. Daher habe ich von ihrem Gespräch nichts mitbekommen und kann deswegen nicht aus unmittelbarer Erfahrung sagen, was sie zu Jin Guangyao gesagt hat. Ich weiß nur, dass meine Herrin wenige Tage darauf, als der

Hochzeitstag von Fräulein Su feststand und sie die Einladung erhielt, in Ohnmacht fiel. Und auch nach der Hochzeit war meine Herrin stets betrübt und erkrankte schließlich vor Kummer. Ihre Krankheit verschlimmerte sich nach und nach. Erst kurz vor ihrem Tod konnte sie es nicht mehr für sich behalten und erzählte mir alles.« Bicao weinte. »Lianfang-Zun Jin Guangyao und Fräulein Su sind überhaupt kein Ehepaar, sondern Geschwister ...«

»Wie bitte?!«

Selbst wenn in diesem Moment ein Blitz in die Trainingshalle eingeschlagen hätte, so hätte er es nicht mit der gewaltigen Kraft dieses Satzes aufnehmen können.

Vor Wei Wuxians innerem Auge erschien Qin Sus leichenblasses Gesicht.

»Meine arme Herrin ist wirklich zu bemitleiden ... Das ehemalige Oberhaupt des Jin-Clans war ein Schuft. Aufgrund ihrer Schönheit gelüstete es ihm nach meiner Herrin, und nachdem er sich einmal auswärts betrunken hatte, verging er sich an ihr ... Wie hätte sie sich denn zur Wehr setzen sollen? Auch danach wagte sie es nicht, ein Wort darüber zu verlieren. Mein Herr war Jin Guangshan treu ergeben, daher hatte sie überaus große Angst. Jin Guangshan war sich nicht im Klaren darüber, dass er der Vater von Fräulein Su ist, doch meine Herrin hatte es natürlich nicht vergessen können. Sie wagte es nicht, Jin Guangshan aufzusuchen, und da sie wusste, wie sehr Fräulein Su Jin Guangyao liebte, haderte sie sehr lange. Schließlich aber suchte sie ihn vor der Hochzeit doch noch heimlich auf und erzählte ihm von der Sache. Verzweifelt flehte sie ihn an, die Hochzeit irgendwie abzusagen, bevor es noch zu einem großen Fehler käme. Wie hätte sie auch damit rechnen können ... Wie hätte sie auch damit rechnen können, dass Jin Guangyao sie trotzdem heiraten würde – obwohl er ganz genau wusste, dass Fräulein Su seine Schwester war!«

Was noch erschreckender war: Er hatte sie nicht nur geheiratet, sie hatten sogar ein gemeinsames Kind gehabt!

Das war wirklich ein zum Himmel schreiender Skandal!

Ein Raunen ging durch die Menge und wurde immer lauter.

»Das ehemalige Oberhaupt Qin war Jin Guangshan über so viele Jahre gefolgt, doch der hat sich sogar an der Frau seines treuen Untergebenen vergriffen. Dieser Jin Guangshan!«

»Letztendlich gibt es wohl kein Geheimnis auf der Welt, das für immer unentdeckt bleibt ...«

»Als Jin Guangyao seine Position im Lanling-Jin-Clan festigen wollte, war die Hilfe seines Schwiegervaters Qin Cangye unabdingbar. Wie also hätte er sie da nicht heiraten können?«

»So jemand skrupellosen wie ihn hat die Welt wirklich noch nicht gesehen!«

Wei Wuxian flüsterte Lan Wangji zu: »Jetzt wird auch klar, warum er damals im Geheimzimmer zu Qin Su meinte, dass A-Song sterben musste.«

In der Trainingshalle erinnerten sich jetzt auch andere an A-Song.

Oberhaupt Yao sagte: »So, wie es aussieht, erlaube ich mir die Annahme, dass sein Sohn wahrscheinlich überhaupt nicht von anderen heimlich ermordet worden ist, sondern er selbst seinen Tod zu verantworten hat.«

»Wieso?«

Oberhaupt Yao analysierte: »Kinder von Personen, die eng miteinander verwandt sind, weisen in den meisten Fällen Zeichen von geistiger Unterentwicklung auf. Jin Rusong war zum Zeitpunkt seines Todes gerade einmal wenige Jahre alt, also genau in dem Alter, in dem Kinder anfangen, Dinge zu begreifen. Bei Kindern, die noch sehr jung sind, bemerken Umstehende es nicht, wenn etwas nicht stimmt. Doch sobald er größer geworden wäre, wäre sofort ans Licht gekommen, dass er nicht so ist wie die anderen. Selbst wenn man nicht vermutet hätte, dass seine Eltern blutsverwandt sind, so hätten andere sich unvermeidlich über ihn das Maul zerrissen und mit dem Finger auf ihn gezeigt. Außerdem hätten Gerüchte die Runde gemacht, wie dass es an dem dreckigen Prostituiertenblut liegen würde, das durch Jin Guangyaos Adern fließt, und dass er nur deshalb ein derartiges Kind gezeugt hätte ...«

Die Menge fand diese Ausführung durchaus schlüssig. »Oberhaupt Yao, Ihr seid wirklich scharfsinnig!«

Oberhaupt Yao fuhr fort: »Und zudem war derjenige, der Jin Rusong damals angeblich vergiftet hat, ausgerechnet das Oberhaupt, dass sich zuvor gegen den Bau der Spähtürme ausgesprochen hatte. Wer glaubt da noch an einen Zufall?« Er lachte kalt. »Jedenfalls, ganz gleich wie es gewesen ist, Jin Guangyao brauchte keinen Sohn, der höchstwahrscheinlich geistig unterentwickelt war. Er tötete Jin Rusong, hängte es dem Oberhaupt an, das sich ihm widersetzt hatte, und nutzte anschließend die Rache für seinen Sohn als Vorwand, um eine offene Strafexpedition gegen den Clan zu starten, der sich ihm nicht gebeugt hatte. Dies war zwar grausam und kalt, doch er schlug damit zwei Fliegen mit einer Klappe. Lianfang-Zun ist wirklich hinterlistig!«

Plötzlich wandte sich Wei Wuxian an Bicao und fragte: »Am Abend der Diskussionskonferenz auf dem Goldene Schuppen Plateau hast du Qin Su getroffen, oder?«

Bicao hielt inne, und Wei Wuxian fragte weiter: »An dem Abend hatten Qin Su und Jin Guangyao eine Auseinandersetzung im Duftpalast. Sie meinte, sie hätte jemanden getroffen, der ihr etwas erzählt hätte. Diese Person hätte ihr sogar einen Brief mitgegeben und würde sie auf keinen Fall belügen. Damit meinte sie dich, oder?«

»Ja«, gab Bicao zu.

Wei Wuxian fragte weiter: »Du hattest dieses Geheimnis schon so viele Jahre für dich behalten, wieso hast du dich plötzlich dazu entschlossen, es ihr doch zu erzählen? Und wieso trittst du jetzt damit an die Öffentlichkeit?«

»Weil ... ich Fräulein Su aufzeigen musste, was für ein Mensch ihr Gatte ist. Und eigentlich wollte ich damit überhaupt nicht an die Öffentlichkeit gehen, aber Fräulein Su hat sich auf dem Goldene Schuppen Plateau unerklärlicherweise das Leben genommen. Ich muss unbedingt das wahre Gesicht dieses Teufels in Menschengestalt aufdecken, damit meiner Herrin und dem Fräulein, das ich habe aufwachsen sehen, Gerechtigkeit widerfährt«, erklärte Bicao.

Wei Wuxian lächelte. »Aber hast du denn wirklich nicht damit gerechnet, dass es sie unfassbar treffen würde, wenn du es ihr erzählst? Oder ist dir das wirklich nicht bewusst? Gerade weil du es Qin Su erzählt hast, hat sie sich das Leben genommen.«

»Ich ...«, Bicao rang um Worte.

Ungehalten sagte Oberhaupt Yao: »Dieser Aussage kann ich nicht zustimmen. Wäre es etwa das Richtige gewesen, die Wahrheit zu verschweigen?«

Sofort ergriff ein anderer für ihn Partei: »Da kann man doch niemandem die Schuld geben. Hach, Frau Ji... Qin Su war einfach zu schwach.«

Einige der älteren Kultiviererinnen meinten hingegen: »Qin Su kann einem wirklich leidtun. Damals habe ich sie noch beneidet und mir gedacht, dass sie wirklich ein schönes Leben hat. Sie stammte aus einer guten Familie und fand einen ebenso guten Ehepartner. Sie war die einzige Herrin des Goldene Schuppen Plateaus und ihr Mann liebte sie aus tiefstem Herzen. Wer hätte das gedacht, tse, tse.«

Eine der Kultiviererinnen schien gleichgültig. »Dinge, die nach außen hin so schön scheinen, sind häufig voller Makel. Daran gibt es überhaupt nichts Beneidenswertes.«

Wahrscheinlich wusste Qin Su, dass sie genau derartige Kommentare nicht ertragen würde, und hat deshalb Selbstmord begangen. Während sie augenscheinlich mitleidig klingen, tratschen sie in Wahrheit mit großem Vergnügen darüber, dachte sich Wei Wuxian.

Er senkte den Blick und entdeckte einen goldenen Jadearmreif um Bicaos Handgelenk. Er war von höchster Qualität und mit Sicherheit nichts, was eine Dienerin sich ohne Weiteres leisten konnte. Wei Wuxian lächelte. »Hübscher Armreif.«

Hastig zog Bicao an ihrem Ärmel und senkte wortlos den Kopf.

Nie Huaisang fragte abwesend: »A... Aber wer hat die beiden Damen ... hierhergeschickt?«

»Wieso sollte man sich darüber den Kopf zerbrechen?!«, entgegnete Oberhaupt Yao. »Ganz gleich, wer es war, eins ist gewiss: Er ist ein Verfechter der Gerechtigkeit und steht auf jeden Fall auf unserer Seite.«

Sofort hörte man zustimmende Rufe. »Genau!«

Doch Wei Wuxian war da anderer Meinung. »Bei dem Retter von Fräulein Sisi handelt es sich mit Sicherheit nicht um eine gewöhnliche Person, sie hat sowohl Zeit als auch Geld. Aber ein Verfechter der Gerechtigkeit? Das ist damit noch längst nicht gesagt.«

Lan Wangji stimmte ihm zu: »Vieles daran ist verdächtig.«

Hätte Wei Wuxian das gesagt, hätte ihm kaum jemand Beachtung geschenkt, doch da es Lan Wangji gewesen war, verstummte die Menge augenblicklich.

»Was daran ist verdächtig?«, fragte Lan Qiren.

»Vieles. Zum Beispiel: Warum tötet jemand derart Grausames und Brutales wie Jin Guangyao zwanzig Menschen, verschonte aber Sisi als Einzige? Jetzt gibt es zwar eine Zeugin, aber was ist mit einem Beweis?«, fragte Wei Wuxian.

Ständig äußerte er eine gegenteilige Meinung als die enthusiastische Menge, sodass einige verstimmt waren.

Oberhaupt Yao äußerte sich lautstark dazu: »Das nennt man eine gerechte Strafe des Himmels.«

Wei Wuxian lächelte leicht und sagte nichts mehr. Er wusste, dass seine Worte jetzt zu niemandem durchdringen würden und dass niemand wirklich über seine geäußerten Zweifel nachdenken würde. Wenn er noch mehr sagen würde, würden die anderen sich womöglich wieder gegen ihn wenden.

Vor über zehn Jahren hatte er sich überhaupt nicht um andere geschert. Er hätte einfach ausgesprochen, was er aussprechen wollte, und sie hätten zuhören müssen, ganz gleich, ob sie wollten oder nicht. Jetzt aber hatte Wei Wuxian kein Interesse mehr daran, sich ins Rampenlicht zu drängen. Und so wurden die empörten Stimmen in der Halle immer lauter.

»Ich hätte nicht gedacht, dass dieser Mensch so undankbar ist und völlig ohne Sinn und Verstand handelt«

Die Bezeichnungen »undankbar« und »ohne Sinn und Verstand« waren für über zehn Jahre stets mit Wei Wuxian in Verbindung gebracht worden. Im ersten Moment dachte er daher, sie würden ihn schon wieder beschimpfen, und begriff erst einen Augenblick später: Es waren die gleichen Menschen, die fluchten, und auch benutzten sie dafür die gleichen Worte, doch das Objekt ihrer Beschimpfungen hatte sich geändert, was ein wenig ungewohnt war.

Direkt im Anschluss meinte eine Person: »Damals hat Jin Guangyao es doch nur dank seiner Beziehung zu Chifeng-Zun und Zewu-Jun geschafft, langsam die Leiter nach oben zu erklimmen. Wie sonst könnte er als Sohn einer Prostituierten heute auf diesem Posten sitzen? Und dann hat er doch tatsächlich Chifeng-Zun umgebracht! Zewu-Jun ist gerade immer noch bei ihm, da bleibt nur zu hoffen, dass ihm nichts zugestoßen ist!«

Anfangs hatte keiner von ihnen geglaubt, dass Nie Mingjues Tod, der Fall mit der zerteilten Leiche und die Angriffe der Untotenhorde bei den Grabhügeln etwas mit Jin Guangyao zu tun hatten, jetzt auf einmal aber glaubten sie es alle.

»Nicht nur seine Schwurbrüder, auch seine leiblichen Brüder sind dem Unheil nicht entkommen. Die Jahre vor Jin Guangshans Tod ist er damit beschäftigt gewesen, überall die unehelichen Kinder seines Vaters zu beseitigen – weil er Angst hatte, dass jemand auftauchen und ihm seinen Posten streitig machen würde. Mo Xuanyu hat Glück gehabt. Wäre er nicht verrückt gewesen und deswegen zurück nach Hause gejagt worden, wäre es ihm wahrscheinlich wie den anderen ergangen, die aus allen möglichen Gründen verschwunden sind.«

»Garantiert hatte er auch bei Jin Zixuans Tod seine Finger im Spiel!«

»Wer erinnert sich noch an Xiao Xingchen? Xiao Xingchen, der hell wie der Mond strahlte und sanft wie eine Frühlingsbrise war. Und dann war da noch der Fall des Yueyang-Chang-Clans. Xue Yang, der in den Fall verwickelt gewesen ist, wurde ebenfalls mit aller Kraft von Lianfang-Zun geschützt.«

»Als Xiao Xingchen damals vom Berg herabgestiegen ist, wollten ihn doch viele Clans für sich als Gastkultivierer gewinnen, oder? Auch der Lanling-Jin-Clan hat ihn zu sich eingeladen, doch er hat höflich abgelehnt. Damals war der Jin-Clan äußerst selbstgefällig und wurde daher von ihm abgewiesen – was eine große Schmach für den Clan darstellte. Und dieser Groll von damals war sicher auch einer der Gründe, weshalb der Lanling-Jin-Clan später Xue Yang beschützt hat. Kurz gefasst: Sie wollten einfach sehen, wie Xiao Xingchen ein grausames Ende erlitt.«

»Pah! Was glaubt dieser Clan eigentlich, wer er ist? Warte nur ab, was passiert, wenn du uns nicht beitrittst?«

»Hach, wie bedauerlich. Damals hatte ich das Glück, Xiao Xingchen Daozhangs Können bei einer Nachtjagd mit eigenen Augen zu sehen. Sein Umgang mit Shuanghua war beeindruckend.«

»Jin Guangyao hat Xue Yang später dann aber doch noch beseitigt. Da scheint es zu Konflikten gekommen zu sein.«

»Ich habe gehört, dass Jin Guangyao während seiner Zeit als Spion beim Qishan-Wen-Clan überhaupt nicht ehrlich gewesen ist und sich das so gedacht hat: Wenn die Sonnenabschuss-Kampagne nicht gut laufen sollte, würde er einfach weiter beim Wen-Clan bleiben, ihm bei seinen üblen Machenschaften zur Hand gehen und Wen Ruohan weiter Honig ums Maul schmieren. Wenn der Wen-Clan aber fiel, würde er einfach den Spieß umdrehen und dadurch zum Helden werden.«

»Wen Ruohan schäumt in der Unterwelt sicher vor Wut auf ihn. Damals hat er Jin Guangyao immerhin als seinen Vertrauten ausgebildet. Das Meiste von Jin Guangyaos Schwertkunst hat Wen Ruohan ihm beigebracht!«

»Das ist doch noch gar nichts. Ich habe gehört, dass Chifeng-Zuns Überraschungsangriff nur deswegen fehlgeschlagen ist, weil Jin Guangyao absichtlich falsche Informationen übermittelt hat!«

»Ich verrate auch ein Geheimnis. Bei dem Geld und den Materialien für die Spähtürme, die er errichtet hat, hat er doch andere Clans gemolken. Alle Clans haben sich beteiligt, aber ich habe gehört, dass er für sich selbst heimlich ... eine ordentliche Summe unterschlagen hat.«

»Um Himmels willen ... Unfassbar. Er ist wirklich schamlos. Und ich habe noch geglaubt, dass er wahrhaft gute Absichten verfolgt. Unsere Ehrlichkeit wurde den Hunden zum Fraß vorgeworfen!«

Wei Wuxian fand die Szene ein wenig komisch. *Wieso glaubt ihr das so schnell, wenn es nur Gerüchte sind? Und wie habt ihr davon erfahren, wenn es doch Geheimnisse sein sollen?*

Diese Gerüchte kursierten nicht erst seit einem Tag, wurden aber während Jin Guangyaos Herrschaft sehr gut unterdrückt, zudem hatte ihnen niemand wirklich Glauben geschenkt. Heute Nacht schienen diese Gerüchte jedoch mit einem Mal zur unumstößlichen Wahrheit geworden zu sein und das Fundament für Jin Guangyaos zahlreiche Verbrechen zu bilden, die als Beweis für seinen Wahn angesehen wurden.

»So wie es aussieht, hat dieser Mann seinen Vater, seinen Bruder, seine Frau, seinen Sohn, seinen Herrn, und seine Freunde getötet ... Und dann auch noch der Inzest. Das ist wirklich erschreckend!«

»Der Lanling-Jin-Clan ist äußerst tyrannisch, und Jin Guangyao ist besonders autoritär – nie hört er auf die Meinung von anderen. Diese dekadenten, gebieterischen Praktiken, die heute vorherrschen, hat er ebenfalls allein zu verantworten. Denkt er wirklich, dass wir unseren Ärger einfach runterschlucken?!«

»Wahrscheinlich fühlt er sich bedroht, weil in den letzten Jahren viele Clans immer stärker geworden sind und ihre Macht allmählich zunimmt. Er befürchtet, dass er gestürzt werden könnte, wie der Qishan-Wen-Clan damals. Deswegen wollte er Nägel mit Köpfen machen und uns alle auf einen Schlag loswerden, oder?«

Oberhaupt Yao lachte kalt. »Wenn das so ist, dann sollten wir seine größte Angst wahr werden lassen.« Er schlug auf den Tisch. »Wir greifen das Goldene Schuppen Plateau an!«

Inmitten der ganzen Jubelschreie in der Halle dachte sich Wei Wuxian: *Noch einen Tag zuvor ist diese furchterregende Person noch der Lianfang-Zun gewesen, der von allen in den höchsten Tönen gelobt wurde. Innerhalb eines Tages ist er zur allgemeinen Zielscheibe für Beleidigungen geworden.*

Plötzlich wandte sich jemand um. »Werter Herr Wei. Dieser Schuft Jin Guangyao hat das Yin-Tiger-Amulett in seinem Besitz. Diese Angelegenheit vertrauen wir dir an.«

Wei Wuxian war verwirrt. »Hä?«

Er hatte nicht damit gerechnet, dass ihn jemand von sich aus ansprechen würde, und dann auch noch so freundlich. Er hatte ihn sogar »werter Herr« genannt, anstelle von beleidigenden Bezeichnungen wie »Wei-Schuft« oder »Wei-Hund«, was ihn leicht überraschte.

Augenblicke später meinte ein anderes Clanoberhaupt ebenfalls: »Genau! Was diesen Pfad betrifft, kann doch wohl niemand dem Yiling-Patriarchen das Wasser reichen! Jin Guangyao wird sein blaues Wunder erleben, ha ha ha ha ...«

Wei Wuxian verschlug es umgehend die Sprache. Das letzte Mal, dass andere ihn derartig gelobt hatten, war bereits über zehn Jahre her, zur Zeit der Sonnenabschuss-Kampagne. Obwohl ihn endlich jemand in seiner Position als Feind aller Kultivierungsclans abgelöst hatte, empfand Wei Wuxian darüber keinen Funken Freude und es rührte ihn auch nicht, dass die Menschen ihn endlich akzeptierten. Er kam nicht umhin zu zweifeln.

Hat sich damals auch eine Gruppe an irgendeinem Ort versammelt so wie heute Abend? Haben sie auch eine geheime Konferenz abgehalten, wahllos geschimpft und dann die Belagerung der Grabhügel beschlossen?

Als die Versammlung endete, waren die Essensvorbereitungen in der Banketthalle des Yunmeng-Jiang-Clans gerade abgeschlossen. Das Mahl begann, doch es fehlten zwei Personen.

»Wo sind denn Wei ... der Yiling-Patriarch und Hanguang-Jun?«, fragte ein Clanoberhaupt verwundert.

Jiang Cheng saß auf dem Ehrenplatz und gab die Frage an den Gastkultivierer neben sich weiter: »Wo sind sie?«

Dieser antwortete: »Sie haben die Halle verlassen und wollten sich umziehen. Sie meinten, dass sie nicht am Bankett teilnehmen würden und sind ein wenig zum Spazieren hinausgegangen. Sie kommen später zurück.«

Jiang Cheng lachte kalt. »Unverändert, keine Manieren.«

Mit diesem Satz schien er auch Lan Wangji einzuschließen, was Lan Qiren offenbar nicht sehr erfreute. Wenn nicht einmal Lan Wangji Manieren hatte, dann konnte es so etwas wie Manieren auf der Welt nicht geben. Bei dem Gedanken daran biss er die Zähne zusammen und dachte an Wei Wuxian.

Jiang Cheng zähmte seine Gesichtszüge wieder und sagte höflich: »Werte Herrschaften, bitte speist doch schon einmal, ich werde die beiden Herren später zurückbitten.«

Außerhalb des Lotuspiers ließ sich Lan Wangji von Wei Wuxian führen. Er fragte nicht, wohin sie gingen, und sie wanderten in aller Ruhe umher.

Am Pier verkauften noch einige Händler ihre Speisen. Wei Wuxian ging zu einem Stand hin, betrachtete die Ware und lächelte. »Es war richtig, nicht mit ihnen zu essen. Komm, komm, komm, Lan Zhan. Dieses Fladenküchlein ist lecker. Ich lade dich ein! Ich hätte gern zwei, bitte.«

Der Besitzer des Standes lächelte und wickelte die beiden Küchlein in Fettpapier ein. Wei Wuxian wollte sie gerade entgegennehmen, als ihm plötzlich einfiel, dass er gar keine Münzen bei sich hatte – wie sollte er Lan Wangji da einladen? Doch Lan Wangji hatte sie bereits für ihn entgegengenommen und bezahlte mit einer Hand.

»Ach, herrje. Tut mir leid, wieso läuft es ständig so ab? Jedes Mal, wenn ich dich einladen will, klappt es nicht.«

»Das macht nichts«, erwiderte Lan Wangji.

Wei Wuxian senkte den Kopf und biss einmal ab. »Wenn ich hier früher etwas am Pier essen wollte, musste ich nicht bezahlen. Ich konnte mir einfach etwas aussuchen und mich dann aus dem Staub machen. Nach einem Monat ging der Standbesitzer von selbst zu Onkel Jiang, um das Geld einzufordern.«

Lan Wangji hinterließ einen kleinen, halbmondförmigen Abdruck in dem runden Küchlein in seiner Hand. Mit gleichgültiger Stimme meinte er: »Jetzt musst du auch nicht bezahlen.«

Wei Wuxian lachte. »Ha ha ha ha ha ha ha ha ha ha ha ha!«

Mit wenigen Bissen aß er sein Küchlein auf, knüllte das Fettpapier zusammen und warf es spielerisch in die Luft. Nachdem er sich überall umgeschaut hatte, sagte er schließlich: »Es ist nicht mehr viel los. Früher war der Ort hier voller Essensstände – ganz egal wie spät es auch war –, und sie verkauften alle möglichen Speisen. Es gab viele Menschen, die nachts ausgingen und am Lotuspier Mitternachtssnacks essen wollten. Und es gab auch viele Boote, nicht weniger als bei euch in der Stadt Caiyi.«

Dann fuhr er fort: »Jetzt jedoch sind es viel weniger. Lan Zhan, du bist zu spät gekommen. Du hast die Zeit verpasst, als es hier am lebhaftesten und lustigsten zuging.«

Doch Lan Wangji widersprach: »Es ist nicht zu spät.«

Wei Wuxian lächelte. »Damals, als ich in der Wolkennische war, habe ich mehrmals gesagt, dass du mich in Yunmeng besuchen sollst, aber du hast mich ständig ignoriert. Ich hätte hartnäckiger sein und dich einfach direkt herschleifen sollen. Wieso isst du so langsam? Schmeckt es dir nicht?«

»Während der Mahlzeit ist Konversation untersagt«, erklärte Lan Wangji.

Er kaute immer sorgsam und langsam. Wenn er unbedingt sprechen musste, ging er vorher sicher, dass er kein Essen mehr im Mund hatte.

»Dann rede ich nicht mehr mit dir, iss. Ich dachte schon, es schmeckt dir nicht und wollte dir schon anbieten, dass du mir den Rest geben kannst.«

Lan Wangji wandte sich an den Standbesitzer. »Noch eins bitte.«

Schließlich hatte Wei Wuxian sein drittes Küchlein gegessen, während Lan Wangji noch an seinem ersten kaute. Wei Wuxian führte ihn immer weiter vom Lotuspier weg und zeigte auf dem Weg auf alles Mögliche. Er wollte Lan Wangji unbedingt den Ort zeigen, an dem er aufgewachsen war, an dem er gespielt und Unsinn getrieben hatte. Er wollte ihm erzählen, welche bösen Dinge er hier angestellt und wie er sich geprügelt und Fasanen gefangen hatte. Und währenddessen beobachtete er die kleinsten Veränderungen in Lan Wangjis Mimik und erwartete jede Reaktion mit Spannung.

»Lan Zhan! Schau dorthin, schau dir diesen Baum an«, rief Wei Wuxian.

Lan Wangji hatte sein Küchlein nun ebenfalls aufgegessen, faltete das Fettpapier ordentlich zu einem kleinen Rechteck und hielt es in der Hand, als er in die Richtung schaute, in die Wei Wuxian zeigte.

Es war ein gewöhnlicher Baum. Der Baumstamm war kerzengerade und seine Äste ragten ausladend in die Höhe. Er war wohl mehrere Jahrzehnte alt.

Wei Wuxian lief zu dem Baum, ging mehrere Runden um ihn herum und schlug gegen den Stamm. »Ich bin mal auf diesen Baum geklettert.«

»Du bist auf jeden Baum schon mal geklettert, an dem wir auf dem Weg hierher vorbeigekommen sind«, warf Lan Wangji ein.

Doch Wei Wuxian widersprach: »Dieser Baum ist besonders! Er war der erste, auf den ich nach meiner Ankunft am Lotuspier geklettert bin. Das war mitten in der Nacht. Meine Shijie* ist mit einer Laterne hergekommen, um mich zu suchen, und weil sie Angst hatte, dass ich herunterfallen würde, stellte sie sich unter den Baum, um mich aufzufangen. Aber was konnten ihre dünnen Ärmchen schon auffangen, also habe ich mir schließlich ein Bein gebrochen.«

Lan Wangji sah auf seine Beine und fragte: »Warum bist du mitten in der Nacht auf einen Baum geklettert?«

Wei Wuxian krümmte sich vor Lachen. »Es gab keinen Grund. Du weißt doch, ich gehe gern mitten in der Nacht raus, um Unfug zu treiben, ha ha!« Während er sprach, griff er nach zwei Ästen und kletterte den Baumstamm entlang nach oben. Mit Leichtigkeit gelangte Wei Wuxian immer höher und hörte erst auf, als er fast in der Baumkrone angekommen war. Dann meinte er: »Hm, ungefähr hier müsste es gewesen sein.«

Er vergrub sein Gesicht in den dichten Blättern und schaute erst nach einer ganzen Weile hinab. Seine Stimme war hoch und er schien zu lachen. »Damals hat mir die Höhe Angst gemacht, doch jetzt merke ich, dass es eigentlich gar nicht so hoch ist.«

Als er den Baumstamm berührt hatte, war sofort Hitze in seine Augen geschossen. Jetzt, wo er nach unten schaute, verschwamm seine Sicht.

Lan Wangji stand unter dem Baum, hob den Kopf und schaute ihn an. Auch er trug weiß. Zwar hielt er keine Laterne, doch umhüllte ihn

* Älteres weibliches Mitglied des gleichen Clans.

das Mondlicht wie ein schwacher Heiligenschein, wodurch er am ganzen Körper strahlte. Er richtete seinen Blick Richtung Baumkrone, ging einige Schritte vorwärts und schien seine beiden Arme ausstrecken zu wollen.

Plötzlich überkam Wei Wuxian ein überstarker Impuls.

Er wollte noch einmal herunterfallen, genauso wie damals.

Eine Stimme in seinem Herzen sagte: *Wenn er mich auffängt, werde ich ...*

Genau in dem Moment ließ Wei Wuxian los.

Als Lan Wangji sah, wie er ohne jede Vorwarnung vom Baum fiel, weiteten sich seine Augen mit einem Mal, und er schnellte wie ein Blitz hervor.

Er fing Wei Wuxian auf, oder besser gesagt: Wei Wuxian stürzte sich in seine Arme.

Lan Wangji war schlank und sah wie ein vornehmer junger Herr aus, doch seine Kraft war nicht zu unterschätzen. Nicht nur die seiner Arme war erschreckend, auch sein gesamter Unterkörper zeugte von großer Stabilität. Allerdings war es ein erwachsener Mann, der hier gerade vom Baum sprang, und obwohl er Wei Wuxian erwischte, brachte ihn das leicht ins Taumeln, sodass er einen Schritt zurück machen musste. Schnell fand er jedoch wieder festen Halt.

Als er Wei Wuxian loslassen wollte, bemerkte er, dass dieser seine Arme eng um seinen Hals geschlungen hatte, weshalb Lan Wangji nicht in der Lage war, sich zu bewegen.

Er konnte Wei Wuxians Gesicht nicht sehen, ebenso wenig wie Wei Wuxian seines. Aber das musste er auch gar nicht. Er schloss die Augen und atmete den kühlen Sandelholzduft ein, der Lan Wangji umhüllte. Leise sagte er: »Danke.«

Er hatte keine Angst zu fallen. Durch die vielen Stürze in all den Jahren hatte er Übung darin, doch geschmerzt hätte es trotzdem. Wenn es jemanden gäbe, der für ihn da wäre und ihn auffangen würde, wäre es das schönste auf der Welt.

Als Lan Wangji hörte, wie er sich bedankte, schien sein Körper zu erstarren. Die Hand, die er eigentlich auf Wei Wuxians Rücken hatte legen wollen, stoppte einen Moment, ehe Lan Wangji sie schließlich zurückzog. Nach einer kurzen Stille meinte er: »Du brauchst mir nicht zu danken.«

Nachdem sie sich eine ganze Weile umarmt hatten, lösten sie sich voneinander. Wei Wuxian stand aufrecht vor ihm wie ein tapferer Mann und tat so, als wäre nichts gewesen. »Lass uns zurückgehen!«

»Schaust du dich nicht mehr um?«, fragte Lan Wangji.

»Doch! Aber draußen gibt es nichts mehr. Wenn wir weitergehen, ist dort nur Wildnis, und davon haben wir in letzter Zeit genug gesehen. Wenn wir zurück im Lotuspier sind, zeige ich dir noch einen letzten Ort.«

Beide kehrten wieder zum Pier zurück und schritten durch das Haupttor. Nachdem sie den Übungsplatz hinter sich gelassen hatten, kamen sie an einem prächtigen kleinen Gebäude vorbei, vor welchem Wei Wuxian innehielt. Er betrachtete es länger und wirkte, als würde ihn etwas beschäftigen.

»Was ist?«, fragte Lan Wangji.

Wei Wuxian schüttelte den Kopf. »Nichts. Das Haus, in dem ich früher gewohnt habe, stand hier. Aber jetzt ist es nicht mehr da. Es wurde tatsächlich abgerissen. Die Gebäude hier sind alle neu.«

Sie gingen an zahlreichen Gebäuden vorbei und kamen schließlich an einem ruhigen Ort tief im Lotuspier an. Vor ihnen befand sich eine achteckige schwarze Halle.

Sanft stieß Wei Wuxian die Tür auf, ganz so, als würde er befürchten, jemanden zu erschrecken, dann trat er ein.

Am Ende der Halle waren Ahnentafeln ordentlich aufgereiht.

Dies war die Ahnenhalle des Yunmeng-Jiang-Clans.

Er suchte sich ein Sitzkissen aus Rohrkolben und kniete sich im Fersensitz hin. Dann nahm er drei Räucherstäbchen vom Opfergabentisch, zündete sie mit einer Kerze an und steckte sie anschließend in das Bronzegefäß vor den Ahnentafeln. Er verbeugte sich dreimal tief vor zwei der Ahnentafeln und sagte dann zu Lan Wangji: »Früher war ich hier Stammgast.«

Lan Wangjis Gesichtsausdruck nach zu urteilen, hatte dieser verstanden. »Als Strafe?«

Wei Wuxian war überrascht. »Woher weißt du das? Aber ja, genau so war es. Ständig hat Frau Yu mich bestraft und mich knien lassen.«

Lan Wangji nickte. »Ein wenig davon ist mir zu Ohren gekommen.«

Wei Wuxian kaufte ihm das nicht ab. »Wenn es sogar von Yunmeng zu euch nach Gusu durchgedrungen ist, kann man sicher nicht mehr nur von *ein wenig* sprechen. Aber ganz ehrlich, in all den Jahren bin ich keiner anderen Frau begegnet, die so jähzornig war wie Frau Yu. Wegen jeder noch so kleinen Sache hat sie mich in die Ahnenhalle gescheucht, damit ich hier niederknie. Ha ha ha ...«

Doch davon abgesehen hatte Frau Yu niemals etwas getan, das ihm wirklich geschadet hatte.

Plötzlich erinnerte er sich daran, dass er sich hier in einer Ahnenhalle befand und Frau Yus Tafel direkt vor ihm stand. Eilig nahm er seine Worte zurück: »Verzeihung, Verzeihung.« Um sein loses Mundwerk wiedergutzumachen, zündete er drei weitere Räucherstäbchen an. Gerade als er sie hoch über seinen Kopf hielt und sich gedanklich bei ihr entschuldigte, wurde es neben ihm dunkel. Er wandte seinen Kopf und sah, dass Lan Wangji sich ebenfalls hingekniet hatte.

Da sie sich in einer Ahnenhalle befanden, war es nur natürlich, aus Höflichkeit seinen Respekt zu zollen. Lan Wangji nahm sich ebenfalls drei Räucherstäbchen, schob seine Ärmel hoch und zündete sie an einer roten Kerze an. Seine Bewegungen waren akkurat, sein Gesichtsausdruck voller Ernst.

Wei Wuxian neigte seinen Kopf und betrachtete ihn, unwillkürlich krümmten sich seine Mundwinkel nach oben. Lan Wangji warf ihm einen Blick zu und erinnerte ihn an die Räucherstäbchen in seiner Hand. »Die Asche.«

Die drei Räucherstäbchen in Wei Wuxians Hand brannten bereits eine Weile. Es hatte sich daher ein wenig Asche angehäuft, die jeden Moment herunterfallen würde. Und doch weigerte er sich beharrlich, sie in das Gefäß zu stecken, und meinte stattdessen aufrichtig: »Lass uns das zusammen machen.«

Lan Wangji hatte keine Einwände, also knieten sie beide mit je drei Räucherstäbchen vor den Ahnentafeln und verbeugten sich gemeinsam vor Jiang Fengmians und Yu Ziyuans Tafeln.

Einmal, zweimal – ihre Verbeugungen verliefen absolut synchron.

»Fertig«, sagte Wei Wuxian. Dann steckte er die Räucherstäbchen voller Ernsthaftigkeit in das Gefäß. Abschließend sah er zu Lan Wangji rüber, der in der aufrechtesten Haltung kniete, die man sich vorstellen konnte. Wei Wuxian legte seine Handflächen aneinander und sagte gedanklich: *Onkel Jiang, Frau Yu, ich bin's wieder. Ich störe erneut eure friedliche Ruhe. Aber ich wollte diesen Menschen wirklich unbedingt hierherbringen und ihn euch zeigen. Die beiden Verbeugungen von gerade eben galten dem Himmel und der Erde sowie Vater und Mutter. Ich bitte euch, die Person hier neben mir für mich frei zu halten. Die letzte Verbeugung fehlt noch, die erbringe ich in Zukunft mal bei Gelegenheit …*[*]

In diesem Moment ertönte hinter den beiden plötzlich ein kaltes Lachen.

Wei Wuxian betete gerade andächtig, als er die Stimme vernahm. Erschrocken riss er die Augen weit auf. Als er sich umdrehte, sah er, wie Jiang Cheng mit verschränkten Armen vor der Ahnenhalle stand.

Seine Stimme war eisig, als er sprach: »Wei Wuxian, du siehst dich wohl wirklich nicht als einen Außenstehenden. Du kommst und gehst, wie es dir passt, und bringst auch einfach so jemanden mit, wenn dir danach ist. Erinnerst du dich noch daran, wessen Clan das hier ist und wer über ihn herrscht?«

[*] Bei traditionellen chinesischen Hochzeiten verbeugt man sich dreimal. Das erste Mal vor Himmel und Erde, das zweite Mal vor den Eltern und Vorfahren und das dritte Mal vor dem Ehepartner.

Als Wei Wuxian bemerkte, dass er entdeckt worden war, wusste er, dass er nicht um die gehässigen Bemerkungen herumkommen würde. Doch er wollte sich nicht streiten.

»Ich habe Hanguang-Jun keine anderen geheimen Orte des Lotuspiers gezeigt. Ich wollte lediglich herkommen, um Räucherstäbchen für Onkel Jiang und Frau Yu anzuzünden. Ich bin schon fertig und wir gehen jetzt auch wieder.«

»Wenn du gehst, dann bitte so weit weg wie möglich«, zischte Jiang Cheng. »Ich will weder noch mal sehen noch hören, dass du im Lotuspier herumlungerst.«

Wei Wuxians Augenbrauen zuckten und er sah, wie Lan Wangji seine rechte Hand auf seinen Schwertgriff presste. Hastig drückte er dessen Handrücken runter.

»Achte auf deine Worte«, ermahnte Lan Wangji Jiang Cheng.

Ungerührt sagte Jiang Cheng: »So wie ich das sehe, solltet viel eher ihr auf euer Verhalten achten.«

Wei Wuxians Augenbrauen zuckten immer mehr und er bekam ein immer mulmigeres Gefühl. »Hanguang-Jun, lass uns gehen.«

Er drehte sich um und verbeugte sich noch einige Male tief vor Jiang Fengmians und Frau Yus Ahnentafeln, ehe er mit Lan Wangji gemeinsam aufstand.

Jiang Cheng hielt Wei Wuxian zwar nicht auf, als er sich vor seinen Eltern verbeugte, hielt sich mit seinen Sticheleien aber auch nicht im Geringsten zurück. »Du solltest dich tatsächlich ordentlich vor ihnen hinknien. Immerhin bist du einfach so hier aufgetaucht und hast sie mit deinem Anblick beleidigt und ihre Ruhe gestört.«

Wei Wuxian warf ihm einen Blick zu. Seine Stimme war ruhig, als er sprach: »Ich habe nur ein paar Räucherstäbchen angezündet, langsam reicht es ja wohl.«

»Ein paar Räucherstäbchen angezündet? Wei Wuxian, bist du dir deiner Position denn nicht mal ansatzweise im Klaren? Du wurdest längst aus dem Clan geworfen und trotzdem bringst du irgendeine x-beliebige Person mit, um für meine Eltern Räucherstäbchen anzuzünden?!«

Eigentlich hatte Wei Wuxian schon an ihm vorbeigehen wollen, als er diesen Satz jedoch hörte, blieb er plötzlich stehen und fragte mit tiefer Stimme: »Sprich Klartext, wer ist hier eine x-beliebige Person?«

Wäre er allein gewesen, wäre es ihm egal gewesen, was Jiang Cheng gesagt hatte. Er hätte einfach so tun können, als hätte er es nicht gehört. Aber Lan Wangji war mit ihm zusammen hier, und er wollte einfach nicht, dass dieser ebenfalls Jiang Chengs Sticheleien und direkte Angriffe ertragen musste, die immer gehässiger wurden.

»Du bist wirklich vergesslich«, spottete Jiang Cheng. »Wer die x-beliebige Person ist? Dann lass mich deinem Gedächtnis mal auf die Sprünge helfen. Weil du den Helden spielen und dem zweiten jungen Herrn Lan hier neben dir helfen musstest, haben der gesamte Lotuspier und meine Eltern dafür den Preis gezahlt. Und als wäre das eine Mal nicht genug gewesen, hast du beim zweiten Mal sogar die Wen-Hunde retten wollen und meine Schwester und die anderen mit hineingezogen. Wie großartig du doch bist. Und was noch großartiger ist: Du bist auch noch so großzügig, dass du die beiden mit zum Lotuspier bringst. Den Wen-Hund lässt du vor unseren Toren herumstreunen und den zweiten jungen Herrn Lan bittest du herein, um Räucherstäbchen anzuzünden. Du willst mich, und sie, wohl absichtlich ärgern.«

Er machte weiter: »Wei Wuxian, was glaubst du, wer du bist? Wer hat dir die Erlaubnis erteilt, dass du Leute in unsere Ahnenhalle bringen kannst, wie es dir beliebt?«

Wei Wuxian wusste es längst: Jiang Cheng hatte diese offene Rechnung nie vergessen und wollte sie begleichen. Die Zerstörung des Lotuspiers und die darauf folgenden Tragödien lagen Jiang Chengs Ansicht nach nicht nur an Wei Wuxian. Auch Wen Ning und Lan Wangji konnten sich der Verantwortung nicht entziehen, und bei keinem der drei würde er seinen Unmut zurückhalten. Ganz besonders dann nicht, wenn sie vor ihm herumliefen und sogar alle zusammen zum Lotuspier kamen.

Wahrscheinlich schäumte er längst vor Wut über. Dies war auch der Grund, weshalb Wei Wuxian Jiang Cheng hatte meiden wollen, als er hierherkam.

Wenn Jiang Cheng ihm Vorwürfe machte, konnte er sich nicht rechtfertigen, aber er konnte es nicht dulden, dass er seine Gehässigkeit gegen Lan Wangji richtete.

»Jiang Cheng, du müsstest mal hören, was du von dir gibst. Ist das denn angebracht? Vergiss deine Position nicht, immerhin bist du ein Clanoberhaupt. Wo sind deine Manieren hin, dass du vor den Ahnentafeln von Onkel Jiang und denen der anderen einen renommierten Kultivierer eines anderen Clans beleidigst?«, erwiderte Wei Wuxian.

Eigentlich wollte er Jiang Cheng nur daran erinnern, dass er zumindest Lan Wangji gegenüber ein wenig Anstand wahren sollte, doch Jiang Cheng war überaus empfindlich und bildete sich daher ein, aus seinen Worten eine versteckte Anspielung darauf herauszuhören, dass er als Clanoberhaupt ungeeignet sei. Sofort legte sich ein schwarzer Schleier über sein Gesicht. Eine Ähnlichkeit zu Frau Yus zorniger Miene war unverkennbar. Harsch rief er: »Wer ist denn derjenige, der die Seelen meiner Eltern beleidigt?! Macht euch bitte noch mal klar, auf wessen Boden ihr euch gerade befindet. Es reicht ja wohl, dass ihr euch draußen so anstandslos benehmt, aber unterlasst das gefälligst, wenn ihr euch in der Ahnenhalle meines Clans vor den Seelen meiner Eltern aufhaltet! Immerhin haben sie dich aufgezogen. Ich schäme mich bereits an deiner Stelle!«

Niemals hätte Wei Wuxian mit so einem heftigen Angriff gerechnet. Er traf ihn gänzlich unvorbereitet. Er war sowohl überrascht als auch zornig. »Halt die Klappe!«, platzte es aus ihm heraus.

Jiang Cheng zeigte nach draußen. »Treib so viel Unfug, wie du willst, aber mach es draußen. Egal ob unter Bäumen oder auf Booten, völlig gleich ob du jemanden umarmen oder sonst was machen willst! Raus aus meinem Zuhause, verschwinde aus meinem Blickfeld!«

Als Wei Wuxian hörte, wie er die Bäume erwähnte, pochte sein Herz. Hatte Jiang Cheng etwa gesehen, wie er sich in Lan Wangjis Arme gestürzt hatte?

Ja, das hatte er.

Jiang Cheng hatte persönlich nach Wei Wuxian und Lan Wangji gesucht. Er war in die Richtung gegangen, die der Händler ihm gezeigt hatte. Eine innere Stimme schien ihm zu sagen, welche Orte Wei Wuxian auf jeden Fall aufsuchen würde. Also hatte er ihr Gehör geschenkt und die beiden dann tatsächlich gefunden – und gesehen, wie Wei Wuxian und Lan Wangji sich innig unter einem Baum umarmt und sich eine ganze Weile nicht voneinander gelöst hatten.

Augenblicklich hatte Jiang Cheng Gänsehaut bekommen.

Zwar hatte er in der Vergangenheit böswillig Vermutungen über Lan Wangjis und Mo Xuanyus körperliches Verhältnis aufgestellt, jedoch dienten diese nur dazu, Wei Wuxian verbal anzugreifen. Er hatte sie nicht wirklich verdächtigt. Niemals hätte er gedacht, dass Wei Wuxian wirklich mit Männern etwas anfing, immerhin waren sie von klein auf zusammen aufgewachsen, und Wei Wuxian hatte niemals Interesse in diese Richtung bekundet. Immerzu hatte sein Herz leidenschaftlich für schöne Frauen geschlagen.

Und bei Lan Wangji konnte das noch viel weniger stimmen, immerhin war er berühmt für seine strenge Enthaltsamkeit und schien weder an Männern noch an Frauen Interesse zu haben.

Doch wie man es auch betrachtete, es war keine gewöhnliche Umarmung gewesen, oder zumindest hatten sie dabei nicht wie Freunde oder Brüder gewirkt. Sofort hatte Jiang Cheng sich daran erinnert, dass Wei

Wuxian nach seiner Wiederauferstehung die ganze Zeit über wie eine Klette an Lan Wangji geklebt hatte, und auch Lan Wangjis Verhalten ihm gegenüber war kein Vergleich zu damals in seinem vorherigen Leben. Er war sich augenblicklich sicher, dass die beiden wirklich ein intimes Verhältnis zueinander pflegten.

Er hatte nicht kehrtmachen und gehen, aber auch nicht hervortreten und auch nur ein Wort mit den beiden wechseln können, also war er ihnen weiter heimlich gefolgt. Jede Bewegung und jeden Blick, den die beiden austauschten, sah er nun unvermeidbar mit völlig anderen Augen.

Es mischten sich Fassungslosigkeit, die Ansicht, dass dies abnormal wäre, und auch ein leichter Ekel in ihm und all dies war sogar stärker als sein Hass. Erst als Wei Wuxian Lan Wangji in die Ahnenhalle gebracht hatte, war Jiang Chengs bis dahin so lang unterdrückter Zorn wieder wachgerufen worden und hatte seine Rationalität und Etikette verschlungen.

Wei Wuxian riss sich mit aller Kraft zusammen und meinte: »Jiang Wanyin, du ... entschuldigst dich, sofort.«

Jiang Cheng spottete verbittert: »Mich entschuldigen? Wieso sollte ich? Weil ich euch bei etwas erwischt habe?«

Wei Wuxian wurde wütend. »Hanguang-Jun ist nichts weiter als ein Freund, was glaubst du denn, was für ein Verhältnis wir haben?! Ich warne dich, entschuldige dich sofort, zwing mich nicht, dich zu verprügeln!«,

Bei diesen Worten erstarrte Lan Wangjis Gesichtsausdruck. Jiang Cheng hingegen prustete: »Solche ›Freunde‹ habe ich noch nie gesehen. Du warnst mich? Weshalb denn? Wenn ihr beiden auch nur das leiseste Schamgefühl besitzen würdet, wärt ihr nicht hergekommen ...«

Als Wei Wuxian bemerkte, wie sich Lan Wangjis Miene veränderte, nahm er an, Jiang Chengs Worte hätten ihn aufgewühlt. Wei Wuxian machte das so wütend, dass er am ganzen Körper anfing zu zittern.

Er wagte es nicht mal, daran zu denken, was Lan Wangji durch den Kopf gehen musste, nachdem er derart von Jiang Cheng gedemütigt worden war. Die Wut schoss in ihm hoch und er warf einen Talisman.

»Jetzt reicht's aber mal langsam!«

Der Talisman kam schnell und wuchtig. Er traf Jiang Chengs rechte Schulter und explodierte, woraufhin dieser taumelte.

Jiang Cheng hatte nicht damit gerechnet, dass Wei Wuxian so plötzlich angreifen würde, zudem war seine spirituelle Energie noch nicht vollständig zurück, sodass die Explosion ihn mit voller Wucht getroffen hatte. Seine Schulter blutete, und während Ungläubigkeit über sein Gesicht huschte, schnellte Zidian auch schon hervor und schlug surrend und leuchtend zu.

Lan Wangjis Bichen kam aus der Scheide und parierte den Angriff.

Die drei kämpften vor der Ahnenhalle.

Äderchen schwollen in Jiang Chengs Augen an und mit abscheulich verzerrter Miene rief er: »Gut! Dann kämpfen wir eben! Als ob ich Angst vor euch hätte!«

Nach einigen Schlägen schreckte Wei Wuxian aber plötzlich auf: Dies war die Ahnenhalle des Yunmeng-Jiang-Clans, er hatte hier gerade eben noch gekniet und um Jiang Fengmians und Frau Yus Segen gebeten, doch jetzt griff er vor ihren Augen zusammen mit Lan Wangji ihren Sohn an!

Als hätte man ihn unter einen eiskalten Wasserfall gestellt, wurde es vor seinen Augen nun abwechselnd hell und dunkel. Lan Wangji schaute ihn an, drehte sich ruckartig um und packte ihn an der Schulter.

Jiang Chengs Gesichtsausdruck veränderte sich und er rief seine Peitsche zurück. Seine Augen blitzten alarmiert.

»Wei Ying«, sagte Lan Wangji.

Seine tiefe Stimme dröhnte in Wei Wuxians Ohren und vibrierte unablässig. Wei Wuxian fragte sich schon, ob etwas mit seinen Ohren nicht stimmte und reagierte: »Was?«

Er spürte, wie etwas von seinem Gesicht tropfte. Als er mit der Hand fühlte, färbte sich diese rot. Ihm wurde schwindelig, während Blut aus seiner Nase und seinem Mund auf den Boden fiel.

Dieses Mal war es nicht gespielt.

Wei Wuxian klammerte sich an Lan Wangjis Armbeuge und versuchte angestrengt, sich auf den Beinen zu halten. Er bemerkte, wie er Lan Wangjis weiße, frisch gewechselte Kleidung vollblutete und streckte unwillkürlich die Hand aus, um das Blut abzuwischen. Obwohl es nicht der richtige Zeitpunkt dafür war, sorgte er sich darum. *Ich habe schon wieder seine Kleidung schmutzig gemacht.*

»Was ist mit dir?!«, fragte Lan Wangji.

Wei Wuxian antwortete nicht auf seine Frage, sondern sagte bloß: »Lan Zhan ... Lass uns gehen.«

Ich gehe. Sofort. Und ich komme nie wieder zurück.

»Gut«, erwiderte Lan Wangji.

Er machte keine Anstalten, den Kampf mit Jiang Cheng fortzusetzen. Stattdessen nahm er Wei Wuxian wortlos auf den Rücken und ging.

Jiang Cheng war sowohl schockiert als auch skeptisch. Der Schock rührte von Wei Wuxians fürchterlichem Zustand, und dass er plötzlich aus Mund und Nase blutete. Andererseits hegte er auch Zweifel daran, ob das nicht nur ein Trick war, um zu entkommen – denn immerhin hatte er in der Vergangenheit oft Leuten etwas vorgespielt, um sie zu veräppeln.

Als Jiang Cheng sah, wie die beiden gehen wollten, hielt er sie auf: »Stehen bleiben!«

»Aus dem Weg!«, entgegnete Lan Wangji zornig.

Mit ihm schnellte auch gleichzeitig Bichen hervor, das plötzlich mit gewaltiger Wucht zuschlug. Zidian kam augenblicklich hervor und die beiden magischen Waffen lieferten sich einen ohrenbetäubenden Kampf.

Von dem Lärm schien Wei Wuxian der Schädel zu platzen. Wie eine flackernde Kerze, die schließlich erlosch, schloss er die Augen und sein Kopf kippte zur Seite.

Als Lan Wangji das Gewicht auf seiner Schulter spürte, zog er sich sofort aus dem Kampf zurück und fühlte augenblicklich nach Wei Wuxians Atem. Ohne die Aufmerksamkeit seines Besitzers verlor Bichen an Kraft, während Zidian rasant nach vorn schnellte.

Jiang Cheng wollte Lan Wangji nicht wirklich verletzen und zog daher die Peitsche so schnell er konnte zurück, doch es war zu spät.

Genau in dem Moment sprang eine Gestalt von der Seite zu ihnen herunter, direkt zwischen die beiden.

Jiang Cheng stellte fest, dass es sich bei dem plötzlich auftauchenden ungebetenen Gast um Wen Ning handelte. Sofort loderte die Wut in ihm auf. »Wer hat dich in den Lotuspier gelassen? Wie kannst du es wagen?!«

Jemand anderen hätte er noch irgendwie tolerieren können, aber ganz sicher nicht diesen Wen-Hund, der eigenhändig Jin Zixuans Herz durchbohrt und das Glück und Leben seiner Schwester ruiniert hatte. Ein Blick genügte, dass Jiang Cheng den Drang verspürte, Wen Ning zu töten. Und dann wagte er es auch noch, den Innenbereich des Lotuspiers zu betreten. Er war wohl wirklich lebensmüde!

Wegen des Tods dieser beiden Menschen und zahlreicher anderer Gründe fühlte Wen Ning sich schuldig. Daher hatte er Jiang Cheng gegenüber stets eine gewisse Furcht gehegt und war ihm seit jeher bewusst aus dem Weg gegangen. Jetzt jedoch hatte er sich vor Wei Wuxian und Lan Wangji gestellt und stand Jiang Cheng nun direkt gegenüber. Er kassierte den wuchtigen Peitschenhieb und auf seiner Brust zeichnete sich eine erschreckende Brandwunde ab. Er wich aber nicht zurück.

Lan Wangji wandte seinen Blick erst von Wei Wuxian ab, als er sichergestellt hatte, dass dieser nur aufgrund der extremen Müdigkeit und Wut in

Ohnmacht gefallen war. Er sah, wie Wen Ning Jiang Cheng einen Gegenstand hinhielt.

Das Licht von Zidian war so grell, dass es beinahe weiß war, und glich Jiang Chengs glühender Mordlust. Er war so zornig, dass er plötzlich lachte. »Was bezweckst du damit?«

Bei dem Gegenstand in Wen Nings Hand handelte es sich um Wei Wuxians Schwert *Suibian*. Wei Wuxian war es leid gewesen, es die ganze Reise über mit sich herumzuschleppen, und hatte es achtlos überall herumliegen lassen. Schließlich hatte er es Wen Ning überlassen, der es verwahren sollte. Wen Ning hob das Schwert höher und sagte: »Zieh es raus.«

Sein Tonfall war entschlossen, sein Blick standhaft. Ganz anders als sein sonst so leerer Gesichtsausdruck.

»Ich warne dich, wenn du nicht willst, dass deine Asche wirklich verstreut wird, dann verlässt du auf der Stelle den Grund und Boden des Lotuspiers! Raus mit dir!«, fuhr Jiang Cheng ihn an.

Wen Ning schien den Schwertgriff nahezu gegen seine Brust stoßen zu wollen. Mit erhobener Stimme rief her: »Mach schon, zieh es raus!«

Jiang Cheng schäumte vor Wut. Aus unerklärlichen Gründen raste sein Herz wie verrückt. Wie von einer mysteriösen Macht getrieben, leistete er Wen Nings Aufforderung tatsächlich Folge, umklammerte mit der linken Hand Suibians Griff und zog einmal kräftig.

Eine Klinge, die so hell war, dass es in den Augen stach, glitt aus der Scheide!

Jiang Cheng starrte das strahlende Schwert in seiner Hand an und kam erst nach einer ganzen Weile wieder zu Sinnen.

Dieses Schwert war Suibian. Es war Wei Wuxians Schwert. Nach der Belagerung der Grabhügel war es in die Sammlung des Lanling-Jin-Clans gewandert. Es hatte sich selbst versiegelt, sodass niemand anderes mehr es aus der Scheide ziehen konnte.

Aber warum hatte er es geschafft? Hatte sich die Schwertversiegelung etwa gelöst?

»Die Schwertversiegelung hat sich nicht gelöst! Auch jetzt noch ist das Schwert versiegelt. Wenn du es wieder in die Scheide steckst und jemand anderes zieht daran, wird es sich keinen Millimeter bewegen, egal um wen es sich dabei handelt«, erklärte Wen Ning.

Jiang Chengs innerer Aufruhr spiegelte sich auch in seinem Gesicht wider. »Und warum kann ich es dann herausziehen?«

»Weil dieses Schwert dich für den jungen Herrn Wei hält«, erklärte Wen Ning.

Mit dem bewusstlosen Wei Wuxian auf seinem Rücken stand Lan Wangji auf.

Jiang Cheng fuhr ihn harsch an: »Was soll das heißen, es hält mich für Wei Wuxian? Wie kann das sein? Wieso mich?«

Wen Ning erwiderte noch harscher: »Weil der goldene Kern, durch den spirituelle Energie in deinem Körper strömt, seiner ist!«

Jiang Cheng war eine ganze Weile lang weggetreten, ehe er schließlich schrie: »Was redest du da für einen Unsinn?!«

Gefasst entgegnete Wen Ning: »Ich rede keinen Unsinn.«

»Halt den Mund! Mein goldener Kern ... Mein goldener Kern wurde ...«

»Baoshan Sanren hat ihn wiederhergestellt.«

»Woher weißt du das? Selbst das hat er dir erzählt?«

»Nein. Der junge Herr Wei hat noch nie einer Menschenseele davon erzählt. Aber ich habe es mit eigenen Augen gesehen.«

Jiang Cheng hatte blutige Adern in den Augen, er lachte. »Lüge! Du warst da? Wie könnte das sein?! Damals war nur ich allein auf dem Berg, du hättest mir unmöglich folgen können!«

»Ich bin dir nicht gefolgt. Ich war von Anfang an auf dem Berg«, erklärte Wen Ning.

Die Venen an Jiang Chengs Stirn schwollen an. »Lüge!«

»Dann hör mir zu und sag mir anschließend, ob du immer noch denkst, dass ich lüge! Als du den Berg hinaufgestiegen bist, waren deine

Augen mit einem schwarzen Tuch verbunden, in der Hand hattest du einen langen Ast. Als du fast die Bergspitze erreicht hattest, bist du zu einem Steinwald gekommen. Erst nach einer Stunde hast du ihn hinter dir gelassen.«

Jiang Chengs Gesichtsmuskeln verzerrten sich leicht, und Wen Ning redete weiter: »Und dann hast du eine Glocke gehört. Das Geräusch schreckte Vögel auf, die wegflogen. Du hast den Ast fest in der Hand gehalten, ganz so, als würdest du ein Schwert umklammern. Nachdem das Glockenläuten aufgehört hatte, richtete sich ein Schwert auf deine Brust. Du hörtest eine Frauenstimme, die dir verbot, weiterzugehen.«

Jiang Cheng zitterte nun am ganzen Körper, während Wen Ning seine Stimme hob: »Du bist sofort stehen geblieben und hast sehr nervös gewirkt. Insgeheim warst du aber auch ein wenig aufgeregt. Mit überaus tiefer Stimme fragte dich die Frau, wer du seist und wie du diesen Ort gefunden hättest. Du hast geantwortet ...«

»Halt den Mund!«, Jiang Cheng brüllte.

Doch Wen Ning brüllte zurück: »Du hast geantwortet, du seist Cangse Sanrens Sohn, Wei Ying! Du hast gesagt, dass dein Clan ausgerottet worden sei, dass großes Chaos im Lotuspier herrsche und dass die kernzerschmelzende Hand Wen Zhuliu deinen goldenen Kern zerstört habe. Die Frau fragte dich wiederholt nach Dingen über deine Eltern, und nachdem du die letzte Frage beantwortet hattest, hast du plötzlich einen Duft gerochen und bist in Ohnmacht gefallen ...«

Jiang Cheng wirkte, als würde er sich am liebsten die Ohren zuhalten. »Woher weißt du das? Wie hast du davon erfahren?!«

»Habe ich es nicht bereits gesagt? Ich war da. Und nicht nur ich, auch der junge Herr Wei war anwesend. Und meine Schwester, Wen Qing. Oder besser gesagt: Auf dem Berg haben wir drei auf dich gewartet.«

»Oberhaupt Jiang, dachtest du wirklich, das wäre ... Dachtest du wirklich, das wäre der geheime Ort, an dem sich Baoshan Sanren aufhält?

Der junge Herr Wei wusste selbst überhaupt nicht, wo er hätte nach ihr suchen sollen. Seine Mutter, Cangse Sanren, hat so einem kleinen Kind überhaupt nichts über den Aufenthaltsort ihrer Meisterin erzählt! Der Berg war nichts weiter als ein karger Berg in Yiling!«

Jiang Cheng schrie lauthals die gleichen Worte wieder und wieder, ganz so, als würde er mit seinem bestialischen Anfall den Umstand überspielen wollen, dass ihm plötzlich die Worte fehlten. »Unsinn! Das reicht, verdammt noch mal! Und wie zum Teufel wurde mein goldener Kern dann wiederhergestellt?!«

»Dein goldener Kern wurde überhaupt nicht wiederhergestellt, er ist vollkommen von Wen Zhuliu zerstört worden!«, antwortete Wen Ning. »Dass du dachtest, er sei regeneriert worden, lag daran, dass meine Schwester Wen Qing, die beste Ärztin des Qishan-Wen-Clans, den goldenen Kern des jungen Herrn Wei herausgeschnitten und ihn dir eingesetzt hat!«

Eine Sekunde lang war Jiang Chengs Gesicht leer.

Dann fragte er: »Eingesetzt?«

»Richtig! Was hast du denn geglaubt, warum er danach nie wieder Suibian benutzt hat, und weshalb er ständig ohne Schwert aus dem Haus gegangen ist? Dachtest du ernsthaft, es handelte sich um jugendlichen Leichtsinn? Dass er es wirklich toll fand, wenn andere hinter seinem Rücken oder ihm auch direkt ins Gesicht sagten, dass er keinen Wert auf Etikette legen würde und keine Erziehung genossen hätte?! Es lag daran, dass es nichts gebracht hätte, selbst wenn er es mitgenommen hätte! Es lag nur daran, dass ... Wenn er mit seinem Schwert an den Banketten und Nachtjagden teilgenommen hätte, wäre er unvermeidlich aus allen möglichen Gründen zu einem Schwertduell aufgefordert worden. Aber ohne goldenen Kern hatte er keine spirituelle Energie und hätte mit dem Schwert nicht lange durchgehalten ...«

Wie angewurzelt stand Jiang Cheng da. Seine Augen funkelten wütend und seine Lippen zitterten. Er hatte sogar vergessen, Zidian zu benutzen. Plötzlich warf er Suibian auf den Boden und schlug mit einem wuchtigen Hieb auf Wen Nings Brust. »LÜGE!«, brüllte er.

Wen Ning steckte den Schlag ein, machte einige Schritte zurück und hob Suibian vom Boden auf. Dann steckte er es zurück in die Scheide und hielt es erneut vor Jiang Chengs Brust mit den Worten: »Nimm es!«

Unwillkürlich nahm Jiang Cheng das Schwert entgegen, stand dann aber nur still da. Mit den Nerven am Ende schaute er zu Wei Wuxian.

Solang er nicht zu ihm hinübergesehen hatte, war alles noch gut gewesen. Jetzt aber, als er sein leichenblasses Gesicht und seine noch blutigen Mundwinkel erblickte, traf ihn dieser kümmerliche Anblick wie ein Faustschlag. Und bei Lan Wangjis Ausdruck fröstelte es ihn noch mehr, ganz so, als befände er sich in einem Eiskäfig.

Wen Ning meinte: »Nimm dieses Schwert mit zur Bankethalle, zum Übungsplatz, zu jedem beliebigen Platz, und sag jeder Person, die du triffst, dass sie es herausziehen soll. Schau, ob es irgendjemand kann! Dann weißt du, ob ich lüge oder nicht! Oberhaupt Jiang – du, der du hinter niemandem zurückbleiben willst, vergleichst dich schon dein ganzes Leben lang mit anderen, aber ihm hättest du eigentlich nie das Wasser reichen können!«

Jiang Cheng verpasste Wen Ning einen Tritt, ehe er mit Suibian taumelnd in die Richtung der Bankethalle rannte. Er brüllte dabei wie ein Wahnsinniger.

Durch den Tritt prallte Wen Ning gegen einen Baum im Hof. Langsam stand er auf und schaute hastig nach den beiden anderen.

Lan Wangjis schönes Gesicht war leichenblass. Er schaute überaus ernst und blickte zur Ahnenhalle des Yunmeng-Jiang-Clans. Dann schob er Wei Wuxian auf seinem Rücken höher. Als dieser stabil lag, ging Lan Wangji in eine andere Richtung als Jiang Cheng, ohne sich noch mal umzudrehen.

»Junger Herr L... Lan, wohin gehst d... du?«

Vor den Treppenstufen des Haupttors stoppte Lan Wangji kurz und antwortete: »Vorhin meinte er, ich soll ihn wegbringen.«

Eilig ging Wen Ning hinterher und folgte ihm aus dem Lotuspier.

Als sie am Pier ankamen, stellten sie fest, dass alle Boote wieder zurückgefahren waren, nachdem sie die Gruppe an ihren Zielort befördert hatten. Nur ein paar alte Fährboote, um die sich keiner kümmerte, befanden sich noch an der Anlegestelle. Sie waren lang und schmal und ihre Form ähnelte der eines Weidenblattes. Sieben oder acht Personen fanden in einem Platz. Die Enden waren leicht nach oben gekrümmt und zwei Ruder hingen an den Bootsenden.

Mit Wei Wuxian auf dem Rücken stieg Lan Wangji ohne zu zögern in eines der Boote. Wen Ning eilte zum Bootsende und ergriff von sich aus die Ruder. Nachdem er einige Male damit ausgeholt hatte, glitt das Fährboot mehrere Dutzend Meter ruhig durch das Wasser. Wenig später folgte es dem Flussstrom, verließ den Pier und steuerte auf die Mitte des Gewässers zu.

Lan Wangji lehnte Wei Wuxian an sich und gab ihm als Erstes zwei Pillen. Nachdem er sich vergewissert hatte, dass er sie geschluckt hatte, holte er ein Taschentuch hervor und wischte Wei Wuxian langsam das Blut aus dem Gesicht.

Plötzlich hörte er Wen Nings nervöse Stimme. »J... Junger Herr Lan.«

»Ja?«, antwortete Lan Wangji.

Von der Bestimmtheit, mit der Wen Ning Jiang Cheng soeben gegenübergetreten war, war keine Spur mehr übrig. Er nahm all seinen Mut zusammen und meinte: »B... Bitte sag dem jungen Herrn Wei vorerst nicht, dass ich die Sache mit seinem herausgetrennten goldenen Kern erzählt habe. Er hat mir eindringlich eingeschärft, dass ich es unter keinen Umständen erzählen darf. Wahrscheinlich kann ich es ihm nicht lange verheimlichen, aber ich ...«

Nach einem kurzen Moment des Schweigens entgegnete Lan Wangji: »Keine Sorge.«

Wie es schien, atmete Wen Ning erleichtert auf, auch wenn Tote überhaupt keinen Atem hatten, mit dem sie das tun konnten. Aufrichtig bedankte er sich: »Vielen Dank, junger Herr Lan.«

Lan Wangji schüttelte den Kopf.

»Und danke, dass du damals auf dem Goldene Schuppen Plateau für meine Schwester und mich das Wort ergriffen hast. Daran habe ich mich immer erinnert. Es ... tut mir wirklich leid, dass ich danach die Kontrolle verloren habe«, meinte Wen Ning.

Lan Wangji sagte nichts.

Wen Ning setzte erneut an: »Und noch mehr bedanke ich mich dafür, dass du dich in all den Jahren um A-Yuan gekümmert hast.«

Bei diesen Worten hob Lan Wangji leicht seinen Blick.

»Ich dachte, dass jeder aus unserem Clan tot und kein einziger mehr am Leben sei. Ich habe nicht damit gerechnet, dass A-Yuan noch lebt. Er sieht meinem Cousin wirklich ähnlich, als er in seinen Zwanzigern war.«

»Er hat sich sehr lange in einem Loch in einem Baum versteckt. Er hatte hohes Fieber und war krank«, erwiderte Lan Wangji.

Wen Ning nickte. »Ich ging davon aus, dass er krank gewesen sein musste. Er erinnert sich an nichts aus seiner Kindheit. Ich habe mich lange mit ihm unterhalten, er hat viel über dich gesprochen.« Ein wenig enttäuscht fügte er hinzu: »Früher hat er nur über den jungen Herrn Wei geredet ... Jedenfalls hat er nie etwas über mich gesagt.«

Lan Wangji entgegnete: »Du hast ihm nichts erzählt.«

»Du meinst über seine Vergangenheit? Nein.«

Wen Ning drehte sich um und war nun mit dem Rücken zu den beiden gewandt. Während er weiter kräftig ruderte, sagte er: »Es geht ihm jetzt gut. Wenn er zu viel weiß und sich an zu viele tragische Dinge erinnert ... würde es ihm nicht mehr so gut gehen.«

»Früher oder später wird er es erfahren«, warf Lan Wangji ein.

Wen Ning war einen Augenblick verdutzt, stimmte dann aber zu: »Das stimmt. Irgendwann wird er es erfahren.« Er schaute hoch in den Himmel. Es ist genauso wie beim jungen Herrn Wei und Oberhaupt Jiang. Früher oder später musste Oberhaupt Jiang vom Transfer des goldenen Kerns erfahren. Er hätte es Oberhaupt Jiang doch nicht wirklich sein ganzes Leben lang verheimlichen können.«

Die Nacht war still, der Strom des Flusses stark.

Wie aus dem Nichts fragte Lan Wangji: »Tut es weh?«

Wen Ning verstand die Frage nicht. »Was?«

»Sich den Kern herausschneiden zu lassen. Tut es weh?«

»Wenn ich sagen würde, dass dem nicht so wäre, würdest du es mir doch sowieso nicht glauben, junger Herr Lan.«

»Ich dachte, Wen Qing wüsste eine Methode.«

»Bevor wir den Berg hochgestiegen sind, hat meine Schwester viele narkotisierende Mittel hergestellt, um den Schmerz beim Herausschneiden des goldenen Kerns zu lindern. Später hat sie aber festgestellt, dass sie diese Mittel nicht einsetzen kann. Denn wenn die Person während der Prozedur und während des Entfernens des goldenen Kerns aus dem Körper betäubt wäre, würde das den Kern beeinflussen. Dann könnte man nicht garantieren, ob und wann er sich auflöst.«

»Das heißt?«, fragte Lan Wangji.

Wen Ning hielt beim Rudern kurz inne. »Das heißt, dass die Person, der man den goldenen Kern entfernt, auf jeden Fall wach sein muss.«

Die Person musste auf jeden Fall wach sein.

Wei Wuxian hatte dabei zusehen müssen, wie sein goldener Kern, der mit seinen spirituellen Adern verbunden war, von seinem Körper abgetrennt worden war. Er hatte miterleben müssen, wie die zuvor tosende spirituelle Energie sich allmählich legte, sich immer weiter beruhigte und zum Erliegen kam. Bis sie sich in ein totes Gewässer verwandelt hatte, eines, das nie wieder Wellen schlagen würde.

Erst nach einer ganzen Weile hörte man Lan Wangjis Stimme, die etwas heiser klang. Bei den ersten drei Worten schien er zu zittern. »Die ganze Zeit über wach?«

»Ja, den einen Tag und die zwei Nächte über war er die ganze Zeit wach«, bestätigte Wen Ning.

»Wie sicher wart ihr euch damals?«, fragte Lan Wangji.

»Zu etwa fünfzig Prozent«, meinte Wen Ning.

»Fünfzig Prozent.« Lan Wangji atmete lautlos tief ein, schüttelte den Kopf und wiederholte: »Fünfzig ... Prozent.« Er ballte die Hand, mit der er Wei Wuxian im Arm hielt, sodass seine Fingerknochen weiß wurden.

Wen Ning erklärte: »Es gab bis dato niemanden, der diese Kunst des Kerntausches wirklich ausprobiert hat. Und auch wenn meine Schwester in der Vergangenheit einen Artikel über den Transfer des goldenen Kerns geschrieben hatte, so waren es doch nur Gedankenspiele gewesen. Niemand hatte sich für die Experimente zur Verfügung gestellt, daher blieben sie auch nichts weiter als Gedankenspiele. Die Qianbeis meinten alle, sie hätte eine zu blühende Fantasie. Außerdem hatte diese Technik überhaupt keinen praktischen Nutzen – denn niemand würde freiwillig seinen goldenen Kern für eine andere Person herausschneiden lassen. Andernfalls würde diese Person zu einem Invaliden werden. Sie könnte ihr ganzes Leben lang weder an die Spitze gelangen, noch würde sie irgendwo dazugehören. Als der junge Herr Wei zurückgekommen ist und uns aufgesucht hat, war meine Schwester daher anfangs strikt dagegen. Sie meinte, dass ein Artikel eine Sache sei, die tatsächliche Ausführung aber eine ganz andere. Sie war sich nicht einmal zur Hälfte sicher. Aber der junge Herr Wei gab einfach keine Ruhe. Er meinte, wenn sie sich zu fünfzig Prozent sicher wäre, würde das schon genügen, dann wären die Chancen immerhin halbe-halbe. Selbst wenn es ihr nicht gelingen sollte, fürchtete er die Konsequenzen nicht, würde er seinen goldenen Kern verlieren. Aber für jemanden wie Oberhaupt Jiang war das undenkbar. Er war zu ehrgeizig und legte auf solche Dinge einfach zu viel Wert. Das Kultivieren war sein Leben. Wenn Oberhaupt Jiang für den Rest seiner Tage nur noch ein gewöhnlicher Mensch wäre, der nirgendwo dazugehörte, wäre sein Leben vorbei.«

Lan Wangji senkte seinen Blick. Mit seinen Pupillen, blass wie Glas, starrte er in Wei Wuxians Gesicht. Er streckte eine Hand aus und strich unmerklich einmal mit seinen Fingerspitzen über dessen Wange.

Wen Ning warf einen Blick nach hinten und konnte sich die Frage nicht verkneifen: »Junger Herr Lan, du scheinst nicht sonderlich überrascht zu sein. Du ... Wusstest du Bescheid?«

»...« Lan Wangji stockte. »Ich ... wusste nur, dass seine spirituelle Energie wohl Schaden genommen hat, das etwas mit ihr nicht stimmte.«

Aber mit so etwas hatte er nicht gerechnet.

»Wenn es doch bloß ...«, setzte Wen Ning an.

Wenn es doch bloß einen anderen Weg gegeben hätte, den er hätte gehen können.

Genau in diesem Moment regte sich Wei Wuxians Kopf, der an Lan Wangjis Schulter lehnte. Seine Wimpern zitterten.

Langsam wachte er auf.

Kapitel 20:
Anhaltende Sehnsucht

Wen Ning verstummte augenblicklich.

Inmitten des Plätscherns des Wassers beim Eintauchen der Ruder öffnete Wei Wuxian mit brummendem Schädel seine Augen.

Er lehnte mit seinem Körper an Lan Wangji und bemerkte, dass sie nicht mehr im Lotuspier waren. Eine ganze Weile lang verstand er die Situation nicht, bis er schließlich die Blutspritzer an Lan Wangjis linker Hand und seinem Ärmel sah – wie Pfirsichblüten, die auf Schnee gefallen waren. Erst jetzt fiel ihm wieder ein, was passiert war, bevor er vor Zorn in Ohnmacht gefallen war. Schlagartig veränderte sich seine Miene und blankes Entsetzen zeichnete sich in seinem Gesicht ab, ruckartig richtete er sich auf.

Lan Wangji wollte ihn stützen, doch das Surren in Wei Wuxians Ohren war noch nicht abgeklungen und er schmeckte immer noch Blut. Ihm ging es elend, sodass er befürchtete, dass er Blut spucken und den von Natur aus reinlichen Lan Wangji ein weiteres Mal damit besudeln würde. Also winkte er eilig ab, drehte sich zur Seite und hielt sich an der Schiffsseite fest.

Lan Wangji wusste, dass es ihm nicht gut ging und stellte keine Fragen, sondern legte nur eine Hand auf seinen Rücken und übertrug ihm einen warmen, feinen spirituellen Fluss.

Nachdem der Eisengeschmack aus seiner Kehle verschwunden war, drehte Wei Wuxian sich um und bat Lan Wangji, seine Hand wegzunehmen. Sie saßen eine Weile schweigend da. Schließlich versuchte Wei Wuxian etwas zu sagen.

»Hanguang-Jun, wie sind wir da rausgekommen?«

Wen Ning wurde augenblicklich nervös und hörte auf zu rudern. Lan Wangji hielt sich jedoch an sein Versprechen und erwähnte mit keiner Silbe, was Wen Ning verraten hatte. Aber er log auch nicht oder suchte nach Ausreden, sondern sagte schlicht: »Wir haben gekämpft.«

Wei Wuxian rieb sich mit einer Hand die Brust und schien damit das angestaute Blut lösen zu wollen. Eine Weile später seufzte er und sprach seine Gedanken frei aus: »Ich wusste, dass Jiang Cheng uns nicht so einfach gehen lassen würde. Dieser Mistkerl ... Er ist wirklich unmöglich!«

Lan Wangjis Augenbrauen zogen sich zusammen. Mit tiefer Stimme sagte er: »Erwähne ihn nicht.«

Wei Wuxian war leicht überrascht von seinem unfreundlichen Tonfall und lenkte sofort ein. »Okay, ich erwähne ihn nicht.« Er dachte einen Moment nach, dann sprach er wieder: »Nun ja, Hanguang-Jun, mach dir nichts aus dem, was er gesagt hat.«

»Woraus?«, fragte Lan Wangji.

Wei Wuxians Augenlider zuckten. »Aus nichts von dem. Der Idiot war schon als Kind so. Sobald er wütend wird, redet er einfach ohne nachzudenken und sagt fürchterliche Dinge. Um Auftreten und Etikette schert er sich dann überhaupt nicht mehr. Solang es den Hörer ärgert, würde er alles sagen. Er hat sich in all den Jahren nicht gebessert. Du darfst dir das auf keinen Fall zu Herzen nehmen.« Während er sprach, achtete er heimlich auf Lan Wangjis Miene. Sein Herz rutschte ihm in die Hose.

Eigentlich hatte Wei Wuxian gedacht, oder besser gesagt gehofft, dass Lan Wangji sich jene Worte nicht zu Herzen nehmen würde. Zu seiner Überraschung sah Lan Wangji aber nicht so aus, als würde es ihm sonderlich gut gehen, und brachte nicht mal ein »Mhm« hervor. Wie es schien, missfielen Lan Wangji Jiang Chengs gehässige Worte sogar noch mehr, als er erwartet hatte. Vielleicht mochte er Jiang Cheng als Person einfach nicht, aber vielleicht ... reagierte er auch deshalb so ablehnend, weil er als »anstandslos«, »schamlos« und »x-beliebige Person« beschimpft worden war. Immerhin war der Gusu-Lan-Clan ein renommierter Clan, dessen Motto »Rechtschaffenheit« lautete. Und auch Hanguang-Jun selbst war noch nie mit derartigen Worten in Verbindung gebracht worden.

Auch wenn Wei Wuxian in letzter Zeit das Gefühl hatte, dass Lan Wangji ihn schätzte und ihn anders behandelte, so wagte er es nicht, darüber nachzudenken, wie weit Lan Wangjis Wertschätzung ging und ob dieses »anders« wirklich das bedeutete, was er vermutete.

Wei Wuxian war noch nie der Ansicht gewesen, dass Selbstvertrauen etwas Schlechtes sei, und war daher häufig überaus selbstgefällig. In den Überlieferungen war von zahlreichen amourösen Abenteuern des Yiling-Patriarchen die Rede, während er in Wahrheit noch nie eine Achterbahn der Gefühle durchlebt hatte. Er fand immer noch, dass Lan Wangji überaus leicht zu durchschauen war, doch in diesem Moment hatte er keine Ahnung, was in ihm vorging. Er befürchtete, dass er der Einzige war, der sich Hoffnungen machte. Er befürchtete, dass es lediglich sein Wunschdenken war und er zu viel Selbstbewusstsein hatte.

Lan Wangji schwieg.

Eigentlich wollte Wei Wuxian das tun, was er am besten konnte, und einen Witz reißen, um die Situation zu überspielen, befürchtete jedoch, dass es peinlich werden könnte, wenn er ihn so gezwungen necken würde. Er stockte einen Moment, ehe er plötzlich fragte: »Wohin fahren wir?«

Obwohl dieser Themenwechsel sehr ungeschickt war, spielte Lan Wangji mit und stellte ihm eine Gegenfrage: »Wohin möchtest du?«

Wei Wuxian kratzte sich am Hinterkopf. »Wir wissen noch nicht, ob Zewu-Jun in Sicherheit ist, und auch nicht, was Jin Guangyao eigentlich vorhat. Wie wäre es, wenn wir erst mal nach Lanling gehen ...?« Plötzlich fiel ihm etwas ein. »Nein, lass uns vorerst nicht nach Lanling reisen, sondern zur Stadt Yunping.«

»Yunping?«, fragte Lan Wangji.

»Genau. Die Stadt Yunping in Yunmeng. Ich habe es dir doch erzählt, oder? Auf dem Goldene Schuppen Plateau habe ich im Geheimzimmer des Duftpalastes ein Manuskript von mir gefunden, ebenso wie eine

Haus- und Landbesitzurkunde, die damit zusammen aufbewahrt wurde. Sie galt für einen Ort in der Stadt Yunping. Der Lanling-Jin-Clan hat sowohl Reichtum als auch Macht. Ich denke, wenn es damit nicht irgendetwas auf sich hätte, hätte Jin Guangyao diese Urkunde nicht extra so sorgsam aufbewahrt. Vielleicht finden wir dort ja etwas«, meinte Wei Wuxian.

Lan Wangji nickte.

»Junger Herr, liegt die Stadt Yunping denn in dieser Richtung?«, fragte Wen Ning.

»Was?!« Wei Wuxian bekam einen Schreck.

Lan Wangji und er saßen beide mit dem Rücken zum Bootsende, weshalb er Wen Ning die ganze Zeit über nicht gesehen hatte. Als er ihn so plötzlich sprechen hörte, erschrak er derart, dass er einen Purzelbaum machte, ehe er sich schockiert umdrehte.

»Wieso bist du hier?!«

Wen Ning schaute hoch und entgegnete mit leerem Gesichtsausdruck: »Ich? Ich war die ganze Zeit über hier.«

»Und wieso hast du dann kein Wort gesagt?«, fragte Wei Wuxian.

»Ich habe gesehen, dass du dich gerade mit Hanguang-Jun unterhältst, also habe ich nichts …«

»Aber du hättest doch zumindest ein Geräusch von dir geben können.«

Wen Ning hob das Ruder in seiner Hand hoch und rechtfertigte sich. »Junger Herr, ich rudere doch die ganze Zeit, also gebe ich auch die ganze Zeit über Geräusche von mir. Hörst du sie denn nicht?«

»…« Wei Wuxian winkte ab. »Ich habe nicht darauf geachtet. Egal, du musst nicht mehr rudern. Nachts ist der Strom des Flusses hier sehr stark, auch ohne zu rudern kommt man zügig voran.«

Er war in Yunmeng aufgewachsen und hatte von klein auf in den Gewässern dieser Gegend herumgetollt, sodass es nur natürlich war, dass er sich auskannte.

Wen Ning hörte auf ihn und legte das Ruder ab. Vorsichtig rückte er zwei Meter von den beiden weg ganz ans Ende des Boots.

Es war drei Uhr nachts gewesen, als sie am Lotuspier angekommen waren. Nach all dem Trubel brach nun bereits der Tag an. Das Blau des Himmels war von Weiß durchzogen, und an beiden Ufern zeichneten sich endlich die Konturen der Landschaft ab.

Wei Wuxian schaute sich um und sagte dann plötzlich: »Ich habe Hunger.«

Lan Wangji hob seinen Blick. Natürlich hatte Wei Wuxian überhaupt keinen Hunger. Kurz zuvor hatte er immerhin drei Küchlein von dem Stand am Lotuspier gegessen. Lan Wangji hatte aber nur eins gegessen. Außerdem war es das Einzige gewesen, was er in fast zwei Tagen zu sich genommen hatte. Wei Wuxian hatte das bemerkt.

Auf ihrem weiteren Weg gab es weit und breit keine Anzeichen von menschlicher Zivilisation. Wahrscheinlich hätten sie noch eine ganze Weile ausharren müssen, ehe sie bei einer Stadt angekommen wären, wo sie hätten rasten und speisen können.

»Dann ans Ufer?«, murmelte Lan Wangji.

»Hier in der Nähe gibt es kaum Menschen, aber ich kenne einen Ort, zu dem wir fahren können«, meinte Wei Wuxian.

Eilig ergriff Wen Ning das Ruder und steuerte das Boot in die Richtung, die Wei Wuxian ihm wies. Wenig später bogen sie in eine Abzweigung des Flusses ein und kurze Zeit darauf fuhren sie auf einen Lotussee.

Im See wuchsen Lotusblätter in den unterschiedlichsten Höhen. Sie bedeckten die Wasseroberfläche großzügig. Das schmale Fährboot bahnte sich seinen Weg durch die dicht an dicht gewachsenen Stiele und steuerte weiter auf den See hinaus. Von oben betrachtet zog das Boot eine Kette von schaukelnden grünen Blättern hinter sich her. Der Augenblick, in dem sie die smaragdgrünen Schirme passierten, ein großes Lotusblatt beiseiteschoben und darunter prall gefüllte, große Lotuskapseln zum Vorschein kamen, fühlte sich an, als würden sie kleine Schätze entdecken. Grinsend wollte Wei Wuxian gerade seine Hand ausstrecken und eine pflücken, als er Lan Wangjis Stimme vernahm. »Wei Ying.«

»Was ist?«, fragte Wei Wuxian.

»Dieser Lotusteich gehört doch jemandem«, warf Lan Wangji ein.

Ohne den Anflug eines schlechten Gewissens erwiderte Wei Wuxian: »Aber nicht doch.«

Selbstverständlich gab es einen Besitzer.

Seit Wei Wuxian elf Jahre alt war, hatte er häufig in allen möglichen Seen von Yunmeng Lotuskapseln und -nüsse gestohlen. Eigentlich hatte er bereits einen Schlussstrich unter seine diebische Vergangenheit gezogen und war viele Jahre nicht rückfällig geworden. Jetzt aber musste er Nahrung beschaffen und sich schleunigst wieder auf den Weg machen, sodass er nun aus dem Ruhestand zurückkehrte.

Doch Lan Wangji erwiderte monoton: »Ich habe gehört, dass die Lotusteiche hier alle einen Besitzer haben.«

»Ha ha ha ha ha ha, ist das so?«, entgegnete Wei Wuxian ertappt. »Das ist aber auch zu schade. Dir kommt viel zu Ohren, mir hingegen ist das neu. Dann lass uns fahren.«

Jetzt, da er aufgeflogen war, konnte er Lan Wangji natürlich nicht mehr dazu auffordern, mit ihm gemeinsam Unfug zu treiben. Was sollten nur die Menschen denken, wenn der große Hanguang-Jun Lotuskapseln stahl? Peinlich berührt wollte Wei Wuxian gerade das Ruder nehmen, als Lan Wangji die Hand ausstreckte und von sich aus eine Lotuskapsel pflückte.

Er überreichte sie Wei Wuxian. »Nur dieses eine Mal.«

Wei Wuxian pflückte wie verrückt Lotuskapseln, bis im Boot kaum noch Platz für ihre Füße war und die drei schließlich inmitten eines Berges an smaragdgrünen Schätzen saßen. Schälte man die grüne Schale ab, kamen die weichen Lotusnüsse zum Vorschein, die unter einem fluffigen, braunen Mantel verborgen lagen. Pulte man diese nacheinander heraus und häutete sie, erhielt man die in ihrem Inneren eingebetteten weißen, weichen Lotussamen. Sie schmeckten unglaublich süß und erfrischend. Selbst der hellgrüne Keimling in der Mitte war überhaupt nicht bitter.

Wen Ning saß am Bug und schälte unentwegt die Lotuskapseln. Auch Lan Wangji schälte ein paar und probierte, hörte jedoch kurz darauf auch schon wieder auf. Als Wen Ning ihnen die fertigen Lotussamen überreichte, schüttelte Lan Wangji den Kopf und überließ sie Wei Wuxian. Letztendlich aß der nahezu alle Lotuskapseln allein auf.

Sie trieben für weitere drei oder vier Stunden im Wasser, ehe sie am Anleger der Stadt Yunping ankamen. Die seichteren Stellen waren voller kleiner Fischerboote. Einige Frauen hatten sich bei den Steintreppen am Wasser versammelt und wuschen gerade ihre Wäsche. Junge Männer mit freien gebräunten Oberkörpern schwammen und tauchten am Flussrand herum. Sie sahen, dass ein Fährboot langsam auf sie zutrieb. Am Bootsende saß ein Mann mit gesenktem Haupt, während sich vor ihm zwei außergewöhnlich gut aussehende junge Männer befanden. Der vordere der beiden saß kerzengerade und seine Kleidung war weiß wie Schnee. Seine Aura war überirdisch, und auch der grinsende junge Mann neben ihm hatte ein äußerst hübsches Gesicht. Im Alltag begegnete man solchen Gestalten nur selten, sodass sie nicht umhinkamen, mit weit aufgerissenen Augen angestrengt in ihre Richtung zu starren. Einige der jungen Männer, die am Rand des Flusses schwammen, versammelten sich wie ein Schwarm Fische bei ihnen, sodass nun sieben oder acht Köpfe neben dem Fährboot auftauchten.

»Verzeihung, ist das hier die Stadt Yunping?«, fragte Wei Wuxian.

Ein junges Mädchen, das am Fluss Wäsche wusch, errötete. »Genau, das hier ist die Stadt Yunping.«

»Wir sind da, lasst uns ans Ufer«, meinte Wei Wuxian.

Das Fährboot legte an und Lan Wangji stand als Erster auf. Nachdem er an Land gegangen war, drehte er sich zu Wei Wuxian um und half ihm auf. Beide waren sie ausgestiegen, doch Wen Ning war immer noch in dem Boot. Er hatte Schwierigkeiten, vom Fleck zu kommen.

Als die jungen Schwimmer den leichenblassen Wen Ning mit den bizarren Linien auf Hals und Wangen entdeckt hatten, der noch dazu kein Wort sagte und seinen Kopf gesenkt hielt, fanden sie ihn zwar durchaus merkwürdig, hatten allerdings keine Angst vor ihm. Im Gegenteil, sie fanden ihn sogar interessant. Über ein Dutzend Hände klammerte sich an die Bootsseiten und rüttelten unentwegt an ihnen, sodass Wen Ning beinahe den Halt verlor.

Wei Wuxian drehte sich um und brüllte: »Hey! Was macht ihr da?! Hört auf, ihn zu schikanieren.«

Hastig meinte Wen Ning: »Junger Herr, ich kann so nicht aussteigen.«

Während Wen Ning nach Hilfe rief, klatschten zwei Schwimmer mit ihren Händen auf die Wasseroberfläche, um ihn nass zu spritzen. Wen Ning setzte ein bitteres Lächeln auf und war völlig hilflos. Wenn diese jungen Männer gewusst hätten, dass dieser »Mensch«, den sie da umzingelten und mit dem sie ihre Späße trieben, sie mit Leichtigkeit mit bloßen Händen in Stücke reißen und sogar ihre Knochen zu Staub zermalmen konnte, hätten sie es nie gewagt, so einen Unfug zu veranstalten.

Wei Wuxian nahm die Lotuskapseln, die noch übrig waren, und warf sie ihnen zu. »Holt sie euch!«

Sofort stoben die jungen Männer auseinander, um sie sich zu schnappen. Erst jetzt konnte der geplagte Wen Ning ans Ufer springen, wo er seinen triefnassen Saum auswrang.

Selbst wenn man Yunmengs gesamtes Gebiet betrachtete, war Yunping kein kleiner Ort und äußerst wohlhabend. Die drei gingen in die Stadt. Von den vielen Menschen und Läden wurde einem schwindelig.

Wen Ning mochte keine überfüllten Orte, sodass er kurze Zeit darauf verschwand.

Wei Wuxian erfragte sich anhand der Adresse aus seiner Erinnerung den Weg. Doch als die beiden endlich am Zielort angelangt waren und sich vergewissert hatten, was sie hier vorfanden, waren sie leicht überrascht.

Vor ihnen stand ein prachtvolles Gebäude, das überaus gut besucht war.

»Ist das ... ein Guanyin*-Tempel?«, fragte Wei Wuxian.

»Mhm.«

Jin Guangyao wirkte nicht besonders gläubig. Die beiden wechselten einen Blick, dann bahnten sie sich gemeinsam ihren Weg durch den endlosen Strom an Tempelbesuchern, schritten über die hohe Türschwelle und betraten das Innere des Tempels. Dieser hatte drei aufeinanderfolgende Innenhöfe, die durch Gebäudereihen voneinander abgetrennt waren. Überall stieg Rauch von Räucherstäbchen in die Höhe und man hörte Schläge auf Holzfische.** Eine Runde um den Tempel nahm nicht viel Zeit in Anspruch. Das hinterste Gebäude war eine große Halle mit einer Guanyin-Statue.

Die beiden standen nur kurz am Eingang, als auch schon ein Mönch sie mit aneinandergelegten Handflächen grüßte. Sie erwiderten den Gruß, und nachdem Wei Wuxian einige Höflichkeiten mit ihm ausgetauscht hatte, erkundigte er sich beiläufig: »Normalerweise werden Tempel doch in den Bergen errichtet. Tempel in der Stadt hingegen sind eine Seltenheit.«

Der Mönch lächelte. »Die Menschen in der Stadt sind ständig erschöpft und gehetzt. Sie benötigen viel eher einen Guanyin-Tempel, um Wünsche zu äußern und innere Ruhe zu finden.«

Wei Wuxian lächelte ebenfalls. »Stören der Lärm und die vielen Menschen die große Guanyin nicht?«

* Guanyin ist der weibliche Bodhisattva im Buddhismus.

** Schlaginstrument im Buddhismus zur Begleitung bei Rezitationen. Ursprünglich waren sie fischförmig, mittlerweile gibt es sie jedoch in verschiedenen Formen.

Der Mönch antwortete: »Guanyin führt alle Menschen aus dem Leid, wie könnte sie sich da von ihnen gestört fühlen?«

»Verehrt dieser Tempel nur Guanyin?«, fragte Wei Wuxian.*

»So ist es«, bestätigte der Mönch.

Die beiden drehten noch einige Runden im Tempel und hatten bereits verstanden. Nachdem sie ihn verlassen hatten, zog Wei Wuxian Lan Wangji in eine Seitengasse. Er hob einen Ast auf und malte einige Quadrate auf den Boden. Dann warf er den Ast beiseite und meinte: »Jin Guangyao hat keine Kosten und Mühen gescheut.«

Lan Wangji hob den Ast auf, den er weggeworfen hatte, und fügte den Quadraten noch einige Striche hinzu. Die Umrisse wurden immer klarer. Es handelte sich dabei um nichts Geringeres als eine Ansicht des Guanyin-Tempels aus der Vogelperspektive.

Wei Wuxian nahm ihm das Zeichenwerkzeug aus der Hand. »Um den Tempel ist ein großer Bannkreis, irgendetwas ist dort versiegelt.« Er zeigte auf eine bestimmte Stelle. »Er ist etwas kompliziert und recht stabil. Allerdings würde es reichen, wenn man das Auge hier, den Mittelpunkt des Bannkreises, zerstört, um das, was gefangen gehalten wird, zum Vorschein zu bringen.«

Lan Wangji richtete sich auf. »Wir zerstören es in der Nacht, wenn niemand da ist. Suchen wir uns erst mal einen Ort zur Rast, ehe wir einen Plan machen.«

Sie wussten nicht, wie stark das im Guanyin-Tempel versiegelte bösartige Wesen war, daher konnten sie bei den vielen Menschen natürlich nicht am helllichten Tag überstürzt agieren.

Wei Wuxian meinte: »Ich weiß nicht, wie lange es dauern wird, diese Kreatur zu erledigen. Schaffen wir es noch rechtzeitig nach Lanling? Oder verzögert das unsere Reise?«

»Es ist unklar, wie es um deinen Körper steht. Du darfst dich nicht übernehmen«, entgegnete ihm Lan Wangji.

* Es gibt auch Tempel, in denen mehrere Gottheiten verehrt werden.

Bei der jüngsten Belagerung der Grabhügel hatte Wei Wuxian zu viel Energie und Kraft verbraucht. Körper und Geist hatten lange unter Stress gestanden, und dann hatte Jiang Cheng ihn vor einigen Stunden auch noch so sehr erzürnt, dass er beinahe aus allen Gesichtsöffnungen geblutet hatte und erst nach einer ganzen Weile wieder zu Bewusstsein gekommen war. Auch wenn er gerade keine großen Einschränkungen spürte, konnte es sein, dass sie irgendetwas übersehen hatten. Wenn sie jetzt auf Biegen und Brechen nach Lanling eilen würden, würde es im entscheidenden Moment womöglich zu einem Unfall kommen, und das wäre ein Desaster.

Außerdem war er nicht der Einzige, der sich die letzten beiden Tage körperlich und geistig verausgabt hatte. Auch Lan Wangji hatte keine ruhige Minute gehabt. Und auch wenn er selbst keine Pause brauchte, so hatte Lan Wangji doch eine nötig, dachte sich Wei Wuxian. Daher stimmte er zu: »Gut, dann suchen wir uns erst mal einen Ort, an dem wir uns etwas ausruhen können.«

Wei Wuxian kam überall zurecht. Wenn er Geld hatte, nahm er sich ein luxuriöses Zimmer, wenn nicht, schlief er neben Baumwurzeln. Doch jetzt war Lan Wangji an seiner Seite und er konnte sich überhaupt nicht vorstellen, wie der unter einem Baum liegen oder sich mit ihm in ein schmutziges, kleines Zimmer quetschen würde. Daher gingen sie noch eine ganze Weile weiter, bis sie schließlich am anderen Ende der Stadt Yunping ein stattliches Gasthaus aussuchten.

Freudig stürmte die Chefin heraus und zog sie beinahe hinein.

Das Gasthaus war sehr ordentlich und das Erdgeschoss fast vollständig mit Gästen gefüllt. Offensichtlich beherrschte die hier zuständige Person ihr Handwerk. Es waren hauptsächlich Frauen angestellt. Die jüngsten unter ihnen waren Jugendliche, die voller Elan den Boden fegten, während die älteren Damen mollige Köchinnen waren. Als sie sahen, wie von draußen zwei junge Männer hereinkamen, blitzten ihre Augen auf. Ein junges Mädchen, das gerade einem Gast Wasser nachschenken wollte, starrte Lan Wangji an und bemerkte dabei nicht, dass die Öffnung ihrer Teekanne in die falsche Richtung zeigte. Die Chefin schimpfte und ermahnte sie, dass sie ihrer Arbeit sorgsamer nachgehen sollte, dann führte sie Wei Wuxian und Lan Wangji persönlich nach oben, um ihnen die Räumlichkeiten zu zeigen. Auf dem Weg fragte sie: »Wie viele Zimmer benötigen die beiden jungen Herren?«

Sofort pochte Wei Wuxians Herz wild in seiner Brust. Wortlos schielte er zu Lan Wangji.

Vor zwei Monaten wäre das überhaupt keine Frage gewesen. Als er gerade erst auf diese Welt zurückgekommen war, hatte er alles in seiner Macht Stehende unternommen, um Lan Wangji anzuekeln und ihn dadurch schleunigst loszuwerden. Dieses Verhalten hatte Lan Wangji jedoch durchschaut, sodass er seither einfach immer nur ein Zimmer gebucht hatte – denn ganz egal, wie viele es gewesen wären, letztendlich wäre Wei Wuxian so oder so zu ihm ins Bett geklettert.

Und nicht nur das. Da zu jenem Zeitpunkt noch niemand seine Identität gekannt hatte, hatte es nichts gegeben, was Wei Wuxian zu peinlich gewesen wäre oder was er nicht getan hätte. Am ersten Abend, nachdem sie die Wolkennische verlassen hatten, hatte er sich direkt in Lan Wangjis Bett gelegt. Als dieser reinkam und sah, wie Wei Wuxian sich auf seinem Bett hin- und herrollte, stand er erst einmal eine Weile mit ausdrucksloser Miene da, ehe er in das für Wei Wuxian gebuchte Zimmer nebenan ging.

Natürlich ließ Wei Wuxian ihn nicht einfach so davonkommen, sondern folgte ihm und lag ihm damit in den Ohren, dass er bei ihm schlafen wolle. Nachdem er zu ihm ins Bett geklettert war, warf er sogar noch ein Kissen aus dem Fenster, weil er sich unbedingt eines mit Lan Wangji teilen wollte. Und dann fragte er Lan Wangji sogar noch, warum er bekleidet schliefe und versuchte gewaltsam, ihm beim Ausziehen zu helfen. Mitten in der Nacht steckte er plötzlich seine eiskalten Füße unter Lan Wangjis Decke, griff nach seiner Hand und legte sie mit den Worten »Hör dir meinen Herzschlag an, Hanguang-Jun!« auf seine Brust. Dann sah er ihm unschuldig, aber zärtlich und liebevoll in die Augen ... Woraufhin ihm Lan Wangji letztendlich einen sanften Schlag verpasst hatte, sodass er am ganzen Körper erstarrt war, sich nicht mehr hatte regen können und schließlich Ruhe eingekehrt war.

Er konnte es nicht ertragen, daran zurückzudenken. Zum ersten Mal war Wei Wuxian über seine eigene Schamlosigkeit schockiert.

Als Wei Wuxian zum dritten Mal zu Lan Wangji hinüberschielte, hielt dieser seine Augenlider noch immer wortlos gesenkt und Wei Wuxian konnte seinen Gesichtsausdruck nicht klar erkennen. Da er nicht auf die Frage der Chefin antwortete, schossen Wei Wuxian alle möglichen Gedanken durch den Kopf. *Zuvor hat Lan Zhan doch immer nur ein Zimmer gebucht, wieso sagt er heute nichts? Wenn er heute zwei Zimmer möchte, bedeutet das, dass es ihm tatsächlich etwas ausmacht. Aber wenn er nach wie vor nur ein Zimmer bucht, bedeutet das auch nicht, dass es ihm nichts ausmacht. Vielleicht tut er das dann nur, damit es nicht so wirkt, als würde es ihm etwas ausmachen, damit es mir nichts ausmacht ...*

Während er sich in seinem Gedankenkarussell verstrickte, beantwortete die Chefin ihre Frage kurzerhand entschlossen selbst: »Ein Zimmer, oder? Ein Zimmer reicht doch! In meinen Zimmern haben auch zwei Personen genügend Platz. Die Betten sind nicht schmal.«

Wei Wuxian wartete einen Moment ab. Lan Wangji brachte keine Widerworte hervor, und erst jetzt legte sich Wei Wuxians Nervosität, sodass er wieder etwas zur Ruhe kam.

Die Chefin stieß einen Türflügel auf und führte sie ins Zimmer. Tatsächlich war es groß genug.

»Ach, möchten die beiden Herren etwas speisen? Unsere Köchinnen sind wirklich gut, soll ich Euch die Speisen hochbringen, wenn sie fertig sind?«

»Gern. Aber nicht jetzt, sondern etwas später bitte. Um sieben.«

Die Chefin stimmte zu und ging. Gerade als sie zur Tür raus war und Wei Wuxian sie schließen wollte, eilte er ihr plötzlich nach und rief: »Chefin!«

»Habt Ihr einen Wunsch, junger Herr?«, erkundigte sie sich.

Wei Wuxian schien einen Entschluss gefasst zu haben und meinte leise: »Bitte serviert zum Abendessen auch ein wenig Alkohol ... Je stärker, desto besser.«

Die Chefin lächelte. »Aber selbstverständlich!«

Anschließend ging er zurück, als wäre nichts gewesen, schloss die Tür und setzte sich an den Tisch. Lan Wangji streckte eine Hand nach ihm aus und presste sie auf seine Vene am Handgelenk. Wei Wuxian wusste, dass Lan Wangji ihn damit nur körperlich untersuchte. Als die beiden schlanken, hellen Finger weiter nach oben wanderten und dabei sanft pressten und abtasteten, krümmte Wei Wuxian leicht die Finger seiner anderen Hand, die unter dem Tisch verborgen lag. Nachdem Lan Wangji ihn fast eine Stunde untersucht hatte, meinte er schließlich: »Dein Zustand ist unbedenklich.«

Wei Wuxian streckte sich und lächelte. »Danke.« Er bemerkte, dass Lan Wangji ernst wirkte und seine Augenbrauen zusammenzog, also fragte er nach: »Hanguang-Jun, sorgst du dich um Zewu-Jun? Ich denke, dass Jin Guangyao recht viel Respekt vor ihm hat. Außerdem sind Zewu-Juns Kultivierungsfertigkeiten besser als seine. Zewu-Jun ist ihm gegenüber bereits auf der Hut und würde daher wohl nicht auf ihn reinfallen. Lass uns schleunigst den Bannkreis des Guanyin-Tempels zerstören und morgen unsere Reise fortsetzen.«

»Merkwürdig«, meinte Lan Wangji.

Wei Wuxian verstand nicht. »Was?«

»Mein Bruder und Jin Guangyao sind seit vielen Jahren eng befreundet. Jin Guangyao ist nicht impulsiv oder blutdürstig, nie handelte er voreilig.«

»Hm, den Eindruck habe ich auch von ihm. Es ist nicht so, als wäre Jin Guangyao nicht brutal, aber wenn er die Wahl hat, vermeidet er es tunlichst, andere vor den Kopf zu stoßen.«

»Diesmal war die Belagerung aufwändig und übereilt, das sieht ihm nicht ähnlich.«

Wei Wuxian dachte eine Weile nach, dann sagte er: »Die Belagerung der Grabhügel hätte erfolgreich sein können, doch es war auch klar, dass sich bei einem Fehlschlag die gesamte Kultivierungswelt gegen ihn richten würde. Das Risiko war recht hoch.«

»Vielleicht gibt es noch mehr Geheimnisse, denen wir auf den Grund gehen müssen«, meinte Lan Wangji.

Wei Wuxian seufzte innerlich. *Mehr als diese Geheimnisse interessiert mich jetzt eigentlich ... ob eine homosexuelle Orientierung bei der Körperopferung übertragen werden kann!*

Während Wei Wuxian nachdachte, überkam ihn die Müdigkeit der letzten Tage, sodass er sich die Schläfen rieb.

Lan Wangji bemerkte dies. »Ruh dich aus.«

»Gut«, stimmte Wei Wuxian zu und setzte sich aufs Bett. Er warf seine Schuhe fort und legte sich hin. »Hanguang-Jun, willst du dich nicht auch ...« An dieser Stelle bemerkte er ein peinliches Problem.

Es gab nur ein Bett im Raum.

Wenn Lan Wangji sich ebenfalls ausruhen wollte, musste er sich zu ihm ins Bett legen. Auch wenn sie in den vergangenen Wochen unzählige Male in einem Bett geschlafen hatten, schien jetzt vieles komplizierter zu sein, nachdem Jiang Cheng sie bei der Ahnenhalle des Lotuspiers so wüst beschimpft hatte. Bereits bei der Frage, wie viele Zimmer sie nehmen wollten, hatte Lan Wangji ewig nachgedacht.

Und nun forderte er ihn auch noch dazu auf, sich zu ihm ins Bett zu legen!

»Nicht nötig«, meinte Lan Wangji.

Wei Wuxian richtete sich leicht auf. »Das geht doch nicht, du hast die letzten Tage doch auch ...« Bereits während er es aussprach, bereute er es auch schon wieder. Was, wenn Lan Wangji das alles so lästig fand, dass er zwei Zimmer bevorzugen würde? Wäre das nicht umso unangenehmer?

Doch Lan Wangji sagte bloß: »Brauche ich nicht. Ruh du dich aus.«

Wei Wuxian strich sich übers Kinn. »Na gut ... Dann lege ich mich eine Weile hin. Weck mich bitte um drei.«

Als Wei Wuxian sah, wie Lan Wangji aufrecht neben dem Tisch saß und anfing, mit geschlossenen Augen zu meditieren, sank er langsam zurück aufs Bett. Er kreuzte die Arme im Nacken und starrte eine Weile die Decke an, dann drehte er sich um, sodass er mit dem Rücken zu Lan Wangji lag. Auch nach einer ganzen Weile waren seine Augen immer noch offen. Er konnte nicht einschlafen und war innerlich aufgewühlt.

Damals, als er den Wahnsinnigen gespielt hatte, hatte er Dinge gesagt, wie dass er nur neben Lan Wangji schlafen könne. Natürlich war das alles nur Unsinn gewesen. Jedoch schien dieser Unsinn mittlerweile real geworden zu sein. Seit wann das so war, wusste er nicht.

Was nun? Kann ich ab jetzt etwa in keinem Bett mehr schlafen, in dem nicht auch Lan Zhan liegt?

Nachdem er sich eine ganze Weile hin und her gewälzt hatte, zwang sich Wei Wuxian schließlich dazu, die Augen zuzumachen.

Er wusste nicht, wie lange er geschlummert hatte. Sobald er aufwachte und aus dem Fenster schaute, bemerkte er aber, dass es längst dunkel war. Wahrscheinlich war es bereits nach fünf Uhr.

Sofort setzte er sich auf. Hinter sich hörte er ein merkwürdiges Geräusch. Als er sich umdrehte, sah er, dass Lan Wangji ein Buch zugeklappt hatte.

»Lan Zhan, warum hast du mich nicht geweckt? Du solltest mich doch um drei wecken?«

»Dein Geist und Körper müssen sich erholen. Keine Eile.«

Wei Wuxian hatte den halben Tag geschlafen, und in der ganzen Zeit hatte Lan Wangji wahrscheinlich nur ein Buch von unten geholt und war dann zum Lesen zurückgekommen. Er hatte ein wenig ein schlechtes Gewissen und sprang aus dem Bett. »Entschuldige, ich habe zu lange geschlafen. Leg du dich doch jetzt etwas hin.«

»Macht nichts«, entgegnete Lan Wangji.

In diesem Moment klopfte es an der Tür. Die Chefin rief von draußen: »Werte Herren, ich bringe das Essen.«

Erst jetzt merkte Wei Wuxian, dass es sogar schon sieben Uhr war.

Lan Wangji öffnete die Tür. Die Chefin brachte ein Tablett mit einem Schnapskännchen und zwei Becherchen herein. Beim Eintreten meinte sie: »Ach je, so wie's aussieht, habt Ihr bis gerade eben geschlafen?«

Wei Wuxian fühlte sich noch schuldiger und lachte trocken. Die Chefin setzte das Tablett auf dem Tisch ab. »Woher kommt Ihr beiden jungen Herren? Wenn Ihr von außerhalb kommt, habt Ihr sicher eine anstrengende Reise hinter Euch. Ihr müsst Euch gut ausruhen, damit Ihr gestärkt Eure Besichtigung fortsetzen könnt.«

»Aus Gusu«, antwortete Wei Wuxian, ohne groß nachzudenken.

Die Chefin war nicht überrascht. »Ist das so?! Kein Wunder, ich dachte mir schon, dass zwei so außergewöhnlich attraktive junge Herren wie Ihr ganz sicher aus einer wasserreichen Region wie Jiangnan kommen.«*

Lan Wangji tat so, als hätte er nichts gehört, und Wei Wuxian lachte. »Ich kann mich nicht mit ihm vergleichen, er sieht viel besser aus als ich.«

»Er ist schön, Ihr seid gutaussehend. Ihr seid verschieden, aber beide attraktiv! Ach, stimmt!« Ihr schien etwas eingefallen zu sein. »Wenn Ihr für eine Besichtigung hier seid, könntet Ihr dem Guanyin-Tempel unserer Stadt einen Besuch abstatten.«

* In China glaubt man, dass florierende Orte mit schönen Landschaften schöne Menschen hervorbringen.

Wei Wuxian wollte sich gerade bei ihr nach dem Tempel erkundigen, als sie ihn von sich aus erwähnte. Er ging darauf ein. »Wir haben den Tempel vorhin besichtigt. Es kommt wirklich selten vor, dass ein Guanyin-Tempel innerhalb einer Stadt errichtet wird.«

Die Chefin hatte den gleichen Eindruck. »Stimmt, ich war auch überrascht, als ich ihn das erste Mal gesehen habe.«

»Chefin, wann seid Ihr denn in die Stadt Yunping gekommen?«, fragte Wei Wuxian.

»Das müsste jetzt acht Jahre her sein.«

»Und damals war der Guanyin-Tempel schon da? Habt Ihr etwas darüber gehört, warum der Tempel mitten in der Stadt errichtet worden ist?«

»Davon weiß ich nichts. Auf jeden Fall ist der Tempel aber äußerst gut besucht. Die Bewohner der Stadt Yunping gehen alle dorthin und bitten Guanyin um ihren Schutz, wenn ihnen etwas widerfährt. Wenn ich nichts zu tun habe, gehe auch ich dorthin und zünde einige Räucherstäbchen an.«

Beiläufig fragte Wei Wuxian: »Warum geht Ihr dann nicht direkt zum hiesigen Kultivierungsclan?«

Nachdem er die Frage gestellt hatte, fiel ihm ein, dass der ansässige Kultivierungsclan doch der Yunmeng-Jiang-Clan sein musste? Zu seiner Überraschung verzog die Chefin den Mund.

»Den sollen wir aufsuchen? Als ob wir das wagen würden.«

»Ach so? Wieso nicht?«, hakt Wei Wuxian nach.

»Ihr beiden jungen Herren kommt nicht aus der Stadt Yunping und wisst es daher nicht. Die ganze Region Yunmeng wird vom Jiang-Clan verwaltet. Doch das Clanoberhaupt ist sehr aufbrausend, richtig Furcht einflößend. Seine Untergebenen haben gesagt, dass der Clan allein ein sehr großes Gebiet verwaltet und nicht hinterherkäme, wenn man bei jeder Angelegenheit sofort jemanden vorbeischicken würde. Immerhin gäbe es wohl täglich fast hundert Vorfälle, in denen kleinere Geister und

Dämonen Schabernack mit den Menschen treiben. Solang dabei niemand ums Leben kommt, fällt der Angriff nicht in die Kategorie ›bösartiger Geist‹, und solang es nicht um bösartige Geister geht, soll man sie auch nicht mit diesen Kleinigkeiten behelligen.« Sie schnaubte. »Was soll das denn bitte schön heißen? Wenn man abwartet, bis jemand dabei umkommt und sie dann erst aufsucht, ist es ja wohl zu spät!«

Tatsächlich war es so, dass die größeren Clans stillschweigend dieser Regel folgten und nichts unternahmen, solang es sich nicht um bösartige Geister handelte. »Dort zu erscheinen, wo es Ärger gibt« war zwar etwas, das von der Allgemeinheit gepriesen wurde, doch der Einzige, der wirklich danach handelte, war Lan Wangji, der sich hier an seiner Seite befand.

Die Chefin setzte wieder an: »Außerdem ist der Lotuspier ganz schön gruselig. Wer traut sich da schon noch hin?!«

Wei Wuxian wandte seinen Blick von Lan Wangjis ruhigem Profil ab und fragte überrascht: »Der Lotuspier ist gruselig? Wieso denn das? Wart Ihr schon einmal dort?«

»Das nicht. Aber ich kenne jemanden, der einmal hingegangen ist, weil es in seinem Haus so sehr gespukt hat. Aber er hatte kein Glück. Das Oberhaupt des Jiang-Clans schwang gerade eine leuchtende Peitsche und schlug damit jemanden auf dem Übungsplatz seines Clans. Die kläglichen Schreie und die Fleischfetzen flogen zum Himmel! Ein Diener meinte es gut mit meinem Bekannten und erzählte ihm leise, dass das Oberhaupt schon wieder die falsche Person erwischt hatte und seit Tagen schlecht gelaunt war. Er erklärte ihm, dass er ihn jetzt auf keinen Fall reizen sollte. Mein Bekannter erschrak derart, dass er das Geschenk, das er mitgebracht hatte, liegen ließ und fortrannte. Seitdem hat er es nie mehr gewagt, dem Lotuspier einen Besuch abzustatten.«

Wei Wuxian war längst zu Ohren gekommen, dass Jiang Cheng in den vergangenen Jahren überall Kultivierer des dämonischen Pfads festgenommen hatte, bei denen er den Verdacht gehegt hatte, dass von ihren Körpern Besitz ergriffen worden war. Er hatte sie alle zum Lotuspier gebracht und brutal gefoltert. Wahrscheinlich hatte der Bekannte der Chefin ihn gerade angetroffen, als er seinem Ärger Luft gemacht hatte. Wei Wuxian konnte sich gut vorstellen, was für eine Fratze Jiang Cheng in jenem Moment gemacht haben musste. Da war es kein Wunder, dass ein gewöhnlicher Mensch Reißaus nahm.

»Und ich habe gehört, wie noch jemand anderes vor Angst die Flucht ergriffen hat«, fügte die Chefin hinzu.

»Angst wovor?«, wollte Wei Wuxian wissen. Es hätte ja wohl kaum sein können, dass auch diese Person Jiang Cheng zufällig dabei angetroffen hatte, wie er gerade jemanden auspeitschte. Wie schnell und wie oft hatte Jiang Cheng eigentlich jemanden geschnappt und mit Zidian bearbeitet?

»Nein, nein. Man könnte sagen, dass er viel eher Pech hatte. Die Person hieß mit Nachnamen Wen. Da die Erzfeinde von Oberhaupt Jiang genauso heißen, hasst er alle mit diesem Namen. Sobald er so jemandem begegnet, fletscht er die Zähne und möchte ihm am liebsten die Haut abziehen. Natürlich ließ er da kein gutes Haar an ihm …«

Wei Wuxian senkte den Kopf und kniff sich in die Stelle zwischen seinen Augenbrauen.

Er schwieg. Glücklicherweise musste er jedoch auch gar nichts sagen, denn nachdem die Chefin sich so lang und breit über Jiang Cheng ausgelassen hatte, war sie zufrieden und meinte: »Ich habe so viel geredet, dass ich Euch vom Essen abgehalten habe, oder? Dann störe ich nicht weiter. Ich gehe jetzt, falls Ihr noch einen Wunsch habt, könnt Ihr Euch gern an mich wenden.«

Wei Wuxian bedankte sich und brachte sie zur Tür, dann drehte er sich um. »So wie es aussieht, liegt der Fall, den wir untersuchen, über acht Jahre in der Vergangenheit. Lass uns morgen noch ein paar Einheimische befragen.«

Lan Wangji nickte leicht und Wei Wuxian fuhr fort: »Aber vielleicht werden wir auch nichts erfahren. Acht Jahre sind wirklich lang, da vergisst man vieles.«

Er hob die Hand und wollte ihnen gerade etwas einschenken, zögerte dann jedoch eine Sekunde und ermahnte sich selbst. *Wenn er nichts trinkt, dann belasse ich es dabei. Falls er doch einen Schluck nimmt, frage ich nur einige Dinge und werde auf keinen Fall irgendetwas anderes tun. Ich möchte nur wissen, was er eigentlich denkt. Er erinnert sich ja sowieso nicht daran, wenn er aufwacht ... Es wird keinen Unterschied machen.*

Erst als er sich das vorgenommen hatte, schenkte er mit ruhiger Hand den Schnaps ein und schob ihn Lan Wangji hin, als wäre nichts vorgefallen. Eigentlich ging er davon aus, dass Lan Wangji nichts trinken würde. Womöglich war dieser jedoch gerade in Gedanken versunken, sodass er den Becher, ohne ihn anzuschauen, anhob und in einem Zug leerte.

Wei Wuxian führte seinen Schnapsbecher an die Lippen und schaute, augenscheinlich ohne Hintergedanken, zu ihm rüber. Nachdem er einen kleinen Schluck genommen hatte, verschluckte er sich jedoch und hustete eine ganze Weile lang.

Die Chefin kommt den Wünschen ihrer Gäste wirklich gewissenhaft nach. Ich meinte, sie solle ruhig starken Alkohol nehmen, und das hat sie auch getan.

An sich konnte er Alkohol runterkippen, der zehnmal stärker war als dieser Schnaps, und das ohne eine Miene zu verziehen. Dass er sich gerade verschluckt hatte, lag allein daran, dass er geistig abwesend gewesen war. Er wischte sich den Schnaps von der Kleidung. Als er wieder aufschaute, war Lan Wangji bereits, ganz wie erwartet, in seinem üblichen Zustand, wenn er trank.

Diesmal war er sitzend auf der Bambusmatte eingeschlafen. Seine Haltung war immer noch aufrecht, und abgesehen davon, dass er seine Augen fest geschlossen hatte und den Kopf leicht gesenkt hielt, unterschied sich diese Position in keiner Weise von seiner normalen Sitzhaltung.

Wei Wuxian winkte mit der Hand vor seinem Gesicht hin und her. Als Lan Wangji nicht reagierte, war er beruhigt. Er streckte seine Hand aus, hob Lan Wangjis Kinn leicht an und sagte leise: »Die letzten Tage musste ich mich ganz schön zurückhalten, Hanguang-Jun. Jetzt bist du endlich in meiner Gewalt.«

Der schlafende Lan Wangji hob gehorsam das Gesicht. Mit geöffneten Augen wirkte sein Blick aufgrund seiner überaus blassen Pupillen kalt und gleichgültig, er schien streng und unverletzlich. Mit geschlossenen Augen waren seine Züge jedoch viel weicher und er sah aus wie die Jadestatue eines jungen, attraktiven Mannes. Er war ruhig und friedlich und übte eine gewaltige Anziehungskraft auf andere aus. Je länger Wei Wuxian ihn betrachtete, desto mehr zog Lan Wangji ihn in seinen Bann. Während er sein Kinn hielt, näherte er sich seinem Gesicht unwillkürlich immer mehr, bis er ihm schließlich sehr nahe war. Inmitten des kühlen, klaren Sandelholzgeruchs kam Wei Wuxian plötzlich wieder zu sich und zog schleunigst seine Hand zurück, sodass Lan Wangjis Kopf wieder hinabsank.

Wei Wuxians Herz hämmerte wild in seiner Brust. Um sich zu beruhigen, rollte er sich einige Male auf dem Boden hin und her und sprang dann auf. Er redete auf sich selbst ein, dass er einen kühlen Kopf bewahren musste. Langsam setzte er sich Lan Wangji wieder gegenüber. Er verharrte ordentlich in dieser Position und wartete, bis dieser aufwachte. Er konnte es jedoch nicht lassen und stupste einige Male an seine Wange. Dabei fiel ihm ein, dass er noch nie gesehen hatte, wie Lan Wangji aussah, wenn er lächelte. Also zog er dessen Mundwinkel mit zwei Fingern nach oben. Plötzlich spürte er einen leichten Schmerz in einem seiner Finger.

Lan Wangji hatte die Augen geöffnet und starrte ihn kalt an. Zudem hatte er einen von Wei Wuxians Zeigefingern zwischen seinen Zähnen.

»…«

»Lass los«, sagte Wei Wuxian.

Erhobenen Hauptes und immer noch kalt dreinblickend streckte Lan Wangji seine Brust raus. Er lehnte seinen Körper leicht nach vorn und biss ihn dann zunächst in das erste und dann in das zweite Fingerglied – und diesmal biss er fester zu.

»Autsch!«, rief Wei Wuxian.

Erst jetzt lockerte Lan Wangji langsam seinen Kiefer. Wei Wuxian nutzte die Gelegenheit, um seine Hand zurückzuziehen und rollte sich weg.

Von dieser Attacke standen ihm die Haare zu Berge. Alles, was biss, erinnerte ihn an Hunde, und sobald er an die dachte, stellten sich bei ihm die Nackenhaare auf. Noch bevor er sich aber allzu weit wegrollen konnte, hatte Lan Wangji auch schon ruckartig Bichen gezogen, es kraftvoll in die Bambusmatte gerammt und damit einen Zipfel von Wei Wuxians Kleidung aufgespießt.

Sie hatten sich zuvor am Lotuspier umgezogen. Die Kleidung, die sie jetzt trugen, bestand aus einem besonderen Material und war nicht leicht zu zerreißen. Wei Wuxian hing nun also mit dem Zipfel fest und konnte nicht weiter wegrollen.

»Lan Zhan, schau mal. Du hast ein Loch in die Bambusmatte und in den Boden gebohrt, dafür musst du zahlen ...«, murmelte er.

Noch bevor Wei Wuxian ausgesprochen hatte, spürte er, wie Lan Wangji ihn hinten am Kragen packte und zurückzog. Sein Rücken prallte gegen seine Brust und sofort erklang Lan Wangjis tiefe Stimme neben seinem Ohr: »Ich zahle!«

Anschließend zog er Bichen aus dem Boden und schien noch ein paar Male zustechen zu wollen.

Eilig stürzte Wei Wuxian sich nach hinten und hielt ihn auf. »Halt! Was ist denn mit dir los? Schau nur, was du anrichtest, nachdem du mal etwas getrunken hast. Warum tust du so etwas Schlimmes?«

Sein Tonfall war tadelnd. Lan Wangji sah ihn an, dann schaute er auf seine eigene Hand, und schließlich auf das Loch im Boden. Plötzlich schien er zu Sinnen zu kommen und schmiss das Schwert fort. Klirrend fiel Bichen zu Boden und rollte weg.

Wei Wuxian nahm die Schwertscheide in die rechte Hand und kickte mit seinem Fuß das Schwert hoch. Ruhig und zielgenau landete Bichen in der Scheide. »So etwas Gefährliches darfst du nicht einfach rumliegen lassen«, ermahnte er Lan Wangji.

Der richtete sich bei diesen Worten noch mehr auf und senkte den Kopf. Er schien seinen Fehler einzusehen und war bereit, sich gewissenhaft eine Standpauke anzuhören. Sonst war immer Lan Wangji derjenige, der ihn ernst belehrte. Nur jetzt, wo er betrunken war, bot sich Wei Wuxian die Gelegenheit, den Spieß einmal umzudrehen. Er klemmte sich Bichen unter die Arme und verschränkte sie. Dann schaute er Lan Wangji mit schief gelegtem Kopf an und unterdrückte das Lachen derart, dass er am ganzen Körper zitterte.

Er mochte den betrunkenen Lan Wangji einfach zu sehr!

Auf die Art löste sich Wei Wuxians Dilemma und Zwickmühle der letzten Tage mit einem Mal wie in nichts auf. Es war, als könnte er jetzt endlich alles, was sich zuvor in ihm angestaut hatte, herauslassen.

Nachdem Wei Wuxian den ordentlich dasitzenden Lan Wangji einige Male umrundet hatte, setzte er sich neben ihn. Er hielt den durchbohrten Zipfel hoch, um ihn ihm zu zeigen. »Sieh nur, was du angestellt hast. Du hast meine Kleidung kaputt gemacht. Das musst du mir später ausbessern, verstanden?«

Lan Wangji nickte, und Wei Wuxian fragte daraufhin: »Weißt du denn, wie man Kleidung ausbessert?«

Lan Wangji schüttelte den Kopf.

»Das habe ich mir gedacht. Dann musst du es eben lernen. Jedenfalls musst du mir meine Kleidung ausbessern. Hast du das verstanden?«

Als Wei Wuxian sah, wie Lan Wangji erneut nickte, nahm er zufrieden ein Sitzkissen. Da noch niemand das Loch entdeckt hatte, das Bichen hinterlassen hatte, nutzte er die Gelegenheit und verdeckte es damit. »Ich verdecke dieses Loch für dich, so wird niemand merken, was du Böses angestellt hast.«

Lan Wangji zog den filigranen, hübschen Geldbeutel aus seiner Brusttasche und hielt ihn vor Wei Wuxians Gesicht. Er schüttelte ihn und meinte: »Hier.«

Wei Wuxian entgegnete: »Ich weiß, dass du Geld hast, steck es wieder ein ... Was machst du da?«

Lan Wangji hatte den Geldbeutel in Wei Wuxians Brusttasche gesteckt. Wei Wuxian fühlte die schwere Beule und fragte: »Für mich?«

Nachdem Lan Wangji ihm den Geldbeutel überlassen hatte, richtete er Wei Wuxians Kragen. Dann klopfte er ihm sogar noch auf die Brust, da er zu befürchten schien, dass er ihn verlieren würde. »Nimm ihn.«

»Du gibst ihn mir wirklich? Das ist ganz schön viel Geld«, erwiderte Wei Wuxian.

Lan Wangji bestätigte: »Mhm.«

Der abgebrannte Wei Wuxian war überaus dankbar. »Danke, was für ein Geldsegen!«

Zu seiner Überraschung runzelte Lan Wangji jedoch augenblicklich die Stirn, steckte mit einem Mal seine Hand in Wei Wuxians Brusttasche und holte sich den Geldbeutel zurück. »Nein!«

Das Geld, das Wei Wuxian gerade erst in die Hände bekommen hatte, war auch schon wieder weg. Überrascht fragte er: »Wie, ›nein‹?«

Lan Wangji schien überaus enttäuscht zu sein und sich sehr zu beherrschen. Er schüttelte bloß still den Kopf und steckte den Geldbeutel kraftlos wieder ein. Dabei wirkte er etwas traurig.

»Hast du nicht gerade gesagt, dass du ihn mir gibst? Wieso nimmst du ihn dann jetzt wieder zurück? Kann man sich nicht auf dein Wort verlassen?«, fragte Wei Wuxian.

Lan Wangji drehte sich weg, doch Wei Wuxian packte ihn an der Schulter und drehte ihn zurück. Er redete ihm gut zu. »Schau mich an. Dreh dich nicht weg. Komm schon, schau mich an.«

Also schaute Lan Wangji ihn an.

Sie starrten einander intensiv in die Augen und waren sich dabei sehr nah – so nah, dass Wei Wuxian sogar Lan Wangjis lange Wimpern hätte zählen können. Beide Düfte, der kühle Sandelholzgeruch und der warme Geruch des Alkohols, vermischten sich in ihrem Atem.

Nachdem sie sich eine Weile in die Augen geschaut hatten, klopfte Wei Wuxians Herz immer schneller. Schließlich hielt er es einfach nicht mehr aus, gab als Erster nach und schaute weg.

Wei Wuxian gestand seine Niederlage ein. »Also gut! Du hast gewonnen. Wir spielen ein anderes Spiel. Das gleiche wie früher, ich frage dich etwas und du antwortest. Du darfst nicht lü…«

Doch Lan Wangji rief bereits bei dem Wort »spielen« sofort »Ja!«. Er nahm Wei Wuxians Hand, raste schnell wie der Wind aus dem Zimmer und sprintete nach unten.

Völlig überrumpelt wurde Wei Wuxian von ihm in die Haupthalle gezogen. Die Chefin und ihre Kellner saßen dort gerade an einem langen Tisch beim Essen. Ohne sie auch nur anzuschauen, hatte Lan Wangji nichts anderes im Kopf, als Wei Wuxian in Richtung der Tür nach draußen zu zerren. Die Chefin stand auf und fragte: »Was ist los? Mundet das Essen den beiden jungen Herren etwa nicht?«

Wei Wuxian schaffte es irgendwie zu antworten: »Doch! Besonders der Alkohol, der hatte es wirklich in sich …«

Noch bevor er hatte aussprechen können, hatte Lan Wangji ihn auch schon aus dem Gasthaus gezerrt. Sie waren nun auf der Straße, doch Lan Wangji machte immer noch keine Anstalten anzuhalten und raste weiter.

»Wo willst du denn überhaupt hin?«, fragte Wei Wuxian.

Lan Wangji sagte kein Wort. Er eilte vor den Hof eines Stadtbewohners und hielt dann ganz plötzlich an. Wei Wuxian fand das merkwürdig und wollte gerade nachfragen, als Lan Wangji einen Finger an seine Lippen führte und »Pshhht« machte. Er streckte eine Hand aus und umfasste damit Wei Wuxians Hüfte. Dann setzte er zum Sprung an und sprang federleicht mit ihm auf das Dach der Mauer des Hofs. Während er sich an den Ziegeln festhielt, flüsterte er: »Schau.«

So mysteriös, wie Lan Wangji sich gab, wurde Wei Wuxian ein wenig neugierig. Er folgte seinem Blick und sah einen Hühnerstall im Hof. Nach einem kurzen Moment der Sprachlosigkeit fragte Wei Wuxian: »Das war es, was du mir zeigen wolltest?«

»Los«, flüsterte Lan Wangji.

»Was tun wir?«, wollte Wei Wuxian wissen.

Doch Lan Wangji war bereits hinuntergesprungen und in der Mitte des Hofs gelandet.

Wenn der Besitzer jetzt aufwachen würde und plötzlich diesen überirdisch anmutenden, weiß gekleideten Mann sah, der dort im Mondlicht stand, würde er ihn sicher für einen Unsterblichen halten, der vom Himmel zur Erde herabgestiegen war.

Lan Wangjis Taten hingegen hatten nichts Überirdisches an sich. Im Schneckentempo durchforstete er den Hof.

Je länger Wei Wuxian zuschaute, desto seltsamer kam ihm das vor, also sprang er ebenfalls von der Mauer und zog an Lan Wangjis Stirnband. »Was um Himmels willen hast du bloß vor?«

Lan Wangji presste eine Hand auf sein Stirnband, während er die andere in den Hühnerstall streckte. Die Hennen, die darin gerade seelenruhig geschlafen hatten, schraken auf und schlugen wild mit den Flügeln, während sie versuchten fortzufliegen und zu flüchten.

Lan Wangji schaute ernst. Dann packte er schnell wie ein Blitz zu und ergriff die fetteste Henne.

Wei Wuxian war wie vom Donner gerührt.

Die gelbliche Henne in Lan Wangjis Hand schrie unaufhörlich. Ernst legte er sie in Wei Wuxians Arme. Doch der verstand nicht. »Was?«

»Ein Huhn«, meinte Lan Wangji.

»Ich weiß, dass das ein Huhn ist. Wieso gibst du es mir?«, wollte Wei Wuxian wissen.

Mit angespannter Miene meinte Lan Wangji: »Schenke ich dir.«

»Du schenkst es mir ... Na gut.« So wie es schien, würde Lan Wangji wieder wütend werden, wenn er es nicht annahm. Also nahm Wei Wuxian das Huhn und sagte: »Lan Zhan, weißt du, was du gerade tust? Dieses Huhn hat einen Besitzer. Das nennt man Diebstahl.«

Wenn herauskäme, dass der berühmte und ehrwürdige Hanguang-Jun versuchte, jemandem ein Huhn zu stehlen, nachdem er sich betrunken hatte ... Nicht auszumalen, was dann los war. Doch in seinem jetzigen Zustand hörte Lan Wangji nur das, was er hören wollte, während er sich bei allem, was ihm nicht passte, ganz einfach taub stellte. Er vergrub sich weiterhin in sein Vorhaben, während man aus dem Hühnerstall zwischen dem Herumgeflatter und dem Zerbrechen der Eier das Gackern und Zetern der Hühner hörte. Es war kaum auszuhalten.

»Ich bin aber nicht derjenige, der gesagt hat, dass du das tun sollst«, stellte Wei Wuxian klar.

Schließlich hielt jeder von ihnen je eine Henne im Arm, die wie Espenlaub zitterte. Sie ließen die Mauer hinter sich und während sie eine Weile weitergingen, war Wei Wuxian immer noch perplex. Wieso wollte Lan Wangji so plötzlich Hühner stehlen, er wollte sie doch wohl nicht essen? Dann bemerkte er plötzlich, dass in Lan Wangjis rabenschwarzen Haaren eine Hühnerfeder hing.

Wei Wuxian prustete los. Er konnte es nicht mehr mitansehen und wollte gerade seine Hand ausstrecken, um sie zu entfernen, als Lan Wangji sich aus heiterem Himmel wieder in die Luft erhob und auf einen Baum sprang.

Der Baum stand im Hof von jemandem. Er war so gewachsen, dass die Äste und Blätter über die Mauer ragten. Lan Wangji saß auf einem dieser Äste.

Wei Wuxian hob den Kopf. »Was ist denn jetzt schon wieder mit dir?«

Lan Wangji schaute runter. »Pshhht.«

Als Wei Wuxian das hörte, dachte er sich, dass Lan Wangji wohl wieder etwas Ähnliches vorhatte wie gerade eben. Er sah, wie Lan Wangji seine Hand ausstreckte, etwas vom Baum pflückte und zu ihm herunterwarf. In der einen Hand hielt Wei Wuxian die Henne, während er mit der anderen den Gegenstand auffing. Er schaute in seine Hand, in der er eine kugelrunde, große Jujube* entdeckte, halb grün und halb rot.

Wie erwartet. Nachdem er erst Hühner gestohlen hatte, waren nun Früchte an der Reihe!

Diebstahl war Wei Wuxian nicht fremd. In seiner Jugend hatte er es geliebt, auf Raubzug zu gehen, und außerdem hatte er dabei immer eine große Gruppe mitgenommen und einen Riesenlärm um die Sache veranstaltet. Wenn es sich bei seinem Komplizen aber um Lan Wangji handelte, war das wirklich erschreckend. Nein, so stimmte das nicht – Lan Wangji war nicht sein Komplize, sondern ganz klar der Rädelsführer.

Gerade als Wei Wuxian das dachte, kam ihm plötzlich ein Gedanke.

Als sie beim Lotuspier gewesen waren und er Lan Wangji die Orte aus seiner Vergangenheit gezeigt hatte, hatte er ihm viele Anekdoten aus seiner Kindheit erzählt. Darunter waren auch zahlreiche »strahlende Heldentaten« dieser Art gewesen. War es möglich, dass Lan Wangji sie sich gemerkt hatte und sie insgeheim nur allzu gern hatte ausprobieren wollen?

Das war durchaus wahrscheinlich!

Die Erziehung des Gusu-Lan-Clans war sehr strikt und Lan Wangji war von klein auf zu Hause eingesperrt worden, um zu lesen und zu schreiben. Jedes Wort und jede Bewegung hatten ihm die Erwachsenen

* Eine Jujube ist eine chinesische Dattel.

vorgeschrieben, niemals hatte er solchen Blödsinn veranstaltet. Er konnte diese Sachen im nüchternen Zustand nicht tun, also nutzte er die Gelegenheit, wenn er betrunken war?

Lan Wangji ging auf dem Jujube-Baum sehr flink vor, es dauerte nicht lange und er hatte sämtliche Früchte abgepflückt. Erst als er sie alle in seine Kosmos-Ärmel gesteckt hatte, sprang er vom Baum herunter. Dann öffnete er seine Ärmel und präsentierte Wei Wuxian seine Ausbeute.

Beim Anblick dieser kugelrunden Früchte wusste Wei Wuxian einfach nicht, was er sagen sollte. Er dachte kurz nach, dann lobte er ihn: »Die sind ja riesig, das sind ja eine Menge, großartig! Das hast du toll gemacht!«

Ruhig nahm Lan Wangji das übertriebene Lob an und öffnete Wei Wuxians Ärmel. Während er die gestohlenen Jujube-Früchte hineinwarf, meinte er: »Für dich. Alle für dich.«

Wei Wuxian machte mit. »Danke.«

Doch dann ließ Lan Wangji plötzlich los. Er zog seinen Ärmel zurück, sodass ein ganzer Haufen der Früchte herausfiel und auf den Boden kullerte. Eilig beugte Wei Wuxian sich runter und hob einige auf, es waren jedoch zu viele.

Lan Wangji überlegte es sich anders. »Ich gebe dir keine mehr.« Dann holte er sich die Henne zurück, die Wei Wuxian unter seinen linken Arm geklemmt hatte, und hielt nun in jeder Hand ein Huhn.

Wei Wuxian griff nach dem flatternden Ende seines Stirnbands und zog daran. »Gerade eben war doch noch alles gut, warum bist du schon wieder sauer?«

Lan Wangji warf ihm einen Blick zu und erwiderte: »Hör auf zu ziehen.«

Er klang nicht sonderlich erfreut und sein Tonfall hatte auch etwas Warnendes. Unwillkürlich ließ Wei Wuxian los.

Lan Wangji schaute hinab und klemmte sich die beiden zu Tode erschrockenen Hennen unter seinen linken Arm. Mit seiner dadurch frei gewordenen rechten Hand richtete er sein Stirnband und seine Haare.

Früher hat er mich nicht aufgehalten, egal wie lange ich mit seinem Stirnband herumgespielt habe. Heute ist er wohl wirklich sauer?

Wei Wuxian fand ein wenig Wiedergutmachung dringend nötig, also zeigte er auf eine der Hennen und meinte: »Lassen wir mal die Jujube-Früchte außen vor, aber gib mir doch bitte die zurück. Du hast doch gesagt, sie wäre für mich?!«

Lan Wangji hob den Blick und musterte ihn.

Aufrichtig sagte Wei Wuxian: »Ich bitte dich. Ich möchte sie so gern haben, gib sie mir doch bitte.«

Als Lan Wangji das hörte, senkte er seinen Blick. Erst nach einer ganzen Weile gab er ihm die Henne von zuvor zurück. Wei Wuxian nahm sie entgegen, holte eine Jujube hervor und rieb sie an der Kleidung an seiner Brust ab. Knackend biss er eine Hälfte ab und dachte sich, dass wenn Lan Zhan schon mal *spielen* wollte, er ihm dabei auch Gesellschaft leisten würde. »Was machen wir als Nächstes?«

Sie gingen zu einer Mauer, wo Lan Wangji nach rechts und links schaute. Als er sich vergewissert hatte, dass niemand da war, zog er Bichen aus der Scheide. Das grelle blaue Licht zischte mehrmals vorbei und hinterließ eine Reihe großer Zeichen auf der Wand. Wei Wuxian kam näher, um es sich anzuschauen.

Auf der Wand standen in groß vier Wörter geschrieben: ›Lan Wangji war hier.‹

»…«

Lan Wangji steckte Bichen wieder ein und bestaunte einen Moment lang sein Meisterwerk. Obwohl er gerade betrunken war, sah seine Schrift nach wie vor aus wie gedruckt. Er wirkte sehr zufrieden und nickte. Dann starrte er es noch einen Moment lang an, bis er wieder die

Hand hob. Diesmal schrieb er nichts, sondern er malte. Einige leuchtende Schwerthiebe später erschienen zwei kleine Figuren auf der Mauer, die sich gerade küssten. Die Linien waren so strikt, und doch war der Inhalt so anrüchig, dass Wei Wuxian sich mit der Hand auf die Stirn schlug.

Er stahl Sachen, zerstörte Dinge und hinterließ Gekritzel ... Jetzt war Wei Wuxian sich sicher: Lan Wangji wiederholte tatsächlich die Abenteuer, von denen er ihm erzählt hatte. Hier lag mit Sicherheit kein Fehler vor, selbst der Inhalt seiner Schmiererei war mehr oder weniger der gleiche!

Wei Wuxian wusste nicht, ob er lachen oder weinen sollte. *Aber das alles habe ich doch gemacht, als ich zwölf oder dreizehn war!*

Lan Wangji steigerte sich immer mehr ins Malen hinein. Nachdem er die eine Seite der Mauer vollgeschmiert hatte, reichte ihm das noch nicht, und er wollte auch auf der anderen Seite weitermachen. Wei Wuxian bemerkte, wie der Inhalt seiner Zeichnungen immer bizarrer wurde. Während es ihm einerseits um Bichen leid tat, dachte er sich: *Nachher muss ich unbedingt seinen Namen von der Mauer entfernen. Niemand darf erfahren, wer das getan hat. Nein, nein, ich sollte gleich die ganze Mauer entfernen.*

Unter großen Mühen gelang es Wei Wuxian, Lan Wangji zum Gasthaus zurückzubringen. Die beiden Hennen warf er der Chefin in die Arme und meinte, dass sie sie unterwegs gefunden hätten. Dann ging er mit Lan Wangji nach oben, schloss die Tür und drehte sich um.

Draußen in der Dunkelheit hatte er es nicht richtig sehen können, doch jetzt im Licht des Zimmers sah er die ganzen Hühnerfedern, die Blätter und den Staub von der Mauer, die an Lan Wangjis Kleidung, Gesicht und Haaren hafteten. Er sah wirklich umtriebig aus.

Wei Wuxian klopfte ihn ab und lächelte. »Ganz schön dreckig.«

»Wasch mir das Gesicht«, forderte Lan Wangji.

Als er das erste Mal betrunken gewesen war, hatte Wei Wuxian ihm das Gesicht gewaschen. Es schien ihm sehr gefallen zu haben. Diesmal bat er doch tatsächlich von sich aus darum. Eigentlich hatte Wei Wuxian ohnehin vorgehabt, es zu waschen, doch so wüst, wie Lan Wangji gerade aussah, würde das Gesicht allein bei Weitem nicht ausreichen, also schlug er vor: »Wie wär's lieber mit einem Bad?«

Bei diesen Worten weiteten sich Lan Wangjis Augen leicht. Wei Wuxian beobachtete seine Mimik genau. »Willst du?«

Lan Wangji nickte sofort. »In Ordnung.«

Lan Wangji liebt Sauberkeit wirklich. Ich lasse ihm einfach das Wasser ein, den Rest kann er selbst machen.

All die Angestellten in diesem Gasthaus waren Frauen, daher überließ Wei Wuxian ihnen natürlich keine Arbeit, die zu anstrengend gewesen wäre. Also wies er Lan Wangji an, im Zimmer sitzen zu bleiben, während er hinunterging, um Wasser aufzukochen und eimerweise hochzutragen. Er befüllte die ganze Holzwanne und testete die Wassertemperatur. Als er sich umdrehte, um Lan Wangji zu sagen, dass er sich ausziehen könne, sah er, dass dieser sich bereits komplett entkleidet hatte.

Obwohl sie sich in ihrer Jugend bereits einmal in der kalten Quelle der Wolkennische nackt gegenübergestanden hatten, war das etwas anderes gewesen. Damals waren sie Jugendliche gewesen und hatten keinerlei Hintergedanken gehegt. Auch als er Lan Wangji einst zufällig beim Baden gesehen hatte, hatte er sich nichts dabei gedacht. Außerdem war bei beiden Malen über die Hälfte von Lan Wangjis Körper von Wasser verdeckt gewesen.

Doch jetzt, wo Wei Wuxian so plötzlich alles von ihm sah ... konnte man sagen, dass er einen immensen Schock erlitt. So auf die Schnelle wusste er nicht, ob er seinem Instinkt folgen und sich unverfroren sattsehen oder ob er den Gentleman spielen und Lan Wangji mit etwas bedecken sollte.

Wei Wuxians Kopfhaut kribbelte, automatisch wich er immer weiter zurück. Und doch kam Lan Wangji weiter auf ihn zu. Irgendwann war Wei Wuxian in einer Ecke des Zimmers angekommen und konnte nicht weiter zurückweichen, sondern nur dabei zusehen, wie Lan Wangji mit ausdrucksloser Miene immer näher kam. Sein definierter Adamsapfel, seine helle Haut und die geschmeidigen, schönen Konturen seiner Muskeln befanden sich nun unmittelbar vor ihm. Er traute sich nicht, direkt hinzuschauen und wandte seinen Blick leicht ab. Unwillkürlich musste er schlucken, da seine Kehle ausgetrocknet war.

Wei Wuxian biss die Zähne zusammen und wollte etwas sagen, als Lan Wangji plötzlich die Hand ausstreckte und seinen Gürtel zerriss.

Sein Gesichtsausdruck war immer noch ernst, seine Handlung jedoch äußerst grob.

Wei Wuxian hatte nicht damit gerechnet, dass er so etwas tun würde. Erschrocken sprang er zur Seite und meinte hastig: »Halt, halt! Ich bade nicht! Ich bade nicht! Bade du.«

Lan Wangji runzelte die Stirn, woraufhin Wei Wuxian hinzufügte: »Bade du erst mal. Ich, ähm, mag große Wannen. Diese ist ein wenig zu eng für zwei Personen.

Gleichgültig warf Lan Wangji einen Blick auf die Wanne. Erst als er verstand, dass sie tatsächlich nicht groß genug war, ließ er widerwillig von seinem Vorhaben ab. Ganz langsam stieg er in die Wanne und badete im heißen Wasser.

Wei Wuxian stieß einen Seufzer der Erleichterung aus. »Bade in aller Ruhe, ich gehe solang raus.«

Er wollte ein wenig an die frische Luft, um sich zu beruhigen, als er plötzlich ein *Platsch* hörte. Er drehte sich um.

»Wieso bist du wieder rausgestiegen?!«

Lan Wangjis Gesichtsausdruck war kalt. »Ich bade nicht mehr.«

»Warum? Wenn du nicht badest, bleibst du doch so dreckig?«

Lan Wangji wirkte niedergeschlagen, nannte aber keinen Grund. Er ging zum Wandschirm und wollte sich die Kleidung anziehen, derer er sich entledigt hatte. Wei Wuxian, der sich in etwa zusammengereimt hatte, was Lan Wangji sich wünschte, machte hastig kehrt und fragte: »Du möchtest, dass ich dich wasche, oder?«

Lan Wangjis Augenlider senkten sich. Er bestätigte dies nicht, verneinte jedoch auch nicht.

Als Wei Wuxian ihn so sah, schmolz etwas in seinem Herzen. *Ich schrubbe ihn höchstens ein bisschen ab. Darüber hinaus werde ich nichts tun.* Dann zog er Lan Wangji in Richtung der Badewanne. »Gut, ich helfe dir dabei, dich zu waschen, komm.«

Und so wurde Lan Wangji von ihm zurückgeschleift und stieg erneut in das Wasser. Wei Wuxian krempelte sich die Ärmel hoch und nahm neben der Holzbadewanne Platz.

Lan Wangji hatte helle Haut und glänzendes rabenschwarzes Haar, das sich sanft auf der Wasseroberfläche verteilte. Inmitten des aufsteigenden Dampfs wirkte er wie eine schöne, eiskalte Sagengestalt in den Quellen des Reichs der Unsterblichen.

Wei Wuxian fand das ein wenig schade und dachte sich, dass er ein paar Blüten für Lan Wangji bräuchte, die an der Wasseroberfläche trieben und den Anblick umso schöner machen würden. Er nahm die Holzkelle, befüllte sie mit Wasser, welches er anschließend in einem dünnen Strahl über Lan Wangjis Kopf fließen ließ. Da dieser ihn die ganze Zeit über ohne zu blinzeln anstarrte, befürchtete Wei Wuxian, dass ihm das Wasser in die Augen kommen und dies unangenehm werden würde. »Schließ lieber deine Augen.«

Lan Wangji ignorierte seine Worte und starrte ihn weiterhin intensiv an, ganz so, als würde er befürchten, dass Wei Wuxian fortrannte, sobald er blinzelte.

Wei Wuxian streckte seine Hand aus, um seine Augen zu schließen, woraufhin Lan Wangji mit der unteren Gesichtshälfte ins Wasser abtauchte und ein paar Blubberblasen machte. Wei Wuxian lachte und kniff ihm sanft in die Wange. »Zweiter Bruder, wie alt bist du?« Er nahm das

Kästchen mit der Seife und das Stofftuch, das daneben lag und wischte Lan Wangjis Gesicht entlang nach unten. Plötzlich stoppte er.

Lan Wangji hatte vorhin sein Stirn- und Haarband selbst abgenommen, wodurch sein schwarzes Haar frei herabgeflossen und seinen Oberkörper verdeckt hatte. Jetzt aber, als er Lan Wangjis triefnasse schwarze Haare über die Schultern zurückschob und seine Brust abwischte, konnte er die über dreißig Narben der Disziplinierungspeitsche ebenso wie das Brandmal auf seiner Brust ganz klar erkennen.

Wei Wuxian nahm das Tuch und wandte sich Lan Wangjis Rücken zu.

Die Narben der Disziplinierungspeitsche erstreckten sich von seinem Rücken zur Brust, zu den Schultern und zu den Armen und bedeckten einen Großteil seiner hellen, glatten Haut. Einige der Narben waren verblasst, andere wiederum dunkel. Sie waren abscheulich und zerstörten den Anblick von dem, was man andernfalls gar als makellosen Männerkörper hätte bezeichnen können.

Wei Wuxian schwieg einen Moment, ehe er das Tuch in seiner Hand erneut ins Wasser tauchte und damit über die Narben wischte, die von der Disziplinierungspeitsche stammten. Er war überaus sanft, ganz so, als könnte er es nicht ertragen, Lan Wangji wehzutun. Dies waren jedoch alles alte Wunden und sie schmerzten längst nicht mehr so sehr. Und selbst wenn es frische gewesen wären, bei Lan Wangjis Charakter hätte er die Schmerzen bestimmt ertragen und keinen Laut von sich gegeben, egal wie sehr es wehgetan hätte. Er hätte kein Anzeichen von Schwäche gezeigt.

Wei Wuxian wollte nur zu gern diese Gelegenheit ausnutzen und ihn fragen, was es mit diesen Narben auf sich hatte. Die einzigen Menschen im Gusu-Lan-Clan, die das Recht hatten, ihn mit der Disziplinierungspeitsche zu bestrafen, waren Lan Xichen und Lan Qiren. Was in aller Welt musste er getan haben, dass sein Bruder, der ihm so nahestand, oder sein Onkel, der ihn allein großgezogen hatte und stets stolz auf ihn gewesen war, so oft zugeschlagen hatten?

Und dann war da noch das Brandmal des Qishan-Wen-Clans. An einen solchen Vorfall konnte Wei Wuxian sich überhaupt nicht erinnern.

Und obwohl ihm die Worte bereits auf der Zunge lagen, brachte er sie einfach nicht über die Lippen. Nach solchen Dingen, über die Lan Wangji von sich aus nicht sprach, würde er nicht fragen. Zwar würde Lan Wangji sich nach seinem Rausch an nichts mehr erinnern, aber dass er in Wei Wuxians Anwesenheit Alkohol zu sich nahm, war ein Zeichen seines Vertrauens ihm gegenüber. Wenn er jetzt die Gelegenheit ausnutzen und Geheimnisse aus Lan Wangji herauskitzeln würde, die er anderen nicht erzählen wollte, wäre das doch wohl ziemlich niederträchtig, oder?

Nachdem er Lan Wangji abgefüllt, sich den halben Abend verausgabt und viel nachgedacht hatte, hatte Wei Wuxian bisher noch nichts erfragen können. Es war nicht so, als ob er es vergessen hätte. Er hatte immer wieder daran gedacht, weshalb er Lan Wangji überhaupt Alkohol vorgesetzt hatte. Er hatte ihn fragen wollen: »Hanguang-Jun, was denkst du eigentlich über mich?« Doch jedes Mal, wenn es ihm auf der Zunge gelegen hatte, hatte er sich alle möglichen Gründe zurechtgelegt, um sich davor zu drücken. Von wegen, es würde ja nicht eilen und er könne Lan Wangji ja erst einmal bei seinen Unternehmungen begleiten, oder dass er doch nicht so beiläufig fragen konnte und sie sich ordentlich dafür hinsetzen müssten ... Doch bei all den Ausreden war der wahre Grund, wieso er es hinausgezögert hatte, wohl die Angst. Er befürchtete, eine andere Antwort zu bekommen, als die, die er sich erhoffte.

Lan Wangji, der sich mit der Schulter an den Rand der Badewanne gelehnt hatte, drehte sich plötzlich um. Erst jetzt bemerkte Wei Wuxian, dass er beim Schrubben irgendwann in seine eigene Gedankenwelt abgetaucht war und seit einer halben Ewigkeit die gleiche Stelle bearbeitete. Lan Wangjis eigentlich schneeweißer Rücken war dort knallrot, als hätte ihn jemand geschlagen. Eilig hörte Wei Wuxian auf. »Entschuldige, ich war in Gedanken. Tut es weh?«

Lan Wangji, dessen Rücken von Wei Wuxians Schrubben brennen musste, sagte nichts und schüttelte lediglich den Kopf. Bei Lan Wangjis ruhigem, bravem Anblick in der Badewanne empfand Wei Wuxian Mitleid. Er krümmte seine Finger und wollte ihn am Kinn kitzeln, doch er hatte seine Hand gerade mal zur Hälfte ausgestreckt, da packte Lan Wangji sein Handgelenk.

Heute Abend hatte Wei Wuxian Lan Wangji gegenüber bereits zahllose solcher flirtenden kleinen Gesten gemacht. Er war es längst gewohnt, dass Lan Wangji zuerst ablehnte, ehe er dann doch zustimmte. Jetzt aber, als er ihn so plötzlich stoppte, begriff er nicht sofort, was eigentlich gerade passierte.

Lan Wangjis Stimme war tief, als er sprach. »Berühr mich nicht.«

Auf den schönen Konturen seines Gesichts und seinen Wimpern hingen noch einige durchsichtige Wassertropfen. Seine Miene wirkte eisig, sein Blick jedoch sengend heiß.

Wahrscheinlich waren die Nachwirkungen des Schnaps von heute Abend einfach zu stark, sodass Wei Wuxian nun die Hitze in den Kopf schoss.

»Ich soll dich nicht berühren? Warum? Du hast doch die ganze Zeit über zugelassen, dass ich dich berühre?!«

Lan Wangji presste die Lippen fest zusammen und schwieg beharrlich, doch er lockerte auch nicht den Griff um Wei Wuxians Handgelenk. Wie es schien, hatte er nicht die Absicht loszulassen.

Wei Wuxians Mundwinkel krümmten sich nach oben, er lachte leise. »Und was, wenn ich dich nun mal berühren will? Was denkst du, könntest du in deinem jetzigen Zustand tun?«

Lan Wangji starrte ihn intensiv an, in seinen Augen schienen Funken zu sprühen.

Dieses Gesicht, diese Miene, dieser Blick, diese Situation und dieser Mensch entfachten in Wei Wuxian ein irrationales Feuer. Plötzlich hielt er es nicht mehr aus und ging aufs Ganze. Er tauchte seine andere Hand ins Wasser und umschloss forsch Lan Wangjis intimste Stelle.

»Hanguang-Jun, du kannst mir nicht erzählen, dass es dir nicht gefällt, wenn ich dich so berühre!«, keuchte er.

Als wäre er von einer Giftschlange gebissen worden oder als würde ihn sein Verhalten in Rage versetzen, packte Lan Wangji ihn kräftig, und im nächsten Moment spürte Wei Wuxian seine gewaltige Stärke, mit der er ihn zu sich zog.

Überall spritzte Wasser herum.

Es war unklar, wer von beiden angefangen hatte, doch als Wei Wuxian wieder einigermaßen bei klarem Verstand war, saß er bereits auf Lan Wangjis Schenkeln. Küssend lagen sie sich eine Weile in den Armen – eng umschlungen und offensichtlich durchnässt, und doch spürte Wei Wuxian gerade nichts als Erregung. Auch mit großer Mühe konnte er die Klarheit seines Verstands nur einen Moment lang aufrechterhalten. Tief in seinem Inneren hörte er eine Stimme, die ihn warnte, dass etwas Derartiges in diesem Moment nicht richtig war, und er es wirklich nicht ausnutzen sollte, dass Lan Wangji betrunken und gerade außerstande war, vernünftige Entscheidungen zu treffen. Und doch verstummte diese Stimme schließlich unter all den nahtlos aufeinanderfolgenden, wilden Küssen.

Wei Wuxian schlang seine Arme um Lan Wangjis Nacken und gab sich der Leidenschaft hin. All die eigens auferlegten Versprechen wie »Ich stelle ihm nur eine Frage«, »Ich schrubbe ihn nur ein bisschen ab« oder »Darüber hinaus werde ich nichts tun« hatte er längst vergessen.

Doch plötzlich rief er: »Ah!«, und löste sich von Lan Wangjis Lippen. Er schimpfte: »Lan Zhan! Wieso beißt du mich wie ein Hund?!«

Auf Wei Wuxians Unzufriedenheit, die er zu einem unpassenden Zeitpunkt geäußert hatte, antwortete Lan Wangji mit einem weiteren Biss in sein Kinn.

Wei Wuxian hatte Angst vor Bissen und zog daher leicht die Augenbrauen zusammen. Um sich zu rächen, ließ er seine Hand nach unten gleiten und massierte Lan Wangji dort, wo er ihn bereits zuvor berührt hatte.

Lan Wangjis Miene veränderte sich schlagartig. Wei Wuxian keuchte und grinste. Er gab Lan Wangji einen Kuss auf den Mundwinkel und meinte: »Na, tut es weh? Bist du sauer?« Dann zog er sein Oberteil aus, das bereits vollkommen durchnässt war. »Lan Zhan, weißt du eigentlich, dass ich es liebe, wenn du wütend wirst ...«

Sein Tonfall war voller Aufregung, er hatte vor nichts Angst.

Lan Wangjis Haut glühte derart, dass man meinen konnte, er würde jeden Moment in Flammen aufgehen. Mit einer Hand umschlang er eng Wei Wuxians Hüfte, während er mit der anderen auf die Kante der Holzwanne schlug. Augenblicklich brach diese auseinander, und das Zimmer versank in unansehnlichem Chaos. Doch die beiden hatten überhaupt keine Zeit, sich um solche Nichtigkeiten zu kümmern.

Lan Wangji packte Wei Wuxian und warf ihn aufs Bett. Als dieser seinen Oberkörper auch nur leicht aufrichtete, wurde er augenblicklich wieder von ihm hinuntergepresst. Seine Bewegungen waren überaus grob, er hatte keinerlei Ähnlichkeit mehr mit dem rechtschaffenen Hanguang-Jun mit den guten Manieren, der von allen in den Himmel gelobt wurde.

Von dem Aufprall schmerzte Wei Wuxians Rücken. Als er deswegen aufschrie, hielt Lan Wangji kurz inne. Dann aber flüsterte Wei Wuxian ihm ins Ohr: »Wer hätte gedacht, dass du im Bett derart wild bist ...«

Lan Wangjis Ohrläppchen war weiß wie Jade, und Wei Wuxian kam nicht umhin, sanft daran zu knabbern und zu saugen. Lan Wangji krallte sich mit seinen Fingern in Wei Wuxians Schulter. Er hatte enorme Kraft in den Händen, sodass Wei Wuxian vor Schmerz zischte. Er wandte seinen Kopf zur Seite und betrachtete seine Schulter, wo er fünf rote Linien vorfand. Lan Wangjis Hand hingegen wanderte bereits weiter in Richtung von Wei Wuxians Hüfte.

Wei Wuxian wollte ihn necken und schlug seine Hand weg. Er grinste. »Warum so ungeduldig?« Dann schob er ein Knie zwischen Lan Wangjis Beine.

Blutige Äderchen schienen in dessen Augen zu steigen, sodass sie leicht gerötet aussahen.

»Es ist ja nicht so, als würde ich mich nicht ausziehen. Aber ich mache das selbst«, erklärte Wei Wuxian. Anschließend riss er sich ohne zu zögern die Kleidung vom Körper. Splitternackt umfasste er Lan Wangjis starken Rücken und presste sich an ihn.

Sie lagen sich vollkommen unverhüllt in den Armen und ihre Haut und Muskeln rieben aneinander. Vertraut drehten sie ihre Köpfe und küssten sich. Mit seiner linken Hand umfasste Wei Wuxian Lan Wangjis Nacken, sodass dieser sich nicht einen Millimeter von ihm lösen konnte. Er biss ihm auf die Lippe und schluckte seinen Speichel mitsamt seines Atems. Seine rechte Hand fuhr unterdessen auf Lan Wangjis Rücken die schönen und doch starken Linien seiner Muskeln entlang nach unten. Als er die leicht ungleichmäßigen Narben der Disziplinierungspeitsche ertastete, streichelte er sie sanft.

Lan Wangji war noch unverblümter. Seine langen, hellen Finger wanderten einige Male über Wei Wuxians gesamten Körper, ehe sie schließlich unersättlich an Wei Wuxians Hüfte und Gesäß verweilten. Wieder und wieder zupfte er an ihm, doch er war nicht mal ansatzweise so geschickt und kühl wie sonst, wenn er auf seiner siebensaitigen Zither spielte. Und auch Wei Wuxian stieß keine kühlen, edlen Zitherklänge aus, sondern hemmungsloses Stöhnen.

Anfangs konnte er es noch genießen, eine Weile später jedoch spürte er, wie Lan Wangji zu stark an der empfindlichen Haut knetete. Lan Wangji hatte so viel Kraft in den Händen, dass es beängstigend war. Er kniff mittlerweile derart zu, dass es schmerzte.

Wei Wuxians Haut fühlte sich taub an und er würgte ein wenig. Er wandte seine bereits geschwollenen Lippen ab und keuchte einige Male.

Dann wollte er vorsichtig Lan Wangjis überaus unsanfte Hand wegnehmen und hatte dabei sogar noch die Kraft, um über ihn zu spotten. »Ich hätte nicht gedacht, dass Hanguang-Jun sich wie ein Wahnsinniger benimmt, sobald er seine Kleidung auszieht. Deinen Ruf, anständig zu sein, verdienst du wahrlich nicht ... Autsch!«

Lan Wangji hatte ihm einmal heftig in die Brust gekniffen.

Wei Wuxian schrumpfte zusammen und wich hastig aus. Woraufhin Lan Wangji einen überaus gefährlich klingenden Laut ausstieß. Schnell lenkte Wei Wuxian ein: »Schon gut, sei doch nicht so. Du darfst mich ja anfassen.« Dann führte er Lan Wangjis Hand weiter nach unten und lachte. »Berühre mich, so viel du willst.«

Zufrieden dachte sich Wei Wuxian, dass er bei solchen Belangen wohl wahrlich keinen Lehrer brauchte und sie sich selbst beibringen konnte.

Doch Gedanken waren die eine Sache, die tatsächliche Handlung eine andere.

In seinen beiden Leben hatte, abgesehen von ihm selbst, noch nie jemand ihn so intim berührt. Als Lan Wangjis glühende Hand ihn nun umfasste, zitterte Wei Wuxian unwillkürlich am ganzen Körper und er krümmte sich ein wenig. Und doch fühlte es sich einfach unbeschreiblich an, von Lan Wangjis Hand umhüllt und rhythmisch gerieben zu werden. Es dauerte nicht lange und Wei Wuxian streckte unwillkürlich seinen Körper aus. Seine Hände kletterten an Lan Wangjis Rücken hoch, während er sein Glied in dessen Hand nach unten bewegte.

Lan Wangjis Bewegung wurde immer schneller. Wei Wuxian atmete leicht ein und aus und kniff vor Befriedigung die Augen zusammen. Seine Finger wollten sich an etwas festkrallen, fanden aber nichts, sodass er sie unaufhörlich in Lan Wangjis nacktem, starken Rücken vergrub.

Plötzlich fiel ihm ein, dass es ja nicht nur um ihn ging. Also streckte er seine rechte Hand nach Lan Wangji aus.

Als er ihn berührte, merkte Wei Wuxian, wie seine heiße Männlichkeit anschwoll und wie ein hartes Stück Eisen in seine Hand glitt. Allein von dieser Berührung glühte sein Gesicht. Niemals hatte er damit gerechnet, einen anderen Mann so zu berühren, das hatte gänzlich jenseits seiner Vorstellungskraft gelegen. Als er nun daran dachte, dass es Lan Wangji war, war er so aufgeregt, dass er seine Kraft beinahe nicht kontrollieren konnte. Er packte zu und rieb ihn wild, während er wieder und wieder sein nacktes Bein zu Hilfe nahm.

Lan Wangjis Atem wurde schwerer, und Wei Wuxian spürte das immer stärker werdende Pulsieren in seiner Hand. Beide vernahmen sie das immer unkontrolliertere Keuchen des anderen direkt an ihren Ohren.

Wei Wuxians konnte sein Stöhnen nicht unterdrücken. Er wusste nicht, wieviel Zeit vergangen war, als er merkte, wie sein gesamtes Blut und seine Lust in sein Glied schossen. Seine Kopfhaut kribbelte einen Moment lang und aus seiner Kehle drang eine gebrochene, nahezu wimmernde Stimme: »L… Lan Zhan, du … warte, ich …«

Noch bevor er den Satz beenden konnte, explodierte die gefährliche Lust in seinen Lenden.

Wei Wuxians Stimme stockte. Einen Moment lang war sein Kopf leer. Es dauerte etwas, bis er, immer noch geistesabwesend, die hellen Spuren auf Lan Wangjis straffen Bauchmuskeln entdeckte und realisierte, was passiert war.

Er war gekommen, genauso wie Lan Wangji.

Weißer Saft befand sich überall verteilt an Wei Wuxians Beinen. Sobald er sich auch nur leicht bewegte, floss der peinliche Beweis seines Höhepunkts langsam auf seine intime Stelle herunter. Er musste nicht hinschauen, um zu wissen, das alles eingesaut war, er konnte es spüren.

Das klebrige Gefühl zwischen seinen Beinen fühlte sich ein wenig unangenehm an, was überwog, war jedoch die ungeheure, unvergleichliche Befriedigung.

Lan Wangjis warmer Körper lag auf ihm, sein Kopf war in seiner Brust vergraben. Wei Wuxian hatte seine gesamte Kraft verlassen. Er war so schlapp, dass er nicht mal mehr einen Finger bewegen wollte. Erst eine ganze Weile später ebbte die wallende Lust ein wenig ab, und auch sein Atem beruhigte sich allmählich.

Er wurde schwer nach unten gepresst, fühlte sich jedoch ausgesprochen ruhig und erfüllt. Er senkte den Kopf und küsste Lan Wangjis Haar. Außer dem schwachen Sandelholzduft umgab die beiden noch ein Hauch der frischen Seife vom Bad, das sie gerade genommen hatten. Der schwache Moschusduft hingegen war nicht mehr eindeutig wahrnehmbar.

Wei Wuxian hatte Lan Wangji eigentlich etwas fragen wollen. Jetzt aber sah er dazu keine Notwendigkeit mehr. Er würde einfach sagen, was er fühlte.

»Lan Zhan ... Hörst du mich?«, flüsterte er.

Einen Moment später antwortete Lan Wangji mit einem »Mhm«.

»Es gibt etwas, das ich dir sagen möchte.« Er hielt kurz inne, dann sprach er so leise, dass man es kaum hören konnte: »Danke, Lan Zhan. Ich ...«

Er hatte keine Ahnung, wie es ihm ergangen wäre, wenn er in diesem Leben nach seiner Rückkehr Lan Wangji nicht getroffen hätte. Doch ganz egal, wie es gekommen wäre, er war der Ansicht, dass es ihm nicht besser gehen könnte als jetzt.

Aber als Lan Wangji seine Worte hörte, erstarrte augenblicklich sein ganzer Körper.

Wei Wuxian hatte noch nichts davon mitbekommen und wollte Lan Wangji gerade wieder küssen und weitersprechen, als dieser ihn plötzlich heftig wegstieß und sich aufsetzte.

Wei Wuxian, der zum anderen Ende des Holzbetts flog, traf es gänzlich unvorbereitet. Hörbar prallte er mit dem Rücken dagegen. Irritiert saß er da, die Augen weit aufgerissen. Lan Wangji hingegen senkte sein Haupt. Seine Brust bebte leicht, sein Atem war ein wenig gehetzt. Beide saßen sich eine Weile still gegenüber. Der Erste, der sich regte, war Lan Wangji.

Er war leichenblass, sein Blick jedoch überaus klar. Er hob ein weißes Kleidungsstück auf, das neben ihm auf dem Boden lag und bedeckte damit zunächst Wei Wuxian, ehe er für sich selbst nach etwas zum Anziehen suchte.

Wei Wuxian konnte einfach nicht fassen, was gerade eben geschehen war. Es war, als hätte sich ein wunderschöner Traum in einen Albtraum verwandelt. Er fühlte sich, als hätte ihm jemand einen Eimer mit Eiswasser direkt ins Gesicht geschüttet, sodass er von Kopf bis Fuß durchnässt war, und ihm dann eine schallende Ohrfeige verpasst, von der nun seine Ohren surrten. Um ihn herum drehte sich alles, eine ganze Weile lang konnte er überhaupt nicht reagieren. Als er es endlich schaffte, den Mund aufzumachen, war seine Stimme heiser. »Lan Zhan ... bist du wach?«

Lan Wangji hatte sich bereits vollständig angezogen und saß weit entfernt von ihm auf der Bettkante. Mit der rechten Hand wischte er sich über die Stirn, dann drehte er sich um und betrachtete das Chaos im Zimmer, während er Wei Wuxian den Rücken zuwandte. Endlich flüsterte er: »Mhm ...«

Auch wenn Wei Wuxian nicht wusste, wann er wieder nüchtern geworden war, gab es eine Sache, der er sich sicher war – Lan Wangjis Reaktion, nachdem er wieder bei Sinnen war, war eindeutig: Das von gerade eben wollte er nicht weiter fortsetzen.

Plötzlich fiel es Wei Wuxian wie Schuppen von den Augen. Er verstand, wie entsetzlich es gewesen war, was er getan hatte.

Bevor er Lan Wangji abgefüllt hatte, hatte er sich selbst derlei Dinge versprochen, wie dass er ihm nur eine Frage stellen und darüber hinaus nichts tun würde. Jetzt aber hatte er erkannt, dass er sich damit nur selbst etwas vorgemacht hatte.

Lan Wangji, der für gewöhnlich so viel Anstand und Selbstbeherrschung hatte, hatte im betrunkenen Zustand seine Launen an anderen ausgelassen, sie willkürlich geschlagen und sich wie ein Verrückter aufgeführt. Das war der Beweis dafür, dass er dann keine Kontrolle mehr über sein Verhalten hatte. Und obwohl Wei Wuxian dies genau wusste, hatte er trotzdem seinen Nutzen daraus gezogen, als Lan Wangji anfällig für Manipulationen gewesen war. Er hatte ihn absichtlich dazu verleitet, das zu tun, was er wollte.

So enthaltsam Lan Wangji auch war, er war immer noch ein Mann. Wie hätte er denn auch nicht wütend werden sollen, wenn Wei Wuxian ihn absichtlich derart provozierte. Außerdem war Lan Wangji vorgestern erst von Jiang Cheng wegen dieser Sache gedemütigt worden und aktuell auch noch voller Sorge um seinen Bruder. Und dann musste Wei Wuxian gerade jetzt unbedingt seine üblen Scherze mit ihm treiben ...

Nach dem »Mhm« hatte Lan Wangji kein Wort mehr gesagt, doch Wei Wuxian machte sich selbst einen Haufen Gedanken.

In seinen beiden Leben hatte er bisher nicht einmal gewusst, wie das Wort »Scham« geschrieben wurde, doch jetzt begriff er es mit einem Mal völlig. Seine Lippen waren noch heiß und geschwollen, und das klebrige Gefühl an seinem Unterleib und zwischen seinen Beinen beschämte ihn nun umso mehr. Am liebsten hätte er sich seinen Schädel eingeschlagen und wäre gestorben.

Diese Situation bestätigte offenkundig seine schlimmste Befürchtung: Lan Wangji war sehr gut zu ihm, aber ... wohl nicht aus dem Grund, den er sich erhofft hatte.

Damit Lan Wangji sich nicht unwohl fühlte, machte Wei Wuxian sich schleunigst daran, seine Hose und den Rest seiner Kleidung anzuziehen. Dabei schlug er sich an die Schläfe und sagte in seinem ganz normalen Tonfall: »Du bist wach, ah, ich auch, beinahe jedenfalls.«

Lan Wangji drehte sich um und schaute ihn an. Wei Wuxian wagte es nicht, sich auszumalen, wie er sich gerade fühlen musste. Mit leicht zitternden Händen griff er nach der Kleidung und zog sie über. Nachdem Lan Wangji kurz geschwiegen hatte, streckte er seine Hand in Wei Wuxians Richtung aus, ganz so, als wolle er ihm dabei helfen, den weißen Saft wegzuwischen, der an seinem Körper klebte.

»Nicht nötig!«, meinte Wei Wuxian hastig.

Auf halbem Weg stoppte Lan Wangji, dann zog er seine Hand tatsächlich zurück.

Erleichtert murmelte Wei Wuxian: »Das musst du nicht machen. Ich erledige das selbst, du musst mich nicht anfassen.«

So jemand wie Lan Wangji hatte wohl das Gefühl, nachdem er etwas Derartiges mit einer anderen Person getan hatte, das Erscheinungsbild seines Gegenübers durcheinandergebracht zu haben. Aber Wei Wuxian schämte sich zu sehr und konnte seine Hilfe daher nicht annehmen. Er griff nach einem Hemd und wischte sich damit überall ab, dann warf er es weg und meinte: »Also, Lan Zhan, vielleicht haben wir beide heute Abend zu viel getrunken. Tut mir leid.«

Lan Wangji sagte nichts.

Wei Wuxian zog einen Schuh an und redete weiter: »Aber es muss dir auch nicht allzu peinlich sein. Nun, es kommt schon mal vor, dass Männer manchmal so etwas tun. Du … Nimm es dir auf keinen Fall zu Herzen.«

Lan Wangji sah ihn ruhig an. »Kommt schon mal vor?«

Seine Stimme klang unglaublich gefasst.

Wei Wuxian wagte es nicht zu antworten.

Dann fragte Lan Wangji wieder: »Nicht zu Herzen nehmen?«

Eigentlich hatte Wei Wuxian gedacht, dass es besser wäre, wenn Lan Wangji ihn für einen oberflächlichen, widerlichen Typen halten würde, anstatt von seinen wahren Gefühlen zu erfahren, sodass es dann so unangenehm zwischen ihnen werden würde, dass sie nicht einmal mehr Freunde sein könnten. Jetzt aber bereute er die dummen Worte, die er gerade ohne groß nachzudenken ausgesprochen hatte und flüsterte: »Entschuldige ...«

Ruckartig stand Lan Wangji auf. Wei Wuxian wurde plötzlich ein wenig panisch, als genau in dem Moment die Chefin mit lauten Schritten hocheilte und an der Tür klopfte.

»Die beiden jungen Herren! Schlaft Ihr?«

Lan Wangji schaute weg. Hastig zog Wei Wuxian den anderen Schuh an und antwortete: »Nein! Beziehungsweise doch, wir haben geschlafen. Wartet bitte kurz, ich ziehe mir etwas an und komme sofort.«

Nachdem Wei Wuxian sich ordentlich angezogen hatte, ging Lan Wangji zur Tür und öffnete sie.

»Was gibt es?«, fragte Wei Wuxian.

Die Chefin stand im Flur und lächelte versöhnlich. »Es tut mir wirklich leid, Eure nächtliche Ruhe so spät noch stören zu müssen, bitte seht mir das nach. Aber leider habe ich keine andere Wahl, denn der Gast unter Euch hat mich gerade darüber in Kenntnis gesetzt, dass Wasser von seiner Decke tropft. Ich befürchte, dass es aus diesem Zimmer kommt, weswegen ich mal nachschauen ...« Sie steckte den Kopf ins Zimmer und erschrak augenblicklich. »W...W...W... Was ist denn hier passiert?!«

Wei Wuxian strich sich über das Kinn und meinte: »Ich bin derjenige, der sich entschuldigen muss, Chefin. Wir haben heute Abend zu viel getrunken, und als ich ein Bad nehmen wollte, war ich so in Hochstimmung, dass ich auf die Holzwanne geschlagen habe, woraufhin diese kaputtgegangen ist. Es tut mir wirklich leid, ich werde für den Schaden aufkommen.« Erst nachdem er das ausgesprochen hatte, fiel ihm ein, dass er das gar nicht konnte. Während ihrer gesamten Reise war Lan Wangji ganz allein für die Kosten aufgekommen. Am Ende war er es wohl, der bezahlen musste.

Die Chefin meinte zwar wiederholt, dass es kein Problem sei, der große Schmerz stand ihr jedoch ins Gesicht geschrieben. Sie betrat das Zimmer. »Wie konnte das Wasser herausfließen …? Und wieso gibt es in diesem Zimmer nicht einmal Platz, um einen Fuß hineinzusetzen …?« Sie beugte sich runter, hob einige Sitzkissen auf und erschrak erneut. »Wieso ist hier ein Loch?!«

Es war eben jenes Loch, dass Lan Wangji mit Bichen verursacht hatte.

Wei Wuxian steckte seine Hand in seine Haare, die leicht durcheinander waren, und konnte sich nur wieder und wieder entschuldigen. »Ach, das ist auch meine Schuld, ich habe das Schwert im Spaß herumgeworfen, und da ist das …«

Noch bevor er den Satz beenden konnte, hatte Lan Wangji bereits seinen Geldbeutel vom Boden aufgehoben und einen Silberbarren auf den Tisch gelegt. Die Gesichtszüge der Chefin entspannten sich merklich, doch sie legte trotzdem eine Hand an die Brust und konnte sich ihren Kommentar dazu nicht verkneifen. »Junger Herr, das soll zwar kein Angriff auf Euch sein, aber ein Schwert ist sehr gefährlich. Das kann man doch nicht einfach so im Spaß herumwerfen. Es ist ja noch vertretbar, wenn eine Sitzmatte oder der Boden Schaden davonträgt, aber was, wenn jemand dabei verletzt wird?«

»Stimmt, ganz richtig, Ihr habt natürlich recht, Chefin«, erwiderte Wei Wuxian.

Die Chefin nahm den Barren und meinte: »Dann ist es eben so. Es ist auch bereits spät, ruht Euch erst mal aus, ich gebe Euch ein anderes Zimmer. Dieses hier wird morgen früh repariert.«

»Gut, danke ... Ah, wartet! Dann hätten wir gern zwei Zimmer«, rief Wei Wuxian.

Die alte Chefin war verwundert. »Wieso denn auf einmal zwei?«

Wei Wuxian wagte es nicht, Lan Wangji anzuschauen und flüsterte: »Ihr habt ja gesehen, was ich anrichte, wenn ich betrunken bin. Ich werfe mit Sachen um mich und spiele mit dem Schwert herum, am Ende verletze ich womöglich noch jemanden.«

»In der Tat!«, antwortete die Chefin.

Sie gab ihnen zwei Zimmer, hob ihren Saum an und machte sich auf den Weg nach unten. Wei Wuxian bedankte sich und öffnete die Tür seines Zimmers. Als er sich umdrehte, sah er, wie Lan Wangji auf dem Flur stand. In der einen Hand hielt er Bichen, mit der anderen drückte er leicht an seinem Stirnband herum. Wortlos hielt er das Haupt gesenkt.

Eigentlich hatte Wei Wuxian vorgehabt, direkt ins Zimmer zu flüchten, als er Lan Wangji jedoch so sah, stoppte er. Nach reiflicher Überlegung sagte er vorsichtig und ehrlich: »Lan Zhan, entschuldige für heute Abend.«

Eine Weile herrschte Stille, ehe Lan Wangji schließlich flüsterte: »Du musst dich nicht entschuldigen.« Nachdem er sein Stirnband gerichtet hatte und wieder der ordentliche, selbstbeherrschte Hanguang-Jun war, nickte er leicht. »Ruh dich gut aus. Wir reden morgen über den Guanyin-Tempel und unsere Reise nach Lanling.«

Als Wei Wuxian diese Worte hörte, wurde sein Herz ein wenig leichter. Wenigstens gab es noch etwas, das sie morgen besprechen konnten. Er lächelte. »Okay, du auch. Ruh dich gut aus, wir reden morgen.«

Nachdem Wei Wuxian in sein Zimmer gegangen war und die Tür hinter sich geschlossen hatte, lehnte er sich an den Türrahmen. Als er hörte, wie Lan Wangji ebenfalls hinter sich die Tür schloss, hob er augenblicklich eine Hand und verpasste sich selbst eine Ohrfeige. Er sackte auf das Holzbett und vergrub sein glühendes Gesicht in seinen Händen.

Auch nach einer ganzen Weile war die Hitze noch immer nicht verschwunden – weder die auf seinem Gesicht, noch die in seinem Körper. Er griff nach der Kanne auf dem Tisch und goss sich das Wasser über den Kopf, doch auch das brachte nichts. An seinem gesamten Körper hing der Geruch von Lan Wangji.

Wei Wuxian wusste, dass wenn er weiter im Zimmer bleiben und daran denken würde, was sie gerade noch getan hatten, er diese Nacht keine Sekunde zur Ruhe kommen würde. Immerhin war Lan Wangji nur eine Wand von ihm entfernt.

Er konnte die Nacht auf keinen Fall dort verbringen.

Er stieß das Holzfenster auf, stieg auf den Fensterrahmen und sprang geschmeidig wie eine schwarze Katze hinaus. Lautlos landete er auf der Straße vor dem Gasthaus.

Es war bereits tief in der Nacht und die Straßen waren menschenleer. Genau richtig, sodass Wei Wuxian sofort lossprinten konnte.

Als er an der Mauer ankam, die Lan Wangji betrunken beschmiert hatte, stoppte er.

Die ganze Mauer war mit Hasen, Fasanen und kleinen Köpfen vollgekritzelt. Wei Wuxian betrachtete sie und dachte wieder daran, wie konzentriert Lan Wangji gewesen war, als er diese Zeichnungen angefertigt hatte. Anschließend hatte er Wei Wuxian zur Mauer gezerrt, damit dieser sein Kunstwerk hatte bestaunen können.

Wei Wuxian kam nicht umhin zu schmunzeln.

Ein unglaubliches Gefühl der Reue stieg in ihm hoch. Hätte er sich doch nur nicht so aufgeführt, als er betrunken gewesen war. Dann hätte Wei Wuxian jetzt wenigstens noch so tun können, als wäre er reinen Herzens und ohne Hintergedanken, und hätte unverfroren zu Lan Wangji ins Bett kriechen und sich glücklich an seiner Seite schlafend stellen oder auch friedlich einschlafen können. Dann müsste er auch nicht mitten in der Nacht ruhelos aus dem Gasthaus stürmen, wie ein kopfloses Huhn herumrennen und seine Emotionen ordnen.

Wei Wuxian streckte die Hand aus und strich über die beiden kleinen Köpfe an der Mauer, die sich gerade küssten. Dann kam er zum »Lan Wangji war hier«, das darüber stand. Dieser Satz musste weg, doch davor fuhr er noch einmal mit den Fingerspitzen die Schriftzeichen des Namens nach.

Einmal, zweimal, dreimal.

Je öfter er sie nachfuhr, desto schwerer fiel es ihm, sich von ihnen zu lösen.

Plötzlich hörte er ein kratzendes Geräusch. Da es mitten in der Nacht war, war er auf der Hut. Als er um eine Ecke der Mauer schaute, erblickte er eine schwarz gekleidete Gestalt. Mit einer kleinen Feile in der Hand lehnte sie an der Mauer und entfernte konzentriert die Spuren des Gekritzels auf der Wand.

Wei Wuxian war für einen Moment sprachlos.

Wen Ning drehte sich um, sein Gesicht war voller Staub. »Junger Herr, wieso bist du hier?«

»Was machst du da?«, fragte Wei Wuxian.

»Ah ... Der junge Herr Lan hat so viel in die Mauer geritzt, dass es den Menschen hier wahrscheinlich viel Ärger bereiten würde, wenn sie morgen aufwachen und das sehen. Daher wollte ich schon mal ein paar Sachen entfernen ...« Er stoppte kurz, ehe er sich verwundert nach Lan Wangji erkundigte: »Was ist mit dem jungen Herrn Lan?«

Wei Wuxian senkte den Kopf. »Er ruht sich aus, ich mache gerade einen Spaziergang.«

Wen Ning merkte, dass etwas mit ihm nicht stimmte, also unterbrach er seine Arbeit und fragte: »Junger Herr, ist etwas passiert?«

Er näherte sich Wei Wuxian einige Schritte, erschrak dann jedoch plötzlich und wich wieder zurück.

Wei Wuxian war verblüfft. »Was machst du denn jetzt schon wieder?«

Wen Ning schien Angst bekommen zu haben und winkte eilig ab. »Nichts, nichts, rein gar nichts!«

Wei Wuxian sah auf den ersten Blick, dass er peinlich berührt war. Unwillkürlich schaute er an sich hinab und bemerkte, dass sich einige rote Abdrücke an seinen Handgelenken befanden. Sie stammten von Lan Wangji, als dieser ihn gepackt und auf das Bett gepresst hatte. Er fasste sich an die Lippen und merkte, dass sie immer noch leicht geschwollen waren. Als sie sich im Trancezustand im Bett in den Armen gelegen und herumgewälzt hatten, und dabei fast zu einer Einheit verschmolzen wären, hatte Lan Wangji ihn gebissen und an ihm herumgeknabbert. Sein Hals musste daher wohl gerade ebenfalls einen sehr beeindruckenden Anblick bieten.

Wenn Wen Ning Farbe im Gesicht gehabt hätte, wäre er jetzt wohl knallrot angelaufen.

Wei Wuxian wusste nicht, was er sagen sollte. »Du ... Uff!«

Er setzte sich bei der Mauerecke hin und seufzte. »Ich brauch Alkohol.«

»Ich kaufe welchen«, meinte Wen Ning sofort.

Doch Wei Wuxian hielt ihn auf: »Komm zurück! Warum rennst du weg?«

Wen Ning kam wieder zurück. »Ich gehe Alkohol besorgen ...«

»Mensch, du ... Das habe ich doch nur so dahingesagt, und da ziehst du los?! Du bist doch nicht wirklich mein Diener«, meinte Wei Wuxian.

»Das weiß ich doch«, versicherte ihm Wen Ning.

»Und außerdem, hast du überhaupt Geld?«

»Nein ...«

»Na also! Ich hab's doch gleich gewusst!«

Neidisch sagte Wen Ning: »Aber der junge Herr Lan hat viel Geld ... sehr viel Geld ... wie schön.«

»Hach …« Wei Wuxian schlug seinen Hinterkopf mehrmals gegen die Wand und seufzte dabei. Schließlich meinte er: »Vergiss es. Ich trinke nie wieder Alkohol.«

»Warum nicht?«, fragte Wen Ning erschrocken.

»Wenn man trinkt, passieren schlimme Dinge. Ich werde mit dem Trinken aufhören.«

Wen Ning verzog seine Mundwinkel.

Wei Wuxian reagierte darauf. »Was willst du mir damit sagen, glaubst du mir etwa nicht?«

»Doch, doch … Aber damals hat meine Schwester doch alles versucht und konnte dich trotzdem nicht dazu bringen, damit aufzuhören …«, stammelte Wen Ning.

»Ha ha ha ha«, Wei Wuxian erinnerte sich und erwiderte: »Ihre Methode bestand doch nur darin, mir alle paar Tage mit ihren Nadeln neue Löcher in den Körper zu stechen, oder?«

Nachdem Wei Wuxian genug gelacht hatte, meinte er plötzlich: »Wen Ning, hast du je darüber nachgedacht, was du machen möchtest, wenn das ganze Chaos erst mal vorbei ist?«

»Was ich machen möchte?«, fragte Wen Ning verblüfft.

Wen Ning hatte niemanden mehr auf der Welt, der ihm nahestand. Es gab zudem kaum Menschen, die er kannte. Er war noch nie gut darin gewesen, Entscheidungen zu treffen, er war einfach nicht sehr entschlussfreudig. Wenn er nicht gerade Wen Qing gefolgt war, war er Wei Wuxian hinterhergelaufen. Ansonsten wusste er wohl auch nicht, wohin er gehen sollte oder konnte. Aber Wei Wuxian hatte immer gehofft, dass er seinen eigenen Weg finden würde. Doch würde er das aussprechen, klänge es so, als würde er ihn fortjagen. Und wenn Wei Wuxian genauer darüber nachdachte, wusste ja nicht nur Wen Ning nicht, wo er hinsollte, ihm selbst ging es doch auch nicht anders.

Während er mit Lan Wangji unterwegs gewesen war, hatte er überhaupt nicht über diese Frage nachgedacht. Er war wie selbstverständlich davon ausgegangen, dass es immer so weitergehen würde, dass sich nichts verändern würde. Doch nach der heutigen Nacht würden er und Lan Wangji vielleicht nie wieder zu diesem Verhältnis zurückkehren können. Ihm schien es, als würde er ohne Lan Wangji nicht überall frei in der Welt herumreisen können. Eine Stimme in Wei Wuxians Herzen sagte es ihm deutlich: Das ist unmöglich.

Das, was er damals auf dem Goldene Schuppen Plateau nur so dahergesagt hatte, war Wirklichkeit geworden. Der jetzige Wei Wuxian konnte nicht ohne Lan Wangji leben.

Wei Wuxian stieß einen langen Seufzer aus und meinte deprimiert: »Ich will Alkohol trinken.«

Je mehr er darüber nachdachte, desto deprimierter wurde er. Schließlich schlug die innere Unruhe, von der er sich nicht frei machen konnte, in rasende Wut um und er sprang auf. »Scheiße! Wen Ning, wir gehen!«

»Wohin?«

»Wir suchen nach Ärger!«

❖

Kapitel 21:

Das Leben hassen

1

Wei Wuxian sprintete mit Wen Ning zum Guanyin-Tempel, der mitten in der Stadt lag.

Lan Wangji und er hatten ihn tagsüber bereits auskundschaftet und eigentlich hatten sie geplant, ihn am Abend noch einmal genauer zu inspizieren. Sie hatten vorgehabt, den Bannkreis im Tempel zu zerstören, um zu schauen, was für ein Wesen dort versiegelt war und ob es ihnen im Kampf gegen Jin Guangyao nützlich sein könnte. Doch er hatte bis um sieben geschlafen, und dann war auch noch diese Sache passiert, sodass sie den Plan nicht in die Tat umgesetzt hatten.

Jetzt war Wei Wuxian so geladen, dass er seine Laune nun an Jin Guangyao auslassen wollte.

Es war mitten in der Nacht und ruhig. Die Lichter der Häuser waren bereits erloschen und das Haupttor des Guanyin-Tempels war fest verschlossen. Von außerhalb der hohen Mauern wirkte es, als wäre im Hof alles stockdunkel. Also kletterte Wei Wuxian die Mauer hoch, doch plötzlich hielt er inne. Noch ehe er auf dem Mauerdach angekommen war, dachte er sich: *Hier stimmt etwas nicht.*

Auch Wen Ning stoppte und flüsterte: »Eine Barriere.«

Wei Wuxian machte ein Handzeichen und sie landeten lautlos auf dem Boden, entfernten sich vom Haupteingang und bogen um eine Ecke hinter dem Guanyin-Tempel. Ganz vorsichtig kletterten sie dort die Mauer hoch und versteckten sich hinter einer Bestien-Statue, ehe sie ihre Köpfe hervorstreckten und in den Hof schauten.

Der Anblick schockierte sie.

Im Tempel brannten sämtliche Lichter und alles war voller Menschen. Die eine Hälfte davon waren Mönche, die andere bestand aus Kultivierern, die eine mit einer *Sterne-im-Schnee*-Blüte verzierte Robe trugen. Die beiden Gruppen standen vermischt zusammen, und alle trugen Pfeile und Bögen bei sich und hatten Schwerter in ihren Händen. Sie schienen etwas zu bewachen und zum Kampf bereit zu sein. Gelegentlich hörte man, wie sie sich leise unterhielten.

Um den Guanyin-Tempel herum war eine spezielle, abschirmende Barriere errichtet worden, sodass nichts von dem Licht und den Stimmen nach außen drang und es auf den Straßen außerhalb der hohen Mauern war, als wäre drinnen alles dunkel und still.

Doch das, was Wei Wuxian schockierte, war weder die Barriere noch waren es diese Kultivierer und falschen Mönche, sondern der weiß gekleidete Mann, der im Zentrum des Hofs stand.

Lan Xichen.

Er war nicht gefesselt, sogar sein Schwert und seine Dong Xiao *Liebing* befanden sich noch an seiner Hüfte. Ruhig stand er mitten in der Menge. Die Mönche und Kultivierer behandelten ihn mit Respekt und befolgten sogar seine Befehle.

Wei Wuxian beobachtete die Szene einen Moment lang, ehe er Wen Ning zuflüsterte: »Lauf schnell zum Gasthaus und hol sofort Hanguang-Jun her!«

Wen Ning nickte und verschwand augenblicklich.

Wei Wuxian konnte Jin Guangyao nirgends entdecken und wusste nicht, ob er ebenfalls anwesend war und ob sich das Yin-Tiger-Amulett noch in seinem Besitz befand. Er überlegte kurz, dann biss er sich auf den Finger und ließ das Blut auf den Seelenverschluss-Beutel an seiner Hüfte tropfen.

Eigentlich hatte er ein paar kleine Geister ködern wollen, die lautlos für ihn einige dunkle Kreaturen anlocken sollten, doch genau in diesem Moment ertönte am Ende der langen Straße außerhalb des Guanyin-Tempels Gebell.

Augenblicklich erschrak Wei Wuxian zu Tode.

Er verkniff es sich mit aller Kraft aufzuspringen und klammerte sich zitternd an die Bestie auf dem Dach der Mauer. Als er hörte, wie das

Bellen immer näher kam, fürchtete er sich so sehr, dass er unwillkürlich dachte: *Hilfe, Lan Zhan! Hilf mir, Lan Zhan!*

Es schien, als hätte er ein wenig Kraft durch diesen Namen geschöpft, sodass er sich zitternd zwang, sich zu beruhigen. Wei Wuxian hoffte, dass es ein wilder Hund ohne Besitzer war, der schleunigst verschwinden würde. Er hatte jedoch kein Glück, und in das Gebell mischte sich die scheltende, klare Stimme eines jungen Mannes. »Fee, halt die Klappe! Willst du mit dem Lärm alle Bewohner dieser Straße mitten in der Nacht aufwecken?!«

Jin Ling!

Lan Xichens Miene wurde ernst. Die meisten Kultivierer des Lanling-Jin-Clans hatten herausgehört, dass es sich um die Stimme des jungen Herrn Jin Ling handelte. Sie warfen einander Blicke zu, dann spannten sie ihre Bögen.

Jin Lings Stimme kam in einem rasanten Tempo näher, im Nullkommanichts stand er vor dem Haupttor des Guanyin-Tempels. »Psst! Pssst! Wenn du so weitermachst, hau ich dich noch in die Pfanne! Wo um Himmels willen bringst du mich nur hin?«

Wei Wuxians Herz rutschte ihm in die Hose. *Jin Ling, du Pechvogel, mach, dass du wegkommst!*

Doch Jin Ling musste ja unbedingt vor dem Guanyin-Tempel anhalten.

Fee jaulte. Sie schien sich wie wild im Kreis zu drehen, herumzuscharren und an der Mauer zu kratzen.

»Hier?«, fragte Jin Ling verwundert.

Einen Moment später klopfte er am Tor und fragte: »Ist da jemand?«

Alle Kultivierer im Hof hielten die Luft an. Sie hatten die Pfeile an ihre Bögen gelegt und auf das Haupttor gerichtet. Noch hatten sie sie nicht abgeschossen, sie schienen auf den Befehl zu warten.

Lan Xichen flüsterte: »Ihr dürft ihn nicht verletzen!«

Seine Stimme verließ die Barriere des Guanyin-Tempels nicht, doch die anderen waren nach wie vor in höchster Alarmbereitschaft und hatten immer noch ihre Bögen gespannt.

Auch Jin Ling schien bemerkt zu haben, dass hier etwas nicht stimmte. Selbst wenn es keine Nachtwachen im Tempel gab, so hatte er gerade so laut gegen das Tor gehämmert, dass selbst die Schlafenden aufgeschreckt sein müssten. Es hätte jedenfalls nicht so mucksmäuschenstill sein dürfen. Daher gab er nun ebenfalls keinen Ton mehr von sich.

Wei Wuxian konnte noch nicht erleichtert aufatmen, als er von außerhalb der Mauer plötzlich wieder Fees wildes Gebell hörte.

Jin Ling rief wütend: »Hey, wieso rennst du schon wieder zurück?!«

Gut gemacht, Fee!, dachte Wei Wuxian höchst erfreut.

»Fee! Komm zurück! Scheiße!«, fluchte Jin Ling.

Kleiner, mach, dass du schnell mit deinem Hund wegkommst! Ich bitte dich!

Doch nur wenige Sekunden später hörte er, wie fast unmerklich einige Steinchen herabrieselten. Wei Wuxian hatte noch überhaupt nicht einordnen können, was das für ein Geräusch war, als ihm im nächsten Moment auch schon der kalte Schweiß ausbrach.

Mist, der Bengel klettert die Mauer hoch!

Sobald Jin Ling emporgeklettert war, sah er auch schon, wie im ganzen Hof Pfeile und Bögen auf ihn gerichtet waren, und seine Pupillen verengten sich.

Einer der Mönche hatte Jin Ling wohl noch nie zuvor gesehen, oder er hatte einfach den Entschluss gefasst, jeden Eindringling zu beseitigen. Er ließ den Pfeil in seiner Hand los, der nun zischend auf Jin Ling zuflog!

Anhand des scharfen Tons erkannte Wei Wuxian sofort, dass es sich um einen geübten Schützen handeln musste. Sollte Jin Ling von diesem Pfeil getroffen werden, würde er unweigerlich Brust und Knochen durchstoßen.

Wei Wuxian hatte nur ein Mittel zur Hand, um den Angriff zu parieren. In der Not sprang er auf das Mauerdach, schmiss einen Gegenstand und schrie dabei gleichzeitig: »Jin Ling, renn!«

Das, was er fortgeschleudert hatte, war die Bambusflöte, die er seit seiner Rückkehr immer bei sich getragen hatte. Der rauschende Pfeil wurde von ihr pariert und kam von seiner Flugbahn ab.

Die Bambusflöte zerbrach in Stücke.

Jin Lings Gestalt war von der Mauer verschwunden, wahrscheinlich war er geflohen. Doch jetzt hatte Wei Wuxian seine Position verraten. Ein Regen aus Hunderten Pfeilen schnellte in seine Richtung und verwandelte die Bestie auf dem Mauerdach, hinter der sich Wei Wuxian augenblicklich versteckte, in einen Igel.

Das ist ganz schön gefährlich.

Unter ihnen befand sich nicht ein Schütze, der schlecht war, und wahrscheinlich verhielt es sich ähnlich mit ihren Kultivierungskünsten. Es stellte sich sogar die Frage, ob Jin Ling überhaupt entkommen konnte.

Wei Wuxian sprang von der Mauer und formte seine Finger zu einem Kreis. Gerade als er pfeifen wollte, hörte er plötzlich eine lachende Stimme hinter sich.

»Ich rate dem jungen Herrn Wei, das lieber sein zu lassen. Es ist nicht schlimm, wenn deine Flöte zerbricht, doch der Verlust deiner Finger oder Zunge wäre doch sehr traurig.«

Sofort zog Wei Wuxian seine Hand zurück und stimmte zu: »Deine Worte ergeben durchaus Sinn.«

»Wenn ich bitten dürfte?«, meinte die Person.

Wei Wuxian nickte. »Oberhaupt Jin, wie höflich.«

Jin Guangyao lächelte. »Aber selbstverständlich.«

Als wäre nichts vorgefallen, drehten sie eine große Runde, ehe sie vor dem Haupttor des Guanyin-Tempels ankamen. Einen Moment lang war Wei Wuxian sprachlos.

Das Haupttor stand offen.

Wie erwartet hatte Jin Ling es nicht geschafft zu fliehen. Einige Mönche richteten gerade ihre Schwerter auf ihn. Er schaute sie an und zögerte einen Moment, rief dann aber: »Onkel.«

»Hallo, A-Ling«, grüßte ihn Jin Guangyao.

Anschließend blickte Jin Ling verstohlen zu Wei Wuxian.

Fee war nicht bei ihm, sodass Wei Wuxian sich nun endlich beruhigte. Allerdings bahnten sich Kopfschmerzen an. »Kleiner ... Wieso kommst du um diese Uhrzeit allein mit deinem Hund hierher?«

Wei Wuxian wusste nicht, dass Jin Ling heimlich nach ihm gesucht hatte, nachdem er mit Lan Wangji und Wen Ning mit dem Boot den Lotuspier verlassen hatte.

Jin Ling hatte nach dem spurlosen Verschwinden von Wei Wuxian seine Wut an seinem Onkel ausgelassen. Er hatte nicht verstanden, was in Jiang Cheng gefahren war, dass er sich jeden schnappte und allen befahl, an einem alten Schwert zu ziehen. Daher hatte Jin Ling ihn wüst beschimpft und gemeint, dass Wei Wuxian nur seinetwegen fort wäre – woraufhin Jiang Cheng ihn mit einem Schlag zu Boden befördert hatte. Also hatte Jin Ling beschlossen, sich der Sache anzunehmen und mithilfe von Fee Wei Wuxians Verfolgung aufzunehmen. Wie erwartet hatte sein Hund ihn nicht enttäuscht und war Wei Wuxians Geruch akkurat bis zum Guanyin-Tempel gefolgt. Als Jin Ling am Tor geklopft hatte, hatte Fee jedoch die mörderischen Intentionen gewittert, die dahinter lauerten. Daher hatte sie auch plötzlich kehrtgemacht, sich an der Kleidung ihres Herrchens festgebissen und wie verrückt gebellt, um ihn zu warnen. Doch der Guanyin-Tempel war Jin Ling etwas zu merkwürdig vorgekommen. Auch wenn Wei Wuxian nicht hier gewesen wäre, so hatte er nach dem Rechten schauen wollen, wodurch er dem Feind letztendlich in die Hände gefallen war.

Aber natürlich hätte Jin Ling die Wahrheit nie im Leben zugegeben, sodass er lediglich schnaubte.

Jin Guangyao ging mit einigen Menschen in den Tempel. Kurz bevor das Tor sich schloss, drehte er sich zu den Untergebenen um und fragte: »Was ist mit dem spirituellen Hund?«

Ein Mönch antwortete: »Der spirituelle Hund mit dem schwarzen Fell war äußerst aggressiv. Als wir versuchten, ihn einzufangen, biss er. Wir haben es nicht geschafft und ihn laufen lassen.«

»Verfolgt und tötet ihn. Dieser Hund ist äußerst klug, wenn er jemanden herbringt, wäre das ein Problem«, befahl Jin Guangyao.

»Jawohl!«

Der Mönch verließ mit einem Schwert in der Hand den Tempel und das Tor schloss sich.

Jin Ling war zutiefst entsetzt und ihm platzte heraus: »Du lässt sie töten? Du hast mir Fee doch geschenkt!«

Jin Guangyao antwortete ihm nicht und stellte stattdessen eine Gegenfrage: »A-Ling, was machst du hier?«

Jin Ling schielte zu Wei Wuxian und zögerte.

Plötzlich meldete sich Lan Xichen zu Wort: »Oberhaupt Jin, Jin Ling ist doch nur ein Kind.«

Jin Guangyao schaute ihn an und erwiderte: »Das weiß ich.«

»Und außerdem ist er dein Neffe«, fügte Lan Xichen hinzu.

Unfreiwillig musste Jin Guangyao lachen. »Zweiter Bruder, was denkst du denn? Natürlich weiß ich, dass Jin Ling ein Kind und mein Neffe ist. Was glaubst du, was ich mache? Ihn töten und somit mundtot machen?«

Lan Xichen schwieg.

Jin Guangyao schüttelte den Kopf und sagte zu Jin Ling: »A-Ling, du hast es gehört. Wenn du hier herumrennst oder herumschreist, werde ich dir womöglich etwas Fürchterliches antun. Was du mit dieser Information machst, überlasse ich dir.«

Jin Ling hatte immer ein äußerst gutes Verhältnis zu seinem Onkel gehabt. Jin Guangyao hatte ihn sehr verwöhnt, und auch gerade eben hatte er die gleiche freundliche Miene wie immer aufgesetzt. Doch so, wie die Dinge standen, fiel es Jin Ling äußerst schwer, ihn mit den gleichen Augen zu sehen wie zuvor. Still ging er zu Wei Wuxian und Lan Xichen und wirkte dabei sehr gehorsam.

Jin Guangyao drehte sich um und meinte: »Habt ihr ihn noch nicht ausgegraben? Sagt den Leuten da drinnen, dass sie sich beeilen sollen!«

»Jawohl!«, antwortete ein Mönch. Dann eilte er mit dem Schwert in der Hand zurück in die Halle.

Erst jetzt fiel Wei Wuxian auf, dass aus der Haupthalle ganz hinten das Geräusch von Erde und Steinen kam, die aufgetürmt wurden. Zahlreiche Menschen schienen etwas auszugraben.

Was gräbt er aus? Einen Tunnel? Das Yin-Tiger-Amulett? Das Wesen, das hier versiegelt wurde?

Jin Guangyao fragte: »Ach ja, ich habe den werten Herrn Wei noch gar nicht gefragt, woher er diesen Ort kennt? Erzähl mir bitte nicht, dass du und Hanguang-Jun rein zufällig auf eurer Reise hier vorbeigekommen seid.«

»Lianfang-Zun, du hast im Geheimzimmer des Duftpalastes eine Landurkunde mit meinem Manuskript zusammen aufbewahrt. Erinnerst du dich denn nicht daran?«

»Ach, da war ich wohl unachtsam. Ich hätte sie getrennt voneinander aufbewahren sollen«, gestand Jin Guangyao.

»Lianfang-Zun, da wir jetzt sowieso nicht mehr aus deinen Fängen entkommen können, würdest du dann meine Neugierde befriedigen und mir sagen, was für ein Wesen hier im Guanyin-Tempel versiegelt ist?«

Jin Guangyao lächelte. »Der Preis für die Befriedigung deiner Neugier ist aber alles andere als gering. Junger Herr Wei, bist du dir sicher, dass du es wissen möchtest?«

»Ah. Dann vorerst lieber doch nicht«, lehnte Wei Wuxian ab.

In diesem Moment trat Lan Xichen an seine Seite. Erst jetzt bemerkte Wei Wuxian, dass er das Schwert an seiner Hüfte um einige Zentimeter herausgezogen hatte – ohne jedoch, dass spirituelles Licht es durchströmte.

»Zewu-Jun, was hat das zu bedeuten?«, fragte Wei Wuxian.

»Es ist beschämend. Ich wurde betrogen und hinters Licht geführt. Er hat meine spirituelle Energie versiegelt. Auch wenn ich Shuoyue und Liebing bei mir trage, so sind sie doch nutzlos.«

»Daran ist doch nichts beschämend. Immerhin ist es Lianfang-Zuns größte Stärke, andere zu belügen«, meinte Wei Wuxian.

Er erinnerte sich an die Szene, die er damals während der *Empathie* gesehen hatte. Meng Yao hatte seinen Selbstmord vorgetäuscht und einen Anschlag auf Nie Mingjue verübt. Als er dann an die Kunde dachte, nach welcher Lianfang-Zun schwere Verletzungen erlitten hatte, war es nicht schwer, sich vorzustellen, wie Lan Xichens spirituelle Energie versiegelt worden war.

Jin Guangyao gab einigen Mönchen Anweisungen: »Errichtet einen weiteren Bannkreis. Damit können wir Hanguang-Jun zumindest zeitweise aufhalten, sobald er kommt.«

»Wieso bist du dir denn so sicher, dass Hanguang-Jun kommt?«, wollte Wei Wuxian wissen.

Er kalkulierte gedanklich noch blitzschnell, ob er Jin Guangyao noch eine Lüge auftischen sollte, damit dieser seine Deckung vernachlässigte. Dieser schien seine Absicht jedoch zu durchschauen und lächelte schwach. »Natürlich kommt er. Wenn du, junger Herr Wei, den Guanyin-Tempel im Visier hattest, dann wird es Hanguang-Jun natürlich auch nicht entgangen sein, dass hier etwas faul ist. Denkst du etwa, dass ich dir glauben würde, wenn du behauptest, dass er nicht bei dir ist, junger Herr Wei?«

»Schlau«, kommentierte Wei Wuxian.

»Junger Herr Wei, wenn Wangji doch in der Nähe ist, wieso ist er dann nicht bei dir?«, fragte Lan Xichen.

»Wir agieren getrennt voneinander«, erklärte Wei Wuxian.

Lan Xichen war verblüfft. »Ich habe gehört, dass du verletzt warst, als du von den Grabhügeln kamst. Wieso sollte er zu so einem Zeitpunkt getrennt von dir agieren?«

»Von wem hast du das gehört?«, fragte Wei Wuxian.

»Von mir«, beantwortete Jin Guangyao seine Frage.

Wei Wuxian warf ihm einen Blick zu und sagte dann an Lan Xichen gewandt: »Das ist so. Ich konnte nicht einschlafen, also habe ich das Gasthaus verlassen, um ein wenig spazieren zu gehen. Rein zufällig bin ich dann hierauf gestoßen. Hanguang-Jun ist in einem anderen Zimmer. Er weiß nicht, dass ich hinausgegangen bin.«

»Ihr habt getrennte Zimmer?«, fragte Jin Guangyao überrascht.

»Wer sagt denn, dass wir uns unbedingt ein Zimmer teilen müssen?«, meinte Wei Wuxian.

Jin Guangyao lächelte, sagte aber nichts.

»Ah, ich verstehe«, meinte Wei Wuxian. Lan Xichen hatte es ihm erzählt. »Ihr beiden redet ja wirklich über alles.«

Lan Xichen machte gerade jedoch keine Witze. »Junger Herr Wei, ist etwas zwischen euch vorgefallen?«

Seine Miene war ernst, und ohne sein warmes Lächeln sah er Lan Wangji noch ähnlicher. Doch Wei Wuxian verstand nicht, warum er so stark reagierte. Er fühlte sich sowieso schon schuldig und sagte daher: »Oberhaupt Lan, was soll schon zwischen uns vorgefallen sein? Wir sollten uns im Augenblick lieber mit diesem Herrn dort befassen.« Mit seinem Blick deutete er auf Jin Guangyao.

Als Lan Xichen von ihm daran erinnert wurde, meinte er: »Ich war zu ungeduldig. Entschuldige.«

Doch Jin Guangyao lächelte. »So wie es aussieht, ist wohl wirklich ein Problem aufgetreten – und zwar kein kleines.«

Wei Wuxian lachte kalt. »In diesem Augenblick bereitet die ganze Kultivierungswelt einen Feldzug gegen dich vor, Lianfang-Zun. Hast du da wirklich die Muße, dich um andere zu sorgen? Mischst du dich gern ein?«

»Aber nein, es ist nur wirklich ein Jammer. Hanguang-Jun hat so viele Jahre ausgeharrt und ist bis heute erfolglos geblieben. Nicht nur Oberhaupt Lan hat Grund, ungeduldig zu sein, selbst für Außenstehende ist das unerträglich«, kommentierte Jin Guangyao.

Wei Wuxian schaute ihn ruckartig an. »Was soll das heißen, er hat ausgeharrt? Wobei ist er erfolglos geblieben?«

Über seine Worte waren sowohl Jin Guangyao als auch Lan Xichen überrascht. Beide analysierten seinen Gesichtsausdruck genau, anscheinend um zu schauen, ob er sich absichtlich dumm stellte.

Plötzlich pochte Wei Wuxians Herz wie verrückt, ganz so, als würde etwas, das den halben Abend lang tot gewesen war, nun wieder in seiner Brust zum Leben erwachen. Er gab sich alle Mühe, gefasst zu wirken. »Was meinst du damit?«

Jin Guangyao entgegnete: »Was ich damit meine? Junger Herr Wei, verstehst du es wirklich nicht oder tust du nur so? Ganz gleich, was von beidem zutrifft, wenn Hanguang-Jun das hören würde, wäre das ein wenig verletzend.«

»Ich verstehe es wirklich nicht. Sag es einfach direkt!«, forderte Wei Wuxian.

Lan Xichen war entsetzt. »Junger Herr Wei, erzähl mir nicht, dass du trotz all der Zeit, die du jetzt mit Wangji verbracht hast, nichts von seinen Gefühlen weißt?«

Wei Wuxian griff nach ihm und schien beinahe vor ihm niederknien und ihn anflehen zu wollen, endlich Klartext zu reden. »Oberhaupt Lan, Oberhaupt Lan, m... meinst du mit Lan Zhans Gefühlen etwa ... etwa ...«

Lan Xichen zog seine Hand kräftig zurück und konnte es nicht fassen. »Wie es scheint, weißt du es wirklich nicht. Aber ist dir denn nicht klar, woher die Narben der Disziplinierungspeitsche an seinem Körper stammen? Hast du denn nicht das Brandmal auf seiner Brust gesehen?«

»Die Narben der Disziplinierungspeitsche?!« Wei Wuxian packte Lan Xichen erneut. »Oberhaupt Lan, ich weiß es wirklich nicht. Bitte sag es mir, wo um alles in der Welt kommen diese Wunden an seinem Körper her? Haben sie etwa etwas mit mir zu tun?!«

Verärgerung war in Lan Xichens Gesicht zu erkennen. »Wie sollten sie nichts mit dir zu tun haben? Denkst du etwa, er hätte sich die Wunden selbst zugefügt, völlig ohne Grund?!«

Zewu-Jun hatte seit jeher eine gewaltige Selbstbeherrschung. Jetzt jedoch, wo es um Lan Wangji ging, wurde er wirklich wütend. Als er Wei Wuxians Miene aber genau betrachtete, bändigte er seine Wut leicht und fragte ihn prüfend: »Du ... hast Gedächtnislücken?«

»Gedächtnislücken?« Wei Wuxian dachte augenblicklich angestrengt darüber nach, was er vergessen hatte. »Ich erinnere mich nicht daran, dass mein Gedächtnis ... Ah!«

Tatsächlich gab es eine Zeit, die er nur verschwommen in Erinnerung hatte.

Das Massaker in der Nachtlosen Stadt!

In jener Nacht hatte er geglaubt, dass die Asche von Wen Qing und Wen Ning verstreut worden war. Er hatte die Kampfformationen gesehen, zu denen sich die Kultivierungsclans im Feuereifer aufgestellt hatten, und er hatte miterlebt, wie Jiang Yanli vor seinen eigenen Augen den Tod gefunden hatte. Schließlich war er dem Wahn verfallen, hatte das Yin-Tiger-Amulett zusammengesetzt und dem Massaker freien Lauf gelassen.

Die Menschen, die von den Toten umgebracht worden waren, die unter der Kontrolle des Yin-Tiger-Amuletts gestanden hatten, waren selbst zu neuen bösartigen Untoten geworden. Und so war ein nicht enden wollender Strom an Killer-Marionetten entstanden, die schließlich eine Bluthölle errichtet hatten.

Danach hatte Wei Wuxian sich gerade so noch auf den Beinen gehalten und benommen das Gefühl gehabt, dass er die zerstörte, einem Schlachthaus gleichende Stadt verlassen hatte. Für eine ganze Zeit lang war er jedoch kaum bei Bewusstsein gewesen, und als er wieder zu sich gekommen war, hatte er bereits lange geistesabwesend am Fuß der Grabhügel in Yiling gesessen.

»Erinnerst du dich wieder?«, fragte Lan Xichen.

Wei Wuxian murmelte: »Damals in der Nachtlosen Stadt? I… Ich habe immer gedacht, dass ich in meinem benommenen Zustand selbst zurückgefunden hätte. War es etwa …«

Lan Xichen war so wütend, dass er beinahe lachte. »Junger Herr Wei! Wie vielen Gegnern hast du in jener Nacht in der Nachtlosen Stadt gegenübergestanden? Dreitausenden! Ganz gleich, was für ein begnadetes Ausnahmetalent du auch gewesen bist, wie hättest du aus so einer Situation in einem Stück herauskommen sollen? Als ob das möglich gewesen wäre!«

»Lan Zhan … Was hat Lan Zhan getan?«

Lan Xichen meinte: »Da du dich nicht daran erinnerst, was Wangji getan hat, so befürchte ich, dass er dir das sein ganzes Leben lang nicht von sich aus erzählen würde. Und du würdest ebenso wenig danach fragen. Also gut, dann erfährst du es eben von mir.«

Dann begann er.

»Junger Herr Wei, in jener Nacht hast du die beiden Hälften des Yin-Tiger-Amuletts hervorgeholt und zusammengesetzt. Nachdem du genug getötet hattest, warst du am Ende deiner Kräfte. Wangji wurde verletzt, als du wie ein Wahnsinniger getobt hast, daher war sein Zustand auch nicht viel besser als deiner. Auch er konnte sich nur noch mit Mühe auf den Beinen halten und schaffte dies auch nur, indem er sich auf Bichen abstützte. Und trotzdem ist er dir sofort gefolgt, als du taumelnd fortgegangen bist. Zu jenem Zeitpunkt war kaum noch jemand bei Bewusstsein. Auch ich konnte mich kaum noch bewegen und nur noch mit weit aufgerissenen Augen dabei zuschauen, wie Wangji, dessen spirituelle Kräfte offensichtlich beinahe versiegt waren, dich hinkend und humpelnd einholte. Dann packte er dich und brachte dich auf Bichen fort.

Erst nach vier Stunden kam meine spirituelle Energie zurück und ich eilte zurück nach Gusu, um Hilfe zu holen. Ich habe befürchtet, dass, wenn euch die Kultivierer der anderen Clans zuerst finden würden, sie Wangji für deinen Komplizen halten könnten. Im besten Fall wäre sein Ruf für den Rest seines Lebens ruiniert gewesen, im schlimmsten Fall hätte man ihn ohne Wenn und Aber an Ort und Stelle getötet. Gemeinsam mit unserem Onkel suchte ich dreiunddreißig Qianbeis aus, die stets eine hohe Meinung von Wangji gehabt haben, und wir suchten zwei Tage lang heimlich nach euch, bis wir schließlich in Yiling eure Spur entdeckten.

Wangji hatte dich in einer Höhle versteckt. Als wir ankamen, saßt du geistesabwesend auf einem Felsen in ihrem Inneren. Wangji hielt deine Hand und übertrug dir spirituelle Energie, während er fortwährend leise mit dir sprach. Doch die ganze Zeit hast du nur mit ein- und demselben Wort geantwortet: ›Verschwinde!‹«

Wei Wuxians Kehle war trocken, seine Augen waren rot, er brachte kein einziges Wort heraus. Lan Xichen fuhr fort: »Als unser Onkel plötzlich vor ihm erschien, schimpfte er Wangji aus und forderte eine Erklärung. Wangji schien längst damit gerechnet zu haben, von uns entdeckt zu werden, und meinte, dass es da nichts zu erklären gäbe, die Dinge seien nun einmal so, wie sie waren. Noch nie hatte er sich unserem Onkel und mir widersetzt. Doch für dich hat Wangji sich nicht nur gegen uns gestellt, sondern auch noch mit den anderen Kultivierern des Gusu-Lan-Clans, seinen eigenen Clankameraden, die Klingen gekreuzt, und die dreiunddreißig Qianbeis schwer verletzt, die mit uns gekommen waren ...«

Wei Wuxian vergrub beide Hände in seinen Haaren. »I… Ich hatte keine Ahnung … Ich wusste wirklich nicht …«

Außer zu wiederholen, dass er es wirklich nicht gewusst hatte, war er außer Stande, etwas anderes hervorzubringen.

Lan Xichen hielt sich einen Moment lang zurück, sagte dann aber doch: »Dreiunddreißig Narben der Disziplinierungspeitsche! Alle Hiebe wurden direkt nacheinander ausgeführt, für jede Person einen. Du müsstest wissen, wie sehr die Hiebe schmerzen, und wie lange es dauert, bis sie heilen! Nachdem er dich eigenmächtig zurück zu den Grabhügeln gebracht hatte, kehrte er schwermütig zurück, um seine Strafe zu empfangen. Was denkst du, wie lange er vor der Wand der Regeln knien musste?! Als ich nach ihm sah, sagte ich zu ihm, dass du, junger Herr Wei, bereits zu große Fehler begangen hast, und fragte ihn, warum er die Situation noch weiter verschlimmerte. Doch er meinte … Er könne nicht beurteilen, ob deine Handlungen richtig oder falsch waren, aber in jedem Fall war er gewillt, mit dir zusammen all die Konsequenzen zu tragen. Es heißt, dass er in den Jahren seine Fehler reflektiert hat, aber eigentlich ist er so schwer verletzt gewesen, dass er sich kaum bewegen konnte. Und trotz all dem hat er, nachdem er von deinem Tod erfahren hat, sich in diesem Zustand noch zu den Grabhügeln geschleift. Er war einfach nicht davon abzubringen und wollte sich unbedingt vergewissern …

So, wie er mit dir gesprochen und wie er dich angesehen hat, als er dich gerettet und in der Höhle versteckt hat, wäre es selbst einem Blinden und Tauben unmöglich gewesen, seine Gefühle nicht zu bemerken. Nur deswegen war mein Onkel so außer sich. Als Kind war Wangji ein Vorbild für die Jüngeren, als Erwachsener ein bekannter Kultivierer. Sein ganzes Leben lang ist er aufrichtig und korrekt gewesen, ohne einen einzigen Makel. Der einzige Fehler, den er in seinem Leben begangen hat, warst du! Und da sagst du … da sagst du, dass du nichts davon weißt. Junger Herr Wei, nachdem du durch die Körperopferung zurückgekehrt bist, hast du ihm doch auf alle möglichen Arten deine Liebe gestanden und nichts unversucht gelassen, um ihn zu belästigen?! Jede Nacht ... Jede Nacht bist du zu ihm ... Und da behauptest du, du wüsstest von nichts? Wenn du nichts davon gewusst hast, wieso hast du das dann getan?«

Wei Wuxian wünschte sich wirklich, zu all jenen Momenten zurückkehren und sich selbst umbringen zu können. Gerade weil er nichts davon gewusst hatte, hatte er es doch überhaupt nur gewagt, solche Dinge zu tun!

Plötzlich fand er es überaus beängstigend. Wenn Lan Wangji keine Ahnung hatte, dass er sich überhaupt nicht daran erinnerte, was in seinem letzten Leben in den Tagen nach dem Massaker in der Nachtlosen Stadt geschehen war, und wenn er davon ausging, dass Wei Wuxian die ganze Zeit über von seinen Gefühlen gewusst hatte, wie grausam waren dann die Dinge, die er nach seiner Rückkehr getan hatte?

Am Anfang hatte er diese übertriebenen, skandalösen Sachen doch nur getan, um Lan Wangji schnellstmöglich anzuekeln, damit er Wei Wuxian aus der Wolkennische werfen würde. Dann hätten die beiden sich nie wiedergesehen, und sie wären beide ihrer eigenen Wege gegangen. Es war unmöglich, dass Lan Wangji seine wahre Absicht nicht durchschaut hatte. Und trotzdem hatte er ... beharrlich an seiner Seite gestanden und Jiang Cheng keine Gelegenheit gelassen, sich ihm zu nähern und ihm das Leben schwer zu machen. Er hatte all seine Fragen beantwortet, all seine Wünsche erfüllt, hatte ihn einfach gewähren lassen und war überaus nachsichtig mit ihm gewesen. Trotz Wei Wuxians zahlreicher und sogar böswilliger Neckereien und Provokationen hatte er sich immer unter Kontrolle gehabt und sich beherrscht.

Bedeutete das womöglich, dass Lan Wangji ihn vorhin im Gasthaus nur deshalb so plötzlich weggestoßen hatte, weil ... er angenommen hatte, dass es für Wei Wuxian wieder nur ein Moment war, in dem er frech sein konnte?

Wei Wuxian konnte wirklich nicht mehr weiterdenken. Er raste in die Richtung, die aus dem Guanyin-Tempel führte, doch augenblicklich versperrten ihm mehrere Kultivierer den Weg.

Jin Guangyao meinte: »Junger Herr Wei, ich verstehe ja deine Aufregung ...«

Wei Wuxian wollte in diesem Moment nichts sehnlicher, als zurück zum Gasthaus zu eilen – zurück an Lan Wangjis Seite. Er wollte ihm seine Gefühle beichten, auch wenn er nur wirres Zeug von sich geben könnte. Mit einem Schlag schlug er die beiden Mönche weg, die ihn hatten ergreifen wollen, und brüllte: »Einen Scheiß verstehst du!«

Nach seinem Angriff stürmten sieben oder acht Menschen auf ihn zu. Sofort verdunkelte sich Wei Wuxians Sichtfeld.

Jin Guangyao stand an der Seite und wollte unbedingt seinen Satz beenden. »Ich wollte dir nur mitteilen, dass du dich gar nicht so sehr beeilen musst. Dein Hanguang-Jun ist bereits hier.«

Das eisblaue Licht eines Schwertes kam vom Himmel herab und drängte zischend die Menschen weg, die Wei Wuxian umzingelt hatten, dann kehrte es in die Hand seines Besitzers zurück. Lautlos landete Lan Wangji vor der Halle mit der Guanyin-Statue und warf ihm einen Blick zu. Seine Miene sah aus wie immer, doch Wei Wuxian wurde nervös und schluckte plötzlich alles, was er gerade eben noch hatte sagen wollen, wieder herunter. Sein Magen verkrampfte sich und er murmelte lediglich: »Lan ... Zhan.«

Jin Ling hatte Lan Xichens Ausführung wie ein Blitz getroffen. Als er Lan Wangji erblickte, war er zuerst höchsterfreut, doch seine Miene verzog sich wieder, als er bemerkte, wie er und Wei Wuxian einander anschauten.

Jin Guangyao seufzte. »Siehst du, ich habe es doch gesagt. Junger Herr Wei, solang du hier bist, wird Hanguang-Jun mit Sicherheit kommen.«

Lan Wangji drehte die Hand, in der er Bichen hielt. Er wollte gerade angreifen, als Jin Guangyao lächelnd sagte: »Hanguang-Jun, am besten trittst du fünf Schritte zurück.«

Plötzlich spürte Wei Wuxian einen winzigen, scharfen Schmerz an seinem Hals.

»Vorsicht. Nicht bewegen!«, sagte Lan Xichen leise zu ihm.

Lan Wangjis Blick haftete an Wei Wuxians Hals, sein Gesicht wurde etwas blass.

Die hauchdünne, blassgoldene Schnur einer Zither lag an Wei Wuxians Kehle.

Sie war extrem dünn und noch dazu mit einer speziellen Farbe bemalt, sodass man sie mit bloßem Auge fast nicht erkennen konnte. Außerdem war Wei Wuxian gerade so aufgewühlt gewesen, dass er auf überhaupt nichts anderes geachtet hatte, und sie daher nun an einer vitalen Stelle ruhte.

»Lan Zhan, nicht! Tritt nicht zurück!«, rief Wei Wuxian.

Sofort wich Lan Wangji fünf Schritte zurück, ohne auch nur einen Moment zu zögern. »Ausgezeichnet. Dann bitte ich dich als Nächstes, Bichen zurück in seine Scheide zu stecken.«

Es klirrte, Lan Wangji leistete Jin Guangyaos Worten erneut sofort Folge.

Wei Wuxian wurde wütend. »Werd bloß nicht anmaßend!«

Jin Guangyao erwiderte: »Das soll anmaßend sein? Ich werde Hanguang-Jun nun sogar bitten, seine spirituelle Energie selbst zu versiegeln. Wie würdest du das nennen?«

Wei Wuxian fuhr ihn erbost an: »Du ...«

Bevor er seinen Satz beenden konnte, spürte er einen scharfen Schmerz an seiner Kehle, der in sein Fleisch einschnitt. Blut floss seinen Hals entlang herab.

Lan Wangji wurde leichenblass, und Jin Guangyao meinte: »Wie sollte er denn nicht auf mich hören? Junger Herr Wei, denk doch mal nach. Dein Leben liegt in meiner Hand.«

Lan Wangji betonte jede Silbe: »Rühr ihn nicht an.«

»Dann weißt du ja, was du zu tun hast, Hanguang-Jun«, erwiderte Jin Guangyao.

Sofort antwortete Lan Wangji: »Gut.«

Lan Xichen seufzte. Lan Wangji hob die Hand, führte energisch einige tippende Bewegungen aus und versiegelte so seine spirituelle Energie.

Jin Guangyao lächelte leicht und sagte sanft: »Das ist wirklich ...«

Lan Wangji starrte ihn intensiv an: »Lass ihn los.«

Doch Wei Wuxian rief: »Lan Zhan! I... Ich muss dir etwas sagen.«

»Sag es ihm später«, meinte Jin Guangyao.

»Das geht nicht, es ist sehr dringend«, protestierte Wei Wuxian.

»Dann sprich es doch einfach aus«, warf Jin Guangyao ein.

Eigentlich hatte er das nur so dahergesagt, doch Wei Wuxian erwiderte plötzlich: »Auch wieder wahr.« Dann brüllte er sich die Seele aus dem Leib: »Lan Zhan! Lan Wangji! Hanguang-Jun! Vo... Vorhin wollte ich wirklich mit dir schlafen!«

»...«

»...«

»...«

Jin Guangyaos Hand lockerte sich und sobald die Zitherschnur fort war und der winzige, stechende Schmerz von seinem Hals verschwand, stürmte Wei Wuxian ungeduldig zu Lan Wangji.

Seine ungeheuerliche Aussage hatte Lan Wangji wie ein Blitz getroffen, er konnte es immer noch nicht fassen. Auf seiner sonst so gefassten Miene zeichnete sich doch tatsächlich eine Spur von Unsicherheit und Verwirrung ab.

Es war nicht das erste Mal, dass er so von Wei Wuxian mit beiden Armen umschlungen wurde und dass dieser sich so verzweifelt an ihn klammerte. Doch dieses Mal schien Lan Wangjis Körper zu einem schweren Holzklotz zu erstarren und er wusste nicht wohin mit seinen beiden Händen.

Wei Wuxian fragte: »Lan Zhan, hast du gehört, was ich gerade gesagt habe?!«

Lan Wangjis Lippen bewegten sich zwar, aber erst Augenblicke später erwiderte er: »Du ...«

Seine Worte waren stets knapp und präzise, nie stockte er beim Reden, jetzt aber kamen seine Worte extrem verzögert. »Du ... hast gerade gesagt ...«

Er schien es wiederholen zu wollen, um sich zu vergewissern, dass er sich nicht verhört hatte. Doch solche Worte kamen Lan Wangji einfach nicht über die Lippen.

Sofort war Wei Wuxian bereit, es ohne zu zögern noch einmal zu wiederholen. »Ich habe gesagt, dass ich wirklich mit dir ...«

»Ähem!«

Lan Xichen stand neben ihnen. Seine rechte Hand war zu einer Faust geballt, die er nun an seine Lippen führte. Er überlegte kurz, dann seufzte er. »Junger ... Herr Wei, du hättest dir keinen günstigeren Zeitpunkt für deine Worte aussuchen können, und auch der Ort passt vortrefflich.«

Ohne jede Spur von Aufrichtigkeit entschuldigte sich Wei Wuxian. »Das tut mir wirklich leid, Oberhaupt Lan, aber ich konnte wirklich keinen Moment länger warten.«

Auch Jin Guangyao schien keinen Moment länger warten zu können und drehte sich um. »Habt ihr ihn immer noch nicht ausgegraben?«

Ein Mönch antwortete: »Oberhaupt, Ihr habt ihn damals zu tief vergraben ...«

Jin Guangyaos Gesichtsfarbe sah gar nicht gut aus. Trotzdem schimpfte er nicht mit seinen Untergebenen und rief lediglich: »Beeilt euch!«

Noch bevor er ausgesprochen hatte, schoss plötzlich ein weißer Blitz durch den Himmel und einen Moment später donnerte es.

Jin Guangyao schaute hoch, seine Miene verfinsterte sich leicht. Kurze Zeit darauf nieselte es. Wei Wuxian klammerte sich an Lan Wangji.

Er hatte eigentlich noch all den anderen Worten freien Lauf lassen wollen, die sich in ihm angestaut hatten, doch die kalten, feinen Regentropfen, die ihm ins Gesicht prasselten, kühlten sein Gemüt ein wenig ab.

Jin Guangyao wandte sich an Lan Xichen. »Zewu-Jun, es regnet, geht doch lieber rein und stellt euch unter.«

Obwohl sich Lan Xichen in seiner Gewalt befand, begegnete Jin Guangyao ihm nach wie vor mit der gleichen Höflichkeit wie immer und war keineswegs harsch zu ihm. Er unterschied sich kaum von zuvor, mit der Ausnahme, dass er noch höflicher war. Selbst wenn jemand seine Wut an Jin Guangyao auslassen wollte, so fiel es einem doch schwer, das zu tun. Es hieß, dass man niemanden schlug, der lächelte, und Lan Xichen war sowieso niemand, der sonderlich wütend wurde.

Jin Guangyao trat als Erster über die Türschwelle und ging in die Haupthalle. Die anderen folgten ihm. Wei Wuxian und Lan Wangji waren tagsüber bereits hier gewesen.

Die Haupthalle war geräumig und imposant. Die roten Wände und der goldene Lack waren wie neu, man konnte sehen, dass hier regelmäßig gewissenhaft sauber gemacht wurde.

Die Mönche und Kultivierer gruben hinter der Halle. Sie hatten bereits ein sehr tiefes Loch ausgehoben, hatten aber trotzdem noch nicht das Objekt gefunden, das Jin Guangyao hier versteckt hatte. Als Wei Wuxian unwillkürlich den Kopf hob und sich umschaute, war er überrascht.

Die Guanyin-Statue auf dem Altar hatte wunderschöne Gesichtszüge. Im Vergleich zu den gewöhnlichen Guanyin-Statuen wirkte sie weniger freundlich, dafür aber hübscher. Das jedoch, was ihn überraschte, war die Tatsache, dass die Statue ihm bekannt vorkam – sie ähnelte jemandem. Und zwar Jin Guangyao, der gerade neben ihr stand.

Wenn man sie nur flüchtig betrachtete, fiel es nicht sonderlich auf, doch wenn man sie so direkt mit Jin Guangyao verglich, erkannte man eine gewisse Ähnlichkeit. Es gab eine Überschneidung von beinahe fünfzig oder sechzig Prozent.

Ist Jin Guangyao etwa derart selbstverliebt? Reicht es ihm denn nicht, dass er das Oberhaupt der Kultivierungswelt ist, das alle Clans unter sich vereint? Musste er unbedingt noch eine heilige Statue nach seinem Abbild anfertigen lassen, die von Abertausenden angebetet wird? Oder ist das irgendeine verbotene Kultivierungskunst, von der ich nichts weiß?

Plötzlich hörte er Lan Wangjis Stimme neben seinem Ohr. »Setz dich.«

Sofort wurde Wei Wuxian aus seinen Gedanken gerissen. Lan Wangji hatte vier Sitzkissen im Tempel gefunden, zwei davon gab er Lan Xichen und Jin Ling, die anderen beiden waren für ihn und Wei Wuxian. Aus welchen Gründen auch immer, aber Lan Xichen und Jin Ling platzierten ihre Sitzkissen überaus weit weg von ihnen, nachdem sie sie entgegengenommen hatten, und schauten beide, ohne sich abgesprochen zu haben, gleichzeitig in die Ferne.

Jin Guangyao und ein paar seiner Untergebenen waren bereits hinter die Halle gegangen, um nach dem Stand der Ausgrabung zu schauen. Wei Wuxian zog Lan Wangji mit runter auf die Kissen und setzte sich mit ihm hin. Vielleicht lag es daran, dass Lan Wangji noch ein wenig abwesend war, aber als Wei Wuxian an ihm zog, schwankte er, ehe er richtig saß.

Wei Wuxian hatte sich wieder einigermaßen beruhigt und starrte Lan Wangji nun an. Der hatte seine Augenlider jedoch gesenkt, sodass er seinen Gemütszustand nicht erkennen konnte.

Wei Wuxian wusste, dass Lan Wangji seinen bloßen Worten von gerade eben wahrscheinlich noch keinen Glauben schenkte. Es war nur natürlich, einem so üblen Missetäter, der einen so lange mit einem Lächeln auf dem Gesicht gefoltert hatte, nicht zu vertrauen. Bei diesem Gedanken wurde Wei Wuxian schwer ums Herz. Es schmerzte so sehr, dass er ein wenig zitterte und er es nicht wagte, intensiver darüber nachzudenken. Er wusste nur, dass er seine Wunden lindern musste.

»Lan Zhan, sch... schau mich an.«

Lan Wangjis Stimme war immer noch ein wenig angespannt, als er antwortete. »Mhm.«

Wei Wuxian nahm einen tiefen Atemzug und sagte leise: »Ich ... habe wirklich ein miserables Gedächtnis. An vieles aus der Vergangenheit erinnere ich mich nicht mehr. Das beinhaltet auch die Tage nach der Nachtlosen Stadt, ich erinnere mich kein bisschen mehr an die Dinge, die dort vorgefallen sind.«

Bei diesen Worten weiteten sich Lan Wangjis Augen etwas.

Dann streckte Wei Wuxian ruckartig seine Arme aus, umklammerte fest seine Schultern und sprach weiter: »Aber! Aber von nun an werde ich mir alles merken, was du mir sagst, und was du für mich tust. Ich werde keine einzige Sache davon vergessen!«

»...«

»Du bist wirklich großartig. Ich habe Gefühle für dich.«

»...«

»Oder anders gesagt: Ich schwärme für dich, ich liebe dich, ich will dich, ich kann dir nicht von der Seite weichen, ich was auch immer dich.«

»...«

»Ich will mein ganzes Leben lang mit dir zusammen auf Nachtjagd gehen.«

»...«

Dann hob Wei Wuxian drei Finger und zeigte damit nacheinander auf den Himmel, die Erde und sein Herz.

»Und ich will jeden Tag mit dir ins Bett. Ich schwöre, dass das keine Laune von mir ist und ich dich auch nicht wie früher aufziehe. Und ich sage das erst recht nicht aus Dankbarkeit. Kurz gesagt: Es gibt keinen anderen Grund dafür, als dass ich dich wirklich schlicht und ergreifend mag – so sehr, dass ich mit dir schlafen will. Ich möchte niemanden außer dir, für mich gibt es nur dich. Du kannst mit mir alles machen, was du willst. Es ist dir ganz frei gestellt, ich mag alles, solang du gewillt bist, mit mir …«

Bevor er den Satz beenden konnte, sauste plötzlich der Wind herein und löschte die Reihen an Kerzen in der Guanyin-Halle.

Ohne dass sie es bemerkt hatten, war aus dem Nieselregen ein Gewitter geworden. Auch die Laternen, die draußen am Tempel baumelten und gegeneinanderstießen, waren längst vom Regen gelöscht worden. Es war plötzlich stockdunkel.

Wei Wuxian konnte keinen Ton mehr von sich geben. In der Dunkelheit hatte Lan Wangji ihn fest in die Arme geschlossen und ihm den Mund zugehalten.

Lan Wangjis Atem war durcheinander und gehetzt. Seine Stimme drang an Wei Wuxians Ohr: »Ich … schwärme für dich …«

Wei Wuxian umarmte ihn fest. »Ja!«

Lan Wangji wiederholte: »Ich liebe dich … Ich will dich …«

»Ja!«, bestätigte Wei Wuxian laut.

»Ich kann dir nicht von der Seite weichen … Ich möchte niemanden außer dir … Für mich gibt es nur dich!«

Wieder und wieder wiederholte er, was Wei Wuxian zu ihm gesagt hatte. Seine Stimme zitterte, ebenso wie sein Körper, und Wei Wuxian hatte sogar den Eindruck, dass er gleich anfangen würde zu weinen.

Bei jedem Satz umfasste er Wei Wuxians Hüfte noch enger. Die Umarmung schmerzte Wei Wuxian und doch umfasste er Lan Wangjis Rücken ebenfalls immer inniger mit seinen Armen, sodass er selbst kaum noch Luft bekam. Er ertrug die Schmerzen mit Freude und hätte ihn nur zu gern noch fester umarmt.

Man konnte nichts klar erkennen. Doch ihre Brustkörbe klebten eng an dem des jeweils anderen, und ihre beiden Herzen hatten keine Ausweichmöglichkeiten. Klar und deutlich spürte Wei Wuxian Lan Wangjis Herzschlag, wie er verrückt in seiner Brust hämmerte. Er spürte die

Hitze, die förmlich aus seinem Inneren hervorbrodelte, und etwas, das auf seinem Nacken landete und lautlos wieder verschwand, und von dem Wei Wuxian sich fragte, ob es vielleicht eine Träne gewesen war.

Im nächsten Moment erklangen die schnellen Schritte von Menschen, die in die Halle traten. Jin Guangyao, der gerade hinten nach dem Rechten gesehen hatte, war mit einigen Kultivierern zurückgekehrt. Zwei Mönche brachten ihre ganze Kraft auf, einer rechts und einer links, um bei diesem starken Wind das Tor des Tempels wieder zu schließen und zu verriegeln. Jin Guangyao hingegen holte einen Feuertalisman hervor und pustete leicht. Der Talisman fing an zu brennen und er zündete damit erneut die roten Kerzen an. Eine Reihe von schwachen gelben Flammen war das einzige Licht, das im einsamen Tempel diese Regennacht erhellte.

Plötzlich hörte man von außerhalb klare Klopfgeräusche.

Jemand klopfte an das Tor.

Alle im Tempel schauten mit erhöhter Aufmerksamkeit in die Richtung. Die beiden Mönche, die das Tor verschlossen hatten, wirkten, als würden sie einem großen Feind entgegentreten und richteten lautlos ihre Schwerter auf den Eingang.

Mit unveränderter Miene fragte Jin Guangyao: »Wer ist da?«

Draußen antwortete jemand: »Oberhaupt, ich bin es!«

Es war Su Shes Stimme.

Jin Guangyao machte eine Geste mit der Hand und die beiden Mönche öffneten den Türriegel.

Su She kam zusammen mit dem Gewitter in die Halle. Die Kerzenlichter wurden vom Unwetter erfasst und flackerten unaufhörlich. Augenblicklich schlossen die beiden Mönche das Tor wieder.

Su She war völlig vom Regen durchnässt und so durchgefroren, dass seine Lippen blau angelaufen waren. In der rechten Hand hielt er sein Schwert, mit der linken trug er eine Person. Nachdem er reingekommen war, wollte er sie gerade auf den Boden werfen, als er Wei Wuxian und

Lan Wangji auf den Sitzkissen sah, die sich noch nicht voneinander gelöst hatten.

Vor nicht allzu langer Zeit hatte Su She einiges wegen der beiden einstecken müssen, sodass sich seine Miene nun blitzartig veränderte. Sofort zog er sein Schwert und schaute zu Jin Guangyao, der jedoch so aussah, als wäre alles in bester Ordnung. Da verstand er, dass sie gerade unter seiner Kontrolle standen, und beruhigte sich wieder.

»Was ist passiert?«, wollte Jin Guangyao wissen.

»Ich habe ihn auf dem Weg getroffen und dachte mir, dass er vielleicht nützlich sein könnte, also habe ich ihn mitgenommen.«

Jin Guangyao trat näher und schaute nach unten. »Hast du ihn verletzt?«

Su She warf die Person auf den Boden. »Nein. Er ist vor Schreck in Ohnmacht gefallen.«

Jin Guangyao meinte: »Minshan, sei nicht so grob. Er kann nicht gut damit umgehen, wenn er erschreckt wird oder hinfällt.«

Hastig gehorchte Su She. »Jawohl.« Dann hob er die Person, die er gerade noch achtlos auf den Boden geworfen hatte, wieder auf und legte sie vorsichtig bei Lan Xichen ab.

Der hatte die Person die ganze Zeit angestarrt. Er strich ihr die feuchten, wirren Strähnen aus dem Gesicht und starrte sie an.

Wie erwartet handelte es sich bei der Person, die vor Schreck in Ohnmacht gefallen war, um Nie Huaisang. Wahrscheinlich hatte er sich am Lotuspier ausreichend erholt und war die Heimreise nach Qinghe angetreten, als er von Su She aufgehalten und mitgenommen worden war.

Lan Xichen hob den Kopf. »Warum hast du Huaisang gefangen genommen?«

Jin Guangyao antwortete: »Ein Oberhaupt mehr in der Hand zu haben bedeutet, ein wenig mehr Angst bei den anderen zu schüren. Aber sei unbesorgt, zweiter Bruder. Du weißt, wie ich seit jeher zu Huaisang war.

Sobald die Zeit gekommen ist, werde ich euch mit Sicherheit unversehrt freilassen.«

Gleichgültig entgegnete Lan Xichen: »Und ich soll dir glauben?«

»Wie du magst. Ob du mir glaubst oder nicht, du kannst nichts ausrichten, zweiter Bruder.«

Jetzt richtete Su She seinen kalten Blick auf Wei Wuxian und Lan Wangji. Er prustete los. »Hanguang-Jun, Yiling-Patriarch, ich hätte wirklich nicht gedacht, dass wir uns so schnell wiedersehen würden. Zudem hat sich das Blatt jetzt vollkommen gewendet. Und, wie fühlt sich das an?«

Lan Wangji sagte nichts. Auf solche sinnlosen Provokationen war er noch nie eingegangen. Wei Wuxian hingegen dachte sich: *Wo hat sich denn bitte schön das Blatt gewendet? Du bist besiegt von den Grabhügeln geflohen, und tust du jetzt nicht gerade genau dasselbe?*

Aber Su She hatte wahrscheinlich zu viele Jahre alles heruntergeschluckt, sodass er jetzt einfach gehässige Kommentare von sich gab, auch ohne dass ihn jemand provoziert hatte. Er musterte Lan Wangji eine Weile, ehe er spottete: »Selbst in so einer Lage hältst du deine ach so ruhige und gefasste Fassade noch aufrecht. Wie lange willst du noch so weitermachen?«

Lan Wangji schwieg weiterhin. Doch Lan Xichen erwiderte etwas: »Oberhaupt Su, ich denke, als du beim Gusu-Lan-Clan gelernt hast, haben wir dich nicht schlecht behandelt. Wieso also greifst du Wangji jetzt derart an?«

»Ich würde es doch nie wagen, den zweiten jungen Herrn Lan anzugreifen, der von klein auf schon so beachtlich war. Ich kann es nur nicht leiden, dass er immer so wirkt, als würde er sich selbst für den Größten halten.«

Auch wenn Wei Wuxian nicht zum ersten Mal sah, dass der Hass einer Person völlig grundlos sein konnte, kam er nicht umhin, sich darüber zu wundern. »Hat Hanguang-Jun je gesagt, dass er sich für großartig hält? Wenn ich mich richtig erinnere, besagt doch eine der Regeln des Gusu-Lan-Clans, dass Hochmut und Arroganz verboten sind?«

»Woher kennst du die Regeln des Gusu-Lan-Clans?«, wollte Jin Ling wissen.

Wei Wuxian strich sich über das Kinn. »Na, ich musste sie so oft abschreiben, dass ich sie mir irgendwann gemerkt habe.«

Jin Ling platzte heraus: »Wieso schreibst du denn die Regeln des Gusu-Lan-Clans ab, du bist doch kein ...« Eigentlich hatte er sagen wollen, dass er doch kein Mitglied ihres Clans sei, mitten im Satz empfand er dies jedoch als nicht richtig und verstummte mit finsterer Miene.

Wei Wuxian lächelte. »Es liegt also nur daran, dass Hanguang-Jun von klein auf diese eiskalte Miene aufgesetzt hat, dass du so denkst, Oberhaupt Su? Wenn das so ist, dann ist das Hanguang-Jun gegenüber wirklich ungerecht. Ganz offensichtlich macht er dieses Gesicht jedem gegenüber. Oberhaupt Su, du hattest Glück, dass du nicht beim Yunmeng-Jiang-Clan gelernt hast.«

»Warum?«, fragte Su She kalt.

»Andernfalls hätte ich dich längst zu Tode aufgeregt«, erwiderte Wei Wuxian. »Von klein auf war ich felsenfest davon überzeugt, ein Ausnahmetalent zu sein, und dass ich es verdammt noch mal draufhabe. Und ich habe das nicht nur gedacht, sondern auch noch überall herumposaunt.«

Die Venen an Su Shes Stirn schwollen an. »Halt den Mund!«

Er schien zuschlagen zu wollen, sodass Lan Wangji Wei Wuxian in seinen Arme barg, um ihn zu beschützten. Während Su She inne hielt, um zu überlegen, ob er wirklich zuschlagen sollte, streckte Wei Wuxian auch schon seinen Kopf aus Lan Wangjis Armen hervor.

»Am besten schlägst du nicht zu, Oberhaupt Su. Lianfang-Zun hat Zewu-Jun gegenüber immerhin sehr viel Respekt. Rate mal, ob er sich darüber freuen würde, wenn du Hanguang-Jun verletzt?«

Genau aus diesem Grund hatte Su She dazu tendiert, nicht zuzuschlagen. Doch jetzt, wo Wei Wuxian es aussprach, regte ihn das extrem auf. Da er das nicht hinnehmen konnte, spottete er weiter: »Ich hätte nicht erwartet, dass der sagenumwobene Yiling-Patriarch, der sowohl in der Welt der Lebenden als auch in der der Toten Chaos und Schrecken verbreitet, Angst vor dem Tod hat!«

Ohne jegliche Scham antwortete Wei Wuxian: »Zu viel der Ehre, zu viel der Ehre. Aber ich habe keine Angst davor zu sterben, ich will es nur noch nicht.«

Su She lachte kalt. »Pure Wortklauberei, einfach nur lachhaft. Keine Angst davor zu haben zu sterben, und es nicht zu wollen, gibt es da denn einen Unterschied?«

Wei Wuxian vergrub sich wieder in Lan Wangjis Armen. »Natürlich gibt es den. Wäre es denn beispielsweise das Gleiche, wenn ich mich jetzt nicht von Lan Zhan lösen möchte, und wenn ich Angst davor hätte, mich von ihm zu lösen?« Er dachte kurz nach. »Entschuldige, das nehme ich zurück. Ich denke, es ist tatsächlich mehr oder weniger das Gleiche.«

Su Shes Gesicht lief grün an. Wei Wuxians Absicht war es lediglich gewesen, ihn aufzuregen, doch jetzt hörte er über sich plötzlich ein leises Lachen. Es war sehr, sehr leise und man konnte fast meinen, man hätte sich verhört. Doch als Wei Wuxian ruckartig den Kopf hob, sah er doch wahrhaftig ein schwaches, noch nicht verflogenes Lächeln auf Lan Wangjis Lippen – wie Schnee, der Sonnenlicht reflektierte.

Nicht nur Su She, auch Lan Xichen und Jin Ling verfielen in Schockstarre.

Jeder wusste, dass Hanguang-Jun stets eiskalt wirkte und nicht lächelte. Sein Gesicht vermittelte den Eindruck, als würde er überhaupt keine Lebensfreude empfinden, kaum jemand hatte je miterlebt, wie er lächelte, ja nicht mal, wie er die Mundwinkel ein wenig hob. Niemand hatte damit gerechnet, gerade in so einem Moment Zeuge einer solchen Rarität zu werden.

Schlagartig riss Wei Wuxian seine Augen weit auf.

Einen Moment später schluckte er, sein Adamsapfel bewegte sich auf und ab, als er sagte: »Lan Zhan, du ...«

Genau in dem Moment klopfte es schon wieder am Tor der Haupthalle.

Su She zog sein Schwert hervor und hielt es in der Hand. Alarmiert fragte er: »Wer ist da?«

Niemand antwortete.

Stattdessen sprang ruckartig das Tor auf!

Mitten im Regen schnellte Zidian herein, durchströmt von spirituellem Licht. Sie traf Su She frontal an der Brust und beförderte diesen nach hinten in die Luft. Er prallte gegen einen Holzpfeiler aus Mahagoni und spuckte sofort Blut. Die beiden Mönche, die links und rechts vom Tor im Tempel Wache gehalten hatten, wurden von der Schockwelle erfasst und konnten nicht mehr aufstehen. Ein violett gekleideter Mann trat über die Türschwelle und kam mit festem Schritt herein.

Obwohl es draußen in Strömen regnete, war er nicht sonderlich durchnässt, nur der violette Saum war ein wenig dunkler als sonst. In der linken Hand hielt er einen Schirm, auf den der Regen prasselte und wieder wegspritzte, in der rechten Hand surrte und zischte das kalte Licht von Zidian. Seine Miene war finsterer als diese Gewitternacht.

Sofort setzte Jin Ling sich auf. »Onkel!«

Jiang Chengs Blick wanderte zu ihm, kalt sagte er: »Natürlich! Jetzt rufst du nach mir, was bist du dann zuvor weggerannt?!«

Dann wandte er seinen Blick wieder von ihm ab und schaute zu Wei Wuxian und Lan Wangji. Noch bevor sie Blickkontakt herstellen konnten, hatte Su She sich jedoch schon mühevoll mithilfe seines Schwerts Nanping aufgerichtet und stach nun in Jiang Chengs Richtung zu.

Jiang Cheng hatte noch nichts unternommen, als man ein Bellen hörte.

Wie ein fliegender Fisch rauschte Fee von außen in den Tempel und stürzte sich direkt auf Su She.

Als Wei Wuxian das Bellen vernahm, stellten sich augenblicklich seine Nackenhaare auf und er schrumpfte in Lan Wangjis Armen zusammen. »Lan Zhan!«, rief er zu Tode erschrocken.

Lan Wangji hatte ihn schon längst von sich aus mit seinen Armen umschlossen und antwortete: »Mhm! Ich bin hier!«

»Halt mich fest!«, forderte Wei Wuxian.

»Ich halte dich!«, antwortete Lan Wangji.

»Halt mich ganz fest!«, forderte Wei Wuxian erneut.

»Ich halte dich ganz fest!«, versicherte ihm Lan Wangji.

Jiang Cheng musste nicht hinsehen, allein schon vom Zuhören verzerrten sich seine Gesichtsmuskeln und Mundwinkel. Automatisch hatte er seinen Kopf in ihre Richtung drehen wollen, brachte seinen Körper aber sofort wieder vollständig unter seine Kontrolle.

Mehrere Mönche und Kultivierer stürmten hinter der Halle hervor und griffen ihn mit ihren Schwertern an. Jiang Cheng lachte kalt. Er schwang seine rechte Hand und zog einen grellen, violetten Regenbogen in der Guanyin-Halle, der jeden, der davon erfasst wurde, durch die Luft schleuderte. Währenddessen hielt er den Schirm noch immer ruhig in seiner linken Hand. Er klappte ihn erst zu, als die Gegner alle durcheinander in der Halle auf dem Boden lagen und zuckten und zitterten, als hätte sie ein Blitz getroffen. Su She hingegen wurde von dem spirituellen Hund mit der schwarzen Mähne so sehr belagert, dass er immerzu wütend brüllte. Während Jin Ling von der Seite rief: »Fee! Vorsicht! Fee, beiß ihn! Beiß in seine Hand!«

Lan Xichen warnte Jiang Cheng. »Oberhaupt Jiang, Vorsicht vor den Zitherklängen!«

Er hatte seinen Satz noch nicht beendet, als hinter dem Tempel auch schon die Töne von Zithern erklangen. Doch Jiang Cheng hatte bereits bei den Grabhügeln die Wirkung dieses teuflischen Lieds zu spüren bekommen und war daher in höchster Alarmbereitschaft. Sobald die Töne erklangen, hob er mit der Fußspitze vom Boden ein Schwert auf, das ein Kultivierer hatte fallen gelassen. Er schmiss den Schirm in seiner linken Hand fort und ergriff das Schwert. Dann zog er mit seiner rechten Sandu von seiner Hüfte hervor und wetzte die beiden Klingen in seinen Händen heftig gegeneinander. Durch die Reibung ertönte ein überaus schrilles Geräusch, das die Zitherklänge übertönte.

Eine überaus effektive Methode! Es gab nur einen Nachteil: Der Krach hörte sich einfach schrecklich an!

Das fürchterliche Geräusch klang so schlimm, dass man das Gefühl hatte, es würde einem gleich die Ohren durchbohren. Und für Lan Xichen und Lan Wangji, die vom Gusu-Lan-Clan stammten, war es noch unerträglicher, sodass die beiden leicht die Stirn runzelten. Da Lan Wangji jedoch gerade gewissenhaft Wei Wuxian in seinen Armen hielt, konnte er sich nicht die Ohren bedecken. Also streckte Wei Wuxian, zitternd aufgrund des Hundegebells, seine Hände aus, um sie ihm zuzuhalten.

Mit ernster Miene und zwei Schwertern in der Hand erzeugte Jiang Cheng diese ohrenbetäubenden Töne, während er weiter nach hinten ging. Noch bevor er dort ankam, trat Jin Guangyao jedoch von selbst hervor und auf ihn zu, während er sich dabei die Ohren zuhielt. »Oberhaupt Jiang, ich gestehe meine Niederlage gegenüber deiner mächtigen Technik ein.«

Jiang Cheng schwang Zidian, doch Jin Guangyao wich aus. »Oberhaupt Jiang! Wie hast du hierhergefunden?«

Jiang Cheng ging nicht auf ihn ein. Was die spirituelle Energie betraf, so war Jin Guangyao ihm unterlegen, sodass er es nicht wagte, Jiang Cheng direkt anzugreifen und nur immer wieder geschickt auswich.

Während seine Untertanen Jiang Cheng umzingelten, blieb Jin Guangyao ruhig und gelassen. »Weil A-Ling überall draußen herumrennt, bist du ihm gefolgt und hast so diesen Ort gefunden, oder? Bestimmt hat Fee dir den Weg gezeigt. Hach, dabei war der spirituelle Hund ein Geschenk von mir, und doch macht er mir das Leben so schwer.«

Da Wei Wuxian fest von Lan Wangji umarmt wurde, hatte er gar nicht mehr so große Angst vor dem Gebell. Er hatte sogar noch die Muße, über das Geschehen nachzudenken. Als er sah, wie Jin Guangyao beim Kämpfen die Augen verdrehte und wie ein Lächeln unaufhörlich seine Lippen umspielte, erinnerte ihn das an eine gewisse Person und er murmelte: »Er ist wirklich wie Xue Yang.«

Doch Lan Wangji reagierte nicht. Als Wei Wuxian dies bemerkte, schaute er hoch und stellte fest, dass er ihm ja gerade die Ohren zuhielt und dieser ihn daher überhaupt nicht hören konnte, sodass es kein Wunder war, dass er nicht reagierte. Eilig nahm er seine Hände weg.

Plötzlich wechselte Jin Guangyao lächelnd das Thema. »Oberhaupt Jiang, was ist los? Seit vorhin vermeidest du es die ganze Zeit tunlichst, zu ihnen zu schauen. Ist dort irgendetwas?«

»Du bist das Oberhaupt der Kultivierungswelt, konzentriere dich auf den Kampf und hör mit dem unnötigen Geschwätz auf!«, erwiderte Jiang Cheng.

Doch Jin Guangyao machte weiter: »Du tust es schon wieder? Dort drüben ist nichts, nur dein Shixiong*. Hast du diesen Ort wirklich gefunden, weil du A-Ling gefolgt bist?«

»Wie sonst?! Wen sollte ich sonst gesucht haben?!«

»Antworte ihm nicht!«, warnte Lan Xichen.

Jin Guangyao war seit jeher geschickt mit Worten. Sobald Jiang Cheng sich auf das Gespräch mit ihm einlassen würde, würde er seine Aufmerksamkeit umlenken und unwillkürlich seinen Gemütszustand beeinflussen.

»Na gut, junger Herr Wei, hast du das verstanden? Dein Shidi ist nicht hier, weil er dich gesucht hat, er würdigt dich nicht einmal eines Blickes.«

* Älteres, männliches Mitglied des gleichen Clans (entspricht vom Alter her einem großen Bruder)

Wei Wuxian lächelte. »Das ist aber eine komische Aussage. Es ist nichts Neues, dass Oberhaupt Jiang sich mir gegenüber so verhält. Ist es denn wirklich nötig, dass du mich jetzt daran erinnerst?«

Bei diesen Worten verzerrten sich Jiang Chengs Mundwinkel leicht und auf der Hand, mit der er Zidian hielt, traten blaue Adern hervor.

Jin Guangyao drehte sich wieder zu ihm und seufzte wiederholt. »Oberhaupt Jiang, sieh nur. Als dein Shixiong hat man es wirklich nicht leicht.«

Als Wei Wuxian hörte, wie Jin Guangyao das Gespräch immer wieder auf ihn lenkte, horchte er auf.

Jiang Cheng erwiderte sarkastisch: »Oberhaupt Jin, als dein Schwurbruder hat man es doch noch viel schwerer!«

Jin Guangyao interessierte es nicht im Geringsten, ob Jiang Cheng ihm zuhörte oder nicht. »Oberhaupt Jiang, ich habe gehört, dass du gestern Nacht am Lotuspier völlig grundlos einen riesen Aufruhr veranstaltet hast. Du sollst mit dem Schwert, das einst der Yiling-Patriarch benutzt hat, überall herumgerannt sein und jeden, dem du begegnet bist, dazu aufgefordert haben, es aus der Scheide zu ziehen.«

Augenblicklich verzerrte sich Jiang Chengs Gesicht zu einer furchterregenden Fratze.

Plötzlich richtete sich Wei Wuxian auf. Sein Herzschlag setzte für einen Moment aus. Eine Stimme in seinem Kopf fragte: *Mein Schwert? Etwa Suibian? Habe ich das nicht bei Wen Ning gelassen? Doch, aber gestern und heute habe ich ihn tatsächlich nicht damit gesehen ... Wieso befindet es sich bei Jiang Cheng?! Warum hat Jiang Cheng andere aufgefordert, es herauszuziehen? Hat er selbst auch daran gezogen?*

Er war überaus angespannt. Erst als Lan Wangji ihm einige Male über den Rücken strich, kam er ein wenig zur Ruhe. Jiang Cheng hingegen verstummte plötzlich, woraufhin Jin Guangyaos Augen aufleuchteten.

»Ich habe weiterhin gehört, dass es niemandem gelungen ist, das Schwert zu ziehen, dir selbst hingegen schon. Das ist wirklich eigenartig, denn als ich dieses Schwert vor dreizehn Jahren in meine Sammlung aufgenommen habe, hat es sich selbst versiegelt. Außer dem Yiling-Patriarchen persönlich kann es mit Sicherheit kein anderer herausziehen …«

Jiang Cheng griff mit Zidian und Sandu gleichzeitig an. Wütend fuhr er Jin Guangyao an: »Halt den Mund!«

Doch Jin Guangyao machte einfach grinsend weiter. »Und da ist es mir wieder eingefallen. Früher ist der junge Herr Wei äußerst ungestüm und liederlich gewesen – nirgends hatte er sein Schwert dabei und jedes Mal eine andere Ausrede dafür parat. Ich fand das immer äußerst merkwürdig, was denkst du?«

»Was willst du damit sagen?!«, brüllte Jiang Cheng.

Jin Guangyao hob die Stimme: »Oberhaupt Jiang, du bist wirklich unglaublich. Du bist das jüngste Clanoberhaupt und hast ganz allein den Yunmeng-Jiang-Clan wiederaufgebaut. Ich bin zutiefst beeindruckt. Aber ich erinnere mich daran, dass du den jungen Herrn Wei früher in keiner einzigen Disziplin hast schlagen können. Würdest du mir bitte erklären, wieso sich das Blatt nach der Sonnenabschuss-Kampagne gewendet hat? Hast du vielleicht einen goldenen Kern oder etwas Derartiges gegessen?«

Die Worte »goldener Kern« sprach er betont klar und deutlich aus. Jiang Chengs Gesichtszüge verzerrten sich beinahe bis zur Unkenntlichkeit, und auch Zidian strahlte ein gefährlich weißes Licht aus. Durch seinen inneren Aufruhr war er einen Moment lang unaufmerksam. Und genau dieser eine Moment war es, auf den Jin Guangyao gewartet hatte. Er schwang die Zithersaite, die er so lange versteckt gehalten hatte.

Sofort konzentrierte Jiang Cheng sich wieder auf das Geschehen und parierte den Angriff. Zidian und die Zithersaite verhedderten sich, und als Jin Guangyao spürte, wie seine Hand taub wurde, ließ er augenblicklich los. Und doch lächelte er.

Mit seiner linken Hand schwang er eine weitere Zithersaite und griff mit dieser Wei Wuxian an!

Jiang Chengs Pupillen verengten sich zu winzigen Punkten. Augenblicklich lenkte er Zidian um, um die Saite zu durchtrennen.

Jin Ling schrie auf: »Onkel, Vorsicht!«

Jin Guangyao nutzte die Gelegenheit, zog sein Weichschwert, dass er die ganze Zeit um seine Hüfte gewickelt trug, und stach Jiang Cheng mitten in die Brust!

Dessen Gesicht lief blau an und seine Brust hob und senkte sich. Das Blut strömte zwischen seinen Fingerspitzen hervor und tauchte den Brustbereich seiner Kleidung jäh in ein schwarzes Violett.

Nachdem Zidian die Zithersaite durchtrennt hatte, verwandelte sie sich augenblicklich wieder in den silbernen Ring und legte sich um seinen Finger.

Spirituelle Waffen nahmen automatisch die Form an, die am wenigsten Energie verbrauchte, wenn ihre Besitzer zu viel Blut verloren oder zu schwere Verletzungen erlitten.

Jin Guangyao ließ sich die Gelegenheit nicht entgehen, stürmte auf ihn zu und versiegelte mit wenigen Handgriffen seine spirituelle Energie. Dann zog er ein Taschentuch aus seinem Ärmel, wischte damit sein Schwert ab und wickelte es wieder um seine Hüfte.

Jin Ling war längst zu Jiang Cheng gerannt, um ihn zu stützen.

Lan Xichen seufzte. »Bewege ihn nicht zu viel, hilf ihm, sich langsam hinzusetzen. «

Obwohl Jiang Cheng mitten in die Brust getroffen worden war, verlor er dadurch nicht gleich sein Leben. Er konnte sich nur vorübergehend nicht allzu sehr bewegen oder seine spirituelle Energie einsetzen. Da er es nicht mochte, von anderen gestützt zu werden, raunzte er Jin Ling an: »Lass das, na los.«

Jin Ling wusste, dass Jiang Cheng noch wütend auf ihn war, weil er sich einfach allein auf den Weg gemacht hatte. Er fühlte sich schuldig und wagte es daher nicht, Jiang Cheng zu widersprechen.

Fees lautes Gebell war in der Ferne zu hören. Als sie plötzlich aufheulte, erschauderte Jin Ling. Ihm fielen Jin Guangyaos Worte von zuvor ein und er schrie: »Flieh, Fee, schnell! Sie wollen dich umbringen!«

Augenblicke später eilte Su She, dem Gewitter trotzend, gereizt zurück.

»Hast du ihn nicht erwischt?«, fragte Jin Guangyao.

Mit finsterer Miene erwiderte Su She: »Ich habe es nicht geschafft. Dieser Hund hat wirklich kein Rückgrat. Wenn ihm jemand beisteht, spielt er den tollkühnen Helden, wenn sich aber abzeichnet, dass er unterliegen wird und er nicht gewinnen kann, flieht er schneller als jeder andere!«

Jin Guangyao schüttelte den Kopf. »Womöglich holt er noch weitere Menschen hierher. Wir müssen diese Angelegenheit schnell erledigen.«

»Diese Nichtsnutze! Ich werde ihnen sagen, dass sie sich beeilen sollen«, meinte Su She.

Jin Ling atmete erleichtert auf. Als er sah, wie Jiang Cheng mit blau angelaufenem Gesicht auf dem blanken Boden saß, zögerte er kurz, fragte dann aber schließlich Lan Wangji: »Hanguang-Jun, hast du noch ein Sitzkissen?

Die vier Sitzkissen, auf denen sie saßen, hatte Lan Wangji ihnen zusammengesucht, allerdings waren dies die einzigen im gesamten Tempel. Lan Wangji schwieg einen Moment, ehe er aufstand und ihm seines zuschob. Hastig winkte Jin Ling ab: »Danke! Das brauchst du nicht zu tun, ich nehme mein eigenes ...«

»Nicht nötig«, erwiderte Lan Wangji. Dann setzte er sich neben Wei Wuxian.

Mit ernster Miene saßen nun beide auf demselben Sitzkissen, und unerwarteterweise war es gar nicht so eng.

Da Lan Wangji ihm extra das Sitzkissen überlassen hatte, kratzte Jin Ling sich am Kopf, bevor er Jiang Cheng zu dem Kissen zog. Nachdem der sich selbst auf einen Akupunkturpunkt auf seiner Brust gedrückt hatte, um die Blutung zu stoppen, setzte er sich hin. Er hob seinen Blick und schaute zu Wei Wuxian und Lan Wangji rüber, senkte ihn dann aber genauso schnell wieder. Seine Miene war finster und es war ungewiss, was ihm gerade durch den Kopf ging.

Plötzlich ertönten hinter der Halle überwältigende Freudenrufe. »Oberhaupt! Wir haben ihn gefunden! Eine Ecke ist bereits ausgegraben!«

Sichtlich erleichtert schritt Jin Guangyao schnellen Schrittes hinter die Halle. »Macht schnell weiter! Aber seid auf jeden Fall vorsichtig. Es bleibt nicht mehr viel Zeit.«

Mehrere weiße Blitze durchzuckten den Himmel, dicht gefolgt von Donnergrollen.

Wei Wuxian und Lan Wangji saßen zusammen, während Jiang Cheng an der Seite saß. Jin Ling zog sein Sitzkissen nun ebenfalls zu ihnen rüber. Während der Regen herabprasselte, herrschte eine peinliche Stille, keiner von ihnen ergriff als Erster das Wort.

Jin Ling wusste zwar nicht wieso, doch er hatte das dringende Bedürfnis, sie dazu zu bringen, miteinander zu reden. Er schielte hin und her, bis er plötzlich sagte: »Onkel, zum Glück hast du die Saite durchtrennt, sonst hätte das böse ausgehen können.«

»Halt den Mund!«, fauchte Jiang Cheng mit düsterer Miene.

Wäre er nicht so aufgewühlt gewesen und hätte er Jin Guangyao dadurch nicht die Chance geboten, ihn hinterhältig anzugreifen, dann wäre er dem Feind auch nicht in die Hände gefallen. Außerdem wären Wei Wuxian und Lan Wangji durchaus in der Lage gewesen, mit der Zithersaite fertigzuwerden. Auch wenn Lan Wangji gerade seine spirituelle Energie nicht einsetzen konnte und Wei Wuxian über kaum welche verfügte, so blieben ihnen immer noch ihre sonstigen Fertigkeiten. Selbst wenn sie den Angriff nicht hätten kontern können, so wären sie zumindest in der Lage gewesen, ihm auszuweichen. Jin Lings unbeholfener Versuch, das

Wort für seinen Onkel zu ergreifen, war so offensichtlich, dass die Situation nur noch unangenehmer wurde.

Nachdem Jin Ling gescholten worden war, hielt er peinlich berührt den Mund. Jiang Cheng verschloss die Lippen und sprach kein einziges Wort mehr. Und auch Wei Wuxian sagte nichts.

Früher hätte er Jiang Cheng dafür ausgelacht, dass er sich so einfach hatte provozieren lassen und dem Gegner in die Falle getappt war. Doch als er an Jin Guangyaos Worte dachte, war alles klar.

Jiang Cheng kannte die Wahrheit.

Lan Wangji strich ihm erneut einige Male über den Rücken und Wei Wuxian hob den Blick. Als er sah, dass Lan Wangji überhaupt nicht überrascht und sein Blick nahezu sanft wirkte, pochte sein Herz und er kam nicht umhin, ihn flüsternd zu fragen: »Du weißt es?«

Langsam nickte Lan Wangji.

Wei Wuxian seufzte leicht. »Wen Ning.«

Eigentlich hatte sich Suibian bei Wen Ning befunden, jetzt aber hatte Jiang Cheng es – was Wen Ning mit keiner Silbe erwähnt hatte, nachdem sie den Lotuspier verlassen hatten.

»Wann hat er es euch erzählt?«, wollte Wei Wuxian wissen.

»Als du das Bewusstsein verloren hast«, antwortete Lan Wangji.

»So haben wir also den Lotuspier verlassen?!«

Wäre Wen Ning hier, würde Wei Wuxian ihn jetzt garantiert intensiv anstarren.

»Es hat ihm sehr leid getan«, meinte Lan Wangji.

Wei Wuxian war leicht verärgert. »Ich habe ihm wieder und wieder eingetrichtert, es niemandem zu verraten!«

Wie aus dem Nichts machte Jiang Cheng den Mund auf: »Was sollte er nicht verraten?«

Wei Wuxian war verblüfft und schaute mit Lan Wangji zu ihm rüber.

Jiang Cheng hielt sich mit einer Hand die Wunde zu, seine Stimme war eisig, als er sprach: »Wei Wuxian, du bist wirklich selbstlos, einfach großartig. Du vollbringst so gute Taten und lässt all die Demütigungen über dich ergehen. Niemandem erzählst du davon, wirklich rührend. Dann sollte ich wohl mit Tränen in den Augen vor dir niederknien und dir danken, oder?«

Sein Tonfall klang alles andere als freundlich, seine Worte waren voller Spott. Lan Wangjis Miene wurde kalt.

Jin Ling bemerkte seinen missfälligen Gesichtsausdruck. Aus Angst, er würde Jiang Cheng mit einem Schlag umbringen, stellte er sich eilig vor diesen. »Onkel!«

Auch Wei Wuxians Miene verdunkelte sich ein wenig. Zwar hatte er nie gehofft, dass Jiang Cheng das Kriegsbeil begraben würde, wenn er die Wahrheit erführe, aber er hatte nicht damit gerechnet, dass seine Worte immer noch so gehässig wären. Er schwieg eine Weile, ehe er mit rauer Stimme erwiderte: »Ich habe nicht gesagt, dass du mir danken sollst.«

»Pah«, sagte Jiang Cheng. »War ja klar. Bei deiner edlen Gesinnung erwartest du selbstredend nichts im Gegenzug für deine gute Tat. Ganz anders als ich natürlich. Kein Wunder, dass mein Vater zu Lebzeiten immer meinte, dass du derjenige bist, der die Lehre des Jiang-Clans wirklich versteht und die Aura eines echten Jiang-Clanmitglieds hat.«

Wei Wuxian konnte das einfach nicht mehr mit anhören und unterbrach ihn: »Das reicht jetzt.«

Jiang Cheng erwiderte harsch: »Was heißt hier, das reicht? Es reicht also, nur weil du das sagst? Du weißt ja alles! Du bist in allem besser als ich! Du hast Talent, kannst kultivieren, bist klug und hast einen edlen Charakter. Ihr anderen wisst alles, ich hingegen bin alles andere als ein Gutmensch. Aber was bin ich dann?!«

Ruckartig streckte er die Hand aus und schien Wei Wuxian am Kragen packen zu wollen. Doch Lan Wangji umfasste mit einer Hand Wei Wuxians Schulter und positionierte ihn hinter sich. Mit der anderen Hand schlug er Jiang Chengs kräftig weg. In seinen Augen konnte man eine versteckte Flamme der Wut erkennen.

Auch wenn Lan Wangjis Schlag keine spirituelle Energie aufwies, so war seine physische Kraft überaus groß, sodass die Wunde an Jiang Chengs Brust sich wieder öffnete und das Blut augenblicklich schwallartig herausströmte.

»Onkel, deine Wunde!«, rief Jin Ling erschrocken. »Hanguang-Jun, bitte hab Erbarmen!«

Lan Wangji erwiderte kalt: »Jiang Wanyin, zeige du Anstand!«

Lan Xichen zog seine Jacke aus und legte sie über Nie Huaisang, der vor Kälte zitterte. »Oberhaupt Jiang, bitte rege dich nicht auf. Wenn du weiter so brüllst, wird die Verletzung nur noch schlimmer.«

Jiang Cheng stieß Jin Ling fort, der ihn hilflos stützte. Obwohl er Blut verlor, schoss es ihm gleichzeitig unaufhörlich weiter in den Kopf. Sein Gesicht lief abwechselnd rot und weiß an. »Warum? Wei Wuxian, verdammte Scheiße, warum?!«

Hinter Lan Wangji fragte Wei Wuxian steif: »Warum was?«

»Wie viel hat der Jiang-Clan dir gegeben? Ich bin doch sein Sohn gewesen, ganz eindeutig, und somit bin auch ich der Nachfolger des Yunmeng-Jiang-Clans! Und doch wurde ich in all den Jahren in allem von dir geschlagen. Sie haben dich großgezogen und alles für dich gegeben, sogar ihre Leben! Mein Vater, meine Mutter, meine Schwester und Jin Zixuan! Deinetwegen ist nur noch der elternlose Jin Ling übrig!«

Jin Ling zitterte. Seine Schultern hingen herab, er wirkte bekümmert.

Wei Wuxian bewegte seine Lippen, konnte aber nichts hervorbringen. Lan Wangji drehte sich um und hielt seine Hand. Jiang Cheng aber ließ immer noch nicht locker und schimpfte: »Wei Wuxian, wer war es, der sein Wort zuerst gebrochen und den Jiang-Clan verraten hat? Du warst es! Du hast mir gesagt, dass ich später das Oberhaupt sein würde und du mein Untergebener. Dass du mich dein Leben lang unterstützen würdest.

Was wären schon die doppelten Jadesteine des Gusu-Lan-Clans, unser Yunmeng-Jiang-Clan hätte zwei Helden. Niemals würdest du mich oder den Jiang-Clan verraten. Wer hat das alles gesagt?! Sag es mir, wer hat das alles gesagt?! Jedes einzelne Wort davon hast du gebrochen, gottverdammte Scheiße!«

Er redete sich immer mehr in Rage.

»Und was ist dabei herausgekommen? Du hast Außenstehende beschützt, ha ha! Und dann auch noch welche vom Wen-Clan. Wie tief musst du in ihrer Schuld stehen, dass du einfach mal so, ohne mit der Wimper zu zucken, desertierst! Wofür hältst du unseren Clan?! Alle guten Taten hast du vollbracht, doch bei jeder schlechten konntest du natürlich nichts dafür! Du hattest ja keine andere Wahl! Welch unsägliches Leid du in dich hineingefressen hast! Leid?! Du hast mir nichts erzählt und mich zum Narren gehalten! Wieviel schuldest du unserem Clan? Sollte ich dich etwa nicht hassen? Darf ich dich etwa nicht hassen?! Wieso scheint es jetzt stattdessen so, als hätte ich dir Unrecht getan?! Wieso zum Teufel habe ich das Gefühl, dass ich all die Jahre nichts weiter als eine Witzfigur war?! Was bin ich? Geschieht es mir etwa recht, dass ich von deinem strahlenden Glanz so geblendet wurde, dass ich nichts mehr sehen konnte?! SOLLTE ICH DICH ETWA NICHT HASSEN?!«

Ruckartig stand Lan Wangji auf. Panisch stellte Jin Ling sich vor Jiang Cheng. »Hanguang-Jun! Mein Onkel ist verletzt ...«

Mit einem Schlag beförderte Jiang Cheng ihn auf den Boden. »Lass ihn! Als ob ich Angst vor ihm hätte!«

Doch nach dem Schlag erstarrte Jin Ling.

Und nicht nur er, auch Wei Wuxian, Lan Wangji und Lan Xichen, sie alle rührten sich nicht mehr.

Jiang Cheng weinte.

Tränen strömten aus seinen Augen, als er mit zusammengebissenen Zähnen sagte: »Warum ... Warum hast du es mir nicht erzählt?!«

Jiang Cheng ballte die Hände zu Fäusten. Er schien auf sie einschlagen zu wollen, dann wieder wirkte es, als würde er sich selbst schlagen wollen. Letztendlich schlug er auf den Boden.

Eigentlich müsste er Wei Wuxian ganz einfach hassen können. Doch in diesem Augenblick machte der goldene Kern, durch den spirituelle Energie durch seinen Körper floss, es ihm unmöglich, Wei Wuxian guten Gewissens zu hassen.

Wei Wuxian wusste nicht, was er darauf antworten sollte.

Genau deshalb hatte er sich dazu entschieden, es Jiang Cheng nicht zu erzählen. Weil er ihn so nicht sehen wollte.

Er erinnerte sich sehr genau an die Dinge, die er Jiang Fengmian und Frau Yu versprochen hatte: Gut auf Jiang Cheng Acht zu geben und ihn zu unterstützen. Wenn jemand wie er, dessen Konkurrenzdenken nahezu extrem war, von dieser Sache wusste, würde ihn das für den Rest seines Lebens fertigmachen. Er würde so sehr leiden, dass er nicht mehr in den Spiegel schauen könnte. Immer gäbe es tief in seinem Inneren diese eine Sache, die er nicht hatte überwinden können. Stets würde er sich daran erinnern, dass er seine jetzigen Erfolge nur dem Opfer eines anderen zu verdanken hatte. Es wären überhaupt nicht seine eigenen Kultivierungskünste und Erfolge. Auch wenn er gewinnen würde, würde er verlieren, denn er hatte schon längst das Recht verwirkt, sich mit anderen zu messen.

Nachdem Jin Zixuan und Jiang Yanli wegen Wei Wuxian gestorben waren, konnte er es erst recht niemandem erzählen. Hätte er Jiang Cheng danach davon erzählt, hätte es so gewirkt, als würde er sich der Verantwortung entziehen und eilig beweisen wollen, dass er sich auch mal verdient gemacht hatte und Jiang Cheng nun sagen: »Hass mich nicht, schau nur, ich habe auch etwas für den Yunmeng-Jiang-Clan getan.«

Jiang Cheng weinte lautlos, sein Gesicht war jedoch tränenüberströmt.

Dass er vor anderen mal so unansehnlich weinen würde, war laut seinen eigenen Worten, absolut unmöglich. Und doch würde er sich von nun an bis in alle Ewigkeit und jede einzelne Sekunde, in der dieser goldene Kern sich in seinem Körper befand und spirituelle Energie transportierte, an dieses Gefühl erinnern.

Er schluchzte: »Du ... hast gesagt, dass ich später das Oberhaupt sein würde, und du mein Untergebener. Dass du mich dein Leben lang unterstützen wirst, und dass du niemals den Yunmeng-Jiang-Clan verraten würdest ... Das hast du selbst gesagt.«

»...« Wei Wuxian schwieg einen Moment, ehe er sagte: »Entschuldige. Ich habe mein Wort nicht gehalten.«

Jiang Cheng schüttelte den Kopf und vergrub sein Gesicht tief in seinen Händen. Einen Moment später prustete er plötzlich los vor Lachen. Mit gedämpfter Stimme sagte er: »Selbst jetzt bringe ich dich noch dazu, dich bei mir zu entschuldigen. Wie großartig ich doch bin.«

In Oberhaupt Jiangs Worten lag immer etwas Spöttisches, aber dieses eine Mal verspottete er nicht andere, sondern sich selbst. Plötzlich drang ein weiteres Wort aus seinem Mund: »Entschuldigung.«

Wei Wuxian war verdutzt. »Du musst dich nicht bei mir entschuldigen.«

So, wie die Dinge standen, war es unmöglich zu sagen, wer sich bei wem entschuldigen musste.

Wei Wuxian sprach weiter: »Sieh es als meine Wiedergutmachung an den Jiang-Clan.«

Jiang Cheng hob seinen Kopf und sah ihn mit blutunterlaufenen, roten Augen an. Heiser fragte er: »Als Wiedergutmachung an meinem Vater, meiner Mutter und meiner Schwester?«

Wei Wuxian rieb seine Schläfen. »Vergiss es. Es liegt alles in der Vergangenheit. Lass uns nicht mehr darüber sprechen.«

Das war keinesfalls eine nostalgische Geschichte, die er gern wieder und wieder aufwärmte. Er wollte nicht ständig an das Gefühl erinnert werden, als ihm bei vollem Bewusstsein sein Kern herausgeschnitten worden war, und auch nicht daran, welches Opfer er gebracht hatte und wie groß der Preis gewesen war, den er gezahlt hatte.

Wäre diese Sache in seinem früheren Leben herausgekommen, hätte er wahrscheinlich einfach laut gelacht und Jiang Cheng getröstet: »Das ist doch eigentlich gar keine so große Sache, schau nur, selbst ohne den goldenen Kern habe ich all die Jahre doch ein angenehmes Leben gehabt. Ich habe geschlagen und getötet, wen ich wollte.« Doch er hatte einfach nicht mehr die Kraft, sich absichtlich so heiter und zwanglos zu geben.

In Wahrheit nahm er das keinesfalls so leicht.

Hätte man das denn so einfach abtun können?

Das war unmöglich.

In Wahrheit hatte der siebzehnjährige Wei Wuxian Jiang Cheng in Sachen Stolz in nichts nachgestanden. Einst hatte er ungeheure spirituelle Kräfte gehabt und war ein Ausnahmetalent gewesen. Auch wenn er den lieben langen Tag nur Fische geangelt, Vögel gefangen und den anderen nachts Streiche gespielt hatte, so war er ihnen trotzdem meilenweit voraus gewesen und hatte seine Mitschüler, die sich so sehr abmühten, weit hinter sich gelassen.

Danach jedoch hatte er in jeder Nacht, in der er sich hin und her wälzte und nicht einschlafen konnte, daran gedacht, dass er es niemals schaffen würde, auf dem rechten Weg die Spitze zu erklimmen. Niemals wieder würde er sein prächtiges Schwert schwingen können, das die anderen in Erstaunen versetzte. Dann war ihm in den Sinn gekommen, dass er sein ganzes Leben lang womöglich nie mit der Kultivierung in Berührung gekommen wäre, wenn Jiang Fengmian ihn nicht mit zum Lotuspier genommen hätte. Niemals hätte er erfahren, dass es so einen wundersamen, prächtigen Weg auf der Erde gab. Er wäre nichts weiter als ein Vagabund gewesen, der vor Hunden flüchtete, sobald er sie erblickte, oder ein Rinderhirte auf dem Land, der Gemüse von anderen stahl, Flöte spielte und einfach seine Tage verlebte. Niemals hätte er kultiviert, geschweige denn einen Kern gebildet. Bei dem Gedanken war es ihm viel besser gegangen. Ob nun als Wiedergutmachung oder als Sühne, er hatte es einfach so betrachtet, als hätte er den goldenen Kern nie gehabt. Und nachdem er sich das lange genug eingeredet hatte, schien er tatsächlich so zwanglos und ungezügelt zu sein, wie er sich nach außen hin gab. Und konnte sich nebenbei auch noch insgeheim halb im Scherz für seinen Edelmut loben.

Doch das war im vergangenen Leben gewesen.

Wei Wuxian seufzte. »Mensch, du ... solltest nicht ständig daran denken. Auch wenn ich weiß, dass du mit deinem Charakter sicher immer daran denken wirst, aber, wie soll ich sagen ...« Er umfasste Lan Wangjis Hand etwas fester. »Mittlerweile finde ich wirklich ... dass all das in der Vergangenheit liegt. Es ist schon so lange her, es ist nicht nötig, dass du dir weiterhin deswegen das Leben schwer machst.«

Jiang Cheng wischte sich kräftig die Tränen aus dem Gesicht, nahm einen tiefen Atemzug und schloss die Augen.

In diesem Moment kam Nie Huaisang, der Lan Xichens Jacke trug, langsam zu sich. Er jammerte leise und richtete sich mühevoll auf. Benommen fragte er: »Wo bin ich hier?«

Als er jedoch beim Aufwachen Wei Wuxian und Lan Wangji erblickte, wie sie sich auf ein Sitzkissen zwängten, und bemerkte, dass der Yiling-Patriarch sich dabei beinahe auf den Schoß von Hanguang-Jun setzte, kreischte er augenblicklich auf und schien wieder in Ohnmacht fallen zu wollen. Gleichzeitig hörte man hinter der Haupthalle des Guanyin-Tempels ein seltsames Geräusch, als würde etwas herausspritzen. Wenige Momente später schrien die Kultivierer, die gegraben hatten, entsetzt auf.

Augenblicklich veränderten sich die Mienen der Menschen in der Halle.

Ein leicht stechender Geruch machte sich bemerkbar.

Lan Xichen verdeckte sein Gesicht mit einem Ärmel, während sich Besorgnis in seinen Augen abzeichnete.

Kurz darauf stürmten zwei taumelnde Gestalten ins Innere der Halle.

2

Su She stützte Jin Guangyao, beide waren leichenblass. Die Schreie hinter der Halle hielten weiterhin an.

»Oberhaupt, was ist mit Euch?!«, erkundigte sich Su She.

Auf Jin Guangyaos Stirn konnte man einige Schweißperlen erkennen. »Nichts. Danke für gerade eben.«

Seine linke Hand hing herunter und er konnte sie nicht anheben. Sein ganzer Arm zitterte und er schien ungeheure Schmerzen zu haben. Er steckte seine rechte Hand in seine Brusttasche und zog eine Medizinflasche hervor. Er wollte sie öffnen, was einhändig jedoch schwierig war, sodass Su She eilig die Flasche entgegennahm und die Pillen in seine Handfläche schüttete. Jin Guangyao senkte den Kopf, um sie einzunehmen, und runzelte dabei die Stirn. Nachdem er sie geschluckt hatte, glättete sie sich jedoch sofort wieder.

Lan Xichen zögerte einen Moment, fragte dann aber doch: »Was ist mit dir?«

Jin Guangyao war leicht überrascht und schien erst jetzt wieder etwas Farbe ins Gesicht zu bekommen. Er zwang sich zu einem Lächeln. »Ich war einen Moment unachtsam.«

Er holte Pulvermedizin hervor und verteilte sie auf seiner Hand. Sein linker Handrücken war bis zum Gelenk rot. Wenn man genauer hinschaute, wirkte die Haut dort wie durchgebratenes Fleisch – das Gewebe war völlig zerstört.

Mit leicht zitternden Fingern riss Jin Guangyao einen Teil seines schneeweißen Ärmels ab. »Minshan, binde das um mein Handgelenk.«

»War das Gift?«, fragte Su She.

»Es wandert noch weiter nach oben. Das macht aber nichts. Wenn ich meinen Atem reguliere, hört das gleich auf.«

Nachdem die Wunde versorgt war, wollte Jin Guangyao wieder hinter der Halle nach dem Rechten sehen, doch Su She meinte hastig: »Oberhaupt, ich gehe!«

Der stechende Geruch legte sich langsam. Wei Wuxian und Lan Wangji standen auf und gingen ebenfalls nachsehen. Neben einer tiefen Grube entdeckten sie einen hohen Erdhaufen und einen filigranen Sarg. Darauf befand sich eine pechschwarze Kiste. Beides war bereits offen und feiner weißer Rauch strömte langsam aus ihnen heraus. Er war es, der diesen stechenden Geruch verströmte. Mit Sicherheit handelte es sich dabei um ein tödliches Gift.

Neben dem Sarg lagen kreuz und quer die Leichen jener Kultivierer, die gerade noch so mühevoll gegraben hatten. Sie waren verkohlt, und selbst die Roben verziert mit der *Sterne-im-Schnee*-Blüte und die Mönchskutten, die sie trugen, waren so zersetzt, dass nur noch schwarze Überreste von ihnen übrig waren. Es war nicht zu übersehen, wie giftig dieser weiße Rauch war.

Su She übernahm die Führung und vertrieb mit der Energie seines Schwerts die Giftschwaden. Mit der Spitze drehte er die schwarze Eisenkiste um, bis sie zu Boden fiel. Sie war leer.

Jin Guangyao konnte sich nicht länger zurückhalten und eilte taumelnd zum Rand des Sargs. Die Farbe, die gerade erst in sein Gesicht zurückgekehrt war, verschwand nun augenblicklich wieder. Anhand seiner Miene war klar zu erkennen, dass der Sarg ebenfalls leer war.

Lan Xichen kam zu ihnen herüber und erblickte ebenfalls diesen entsetzlichen Anblick hinter der Halle. Er war schockiert. »Was hattest du hier nur begraben? Wie konnte das passieren?«

Nie Huaisang hatte nur einen Blick darauf geworfen, als er sich auch schon vor Schreck niederkniete und unaufhörlich würgte.

Jin Guangyaos Lippen zitterten, er brachte kein Wort hervor. Ein Blitz leuchtete auf und erhellte sein leichenblasses Gesicht. Seine Miene war so furchterregend, dass es Nie Huaisang kalt den Rücken runterlief. Er wagte es nicht einmal mehr, laut zu würgen, sondern verdeckte seinen Mund und schrumpfte hinter Lan Xichen zusammen. Dabei zitterte er wie Espenlaub, sei es vor Kälte oder Furcht. Lan Xichen drehte sich um und tröstete ihn mit einigen Worten, während Jin Guangyao nicht mal mehr die Kraft hatte, seine sanfte, freundliche Fassade aufrechtzuerhalten.

»Zewu-Jun, damit tust du Jin Guangyao aber Unrecht«, meinte Wei Wuxian. »Er ist gar nicht derjenige gewesen, der den Gegenstand hier vergraben hat. Und selbst wenn er hier einmal etwas vergraben hat, so hat es wahrscheinlich schon längst jemand heimlich ausgetauscht.«

Su She zeigte mit dem Schwert auf ihn und entgegnete kalt: »Wei Wuxian! Hast du deine Finger hier im Spiel?!«

»Ich will ja nicht angeben, aber wenn ich es gewesen wäre, wäre dein Oberhaupt jetzt nicht nur an der Hand verletzt. Oberhaupt Jin, du erinnerst dich bestimmt noch an den Brief, den Qin Su dir auf dem Goldene Schuppen Plateau gegeben hat, oder?«, fragte Wei Wuxian.

Langsam wanderte Jin Guangyaos Blick zu ihm.

»Diejenige, die Qin Su von all deinen *Wohltaten* erzählt hat, war Frau Qins ehemalige Dienerin Bicao. Aber denkst du wirklich, dass niemand im Hintergrund die Fäden gezogen hat, wenn Bicao so plötzlich entschied, es ihr zu erzählen? Und dann wäre da noch die Dame, die du eingesperrt hast, Sisi. Wer hat sie gerettet, und wer hat ihr und Bicao aufgetragen, gemeinsam zum Yunmeng-Jiang-Clan zu gehen und vor versammelter Menge deine Geheimnisse zu verraten? Diese Person hat all die Geheimnisse deiner Vergangenheit systematisch herausgefunden, Oberhaupt Jin. Wieso also sollte es undenkbar sein, dass sie dir hier zuvorgekommen ist und das, was du ausgraben wolltest, gegen Giftrauch ausgetauscht hat, um dir bei deiner Ankunft eine Überraschung zu bescheren?«

Ein Mönch meinte: »Oberhaupt, hier sieht die Erde so aus, als wäre sie schon einmal umgegraben worden. Jemand hat sich von der anderen Seite aus hier reingegraben!«

Tatsächlich war jemand vor ihm hier gewesen.

Jin Guangyao drehte sich um und schlug mit der Faust auf den leeren Sarg. Die anderen konnten seinen Gesichtsausdruck nicht erkennen und sahen nur, wie seine Schultern leicht zitterten.

Wei Wuxian lächelte. »Oberhaupt Jin, hast du einmal daran gedacht, dass du heute Nacht nicht der Jäger, sondern die Beute bist? Die Person, die dich die ganze Zeit über verfolgt, lauert vielleicht genau in diesem Moment in einem dunklen Winkel und beobachtet jeden einzelnen deiner Schritte. Nein, womöglich ist es überhaupt kein Mensch ...«

Dumpfer Donner war zu hören, während der Regen herabströmte.

Als Wei Wuxian meinte, dass es vielleicht »überhaupt kein Mensch« sei, blitzte für den Bruchteil einer Sekunde beinahe etwas in Jin Guangyaos Gesicht auf, das man als Furcht bezeichnen konnte.

Su She lachte kalt. »Wei Wuxian, hör mit deinen inhaltslosen Einschüchterungsversuchen auf ...«

Jin Guangyao hob die rechte Hand und hielt ihn auf. Der Hauch von Furcht war aus seinem Gesicht verschwunden. Er hatte all seine Emotionen binnen weniger Augenblicke unter Kontrolle gebracht. »Halte dich nicht mit sinnlosen Wortgefechten auf und behandle lieber deine Wunden. Bereite danach sofort die übrigen Personen auf den Aufbruch vor. Wir verschwinden, sobald ich das Gift in meinem Körper aufgelöst habe.«

»Oberhaupt, was ist mit dem Gegenstand, der ausgegraben wurde?«, fragte Su She.

Jin Guangyaos Lippen waren ein wenig blass. »Wenn er fort ist, finden wir ihn sicher nicht mehr wieder. Wir sollten hier nicht lange verweilen.«

»Jawohl!«, gehorchte Su She.

Su She hatte sich zuvor ein Duell mit Fee geliefert und war dabei an nicht wenigen Stellen gekratzt worden. An den Armen und an der Brust war seine Kleidung zerfetzt, besonders an der Brust gingen die Kratzwunden so tief ins Fleisch, dass man die Knochen sehen konnte. Auf seiner weißen Kleidung sah man viele Blutspuren. Wenn man die Wunden nicht behandelte und weiter abwartete, würde er womöglich nicht mit den unvorhergesehenen Situationen fertig werden, die vielleicht noch auf sie warteten.

Jin Guangyao zog einen Beutel mit Medizin hervor und überreichte ihn ihm. Su She nahm ihn mit beiden Händen entgegen. »Jawohl.« Anschließend befasste er sich tatsächlich nicht weiter mit Wei Wuxian, sondern drehte sich um, öffnete seine Kleidung und kümmerte sich um seine Verletzungen.

Jin Guangyaos linke Hand, die vom Giftrauch verbrannt worden war, gehorchte seinen Befehlen immer noch nicht, sodass ihm nichts anderes übrig blieb, als sich auf den Boden zu setzen und durch konzentriertes Atmen das Gift zu neutralisieren. Die restlichen Kultivierer gingen mit dem Schwert in der Hand in der Guanyin-Halle patrouillierend auf und ab.

Als Nie Huaisang die glänzenden Klingen sah, war sein Blick leer. Ohne Wachen an seiner Seite wagte er es nicht einmal, laut zu atmen, und schrumpfte in einer Ecke hinter Lan Xichen zusammen. Mehrere Male musste er niesen.

Dieser Su She ist zu anderen ziemlich hämisch, und sein Groll auf Lan Zhan ist besonders groß. Jin Guangyao gegenüber ist er aber überaus respektvoll.

Bei diesem Gedanken schaute Wei Wuxian unwillkürlich zu Lan Wangji. Unerwarteterweise erwischte er genau den Moment, in dem Kälte in dessen Augen aufblitzte.

Eisig befahl Lan Wangji Su She: »Dreh dich um.«

Su She hatte gerade seinen Kopf gesenkt und trug Medizin auf die Kratzspuren auf seiner Brust auf. Er war seitlich zu ihnen gewandt, als er plötzlich Lan Wangji hörte. Dessen Tonfall duldete keine Widerworte, sodass er sich reflexartig umdrehte.

Jiang Cheng und Jin Ling rissen weit die Augen auf. Auch das Lächeln auf Wei Wuxians Gesicht erstarb augenblicklich. Er konnte es nicht fassen.

»Du warst es!«

Erst jetzt realisierte Su She seinen Fehler und bedeckte sofort seine Brust mit der Kleidung. Und doch hatten die Personen, die ihm gegenüberstanden, alles bereits klar und deutlich gesehen.

Die Haut, die sich in der Nähe seines Herzens befand, war übersät mit über ein Dutzend unterschiedlich großer, Furcht einflößender schwarzer Löcher. Es waren Male des *Fluchs der hundert Löcher*!

Das waren aber keinesfalls die Male, die man hatte, wenn man selbst verflucht worden war. In dem Fall hätten, wenn man die Fläche betrachtete, auf die sich diese Löcher erstreckte, Su Shes innere Organe und sogar sein goldener Kern ebenfalls von Löchern befallen sein müssen, und er wäre garantiert nicht mehr in der Lage, spirituelle Energie einzusetzen. Doch er konnte immer noch Teleportationstalismane verwenden, die viel spirituelle Energie verbrauchten. Das bedeutete, dass es für die Herkunft dieser Male nur eine Erklärung gab: Sie waren entstanden, weil er selbst jemanden mit diesem Fluch belegt hatte und dieser später auf ihn zurückgeprallt war!

Damals hatte Wei Wuxian vergeblich versucht, den Anwender des Fluchs zu finden, um dadurch seine Unschuld zu beweisen. Bei all den vielen Menschen auf der Welt hatte er jedoch nicht gewusst, wo er mit der Suche anfangen sollte. Außerdem konnte er all die Dinge, die danach geschehen waren, nicht damit aus der Welt schaffen, indem er den Anwender des Fluchs aufspürte. Daher hatte er die Hoffnung aufgegeben.

Wer hätte gedacht, dass er ihn heute Nacht durch puren Zufall finden würde!

Jin Ling verstand nicht, was los war, und Nie Huaisang wahrscheinlich ebenso wenig. Doch Lan Xichen schaute bereits zu Jin Guangyao und fragte: »Oberhaupt Jin, war der Angriff am Qiongqi-Pfad ebenfalls Teil deines Plans?«

»Wieso denkst du das?«, fragt Jin Guangyao.

Jiang Chengs Stimme war kalt. »Muss man das noch fragen? Wenn Jin Zixun nicht mit einem Fluch belegt worden wäre, wäre all das danach gar nicht erst passiert! Mit diesem Angriff hast du sowohl Jin Zixuan als auch Jin Zixun beseitigt, die aus derselben Generation stammten wie du. Damit hast du alle Hindernisse eliminiert, die dir bei der Thronfolge des Lanling-Jin-Clans und dem Posten als Oberhaupt der Kultivierungswelt im Weg standen. Su She hat den Fluch angewendet, und er ist dein Gefolgsmann. Muss man sich da wirklich noch fragen, auf wessen Befehl hin er gehandelt hat?!«

Jin Guangyao kommentierte dies nicht und schien sich auf seinen Atem zu konzentrieren.

Wei Wuxian wurde so wütend, dass er lachte. Er starrte Su She an. »Habe ich dir etwas getan? Ich stehe doch gar nicht mit dir auf Kriegsfuß, ich kenne dich doch kaum!«

Jin Guangyao mischte sich ein: »Junger Herr Wei, du müsstest es doch eigentlich am besten wissen?! Reicht es etwa aus, nicht miteinander auf Kriegsfuß zu stehen, damit man friedlich zusammenlebt? Als ob das möglich wäre. Alle Menschen dieser Welt standen zu Beginn nicht miteinander auf Kriegsfuß, aber es wird immer jemanden geben, der zuerst zusticht.«

Jiang Chengs Stimme war hasserfüllt, als er zischte: »Du hinterlistige Schlange!«

Unerwarteterweise lachte Su She jedoch kalt auf. »Bilde dir bloß nicht zu viel auf dich ein. Wer sagt denn, dass ich Jin Zixun verflucht habe, um dir eine Falle zu stellen? Damals unterstand ich noch überhaupt nicht dem Kommando des Oberhaupts. Ich habe ihn lediglich verflucht, weil ich es selbst so wollte!«

»Dann hast du also einen Groll gegen Jin Zixun gehegt?«, fragte Wei Wuxian.

Su She erwiderte: »Solch herablassende Typen bringe ich um, sobald ich sie sehe!«

Wei Wuxian konnte sich denken, dass der »herablassende Typ«, den er am meisten verabscheute, Lan Wangji war. Also konnte er nicht anders, als zu fragen: »Was hast du überhaupt gegen Hanguang-Jun? Wo ist er denn bitte schön herablassend?«

»Ist es etwa nicht so? Wenn Lan Wangji nicht von einem so anerkannten Clan abstammen würde, hätte er doch überhaupt nicht das Recht, sich so hochmütig zu geben. Warum meinen alle ständig, ich würde ihn nachmachen?! Alle preisen seinen Charakter als edel und rein. Aber ist der berühmte Kultivierer Hanguang-Jun das wirklich, wenn er mit dem Schwerverbrecher, dem Yiling-Patriarchen, den alle verdammen, solch widerliche, schmutzige Dinge tut? Lachhaft!«, meinte Su She.

Wei Wuxian wollte gerade etwas sagen, als diese finstere und wütende Miene ihm irgendwie bekannt vorkam, als hätte er sie irgendwo schon mal gesehen. Plötzlich fiel es ihm wieder ein. »Du bist das!«

Die Stadt Caiyi, der Biling-See, der Wasser-Abgrund, das Schwert, das nicht mehr aus dem Wasser aufgetaucht war, und in der Höhle der Xuanwu des Gemetzels, der Schüler, der Mianmian gestoßen hatte ... Su She!

Wei Wuxian brach in schallendes Gelächter aus.

»Ich habe es verstanden«, meinte er schließlich.

»Was hast du verstanden?«, fragte Lan Wangji.

Wei Wuxian schüttelte den Kopf. Er wusste, was für ein Mensch Jin Zixun gewesen war. Er hatte häufig auf die Mitglieder der untergeordneten Clans herabgesehen und war der Ansicht gewesen, dass sie sich mit

Dienern auf einer Hierarchiestufe befanden. Es war sogar unter seiner Würde, mit ihnen gemeinsam an einem Bankett teilzunehmen. Und Su She kam als Mitglied eines untergeordneten Clans des Lanling-Jin-Clans nicht darum herum, häufig zum Goldene Schuppen Plateau zu reisen und an den Banketten teilzunehmen – und somit auch auf Jin Zixun zu treffen. Einer von ihnen war kleinkariert, der andere hingegen aufgeblasen. Wenn etwas zwischen ihnen vorgefallen war, so war es kein Wunder, dass Su She einen Groll gegen Jin Zixun hegte. Wenn es wirklich so abgelaufen war, dann hatte Wei Wuxian rein gar nichts damit zu tun gehabt, dass Jin Zixun mit dem Fluch der hundert Löcher belegt worden war. Letztendlich war er jedoch derjenige gewesen, dem man diese Tat angehängt hatte.

Dass Jin Zixun mit dem Fluch der hundert Löcher belegt worden war, war der Grund für den Angriff am Qiongqi-Pfad gewesen. Ohne diesen Hintergrund hätte der Lanling-Jin-Clan keinen Grund gehabt, ihn anzugreifen. Und dann hätte Wen Ning auch nicht die Kontrolle verloren und so ein Massaker angerichtet. Und Wei Wuxian hätte nicht mit Jin Zixuans Tod so eine schwere Bürde auf sich geladen, und all das, was danach folgte, wäre ebenfalls nicht passiert.

Und doch erfuhr er erst jetzt, dass es nicht mal das Ziel des Täters gewesen war, ihm eine Falle zu stellen, und dass er überhaupt nichts mit der eigentlichen Sache zu tun hatte!

Das war wahrlich schwer zu akzeptieren.

Wei Wuxian lächelte und seine Augen wurden rot. Er schien jemanden zu verspotten, dann wiederum wirkte es aber so, als würde er sich über sich selbst lustig machen. »Wegen so jemandem wie dir ... Wegen so einem lächerlichen Grund!«

Jin Guangyao schien zu durchschauen, was er dachte, und meinte: »Junger Herr Wei, so darfst du das nicht sehen.«

»Ach? Du weißt, wie ich das sehe?«, fragte Wei Wuxian.

Jin Guangyao antwortete: »Natürlich, das ist doch sehr leicht zu erraten. Du denkst sicher gerade, wie ungerecht das ist. Das ist es aber in Wahrheit nicht. Selbst wenn Su She Jin Zixun nicht verflucht hätte, so hätte man dich früher oder später doch wegen eines anderen Grundes belagert, werter Herr Wei.« Lächelnd fuhr er fort: »Weil das bei dir nun mal so ist. Positiv ausgedrückt, bist du ein furchtloser, ungezähmter Held; negativ ausgedrückt, stößt du die Menschen vor den Kopf, wo du auch hingehst. Alles ist gut, solang denjenigen, die du gegen dich aufbringst, nichts zustößt. Andernfalls bist du mit Sicherheit der Erste, der verdächtigt wird, sobald irgendetwas passiert oder jemand in eine Intrige verwickelt wird. Und du bist dann auch der Erste, an dem sie sich rächen wollen. Das ist etwas, das du nicht kontrollieren kannst.«

Unerwarteterweise lächelte Wei Wuxian. »Und weiter? Ich finde tatsächlich, dass deine Worte durchaus Sinn ergeben.«

»Und selbst wenn du damals am Qiongqi-Pfad nicht die Kontrolle verloren hättest, hättest du denn garantieren können, dass das dein ganzes Leben lang nicht passiert wäre? Daher ist jemand wie du dazu verdammt, ein kurzes Leben zu führen. Sieh nur, geht es dir nicht gleich viel besser, wenn du es so betrachtest?«, fragte Jin Guangyao.

»Du bist derjenige, der ein kurzes Leben haben wird, verdammte Scheiße!«, fuhr Jiang Cheng ihn an.

Er scherte sich nicht um seine schwere Verletzung, ergriff Sandu und wollte auf Jin Guangyao losgehen. Augenblicklich schoss jedoch wieder Blut aus seiner Wunde und Jin Ling zog ihn hastig zurück. Jiang Cheng konnte sich nicht bewegen. Voller Hass fluchte er: »Du elender Hurensohn! Um weiter nach oben zu gelangen, bist du bereit, jede noch so schändliche Tat zu begehen. Wem willst du was vormachen? Als ob nicht du derjenige gewesen bist, der Su She dazu angestiftet hat!«

Als Jin Guangyao das Wort »Hurensohn« hörte, erstarrte sein Lächeln für einen Moment lang. Er schaute Jiang Cheng an und überlegte, ehe er gleichgültig erwiderte: »Oberhaupt Jiang, beruhige dich. Ich verstehe deine momentane Gefühlslage, aber du bist doch gerade nur so aufgebracht, weil du die Wahrheit über deinen goldenen Kern erfahren hast. Wenn du an dein Verhalten all die Jahre über zurückdenkst, empfindet dein stolzes Herz ein wenig Reue, sodass du nun fieberhaft nach einem Übeltäter für das suchst, was dem jungen Herrn Wei im letzten Leben widerfahren ist. Du suchst einen Schurken, dem du die ganze Verantwortung in die Schuhe schieben kannst. Dann möchtest du ihn auspeitschen und einen Feldzug gegen ihn starten, um den jungen Herrn Wei zu rächen und ganz nebenbei auch etwas von deiner eigenen Last zu verringern.

Wenn du davon überzeugt bist, dass es dir etwas von deiner Qual nimmt, wenn vom Fluch der hundert Löcher bis hin zum Angriff am Qiongqi-Pfad alles von meiner Hand geplant gewesen ist, dann kannst du das gern denken. Bitte, ganz wie es dir beliebt. Aber du musst dir im Klaren darüber sein, dass du ebenfalls mitverantwortlich für das Schicksal des jungen Herrn Wei bist, und zwar in einem großen Maße. Wieso sind so viele Menschen bis zum Äußersten gegangen und haben einen Feldzug gegen den Yiling-Patriarchen gestartet? Wieso hat jeder laut aufgeschrien, ganz gleich, ob er etwas damit zu tun hatte oder nicht? Wieso wurde er ohne Ausnahme von allen beschimpft und verflucht? War es wirklich nur aufgrund ihres Gerechtigkeitssinns? Natürlich nicht. Ein Mitgrund warst du.«

Jiang Cheng lachte kalt auf. Lan Xichen wusste, dass Jin Guangyao wieder einmal Zwietracht säen wollte und brüllte: »Oberhaupt Jin!«

Jin Guangyao blieb davon ungerührt und sprach unbeirrt lächelnd weiter: »Damals hatten der Lanling-Jin-Clan, der Qinghe-Nie-Clan und der Gusu-Lan-Clan Konflikte miteinander und den Großteil der Territorien bereits unter sich aufgeteilt. Für die anderen blieben daher nur kleine Reste übrig. Und du, der gerade erst den Lotuspier wiederaufgebaut hatte, hattest den Yiling-Patriarchen hinter dir. Wei Wuxian, dessen

Gefährlichkeit nicht einschätzbar war. Denkst du denn, dass die anderen Clans sich über ein solch junges Clanoberhaupt gefreut haben, das mit so viel Macht gesegnet war? Glücklicherweise schien es so, als würden du und dein Shixiong nicht sonderlich gut miteinander auskommen. Daher dachten alle, dass sie diese Gelegenheit ausnutzen könnten und gossen natürlich noch mehr Öl ins Feuer, um euch auseinanderzubringen. Wie man es auch betrachtete, wenn man verhindern konnte, dass der Yunmeng-Jiang-Clan weiter erstarkt, bedeutete das, dass man selbst mächtiger wurde. Oberhaupt Jiang, wenn du dich deinem Shixiong gegenüber damals wohlgesonnener gezeigt und klargemacht hättest, dass das Band zwischen euch unzerstörbar ist, und wenn du den anderen gezeigt hättest, dass sie es gar nicht erst zu versuchen brauchten, euch zu entzweien, oder wenn du nur ein bisschen nachsichtiger gewesen wärst, wären die Dinge anders abgelaufen. Ah, wo wir gerade dabei sind: Dein Clan stellte auch eine der Hauptstreitkräfte bei der Belagerung der Grabhügel …«

»So wie es aussieht, ist es wohl tatsächlich Jin Guangyaos wunder Punkt, wenn man ihn als den Sohn einer Prostituierten bezeichnet?!«, mischte sich Wei Wuxian ein. »Dann ist es ja kein Wunder, dass du Nie Mingjue umgebracht hast.«

Als Wei Wuxian Nie Mingjue erwähnte, veränderte sich Lan Xichens Miene. Und für einen Moment erstarrte auch Jin Guangyaos Lächeln, dann stand er auf. Er war fertig mit seiner Atemübung und testete die Finger seiner linken Hand, die er nun endlich wieder frei bewegen konnte. Sofort befahl er: »Ruf die anderen zusammen, wir brechen auf.«

»Jawohl!«, gehorchte Su She.

Zwei Mönche, einer rechts und einer links, ergriffen Lan Xichen. Gerade als sie das Tor öffnen wollten, stoppte Jin Guangyao. »Fast vergessen.« Dann drehte er sich zu Lan Xichen. »Die Versiegelung deiner spirituellen Energie müsste sich bald lösen.«

Lan Xichens Kultivierungsfertigkeiten waren deutlich höher als seine. Wenn Jin Guangyao die Versiegelung seiner spirituellen Energie aufrecht halten wollte, musste er den Prozess daher alle zwei Stunden wiederholen, andernfalls würde Lan Xichen sie selbst brechen können.

Er trat vor Lan Xichen. »Entschuldige.« Gerade als er die Hand ausstrecken wollte, fiel plötzlich etwas Weißes mit Wucht vor ihm herunter. Alarmiert sprang Jin Guangyao zur Seite und sah zu dem schneeweißen Körper!

Eine splitternackte Frau kroch über den Boden. Ihr Gesicht war nach unten gerichtet und sie wand ihre vier Gliedmaßen. Sie schien zu Jin Guangyao krabbeln zu wollen.

Su She stach mit seinem Schwert zu, woraufhin die Frau entsetzlich aufschrie und in Flammen aufging. Dann stand sie auf und streckte taumelnd ihre Hände nach Jin Guangyao aus.

Ihr Körper und ihr Gesicht waren von den Flammen verkohlt, und doch sah man den bitteren Hass in ihren Augen.

Su She stach noch einmal zu und sie löste sich in nichts auf.

Jin Guangyao war erst wenige Schritte zurückgewichen, als er über etwas stolperte. Er schaute zurück und sah zwei ineinander geschlungene Körper, wovon einer die Hand ausstreckte und sein Fußgelenk umfasste. Ein Pfiff ertönte hinter ihm.

»Wei Wuxian!«, rief Su She hasserfüllt.

Niemand wusste, wann es passiert war, doch die Guanyin-Statue in der Halle war mit einigen wirren Zauberformeln aus Blut bemalt worden. Das Auge des Bannkreises dieses Tempels befand sich genau in dieser Halle. Und jetzt, wo Wei Wuxian die Unachtsamkeit der anderen ausgenutzt und es zerstört hatte, drangen die versiegelten Wesen unablässig heraus!

»Was ist hier los?«, schrie Jin Ling schockiert.

Unaufhörlich klopfte Jiang Cheng ihn kräftig ab, denn sein Saum hatte sich selbst entzündet. Doch Jin Ling war noch vergleichsweise glimpflich davongekommen. Einige Mönche brannten am ganzen Körper und rollten sich schreiend über den Boden.

Su She und Jin Guangyao wussten, dass sie das Blut wegwischen mussten, mit dem Wei Wuxian die Guanyin-Statue bemalt hatte. Ihr Weg wurde jedoch von den Mönchen, die sich überall auf dem Boden rollten, und von den nackten, bösen Geistern, die unablässig erschienen, versperrt.

Die nackten Geister unterstanden Wei Wuxians Befehl und griffen Jiang Cheng, Jin Ling und die anderen nicht an, nichtsdestotrotz hielt Jin Ling Suihua vor seinen Körper. »Was um Himmels willen sind das bloß für Wesen, ich habe noch nie solch ...«

Solch splitternackte, schamlose Geister gesehen!

Wut loderte in Jin Guangyaos Augen auf. Mit einem Schlag von ihm verursachte er eine Explosion und er schaffte es endlich zur Guanyin-Statue. Gerade als er die von Wei Wuxian aufgemalten Zauberformeln wegwischen wollte, spürte er etwas Kühles an seinem Rücken.

Lan Xichens tiefe Stimme erklang: »Nicht bewegen.«

Jin Guangyao hatte noch nicht zum Gegenangriff ausgeholt, als Lan Xichen ihm einmal auf den Rücken schlug.

»Zewu-Jun ... Deine spirituelle Energie ist zurück«, stellte Jin Guangyao fest.

Noch bevor Lan Xichen etwas erwidern konnte, stach Su She mit seinem Schwert Nanping in Wei Wuxians Richtung. Allerdings traf es auf ein anderes Schwert. Zwar war es ihm ähnlich, doch leuchtete sein spirituelles Licht viel reiner und klarer.

Bichen!

Die beiden Schwerter kreuzten ihre Klingen, woraufhin Nanping plötzlich entzweibrach!

Zudem wurde der Bereich zwischen Daumen und Zeigefinger von Su Shes Hand gespalten. Das Blut floss in Strömen und die Gelenke seines gesamten Arms knackten. Der Schwertgriff fiel zu Boden. Mit seiner linken Hand hielt er sich den rechten Arm, sein Gesicht war aschfahl.

Lan Wangji hielt Bichen in der einen Hand und umfasste Wei Wuxians Hüfte mit der anderen, um ihn hinter sich zu schieben und ihn zu schützen.

Eigentlich benötigte Wei Wuxian seinen Schutz nicht, er machte aber dennoch mit und genoss es, sich an ihn zu lehnen.

All das spielte sich innerhalb von Sekunden ab, sodass die Kultivierer des Lanling-Jin-Clans erst einige Momente später reagierten.

Su She hielt sich seine blutende rechte Hand, die Wunde an seiner Brust brach auf. Bichens Spitze befand sich nun an Jin Guangyaos Hals.

Jetzt, wo sich der Hauptakteur in ihrer Gewalt befand, wagten die anderen es nicht, leichtsinnig zu handeln.

Lan Xichen wollte gerade etwas sagen, als die Mienen der Menschen in der Halle sich plötzlich veränderten. Also richtete er sein Wort an Wei Wuxian: »Junger Herr Wei, du ... Könntest du sie bitte erst mal zurückrufen.«

Diese bösen Geister waren nicht nur nackt und moralisch verdorben, sondern stöhnten auch noch so, dass man äußerst peinlich berührt war und sofort heraushörte, was sie da trieben. Noch nie hatten die Anwesenden derart obszöne bösartige Seelen gesehen.

Lan Xichen drehte sein Gesicht zur Seite und sah nicht hin, während Jiang Chengs Miene sich verfinsterte. Jin Ling wurde abwechselnd rot und bleich.

Wei Wuxian schaute zu Lan Wangji, der vor ihm stand. Er dachte sich, dass jemand wie er, der in seiner Jugend bereits beim Anblick pornografischer Bildbände so beschämt gewesen war, dass er deswegen sogar wütend wurde, so etwas wirklich nicht sehen sollte und rechtfertigte sich: »Eigentlich wollte ich nur die bösen Geister freilassen, die er im Guanyin-Tempel versiegelt hat, um ihn möglichst lange hinzuhalten. Woher hätte ich denn wissen sollen, dass derartige Wesen freigesetzt werden würden …?«

Lan Wangji warf nur einen kurzen Blick auf die hasserfüllten Seelen, ehe er ihn wie Lan Xichen abwandte. Während er in eine andere Richtung schaute, sagte er lediglich: »Ein großer Brand.«

Sofort nickte Wei Wuxian und stimmte ernst zu. »Ja. Diese Seelen sind alle bei einem Brand ums Leben gekommen. Wie es scheint, gab es hier einmal ein großes Feuer, bei dem nicht wenige Menschen verbrannt sind. Und um diese Tatsache zu vertuschen, hat Oberhaupt Jin die Verbrannten, die zu bösartigen Seelen wurden, versiegelt und hier eigenhändig einen Guanyin-Tempel errichtet.«

»Oberhaupt Jin, hatte dieser Brand etwas mit dir zu tun?«, fragte Lan Xichen.

Jiang Cheng meinte kalt: »So tief, wie der Hass dieser grollenden Seelen ihm gegenüber sitzt, ist es ja wohl unmöglich, dass er nichts damit zu tun hat.«

»Oberhaupt Jin … Könntest du uns den gesamten Hergang schildern?«, fragte Lan Xichen.

Jin Guangyao erwiderte nichts, seine Handknöchel wurden leicht weiß.

»So wie es scheint, ist Oberhaupt Jin nicht gewillt, etwas dazu zu sagen«, stellte Wei Wuxian fest. Er hob die Hand, woraufhin sofort eine nackte Frauenleiche darunter erschien. Wei Wuxian berührte ihren pechschwarzen Kopf. »Aber glaubst du ernsthaft, dass ich es nicht herausfinden kann, nur weil du schweigst?«

Er wandte *Empathie* an.

Noch bevor er die Augen öffnete, umhüllte der intensive Geruch von Rouge und Parfum seine Nase. Eine kokette Stimme drang aus seinem

Mund: »Sie? Klar wollte sie heiraten. Als sie den Mann traf, war sie bereits über zwanzig und somit nicht mehr ganz jung. In wenigen Jahren würde sie an Popularität verlieren, daher wollte sie unbedingt den Sohn bekommen – auch wenn man sie dafür gescholten hat. Sie wollte dem Ganzen entfliehen. Aber dafür muss der Mann das Kind ja auch erst mal wollen.«

Er öffnete seine Augen. Vor sich sah er eine überaus weitläufige Halle, die man als prächtig bezeichnen konnte. In ihr standen über ein Dutzend große, runde Tische, und an jedem Tisch saßen mehrere Kunden, ebenso wie einige überaus schöne Frauen. Ein paar von ihnen hatten ihre Schultern geschickt entblößt, andere trugen ihre Haare offen, wieder andere saßen auf den Schößen der Kunden, und es gab auch welche, die ihnen Alkohol an den Mund führten. Unter ihnen war keine, die nicht lieblich und angeheitert wirkte. Man erkannte auf den ersten Blick, um was für einen Ort es sich hier handelte.

Die Frau, die im Guanyin-Tempel verbrannt ist, war also ein Freudenmädchen. Kein Wunder, dass diese hasserfüllten Seelen alle nackt waren, wahrscheinlich waren das alles Prostituierte und Freier.

Der Kunde neben ihr lächelte. »Er ist aber doch immerhin sein Sohn, wollte der Mann ihn etwa nicht?«

»Sie sagte, dass der Mann ein hohes Tier in der Kultivierungswelt sei«, antwortete die Frau. »Da mangelt es ihm zu Hause sicher nicht an Söhnen. Nichts, was man in großen Mengen hat, ist wertvoll, wieso sollte er sich also um einen hier draußen scheren? Sie wartet so hoffnungsvoll, und doch kommt niemand, der ihn abholt. Natürlich konnte sie ihn da nur selbst aufziehen, und so sind bereits vierzehn Jahre vergangen.«

Einige Kunden meinten: »Ein hohes Tier? Ist das wirklich passiert?«

»Ach, wieso sollte ich Euch bei so etwas anlügen? Ihr Sohn ist hier und erledigt Besorgungen für uns. Da, das ist er.« Die Frau drehte sich zur Seite und winkte einem Jungen zu, der gerade ein Tablett trug. »Xiao Meng!* Komm mal her!«

* »Xiao Meng« ist ein weiterer Spitzname von Jin Guangyao bzw. Meng Yao und bedeutet in etwa »kleiner Meng«. Das »Xiao« dient hierbei als eine Art Verniedlichung und wird gern bei Personen eingesetzt, die jünger sind als man selbst.

Der Junge kam tatsächlich und fragte: »Schwester Anxin, was gibt es?«

In diesem Moment begriff Wei Wuxian alles.

Die Gruppe von Kunden musterte Meng Yao eindringlich. Dieser fragte noch einmal: »Ist irgendwas los?«

Anxin lächelte. »Bringst du dir immer noch diese ganzen Dinge selbst bei?«

Meng Yao hielt einen Moment inne und hakte dann nach: »Welche Dinge?«

»Na die, von denen deine Mutter will, dass du sie lernst. So was wie Kalligrafie, Etikette, Schwertkunst, mentale Kultivierungsübungen und so 'n Zeug ... Wie läuft's?«, wollte Anxin wissen.

Noch bevor sie ihre Frage gestellt hatte, prusteten einige der Kunden los und schienen das überaus amüsant zu finden. Anxin wandte ihren Kopf. »Hört doch auf zu lachen. Alles, was ich gesagt habe, ist wahr. Seine Mutter zieht ihn so auf, als wäre er der junge Herr einer wohlhabenden Familie. Sie hat ihm Lesen und Schreiben beigebracht, ihm einen riesigen Stapel seltener Bücher über Schwertkunst gekauft und will ihn sogar zur Schule schicken.«

Ein Kunde war verwundert. »Sie will ihn zur Schule schicken? Ich habe mich doch wohl nicht verhört?«

Doch Anxin bestätigte: »Nein, hast du nicht! Xiao Meng, erzähl's diesen jungen Herren hier doch mal. Du warst schon mal in einer Schule, oder?«

Ein Kunde fragte: »Geht er jetzt immer noch hin?«

»Nein, nach wenigen Tagen hat er sie abgebrochen und wollte nie wieder dorthin. Xiao Meng, lernst du nicht gern oder gefällt dir der Ort nicht?«, fragte Anxin.

Meng Yao sagte nichts.

Anxin kicherte und stupste Meng Yao mit ihrem knallrot lackierten Zeigefinger an die Stirn. »Kleiner, ärgert dich das?«

Sie hatte viel Kraft eingesetzt, sodass ein leicht roter Abdruck in der Mitte von Meng Yaos Stirn zurückblieb, der wie der Abklatsch eines zinnoberroten Punktes aussah. Er fasste sich an die Stirn und meinte: »Nein ...«

Anxin winkte ab. »Das reicht, genug, es ist nichts mehr, du kannst gehen.«

Meng Yao wandte sich ab und ging einige Schritte. Da nahm Anxin etwas vom Tisch und rief: »He, Obst für dich!«

Meng Yao drehte sich um und eine sattgrüne Frucht prallte gegen seine Brust, ehe sie auf den Boden kullerte.

Anxin blaffte ihn an: »Was bist du denn so träge, nicht mal eine Frucht kannst du fangen?! Heb sie schnell auf, verschwende sie bloß nicht.«

Meng Yaos Mundwinkel krümmten sich kurz nach oben. Er war bereits vierzehn Jahre alt, wirkte aber nur wie zwölf oder dreizehn, vielleicht, weil er ungewöhnlich klein und schmächtig war. Bei dem Lächeln, das auf seinem Gesicht erschien, fühlte man sich überaus unbehaglich.

Langsam bückte er sich, hob die Frucht auf und wischte sie an seiner Brust ab. Dann lächelte er noch breiter und sagte: »Danke, Schwester Anxin.«

»Bitte. Du kannst dich wieder an die Arbeit machen«, entgegnete sie.

»Wenn etwas sein sollte, kannst du mich gern wieder rufen«, sagte Meng Yao.

Nachdem er sich entfernt hatte, meinte ein Kunde: »Wenn mein Sohn sich an so einem Ort aufhalten würde, würde ich ihn unter allen Umständen zu mir nach Hause holen.«

Ein anderer kommentierte: »Ist sein Vater wirklich so ein hohes Tier in der Kultivierungswelt? Wäre es für ihn dann nicht ein Leichtes, eine Prostituierte freizukaufen und ihr Geld zu geben, um ihn großzuziehen? Das wäre doch kein Aufwand.«

Anxin antwortete: »Man kann doch nicht alles glauben, was diese Frau erzählt. Würde man auch nur die Hälfte von dem für wahr halten, wäre das schon viel. Es hat ja nur sie selbst behauptet, dass er so ein hohes Tier sei. So wie ich das sehe, war er wahrscheinlich ein Händler mit ein bisschen Geld, und sie hat es eben um ein Vielfaches aufgeblasen ...«

In diesem Augenblick ertönte ein gellender Schrei. Im ersten Stock hörte man das Klirren von zerbrechenden Tellern und Bechern. Eine Zither segelte herunter und zerschmetterte mit einem lauten Krachen in der Mitte der Halle in ihre Einzelteile. Die Gäste, die gerade in der Nähe an den Tischen saßen und sich vergnügt hatten, erschraken fast zu Tode. Auch Anxin taumelte und kreischte: »Was ist passiert?!«

»Mutter!«, rief Meng Yao.

Anxin schaute hoch und sah einen kräftigen Mann, der eine Frau an den Haaren aus einem Zimmer zerrte. Anxin zog an den Kunden neben ihr. Es war ungewiss, ob sie Aufregung oder Nervosität verspürte, als sie sagte: »Sie tut es schon wieder!«

Meng Yao eilte hinauf. Die Frau fasste sich an den Kopf und versuchte verzweifelt, ihre Kleidung an den Schultern hochzuziehen. Als sie sah, wie Meng Yao angerannt kam, rief sie hastig: »Ich habe dir doch gesagt, dass du hier nicht hochkommen sollst! Geh runter! Na wird's bald!«

Meng Yao zog an der Hand des Freiers. Der trat ihn in den Bauch, sodass er die Treppe herunterrollte. Entsetzte Schreie ertönten.

Wei Wuxian sah zum dritten Mal, wie er von jemandem getreten wurde und eine Treppe herunterpurzelte.

Die Frau schrie laut auf und wurde sofort erneut von dem Kunden an den Haaren gepackt und nach unten geschleift. Entkleidet schmiss er sie auf die Straße, wo er ihren nackten Körper anspuckte und fluchte: »Du altes Luder denkst wohl, dass du noch Frischfleisch bist!«

Panisch lag die Frau mitten auf der Straße und wagte es nicht aufzustehen. Bei der kleinsten Bewegung würde man alles sehen können.

Die Passanten waren sowohl erstaunt als auch aufgeregt. Sie konnten weder gehen noch bleiben und zeigten mit leuchtenden Augen auf sie. An der Tür des Bordells hatten sich zahlreiche Frauen von drinnen versammelt, die leise kicherten und wie Anxin den Kunden neben sich schadenfroh die Geschichte dieser kläglichen alten Prostituierten erzählten. Nur eine junge Frau drängte sich durch die Tür und zog ihre dünne Jacke aus Garn aus.

Die Hälfte ihrer schneeweißen, prallen Brüste war in ein knallrotes Oberteil gewickelt und ihre Taille war überaus schmal. Sie zog viel Aufmerksamkeit auf sich, sodass nun viele herbeieilten, um sie zu sehen. Die junge Frau fluchte jedoch: »Was gafft ihr so, verdammt noch mal?! Als ob ihr mich so anstarren dürftet?! Wer guckt, muss zahlen! Also, her mit der Kohle!«

Während sie fluchte, streckte sie tatsächlich ihre Hände in alle Richtungen aus, um Geld von den Umstehenden einzusammeln. Als ein Teil der Menge auseinanderstob, warf sie der nackten Frau ihr Garnoberteil zu, ging mit ihr taumelnd in die Halle zurück und tadelte sie: »Ich habe dir doch schon so oft gesagt, dass du dich ändern musst. Wozu der ganze Stolz? Jetzt musstest du ganz schön einstecken, was? Lass dir das eine Lehre sein!«

Diese junge Frau kommt mir ein wenig bekannt vor, wo habe ich sie bloß schon mal gesehen?

Leise sagte die Frau: »A-Yao, A-Yao ...«

Eine ganze Weile lang konnte sich Meng Yao von dem Tritt nicht rühren und lag regungslos auf dem Boden. Die junge Frau packte Mutter und Sohn mit je einer Hand und zog sie beide fort.

Ein Kunde neben Anxin meinte: »Wer ist diese Schönheit?«

Anxin spuckte die Hülsen von zwei Sonnenblumenkernen aus. »Sie ist bekannt für ihr Temperament und überaus Furcht einflößend.«

Einer meinte enttäuscht: »Und das andere soll Meng Shi sein, die Prostituierte, die einst für ihre Talente bekannt war? Wie konnte sie nur so enden?«

Anxin setzte wieder ihr Grinsen auf. »So ist das nun mal. Sie musste ja unbedingt ein Kind gebären. Nach der Geburt ist es für Frauen vorbei mit der Schönheit. Aufgrund ihres früheren Rufs als sogenanntes ›Talent‹ kann sie sich notgedrungen über Wasser halten, aber ohne den würde wahrscheinlich kaum jemand zu ihr gehen. Ich denke ja, dass sie das ganze Unglück dem bisschen Bildung verdankt, das sie genossen hat.«

Ein Kunde war gänzlich ihrer Meinung: »Das stimmt. Die Menschen, die mit Bildung in Berührung kommen, entwickeln immer einen seltsamen Stolz und wollen sie nie aufgeben.«

Anxin höhnte: »Wenn sie von ihrer Bildung leben könnte, würde ich ja nichts sagen, aber das ist doch nichts weiter als ein Trick, mit dem sie Freier anlockt. Ich bin jetzt mal ganz direkt: Wir sind doch alle Huren, ist sie etwa etwas Besseres, nur weil sie ein paar Bücher gelesen hat? Wozu der ganze Stolz? Nicht nur Außenstehende sehen auf sie herab, schaut Euch nur mal um, ob jemand von uns sie leiden kann? Die Kunden, die an so einen Ort kommen, suchen sich manchmal sehr junge, zarte, kokette Mädchen aus, um mal Abwechslung zu haben. Aber wer würde schon Geld für eine alte Schachtel ausgeben? Ihre Popularität ist längst vorbei, jeder weiß das, nur sie selbst ist sich dessen noch nicht bewusst ...«

In diesem Moment tippte sie jemand von hinten an. Als sie sich umdrehte, sah sie die junge Frau von gerade eben. Sie hob die Hand, um ihr eine Ohrfeige zu verpassen. Als die auf Anxins Gesicht landete, war diese einen Moment lang wie vom Donner gerührt. Doch dann tobte sie vor Wut. »Du Luder!«

Die junge Frau schimpfte zurück: »*Du* Luder! Du schwatzt den ganzen Tag, hast du denn nichts Besseres zu tun?!«

»Es geht dich einen feuchten Dreck an, was ich rede!«, gellte Anxin.

Beide Frauen rauften sich im Erdgeschoss und setzten dabei sowohl ihre Fingernägel als auch ihre Zähne ein, während sie an den Haaren der jeweils anderen zogen. Sie warfen einander Beschimpfungen wie »früher oder später zerschneide ich dir dein Gesicht« oder »selbst wenn du zahlen würdest, würde dich niemand wollen« an den Kopf. Ihre Worte waren so vulgär, dass man sie nicht mit anhören konnte. Mehrere Prostituierte kamen herbei, um den Streit zu schlichten.

»Sisi! Hör auf!«

Sisi?

Endlich fiel Wei Wuxian ein, warum ihm die junge Frau so bekannt vorkam. Wenn man dem Gesicht noch sieben oder acht Schnitte hinzufügte, war es eindeutig: Sie war die Frau, die zum Lotuspier gekommen und ihr Geheimnis offenbart hatte. Sisi!

Plötzlich spürte er, wie eine Hitzewelle direkt auf ihn zukam und die gesamte Halle mit einem Mal in einem roten Flammenmeer versank.

Wei Wuxian zog sich schleunigst aus der Empathie zurück!

Als er die Augen öffnete, fragte Lan Wangji: »Wie war es?«

Auch Lan Xichen wollte es wissen: »Junger Herr Wei, was hast du gesehen?«

Wei Wuxian nahm einen Atemzug, beruhigte sich ein wenig und meinte dann: »Ich schätze, dieser Guanyin-Tempel ist der Ort, an dem Oberhaupt Jin aufgewachsen ist.«

Jin Guangyaos Miene blieb ausdruckslos.

»Der Ort, an dem er aufgewachsen ist?«, fragte Jiang Cheng. »Ist er nicht in einem ...« Er hatte gerade fragen wollen, ob er denn nicht in einem Freudenhaus großgeworden war, als auch er plötzlich verstand. »Dieser Guanyin-Tempel war zuvor ein Bordell, dann hat er diesen Ort niedergebrannt und einen Tempel daraus gemacht!«

»Du warst derjenige, der das Feuer gelegt hat?«, fragte Lan Xichen.

»Ja«, bestätigte Jin Guangyao.

Jiang Cheng lachte kalt. »Du gibst es ja schnell zu.«

»So weit, wie es jetzt bereits gekommen ist, macht es doch keinen Unterschied, ob ich eine Sache mehr oder weniger getan habe, oder?«

Einen Moment schwiegen sie, dann fragte Lan Xichen: »Hast du das getan, um die Spuren zu beseitigen?«

Auch wenn sehr viele Menschen wussten, dass Lianfang-Zun in einem Bordell aufgewachsen war, so wussten die meisten nicht in welchem. Wenn man so darüber nachdachte, war das doch sehr seltsam. Auch wenn jeder insgeheim wusste, dass Lianfang-Zun mit Sicherheit im Hintergrund die Strippen zog, so hätte wahrscheinlich kaum jemand damit gerechnet, dass er den Ort, an dem er zur Welt gekommen und aufgewachsen war, einfach niedergebrannt hatte.

»Nicht allein deswegen«, antwortete Jin Guangyao.

Lan Xichen seufzte, hakte aber nicht weiter nach.

»Fragst du nicht, wieso ich es getan habe?«

Lan Xichen schüttelte den Kopf. Einen Moment später sprach er, ohne auf Jin Guangyaos Frage einzugehen: »Ich wusste auch früher schon, was du getan hast. Da habe ich nur immer daran geglaubt, dass es einen Grund für deine Taten gab. Aber du hast zu viel getan. Und ich ... weiß nicht, ob ich dir noch glauben sollte.«

In seiner Stimme lag eine tiefe Müdigkeit und Enttäuschung.

Draußen tobte der Sturm. Durch den Spalt im Tor blies heulend der Wind herein.

Plötzlich kniete Jin Guangyao sich auf den Boden.

Alle erschraken, auch Wei Wuxian, der ihm gerade das Schwert an seiner Hüfte abgenommen hatte.

Schwach sagte Jin Guangyao: »Zweiter Bruder, es ist mein Fehler.«

»...« Als Wei Wuxian dies hörte, war es sogar ihm unangenehm, sodass er nicht anders konnte, als sich einzumischen. »Nun, also, sag nichts, lass doch einfach die Fäuste sprechen. Können wir nicht einfach nur kämpfen?«

Jin Guangyaos Miene konnte sofort umschlagen, er konnte sich einfach so niederknien, ohne jeglichen Stolz. Lan Xichen war hin und hergerissen.

Jin Guangyao fuhr fort: »Zweiter Bruder, wir sind nun schon so viele Jahre befreundet. Was auch geschehen sein mag, du weißt, dass ich dich immer gut behandelt habe. Die Position als Oberhaupt der Kultivierungswelt ist mir längst nicht mehr wichtig, und auch das Yin-Tiger-Amulett habe ich gründlich zerstört. Nach der heutigen Nacht werde ich nach Dongying* gehen und nie mehr zurückkommen. Bitte, verschone in Anbetracht dessen mein Leben.«

Nach Dongying zu gehen bedeutete im Klartext, dass er fliehen wollte. Das klang ziemlich erbärmlich, doch Jin Guangyao war schon immer flexibel gewesen und würde niemals einen harten Konfrontationskurs fahren, solang er noch auf sanfte Methoden zurückgreifen konnte. Was die militärische Stärke betraf, so war der Lanling-Jin-Clan in der Lage, es mit einigen Clans aufzunehmen. Doch wenn sich alle Clans zusammenschlossen und einen Feldzug gegen ihn starten würden, dann wäre es lediglich eine Frage der Zeit, bis er das gleiche Schicksal wie der Qishan-Wen-Clan erleiden würde. Statt es darauf hinauslaufen zu lassen, wäre es besser, jetzt sofort den Rückzug anzutreten, im Stillen abzuwarten und seine Kräfte zu schonen. Womöglich würde sich in Zukunft noch mal eine Chance für ihn auftun, und er würde wieder an die Macht kommen.

»Oberhaupt Jin, du sagtest, dass das Yin-Tiger-Amulett vollständig zerstört worden sei. Könntest du es dann hervorholen und mir einmal zeigen?«, fragte Wei Wuxian.

»Junger Herr Wei, das Duplikat ist nicht das Gleiche wie das Original, man kann es nur begrenzt oft einsetzen. Es ist jetzt absolut nutzlos. Außerdem weißt du selbst am besten, wie stark seine grollende Energie ist. Denkst du denn, dass ich einen wertlosen Gegenstand, der seine Fähigkeit bereits verloren und nichts als Blutbäder und Unheil angerichtet hat, bei mir trage?«, fragte Jin Guangyao.

»Das weiß ich nicht. Vielleicht findest du ja noch einen Xue Yang?«, meinte Wei Wuxian.

* Dongying ist die frühere chinesische Bezeichnung für Japan.

»Zweiter Bruder, alles, was ich sage, entspricht der Wahrheit«, beteuerte Jin Guangyao.

Seine Worte klangen aufrichtig, und außerdem hatte er Lan Xichen, seitdem er ihn gefangen genommen hatte, in der Tat mit Höflichkeit behandelt. Jetzt, in diesem Augenblick, war Lan Xichen tatsächlich noch nicht in der Lage, sich gegen ihn zu wenden, und seufzte lediglich. »Oberhaupt Jin, nachdem du eigenmächtig bei den Grabhügeln so ein großes Unheil geplant hattest, habe ich dir bereits gesagt, dass du mich nicht mehr ›zweiter Bruder‹ nennen sollst.«

»Bei der Sache mit den Grabhügeln muss ich von allen guten Geistern verlassen gewesen sein. Das war ein großer Irrtum von mir. Aber ich hatte keine andere Wahl«, erwiderte Jin Guangyao.

»Was heißt, du kannst nicht mehr zurück?«, fragte Lan Xichen.

Lan Wangji runzelte leicht die Stirn und sagte kalt: »Bruder, sprich besser nicht zu viel mit ihm.«

Auch Wei Wuxian erinnerte ihn daran. »Oberhaupt Lan, weißt du noch, was du zu Oberhaupt Jiang gesagt hast? Lass dich nicht auf ein Gespräch mit ihm ein.«

Lan Xichen wusste, wie gefährlich Jin Guangyao war, wenn er den Mund öffnete. Doch sobald er hörte, dass es dafür eine Hintergrundgeschichte gab, wollte er sie einfach hören. Und genau dies nutzte Jin Guangyao nun aus.

Mit tiefer Stimme sagte er: »Ich habe einen Brief erhalten.«

»Was für einen Brief?«, fragte Lan Xichen.

»Einen Drohbrief. Darin stand … dass diese ganzen Sachen in sieben Tagen in der gesamten Welt publik gemacht werden würden. Ich wurde dazu aufgefordert, mir entweder selbst das Leben zu nehmen, und mich somit zu meinen Fehlern zu bekennen, oder eben … auf meinen Todestag zu warten.«

Alle verstanden. Natürlich hatte Jin Guangyao nicht einfach nur dasitzen und auf seinen Tod warten können. Statt zuzusehen, wie er in Verruf kommen und man ihn auslachen und stürzen würde, hatte er lieber als Erster angegriffen. Selbst wenn die Person wirklich seine dunkle Vergangenheit ans Licht zerren würde, so wären die anderen Clans nach der Belagerung so geschwächt, dass sie nicht mehr die Macht hätten, um sich mit ihm anzulegen.

Nur hatte er leider kein Glück gehabt, da Wei Wuxian und Lan Wangji ihm einen Strich durch die Rechnung gemacht hatten.

Lan Xichen erwiderte: »Trotzdem kannst du doch nicht einfach alle umbringen! Du …«

Selbst wenn Lan Xichen es wollte, konnte er keine Entschuldigung für Jin Guangyao finden.

»Was hätte ich sonst tun sollen? Darauf warten, wie alles ans Licht kommt, bis jeder es mitbekommt und ich zum Gespött des Jahrhunderts werde? Damit ich mich vor allen hinknien und um Entschuldigung winseln muss? Hätte ich mich, um Vergebung bettelnd, mit meinem Gesicht unter ihre Füße legen sollen, damit sie darauf herumtrampeln können? Zweiter Bruder! Es gab keinen dritten Weg, entweder wären sie gestorben oder ich.«

Lan Xichen zeigte sich leicht erzürnt und er wich einen Schritt zurück. »Das ist doch alles nur passiert, weil du … weil du die Dinge getan hast, die in dem Brief standen! Wie sonst hättest du ihnen eine Angriffsfläche geboten?«

»Zweiter Bruder, hör mir zu. Ich leugne nicht, was ich getan habe …«, erklärte sich Jin Guangyao.

»Wie könntest du auch! Es gibt Zeugen!«, rief Lan Xichen.

»Deswegen sage ich ja, dass ich es nicht leugne! Aber wieso hätte ich meinen Vater, meine Frau, meinen Sohn und meinen Bruder töten sollen, wenn ich irgendeine andere Wahl gehabt hätte? Bin ich in deinen Augen etwa wirklich so ein skrupelloser Wahnsinniger?!«, fragte Jin Guangyao.

Lan Xichens Miene wurde ein wenig sanfter. »Gut, dann stelle ich dir einige Fragen, und du kannst alles nacheinander erklären.«

»Bruder!«, rief Lan Wangji. Er zog Bichen hervor.

Als Lan Xichen bemerkte, dass er Jin Guangyao anscheinend jede Sekunde mit dem Schwert erledigen wollte, meinte er hastig: »Kein Grund zur Sorge, er ist verletzt und ihm wurden auch seine magischen Waffen abgenommen, dadurch ist er stark im Nachteil. Außerdem sind so viele Menschen hier, da kann er keine Tricks anwenden.«

Genau in dem Moment verpasste Wei Wuxian auf der anderen Seite Su She einen Tritt, da er sich gerade heimlich bewegen wollte.

»Kümmere du dich um die Lage dort drüben, das hier übernehme ich«, ergänzte Lan Xichen.

Als Lan Wangji Su Shes Aufschrei hörte, ging er hinüber.

Wei Wuxian wusste, dass Lan Xichen seinem Schwurbruder gegenüber noch eine gewisse Anteilnahme verspürte. Noch immer hegte er einen seltsamen Funken Hoffnung, sodass er Jin Guangyao die Chance geben musste, sich zu erklären. Und es gab auch einige Dinge, die Wei Wuxian aus Jin Guangyaos Perspektive hören wollte, weshalb er genau aufpasste.

Lan Xichen begann: »Erstens. Hast du deinen Vater, das ehemalige Oberhaupt Jin, wirklich auf diese Art und Weise ...«

Vorsichtig unterbrach Jin Guangyao ihn. »Diese Frage möchte ich als Letztes beantworten.«

Lan Xichen schüttelte den Kopf und fragte weiter: »Zweitens. Deine ... Frau ...« Da ihm dies anscheinend schwer über die Lippen kam, änderte er sofort seine Wortwahl. »Deine Schwester, Qin Su, wusstest du wirklich, in welchem Verhältnis ihr zueinander steht, und hast sie trotzdem geheiratet?«

Jin Guangyao starrte ihn ausdruckslos an, plötzlich flossen Tränen an seinen Wangen herab. Erfüllt von Schmerz antwortete er: »Ja ...«

Lan Xichen nahm einen tiefen Atemzug, sein Gesicht wurde fahl.

»Aber ich hatte wirklich keine andere Wahl«, sagte Jin Guangyao leise.

Lan Xichen schalt ihn: »Wie hättest du keine andere Wahl haben können?! Das war deine Heirat! Du hättest sie doch auch ganz einfach nicht heiraten können? Selbst wenn du Qin Su damit verletzt hättest, wäre das immer noch besser gewesen, als eine Frau zu zerstören, die dich aufrichtig geliebt, respektiert und niemals auf dich herabgesehen hat!«

Jin Guangyao rechtfertigte sich: »Habe ich sie denn nicht aufrichtig geliebt?! Aber ich hatte nun einmal keine andere Wahl, so war es eben! Stimmt! Ja, es war meine Entscheidung, aber hätte ich sie denn wirklich nicht heiraten können, einfach so?! Zweiter Bruder, auch wenn du gutgläubig bist, so muss es hier doch eine Grenze deiner Naivität geben. Wie viele Mühen habe ich auf mich genommen, damit Qin Cangye meinem Antrag seinen Segen gab?! Die Hochzeit rückte immer näher und endlich waren sowohl Qin Cangye als auch Jin Guangshan zufriedengestellt. Und dann sagst du mir, ich hätte aus heiterem Himmel die Hochzeit absagen sollen? Welchen Grund hätte ich dafür nennen können? Wie hätte ich das den beiden erklären sollen?!

Zweiter Bruder, weißt du, wie ich mich damals gefühlt habe?! Als ich dachte, dass endlich alles gut werden würde, und Frau Qin dann plötzlich heimlich zu mir kam und mir die Wahrheit erzählt hat? Selbst wenn ein Blitz eingeschlagen wäre und mich getroffen hätte, wäre das nicht furchterregender gewesen! Weißt du, warum sie nicht Jin Guangshan aufgesucht, sondern stattdessen mich heimlich angefleht hat? Weil sie von Jin Guangshan vergewaltigt worden ist! Mein ach so toller Vater hat nicht einmal die Finger von der Frau seines jahrelangen Untertanen gelassen, und er wusste nicht einmal mehr, dass er eine weitere Tochter bekommen hatte! So viele Jahre hatte sie sich nicht einmal getraut, ihrem eigenen Ehemann Qin Cangye von dieser Sache zu erzählen. Was denkst du, was passiert wäre, wenn ich auf einmal die Verlobung aufgelöst hätte und die beiden gemerkt hätten, dass etwas nicht stimmt? Gegen wen hätte sich ihr Groll gerichtet und wen hätte der schlimmste Ausgang erwartet, wenn Jin Guangshan und Qin Cangye sich zerstritten hätten?!«

Auch wenn die Menge nicht zum ersten Mal von Jin Guangshans Schandtaten in dieser Hinsicht hörte, so fröstelte es ihnen doch vor Ekel. Es war ungewiss, ob die Kälte oder der Ekel überwog.

»Aber ... Aber auch wenn du keine andere Wahl hattest, als Qin Su zu heiraten, so hättest du ihr doch anschließend die kalte Schulter zeigen können«, sagte Lan Xichen. »Warum musstest du mit ihr ... Wieso musstet ihr A-Song bekommen? Du hast eigenhändig deinen eigenen Sohn umgebracht!«

Jin Guangyao umklammerte seinen Kopf, seine Stimme versagte. »Nach ... der Hochzeit habe ich Qin Su nie mehr berührt. A-Song ... ist vor unserer Ehe entstanden. Damals habe ich befürchtet, dass je länger wir es aufschieben würden, desto mehr Probleme würden hinzukommen ...«

Daher waren sie bereits davor intim geworden. Andernfalls wäre es wohl auch nicht zum Inzest gekommen. Zu dem Zeitpunkt wusste er nicht, ob er diesen Vater hassen sollte, der sich nicht wie einer verhielt, oder eher sich selbst, der hinter jedem Schatten ein Gespenst sah!

Lan Xichen seufzte und setzte dann seine Befragung fort. »Drittens. Suche nicht nach Ausflüchten, sondern antworte mir: War Jin Zixuans Tod von dir beabsichtigt?!«

Als Jin Ling, der gerade Jiang Cheng stützte, den Namen seines Vaters hörte, weiteten sich seine Augen sofort.

Lan Wangji hob leicht die Stimme. »Bruder, du glaubst ihm?«

Lan Xichens Gesichtsausdruck war schwer zu deuten. »Natürlich glaube ich nicht, dass Jin Zixuan zufällig vom Angriff am Qiongqi-Pfad erfuhr, aber ... Wir sollten ihn erst einmal anhören.«

Jin Guangyao wusste, dass niemand es glauben würde, wie sehr er es auch abstreiten würde, also biss er die Zähne zusammen und meinte: »Es war tatsächlich kein Zufall, dass ich Jin Zixuan über den Weg gelaufen bin.«

Sofort ballte Jin Ling die Fäuste.

Jin Guangyao sprach weiter: »Aber nicht alles, was danach geschah, hatte ich geplant. Ich bin nicht so ein unfehlbarer Stratege, wie ihr denkt. Viele Dinge kann man gänzlich nicht kontrollieren. Wie hätte ich denn sicher sein sollen, dass er zusammen mit Jin Zixun durch Wei Wuxians Hand sterben würde? Wie hätte ich denn wie ein Wahrsager vorhersehen können, dass Wei Wuxian die Kontrolle verlieren und der Geistergeneral so ein großes Massaker anrichten würde?«

Harsch erwiderte Wei Wuxian: »Aber du hast doch gesagt, dass du ihm nicht zufällig über den Weg gelaufen bist? Du widersprichst dir!«

»Ich leugne nicht, dass ich ihm absichtlich von dem Angriff am Qiongqi-Pfad erzählt habe«, erklärte Jin Guangyao. »Aber ich bin lediglich davon ausgegangen, dass du ihm das Leben etwas schwerer machen würdest, da ihr euch seit jeher nicht gut verstanden habt und sein Cousin dir dazu auch noch Probleme bescherte. Wie hätte ich denn ahnen können, dass du einfach alle Anwesenden umbringst, junger Herr Wei?«

Wei Wuxian war so erzürnt, dass er lachte. »Du bist wirklich ...«

Plötzlich rief Jin Ling lauthals: »Warum?«

Er stand neben Jiang Cheng auf. Mit geröteten Augen stürmte er zu Jin Guangyao und schrie: »Warum hast du das getan?!«

Hastig hielt Nie Huaisang ihn auf, da er den Anschein machte, als würde er sich mit Jin Guangyao schlagen wollen. Doch Jin Guangyao stellte die Gegenfrage: »Warum?«

Er wandte sich an Jin Ling: »A-Ling, kannst du mir denn sagen, warum? Obwohl ich jedem stets mit einem Lächeln begegne, heißt das nicht unbedingt, dass es mir auch nur mit einer Spur von Freundlichkeit gedankt wird. Dein Vater hingegen war arrogant und überheblich, und dennoch haben sich die Menschen um ihn geschart. Warum? Und kannst du mir sagen, warum dein Vater, obwohl wir beide vom selben Mann abstammen, entspannt mit seiner geliebten Frau zu Hause bleiben und mit seinem Kind spielen konnte, während ich es nicht mal wagte, längere Zeit mit meiner Frau allein zu verbringen, und es mir allein beim Anblick meines Sohnes schauderte? Und warum wurde ich von meinem eigenen Vater wie selbstverständlich beauftragt, so etwas zu tun?! Warum sollte ich diesen extrem gefährlichen Mann töten, der jederzeit hätte durchdrehen und seinen bösartigen Untoten und Geistern befehlen können, ein Massaker anzurichten?!«

»Warum konnte Jin Guangshan – obwohl seine Söhne beide sogar am selben Tag auf die Welt kamen –, ein großes Bankett zur Feier des Geburtstags des einen Sohnes veranstalten, während er einfach dabei zusah, wie einer seiner Untergebenen den anderen mit einem Tritt von der höchsten bis zur letzten Treppenstufe des Goldene Schuppen Plateaus kickte?«

Endlich zeigte er etwas von dem Hass, den er so tief in sich verborgen hatte. Dieser richtete sich aber weder gegen Jin Zixuan noch gegen Wei Wuxian, sondern gegen seinen Vater.

»Hör auf mit deinen Ausreden! Töte die Person, die du hasst, warum musste Jin Zixuan da mit reingezogen werden?!«, fragte Wei Wuxian.

Jin Guangyao antwortete ruhig: »Wie du siehst, habe ich sie alle getötet.«

»Und dann auch noch auf so eine Art und Weise«, kommentierte Lan Xichen.

Mit Tränen in den Augen kniete Jin Guangyao in aufrechter Haltung auf dem Boden und lächelte. »Ja. Ein passender Tod für einen alten, liebestollen Hengst, nicht wahr?«

»A-Yao!«, rief Lan Xichen.

Erst nachdem er ihn gescholten hatte, fiel Lan Xichen wieder ein, dass er Jin Guangyao längst die Freundschaft gekündigt hatte und ihn daher nicht so vertraut ansprechen sollte. Doch Jin Guangyao tat so, als hätte er es nicht gemerkt, und entgegnete gefasst: »Zweiter Bruder, auch wenn ich ihn jetzt mit solch wüsten Beleidigungen beschimpfe, so gab es doch eine Zeit, in der ich Hoffnungen in meinen Vater gesetzt habe. Einst habe ich jeden Befehl ausgeführt, solang er von ihm stammte. Ob ich nun Oberhaupt Wen verraten, Xue Yang decken oder seine Feinde ausschalten sollte. Egal wie töricht es war und wieviel Hass die Menschen mir dafür entgegenbrachten, ich habe alles getan. Aber weißt du, was mich endgültig enttäuscht hat? Ich möchte jetzt auf deine erste Frage eingehen. Es war nicht deshalb, weil ich es niemals auch nur mit einem Haar von Jin Zixuan oder den schwarzen Löchern an Jin Zixuns Körper hätte aufnehmen können. Es war auch nicht deshalb, weil er Mo Xuanyu zu sich geholt hat, oder weil er sich später alles Erdenkliche hat einfallen lassen, um mich zur Galionsfigur zu machen. Es war wegen dem, was er einem Freudenmädchen offenbart hatte, als er wieder mal auf einer seiner Vergnügungstouren unterwegs war. Er hat ihr seine wahren Gedanken erzählt. Warum wollte ein so großes Clanoberhaupt, das mit Geld nur so um sich schmiss, nicht einmal das bisschen Mühe auf sich nehmen, meine Mutter freizukaufen? Ganz einfach: Weil es ihm zu lästig war. Meine Mutter hat so viele Jahre auf ihn gewartet und so viele Gründe für seine missliche Lage erfunden, wenn sie mit mir sprach. Dabei war scin wahrer Grund ganz simpel. Es war ihm lästig. Das hat er gesagt: ›Frauen, die ein wenig Bildung genossen haben, halten sich schnell für etwas Besseres. Sie haben so viele Ansprüche und den Kopf ständig in den Wolken. Das sind die lästigsten. Wer weiß, wie viel Kopfzerbrechen sie mir noch bereitet hätte, wenn ich sie freigekauft hätte und sie dann nach Lanling gekommen wäre. Wäre sie einfach brav dort geblieben, wo sie war, hätte sie sich wahrscheinlich noch einige Jahre großer Beliebtheit erfreut. Dann wäre sie für den Rest ihres Lebens frei von Geldsorgen gewesen.‹ – ›Sohn? Ach, erwähn ihn nicht.‹«

Jin Guangyao hatte ein unglaubliches Gedächtnis. Mit dieser wortgetreuen Wiedergabe konnten die anderen sich sogar Jin Guangshans betrunkene Miene vorstellen, als er dies sagte. Er lächelte. »Zweiter Bruder, sieh nur, als sein Sohn bin ich ihm nur vier Worte wert: ›Ach, erwähn ihn nicht.‹ Ha ha ha ha ...«

Schmerz zeigte sich in Lan Xichens Miene. »Auch wenn dein Vater ... Aber du hättest ...« Ihm fielen einfach keine passenden Worte ein, also stoppte er und seufzte. »Was bringt es schon, wenn du das jetzt alles erzählst?«

Jin Guangyao lächelte und zuckte mit den Schultern. »Ich kann nicht anders. Obwohl ich so schlimme Dinge getan habe, möchte ich immer noch, dass andere Mitleid mit mir haben. So jemand bin ich eben.«

Beim letzten Wort drehte er plötzlich sein Handgelenk. Eine rote Zithersaite spannte sich über Jin Lings Hals.

Jin Guangyao hatte noch Tränen in den Augen, als er mit tiefer Stimme sagte: »Keine Bewegung!«

Er hatte sie wirklich kalt erwischt.

Jiang Cheng brüllte: »Wei Wuxian! Hattest du ihm nicht seine Waffen abgenommen?!«

In dieser Notlage fuhr er Wei Wuxian direkt an. Sein Tonfall war genauso wie damals als Jugendlicher, und auch Wei Wuxian rief: »Natürlich, ich habe all seine Zithersaiten konfisziert!«

Es war doch wohl unmöglich, dass Jin Guangyao so hohe Kultivierungsfertigkeiten entwickelt hatte, dass er Gegenstände aus dem Nichts formen konnte!

Lan Wangji durchschaute ihn auf den ersten Blick. »Er hatte sie in seinem Körper versteckt.«

Die anderen schauten in die Richtung, in die er zeigte, und sie sahen, wie sich ein Teil seiner weißen Kleidung im Bauchbereich rot färbte und sich die Farbe allmählich weiter ausbreitete.

Die Zithersaite war rot, weil sie blutgetränkt war.

Natürlich hatte Wei Wuxian sie zuvor nicht finden können. Jin Guangyao hatte sie nicht am, sondern *im* Körper versteckt. Er hatte während des Gesprächs nur darauf gewartet, dass Lan Xichen emotional ergriffen war und die anderen abgelenkt sein würden. Als Jin Ling auch noch zu ihm stürmte und sich ihm so näherte, war die Zeit gekommen. Während niemand damit rechnete, schlitzte er sich blitzschnell mit seinem Finger den Bauch auf und zog die Saite aus dem Inneren seines Körpers heraus.

Wer hätte gedacht, dass Jin Guangyao sich selbst so etwas antun würde, um dieses letzte Ass im Ärmel zu haben. Auch wenn die Zithersaite unglaublich dünn war, so war sie doch ein metallischer Fremdkörper, der sich in seinem Körper mit ihm bewegt hatte, was sicher nicht angenehm gewesen war.

»A-Ling!«, schrie Jiang Cheng entsetzt.

Auch Wei Wuxian regte sich unwillkürlich, jemand ergriff ihn jedoch augenblicklich. Als er sich umdrehte und sah, dass es Lan Wangji war, gewann er die Fassung wieder zurück und behielt einen kühlen Kopf.

Mit Jin Ling in seiner Gewalt stand Jin Guangyao auf. »Oberhaupt Jiang, du musst nicht so nervös sein, immerhin habe auch ich Jin Ling aufwachsen sehen. Es bleibt wie gehabt, nachdem jeder von uns seinen eigenen Weg gegangen ist, werdet ihr nach einer Weile ganz automatisch einen völlig unbeschadeten Jin Ling wiedersehen.«

Jiang Cheng schrie erneut: »A-Ling, beweg dich nicht! Jin Guangyao, wenn du eine Geisel willst, kannst du mich nehmen!«

Jin Guangyao antwortete ganz offen: »Nein, das kann ich nicht. Oberhaupt Jiang, du bist verletzt und kannst dich nicht gut bewegen, du wärst mir ein Klotz am Bein.«

Wei Wuxians Handflächen schwitzten. »Oberhaupt Jin, hast du nicht etwas vergessen? Dein treuer Untergebener ist noch hier.«

Jin Guangyao schaute zu Su She, der immer noch von Lan Wangji durch Bichen in Schach gehalten wurde.

Heiser schrie Su She, so gut er konnte: »Oberhaupt, kümmert Euch nicht um mich!«

»Danke«, entgegnete Jin Guangyao sofort.

Lan Xichen sprach langsam. »Oberhaupt Jin, du hast schon wieder gelogen.«

»Nur dieses eine Mal. Es wird nicht wieder vorkommen«, versicherte Jin Guangyao.

Lan Xichen überzeugte das nicht. »Das hast du das letzte Mal auch gesagt. Ich kann gar nicht mehr unterscheiden, welches Wort von dir wahr und welches gelogen ist.«

Gerade als Jin Guangyao etwas erwidern wollte, ertönte ein Donner ungeahnten Ausmaßes. Obwohl er weit entfernt war, hörte es sich so an, als wäre er direkt neben ihm eingeschlagen. Unwillkürlich zitterte er und konnte das, was er hatte sagen wollen, nicht mehr hervorbringen. Dicht im Anschluss hörte man außerhalb des Tempels drei bizarre, überaus laute Klopfgeräusche.

Wobei das Geräusch eher so klang, als würde jemand das Tor rammen, als daran zu klopfen. Es wirkte nicht so, als würde jemand mit der Hand dagegen schlagen, stattdessen schien jemand den Kopf einer anderen Person wieder und wieder mit voller Wucht gegen das Tor zu rammen. Jeder Laut war lauter als der vorherige, ebenso wie auch der Riss im Torriegel mit jedem Mal größer wurde.

Jin Guangyaos Gesichtsausdruck verzerrte sich von Sekunde zu Sekunde mehr.

Beim vierten Mal brach der Riegel schließlich entzwei. Mit dem dichten Regen kam auch eine pechschwarze Gestalt hereingesegelt.

Jin Guangyao erzitterte. Er schien ausweichen zu wollen, unterdrückte diesen Impuls jedoch sofort wieder. Die Gestalt flog nämlich überhaupt nicht auf ihn zu, sondern auf Wei Wuxian und Lan Wangji. In aller Ruhe gingen die beiden für einen Moment auseinander, ehe sie sofort wieder wie von selbst nebeneinanderstanden.

Wei Wuxian drehte sich um. »Wen Ning?«

Wen Ning war gegen die Guanyin-Statue geprallt. Kopfüber hing er da, ehe er mit einem *Plumps* herunterfiel und schließlich reagierte. »Junger Herr.«

Sowohl Jiang Chengs als auch Jin Lings Mienen verfinsterten sich bei seinem Anblick ein wenig. Nie Huaisang hingegen rief: »Großer Bruder!«

Außer Wen Ning, der hereingeflogen gekommen war, stand am Tor noch eine andere, größere Gestalt. Sie hatte eine kräftige Statur, während ihr Gesicht aschfahl und ihre Augen leblos waren.

Es war Chifeng-Zun Nie Mingjue!

Wie ein Eisenturm stand er mitten im Sturm vor dem Tempel und versperrte allen den Weg. Sein Kopf saß gerade auf seinem Hals, an seinem Nacken sah man dichte, schwarze Einstiche. Jemand hatte seinen Kopf und Körper mit einem langen Faden zusammengenäht!

Lan Xichen sprach ihn an. »Großer ... Bruder.«

Und auch Jin Guangyao murmelte dieselben Worte. »Großer Bruder ...«

In diesem Tempel waren drei Personen, die Nie Mingjues Leichnam so ansprachen. Und doch hätte der Tonfall von ihnen nicht unterschiedlicher sein können.

Jin Guangyaos Miene war voller Verzweiflung und Furcht, er begann, am ganzen Körper zu zittern. Egal ob lebendig oder tot, die Person, die Jin Guangyao am meisten fürchtete, war zweifellos sein aufbrausender, kompromissloser Schwurbruder. Mit seinem Körper fingen auch seine Arme an zu zittern, ebenso wie die blutgetränkte Zithersaite in seiner Hand. Diesen Moment nutzte Lan Wangji, um Bichen zu schwingen.

Im Bruchteil einer Sekunde war er zu Jin Ling geeilt. Nun hielt er etwas in der Hand.

Jin Guangyao spürte, wie sein Arm sich leichter anfühlte. Leicht verdutzt senkte er seinen Kopf und schaute hinab. Erst jetzt bemerkte er, dass seine rechte Hand verschwunden war.

Sie war von seinem Unterarm abgeschlagen worden.

Jene Hand, mit dessen Fingern Jin Guangyao die Zithersaite hielt, befand sich nun in Lan Wangjis Obhut.

Sofort spritzte wie verrückt Blut aus dem Stumpf und Jin Guangyao hatte so große Schmerzen, dass er leichenblass wurde. Er hatte nicht mal mehr die Kraft, um zu schreien, und taumelte nur einige Schritte rückwärts. Da er nicht mehr richtig stehen konnte, fiel er zu Boden, woraufhin schließlich Su She derjenige war, der entsetzt aufschrie.

Eine Sekunde lang schien es so, als würde Lan Xichen ihn stützen wollen, wagte es schließlich aber doch nicht.

Lan Wangji öffnete die Finger von Jin Guangyaos abgeschlagener Hand. Als die Zithersaite sich daraufhin lockerte, war Jin Ling endlich außer Gefahr.

Jiang Cheng wollte zu ihm rennen und nachsehen, ob er nicht verletzt war, doch Wei Wuxian kam ihm zuvor und packte Jin Ling an den Schultern, um ihn zu untersuchen. Die Haut an seinem Hals war unversehrt und er hatte keine einzige Wunde, sodass Wei Wuxian erleichtert aufatmete.

Zuvor hatte sich Lan Wangji immer ein wenig zurückgehalten, wenn er angriff. Die Situation gerade eben war jedoch äußerst brenzlig und die Zithersaite überaus scharf gewesen. Menschen, die die Saiten-Tötungskunst beherrschten, konnten Fleisch und Knochen durchschneiden wie Gemüse. Und außerdem hatte Jin Guangyaos Hand gezittert. Hätte er nur etwas mehr gezittert oder, was noch schlimmer gewesen wäre, hätte er vergessen, dass er gerade noch jemanden in seiner Gewalt hatte, und wäre einfach mit der Zithersaite in der Hand Hals über Kopf geflüchtet ... Hätte Lan Wangji nicht blitzschnell und absolute präzise seine rechte Hand abgeschlagen, in der er die Saite gehalten hatte, hätte Jin Ling jetzt womöglich einen abgetrennten Kopf und das Blut würde meterhoch aus ihm herausspritzen!

Jin Ling hatte den Blutschwall von Jin Guangyaos abgetrennter Hand direkt abbekommen, ein Großteil seines Körpers und auch etwas von seinem Gesicht waren daher rot. Er war noch starr vor Schreck und hatte noch nicht verarbeitet, was gerade passiert war. Wei Wuxian nahm ihn fest in die Arme. »Halte dich nächstes Mal von so einer gefährlichen Person fern. Warum hast du gerade bloß so nah bei ihm gestanden, du Bengel!«

Wenn auch noch der einzige Sohn von Jiang Yanli und Jin Zixuan vor seinen Augen sein Leben gelassen hätte, hätte Wei Wuxian wirklich nicht mehr gewusst, was er hätte tun sollen.

Für Jin Ling war es äußerst ungewohnt, so von jemandem umarmt zu werden. Sofort lief sein leichenblasses Gesicht knallrot an und er versuchte mit aller Kraft, sich aus Wei Wuxians Armen zu befreien. Wei Wuxian umarmte ihn noch etwas fester, ehe er ihm kräftig auf die Schulter klopfte und ihn mit den Worten »Geh! Renn nicht mehr in der Gegend herum, bleib bei deinem Onkel!« zu Jiang Cheng schob.

Jiang Cheng ergriff Jin Ling, dem noch ein wenig schwindelig war, und schaute zu Wei Wuxian und Lan Wangji, die zusammen dastanden. Er zögerte kurz, ehe er leise zu Lan Wangji sagte: »Danke.«

Obwohl er leise gesprochen hatte, lag in seinen Worten keine Unklarheit.

Auch Jin Ling bedankte sich. »Hanguang-Jun, vielen Dank, dass du mich gerettet hast.«

Lan Wangji nickte, sagte aber nichts. Bichen zeigte schräg zu Boden. An der klaren, strahlenden Klinge klebte kein Blut, da die Tropfen sofort heruntergeglitten waren. Dann richtete er sein Schwert auf Nie Mingjue, der in der Tür stand.

Wen Ning erhob sich langsam und renkte seinen Arm wieder ein. »Vorsicht ... Seine grollende Energie ist enorm.«

Mit zusammengebissenen Zähnen tippte Jin Guangyao auf einige Stellen seines Arms. Er hatte zu viel Blut verloren, sodass ihm schwindelig war. Plötzlich bemerkte er, wie Nie Mingjue einen Schritt auf ihn zuging und ihn dabei anstarrte. Jin Guangyao erschrak beinahe zu Tode. Su She spuckte wieder Blut und schrie heiser: »Idioten! Was steht ihr da wie angewurzelt herum?! Haltet ihn auf! Haltet das Ding am Eingang auf!«

Erst jetzt ergriffen die Kultivierer des Lanling-Jin-Clans, die die ganze Zeit über in Schockstarre gewesen waren, ihre Schwerter und umzingelten Nie Mingjue, wobei jedoch die ersten beiden augenblicklich von einem Schlag in die Luft befördert wurden.

Jin Guangyao verteilte mit seiner linken Hand gerade ein medizinisches Pulver auf der Stelle, an der seine andere Hand abgetrennt worden war, welches jedoch augenblicklich vom Blut fortgewaschen wurde. Ihm schienen beinahe Tränen in die Augen zu steigen, als er seinen Kragen zerreißen wollte, um damit die Wunde zu verbinden und die Blutung zu stoppen. An der linken Hand hatte er jedoch noch die Brandwunde vom Giftrauch aus der schwarzen Schachtel und dem Sarg, sodass er darin keine Kraft hatte. Zitternd riss er eine Ewigkeit an seinem Kragen herum, ohne dass es ihm gelang. Seine Schmerzen wurden dadurch nur noch größer. Hals über Kopf kam Su She zu ihm herübergestürmt und zerriss etwas von seiner eigenen weißen Robe, um ihn damit zu verbinden. Zeitgleich brachte Lan Xichen Nie Huaisang in sichere Entfernung.

Nachdem Su She seinen ganzen Körper erfolglos nach einer medizinischen Salbe und einem Pulver abgesucht hatte, wandte er sich an Lan Xichen. »Oberhaupt Lan! Oberhaupt Lan, habt Ihr Medizin? Bitte helft ihm! Das Oberhaupt hat Euch seit jeher respektvoll behandelt, bitte seht es als einen Gefallen, den Ihr ihm tut!«

Als Lan Xichen sah, wie Jin Guangyao beinahe in Ohnmacht fiel, wirkte es kurz so, als könne er das nicht länger mit ansehen. Doch dann hörte man plötzlich entsetzte Schreie. Mit einem schweren Fausthieb hatte

Nie Mingjue drei Kultivierer auf einmal zu einer blutroten Fleischmasse verarbeitet!

Wei Wuxian und Lan Wangji stellten sich schützend vor Jiang Cheng und Jin Ling. Wei Wuxian rief: »Wen Ning! Wie bist du ihm über den Weg gelaufen?!«

Nachdem Wen Ning seinen Arm wieder eingerenkt hatte, tat er das Gleiche mit seinem Bein. »Es tut mir leid, junger Herr ... Du hast mir gesagt, dass ich den jungen Herrn Lan aufsuchen soll, aber ich habe ihn im Gasthaus nicht gefunden. Also blieb mir nichts anderes übrig, als auf der Straße nach ihm zu suchen. Statt dem jungen Herrn Lan traf ich dort jedoch auf Chifeng-Zun. Eine Gruppe von Straßenkindern erkannte die Gefahr nicht, die von ihm ausging, und alberte mit ihm herum. Chifeng-Zun war nicht bei Bewusstsein und schien sie beinahe mit bloßen Händen in Stücke reißen zu wollen, also hatte ich keine andere Wahl, als auf dem ganzen Weg hierher mit ihm zu kämpfen ...«

Wei Wuxian musste nicht fragen, wieso er Lan Wangji nicht im Gasthaus angetroffen hatte. Wenn Wei Wuxian im Zimmer neben Lan Wangji nicht hatte schlafen können, wie hätte es Lan Wangji dann anders gehen sollen? Mit Sicherheit war auch er draußen in der Gegend herumgeirrt, bis er auf Fee gestoßen war, die mit eingezogenem Schwanz nach Hilfe gesucht hatte. Und mit Sicherheit war dieser plötzliche Sturm auch nur ausgebrochen, weil Wen Ning und Nie Mingjue ihren Kampf begonnen hatten.

Kreaturen wie Untote zogen Böses an, und erst recht, wenn es sich dabei um zwei solch ungewöhnliche Exemplare handelte.

Obwohl die Kultivierer des Lanling-Jin-Clans keine Gegner für Nie Mingjue darstellten, preschten sie doch unentwegt und tapfer weiter nach vorn. Als sie ihn mit ihren Schwertern angriffen, war es so, als würden sie auf Eisen schlagen – sie konnten ihm keine einzige Wunde zufügen.

Nie Huaisang lugte vorsichtig hinter Lan Xichen hervor. Furchtsam und erwartungsvoll zugleich sagte er: »B...B... Bruder, i... ich bin ...«

Nie Mingjues pupillenlose Augen weiteten sich zornig. Ruckartig steuerte er auf Nie Huaisang zu. Lan Xichen senkte leicht sein Haupt, und Liebing heulte auf, woraufhin Nie Mingjue erstarrte.

»Großer Bruder, das ist Nie Huaisang!«, sagte Lan Xichen.

»Mein Bruder erkennt nicht mal mehr mich ...«, klagte Nie Huaisang.

Wei Wuxian warf ein: »Nicht nur dich nicht, er weiß gerade nicht mal, wer er selbst ist!«

Nie Mingjue war mittlerweile ein Untoter, der von unsagbar hasserfüllter Energie kontrolliert wurde. Er war aggressiv und brutal und griff blindlings jeden an. Nachdem Wen Ning sich wieder eingerenkt hatte, stürzte er sich erneut in den Kampf. Doch seine hasserfüllte Energie war weder so ausgeprägt wie die von Nie Mingjue, noch war er so groß und kräftig gebaut wie dieser. Außerdem war Wei Wuxians Flöte kaputt, sodass er ihn nicht unterstützen konnte und Wen Ning dadurch leicht im Nachteil war.

Jin Guangyao, der auf dem Boden lag, hatte es schließlich geschafft, die Blutung seines abgetrennten Arms zu stoppen. Su She stand auf und nahm ihn auf seinen Rücken. Sie wollten das Chaos zur Flucht nutzen. Doch diese Bewegung lenkte Nie Mingjues Aufmerksamkeit wieder auf sie, sodass dieser Wen Ning fortschleuderte und mit großen Schritten auf Jin Guangyao zusteuerte.

Jin Ling schrie vor Schreck auf. »Onkel! Flieh, schnell!«

Als er es wagte, den Feind zu warnen, schlug Jiang Cheng ihm auf den Hinterkopf und brüllte wütend: »Halt den Mund!«

Erst nach dem Schlag realisierte Jin Ling seinen Fehler. Aber Jin Guangyao war immerhin sein Onkel, und als dieser hatte er ihn aufwachsen sehen. Und Jin Guangyao hatte ihn in all den Jahren nicht schlecht behandelt, sodass es Jin Ling in dieser Notlage, in der sein

Onkel möglicherweise von diesem bösartigen Untoten grausam umgebracht werden würde, nun mal rausgerutscht war.

Als Nie Mingjue ihn hörte, drehte er sich, augenscheinlich etwas unsicher, um.

Wei Wuxians Herz zog sich zusammen und er fluchte leise. »Verdammt!«

Nie Mingjue war ein bösartiger Untoter, und natürlich war der Hass seinem Feind Jin Guangyao gegenüber am größten. Doch bösartige Untote machten Menschen nicht mit ihren Augen ausfindig!

Jin Guangyao und Jin Ling waren eng miteinander verwandt. Für bösartige Kreaturen war der Atem und die Lebensenergie dieser beiden Lebenden recht ähnlich. Und für bösartige Kreaturen, die gerade verwirrt waren, war es umso schwieriger, sie auseinanderzuhalten. Zudem hatte Jin Guangyao einen Arm und so viel Blut verloren, dass er nur noch wenig Energie hatte und mehr tot als lebendig war. Jin Ling hingegen strotzte nur so vor Energie, sodass Nie Mingjues gedankenleeres, totes Hirn natürlich mehr Interesse an ihm hatte.

Lan Wangji lenkte Bichen direkt auf Nie Mingjues Brust, doch wie erwartet kam die Schwertspitze nicht weiter, nachdem sie seinen Oberkörper berührt hatte. Nie Mingjue schaute auf das glänzende Schwert herab, brüllte und streckte seine Hand danach aus. Sofort rief Lan Wangji Bichen zurück. Mit einem Klirren flog es in die Scheide, sodass Nie Mingjue ins Leere griff. Augenblicklich drehte Lan Wangji seine linke Hand und holte seine Zither Wangji hervor. Unverzüglich zupfte er einige Male an den Saiten. Lan Xichen führte unterdessen Liebing an seine Lippen.

Wei Wuxian holte über fünfzig Talismane auf einmal hervor und schleuderte sie alle auf Nie Mingjue. Noch bevor sie sich ihm nähern konnten, wurden sie jedoch von seiner grollenden Energie entzündet und zerfielen mitten in der Luft zu Asche!

Wütend brüllend schritt Nie Mingjue in Jin Lings Richtung.

Der war zusammen mit Jiang Cheng bereits in einer Ecke an die Wand gedrängt worden und sie konnten nicht weiter zurückweichen. Jiang Cheng blieb nichts anderes übrig, als Jin Ling hinter sich zu schieben, Sandu zu ziehen, das er gerade ohne spirituelle Energie nicht richtig verwenden konnte, und sich dem Kampf zu stellen. Obwohl die Zither- und Flötenklänge gleichzeitig ertönten, war es womöglich zu spät!

Nie Mingjues Faust traf einen Körper.

Doch es war weder der von Jiang Cheng noch der von Jin Ling.

Wen Ning hatte sich schützend vor die beiden gestellt.

Mit beiden Händen ergriff er den Arm von Nie Mingjue, der aus Stahl zu bestehen schien, und riss ihn langsam vom Oberkörper ab. Zurück blieb ein riesiges, leeres Loch, aus dem kein Blut tropfte. Er hatte nur schwarze Teile innerer Organe offengelegt.

»Wen Ning!«, rief Wei Wuxian.

Jiang Cheng hingegen wirkte so, als würde er an Ort und Stelle durchdrehen. Er war fassungslos. »Du? DU?!«

Der Schlag war zu stark gewesen, er hatte nicht nur Wen Nings Brust durchstoßen, sondern auch einen Teil seiner Stimmritze zerstört. Er konnte kein einziges Wort hervorbringen und sackte zusammen.

Durch seine Position fiel er genau auf Jiang Cheng und Jin Ling. Er konnte seinen Körper nicht bewegen, seine Augen waren jedoch noch geöffnet und er sah die beiden an, ohne auch nur einmal zu blinzeln.

Eigentlich hasste Jin Ling diesen Mörder, diese Waffe, die einst die Brust seines Vaters durchbohrt hatte, abgrundtief. Von klein auf hatte er sich unendliche Male geschworen, Wei Ying und Wen Ning in tausend Stücke zu zerteilen, wenn er einmal die Gelegenheit dazu haben sollte. Später wollte er Wei Wuxian nicht mehr hassen, also verdoppelte er einfach seinen Hass auf Wen Ning. Jetzt jedoch, in diesem Augenblick, wo diesem Mörder, diesem Werkzeug vor seinen Augen die Brust durchbohrt worden war, konnte er ihn nicht einmal von sich stoßen, damit er nicht mehr an ihnen lehnte.

Er wusste zwar, dass Wen Ning ganz offensichtlich tot war, ein Loch in seiner Brust war also irrelevant und selbst wenn man ihn in der Mitte entzweiteilen würde, würde es ihm nicht unbedingt etwas ausmachen, und trotzdem strömten unkontrolliert Tränen aus seinen Augen, ohne dass er den Grund dafür kannte.

Nach diesem Schlag stoppte Nie Mingjue.

Im Duett von Lan Wangji und Lan Xichen war das Zitherspiel wie eine eiskalte, fließende Quelle, während die Flötenklänge einem starken Windzug glichen. Die Töne verstärkten den Hass in Nie Mingjue, und als Duett schmerzten sie ihn umso mehr. Sie verlangsamten ihn, ganz so, als hätte ihn jemand mit einem unsichtbaren Seil gefesselt. Je enger diese imaginäre Schlinge gezogen wurde, desto wütender wurde er, sodass er schließlich explodierte, sich gewaltsam von den Fesseln der *Melodie der Auslöschung* befreite und die Person mit der Zither angriff.

Ruhig machte Lan Wangji eine Drehung und wich ihm aus, ohne dass sein Zitherspiel auch nur für einen Moment verstummte.

Nie Mingjues Schlag traf die Wand. Gerade als er sich umdrehen wollte, hörte er plötzlich zwei klare Pfiffe. Er zog seine Faust aus der Wand und schaute in die Richtung, aus der die Geräusche gekommen waren.

Wei Wuxian pfiff erneut zweimal und lächelte. »Guten Tag, Chifeng-Zun. Erkennst du mich?«

Nie Mingjues weiße, bestialische Augen starrten ihn ruhig an.

Wei Wuxian sprach weiter: »Wenn nicht, ist auch nicht schlimm. Es reicht, wenn du die Pfeiftöne erkennst.«

Kapitel 22:
Verborgenes Talent

Lan Xichen nahm Liebing leicht von seinen Lippen weg. »Junger Herr Wei!«

Eigentlich wollte er Wei Wuxian daran erinnern, dass sein jetziger Körper eigentlich Mo Xuanyu gehörte, der ebenfalls mit Jin Guangyao verwandt war, und zwar noch enger als Jin Ling. Wenn Nie Mingjue daher seine hasserfüllte Energie auf ihn lenken würde, wäre ihm noch schwerer beizukommen. Noch bevor er aber weitersprechen konnte, schaute Lan Wangji zu ihm rüber und schüttelte ruhig und gefasst den Kopf.

Lan Xichen verstand sofort, was er ihm damit sagen wollte: Kein Grund zur Sorge.

Lan Wangji war überzeugt davon, dass Wei Wuxian nichts geschehen würde.

Wei Wuxian pfiff und spazierte einfach umher. Die Pfiffe waren locker und vergnügt, und doch wirkten diese klaren Töne in diesem Gewittersturm und in diesem Tempel, in dem überall kreuz und quer Leichen verteilt lagen, überaus gruselig.

Als Wen Ning, der in der Ecke an Jiang Cheng und Jin Ling lehnte, sie hörte, verspürte er plötzlich einen übernatürlich starken Drang sich aufzurichten. Es war unklar, ob er diesem Drang widerstand oder ob er sich gerade nur noch nicht wieder richtig bewegen konnte, doch nachdem er es versucht hatte, kippte er wieder um. Automatisch streckten sowohl Jiang Cheng als auch Jin Ling ihre Arme aus, um ihn abzufangen. Nachdem sie dies jedoch getan hatten, haderten beide damit, ob sie ihn nicht augenblicklich zu Boden werfen sollten.

Grinsend pfiff Wei Wuxian die geradezu humorvolle Melodie, während er mit beiden Händen auf dem Rücken mehrere Schritte, weder schnell noch langsam, zurückwich.

Nie Mingjue stand noch an derselben Stelle wie zuvor. Als Wei Wuxian den ersten Schritt zurücksetzte, ließ ihn das kalt; beim dritten Schritt reagierte er immer noch nicht; doch beim siebten schien er den Drang nicht weiter unterdrücken zu können und machte einen Schritt in seine Richtung.

Und in der Richtung, in die Wei Wuxian ihn melodisch zog, lag der überaus prächtige, leere Sarg hinter der Guanyin-Halle. Sobald er hineinsteigen würde, könnte Wei Wuxian ihn versiegeln.

Der weiße Giftrauch hatte sich längst verflüchtigt und war so schwach, dass er keine Gefahr mehr darstellte. Nie Mingjue, dessen Gesicht aschgrau war und der vor den leeren Sarg geführt worden war, hatte von Natur aus eine starke Ablehnung gegen solche Objekte.

Wei Wuxian ging einmal um den Sarg herum. Alle hielten den Atem an und schauten gebannt zu, insbesondere Lan Wangji. Wei Wuxian pfiff gemütlich, während er langsam zu ihm herübersah. Als sich ihre Blicke trafen, zwinkerte er Lan Wangji flirtend mit dem linken Auge zu.

Als wäre er von einer feinen kleinen Nadel aus Karamell gestochen worden, schwappten kaum wahrnehmbare Wellen über die Zithermelodie unter Lan Wangjis Fingern, die sich jedoch sofort wieder glätteten. Ein wenig erfreut drehte Wei Wuxian sich um und klopfte vor Nie Mingjue auf den Sarg.

Endlich beugte dieser sich langsam vor.

Doch gerade als er sich reinlegen wollte, ertönte hinter Lan Xichen ein entsetzlicher Schrei.

Sofort stoppte Nie Mingjue sein Vorhaben und drehte sich, wie die anderen, ruckartig um.

Su She trug den halbbewusstlosen Jin Guangyao auf seinem Rücken. Mit einer Hand hielt er dessen Beine, während er in der anderen ein Schwert führte, an dessen Klinge Blut zu sehen war.

Nie Huaisang lag rollend auf dem Boden, während er sein schmerzendes Bein umklammerte.

Mit einem heftigen Hieb griff Shuoyue die Hand an, mit der Su She das Schwert hielt. Su She war entsetzt. Sein Schwert flog ihm aus der Hand.

Nie Huaisang war verwundet, sodass in der Luft ein leichter Blutgeruch hing.

Wei Wuxian fluchte innerlich. *Was soll das denn, du störst mich im entscheidenden Moment?!*

Nie Huaisang und Nie Mingjue waren Geschwister, die zwar eine andere Mutter, aber denselben Vater hatten. Wenn Nie Mingjue den Geruch seines Bluts wahrnehmen würde, würde dies zwar nicht seine Mordlust steigern, sehr wohl aber seine Neugier. Und sobald seine Neugier ihn zu den anderen lockte, würde er auf jeden Fall auch wieder Jin Guangyao bemerken. Und nachdem er Jin Guangyao getötet hätte, würde er noch aggressiver werden, und ihm würde noch schwerer beizukommen sein!

Wie erwartet drang ein tiefes Grollen aus Nie Mingjues Kehle und er wandte sich von dem leeren Sarg ab. Sofort erkannte er, wer die Person war, die mit gesenktem Haupt auf Su Shes Rücken lag, und auch Wei Wuxians Pfiffe konnten ihn nicht mehr aufhalten. Wie ein Tornado stürmte Nie Mingjue auf Jin Guangyao zu, seine Hände nach dessen Kopf ausgestreckt!

Ruckartig wich Su She zur Seite aus. Mit der Fußspitze hob er das Schwert auf, das gerade zu Boden gefallen war, und bündelte seine ganze spirituelle Energie, als er damit in Nie Mingjues Herz stach. Vielleicht lag es an der Lebensgefahr, in der Su She schwebte, aber der Hieb war ungewöhnlich schnell und stark. Die Klinge wurde von seiner spirituellen Energie durchströmt und strahlte in hellem Glanz. Dieser Angriff war so viel schöner und beeindruckender als all seine vorherigen, vermeintlich eleganten Schwerthiebe. Selbst Wei Wuxian wollte ihn mit einem »umwerfend« loben.

Nie Mingjue wurde von der Explosivität des Schlags einen großen Schritt nach hinten gedrängt. Das spirituelle Licht wurde etwas schwächer und Nie Mingjue kam erneut mit ausgestreckten Armen auf Jin Guangyao zu. Mit seiner linken Hand warf Su She Jin Guangyao Lan Xichen zu, während er mit der rechten Nie Mingjues Hals angriff.

Auch wenn Nie Mingjues gesamter Körper aus Stahl zu bestehen und undurchdringbar schien, musste das nicht unbedingt für den Faden gelten, mit dem sein Kopf angenäht worden war!

Wenn er erfolgreich wäre, würde er damit, auch wenn er Nie Mingjue nicht besiegen konnte, ein wenig Zeit gewinnen. Doch durch die heftige Attacke gerade war Su Shes Schwert von zu viel spiritueller Energie durchströmt worden und hatte dadurch sein Limit gesprengt. Auf halbem Weg zersprang es klirrend in mehrere Teile. Nie Mingjues Schlag hingegen traf ihn mitten auf die Brust.

Schlagartig war es vorbei mit Su Shes Sternstunde. Er konnte nicht einmal mehr Blut spucken oder irgendwelche würdevollen oder wütenden letzten Worte sagen, als das Lebenslicht auch schon in seinen Augen erlosch.

Jin Guangyao, der bewegungsunfähig neben Lan Xichen lag, hatte die Szene ebenfalls mit angesehen. Es war ungewiss, ob es an seinen stärker werdenden Schmerzen lag, die von den sich verschlimmernden Blutungen an seiner abgetrennten Hand und an seinem Bauch rührten, oder ob es einen anderen Grund gab, aber seine Augen füllten sich unmerklich mit Tränen. Doch Jin Guangyao hatte keine Zeit zu verschnaufen oder sich seine Wunden zu lecken. Nachdem Nie Mingjue seine Hand zurückgezogen hatte, drehte er sich wieder um und starrte in seine Richtung – wie ein Tiger, der seine Beute ins Visier nahm.

Mit kalter und strenger Miene schien er ihn genau zu beobachten, und sein hartes Gesicht unterschied sich in keiner Weise von dem, das er zu Lebzeiten gehabt hatte. Es war genau der Ausdruck, vor dem Jin Guangyao sich am meisten fürchtete. Er bekam so große Angst, dass selbst seine Tränen versiegten. Mit zitternder Stimme flehte er: »Zweiter Bruder …«

Lan Xichen änderte die Richtung seiner Schwertspitze, und auch Wei Wuxian und Lan Wangji spielten und pfiffen ihre Melodien schneller.

Und doch war die Wirkung des Pfeifens von vorhin bereits verflogen, und wollte Wei Wuxian sie wiederherstellen, wäre das nun um ein Vielfaches schwieriger.

»Wei Wuxian!«, rief plötzlich jemand von der Seite.

Sofort erwiderte der: »Was?«

Erst nachdem er reagiert hatte, merkte Wei Wuxian, dass es Jiang Cheng gewesen war, der ihn gerufen hatte, und war leicht verwundert. Jiang Cheng antwortete nicht direkt, sondern zog einen Gegenstand aus seinem Ärmel und warf ihn Wei Wuxian zu. Automatisch fing der ihn auf. Er betrachtete den Gegenstand in seiner Hand.

Es war eine pechschwarze, glänzende Flöte mit einer knallroten Quaste.

Die Geisterflöte Chenqing!

Als Wei Wuxian diese Flöte, die ihm nicht hätte vertrauter sein können, in der Hand hielt, hatte er nicht einmal Zeit, um überrascht zu sein. Ohne nachzudenken führte er sie an seine Lippen und rief: »Lan Zhan!«

Lan Wangji nickte leicht. Es bedurfte keiner weiteren Worte – Zither und Flöte erklangen gleichzeitig. Die Zither glich einer kalten Quelle, die Flöte fliegenden Vögeln. Das eine Instrument unterdrückte, das andere lockte an.

Durch das Duett der beiden taumelte Nie Mingjue. Schließlich bewegte er, halb aus Zwang, seine Schritte von Jin Guangyao weg.

Unter der Kontrolle von Zither und Flöte ging er Schritt für Schritt ein zweites Mal starr in Richtung des leeren Sargs. Wei Wuxian und Lan Wangji näherten sich ihm ebenfalls Schritt für Schritt. Sobald Nie Mingjue sich hineingelegt hatte, kickten die beiden gleichzeitig gegen den schweren Deckel, der auf dem Boden lag. Er flog hoch und wieder herunter. Geschickt platzierte Wei Wuxian ihn auf dem Sarg. Mit der linken Hand steckte er Chenqing an seine Hüfte, während er sich blitzschnell in einen Finger seiner rechten Hand biss und geschmeidig eine Reihe bluttriefender Zauberformeln auf den Sargdeckel kritzelte. Er stoppte keinen Moment, bis er ganz unten angelangt war!

Erst jetzt erstarb das bestialische Gebrüll allmählich, das aus dem Sarg kam.

Lan Wangji presste seine Hand auf die sieben vibrierenden Saiten und stoppte damit die Zitherklänge. Wei Wuxian seufzte leise und wartete einen Moment lang vorsichtig ab. Als er sicher war, dass von unterhalb des Deckels keine Kraft mehr durchdringen konnte, richtet er sich auf. »Er hat ganz schön viel Temperament, was?«

Er stand auf dem Sarg und war dadurch riesig. Lan Wangji steckte seine Zither weg und schaute mit seinen blassen Pupillen zu ihm hoch. Wei Wuxian blickte ihn an und konnte nicht anders, als sein helles, reines Gesicht mit seiner rechten Hand zu liebkosen. Es war ungewiss, ob aus Unvorsichtigkeit oder mit Absicht, aber er hinterließ dabei einige rote Blutspuren. Lan Wangji machte das nichts aus. »Komm doch runter.«

Lächelnd sprang Wei Wuxian herunter und wurde von ihm aufgefangen.

Während es bei ihnen ruhiger wurde, fing Nie Huaisang an, kläglich zu jammern.

»Bruder Xichen! Schau bitte schnell, ob mein Bein noch mit meinem Körper verbunden ist!«, bettelte er.

Lan Xichen ging zu ihm rüber, drückte ihn runter und untersuchte ihn eine Weile, ehe er ihn beruhigen konnte. »Huaisang, es ist nichts Schlimmes. Du brauchst dich nicht so sehr zu fürchten, dein Bein ist nicht gebrochen. Es ist nur an einer Stelle ein Stich.«

Ängstlich erwiderte Nie Huaisang: »Ein Stich?! Wie soll man denn bei einem Stich keine Angst haben?! Wurde es ganz durchstochen? Bruder Xichen, Hilfe!«

Lan Xichen wusste nicht, ob er lachen oder weinen sollte. »Es ist nicht so ernst.«

Nie Huaisang rollte sich immer noch auf dem Boden, während er sein Bein umklammerte. Lan Xichen wusste, welch große Angst er vor Schmerzen hatte, also zog er eine Medizinflasche aus seiner Brusttasche und legte sie in Nie Huaisangs Hand. »Gegen die Schmerzen.«

Eilig griff Nie Huaisang danach und nahm die Medizin ein. »Wieso habe ich nur so ein Pech. Mitten auf dem Weg wurde ich auf unerklärliche Weise von diesem Su She gefangen genommen, und dann sticht er auch noch auf mich ein, obwohl er auf der Flucht ist! Hätte er mich nicht einfach beiseitestoßen können?! Er hätte doch nicht gleich sein Schwert benutzen müssen ...«

Lan Xichen stand auf und schaute hinter sich. Jin Guangyao war auf dem Boden zusammengesackt. Sein Gesicht war leichenblass, seine Haare ein wenig durcheinander. Seine ganze Stirn war von kaltem Schweiß bedeckt, er sah überaus kläglich aus. Wahrscheinlich schmerzte die Stelle, an der seine Hand abgetrennt worden war, zu sehr, sodass er nicht anders konnte, als leise zu stöhnen. Er hob den Blick und sah zu Lan Xichen. Mit einem überaus bekümmerten Blick bedeckte er sein abgetrenntes Handgelenk. Auch wenn er nichts sagte, bekam man allein schon bei seinem Anblick Mitleid mit ihm.

Lan Xichen schaute ihn eine Weile an und seufzte, dann holte er doch die Medizin hervor, die er bei sich trug.

»Oberhaupt Lan«, mischte Wei Wuxian sich ein.

»Junger Herr Wei, in seiner ... jetzigen Verfassung wird er wohl nichts mehr anrichten können. Wenn wir ihn nicht retten, wird er womöglich hier an Ort und Stelle sterben. Es gibt noch viele Fragen, auf die wir noch keine klaren Antworten haben«, erklärte Lan Xichen.

Wei Wuxian warf ein: »Oberhaupt Lan, das verstehe ich ja, und ich sage nicht, dass du ihn nicht retten sollst. Ich möchte dich nur daran erinnern, ihm gegenüber vorsichtig zu sein. Am besten belegst du ihn mit dem Verstummungszauber und lässt ihn nicht mehr reden.«

Lan Xichen nickte leicht und wandte sich nun an Jin Guangyao. »Oberhaupt Jin, du hast es gehört. Bitte unternimm keine weiteren unsinnigen Aktionen. Andernfalls werde ich als Sicherheitsmaßnahme ohne Erbarmen ...«, er atmete tief ein, ehe er den Satz beendete, »dein Leben nehmen.«

Jin Guangyao nickte und flüsterte schwach: »Vielen Dank, Zewu-Jun ...«

Lan Xichen beugte sich runter und behandelte sorgsam und vorsichtig die Wunde an seiner abgetrennten Hand. Jin Guangyao zitterte währenddessen die ganze Zeit über. Jetzt, wo sein Schwurbruder, der einst an der Spitze gestanden hatte, so tief gefallen war, wusste Lan Xichen nicht, was er sagen sollte. Also seufzte er nur innerlich.

Wei Wuxian und Lan Wangji gingen zusammen zu Jiang Cheng und Jin Ling hinüber.

Wen Ning lag immer noch in einer peinlichen, halb zusammengesackten Stellung auf den beiden. Wei Wuxian legte ihn flach auf den Boden und untersuchte das schwarze Loch in seiner Brust. Er tat äußerst besorgt. »Schau dir das mal an ... Womit sollen wir das denn stopfen?«

»Junger Herr, ist mein Zustand sehr ernst?«, wollte Wen Ning wissen.

»Nein. Du brauchst diese Organe ja nicht. Doch es sieht unschön aus«, entgegnete Wei Wuxian.

»Aber ich muss ja nicht gut aussehen ...«, warf Wen Ning ein.

Jiang Cheng schwieg, wohingegen man Jin Ling ansah, dass er etwas sagen wollte, es aber nicht tat.

Abseits von ihnen behandelte Lan Xichen Jin Guangyaos Wunde. Der hatte so große Schmerzen, dass er beinahe in Ohnmacht fiel. Eigentlich hatte Lan Xichen ihn dadurch bestrafen wollen, brachte es schließlich aber doch nicht übers Herz und drehte sich zu Nie Huaisang um. »Huaisang, gib mir bitte die Medizinflasche von gerade eben.«

Nachdem Nie Huaisang zwei Pillen geschluckt hatte und seine Schmerzen fort waren, hatte er die Flasche in seiner Brusttasche verstaut. Eilig gehorchte er. »Oh, okay.« Er blickte an sich herunter und wühlte eine Weile herum, ehe er die Flasche fand und sie Lan Xichen geben wollte. Plötzlich jedoch verengten sich seine Pupillen und voller Furcht rief er: »Bruder Xichen, pass auf, hinter dir!«

Lan Xichen hatte seine Deckung Jin Guangyao gegenüber die ganze Zeit über nicht vernachlässigt und war äußerst angespannt. Als er Nie Huaisangs Gesichtsausdruck sah, und dazu auch noch seinen entsetzten Schrei vernahm, wurde sein Herz augenblicklich kalt. Ohne nachzudenken zog er sein Schwert und stach nach hinten.

Jin Guangyao, dessen Brust von ihm durchbohrt wurde, erstarrte vor Schreck.

Auch die anderen erschraken angesichts dieser plötzlichen Wendung.

Wei Wuxian schnellte sofort in die Höhe. »Was ist passiert?!«

Nie Huaisang stammelte: »I…I… Ich … habe gerade gesehen, wie der dritte Bruder … Nein, ich habe gesehen, wie Oberhaupt Jin seine Hand nach hinten geführt hat, und ich wusste nicht, ob er vielleicht …«

Jin Guangyao senkte sein Haupt und schaute auf das Schwert, das in seiner Brust steckte. Seine Lippen bewegten sich und er wollte etwas sagen, doch weil er mit dem Verstummungszauber belegt worden war, konnte er kein Wort hervorbringen.

Wei Wuxian hatte das Gefühl, dass etwas faul an der Sache war, doch bevor er fragen konnte, hustete Jin Guangyao eine große Menge Blut und hauchte: »Lan Xichen!«

Er hatte doch tatsächlich selbst gewaltsam den Verstummungszauber gebrochen.

Jin Guangyao war am ganzen Körper von Wunden übersät. Seine linke Hand hatte durch den Giftrauch Verbrennungen erlitten, seine rechte Hand war am Handgelenk abgetrennt, ein Teil seines Bauchs war verletzt, sein ganzer Körper voller Blutflecken. Gerade noch hatte er sogar Schwierigkeiten gehabt zu sitzen, doch ganz so, als würde er noch ein letztes Mal vor dem Ende seine Kräfte mobilisieren, konnte er plötzlich allein aufstehen. Noch einmal rief er fassungslos: »Lan Xichen!«

Lan Xichen wirkte über alle Maßen enttäuscht und traurig. »Oberhaupt Jin, ich habe es dir gesagt. Solltest du noch einmal einen Versuch unternehmen, zeige ich kein Erbarmen.«

Wutentbrannt fuhr Jin Guangyao ihn an. »Stimmt! Das hast du gesagt. Aber habe ich das denn?!«

Sonst war er vor anderen immer so sanft und vornehm, elegant und anmutig, jetzt jedoch verzog er das Gesicht zu einer wütenden Fratze. Als Lan Xichen seine ungewöhnliche Reaktion sah, bemerkte auch er, dass etwas nicht stimmte. Sofort drehte er sich zu Nie Huaisang.

Jin Guangyao lachte. »Genug! Wozu schaust du ihn an? Das reicht, du musst ihn nicht weiter anschauen! Was solltest *du* schon erkennen? Selbst ich habe es all die Jahre übersehen. Huaisang, du bist wirklich beachtlich.«

Nie Huaisang verschlug es die Sprache. Er schien so erschrocken von Jin Guangyaos plötzlichem Ausruf, dass er kein Wort mehr hervorbringen konnte.

Gehässig meinte Jin Guangyao: »Dass ich dir so in die Hände fallen würde ...«

Unter großer Anstrengung versuchte er, zu Nie Huaisang zu gelangen, doch das Schwert steckte noch in seinem Oberkörper. Sobald er einen Schritt machte, verzog sich augenblicklich seine Miene vor Schmerz. Lan Xichen konnte ihm weder den Gnadenstoß verpassen, noch konnte er einfach so das Schwert herausziehen, also platzte es aus ihm heraus: »Beweg dich nicht!«

Jin Guangyao konnte eh nicht weitergehen. Mit einer Hand umklammerte er die Klinge vor seiner Brust, um Halt zu finden, dann spuckte er Blut. »Von wegen ›dreifacher Nichtswisser‹! Kein Wunder ... All die Jahre hast du das für dich behalten, das muss wirklich schwer für dich gewesen sein!«

Nie Huaisang zitterte. »Bruder Xichen, bitte glaube mir, ich habe gerade eben wirklich gesehen, wie er ...«

Jin Guangyaos Miene verzerrte sich, als er schrie: »DU!«

Er wollte erneut auf Nie Huaisang losgehen, sodass das Schwert weitere Zentimeter tiefer in seine Brust eindrang.

Lan Xichen schrie erneut: »Beweg dich nicht!«

Er hatte zuvor unzählige Male wegen Jin Guangyao gelitten und war ihm unzählige Male in die Falle getappt. Da war es unvermeidlich, dass er jetzt auf der Hut war. Er hegte den Verdacht, dass Jin Guangyao Nie Huaisang in seiner Not absichtlich beschuldigte, da dieser ihn erwischt hatte, und dass dies nur ein weiterer Versuch war, ihn abzulenken. Als Jin Guangyao seinen Blick sah, durchschaute er Lan Xichens Gedanken sofort und lachte vor Wut auf. »Lan Xichen! Ich habe in meinem Leben unzählige Menschen belogen und ihnen geschadet. Wie du gesagt hast, ich habe meinen Vater, meinen Bruder, meine Frau, mein Kind, meine Lehrer und meine Freunde getötet. Es gibt keine Übeltat auf dieser Welt, die ich nicht begangen habe!« Er nahm einen tiefen Atemzug und sprach heiser weiter: »Das Einzige, was mir nie in den Sinn kam, war, dir zu schaden!«

Lan Xichen war wie vom Donner gerührt.

Jin Guangyao keuchte mehrere Male, ergriff das Schwert und brachte mit zusammengebissenen Zähnen hervor: »Wer ... war es, der dich aus dem Elend gerettet hat, nachdem die Wolkennische niedergebrannt war und du Hals über Kopf fliehen musstest? Und wer war es, der tatkräftig mitgeholfen hat, als der Gusu-Lan-Clan die Wolkennische wieder aufgebaut hat? In all den Jahren habe ich dem Gusu-Lan-Clan noch nie geschadet, jedes Mal hatte er meine volle Unterstützung! Wann habe ich jemals, abgesehen von heute, wo ich deine spirituelle Energie versiegelt habe, dir und deinem Clan etwas angetan? Habe ich je Dank dafür verlangt?!«

Bei diesen Fragen konnte Lan Xichen sich nicht mehr dazu durchringen, ihn noch einmal mit dem Verstummungszauber zu belegen.

»Su Minshan hat es mir auf diese Weise gedankt, und das nur, weil ich mich damals an seinen Namen erinnert habe. Du hingegen, Zewu-Jun, Oberhaupt Lan, lässt mir gegenüber genauso wenig Gnade walten wie Nie Mingjue. Nicht einmal einen Ausweg zum Überleben lässt du mir!«

Anschließend ging Jin Guangyao plötzlich rückwärts nach hinten und Shuoyue glitt aus seiner Brust.

Jiang Cheng brüllte: »Lasst ihn nicht entkommen!«

Lan Xichen ging einige Schritte vorwärts und schaffte es mühelos, ihn einzufangen. In seiner jetzigen Verfassung konnte Jin Guangyao so viel rennen, wie er wollte, schnell war er trotzdem nicht. Selbst Jin Ling hätte ihn mit geschlossenen Augen einfangen können. Außerdem war er an so vielen Stellen verwundet und war zu allem Überfluss auch noch von einem lebensbedrohlichen Hieb erwischt worden, sodass er längst keine Gefahr mehr darstellte. Doch dann begriff Wei Wuxian plötzlich und rief: »Er will gar nicht fliehen! Zewu-Jun, geh schnell weg von ihm!«

Es war bereits zu spät.

Das Blut von Jin Guangyaos abgetrennter Hand tropfte bereits auf den Sarg, floss über die von Wei Wuxian aufgemalten Runen und zerstörte sie. Durch die Schlitze sickerte es in den Sarg.

Nie Mingjue, der eigentlich versiegelt worden war, sprang daraus hervor!

Der Deckel barst. Mit seiner leichenblassen, großen Hand ergriff er Jin Guangyaos Hals, die andere streckte er nach Lan Xichens aus. Jin Guangyao hatte gar nicht vorgehabt zu fliehen, sondern hatte Lan Xichen mit seinen letzten Atemzügen zu Nie Mingjue locken wollen, um sich mit ihm gemeinsam zugrunde zu richten!

Lan Wangji holte Bichen hervor und stach blitzschnell in ihre Richtung, doch Nie Mingjue fürchtete sich nicht vor spirituellen Waffen.

Selbst wenn Bichen ihn treffen würde, würde es ihn wahrscheinlich nicht davon abhalten können, die verschwindend geringe Distanz zu Lan Xichens Hals zu überwinden.

Im letzten Augenblick stieß jedoch Jin Guangyao Lan Xichen mit seiner linken Hand kräftig gegen die Brust und schleuderte ihn aus dem Weg.

Er selbst wurde von Nie Mingjue mitgezerrt, als dieser in den Sarg stieg. Anschließend hielt er ihn am Hals gepackt wie eine Stoffpuppe hoch in die Luft.

Die Szene war äußerst beängstigend.

Mit einer Hand versuchte Jin Guangyao, Nie Mingjues stählernen Griff zu lösen. Er wand sich unaufhörlich vor Schmerz und seine Haare waren ganz verworren, als seine Augen bedrohlich aufblitzten. Er fluchte sich die Seele aus dem Leib. »Nie Mingjue, fick dich! Denkst du echt, ich hätte Angst vor dir?! Ich ...«

Unter großen Mühen spuckte er Blut, dann hörten alle Anwesenden ein ungewöhnlich grausames und klares Knacken.

Das Wimmern seines letzten Atemzugs verließ Jin Guangyaos Kehle.

Jin Lings Schultern zitterten. Er schloss seine Augen und bedeckte seine Ohren – er konnte nicht weiter hinhören oder -sehen.

Durch den Stoß taumelte Lan Xichen einige Schritte und hatte noch gar nicht begriffen, was gerade passiert war. Lan Wangji hingegen schlug gegen die schöne Guanyin-Statue in der Halle, die daraufhin am ganzen Körper zitterte und in Richtung des Sargs stürzte. Nie Mingjue begutachtete gerade noch den Leichnam mit dem herabhängenden Kopf in seiner Hand, als die wuchtige Statue auf ihn zuflog und ihn zurück in den Sarg beförderte.

Wei Wuxian sprang auf die Brust der Guanyin-Statue.

Da der Deckel bereits zersprungen war, blieb ihm nichts anderes übrig, als die Statue als Deckel zu verwenden und damit den tobenden

Nie Mingjue zu versiegeln. Unter ihm schlug dieser wieder und wieder gegen die heilige Statue und wollte ausbrechen. Wei Wuxian wurde von diesen Erschütterungen erfasst, schwankte hin und her und fiel beinahe herunter. Nachdem er eine Weile getaumelt war, merkte er, dass es ihm so unmöglich war, Zauberformeln aufzumalen, sodass er Lan Wangji um Hilfe bat: »Schnell, schnell, Lan Zhan, hilf mir hier. Mit einer Person mehr nimmt auch das Gewicht zu. Wenn er noch länger auf die Guanyin-Statue einschlägt, wird sie noch zerbrechen ...«

Noch bevor er ausgesprochen hatte, merkte er, wie sein Körper und Sichtfeld sich plötzlich in einer Schieflage befanden.

Lan Wangji hatte das eine Ende des Sargs gepackt und angehoben. Was bedeutete, dass er allein mit seiner linken Hand den massiven Holzsarg mitsamt der beiden Toten im Inneren, der Guanyin-Statue auf dem Sarg und Wei Wuxian auf der Guanyin-Statue stemmte.

Wei Wuxian war fassungslos.

Er hatte zwar längst von Lan Wangjis erschreckender Armkraft gewusst, aber das war ... überaus schockierend!

Doch Lan Wangjis Miene blieb nach wie vor unverändert. Mit der rechten Hand holte er eine silberne Zithersaite hervor, die sich wie ein fliegendes Webschiffchen mehrere Dutzend Male zischend um den Sarg und die Guanyin-Statue wickelte und so die beiden Gegenstände fest zusammenschnürte. Dann folgte eine zweite Saite, eine dritte ... Erst als Lan Wangji sich vergewissert hatte, dass Nie Mingjue und Jin Guangyao fest versiegelt waren, ließ er abrupt mit der linken Hand los. Der Sarg landete lautstark auf dem Boden.

Wei Wuxian rutschte herunter, wurde von Lan Wangji aufgefangen und sofort sicher auf dem Boden abgestellt.

Diese Arme, die soeben noch dieses enorme Gewicht gestemmt hatten, waren überaus sanft, sobald sie Wei Wuxian umschlossen.

Geistesabwesend starrte Lan Xichen den Sarg an, der von sieben Zithersaiten umwickelt war. Er war noch nicht ganz bei sich. Nie Huaisang streckte die Hand aus und winkte vor seinem Gesicht hin und her. Panisch sprach er ihn an: »B… Bruder Xichen, ist alles in Ordnung?«

»Huaisang, wollte er mich gerade eben wirklich heimlich angreifen?«, fragte Lan Xichen.

»I… Ich glaube, dass ich das gesehen habe …«, erwiderte Nie Huaisang.

Als Lan Xichen sein Gestotter hörte, bat er ihn: »Denk noch einmal genau darüber nach.«

Nie Huaisang war verunsichert. »Ich kann es nicht mit Gewissheit sagen … Es sah wirklich so aus …«

»Es reicht nicht, dass es so aussah! War es nun so oder nicht?«, unterbrach Lan Xichen ihn.

Nie Huaisang war das unangenehm. »Ich weiß es nicht, ich weiß es wirklich nicht!«

Während Nie Huaisang bedrängt wurde, konnte er nur diese Worte wiederholen. Lan Xichen vergrub seine Stirn in seiner Hand. Wie es schien, zersprang ihm gleich der Schädel und er wollte nicht mehr weiterreden.

Plötzlich sprach Wei Wuxian Nie Huaisang an. »Bruder Huaisang.«

»Hm?«

»Wie hat Su She dich gerade angegriffen?«

»Er hat den dritten Bruder … Oberhaupt Jin auf dem Rücken getragen, und weil ich ihm im Weg war, hat er …«

»Ist das so? Wenn ich mich richtig erinnere, hast du zu dem Zeitpunkt überhaupt nicht in ihrem Fluchtweg gestanden.«

»Ich habe mich ihm ja wohl kaum extra in den Weg gestellt, um niedergestochen zu werden, oder?«

Wei Wuxian grinste. »Das habe ich nicht gesagt.«

»Was wolltest du dann damit sagen, Bruder Wei?«, fragte Nie Huaisang.

»Ich habe nur plötzlich einige Dinge überdacht«, meinte Wei Wuxian.

»Welche Dinge?«, wollte Nie Huaisang wissen.

»Jin Guangyao hat erzählt, dass ihm jemand einen Brief geschickt hat, in dem derjenige ihm drohte, in sieben Tagen all seine Geheimnisse der ganzen Welt preiszugeben. Mal angenommen, er hätte nicht gelogen, sondern die Wahrheit gesagt, dann hätte diese Person doch völlig unnötig gehandelt. Wieso sollte man, wenn man die Verbrechen einer Person aufdecken will, sie nicht einfach direkt aufdecken, sondern sie vorab darüber informieren, dass man Beweise für ihre bösen Machenschaften hat?«

Nie Huaisang erwiderte: »Dritter Bruder ... Oberhaupt Jin hat doch gesagt, dass diese Person wollte, dass er sich zu seinen Fehlern bekennt und Selbstmord begeht.«

»Wach auf. Natürlich hätte Jin Guangyao das niemals getan, was hatte das also alles für einen Sinn? Es wirkt absolut absurd. Doch würde jemand, dem es gelungen war, Jin Guangyaos Geheimnisse aufzudecken, wirklich so einen unnötigen Schachzug machen? Er hat damit garantiert etwas bezweckt. Entweder wollte die Person dadurch irgendetwas bewahren oder etwas anstoßen«, kombinierte Wei Wuxian.

Lan Xichen war erstaunt. »Etwas anstoßen? Was?«

Lan Wangji antwortete mit tiefer Stimme: »Jin Guangyaos Mordabsichten.«

Für gewöhnlich wäre Zewu-Jun natürlich auch darauf gekommen, in diesem Moment jedoch hatte er keine geistigen Kapazitäten mehr, um nachzudenken.

Wei Wuxian stimmte zu. »Richtig. Eben jener Brief hat Jin Guangyaos Mordintentionen in einem noch nie da gewesenen Ausmaß angefacht. Hieß es nicht, dass er in sieben Tagen auf sein Todesurteil warten sollte? Deswegen wollte er, frei nach dem Motto ›Angriff ist die beste Verteidigung‹, innerhalb von sieben Tagen zuerst den Großteil der Kultivierungsclans durch eine Belagerung der Grabhügel beseitigen und schauen, wer zuerst sterben würde: sie oder er.«

»Meinst du damit etwa, dass genau das die Intention des Absenders gewesen ist? Nur damit er unter Zugzwang stand, als Erster anzugreifen?«, fragte Lan Xichen.

»Genau das denke ich«, bestätigte Wei Wuxian.

Lan Xichen schüttelte den Kopf. »Und was hat der Absender damit bezweckt? Wollte er nun Jin Guangyao entlarven oder die Kultivierungsclans massakrieren?«

Wei Wuxian erklärte: »Ganz einfach. Schau doch nur, was nach der gescheiterten Belagerung passiert ist. Als sich alle beim Lotuspier versammelt haben und der Zorn der Menge seinen Höhepunkt erreicht hat, kamen auch noch Sisi und Bicao dazu. Ich denke nicht, dass die Ankunft dieser beiden Zeuginnen ein Zufall war. Es häufte sich alles an, bis die Situation plötzlich eskalierte.«

Nach einer kurzen Pause sprach Wei Wuxian weiter: »Die Person wollte nicht nur Jin Guangyaos Ruf ruinieren, sondern auch, dass er sich alle zum Feind macht. Und es musste beim ersten Versuch klappen – es durfte kein Zurück geben.«

»So wie das klingt, hat diese Person schon vor langer Zeit damit begonnen, die Vorkehrungen dafür zu treffen«, meinte Nie Huaisang.

Wei Wuxian schaute ihn an und meinte plötzlich: »Ach ja, obliegt die Verwahrung von Chifeng-Zuns Leichnam nicht dir, Oberhaupt Nie?«

»Ja, ursprünglich habe ich ihn verwahrt. Aber ich hatte heute Abend eine Nachricht aus Qinghe erhalten, dass der Leichnam meines großen Bruders spurlos verschwunden ist. Sonst wäre ich ja auch nicht so eilig dorthin aufgebrochen und mitten auf dem Weg von Su She gefangen genommen worden ...«, antwortete Nie Huaisang.

Wei Wuxian fuhr fort: »Oberhaupt Nie, ich habe gehört, dass du des Öfteren zwischen dem Gusu-Lan-Clan und dem Lanling-Jin-Clan hin- und herpendelst, stimmt das?«

»Das stimmt«, bestätigte Nie Huaisang.

»Und da kennst du Mo Xuanyu wirklich nicht?«, fragte Wei Wuxian.

»Was?« Nie Huaisang verstand nicht.

Wei Wuxian erklärte: »Ich erinnere mich daran, dass du bei unserer ersten Begegnung nach der erfolgreichen Körperopferung so wirktest, als würdest du mich überhaupt nicht kennen. Du hast Hanguang-Jun sogar gefragt, wer ich bin. Mo Xuanyu hat Jin Guangyao ja immerhin einst belästigt und sogar das Manuskript aus Jin Guangyaos Sammlung gesehen. Und du warst auch häufig bei Oberhaupt Jin, um dein Leid zu beklagen. Selbst wenn du ihn nicht gut gekannt haben solltest, hast du ihn denn wirklich kein einziges Mal gesehen?«

Nie Huaisang kratzte sich am Kopf. »Bruder Wei, das Goldene Schuppen Plateau ist so groß, da ist es doch unmöglich, dass ich jedem einmal begegnet bin. Und selbst wenn, so könnte ich mich wohl unmöglich an alle erinnern. Und außerdem ...«, etwas peinlich berührt sprach er weiter, »du weißt ja, um Mo Xuanyus Herkunft, das war ein wenig ... Der Lanling-Jin-Clan hat alles getan, um ihn zu verstecken. Da ist es doch kein Wunder, dass ich ihm nie begegnet bin. Womöglich hat Bruder Xichen ihn auch nie gesehen.«

»Ach, das stimmt auch wieder. Zewu-Jun hat Mo Xuanyu auch nicht gekannt«, stimmte Wei Wuxian zu.

»Nicht wahr? Und außerdem verstehe ich nicht ganz. Selbst wenn ich Mo Xuanyu vorher begegnet wäre, wieso sollte ich absichtlich so tun, als würde ich ihn nicht kennen? Wäre das denn nötig?«, fragte Nie Huaisang.

Wei Wuxian lächelte. »Nein, ich fand es nur seltsam, daher habe ich einfach mal gefragt.« Innerlich dachte er jedoch: *Natürlich um herauszufinden, ob dieser »Mo Xuanyu« der echte ist.*

Woher hatte Mo Xuanyu, den alle als einen feigen Angsthasen bezeichnet hatten, den Mut genommen, Selbstmord zu begehen und eine Körperopferung durchzuführen? Wieso war Chifeng-Zuns linker Arm aufgetaucht? Hatte Jin Guangyao ihn etwa aus Unvorsichtigkeit freigelassen?

Und wieso war er ausgerechnet im Dorf Mo aufgetaucht, wo Mo Xuanyu die Körperopferung durchgeführt hatte und wo der gerade erst wiedergeborene Wei Wuxian direkt mit ihm in Kontakt gekommen war? Wieso war er nicht woanders aufgetaucht?

Chifeng-Zuns Leichnam war vom Qinghe-Nie-Clan begraben worden. Hatte Nie Huaisang, der seinen großen Bruder seit jeher verehrte, in all den Jahren wirklich nicht gemerkt, dass dessen Leichnam ausgewechselt worden war?

Wei Wuxian neigte eher dazu, dieser Version Glauben zu schenken: Vielleicht war Nie Huaisang vor Nie Mingjues Ableben wirklich ein dreifacher Nichtswisser gewesen. Nach Nie Mingjues Tod jedoch hatte er alles aufgedeckt. Er hatte gewusst, dass Nie Mingjues Leichnam ausgetauscht worden war, und er war auch hinter das wahre Gesicht des dritten Bruders gekommen, dem er zuvor vertraut hatte. Also begab er sich auf die Suche nach dem Leichnam seines großen Bruders, und doch hatte er in all den Jahren trotz harter Anstrengungen nur den linken Arm gefunden. Er blieb an dieser Stelle stecken und fand keine weiteren Anhaltspunkte. Außerdem war der linke Arm überaus brutal und nur schwer unter Kontrolle zu bringen. Wenn man ihn bei sich behielt, würde er nur unaufhörlich blutige Desaster verursachen. Also fiel ihm eine Person ein. Eine, die bestens Bescheid wusste, wie man solchen Wesen beikommen und derartige Probleme lösen konnte.

Der Yiling-Patriarch.

Doch der Yiling-Patriarch war bereits in tausend Stücke gerissen worden, was hätte man da also tun können?

So kam Nie Huaisang eine weitere Person in den Sinn: Mo Xuanyu, der vom Goldene Schuppen Plateau verjagt worden war. Wahrscheinlich hatte Nie Huaisang in der Vergangenheit einmal mit ihm gesprochen, um Informationen aus ihm herauszukriegen.

Vom geplagten Mo Xuanyu erfuhr er dann, dass dieser ein lückenhaftes Buch bei Jin Guangyao gesehen hatte, in dem eine uralte, verbotene Kunst dokumentiert war. Er stachelte Mo Xuanyu, der genug von den Erniedrigungen seiner Clanmitglieder hatte, dazu an, mittels der verbotenen Kunst der Körperopferung seine Rache auszuüben.

Und welchen bösartigen Geist sollte er beschwören? Natürlich den Yiling-Patriarchen.

Mo Xuanyu, der das alles nicht mehr ertragen konnte, zeichnete schließlich mit seinem Blut einen Beschwörungskreis, und parallel nutzte Nie Huaisang die Gelegenheit und entledigte sich des Problems, dem er fast nicht mehr Herr werden konnte: Chifeng-Zuns linkem Arm.

Sein Plan startete erfolgreich und er musste nicht länger seine eigene Energie und Kraft dafür aufwenden, um nach Nie Mingjues restlichen Gliedmaßen zu suchen. Alle Gefahren und das ganze Kopfzerbrechen überließ er stattdessen Wei Wuxian und Lan Wangji. Nun musste er nur noch ihre Schritte sorgsam überwachen.

Als Jin Ling, Lan Sizhui, Lan Jingyi und die anderen Sprösslinge auf ihrer Reise zufällig über die Vorfälle mit den getöteten Katzen stolperten, war es offensichtlich, dass jemand diese obskuren Ereignisse absichtlich verursacht hatte. Und auch war es zweifellos das Ziel des nichtexistierenden »Jägers«, der ihnen in der Nähe des Dorfs den Weg gezeigt hatte, die Gruppe nichts ahnender Kultivierungsschüler in die Stadt Yi zu locken.

Wären Wei Wuxian und Lan Wangji damals nur etwas unachtsamer gewesen und hätten sie sie nicht beschützen können, und wäre diesen Kultivierungsschülern auch nur die winzigste Kleinigkeit in der Stadt Yi zugestoßen, dann würde man das jetzt wahrscheinlich auch Jin Guangyao zuschreiben.

Zusammengefasst: Je mehr man Jin Guangyao in die Schuhe schieben konnte, desto besser. Je mehr man diesen vorsichtigen Schurken dazu bringen konnte, Fehler zu begehen und Angriffsfläche zu bieten, desto besser. Und je grausamer sein Tod am Ende ausfallen würde, desto besser.

Lan Wangji wendete mit Bichens Schwertspitze die schwarze Schachtel neben dem Sarg, schaute auf die Zauberformeln, die in die Oberfläche eingraviert waren und sagte zu Wei Wuxian: »Der Kopf.«

Wahrscheinlich hatte sich ursprünglich Nie Mingjues Kopf in dieser schwarzen Schachtel befunden. Nachdem Jin Guangyao ihn vom Goldene Schuppen Plateau fortgebracht hatte, hatte er ihn wahrscheinlich hier vergraben.

Wei Wuxian nickte ihm zu. »Oberhaupt Nie, weißt du, was sich ursprünglich in diesem Sarg befunden hat?«

»Woher sollte ich das wissen? Aber so wie der dritte Bruder … ah, nein, wie Oberhaupt Jin wirkte, ist es wohl etwas gewesen, das ihm sehr wichtig war«, erwiderte Nie Huaisang.

»Ein Sarg wird natürlich dazu verwendet, um Tote aufzubewahren. Ich denke, dass in diesem wohl ursprünglich der Leichnam von Jin Guangyaos Mutter Meng Shi gelegen hat. Er ist heute Nacht hergekommen, um ihn mit nach Dongying zu nehmen«, mutmaßte Wei Wuxian.

Lan Xichen hatte es vor Schock die Sprache verschlagen.

Nie Huaisang stimmte unsicher zu. »Stimmt, das klingt durchaus logisch.«

Wei Wuxian sprach weiter: »Was denkst du, was die Person, die den Leichnam von Jin Guangyaos Mutter ausgegraben hat, damit machen wird?«

»Bruder Wei, warum fragst du ständig mich? Egal wie viele Fragen du stellst, was ich nicht weiß, weiß ich nun mal nicht.« Nie Huaisang machte eine kurze Pause, meinte dann aber doch: »Aber …« Langsam bündelte er seine vom Sturm durchnässten Haare. »Ich denke, da die Person Jin Guangyao so sehr hasst, wird sie wahrscheinlich auch mit den Dingen, die ihm so wichtig waren wie sein Leben, gnadenlos und mit außergewöhnlicher Grausamkeit umgehen.«

»Zum Beispiel zerteilen und die Leichenstücke an mehreren Orten verteilen? So, wie man es mit Chifeng-Zun getan hat?«, fragte Wei Wuxian.

Schockiert wich Nie Huaisang einige Schritte zurück. »D…D… Das … Das wäre doch zu boshaft …«

Wei Wuxian starrte ihn eine Weile an, ehe er schließlich seinen Blick abwandte. Letztendlich waren es bloße Vermutungen, für die niemand Beweise hatte. Möglicherweise war die Ahnungs- und Hilflosigkeit in Nie Huaisangs Gesicht in diesem Moment nur gespielt. Vielleicht wollte er nicht zugeben, dass er seine Mitmenschen als Schachfiguren sah und ihren Leben keine Bedeutung beimaß. Oder aber seine Pläne endeten hier nicht, und er musste sein wahres Gesicht weiterhin verbergen, um noch mehr Dinge zu bewerkstelligen und noch größere Ziele zu erreichen. Und vielleicht war alles auch gar nicht so kompliziert und eine andere Person steckte hinter den Briefen, den getöteten Katzen und Nie Mingjues vollständig zusammengefügtem Körper, und Nie Huaisang war wirklich nur ein waschechter Nichtsnutz. Jin Guangyaos letzte Worte waren vielleicht nur eine Lüge, die er sich auf die Schnelle zurechtgelegt hatte, nachdem Nie Huaisang seine Intention für einen heimlichen Angriff durchschaut und deshalb aufgeschrien hatte. Vielleicht hatte Jin Guangyao damit nur Lan Xichen verwirren wollen, um die Gelegenheit zu nutzen und sich mit ihm gemeinsam zugrunde zu richten. Immerhin war Jin Guangyao ein notorischer Lügner. Ganz gleich, wann er log oder welche Lüge er erzählte, es wäre nicht überraschend gewesen.

Weshalb er seine Meinung im letzten Moment doch noch geändert und Lan Xichen fortgestoßen hatte, konnte aber niemand sagen. Was war ihm in jenem Moment nur durch den Kopf gegangen?

An der Hand, die Lan Xichen auf seine Stirn gelegt hatte, schwollen plötzlich Adern an. Mit dumpfer Stimme fragte er: »Was … hatte er vor?

Ich dachte früher immer, dass ich ihn gut verstünde, dann aber habe ich gemerkt, dass dem nicht so ist. Vor der heutigen Nacht dachte ich erneut, dass ich ihn verstünde, doch jetzt verstehe ich ihn wieder nicht.«

Niemand antwortete ihm.

Lan Xichen war frustriert. »Was hatte er nur vor?«

Doch wenn selbst er, der Jin Guangyao am nächsten gestanden hatte, es nicht wusste, wussten die anderen es erst recht nicht.

Eine Weile herrschte Stille, dann meinte Wei Wuxian: »Lasst uns nicht weiter hier herumstehen. Einige sollten sich auf den Weg machen und Hilfe suchen, die anderen sollten hierbleiben, um das Ding dort zu bewachen. Auch wenn um den Sarg ein paar Zithersaiten gewickelt sind, wird das Chifeng-Zun nicht allzu lange versiegelt halten können.«

Als würde der Sarg Wei Wuxians Urteil bestätigen, ertönten aus ihm erneut gewaltige Geräusche voller unsagbarer Wut. Nie Huaisang erschauderte. Wei Wuxian sah ihn an. »Du verstehst das, oder? Wir müssen ihn sofort gegen einen stabileren Sarg austauschen, ein tiefes Loch graben und ihn wieder begraben. Und den Sarg darf man mindestens einhundert Jahre nicht wieder öffnen. Früher wird sich die dunkle Seele garantiert nicht auflösen und das hätte zahllose Probleme zur Folge.«

Noch bevor er ausgesprochen hatte, hörten sie in der Ferne plötzlich ein helles, kraftvolles Bellen. Augenblicklich veränderte sich Wei Wuxians Miene. Jin Ling hingegen nahm seine ganze Energie zusammen und rief: »Fee!«

Der Donner hatte bereits nachgelassen und auch der Sturm hatte sich in einen Nieselregen verwandelt. Die tiefste Nacht war vorbei und wurde vom sanften Licht des Tages erhellt.

Der triefnasse spirituelle Hund streckte seine Beine und stürmte wie ein schwarzer Wind herein und auf Jin Ling zu. Seine kugelrunden Hundeaugen waren feucht, als seine Vorderpfoten den Boden verließen und er Männchen machte. Winselnd klammerte Fee sich an Jin Lings Beine.

Wei Wuxian sah, wie sie ihre scharlachrote, lange Zunge zwischen ihren schneeweißen, spitzen Zähnen hervorstreckte und unaufhörlich Jin Lings Hand abschleckte. Er wurde leichenblass und erstarrte. Als er den Mund öffnete, hatte er das Gefühl, dass sich seine Seele in eine Rauchwolke auflösen und durch seinen Mund in den Himmel emporsteigen wollte. Still stellte Lan Wangji sich vor ihn und unterbrach damit den Blickkontakt zwischen ihm und Fee.

Dicht im Anschluss umzingelten Hunderte Menschen die Guanyin-Halle. Alle hatten alarmiert ihre Schwerter gezückt und schienen auf eine große Schlacht gefasst zu sein. Doch als die ersten in die Halle stürmten und die Szene vor sich sahen, erschraken sie. Die, die auf dem Boden lagen, waren alle tot, und die, die noch am Leben waren, lagen weder richtig, noch standen sie. Zusammengefasst: Überall befanden sich kreuz und quer Leichen verteilt, es war das reinste Chaos.

Von den beiden, die mit ihren Schwertern vorangestürmt waren, war der Linke der Aufseher des Yunmeng-Jiang-Clans und der Rechte Lan Qiren.

Lan Qiren war immer noch schockiert und skeptisch. Er hatte noch kein Wort hervorgebracht, als er auch schon Lan Wangji sah, der so sehr an Wei Wuxian klebte, dass sie beinahe zu einer Einheit verschmolzen. Augenblicklich vergaß er alles, was er fragen wollte. Zorn schoss ihm ins Gesicht, er kniff seine Augenbrauen zusammen. Weil er keuchte und schnaufte, bebte sein Bart und richtete sich auf.

Der Aufseher eilte zu Jiang Cheng, um ihn zu stützen. »Oberhaupt, seid Ihr wohlauf ...?«

Lan Qiren hingegen hob sein Schwert und begann zu brüllen: »Wei ...«

Doch noch bevor er fertig war, stürmten einige weiß gekleidete Gestalten hinter seinem Rücken hervor und riefen:

»Hanguang-Jun!«

»Wei Qianbei!«

»Patriarch Qianbei!«

Lan Qiren wurde von dem letzten Jungen angerempelt und verlor beinahe das Gleichgewicht. Wutentbrannt keifte er: »Rennen ist verboten! Krach ist verboten!«

Außer Lan Wangji, der ihn mit »Onkel« grüßte, schenkte ihm niemand Beachtung. Freudig ergriff Lan Sizhui mit seiner linken Hand Lan Wangjis Ärmel und mit seiner rechten Wei Wuxians Arm. »Was für ein Glück! Hanguang-Jun, Wei Qianbei, euch ist nichts zugestoßen. So unruhig, wie Fee war, haben wir schon gedacht, dass ihr in großen Schwierigkeiten steckt.«

Lan Jingyi warf ein: »Sizhui, da irrst du dich aber. Als ob es ein Problem gäbe, mit dem Hanguang-Jun nicht zurechtkäme. Ich habe doch gleich gesagt, dass du dir unnötige Sorgen machst.«

»Ach, Jingyi, du warst doch derjenige, der sich die ganze Zeit über Sorgen gemacht hat.«

»Geh weg! Rede keinen Unsinn.«

Im Augenwinkel sah Lan Sizhui Wen Ning, der es endlich schaffte, vom Boden aufzustehen. Sofort zerrte er ihn rüber und schob ihn in den Kreis der Jungen, die durcheinanderredeten und alles berichteten.

Nachdem Fee Su She gebissen hatte, war sie Hals über Kopf davongerannt, bis sie einen Clan gefunden hatte, der in der Nähe dieser Stadt stationiert und dem Yunmeng-Jiang-Clan untergeordnet war. Unaufhörlich und wie verrückt hatte sie vor den Toren gebellt.

Als das dortige Oberhaupt das besondere Halsband mit dem goldenen Zeichen und dem Clansymbol sah, wusste es, dass es sich bei ihr um keinen gewöhnlichen spirituellen Hund handelte und der Besitzer nobler Herkunft sein musste. Dann entdeckte er die Blutspuren an ihrem Körper. Offensichtlich kam sie von einer Schlacht und wahrscheinlich schwebte ihr Besitzer in Gefahr. Das Oberhaupt wagte es nicht, nachlässig zu sein, also brachte es sie sofort auf seinem fliegenden Schwert zum Lotuspier und informierte die befehlshabende Gewalt über dieses Gebiet, den Yunmeng-Jiang-Clan. Der Aufseher dort erkannte auf den ersten Blick, dass dies Fee war, der spirituelle Hund des jungen Herrn Jin Ling, und schickte sofort Hilfe.

Zu dem Zeitpunkt wollten die Mitglieder des Gusu-Lan-Clans gerade den Lotuspier verlassen, Lan Qiren wurde jedoch von Fee aufgehalten. Sie sprang auf und biss einen dünnen, weißen Stoffstreifen von Lan Sizhuis Saum ab. Dann legte sie ihn sich mit ihren Pfoten auf den Kopf und schien sich das weiße Stück Stoff um die Stirn wickeln zu wollen. Zum Schluss schmiss sie sich auf den Boden und stellte sich tot.

Lan Qiren wunderte sich über dieses Verhalten, doch Lan Sizhui ging ein Licht auf: »Werter Herr, sie ahmt damit unser Stirnband nach, oder? Will sie uns damit sagen, dass Hanguang-Jun oder jemand anderes vom Lan-Clan ebenfalls in Gefahr schwebt?«

Also hatten der Yunmeng-Jiang-Clan, der Gusu-Lan-Clan und einige weitere Clans, die noch nicht gegangen waren, ihre Hilfskräfte versammelt und waren gemeinsam zur Rettung hergeeilt.

Lan Jingyi schnalzte mit der Zunge. »Immer hieß es, Fee hier, Fee da, wer hätte gedacht, dass sie wirklich ein spiritueller Hund ist!«

Doch ganz gleich, wie feenhaft und spirituell sie war, in Wei Wuxians Augen blieb sie immer noch ein Hund – das furchterregendste Wesen auf der Welt. Obwohl sich Lan Wangji vor ihn gestellt hatte, sträubten sich ihm immer noch alle Haare.

Seit die Jungen des Lan-Clans hereingekommen waren, schielte Jin Ling die ganze Zeit heimlich zu ihnen rüber und sah dabei zu, wie sie lärmend Wei Wuxian und Lan Wangji umzingelten. Als er beobachtete, wie Wei Wuxian immer blasser wurde, klopfte er Fee auf das Hinterteil und meinte leise: »Fee, geh schon mal raus.«

Fee schüttelte den Kopf und wedelte mit dem Schwanz, während sie ihn weiter abschleckte. Jin Ling schimpfte: »Mach schon, geh raus! Hörst du nicht mehr auf mich?«

Wehmütig warf Fee ihm einen Blick zu, zog den Schwanz ein und sprintete aus dem Tempel. Wei Wuxian atmete endlich auf.

Jin Ling wollte zu ihnen rübergehen, traute sich dann aber wiederum nicht. Während er noch zögerte, fiel Lan Sizhuis Blick plötzlich auf Wei Wuxians Hüfte. Einen Moment lang war er wie vom Donner gerührt. »Wei Qianbei?«

»Hm? Was ist?«, fragte Wei Wuxian.

Verdutzt fragte Lan Sizhui: »D... Deine Flöte, darf ich einen Blick auf sie werfen?«

Wei Wuxian nahm sie ab. »Was ist denn mit der Flöte?«

Lan Sizhui nahm sie mit beiden Händen entgegen. Er runzelte leicht die Stirn und sah etwas verwirrt aus. Lan Wangji sah ihn an, Wei Wuxian jedoch schaute zu Lan Wangji und fragte: »Was ist denn mit Sizhui los? Mag er meine Flöte?«

Lan Jingyi war überrascht. »Ach? Du hast endlich diese schreckliche Flöte verloren, aus der kein richtiger Ton kam? Die neue ist ja wirklich ganz gut!«

Er wusste nicht, dass diese neue »ganz gute« Flöte ebenjene spirituelle Waffe war, auf die er schon immer mal einen Blick erhaschen wollte – die legendäre Geisterflöte Chenqing.

Lan Jingyi freute sich. *Das ist klasse! So wird er Hanguang-Jun bei einem Duett zumindest nicht mehr allzu sehr bloßstellen. Um Himmels willen, seine alte Flöte war wirklich hässlich und klang zudem auch noch schrecklich!*

»Sizhui«, sagte Lan Wangji.

Lan Sizhui wurde aus seinen Gedanken gerissen und gab Wei Wuxian Chenqing mit beiden Händen zurück.

Wei Wuxian nahm die Flöte entgegen. Ihm fiel ein, dass es Jiang Cheng gewesen war, der sie mitgebracht hatte, drehte sich zu ihm um und meinte beiläufig: »Danke.« Dann hob er Chenqing hoch und fragte: »Die ... behalte ich?«

Jiang Cheng warf ihm einen Blick zu. »Sie gehört doch ohnehin dir.« Er zögerte einen Moment. Seine Lippen regten sich leicht und er schien noch etwas sagen zu wollen, doch Wei Wuxian hatte sich bereits wieder zu Lan Wangji gedreht. Als Jiang Cheng das sah, sagte er nichts mehr.

Einige der Anwesenden räumten den Schauplatz auf, andere verstärkten die Versiegelung des Holzsargs, ein paar dachten gerade darüber nach, wie man ihn sicher transportieren könnte, und wiederum andere waren wütend.

»Xichen, was ist nur mit dir los?«, fragte Lan Qiren zornig.

Lan Xichen hatte seine Hand auf seine Stirn gepresst, unaussprechlicher Kummer zeichnete sich auf seiner Miene ab. Müde entgegnete er: »Onkel ... ich bitte dich, frage nicht weiter. Wirklich. Ich möchte gerade nicht reden.«

Noch nie hatte Lan Qiren Lan Xichen, den er eigenhändig großgezogen hatte, derart kummervoll und unhöflich erlebt. Er schaute ihn an, dann blickte er zu Lan Wangji, der zusammen mit Wei Wuxian von den anderen umkreist wurde, und sein Zorn verstärkte sich. Von seinen beiden makellosen, perfekten Lieblingsschülern hörte keiner mehr auf ihn, und alle beide bereiteten ihm nichts als Sorgen.

Der Sarg, in dem Nie Mingjue und Jin Guangyao versiegelt lagen, war nicht nur ungeheuer schwer, sondern musste auch noch mit äußerster Vorsicht behandelt werden, daher meldeten sich einige Oberhäupter freiwillig für den Transport. Einer von ihnen sah das Antlitz der Guanyin-Statue und war zunächst überrascht. Ganz so, als hätte er etwas Lustiges entdeckt, machte er auch sofort die anderen darauf aufmerksam. »Schaut euch das Gesicht an! Sieht es nicht aus wie Jin Guangyaos?«

Die anderen betrachteten die Statue und schnalzten verwundert mit der Zunge.

»Es ist tatsächlich sein Gesicht! Wozu hat Jin Guangyao so eine Spielerei hergestellt?«

Oberhaupt Yao meinte: »Er hat sich selbst zur Gottheit erklärt, aus Arroganz eben.«

»Das ist wirklich arrogant. He he he!«

Wei Wuxian dachte sich, dass dies nicht unbedingt stimmen musste.

Jin Guangyaos Mutter war immer nur als Prostituierte angesehen worden, also hatte er eine Guanyin-Statue nach ihrem Vorbild anfertigen lassen, vor der Abertausende niedergekniet und sie angebetet hatten.

Doch es war völlig sinnlos, ihnen dies jetzt zu sagen. Niemand wusste besser als Wei Wuxian, dass es keinen von ihnen interessieren würde, und ebenso wenig würde es jemand glauben. Bei allem, was Jin Guangyao betraf, würde man vom Schlimmsten ausgehen und es würde sich über Gerüchte überall verbreiten.

Bald würde man den Sarg in einen noch größeren, noch stabileren legen und mit zweiundsiebzig Nägeln aus Pfirsichbaumholz verschließen. Man würde ihn tief unter der Erde unter einem Berg vergraben und versiegeln und Warntafeln aufstellen.

Und die Wesen in seinem Inneren, die nun wüsten Beschimpfungen ausgesetzt waren, würden aufgrund der starken Barrieren niemals wiedergeboren werden.

Nie Huaisang lehnte neben dem Tor und beobachtete, wie die Oberhäupter den Sarg über die Türschwelle der Guanyin-Halle trugen. Er schaute an sich herunter und klopfte sich die schmutzige Erde vom Saum, dann schien er etwas erblickt zu haben. Er betrachtete es einen Moment lang. Wei Wuxian sah ebenfalls hin.

Jin Guangyaos Hut war auf den Boden gefallen.

Nie Huaisang bückte sich und hob ihn auf, ehe er langsam den Tempel verließ.

Draußen wartete Fee ungeduldig auf ihren Besitzer und bellte. Als Jin Ling sie hörte, dachte er daran, was für ein tollpatschiger Welpe sie gewesen war. Sie hatte ihm noch nicht einmal bis zu den Knien gereicht, als Jin Guangyao sie ihm mitgebracht hatte.

Damals war Jin Ling gerade einmal wenige Jahre alt gewesen und hatte sich häufig mit den anderen Kindern auf dem Goldene Schuppen Plateau geprügelt. Auch wenn er gewann, freute er sich nicht, sondern schmiss in seinem Zimmer wild mit Sachen um sich und heulte dabei wie ein Schlosshund. Aus Angst, von ihm getroffen zu werden, wagten die Dienerinnen und Diener es nicht, sich ihm zu nähern. Sein Onkel jedoch schlich sich eines Tages grinsend zu ihm herein und fragte: »A-Ling, was ist passiert?«

Augenblicklich zerschmetterte dieser mehrere Vasen vor Jin Guangyaos Füßen.

»Oje, wie brutal. Ich habe mich fast zu Tode erschreckt.« Kopfschüttelnd ging Jin Guangyao weg und tat dabei so, als hätte er große Angst.

Am nächsten Tag schmollte Jin Ling, kam nicht aus seinem Zimmer und aß nicht. Jin Guangyao ging vor seiner Zimmertür hin und her, und Jin Ling, der mit dem Rücken an der Tür lehnte, brüllte, dass er ihn nicht nerven solle. Plötzlich hörte er vor der Tür das Winseln eines Welpen.

Als er die Tür öffnete, kniete dort Jin Guangyao. In seinen Armen hielt er einen kleinen Hund mit kugelrunden, glänzenden Augen und schwarzem Fell. Jin Guangyao schaute hoch und lächelte Jin Ling an. »Ich habe die Kleine hier aufgetrieben und weiß nicht, wie ich sie nennen soll. A-Ling, möchtest du ihr einen Namen geben?«

Sein Lächeln war damals so sanftmütig und offenherzig gewesen, sodass Jin Ling nicht glauben konnte, dass Jin Guangyao es nur vorgetäuscht hatte.

Plötzlich flossen wieder Tränen aus seinen Augen.

Jin Ling war schon immer der Ansicht gewesen, dass Weinen ein Zeichen von Schwäche war und rümpfte darüber seit jeher die Nase. Und doch hatte er außer den herausströmenden Tränen keine andere Möglichkeit, um dem Schmerz und Zorn in seinem Inneren Luft zu machen. Er wusste nicht, was los war, aber es schien ihm, als könnte er niemandem einen Vorwurf machen und auch niemanden hassen. Wei Wuxian, Jin Guangyao, Wen Ning, jeder von ihnen war mehr oder weniger für den Tod seiner Eltern verantwortlich. Für jeden von ihnen fand er einen Grund, um die Person abgrundtief zu hassen. Und doch schien er sie alle auch aus unterschiedlichen Gründen nicht hassen zu können. Aber wenn er sie nicht hasste, wen dann? Geschah es ihm etwa recht, dass er seine Eltern in seiner frühesten Kindheit verloren hatte? Konnte er sich etwa nicht nur nicht rächen, sondern sie noch nicht einmal einfach nur ohne Skrupel hassen?

Irgendwie konnte er sich damit nicht zufriedengeben. Irgendwie empfand er das als ungerecht. Er wünschte, er würde einfach gemeinsam mit ihnen sterben und das alles würde enden.

Oberhaupt Yao sah, wie er den Sarg anstarrte und lautlos weinte. »Junger Herr Jin, weswegen weinst du? Ist es wegen Jin Guangyao?«

Als Jin Ling nicht antwortete, wies Oberhaupt Yao ihn so zurecht, wie ein Zhangbei* es bei einem Xiaobei** des eigenen Clans tun würde: »Warum weinst du? Heb dir deine Tränen auf. So wie dein Onkel war, verdient er es nicht, dass andere um ihn weinen. Junger Herr, verzeih bitte, wenn ich dir zu nahe trete, aber du darfst nicht so schwach sein. Zu weinen käme der Gutmütigkeit einer Frau gleich. Du solltest wissen, was richtig und was falsch ist, und dein …«

Wenn dies noch die Ära wäre, in der das Oberhaupt des Lanling-Jin-Clans als Oberhaupt der Kultivierungswelt sie alle vereinte, hätten andere Oberhäupter es niemals gewagt, einen Schüler des Jin-Clans so von oben herab zu belehren. Doch Jin Guangyao war tot, und im Lanling-Jin-Clan gab es niemanden, der diese Last hätte tragen können. Der Ruf war ebenfalls so gut wie ruiniert und würde wahrscheinlich auch in Zukunft nicht mehr gerettet werden können, sodass die anderen sich nun mehr herausnahmen.

* Ein Zhangbei ist jemand, der (eine Generation) älter, in der Hierarchie höher oder erfahrener und der i. d. R. mit einem verwandt ist oder demselben Clan angehört. ** Ein Xiaobei ist jemand, der (mindestens eine Generation) jünger, in der Hierarchie niedriger oder unerfahrener und i. d. R. mit einem verwandt ist oder demselben Clan angehört.

Jin Ling war ohnehin schon aufgewühlt und völlig durch den Wind. Als er dann auch noch Oberhaupt Yaos Kritik hörte, kochte die Wut in ihm hoch und er brüllte: »Dann will ich eben weinen, na und?! Wer bist du? Was bildest du dir ein? Du mischst dich sogar ein, wenn ich weine?!«

Oberhaupt Yao hatte nicht erwartet, dass nicht nur seine Belehrung fehlschlagen, sondern er stattdessen sogar noch angeschrien werden würde. Seine Miene verfinsterte sich schlagartig. Eine andere Person flüsterte ihm beschwichtigend zu: »Lasst es gut sein, nehmt es einem Kind nicht übel.«

Daraufhin überspielte Oberhaupt Yao seine Scham und Wut und schnaubte stattdessen kalt. »Selbstverständlich. Pah, warum sollte ich es einem Bengel übel nehmen, der noch nicht mal von der Muttermilch entwöhnt wurde und nicht weiß, was richtig und falsch ist?!«

Lan Qiren bewachte den Sarg, der auf einen Wagen gehievt wurde. Er drehte sich um und fragte überrascht: »Wo ist Wangji?«

Eigentlich hatte er vorgehabt, Lan Wangji mit zurück zur Wolkennische zu nehmen und einhundertzwanzig Tage lang ernsthafte Gespräche mit ihm zu führen – und wenn auch das nichts bringen würde, hätte er ihn unter Arrest gestellt. Doch Lan Wangji war innerhalb eines einzigen Wimpernschlags verschwunden.

Lan Qiren ging eine Runde im Kreis und rief mit erhobener Stimme: »Wo ist Wangji?!«

Lan Jingyi antwortete: »Gerade erzählte ich, dass wir Kleiner Apfel mitgebracht und ihn vor dem Tempel angebunden haben, also ist Hanguang-Jun mit ... mit ... zusammen mit ... zu ihm gegangen.«

»Und dann?«, wollte Lan Qiren wissen.

Was danach passiert war, war klar. Vor dem Tempel war keine Spur mehr von Wei Wuxian, Lan Wangji und Wen Ning zu sehen.

Lan Qiren schaute hinter sich zu Lan Xichen, der ihm langsam gefolgt, aber immer noch geistesabwesend war. Er seufzte wütend und ging.

Lan Jingyi schaute sich um und stellte überrascht fest, dass noch jemand fehlte. »Sizhui? Was ist passiert? Wann ist Sizhui denn ebenfalls verschwunden?«

Als Jin Ling hörte, dass Wei Wuxian und Lan Wangji fort waren, rannte er eilig aus dem Tempel und wäre beinahe über die Türschwelle gestolpert. Doch so sehr er sich auch beeilte, er schaffte es nicht mehr, die beiden einzuholen. Fee umkreiste ihn fröhlich und streckte freudig die Zunge heraus. Jiang Cheng stand im Hof unter einem kerzengeraden, turmhohen Baum und sah ihn an. Kalt meinte er: »Wisch dir dein Gesicht ab.«

Jin Ling rieb sich heftig die Augen und befolgte seine Anweisung, ehe er zurückeilte. »Wo sind sie?«

»Fort«, erwiderte Jiang Cheng.

Jin Ling schrie auf: »Du hast sie einfach so gehen lassen?«

»Was sonst? Hätte ich sie aufhalten sollen, damit wir zusammen zu Abend essen? Willst du dich erst bedanken und dich dann bei ihnen entschuldigen?«, spottete Jiang Cheng.

Aufgebracht zeigte Jin Ling mit dem Finger auf ihn. »Kein Wunder, dass er gehen wollte, wenn du dich immer so aufführst! Onkel, wieso bist du so ein schwieriger Mensch?!«

Bei diesen Worten hob Jiang Cheng wütend mit funkelnden Augen die Hand und schimpfte: »Redest du so mit Älteren?! Du willst wohl Schläge!«

Jin Ling zog den Kopf ein, und Fee ihren Schwanz. Doch Jiang Chengs Hand landete nicht auf seinem Hinterkopf, er zog sie stattdessen kraftlos zurück. Unruhig meinte er schließlich: »Halt den Mund. Jin Ling, halt einfach den Mund. Wir gehen zurück. Jeder kehrt dorthin zurück, wo er hingehört.«

Jin Ling war verdutzt. Er zögerte einen Moment, hielt dann aber brav den Mund.

Während er einige Schritte neben Jiang Cheng ging, ließ er den Kopf hängen, ehe er wieder aufschaute. »Onkel, du wolltest vorhin etwas sagen, oder?«

»Etwas sagen? Nein«, stritt Jiang Cheng ab.

Doch Jin Ling pochte darauf. »Vorhin! Ich habe es gesehen. Du wolltest mit Wei Wuxian reden, hast es dann aber doch gelassen.«

Jiang Cheng schwieg einen Moment, ehe er den Kopf schüttelte. »Es gibt nichts zu sagen.«

Was hätte er sagen sollen?

Ich wurde damals überhaupt nicht vom Wen-Clan geschnappt, weil ich unbedingt zum Lotuspier zurückkehren wollte, um die Leichname meiner Eltern zurückzuholen. Bei dieser kleinen Stadt, an der wir bei unserer Flucht Halt gemacht haben, hat uns eine Gruppe von Kultivierern des Wen-Clans eingeholt, als du Essen gekauft hast. Ich habe sie rechtzeitig entdeckt und meinen Sitzplatz verlassen, um mich in einer Ecke zu verstecken. Ich wurde nicht erwischt, doch da sie auf den Straßen patrouillierten, hätten sie dich beim Proviant kaufen bald entdeckt. Also bin ich hervorgekommen, um sie wegzulocken.

Doch genauso, wie Wei Wuxian ihm nicht die Wahrheit darüber hatte sagen können, dass er sich damals seinen goldenen Kern hatte herausschneiden lassen, so konnte auch Jiang Cheng ihm dies nicht erzählen.

❖

Kapitel 23:

Wangxian

Es war noch nicht hell und draußen herrschte noch immer Stille.

Wei Wuxian und Lan Wangji bewegten sich eine Straße entlang, wobei man lediglich hörte, wie die Hufe des Esels auf dem Boden aufkamen.

Wei Wuxian saß auf dem Rücken des Esels und klopfte ihm einige Male auf das Hinterteil. Seine Satteltaschen waren prall gefüllt mit Äpfeln, die wahrscheinlich von den Jungen des Lan-Clans stammten und ihm als Wegzehrung dienen sollten. Wei Wuxian kramte einen aus einer der Taschen und führte ihn zum Mund. Während er Lan Wangjis schönes Profil anstarrte, biss er knackend ab. Als Kleiner Apfel bemerkte, dass Wei Wuxian ihm so schamlos einen seiner Äpfel wegfutterte, schnaubte er wütend durch seine Nasenlöcher und schlug mit den Hufen aus. Wei Wuxian interessierte das herzlich wenig. Er klopfte ihm lediglich weiter einige Male auf sein Hinterteil und stopfte sich den Rest des Apfels in den Mund.

»Lan Zhan, wusstest du das? Diese Sisi schien eine Freundin von Jin Guangyaos Mutter gewesen zu sein.«

»Nein, wusste ich nicht.«

Wei Wuxian war sich nicht sicher, ob er lachen oder weinen sollte. »Das habe ich doch nur so daher gesagt, die Frage war doch überhaupt nicht ernst gemeint. Ich habe es in der Guanyin-Halle während der *Empathie* gesehen, durch die grollende Seele der Frau. Sisi hat sich sehr um Jin Guangyaos Mutter gekümmert.«

Einen Moment herrschte Stille, ehe Lan Wangji sie durchbrach. »Deshalb hat Jin Guangyao ihr Leben verschont.«

»Wahrscheinlich. Ich hatte Angst, dass Zewu-Jun wieder Mitleid mit ihm bekommt, wenn er das erfährt, darum habe ich nichts gesagt. Ich denke, es wäre auch unpassend, ihn jetzt darauf aufmerksam zu machen«, meinte Wei Wuxian.

»Sollte er in Zukunft danach fragen, werde ich es ihm erzählen«, meinte Lan Wangji.

»Auch gut«, erwiderte Wei Wuxian.

Er schaute zurück und stieß einen Seufzer aus – was selten bei ihm vorkam. »Mit so einem Chaos will ich mich nicht mehr befassen, lassen wir das.«

Lan Wangji nickte, zog am Zügel von Kleiner Apfel und führte ihn weiter einen Weg entlang.

Nur man selbst konnte seine eigenen Probleme lösen. Auch wenn es sich bei Lan Xichen um seinen Bruder handelte, so konnte Lan Wangji ihm die Last nicht abnehmen. Es würde auch nichts bringen, ihn zu trösten, all seine Anstrengungen wären vergebens.

Lan Wangji zögerte, sagte dann jedoch: »Wei Ying.«

»Ja?«

»Es gibt etwas, das ich dir nie erzählt habe.«

Wei Wuxian spürte, wie sein Herzschlag für einen Moment aussetzte. »Was denn?«

Lan Wangji hielt an und sah ihm direkt in die Augen. Er wollte gerade den Mund aufmachen, da hörten die beiden hinter sich eilige Schritte.

»Hilfe, so schnell haben sie uns eingeholt?«, rief Wei Wuxian.

Tatsächlich holte sie jemand ein, aber die Person war nicht wirklich unerwünscht.

Schnaufend rannte Lan Sizhui auf sie zu. »H... Hanguang-Jun, Wei Qianbei!«

Wei Wuxian stützte seine Arme auf dem Kopf des Esels ab. »Sizhui, ich will mit eurem Hanguang-Jun durchbrennen, warum folgst du uns? Hast du keine Angst davor, vom werten Herrn Lan ausgeschimpft zu werden?«

Lan Sizhui wurde rot. »Wei Qianbei, bitte sei doch nicht so. Ich bin euch nur deshalb gefolgt, weil ich eine überaus wichtige Frage habe!«

»Welche?«, wollte Wei Wuxian wissen.

»Ich habe mich an einige Dinge erinnert, derer ich mich aber nicht vergewissern konnte, daher ... daher bin ich gekommen, um euch zu fragen«, meinte Lan Sizhui.

Lan Wangji sah erst ihn an, dann schaute er zu Wen Ning. Dieser nickte.

»Was möchtest du uns denn fragen?«, hakte Wei Wuxian nach.

Lan Sizhui streckte seine Brust heraus und nahm einen tiefen Atemzug. »Jemand, der sich selbst als Meisterkoch bezeichnet hat, während all die von ihm zubereiteten Speisen nicht nur in den Augen, sondern auch im Magen gebrannt haben.«

Wei Wuxian verstand nicht. »Hä?«

Lan Sizhui fuhr fort: »Jemand, der mich bis zum Hals in einem Rettichfeld vergraben hat und sagte, dass ich ganz schnell wachsen würde, wenn ich mich sonnen und gegossen werden würde. Und dass aus mir sogar einige Freunde sprießen würden, mit denen ich dann spielen könnte.«

Wei Wuxian fehlten die Worte.

»Jemand, der Hanguang-Jun zum Essen einladen wollte, letzten Endes aber doch nicht bezahlt hat, weil er einfach wegrannte, sodass am Ende Hanguang-Jun derjenige war, der die Rechnung beglichen hat.«

Wei Wuxian machte große Augen und schien beinahe vom Esel zu fallen. »Du ... Du ...«

Lan Sizhui schaute Wei Wuxian und Lan Wangji direkt in die Augen. »Vielleicht war ich damals noch zu klein, sodass ich mich an vieles nicht mehr richtig erinnere, doch bei einer Sache bin ich mir sicher ... Einst trug ich den Nachnamen Wen.«

Wei Wuxians Stimme zitterte, als er sprach: »Du hießt Wen? Ist dein Name nicht Lan? Lan Sizhui, Lan Yuan ...« Er murmelte: »Lan Yuan ... Wen Yuan?«

Lan Sizhui nickte heftig. Auch seine Stimme zitterte nun beim Sprechen. »Wei Qianbei, ich ... Ich bin A-Yuan!«

Wei Wuxian konnte die Information noch gar nicht verarbeiten und fragte irritiert: »A-Yuan ... Ist A-Yuan nicht gestorben? Damals ist er doch allein bei den Grabhügeln zurückgeblieben ...«

Noch bevor er den Satz beendet hatte, hallten Lan Xichens Worte in seinem Kopf wider. »›Es heißt, dass er in den Jahren seine Fehler reflektiert hat, aber eigentlich ist er so schwer verletzt gewesen, dass er sich kaum bewegen konnte. Und trotz alldem hat er, nachdem er von deinem Tod erfahren hat, sich in diesem Zustand noch zu den Grabhügeln geschleift. Er war einfach nicht davon abzubringen und wollte sich unbedingt vergewissern ...‹« Ruckartig drehte er sich zu Lan Wangji. »Lan Zhan, warst du das?!«

Lan Wangji bestätigte seine Annahme: »Ja.« Er sah Wei Wuxian direkt an. »Das ist es, was ich dir nie erzählt habe.«

Für eine lange, lange Zeit konnte Wei Wuxian kein Wort hervorbringen.

Schließlich hielt Lan Sizhui es nicht mehr aus. Er schrie laut auf, sprang vor und drückte mit der einen Hand Wei Wuxian und mit der anderen Lan Wangji fest an sich. Er umschlang sie so eng, dass Wei Wuxian und Lan Wangji gegeneinanderprallten und erschraken.

Lan Sizhui vergrub seinen Kopf an ihren Schultern. »Hanguang-Jun, Wei Qianbei, ich ... ich ...«

Als Wei Wuxian und Lan Wangji nur wenige Zentimeter voneinander entfernt seine erstickte Stimme hörten, tauschten sie einen Blick aus. Beide sahen etwas Sanftes in den Augen des jeweils anderen.

Wei Wuxian brachte seine Emotionen wieder unter Kontrolle und klopfte Lan Sizhui auf die Schulter. »Ist ja gut, wieso weinst du denn?«

»Ich weine nicht ... Es ist nur ... Plötzlich ist mir so schwer ums Herz, aber gleichzeitig freue ich mich auch unglaublich ... Ich weiß auch nicht, wie ich es sagen soll ...«, erwiderte Lan Sizhui.

Einen Moment lang schwiegen sie, ehe auch Lan Wangji ihm auf die Schulter klopfte. »Dann sage eben nichts.«

»Genau«, stimmte Wei Wuxian zu.

Als Erwiderung drückte Lan Sizhui die beiden noch fester an sich. Kurze Zeit später meldete sich Wei Wuxian zu Wort: »Hey, hey, hey, du hast ja ganz schön viel Kraft in den Armen. Da merkt man, dass Hanguang-Jun dich unter seine Fittiche genommen hat …«

Lan Wangji warf ihm einen Blick zu. »Du hast ihn ebenfalls aufgezogen.«

»Dann ist es ja kein Wunder, dass er zu so einem stattlichen jungen Mann herangewachsen ist«, erwiderte Wei Wuxian.

Doch Lan Sizhui warf ein: »Wei Qianbei hat mir nichts beigebracht.«

»Wer sagt das denn? Du warst nur noch zu klein, daher hast du alles vergessen, was ich dir beigebracht habe«, protestierte Wei Wuxian.

»Ich habe es nicht vergessen, ich erinnere mich wieder. Wobei … Ich glaube, du hast mir wirklich etwas beigebracht.«

»Nicht wahr?«

Mit ernster Miene meinte Lan Sizhui: »Du hast mir beigebracht, wie man erotische Bildbände als gewöhnliche Bücher tarnt.«

Wei Wuxian fehlten die Worte.

Lan Wangji warf ihm erneut einen Blick zu.

Lan Sizhui fuhr fort: »Und wenn hübsche Frauen vorbeigingen, hast du mir gezeigt, wie man …«

»So ein Unsinn! Kind, wie kommst du denn nur auf solche Dinge? Du hast bestimmt geträumt. Wie könnte ich einem Kind denn so etwas beibringen«, unterbrach Wei Wuxian ihn.

Lan Sizhui hob seinen Kopf. »Onkel Wen Ning kann das bezeugen. Er müsste dabei gewesen sein.«

»Was soll er denn bezeugen, das ist nie passiert«, widersprach Wei Wuxian.

»Ich … Ich erinnere mich an nichts …«, brachte Wen Ning hervor.

»Hanguang-Jun, alles, was ich gesagt habe, entspricht der Wahrheit«, beteuerte Lan Sizhui.

Lan Wangji nickte. »Ich weiß.«

Wei Wuxian zeterte auf dem Rücken des Esels. »Mensch, Lan Zhan!«

Dann schwenkte er gedanklich jedoch um und fragte: »Wo wir gerade dabei sind, wie hast du dich erinnert, Sizhui?«

»Das weiß ich auch nicht so genau, aber als ich Chenqing gesehen habe, kam sie mir äußerst bekannt vor«, meinte Lan Sizhui.

Natürlich war es Chenqing gewesen.

»Ach, logisch kommt sie dir bekannt vor. Du hast es früher geliebt, auf ihr herumzukauen. Ständig hast du sie vollgesabbert, sodass ich nicht auf ihr spielen konnte.«

Augenblicklich wurde Lan Sizhui rot. »W... War das so ...?«

Wei Wuxian grinste. »Klar, wieso sonst hättest du dich an alles erinnern sollen, sobald du sie erblickt hast? Möchtest du noch mehr über deine Kindheit hören?«

Er stellte mit seinen beiden Händen zwei Schmetterlinge nach. »Hanguang-Jun, erinnerst du dich noch daran, wie ich dich damals zum Essen eingeladen habe und er mit einem Schmetterlingspaar in der Hand murmelte: ›Ich mag dich.‹ – ›Ich mag dich auch.‹«

Lan Sizhui lief knallrot an, doch Wei Wuxian hörte nicht auf: »Ach, genau, damals hast du Hanguang-Jun auch noch mitten in einer großen Menschenmenge ›Papa‹ genannt. Armer Hanguang-Jun, er war damals in der Blüte seiner Jugend, so rein und unbefleckt, und dann wurde er mysteriöserweise plötzlich Vater ...«

»Ahhhhhhhhhhhhhh!« Mit rot angelaufenem Gesicht schrie Lan Sizhui: »Hanguang-Jun, entschuldige!«

Lan Wangji schaute den grinsenden Wei Wuxian an und schüttelte den Kopf, sein Blick war jedoch voller Sanftmut.

Wei Wuxian redete weiter: »Ach ja, Wen Ning, du wusstest das alles längst?«

Wen Ning nickte, und Wei Wuxian war schockiert. »Warum hast du es mir dann nicht erzählt?«

Wen Ning warf Lan Wangji einen Blick zu und erwiderte vorsichtig: »Der junge Herr Lan hat nicht gesagt, dass ich es dir erzählen soll, daher ...«

Wei Wuxian wurde zornig. »Wieso hörst du so sehr auf ihn, du bist doch der Geistergeneral?! Warum sollte der Geistergeneral sich vor Hanguang-Jun fürchten? Damit blamierst du mich ja wohl bis auf die Knochen?!«

Lan Sizhui schrie immer noch: »Hanguang-Jun, entschuldige!«

Bei einem Hain am Rande der Stadt Yunping trennten sich ihre Wege.

»Junger Herr, wir gehen dort entlang«, verabschiedete sich Wen Ning.

»Dort entlang?«, fragte Wei Wuxian.

»Du hast mich doch einmal gefragt, was ich tun werde, wenn alles zu Ende ist. Ich habe mit A-Yuan abgemacht, dass wir zunächst nach Qishan gehen und die Asche unserer Familie dort vergraben. Außerdem möchte ich mich dort umsehen und schauen, ob ich noch Dinge von meiner Schwester aus Lebzeiten finde und ihr ein Kenotaph* errichten.«

»Ich hatte ursprünglich eins für sie und dich bei den Grabhügeln errichtet, aber es ist niedergebrannt worden. Wir kommen auch mit nach Qishan«, sagte Wei Wuxian.

Er drehte sich zu Lan Wangji um, doch Wen Ning meinte: »Das ist nicht nötig.«

Wei Wuxian war verdutzt. »Du willst nicht, dass wir zusammen gehen?«

»Wei Qianbei, geh doch mit Hanguang-Jun«, meinte Lan Sizhui.

Wei Wuxian wollte noch etwas erwidern, als Wen Ning erneut ablehnte. »Das ist wirklich nicht nötig, junger Herr Wei. Du hast genug getan.«

Einen Moment lang herrschte Stille, ehe Wei Wuxian fragte: »Und was machst du danach?«

* Ein Kenotaph ist ein Grab, welches keine sterblichen Überreste enthält. Es ehrt den oder die Verstorbenen und wahrt die Erinnerung.

»Danach bringe ich A-Yuan zur Wolkennische zurück. Anschließend überlege ich in aller Ruhe, was ich tun möchte. Lass mich von nun an bitte meinen eigenen Weg gehen.«

Wei Wuxian nickte langsam. »Auch gut …«

In all den Jahren war dies das erste Mal, dass Wen Ning ihm nicht folgte, sondern allein seine Entscheidung traf. Es gab etwas, das er tun wollte. Und genau das hatte Wei Wuxian immer gehofft. Dass jeder seinen eigenen Weg ging. Doch jetzt, wo dieser Tag wirklich gekommen war und er dabei zusah, wie Wen Nings und Lan Sizhuis Silhouetten sich allmählich immer weiter entfernten und schließlich ganz verschwanden, war er doch ein wenig traurig.

Der Einzige, der jetzt noch an seiner Seite war, war Lan Wangji.

Glücklicherweise war er aber auch der Einzige, den er an seiner Seite wissen wollte.

»Lan Zhan.«

»Mhm.«

»Du hast ihn gut erzogen.«

»Wir werden ihnen in Zukunft noch bei vielen Gelegenheiten über den Weg laufen.«

»Ich weiß.«

»Wenn Wen Ning Sizhui zur Wolkennische zurückbringt, kann er sich in der Nähe niederlassen und ihn häufig besuchen.«

Wei Wuxian sah ihn an und fragte: »Lan Zhan, kann es sein, dass es dir Angst macht, wenn ich dir danke? Mir ist plötzlich eingefallen, dass ich mich in meinem vorherigen Leben jedes Mal bei dir bedankt habe, bevor sich unsere Wege wieder trennten. Und bei jedem darauffolgenden Wiedersehen habe ich mich schlimmer benommen.«

Als er in Yunmeng vom Pavillon aus Blumen auf Lan Wangji geworfen hatte und auch bei ihrer Verabschiedung bei den Grabhügeln in Yiling damals. Jedes Mal hatte er mit diesem Wort eine klare Linie zwischen sich und Lan Wangji gezogen und die Distanz zwischen ihnen vergrößert.

Lan Wangji schwieg eine Weile, ehe er sagte: »Zwischen dir und mir sind entschuldigende Worte oder welche des Danks nicht nötig.«

Wei Wuxian lächelte. »Na gut, dann reden wir doch über etwas anderes. Zum Beispiel ...« Er senkte seine Stimme und deutete Lan Wangji mit einer Geste seiner Hand, näher zu kommen, augenscheinlich um ihm etwas ins Ohr zu flüstern.

Und Lan Wangji kam tatsächlich näher.

Schnell streckte Wei Wuxian seine rechte Hand aus, hob sein Kinn, beugte sich zu ihm hinunter und presste seine Lippen auf Lan Wangjis.

Erst nach einer langen Zeit löste er sich ein klein wenig von ihm. Ihre Wimpern berührten einander noch und Wei Wuxian flüsterte: »Wie ist das?«

Lan Wangji sagte nichts.

»Hanguang-Jun, reagier doch ein wenig.«

Lan Wangji schwieg auch weiterhin.

»Du bist so gleichgültig. Solltest du mich in so einem Moment nicht viel eher heftig zu Boden werfen ...«

Noch bevor Wei Wuxian seinen Satz beenden konnte, umschlang Lan Wangji mit beiden Händen seinen Hals und zog Wei Wuxians Kopf grob zu sich herunter. Wieder küssten sie sich.

Kleiner Apfel erschrak so sehr, dass er sogar aufhörte, den Apfel in seinem Maul zu zerkauen. Als wäre er ein starrer Holzesel, bewegte er sich keinen Millimeter mehr.

Kurz darauf konnte Kleiner Apfel Wei Wuxian nicht länger tragen. Lan Wangji umfasste seinen Rücken mit der linken und seine Beine mit der rechten Hand und hob ihn vom Rücken des Esels herunter. Wie gewünscht drückte er Wei Wuxian zu Boden. Der knabberte eine Weile lang wild an ihm herum, als er plötzlich aufschreckte. »Warte, Moment!«

»Was?«, wollte Lan Wangji wissen.

Wei Wuxian kniff die Augen zusammen. »Ich habe da plötzlich so ein Gefühl ...«

Der Hain, die Büsche, das Gras, die heftigen Bewegungen, verschlungene Zungen und Münder ... Das kam ihm irgendwie bekannt vor. Er überlegte weiter und je länger er darüber nachdachte, desto vertrauter erschien es ihm seltsamerweise. Es gab da etwas, dass er unbedingt fragen musste, also versuchte er es vorsichtig. »Bei der Umzingelungsjagd in den Baifeng-Bergen, als meine Augen verbunden waren ... Lan Zhan, hast du da ...« Er sprach die Frage nicht vollständig aus.

Lan Wangji antwortete nicht, doch seine Finger krümmten sich leicht. Als Wei Wuxian seinen merkwürdigen Gesichtsausdruck bemerkte, stützte er seinen Oberkörper sofort mit seinen Ellbogen hoch und presste sein Ohr an Lan Wangjis Brust. Wie erwartet hörte er ein heftiges, unaufhörliches Pochen.

»...« Schockiert stellte Wei Wuxian fest: »Oh, du warst es wirklich?!«

Lan Wangjis Adamsapfel bewegte sich. »Ich ...«

Wei Wuxian konnte es nicht fassen. »Lan Zhan, das würde man dir wirklich nicht zutrauen! So etwas tust du?«

»...«

»Weißt du, ich dachte immer, dass es irgendeine schüchterne Schönheit gewesen ist, die heimlich in mich verliebt war und sich nicht getraut hat, es mir zu sagen«, meinte Wei Wuxian.

»...«

»Du hast also damals schon etwas für mich empfunden?«, fragte Wei Wuxian.

»...« Lan Wangji hauchte: »Ich ... wusste ... dass das nicht richtig ist. Überhaupt nicht richtig.«

Wei Wuxian erinnerte sich daran, wie er Lan Wangji damals allein im Bergwald entdeckt hatte, als der gerade dabei gewesen war, einen Baum zu zerschlagen. »Deswegen warst du so zornig?«

Wei Wuxian war davon ausgegangen, dass er auf jemanden wütend gewesen war, und hatte keine Ahnung gehabt, dass seine Wut sich gegen sich selbst gerichtet hatte. Gegen seine Impulsivität, gegen seine Unfähigkeit, sich zu kontrollieren, gegen die Tatsache, dass er die Gelegenheit ausgenutzt hatte, dass er sich nicht wie ein Edelmann verhalten hatte und dass er gegen die Regeln seines Clans verstoßen hatte.

Als Wei Wuxian sah, wie tief Lan Wangji den Kopf hängen ließ und sich anscheinend wieder in Selbstreflexion übte, kitzelte Wei Wuxian ihn am Kinn. »Das reicht jetzt, du musst dir darüber nicht so sehr den Kopf zerbrechen. Ich freue mich riesig, dass du mich so früh schon geküsst hast. Das war mein erster Kuss, herzlichen Glückwunsch, Hanguang-Jun.«

Plötzlich schaute Lan Wangji ihn an. »Dein erster Kuss?«

»Ja, was dachtest du denn?«

Lan Wangji starrte ihn intensiv an, seine Augen blitzten kaum merklich auf. »Dann ...«

»Was dann? Das ist aber gar nicht dein Stil, so zu stocken, Lan Zhan.«

»Dann, warum ... warum ... hast du ... damals ...«

Verwundert fragte Wei Wuxian: »Was warum?«

Lan Wangjis Lippen regten sich. »Warum hast du dich nicht gewehrt?«

Wei Wuxian hielt inne.

Mit gedämpfter Stimme fuhr Lan Wangji fort: »Du ... wusstest eindeutig nicht, wer dein Gegenüber ist, warum hast du dich dann trotzdem nicht gewehrt? Und außerdem, warum hast du mir danach gesagt ...«

Was hatte er ihm gesagt?

Endlich fiel es Wei Wuxian wieder ein.

Nachdem er Lan Wangji danach »zufällig« begegnet war, hatte er selbstgefällig vor ihm geprahlt und von seinem reichen Erfahrungsschatz berichtet. Und dann hatte er auch noch gemeint, dass es niemand wagen würde, Lan Wangji zu küssen, ebenso wie Lan Wangji sicher niemals jemanden küssen würde. Er hatte sogar gemeint, dass Lan Wangji seinen ersten Kuss ein Leben lang nicht loswerden würde. Plötzlich hielt er sich den Bauch und brach in schallendes Gelächter aus. Dabei schlug er auf den Boden. »Ha ha ha ha ha ha ha ha ha ...«

»...«

Lachend umfasste Wei Wuxian Lan Wangji und gab ihm einen Kuss. »Kurzum, du dachtest, dass ich wirklich schon mal von jemandem geküsst wurde?! Und das war es, worüber du dich am meisten aufgeregt hast?! Lan Zhan, was für ein Dummkopf du doch bist! Ich habe doch nur Blödsinn geredet, verdammt noch mal, und das kaufst du mir ab? Nur jemand Stocksteifes wie du würde mir das glauben, ha ha ha ha ha ha ...«

Sein Lachen war zu laut, zu übertrieben, sodass Lan Wangji es schließlich nicht mehr aushielt und ihn zu Boden drückte.

Sie ließen Kleiner Apfel stehen und rollten sich eng umschlungen hinter einen Busch.

So kurz nach dem Platzregen war das Gras noch von Regentropfen benetzt, die nun Lan Wangjis weiße Kleidung befeuchteten. Doch das war egal, denn Wei Wuxian riss sie ihm sowieso kurz darauf herunter.

»Beweg dich nicht«, sagte er sanft.

Der Geruch von frischem Gras umgab Wei Wuxians Hals und seine Lippen. Lan Wangji hingegen duftete nach kühlem Sandelholz. Er kniete sich zwischen Lan Wangjis Beine und küsste ihn von der Stirn an abwärts.

Zwischen die Augenbrauen, auf die Nasenspitze, die Wangen, die Lippen und auf das Kinn. Auf den Adamsapfel, das Schlüsselbein, und die Brust.

Überaus ergeben folgte er den Wölbungen des Körpers.

Als er mit seinen Küssen bei Lan Wangjis hartem Unterleib ankam, glitten einige Haarsträhnen von seiner Schulter herab und streichelten zusammen mit seinen hauchenden, kurzen Atemzügen die gefährlich empfindsame Region.

Lan Wangji schien es nicht länger auszuhalten und streckte seine Hand aus, um ihn an der Schulter zu packen. Doch Wei Wuxian ergriff sein Handgelenk.

»Ich habe doch gesagt, nicht bewegen. Ich mache das.«

Seine Haare waren ein wenig durcheinander, also nahm er sein Haarband ab und band sie wieder zusammen. Dann senkte er seinen Kopf.

Lan Wangji bemerkte, was er vorhatte. »Nicht«, flüsterte er mit einer etwas unruhigen Miene.

Aber Wei Wuxian bestand darauf. »Doch.« Und nahm ihn dann sanft in den Mund.

Er achtete darauf, ihn nicht zu beißen, während er den Schaft vorsichtig umschloss. Er nahm ihn so tief auf, bis er an seinen Rachen stieß und es ein wenig unangenehm wurde.

Lan Wangji bemerkte sofort, dass er sich unwohl fühlte. Er befürchtete, dass Wei Wuxian sich dazu zwang, und wollte ihn daher wegschieben. »Das ist nicht nötig.«

Wei Wuxian schlug seine Hand weg und begann langsam zu saugen.

»Du ...«

Es dauerte jedoch nur einen Moment und Lan Wangji war außerstande, noch ein weiteres Wort hervorzubringen.

Mit der Menge an erotischen Bildbänden, die Wei Wuxian seit seiner Jugend studiert hatte, hätte man ein ganzes Zimmer im Bücherpavillon des Gusu-Lan-Clans füllen können. Außerdem war er überaus intelligent. Das befolgend, was er gesehen und gelernt hatte, umspielte er nun sorgsam mit Lippen und Zunge gleichzeitig das glühende, harte Objekt.

Für Lan Wangji, dessen sensibelster Körperteil von Wei Wuxian in seinen warmen, feuchten Mund aufgenommen und mit so viel Mühe umsorgt wurde, war es die reinste Folter, sich beherrschen zu müssen, um nicht die Kontrolle zu verlieren und seinem rohen Verlangen freien Lauf zu lassen.

Wei Wuxian merkte, wie Lan Wangjis Atem immer schneller wurde. Immer fester krallte er sich mit den Fingern in seine Schultern. Wei Wuxian beschleunigte das Tempo, und gerade als sein Hals und seine Wangen langsam taub wurden, spürte er die warme Flüssigkeit seine Kehle hinabgleiten.

Sie war klebrig und verströmte einen starken Moschusgeruch. Als sie so plötzlich auf seine Rachenwand traf, musste Wei Wuxian heftig würgen. Sofort zog er sich von dem langen Glied in seinem Mund zurück und hustete. Lan Wangji klopfte ihm auf den Rücken und wirkte erstaunlicherweise ein wenig hilflos. »Spuck es aus, schnell.«

Wei Wuxian bedeckte seinen Mund und schüttelte den Kopf. Einen Moment später nahm er seine Hand weg und streckte Lan Wangji die Zunge entgegen. Er öffnete weit den Mund, um ihn hineinblicken zu lassen. »Ich habe es geschluckt.«

Seine Zungenspitze und seine Lippen waren leuchtend rot, während ein Lächeln seine Mundwinkel umspielte, an denen noch etwas weißer Saft haftete.

Fassungslos schaute Lan Wangji ihn an, unfähig ein Wort hervorzubringen. Er war ein renommierter Kultivierer, enthaltsam wie kein anderer, und doch blieb in diesem Moment nichts von seiner sonstigen Gleichgültigkeit und Korrektheit übrig. Selbst die Enden seiner Augenbrauen liefen leicht rosa an. Mit dem bisschen mehr Farbe im Gesicht wirkte es, als wäre er gerade heftig von jemandem schikaniert worden. Wei Wuxian war von diesem Anblick überaus entzückt. Mit nacktem Oberkörper umschlang er Lan Wangji und küsste erst dessen Mundwinkel und dann seine Augenlider.

»Brav, keine Angst. Nächstes Mal bist du dran. Du musst aber genauso gut sein, verstanden?«

An seinem Mund klebte noch Liebessaft, welcher durch den Kuss nun auch an Lan Wangji haften blieb. Kombiniert mit seinem gedankenverlorenen Gesichtsausdruck wirkte er absolut liebreizend. Wei Wuxian küsste ihn noch einmal und zwitscherte: »Lan Zhan, ich bin so verliebt in dich.«

Langsam schaute Lan Wangji ihn an.

Wei Wuxian wusste nicht, ob er sich täuschte, aber seine Augen schienen beinahe ein wenig blutunterlaufen zu sein. Den Ausdruck *in* seinen Augen bemerkte er allerdings nicht.

Lan Wangji hatte sich mit all seiner Kraft zurückgehalten und war kurz vorm Durchdrehen.

Wei Wuxian nahm an, dass er noch nicht genug hatte, und umfasste daher mit seiner rechten Hand sein glühend heißes Glied. Langsam rieb er es und meinte: »Lass uns von nun an für immer so sein, okay?«

Ruckartig drehte Lan Wangji sich um und presste ihn ins Gras.

Augenblicklich hatten sie die Positionen gewechselt.

Als Wei Wuxian spürte, wie Lan Wangji an ihm herumknabberte, lächelte er und zog seinen Kopf weg. »Wozu denn die Eile, ich habe doch gesagt, du kannst das nächste Mal ...«

Plötzlich spürte er einen Schmerz in seiner unteren Körperregion und schrie auf. Mit leicht zusammengekniffenen Augenbrauen fragte er: »Lan Zhan, was hast du da reingesteckt?«

Die Frage war rhetorisch gewesen, denn er konnte fühlen, dass es ein langer, schmaler Finger war. Reflexartig kniff er die Beine zusammen, doch das merkwürdige Gefühl wurde noch intensiver, da Lan Wangji bereits einen zweiten Finger hineingleiten ließ.

Wei Wuxian war einst ein Jugendlicher voller Vitalität gewesen. Er hatte unzählige erotische Bildbände studiert, darunter hatten sich jedoch keine Werke über die homosexuelle Liebe befunden. Früher hatte er weder Interesse daran noch die Absicht gehabt, einmal dieses außergewöhnliche Abenteuer zu wagen. Daher war er wie selbstverständlich davon ausgegangen, dass der Liebesakt zwischen Männern nun eben aus diesen Dingen bestand: hier ein Kuss, dort eine Umarmung, und maximal nahm man noch Mund und Hände dazu; mehr wusste er nicht. Erst jetzt, als er so von Lan Wangji zu Boden gedrückt wurde und dieser ihm nach und nach seine Finger einführte und ihn dehnte, bemerkte Wei Wuxian, dass dem wohl nicht so war.

Abgesehen von dem sanften Schmerz fühlte es sich ungewohnt und auch ein wenig verspielt an. Als jedoch der dritte Finger hinzukam, brachte er schließlich kein Lächeln mehr hervor. Das Eindringen an dieser intimen Stelle seines Körpers reizte seine Haut zu sehr, sodass die Öffnung sich mittlerweile unangenehm geschwollen anfühlte. Allerdings waren die drei Finger ja noch um einiges schmaler als das, was er vorhin in den Mund genommen hatte. Wei Wuxian hielt es nicht mehr länger aus.

»Lan Zhan, Lan Zhan, das … du … Beruhige dich doch mal. Geht das wirklich so? Bist du dir sicher, dass du dich nicht irrst? Macht man das so? Ich glaube, das ist ein wenig …«

Doch Lan Wangji schien ihn gar nicht mehr zu hören, grob schloss er ihm den Mund. Dann bewegte er seinen Körper tiefer und wollte in ihn eindringen. Es war erst mal nur die Spitze, doch sofort riss Wei Wuxian die Augen weit auf und seine Beine krümmten sich ruckartig.

Ihre Körper klebten aneinander, ihre Herzen hämmerten wild und ihr Atem raste.

Heiser sagte Lan Wangji: »Entschuldige … Ich konnte mich nicht mehr zurückhalten.«

Als Wei Wuxian seine roten Augen sah, und in ihnen die Anstrengung seiner Zurückhaltung, biss er die Zähne zusammen und meinte: »Dann halte dich nicht zurück. Wenn du es nicht kannst ... dann ... dann ... Was mache ich dann jetzt?«

Wei Wuxian fragte ausgerechnet Lan Wangji, der eigentlich selbst kaum Ahnung hatte.

»Entspann dich.«

»Okay, ich entspanne mich, ich entspanne mich ...«, murmelte Wei Wuxian.

Nachdem er sich ein wenig beruhigt hatte, versuchte Lan Wangji weiter einzudringen. Sofort spannte Wei Wuxian unwillkürlich seine Gesäß- und Unterleibsmuskeln an, während ein schweres Stöhnen aus seiner Kehle drang.

»Tut es weh?«, erkundigte sich Lan Wangji.

Wei Wuxian umschlang ihn und zitterte unkontrolliert. Mit Tränen in den Augen sagte er: »Ja, es ist ja auch mein erstes Mal, natürlich tut es weh.«

Wei Wuxian spürte, wie Lan Wangji noch härter in ihm wurde.

Man konnte sich vorstellen, wie es sich anfühlte, wenn das weiche, schwache Innere des Körpers von einem harten Objekt in Besitz genommen wurde, das nicht zu einem selbst gehörte. Doch als Wei Wuxian daran dachte, wie der anständige, selbstbeherrschte Hanguang-Jun bei einer so simplen Aussage seinen Körper nicht mehr unter Kontrolle hatte, musste er prusten. Da er ebenfalls ein Mann war, wusste er, wie unangenehm es sich für Lan Wangji anfühlen musste, jetzt festzustecken, und trotzdem nahm er Rücksicht auf Wei Wuxian und drang nicht weiter unkontrolliert ein.

Wei Wuxian schmolz dahin. Er ergriff die Initiative und zog Lan Wangji am Hals zu sich herunter. Sanft flüsterte er ihm ins Ohr: »Lan Zhan, lieber Lan Zhan, zweiter Bruder Lan. Ich verrate dir, wie es geht. Küss mich schnell, dann vergesse ich den Schmerz ...«

Lan Wangjis schneeweiße Ohrläppchen wurden knallrot.

»H... Hör auf, mich so zu nennen«, brachte Lan Wangji mit großer Mühe hervor.

Als Wei Wuxian hörte, wie er stotterte, lachte er. »Das gefällt dir nicht? Dann nenne ich dich eben anders. Bruder Wangji, Zhan-Er*, Hanguang-Jun, was gefällt dir .... Ahhhmmpf!«

Lan Wangji hatte ihm in die Lippe gebissen und presste ihn nun mit seinem Körper zu Boden. Wei Wuxians Rufe blieben ihm alle im Halse stecken. Er klammerte sich eisern an Lan Wangjis Schultern und zog fest die Augenbrauen zusammen. Ihm kamen die Tränen. Mit beiden Beinen umklammerte er Lan Wangjis Hüfte fest und wagte es nicht, sich zu regen.

Schließlich kam Lan Wangji wieder ein wenig zu sich und nahm einige Atemzüge. »Entschuldige.«

Wei Wuxian schüttelte den Kopf und zwang sich zu einem Lächeln. »Du hast es doch selbst gesagt. Zwischen dir und mir sind solche Worte nicht nötig, niemals.«

Behutsam küsste Lan Wangji ihn, seine Bewegungen schienen beinahe ein wenig unbeholfen. Wei Wuxian schloss die Augen und öffnete den Mund, damit er ihn tief in Besitz nehmen konnte. Nachdem ihre Zungenspitzen sich eine Weile ineinander verschlungen hatten, fiel sein Blick verschwommen auf das Brandmal unter Lan Wangjis Schlüsselbein. Er legte seine Hand darauf und bedeckte die Narbe, sein Lächeln verschwand beinahe vollständig. »Lan Zhan, sag mir ... Das hat auch etwas mit mir zu tun, oder?«

Lan Wangji schwieg einen Moment, ehe er antwortete: »Es ist nichts. Damals habe ich zu viel getrunken.«

Nach dem Massaker in der Nachtlosen Stadt hatte er Wei Wuxian zu den Grabhügeln gebracht, dafür hatten ihn anschließend drei Jahre Arrest erwartet. In dieser Zeit hörte er die Kunde, dass Gutes belohnt und Böses bestraft werden würde, und dass jeder bekäme, was er verdiente: Der Yiling-Patriarch sei endlich vollständig ausgelöscht worden.

* Verniedlichende Anrede für Lan Zhan.

Er schleppte sich, immer noch verletzt, nach Yiling und suchte mehrere Tage den gesamten Berg ab. Außer Wen Yuan, der hohes Fieber hatte und den er bewusstlos aus dem Loch eines halb abgebrannten Baumes fischte, fand Lan Wangji nichts. Nicht mal einen Knochen, einen Fleischfetzen oder den schwachen Hauch einer Seele.

Auf seinem Rückweg zum Gusu-Lan-Clan kaufte Lan Wangji in der Stadt Caiyi einen Krug *Lächeln des Kaisers.* Er duftete herrlich und war sehr rein. Zwar war er nicht stark im Geschmack, doch Lan Wangjis Kehle brannte beim Trinken und das Feuer reichte von seinen Augen bis zu seinem Herzen. Er mochte den Geschmack nicht, verstand aber ungefähr, warum ein gewisser Jemand so großen Gefallen daran gefunden hatte.

An jenem Abend kostete Lan Wangji zum ersten Mal in seinem Leben Alkohol, und somit war es auch das erste Mal, dass er betrunken war. Er hatte keine Erinnerung an das, was er in seinem Rausch tat, doch jeder im Lan-Clan, ganz gleich ob Schüler oder Clanmitglied, schaute ihn für eine lange Zeit mit einem ungläubigen Blick an.

Jemand berichtete, dass er an jenem Abend in die *Alte Kammer* der Wolkennische eingedrungen war, die Kisten und Regale umgeworfen und nach irgendetwas gesucht hatte. Als Lan Xichen ihn darauf ansprach, forderte er mit einem völlig verlorenen Blick eine Flöte.

Lan Xichen suchte ihm die beste Flöte aus weißer Jade aus, die er jedoch wütend fortschmiss und meinte, das sei nicht die, die er suchte. Er konnte sie einfach nicht finden. Dann sah er plötzlich die Lötkolben, die sie vom Qishan-Wen-Clan konfisziert und weggesperrt hatten.

Nachdem er wieder nüchtern war, hatte er plötzlich eine Wunde auf der Brust. Sie glich dem Brandmal, das Wei Wuxian damals in der Höhle der Xuanwu des Gemetzels davongetragen hatte.

Lan Qiren hatte deswegen sehr traurig und wütend gewirkt, letztendlich hatte er ihn jedoch nicht weiter zurechtgewiesen.

Egal ob es um Tadel oder Bestrafung ging, es war bereits genug.

Er seufzte lediglich und stellte sich auch nicht mehr dagegen, dass Lan Wangji Wen Yuan in der Wolkennische behalten wollte. Lan Wangji verbeugte sich dankbar vor ihm und trat seine Strafe selbst an. Still und leise kniete er einen ganzen Tag und eine ganze Nacht in der Wolkennische.

Lan Wangji hatte den Wein getrunken, den Wei Wuxian immer getrunken hatte, und er hatte sich an der Stelle verwundet, an der er verwundet gewesen war.

Bis zum heutigen Tage waren dreizehn Jahre vergangen. Dreizehn Jahre, in denen sich Schorf auf der Wunde gebildet hatte.

Lan Wangji begann zu stoßen, woraufhin Wei Wuxian die Augen fest schloss und die Zähne zusammenbiss. Zischend schnappte er nach Luft und passte seinen Atem an Lan Wangjis Bewegungen an. Nachdem er sich etwas an das Glied in seinem Inneren gewöhnt hatte, kippte er unwillkürlich sein Becken. Plötzlich breitete sich ein Kribbeln in seinen Lenden aus, das die Wirbelsäule entlang nach oben kletterte und sich auf seinen ganzen Körper erstreckte. Wei Wuxian bemerkte sofort, wie er in dieser Position Spaß haben konnte.

Seine vier Gliedmaßen, das Innere seines Körpers, sein Atem – sein gesamter Körper zerfloss wie Frühlingswasser. Er vergrub seine Hände in Lan Wangjis von Schweiß durchnässten, langen Haaren, berührte sein Stirnband, lächelte und fragte dann sanft: »Ist das schön? So in mir zu sein?«

Lan Wangji war ein Mann der Taten, nicht der Worte. Er wusste nicht, wie man flirtete und sprach nur wenig, hatte dafür aber umso mehr Kraft. Also biss er auf Wei Wuxians Unterlippe und beantwortete seine Frage, indem er noch intensiver in ihn eindrang.

Durch die stärkeren Bewegungen lief Wei Wuxian der Schweiß über den Rücken und er murmelte: »Lan Zhan, Lan Zhan, Lan Zhan, Lan Zhan ... Ich bin so sehr in dich verliebt. Ich bin dein, dein allein ... Sanfter!«

Die Freude schlug in Leid um, sodass er nun flehte: »Sanfter, das ist weiches Fleisch. Stoß nicht so heftig, bei deiner Kraft machst du mich noch kaputt. Das tut etwas weh ... Genau ... Genau so ...«

Wei Wuxian hatte seine Arme um Lan Wangjis Schultern und seine Beine um seine Hüfte geschlungen. Dem Rhythmus seiner stoßenden Bewegungen folgend, bewegte auch er sich auf dem Boden vor und zurück. Die Reibung in seinem Inneren nahm immer mehr zu, während die Gräser um ihn herum sanft über seine Haut strichen. Leise schnaubte er kurz. Sein Atem verlangsamte sich und sie küssten einander wieder.

»Lan Zhan, du bist wirklich toll«, schwärmte Wei Wuxian. »Du bist ein unfassbar gut aussehender Mann, kannst Zither spielen und bist auch noch in der Kalligrafie bewandert. Du hast so viel spirituelle Energie und deine Kultivierungskünste sind hervorragend, und jetzt bist du auch noch fantastisch im Bett. Wieso bist du nur so umwerfend? Wie soll ich dich da nicht lieben?«

»...«

Wei Wuxian schien von Natur aus keine Scham zu kennen, und je unverblümter seine Worte wurden, desto aufgeregter wurde er auch. »Ich lasse mich nur von dir so nehmen, dring so tief ein, wie du willst ...« Dann spreizte er bereitwillig seine Beine etwas weiter. »Dring noch tiefer ein. Mit Haut und Haaren gehöre ich ganz dir. Je tiefer du in mir bist, desto mehr gefällt es mir, du kannst auch in mir kommen ... Ah!«

Er hatte gerade alles um sich herum vergessen, als er plötzlich spürte, wie Lan Wangji eine beängstigende Stelle traf, die er zuvor nicht gekannt hatte. Augenblicklich riss Wei Wuxian die Augen weit auf. Er hatte nicht damit gerechnet, dass Lan Wangji tatsächlich noch tiefer eindringen konnte und schrie auf. Kraftlos sagte er: »Bu... Buhu, nicht, nein, nicht so, das ist zu heftig.«

Er wollte sich einrollen und den kraftvollen Stößen entkommen, was Lan Wangji natürlich nicht zuließ. Er streckte Wei Wuxian, presste ihn fest zu Boden und machte unbeirrt weiter. Harsch erwiderte er: »Das … hast du dir selbst zuzuschreiben!«

Wei Wuxian machte brav die Beine breit und ließ Lan Wangji gewähren, während er schluchzte: »Bruder, zweiter Bruder, ich sterbe noch, du wirst mich noch umbringen! Es war mein Fehler, mein Fehler, aber bestrafe mich doch nicht so. Es ist doch mein erstes Mal, sei bitte etwas netter zu mir …«

An Lan Wangjis Haarspitzen tropften Schweißperlen herunter. Er, der sonst so kalt und gefasst war, wirkte in diesem Moment doch tatsächlich ein wenig verzweifelt, er schien förmlich zusammenzubrechen. »Flehst du nun gerade wirklich um Gnade oder … tust du absichtlich so, als … Die Hüfte! Hör auf, sie zu drehen!«

Wei Wuxian hob den Kopf und schrie aus voller Kehle: »Hilfe, zu Hilfe! Hanguang-Jun ist … Ah! Hanguang-Jun … Entschuldige, ich hör ja schon damit auf …«

Lan Wangji küsste die Tränen fort, die Wei Wuxian soeben aufgrund seiner groben Vorgehensweise in die Augen gestiegen waren, während er die Zähne zusammenbiss. »Wei … Ying, ich … meine es ernst, hör damit auf. I… Ich kann mich wirklich … nicht kontrollieren. Ich habe Angst, dass ich … Entschuldige.«

Selbst in so einem Moment, in dem sein Gesicht völlig errötet war, vergaß Lan Wangji nicht, sich zu entschuldigen. Seine Augenbrauen waren leicht zusammengekniffen und ein Hauch von Schuldgefühl war auf seinem Gesicht erkennbar, sodass Wei Wuxians Herz dahinschmolz. Völlig durcheinander flüsterte er: »Du musst dich doch nicht entschuldigen. Selbst wenn du mich wirklich verletzt hättest, käme ich damit klar, weil du derjenige gewesen wärst … Aua …«

Beide waren am ganzen Körper klatschnass.

Wei Wuxian war seit jeher jemand, der seine Lektion einfach nicht lernen wollte. Nachdem er die Schmerzen bereits einmal gespürt hatte, plapperte er kurze Zeit später schon wieder Unsinn und keuchte: »Ah, Lan Zhan … Mir ist gerade eingefallen, dass du erledigt bist. Von den drei Verbeugungen fehlt uns noch die letzte. Wir haben uns noch nicht vermählt, und weißt du, wie man das nennt, wenn man unvermählt solche Dinge tut? Wenn dein Onkel das erfährt … Hah … ertränkt er dich in einem Schweinekäfig.«*

Beinahe böse antwortete Lan Wangji: »Ich … bin schon längst erledigt!«

Was darauf folgte, war ein weiterer intensiver Stoß. Schmerzerfüllt und zugleich entzückt hob Wei Wuxian den Kopf und entblößte seinen schutzlosen Hals, in den Lan Wangji nun biss.

Dieses überwältigende Glücksgefühl ließ Wei Wuxian kommen.

In seinem Kopf herrschte Leere, und nachdem er einen Moment lang geistesabwesend dagelegen hatte, war der erste Gedanke, der ihm durch den Kopf schoss: *Ich kann es nicht fassen. Wieso zum Teufel habe ich das nicht schon mit Lan Zhan gemacht, als ich jünger war? Ich habe all die Jahre vergeudet.*

Zur gleichen Zeit umarmte Lan Wangji ihn fest und ergoss sich tief in seinen Körper.

Wei Wuxian hob seinen leicht erschlafften Arm und drückte ihn an sich. Still umarmten sie sich so für eine Weile, ehe Wei Wuxians Kräfte sich ein wenig erholt hatten und er zufrieden mit der Hand den unverkennbaren Beweis seines Höhepunkts abwischte, der an Lan Wangjis Körper klebte. Währenddessen fragte er: »Zweiter junger Herr Lan, seit wann bist du in mich verliebt?«

Er wischte zu einem äußerst unpassenden Zeitpunkt und an einer äußerst unpassenden Stelle, sodass Lan Wangjis Miene unnatürlich verkrampft wirkte.

Wei Wuxian redete weiter: »Wenn du mich schon so lange magst, warum hast du es dann nicht längst mit mir getan? In den Bergen bei euch in der Wolkennische hätte es doch gut gepasst. Du hättest mich fesseln

* Strafe im alten China für Fremdgehen oder außerehelichen Geschlechtsverkehr. Dabei wird man in einen Bambuskäfig für Schweine gesteckt, aufgehängt und ins Wasser gehalten. Bei schweren Vergehen konnte man auch ertränkt werden.

und mitzerren können, als ich mich zum Jagen hinausschlich und allein war. Du hättest mich wie jetzt ins Gras drücken und mit mir machen können, was du willst ... Ah ... Sanfter ...«

Lan Wangji hatte sich noch nicht aus ihm zurückgezogen und fing nun wieder an, sich zu bewegen. Wei Wuxian spürte, wie warme Flüssigkeit herausfloss, flüsterte Lan Wangji aber weiterhin unaufhörlich schmutzige Dinge ins Ohr. »So viel Kraft, wie du hast, hätte ich mich garantiert nicht wehren können, und selbst wenn ich geschrien hätte, hättest du einfach den Verstummungszauber anwenden können. Ich hätte mir die Seele aus dem Leib brüllen können, es wäre mir niemand zu Hilfe gekommen. Oder in eurem Bücherpavillon wäre auch nicht schlecht gewesen. Wir hätten die Bücher zu einem Bett zusammenlegen und uns darauf wälzen können. Dann hätten wir die Stellungen aus den erotischen Bildbänden nachgeahmt, völlig egal welche. Tagsüber hätte ich dich geneckt und in der Nacht du mich, du hättest die Tür verschließen und ... Bruder! Bruder! Zweiter Bruder! Gnade! Gnade, hab Erbarmen mit mir. Okay, okay, ich sag nichts mehr. Du hast es drauf, wirklich. Ich kann nicht mehr, ich kann wirklich nicht mehr, tu das nicht ...«

Lan Wangji konnte seine Neckereien nicht ertragen. Mit seinen Stößen hatte er Wei Wuxians Inneres stark beansprucht. Wei Wuxian hatte freundlich um Gnade gewinselt, doch Lan Wangji hatte nur noch mehr Kraft aufgewandt. Er wurde seit fast einer Stunde von ihm zu Boden gepresst, und sie hatten nicht einmal die Position gewechselt. Sein Rücken und Hintern waren taub. Und teilweise schmerzte und juckte sein Körper, als würden Zigtausende Ameisen an seinem Knochenmark nagen. Die Euphorie des Höhepunkts wich allmählich dem Gefühl des Wundseins und des Schmerzes. Endlich hatte Wei Wuxian etwas von seiner eigenen Medizin geschluckt. Beschwichtigend küsste er Lan Wangji, während er ohne jeglichen Stolz meinte: »Zweiter Bruder, bitte, lass mir mein Leben. Später wird es doch noch genug Gelegenheiten geben, also ... Nimm mich das nächste Mal wieder hart ran, du kannst mich dabei auch irgendwo festbinden, okay? Bitte verschone mich junges Küken heute. Hanguang-Jun ist der mächtige Sieger, und der Yiling-Patriarch hat kläglich verloren. Komm schnell noch mal, wir kämpfen das nächste Mal weiter.«

An Lan Wangjis Stirn zeichneten sich leicht die Adern ab. Unter großen Schwierigkeiten sprach er langsam: »Wenn du wirklich möchtest, dass ich aufhöre ... dann ... halte den Mund ...«

»Aber ich habe nun mal einen Mund, um damit zu reden. Lan Zhan, zuvor habe ich gesagt, dass ich jeden Tag mit dir schlafen will. Kannst du so tun, als ob du das nicht gehört hättest?«

Lan Wangji lehnte ab. »Das geht nicht.«

Wei Wuxians Herz brach entzwei. »Wie kannst du nur?! Du hast mir doch noch nie etwas abgeschlagen.«

Lan Wangji lächelte leicht. »Das geht nicht.«

Als Wei Wuxian sein Lächeln sah, blitzten seine Augen schlagartig auf. Er schwebte auf Wolke sieben und vergaß alles um sich herum. In der nächsten Sekunde aber trieben die groben Bewegungen, die im starken Kontrast zu Lan Wangjis strahlendem Lächeln standen, Wei Wuxian unaufhörlich Tränen in die Augen. Mit beiden Händen klammerte er sich an das Gras und schrie sich die Seele aus dem Leib: »Dann vier Tage, lass es uns alle vier Tage einmal tun, okay? Wenn das nicht geht, sind drei Tage auch okay!«

Schließlich beendete Lan Wangji mit klangvoller und bestimmter Stimme die Sache.

»Täglich heißt täglich.«

Drei Monate später in Guangling.

Auf einer Bergspitze hielt eine Gruppe von Bauern Fackeln in der Hand. Ihre Werkzeuge nutzten sie als Waffen. Langsam umzingelten sie einen Berghain.

Auf dem Berg befand sich ein anonymer Friedhof, dessen Geister seit Monaten keine Ruhe gaben. Da sie ständig die Dorfbewohner am Fuß des Berges heimsuchten, hielten die es schließlich nicht mehr aus und baten einige Kultivierer, die gerade in der Gegend waren, mit ihnen den Berg hinaufzusteigen und die Wurzel des Übels zu beseitigen.

Die Abenddämmerung setzte ein und die Insektenlaute wurden klarer. Hin und wieder raschelte das Gras, das ihnen bis zur Hüfte reichte. Ein noch unbekanntes Wesen schien darin zu lauern, allzeit bereit, sie anzugreifen. Doch jedes Mal, wenn sie beunruhigt das Gras beiseiteschoben und die Stelle mit den Fackeln erhellten, stellte sich heraus, dass es falscher Alarm war.

Mit Schwertern in der Hand führten die Kultivierer die Dorfbewohner ganz vorsichtig zu dem Hain. Dort befand sich der anonyme Friedhof. Die Überreste von Grabtafeln aus Stein und Holz steckten entweder schief in der Erde oder waren umgefallen. Ein starker, düsterer Yin-Wind wehte.

Einige der Kultivierer warfen einander Blicke zu, zogen Talismane hervor und machten sich bereit, die bösen Wesen zu vernichten. Die Dorfbewohner sahen, wie ruhig und gefasst die Kultivierer waren, und nahmen an, dass die Situation nicht allzu brenzlig wäre. Erleichtert atmeten sie daher auf.

Die Erleichterung währte jedoch nicht lange.

Plötzlich hörten sie ein gewaltiges Klopfen und ein verstümmelter Leichnam fiel auf einen Erdhaufen vor ihnen.

Der Dorfbewohner, der am nächsten stand, schrie auf. Er schmiss die Fackel fort und wich eilig aus. Dicht im Anschluss fiel eine zweite, dritte und vierte bluttriefende Leiche herunter, als prasselte ein Leichenregen ohne Unterlass vom Himmel herunter. Augenblicklich ertönten überall im Hain Schreie.

Die Kultivierer sahen so etwas zum ersten Mal, doch trotz des Schrecks hatte der Mut sie noch nicht verlassen und ihr Anführer rief:

»Nicht fliehen! Keine Panik! Das sind nichts weiter als ein paar schwache, bösartige Kreaturen ...«

Noch während er redete, war es, als würde er von jemandem am Hals gewürgt werden. Mit einem Mal erstarb seine Stimme.

Er starrte einen Baum an.

Auf ihm saß ein Mann, dessen schwarze Kleidung herunterhing. Sanft schaukelte ein länglicher, schwarzer Schuh hin und her, überaus entspannt und zufrieden. An seiner Hüfte steckte eine rabenschwarze Flöte, an der eine blutrote Quaste hing, die im Takt des Beins langsam mitschwang.

Augenblicklich erschraken die Kultivierer.

Die Dorfbewohner waren von vornherein in Panik gewesen und hatten sich durch den Ruf des Anführers gerade erst beruhigt gehabt. Als sie jedoch sahen, wie bleich die Kultivierer nun wurden, nahmen sie in Windeseile die Beine in die Hand und flüchteten aus dem Hain den Berg hinab, ohne weiter auf die Kultivierer zu achten. Sie glaubten, dass sich auf diesem Berg irgendeine überaus bösartige Kreatur aufhielt, gegen die selbst die Kultivierer nichts ausrichten konnten, sodass sie sofort in Todesangst Hals über Kopf die Flucht ergriffen.

Einer der Dorfbewohner, der langsamer war, blieb hinter den anderen zurück und stolperte. Mit dem Mund voller Dreck dachte er, dass dies nun sein Ende sei, als er plötzlich einen jungen Mann in einer weißen Robe vor sich stehen sah. Unwillkürlich leuchteten seine Augen auf.

Dieser Mann hatte ein Schwert an der Hüfte hängen und ein schwaches weißes Licht schien seinen gesamten Körper zu umhüllen. Es verlieh ihm in diesem düsteren Hain eine mystische, übermenschliche Aura. Sofort flehte der Dorfbewohner um Hilfe: »Junger Herr! Junger Herr! Hilfe, hier ist ein Geist! Schnell, schnell, vertreibt dieses Ungeheuer ...«

Noch bevor er seinen Satz beenden konnte, fiel eine weitere Leiche vom Himmel. Das Gesicht, das aus Mund, Augen, Nasenlöchern und Ohren blutete, landete direkt vor seinen Augen.

Vor Schreck fiel der Dorfbewohner beinahe in Ohnmacht, als der Mann lediglich zu ihm sagte: »Geh.«

Obwohl es nur ein einziges Wort war, beruhigte es den Dorfbewohner auf unerklärliche Weise. Als hätte er einen Befehl erhalten, der ihm das Leben retten würde, stieg plötzlich Kraft in ihm auf. Er erhob sich und floh, ohne zurückzuschauen.

Der Mann in der weißen Robe betrachtete die blutigen Leichen, die im Hain herumkrochen, und schien nicht sicher zu sein, was er davon halten sollte. Er blickte auf, und der schwarz gekleidete Mann, der auf dem Baum saß, sprang federleicht von diesem herunter. In Sekundenschnelle war er bei dem weiß gekleideten Mann, presste ihn gegen einen Baum und meinte sanft: »Ach, ist das nicht der reine, noble Hanguang-Jun? Was machst du auf meinem Territorium?«

Überall befanden sich blutige Leichen auf dem Boden, die wild herumkrochen. Einige wirkten verwirrt, andere wiederum furchterregend. Der Mann stemmte eine Hand gegen den Stamm, sodass Lan Wangji nun mit ausdrucksloser Miene zwischen ihm und dem Baum gefangen war. Dann sprach er weiter: »Wenn du dich schon so anbietest, werde ich … Hey, hey, hey!«

Mit einer Hand umfasste Lan Wangji seine beiden Handgelenke.

Da sich das Blatt gewendet hatte und nun der schwarz gekleidete Mann seinerseits festgehalten wurde, erschrak er. »Meine Güte, Hanguang-Jun, du bist wirklich unglaublich. Ich kann es nicht fassen, das ist unglaublich, ganz unvorstellbar! Du hast mich mit nur einer Hand überwältigt, ich kann mich überhaupt nicht wehren! Was für ein beängstigender Mann du doch bist!«

»…«

Unwillkürlich packte Lan Wangji noch fester zu. Das Erstaunen seines Gegenübers schlug nun in Panik um. »Au, das tut weh. Lass mich bitte los, Hanguang-Jun, ich mache das auch nie wieder. Bitte pack mich nicht mehr so, und fessle mich auch auf gar keinen Fall, und drücke mich erst recht nicht zu Boden ...«

Als Lan Wangji sah, wie seine Worte und Handlungen immer übertriebener wurden, kniff er die Augenbrauen zusammen und unterbrach ihn schließlich: »Hör auf herumzualbern.«

Wei Wuxian, der ihn gerade anflehte, war erstaunt. »Aber warum denn, ich bin doch noch gar nicht fertig.«

»...« Lan Wangji meinte: »Du flehst täglich. Hör auf herumzualbern.«

Wei Wuxian näherte sich ihm und entgegnete sanft: »Aber das war doch deine Forderung ... Täglich heißt täglich.«

Sein Gesicht war überaus dicht an seinem. Er schien Lan Wangji küssen zu wollen, weigerte sich jedoch beharrlich, seinen Mund auf seinen zu legen. Ihre Lippen waren einander so nah, nur der Abstand von einem Blatt Papier trennte sie. Er wollte ihn küssen, tat es jedoch nicht, gleich einem zärtlichen und doch frechen Schmetterling, der immer wieder ein majestätisches Blütenblatt umflog und auf diesem landen wollte, ohne es jedoch zu tun. Nachdem er Lan Wangji einen Moment lang so geneckt hatte, blitzten dessen blasse Pupillen auf. Er regte sich leicht und schien sich schließlich nicht mehr zurückhalten zu können.

Das Blütenblatt wollte nun von sich aus die Flügel des Schmetterlings berühren.

Wei Wuxian zog jedoch sofort sein Gesicht zurück und wich den Lippen aus. Er hob die Augenbrauen. »Nenn mich Gege*«

»...«

»Nenn mich Gege. Dann darfst du mich küssen.«

»...« Lan Wangjis Lippen regten sich leicht.

Noch nie in seinem ganzen Leben hatte Lan Wangji diese vertraute Anrede verwendet. Selbst Lan Xichen hatte er immer nur förmlich Bruder genannt.

* Bezeichnung für einen älteren Bruder, kann aber auch wie hier als Kosename verwendet werden.

Wei Wuxian verführte ihn. »Komm schon, sag es doch einmal. Ich habe dich doch auch schon so oft so vertraut angesprochen. Danach können wir uns küssen und noch andere Dinge tun.«

Obwohl Lan Wangji kurz davor war nachzugeben und es zu sagen, brachte er es schließlich doch nicht über sich. Eine Weile lang hielt er sich zurück, ehe er lediglich erwiderte: »Schamlos!«

»Ist das nicht anstrengend, wenn du mich nur mit einer Hand festhältst? Das ist doch sehr unpraktisch, wenn man nur noch eine Hand für anderes übrig hat«, meinte Wei Wuxian.

Lan Wangji gewann die Fassung zurück und entgegnete höflich: »Was sollte ich denn sonst tun?«

»Ich bring's dir bei. Wäre es nicht viel praktischer, wenn du dein Stirnband abnehmen und mir damit die Hände fesseln würdest?«

Ruhig betrachtete Lan Wangji sein grinsendes Gesicht eine Weile, ehe er langsam sein Stirnband abnahm und es ausbreitete, um es Wei Wuxian zu zeigen. Dann band er ihm die beiden ungesitteten Hände schnell wie der Wind zusammen, fixierte sie über dessen Kopf und vergrub seinen eigenen anschließend in seinem Nacken.

Genau in dem Moment schrie plötzlich jemand im Gras.

Sofort gingen die beiden auseinander.

Lan Wangji legte seine Hand auf Bichens Griff, zog es jedoch nicht leichtfertig.

Der Schrei soeben war beinahe klar und zart gewesen und hatte offensichtlich von einem Kind gestammt. Würde er versehentlich einen Passanten verletzen, wäre das eine Katastrophe. Das hüfthohe Gras raschelte und die Bewegungen entfernten sich immer weiter von ihnen. Anscheinend hatte die Person die Flucht ergriffen.

Wei Wuxian und Lan Wangji folgten ihr einige Schritte. Weiter unten am Berghang ertönte die erleichterte Stimme einer Frau: »Mianmian, ist dir auch nichts zugestoßen?! Wie kannst du nur an so einem Ort herumirren? Du hast deine Mutter zu Tode erschreckt!«

Verdutzt fragte Wei Wuxian: »Mianmian?«

Der Name kam ihm sehr bekannt vor, er hatte ihn mit Sicherheit schon mal irgendwo gehört. Daraufhin ertönte die scheltende Stimme eines Mannes. »Du sollst während der Nachtjagd doch nicht herumrennen, und trotzdem preschst du allein nach vorn. Was, wenn du von einem Geist gefressen wirst?! Mianmian ...? Was ist los? Was ist denn mit ihr?«

Der letzte Satz war wahrscheinlich an die Frau gerichtet.

»Qingyang, schau schnell, Mianmian ist doch nicht etwa was passiert? Was ist nur mit ihr, hat sie oben vielleicht etwas gesehen, was sie nicht hätte sehen sollen?«

Sie hatte tatsächlich etwas gesehen ... das sie nicht hätte sehen sollen.

Lan Wangji schaute zu Wei Wuxian, der seinen Blick unschuldig erwiderte und mit seinen Lippen die Worte »Was für eine Sünde« formte. Es war offensichtlich, dass er nicht mal den Anflug eines schlechten Gewissens für die Qualen hatte, die das kleine Kind durchmachte.

Lan Wangji schüttelte den Kopf. Beide verließen den Friedhof und gingen den Berg hinab.

Die drei Menschen weiter unten betrachteten sie mit Entsetzen und Skepsis. Der Mann und die Frau waren ein Ehepaar und hockten beide auf dem Boden. In der Mitte stand ein junges Mädchen. Ihre Haare waren zu zwei Knoten zusammengebunden, von denen Strähnen herunterhingen, und sie war etwa zehn Jahre alt. Die junge Ehefrau war recht hübsch und trug ein Schwert an der Hüfte. Sobald sie Wei Wuxian erblickte, zog sie es, richtete die Spitze auf ihn und schrie: »Wer bist du?!«

»Ganz gleich, wer ich bin, ich bin ein Mensch und nichts anderes«, erwiderte Wei Wuxian.

Die Frau wollte noch etwas erwidern, als sie hinter ihm Lan Wangji sah. Augenblicklich fragte sie verdutzt: »Hanguang-Jun?«

Da Lan Wangji sein Stirnband nicht trug, war sie sich im ersten Moment nicht ganz sicher. Hätte er nicht so ein einprägsames Gesicht, hätte sie wohl noch eine Weile länger gezögert. Sie blickte erneut Wei Wuxian an. Nach einem Moment der geistigen Abwesenheit brachte sie stotternd hervor: »D... Dann bist d... du ...«

Die Kunde, dass der Yiling-Patriarch wieder zurück war, hatte sich längst verbreitet. Und es war auch klar, dass er derjenige war, der mit Lan Wangji durch die Lande zog. Es war daher nicht weiter verwunderlich, dass er erkannt wurde.

Wei Wuxian bemerkte ihre leichte Aufregung, zudem kam sie ihm irgendwie bekannt vor. *Kennt diese Frau mich etwa? Hegt sie einen Groll gegen mich? Habe ich sie mal verärgert? Das kann nicht sein, ich kenne keine Frau, die Qingyang heißt ... Ah, Mianmian!*[*]

Wei Wuxian ging ein Licht auf. »Bist du Mianmian?«

Der Mann machte große Augen. »Wieso rufst du meine Tochter?«

Die Kleine, die gerade herumgerannt und sie aus Versehen gesehen hatte, war also Mianmians Tochter und sie hieß ebenfalls Mianmian. Wei Wuxian fand das überaus amüsant. *Eine große und eine kleine Mianmian.*

Lan Wangji nickte ihr zur Begrüßung zu. »Frau Luo.«

Die Frau strich sich die leicht verworrenen Haare an ihrer Wange hinters Ohr und erwiderte den Gruß: »Hanguang-Jun.« Dann schaute sie zu Wei Wuxian und grüßte ihn ebenfalls: »Junger Herr Wei.«

Wei Wuxian lächelte die Frau an. »Frau Luo. Ah, jetzt kenne ich endlich deinen Namen.«

Luo Qingyang errötete und lächelte. Sie schien sich an alte Zeiten zu erinnern und sich sehr zu genieren. Schließlich zog sie den Mann zu sich und stellte ihn vor: »Das ist mein Mann.«

Als ihr Mann spürte, dass sie keine Feinde waren, entspannten sich seine Gesichtszüge. Sie unterhielten sich ein wenig und Wei Wuxian fragte beiläufig: »Zu welchem Clan gehört der Herr denn?«

[*] »Qingyang« bedeutet übersetzt »schwarzes Schaf«. Da »Mianmian« »Watte« bedeutet, erkennt Wei Wuxian den Zusammenhang.

»Keinem«, erwiderte er geradeheraus.

Luo Qingyang betrachtete ihren Mann mit einem Lächeln. »Mein Mann gehört eigentlich gar nicht der Kultivierungswelt an, er war früher ein Händler. Aber er hat sich bereit erklärt, mit mir gemeinsam auf Nachtjagd zu gehen ...«

Er war ein gewöhnlicher Mensch und dazu auch noch ein Mann, und doch hatte er bereitwillig sein friedliches Leben aufgegeben und war nicht vor der Unbeständigkeit und den Gefahren zurückgeschreckt. Gemeinsam mit seiner Frau zog er von Ort zu Ort, was überaus bemerkenswert war. Wei Wuxian kam nicht umhin, dies zu bewundern.

»Seid ihr auch zur Nachtjagd hier?«, fragte Wei Wuxian.

Luo Qingyang nickte. »So ist es. Ich habe gehört, dass es auf diesem Berg einen anonymen Friedhof gibt, auf dem böse Kreaturen ihr Unwesen treiben. Sie sollen die Dorfbewohner belästigen, die sehr darunter leiden. Daher sind wir hergekommen, um zu schauen, ob irgendwo Hilfe benötigt wird. Ihr beide habt sie aber bereits beseitigt, oder?«

Wenn Wei Wuxian und Lan Wangji die Angelegenheit erledigt hatten, müsste niemand mehr tätig werden. Doch Wei Wuxian meinte: »Ihr wurdet von den Dorfbewohnern reingelegt.«

»Wie meinen?«, fragte Luo Qingyang verdutzt.

»Nach außen behaupten sie, dass böse Wesen dort ihr Unwesen treiben. In Wahrheit aber haben sie die Gräber geöffnet und geplündert, und dann die Überreste der Toten achtlos liegen lassen. Nur deswegen haben die Bewohner der anonymen Gräber sich gerächt«, erklärte Wei Wuxian.

Luo Qingyangs Ehemann hatte seine Zweifel. »Ist das so? Aber auch wenn es Rache war, so hätten sie ja nicht mehrere Menschenleben auslöschen müssen.«

Wei Wuxian und Lan Wangji warfen einander einen Blick zu.

»Auch das ist gelogen. Es ist überhaupt niemand gestorben, wir haben das überprüft. Es wurden lediglich einige der Grabräuber so sehr von den Yin-Seelen erschreckt, dass sie eine Weile lang bettlägerig waren. Und dann gab es noch einen, der zu hastig geflohen ist und sich dabei die Beine gebrochen hat. Davon abgesehen gab es keine Verletzten oder Todesfälle. Die Behauptung, dass mehrere Menschen ihre Leben gelassen haben, ist nichts weiter als eine Lüge, die die Sache Furcht einflößender klingen lassen soll.«

»Ach, so ist das? Wie schamlos!«, rief Luo Qingyangs Mann.

Luo Qingyang seufzte. »Hach, diese Menschen ...« Sie schien sich an etwas Vergangenes zu erinnern und schüttelte den Kopf. »Es ist überall das Gleiche.«

»Ich habe ihnen gerade ein wenig Angst eingejagt. Ab jetzt werden sie sich wahrscheinlich nicht mehr trauen, hier hochzukommen und die Gräber zu plündern. Und somit werden ihnen die bösen Kreaturen auch keine Probleme mehr bereiten. Die Angelegenheit ist also geklärt«, meinte Wei Wuxian.

»Aber was, wenn sie andere Kultivierer bitten sollten, die Geister mit Gewalt zu versiegeln ...?«, fragte Luo Qingyang.

Wei Wuxian lächelte. »Ich habe mein Gesicht gezeigt.«

Luo Qingyang verstand. Nachdem der Yiling-Patriarch sich gezeigt hatte, würden die Kultivierer, die ihn gesehen hatten, die Nachricht überall verbreiten. Die anderen Kultivierer würden einfach davon ausgehen, dass er sich dieses Territorium gesichert hatte. Wer hätte da noch den Mut, auf dem Berg aufzutauchen und sich mit ihm anzulegen?

Luo Qingyang lächelte. »So ist das also. Als Mianmian gerade so verschreckt war, dachte ich schon, sie wäre einer bösartigen Kreatur begegnet. Wenn ich mich gerade unhöflich verhalten habe, bitte ich um Verzeihung.«

Wei Wuxian dachte sich: *Nein, nein, nein. Wir waren wohl eher diejenigen, die unhöflich waren.* Und doch sagte er, ohne eine Miene zu verziehen: »Ach, nicht doch. Wir hoffen, dass ihr es uns nicht übel nehmt, dass wir die kleine Mianmian verschreckt haben.«

Luo Qingyangs Mann nahm seine Tochter hoch. Auf dem Arm ihres Vaters sitzend blies Mianmian ihre Backen auf und starrte Wei Wuxian an. Die Kleine war so verschämt, dass sie wütend wurde, und doch konnte sie nichts erwidern.

Sie trug ein hellrotes Kleidchen und hatte ein helles, süßes Gesicht, während ihre Augen schwarz-violetten Trauben glichen. Nur zu gern hätte er ihr in die Wangen gekniffen, doch weil ihr Vater sie mit Argusaugen bewachte, zog er nur leicht an ihren herunterhängenden Zöpfen. Mit einer Hand auf dem Rücken sagte er grinsend: »Mianmian sieht dir wirklich ähnlich, als du noch jung warst, Frau Luo.«

Lan Wangji warf ihm einen Blick zu, sagte jedoch nichts.

Luo Qingyang freute sich und lächelte. »Junger Herr Wei, bekommst du gar kein schlechtes Gewissen, wenn du so etwas sagst? Erinnerst du dich denn wirklich daran, wie ich früher aussah?«

Ihr Lächeln schien mit dem des jungen Mädchens von damals zu verschmelzen, das ebenfalls ein hellrotes Gewand getragen hatte.

Wei Wuxian schämte sich nicht im Geringsten. »Natürlich erinnere ich mich! Es ist ja auch kein großer Unterschied zu jetzt. Ach ja, wie alt ist sie? Ich gebe ihr ein wenig Geld, um böse Geister fernzuhalten.«*

»Aber das ist doch nicht nötig, wirklich«, lehnten Luo Qingyang und ihr Mann hastig ab.

Wei Wuxian lächelte. »Doch, doch. Ich bin ja sowieso nicht derjenige, von dem es kommt. Ha ha.«

Das Ehepaar war leicht verdutzt, und noch ehe sie begriffen, was damit gemeint war, hatte Lan Wangji Wei Wuxian bereits etwas in die Hand gelegt.

* In China haben Erwachsene Kindern früher Münzen gegeben, da dies wirksam gegen böse Geister sein soll. Diese Tradition gibt es bis heute, sodass die Kinder zum chinesischen Neujahr Geld in roten Umschlägen überreicht bekommen.

Wei Wuxian hielt die schweren Münzen in seiner Hand und wollte sie unbedingt Mianmian geben. Als Luo Qingyang merkte, dass sie nicht ablehnen konnte, meinte sie zu ihrer Tochter: »Mianmian, bedanke dich bei Hanguang-Jun und dem jungen Herrn Wei.«

»Danke, Hanguang-Jun«, sagte Mianmian.

Wei Wuxian protestierte: »Mianmian, ich bin doch derjenige, der es dir gegeben hat, warum dankst du mir nicht?«

Wütend starrte Mianmian ihn an. Egal wie sehr er sie auch neckte, sie wollte einfach kein Wort mit ihm wechseln. Schließlich senkte sie den Kopf, zog an der roten Schnur um ihren Hals und holte ein filigranes Duftsäckchen hervor. Behutsam legte sie das Geld hinein.

Kurz darauf verließen sie zusammen den Berg. Wei Wuxian verabschiedete sich mit einem gewissen Bedauern von ihnen, ehe er mit Lan Wangji einen anderen Weg einschlug.

Nachdem sie nicht mehr zu sehen waren, schalt Luo Qingyang ihre Tochter: »Mianmian. Du warst sehr unhöflich. Dabei hat er mir einst das Leben gerettet.«

Ihr Mann erschrak. »Wirklich?! Mianmian, hast du das gehört? Sieh nur, wie ungezogen du warst!«

»I... Ich mag ihn nicht«, murmelte Mianmian.

»Also wirklich, wenn du ihn nicht leiden könntest, hättest du sein Geld schon längst fortgeschmissen«, durchschaute Luo Qingyang ihre Tochter.

Mianmian vergrub ihr rot angelaufenes, kleines Gesicht an der Brust ihres Vaters und murmelte: »Er hat etwas Böses getan!«

Luo Qingyang wusste nicht, ob sie lachen oder weinen sollte. Gerade als sie etwas sagen wollte, meinte ihr Mann verwundert: »Qingyang, du hast Hanguang-Jun mir gegenüber mal erwähnt. Er ist doch eine wichtige Persönlichkeit, die aus einem renommierten Kultivierungsclan stammt, wieso taucht er dann an so einem kleinen Ort auf und jagt eine so unbedeutende Beute?«

»Hanguang-Jun unterscheidet sich von anderen berühmten Kultivierern. Seither erscheint er dort, wo es Ärger gibt. Sobald böse Kreaturen ihr Unwesen treiben und Menschen in Mitleidenschaft ziehen, hilft er ungeachtet des Rangs der Beute und des Ruhms«, erklärte Luo Qingyang ihrem Mann geduldig.

Er nickte. »Wahrlich ein bewundernswerter Kultivierer.« Dann fragte er nervös und unsicher weiter: »Und dieser junge Herr Wei? Du hast gesagt, dass er dir das Leben gerettet hat, aber ich meine, du hättest ihn mir gegenüber noch nie erwähnt? Warst du mal in Lebensgefahr?«

Während Luo Qingyang ihm ihre Tochter abnahm und in ihre Arme schloss, leuchteten ihre Augen ungewöhnlich auf. Sie lächelte sanft. »Dieser junge Herr Wei ...«

Während sie einen Pfad entlanggingen, meinte Wei Wuxian zu Lan Wangji: »Wer hätte gedacht, dass das junge Fräulein von damals nun eine Tochter hat, die jetzt ebenfalls ein junges Fräulein ist!«

»Mhm«, meinte Lan Wangji.

»Aber das ist nicht fair. Vorhin hat sie doch ganz eindeutig gesehen, wie *du* böse Dinge mit *mir* angestellt hast, wieso kann sie also mich weniger leiden?«, fragte sich Wei Wuxian.

Noch bevor Lan Wangji antworten konnte, drehte Wei Wuxian sich um, sodass er mit dem Gesicht zu Lan Wangji gewandt, rückwärts weiterlief. »Ah, ich weiß es! In Wirklichkeit mag sie mich sicher. Genauso wie eine gewisse Person damals.«

Lan Wangji klopfte sich den nicht existenten Staub von seinen Ärmeln und erwiderte gleichgültig: »Bitte gib mir mein Stirnband zurück, Wei Yuandao*.«

Als Wei Wuxian diesen ihm fremden Namen hörte, war er verdutzt. Erst nach einer ganzen Weile begriff er und prustete. »Ach, zweiter junger Herr Lan, kann es sein, dass du eifersüchtig bist?«

* Wei Yuandao ist der Name, den Wei Wuxian damals beim Flirten mit Mianmian benutzt hat (siehe Band 2).

Lan Wangji senkte seine Augenlider, während Wei Wuxian ihm den Weg versperrte. Mit einer Hand umfasste Wei Wuxian seine Hüfte, mit der anderen hob er Lan Wangjis Kinn an und meinte streng: »Sag die Wahrheit. Wie lange kämpfst du schon mit deiner Eifersucht? Du hast es so gut verborgen. Ich habe nicht das Geringste bemerkt.«

Wie sonst auch kooperierte Lan Wangji und hob sein Gesicht. Plötzlich spürte er, wie Wei Wuxians Hand ungestüm seine Brust entlangwanderte. Als Lan Wangji den Kopf senkte, hatte er bereits einen Gegenstand herausgezogen und tat nun absichtlich überrascht. »Was ist denn das?«

Es war Lan Wangjis Geldbeutel.

Mit seiner rechten Hand wirbelte Wei Wuxian den filigranen, kleinen Geldbeutel herum, während er mit einem Finger seiner linken Hand drauf zeigte. »Ach je, Hanguang-Jun, sich etwas zu nehmen, ohne zu fragen, ist Diebstahl. Wie haben sie dich damals noch mal genannt? Den Nachkommen eines ruhmreichen Clans? Das Vorbild aller Schüler der Kultivierungswelt? Ein tolles Vorbild bist du. Du warst so blind vor Eifersucht, dass du das Duftbeutelchen gestohlen hast, das mir einst diese junge Dame geschenkt hat, und ihn als Geldbeutel benutzt. Kein Wunder, dass ich es nirgends finden konnte, als ich aufgewacht bin und es gesucht habe. Hätte die kleine Mianmian nicht genau das gleiche Duftbeutelchen um ihre Brust hängen gehabt, wäre es mir überhaupt nicht aufgefallen. Du bist mir ja einer, tse, tse. Sag schon, wann hast du es mir abgenommen? Als ich bewusstlos war? Wie lange hast du dafür an mir herumgetastet?«

In Lan Wangjis Gesicht konnte man kleine Regungen wahrnehmen. Er streckte die Hand nach dem Geldbeutel aus, doch Wei Wuxian warf ihn hoch und wich ihm aus. Dann trat er einige Schritte zurück und meinte: »Du willst ihn an dich reißen, nur weil du nichts erwidern kannst? Warum genierst du dich denn? Sogar wegen so etwas schämst du dich? Endlich weiß ich, warum ich keinen Funken Scham besitze. Es liegt daran, dass sich all meine Scham bei dir befindet und du sie für mich aufbewahrst. Wir sind wirklich füreinander geschaffen.«

Lan Wangjis Ohrläppchen liefen leicht rot an, seine Miene war jedoch angespannt. Seine Hände waren unglaublich schnell, doch Wei Wuxians Füße waren schneller, sodass Lan Wangji es einfach nicht zu fassen bekam.

»Du wolltest mir doch mal deinen Geldbeutel geben, wieso hast du dich umentschieden? Schau dich an, du stiehlst nicht nur, sondern hast auch noch eine verbotene Liebschaft, und dann holst du dir auch noch die Dinge zurück, die du verschenkt hast. Du bist verdorben bis ins Mark.«

Lan Wangji stürzte sich auf den Geldbeutel und erwischte ihn endlich. Während er ihn fest umklammert hielt, rechtfertigte er sich: »Wir haben uns offiziell dreimal verbeugt, wir sind ... ein Ehepaar. Das ist keine verbotene Liebschaft.«

»Auch wenn wir Ehepartner sind, gibt dir das noch lange nicht das Recht, so rabiat vorzugehen, wie du es immer tust. Immer muss ich dich anflehen, und selbst dann hörst du nicht auf. So wie du jetzt bist, erzürnst du sicher die Ahnen des Gusu-Lan-Clans ...«

Lan Wangji hatte genug ertragen, sodass er Wei Wuxian nun heftig den Mund stopfte.

Einen Tag, nachdem sie Luo Qingyang und ihrem Mann begegnet waren, kamen sie in einer kleinen Stadt in Guangling an.

Wei Wuxian legte Ausschau haltend seine Hand an die Stirn und entdeckte die wehenden Fahnen vor ihnen, die Alkohol versprachen. »Lass uns dort ausruhen.«

Lan Wangji nickte und sie gingen gemeinsam weiter.

Nach der Nacht im Guanyin-Tempel in Yunmeng waren Wei Wuxian und Lan Wangji gemeinsam losgezogen. Mit Kleiner Apfel wanderten und jagten sie überall und erschienen nach wie vor dort, wo es Ärger gab.

Sobald sie mitbekamen, dass böse Kreaturen an einem Ort ihr Unwesen trieben und die Bevölkerung belästigten, untersuchten sie den Vorfall und lösten das Problem. Bei der Gelegenheit bestaunten sie auch gleich die schönen Landschaften und lernten etwas über die lokalen Bräuche. So vergingen drei Monate, in denen sie nichts von den Angelegenheiten der Kultivierungswelt mitbekamen und in völliger Freiheit lebten.

Nachdem sie die Schenke betreten hatten, setzten sie sich an einen Tisch in einer unauffälligen Ecke. Der Kellner trat vor, um sie zu grüßen. Dann sah er jedoch ihre Gesichter und ihr Auftreten ebenso wie das Schwert an Lan Wangjis und die Flöte an Wei Wuxians Hüfte. Er kam nicht umhin, sie mit den beiden Herrschaften in Verbindung zu bringen, über die sich Gerüchte in letzter Zeit wie ein Lauffeuer verbreiteten. Doch nachdem er sie eine Weile angestrengt beobachtet und bemerkt hatte, dass der Gast in der weißen Robe kein Stirnband des Gusu-Lan-Clans trug, konnte er es nicht mit Gewissheit sagen.

Wei Wuxian bestellte Alkohol und Lan Wangji einige Speisen. Als Wei Wuxian hörte, wie er mit seiner tiefen Stimme die Namen der Gerichte aussprach, stützte er mit einer Hand seine Wange ab, während er unter dem Tisch die Finger der anderen Hand um ein schneeweißes Stirnband schloss. Er grinste bis über beide Ohren. Nachdem der Kellner sich entfernt hatte, fragte er: »Das sind so viele scharfe Gerichte, kannst du sie denn essen?«

Lan Wangji führte die Teeschale, die auf dem Tisch stand, an seine Lippen und erwiderte gleichgültig: »Setz dich ordentlich hin.«

»In der Schale ist kein Tee«, merkte Wei Wuxian an.

»…« Lan Wangji goss Tee in die Schale und trank einen Schluck. Eine Weile später wiederholte er: »Setz dich ordentlich hin.«

»Sitze ich denn nicht schon ordentlich? Es ist ja nicht so, als würde ich wie früher meine Beine auf den Tisch legen«, entgegnete Wei Wuxian.

Einen Moment lang ertrug Lan Wangji es, ehe er meinte: »Du solltest sie auch nirgends sonst hinlegen.«

»Wo lege ich sie denn hin?«, fragte Wei Wuxian verwirrt.

»...«

»Zweiter junger Herr Lan, du hast ganz schön viele Forderungen. Dann bring mir doch bei, wie man sitzt«, schlug Wei Wuxian vor.

Lan Wangji stellte die Teeschale ab und schaute ihn an. Er schüttelte seinen Ärmel und wollte gerade aufstehen und es ihm beibringen, als an einem Tisch in der Haupthalle plötzlich schallendes Gelächter ausbrach.

Ein schadenfroher Gast rief: »Ich wusste doch gleich, dass Jin Guangyao früher oder später abstürzen würde! Ich habe sehr lange auf diesen Tag gewartet, endlich wurde er durchschaut, hmpf! Gutes wird eben belohnt und Böses bestraft. Jeder bekommt, was er verdient!«

Wei Wuxian kam das überaus bekannt vor, sowohl der Tonfall als auch der Inhalt dieser Schimpftirade waren ihm sehr vertraut. Nur die Person, gegen die sich die Beschimpfung richtete, hatte sich geändert. Wei Wuxian konnte nicht anders, als genauer hinzuhören.

Mit Stäbchen in der Hand kommentierte ein Kultivierer: »Alte Weisheiten stimmen tatsächlich! Je strahlender und sauberer diese hochrangigen Menschen wirken, desto mehr Schmutz verbirgt sich in Wahrheit hinter ihrer Fassade!«

»Genau, keiner von ihnen ist gut. Von wegen Ehrenmänner und Ehrwürdige, wer von ihnen trägt nach außen hin denn keine Maske?«

Einer von ihnen nahm einen Schluck Wein und einen großen Bissen vom Fleisch und verteilte beim Reden seine Spucke in alle Richtungen. »Und diese Sisi, die früher ein großer Star im Bordell war, ist ja wirklich alt geworden. Ich habe sie gar nicht wiedererkannt, das verdirbt einem echt den Appetit. Jin Guangshans Tod war wirklich grausam, ha ha ha ha ha ...«

»Da hat Jin Guangyao sich echt was einfallen lassen, um seinen Vater zu töten. Wie passend. Wirklich passend!«

»Ich frage mich nur, warum Jin Guangyao diese alte Prostituierte nicht getötet hat? Einen Zeugen sollte man mundtot machen. War er so töricht?«

»Woher willst du denn wissen, ob das töricht von ihm gewesen ist? Er war immerhin Jin Guangshans Brut, vielleicht war er ja auch ein Schwerenöter. Vielleicht hatte er ja einen speziellen Geschmack und hatte mit Sisi ... hi hi, ein unaussprechliches Verhältnis?«

»Hi hi, auch wenn ich das ebenfalls glaube, gibt es da doch noch ein anderes Gerücht. Dass Jin Guangyao es mit seiner leiblichen Schwester getan hat, hat ihn so erschrocken, dass er eine unangenehme Krankheit bekam. Und durch diese war er nicht mehr imstande, dem noch nachzugehen, selbst wenn er gewollt hätte, ha ha ha ...«

Diese Gerüchte und Darstellungen waren Wei Wuxian nur allzu vertraut. Er erinnerte sich daran, wie damals unzählige Menschen behauptet hatten, dass er eintausend Jungfrauen in seine dämonische Höhle bei den Grabhügeln verschleppt hätte. Tag und Nacht sollte er es mit ihnen getrieben haben, nur um seine dämonischen Künste zu kultivieren. Irgendwie fand er das amüsant. *Na gut, die Gerüchte über mich waren doch nicht ganz so schlimm wie die, die man sich jetzt über Jin Guangyao erzählt.*

Danach wurde es immer unerhörter.

Lan Wangji runzelte die Stirn. Glücklicherweise saßen auch normale Personen an dem Tisch, die sich das ebenfalls nicht mehr mit anhören konnten. Eine von ihnen wies sie mit gesenkter Stimme zurecht: »Seid etwas leiser ... Das ist nichts, was man so laut herumposaunen sollte.«

Diejenigen, die laut lachten, kümmerte das nicht im Geringsten.

»Wovor fürchtest du dich, hier ist doch niemand, der uns kennt.«

»Genau! Und selbst wenn uns jemand hören sollte, was wäre schon dabei? Das interessiert doch eh keine Sau.«

»Denkst du etwa, dass der Lanling-Jin-Clan jetzt noch so mächtig ist wie zuvor? Meinst du denn, sie könnten andere noch mundtot machen?

Als könnten sie sich noch so viel herausnehmen wie früher. Auch wenn du es nicht hören willst, wirst du es ertragen müssen!«

Ein anderer wechselte das Thema. »Genug jetzt, das reicht. Wieso redet ihr die ganze Zeit über so etwas, lasst uns essen. Egal was Jin Guangyao zu Lebzeiten auch für Ärger gemacht hat, jetzt bleibt ihm nichts anderes mehr übrig, als sich gefangen im Sarg mit Nie Mingjue zu prügeln.«

»So, wie ich das sehe, haben sie einander so sehr gehasst, dass sein Leichnam und seine Knochen sicher bereits von Nie Mingjue in Stücke gerissen wurden.«

»Aber echt! Ich habe an der Zeremonie der Sargversiegelung teilgenommen. Die grollende Energie um den Sarg herum war so stark, dass in einem Umkreis von fünfhundert Metern kein Grashalm wuchs! Ich frage mich ernsthaft, ob dieses Gefäß sie wirklich für hundert Jahre versiegelt halten kann.«

»Ob es das kann oder nicht, ist ja nicht dein Problem, darüber müssen sich die großen Kultivierungsclans den Kopf zerbrechen. Mit dem Lanling-Jin-Clan ist es jetzt jedenfalls vorbei, die politische Lage hat sich komplett gewandelt.«

»Bei der Sargversiegelungszeremonie sah Zewu-Jun wirklich elend aus.«

»Wie sollte es auch anders sein? Im Sarg sind immerhin seine beiden Schwurbrüder, und die Sprösslinge seines Clans rennen den lieben langen Tag mit einem bösartigen Untoten umher. Bei Nachtjagden lassen sie sich sogar noch von ihm helfen! Kein Wunder, dass er sich die ganze Zeit über in die Isolation zurückzieht. Wenn Lan Wangji nicht bald zurückkehrt, raubt das Lan Qiren bestimmt noch den letzten Nerv ...«

»...«

Während Lan Wangji sich in Schweigen hüllte, musste Wei Wuxian prusten.

Die Diskussion ging weiter ...

»Wo wird gerade dabei sind, eins hat mich bei der Sargversiegelungszeremonie wirklich überrascht: Nie Huaisang hat seine Sache echt ganz gut gemacht. Als er sich freiwillig bereit erklärt hat, sie zu organisieren, bin ich felsenfest davon ausgegangen, dass er es vermasseln würde. Er ist immerhin der dreifache Nichtswisser.«

»Ich auch! Wer hätte gedacht, dass er es genauso gut machen würde wie Lan Qiren.«

Als Wei Wuxian hörte, wie überrascht sie waren, dachte er sich: *Das war sicher noch gar nichts. Wahrscheinlich wird das Oberhaupt des Qinghe-Nie-Clans in den nächsten Jahrzehnten allmählich seine Fertigkeiten zeigen und die Menschen noch mehr in Erstaunen versetzen.*

Das Essen kam ebenso wie der Schnaps. Wei Wuxian schenkte sich einen Becher ein und trank langsam daraus.

Plötzlich ertönte die Stimme eines jungen Mannes: »Befindet sich das Yin-Tiger-Amulett nun im Sarg oder nicht?«

Plötzlich wurde es still im Laden.

Einen Moment später meinte jemand: »Wer weiß das schon, vielleicht. Wo hätte Jin Guangyao es denn aufbewahren sollen, wenn nicht am Körper?«

»Aber das ist auch nicht sicher. Hieß es nicht, dass das Yin-Tiger-Amulett nur noch ein wertloses Stück Eisen sei? Es ist jetzt nutzlos.«

Ein junger Mann, der allein an einem Tisch saß und sein Schwert im Arm hielt, sagte: »Ist der Sarg wirklich stabil genug? Was, wenn jemand nachsehen möchte, ob das Yin-Tiger-Amulett darin ist?«

Sofort rief ein anderer: »Wer würde das schon wagen?!«

»Genau. Der Qinghe-Nie-Clan, der Gusu-Lan-Clan und der Yunmeng-Jiang-Clan haben einige ihrer Leute geschickt, die das Grab bewachen sollen. Niemand würde sich das trauen.«

Die Menge stimmte zu.

Der junge Mann sagte nichts mehr. Er trank aus der Teeschale auf dem Tisch und schien sich diesen Gedanken aus dem Kopf geschlagen zu haben. Doch sein Blick hatte sich nicht verändert.

Diesen Blick hatte Wei Wuxian bereits bei sehr vielen Menschen gesehen. Und er wusste, dass er ihn garantiert nicht zum letzten Mal sah.

Nachdem sie den Laden verlassen hatten, ritt Wei Wuxian auf Kleiner Apfel, während Lan Wangji die Zügel in der Hand hielt und vor ihm ging.

Wei Wuxian schaukelte auf dem Esel hin und her, holte die Flöte an seiner Hüfte hervor und führte sie an seine Lippen. Die klaren Klänge flogen wie ein Vogel in den Himmel. Lan Wangji hielt an und hörte still zu.

Es war das Lied, das er Wei Wuxian damals in der Höhle der Xuanwu des Gemetzels vorgesungen und welches Wei Wuxian nach seiner Rückkehr in diese Welt am Dafan-Berg gespielt hatte, sodass Lan Wangji seine wahre Identität durchschauen konnte.

Nachdem es zu Ende war, zwinkerte Wei Wuxian Lan Wangji mit dem linken Auge zu. »Na, ich spiele nicht schlecht, oder?«

Lan Wangji nickte langsam. »Eine Seltenheit.«

Wei Wuxian wusste, dass sich Lan Wangjis Kommentar darauf bezog, dass er sich zur Abwechslung mal etwas hatte merken können. Er konnte sich das Lachen kaum verkneifen. »Werd doch nicht immer sauer deswegen, ich gebe ja zu, dass das früher nicht richtig von mir gewesen ist, reicht das denn noch nicht? Und außerdem ist wahrscheinlich meine Mutter schuld daran, dass mein Gedächtnis so schlecht ist.«

»Warum?«, fragte Lan Wangji.

Wei Wuxian stützte seine Arme am Kopf von Kleiner Apfel ab und wirbelte Chenqing in seiner Hand herum. »Meine Mutter hat gesagt, dass man sich die Dinge merken muss, die andere für einen tun, und nicht die, die man für andere tut. Nur wenn man nicht so viele Dinge im Herzen trägt, kann man glücklich und frei sein.«

Auch dies war eine der wenigen Erinnerungen, die er noch an seine Eltern hatte.

Nachdem seine Gedanken eine Weile gewandert waren, sammelte Wei Wuxian sich wieder. Als er bemerkte, wie aufmerksam Lan Wangji ihn ansah, meinte er: »Meine Mutter hat außerdem gesagt ...«

Wei Wuxian beendete seinen Satz auch nach einer ganzen Weile nicht, sodass Lan Wangji nachhakte: »Was hat sie gesagt?«

Mit ernster Miene krümmte Wei Wuxian seinen Zeigefinger und deutete ihm damit näher zu kommen. Lan Wangji folgte seiner Aufforderung. Wei Wuxian beugte sich herunter und flüsterte ihm ins Ohr: »Dass du jetzt mein bist.«

Lan Wangjis Augenbrauen regten sich leicht. Gerade als er den Mund aufmachen wollte, wurde er von Wei Wuxian aufgehalten. »Schamlos, anstandslos, langweilig, frivol, unsinnig – stimmt's? Ist gut, ich habe es an deiner Stelle gesagt. Immer sind es nur diese paar Worte, seit damals hat sich das wirklich kein Stück geändert. Ich bin auch dein, damit sind wir quitt, okay?«

In Sachen Schlagfertigkeit konnte Lan Wangji es nie mit Wei Wuxian aufnehmen. Ruhig sagte er daher: »Wie du meinst.«

Wei Wuxian zog an den Zügeln des Esels. »Aber jetzt mal ehrlich, ich habe mir über achtzig Namen für dieses Lied ausgedacht, hat dir denn keiner davon gefallen?«

»Nein«, antwortete Lan Wangji bestimmt.

»Wie kann das sein? Ich fände den Namen *Lan Zhans und Wei Yings Liebeslied* ganz schön.«

Lan Wangji sagte nichts. Wei Wuxian redete weiter Unsinn. »Oder *Das tägliche Lied von Hanguang-Jun und dem Yiling-Patriarchen* wäre auch gut. Da wüsste man sofort, dass eine Geschichte dahintersteckt ...«

Anscheinend wollte Lan Wangji keine weiteren neuen Namen hören, also sagte er: »Es gibt einen.«

»Was gibt es?«

»Einen Namen.«

Wei Wuxian war überrascht. »Ja? Das hättest du doch gleich sagen können, wie heißt es denn nun? Und dann hast du ihn mir die ganze Zeit über nicht gesagt. Jetzt habe ich mir so viele Namen für dich ausgedacht, was für eine Verschwendung meiner Intelligenz.«

Lan Wangji schwieg einen Moment, ehe er den Namen verriet. »*Wangxian*.«*

»Was?«

»Der Name des Lieds lautet *Wangxian*.«

Wei Wuxian machte große Augen.

Einen Moment später hielt er sich den Bauch vor Lachen. »Ha ha ha ha ha ha ha ha ha! Kein Wunder, dass du ihn mir nicht sagen wolltest. Also hast du ihm heimlich diesen Namen gegeben, deine Beweggründe dafür könnten nicht klarer sein. Nicht schlecht, Lan Zhan. Wann hast du das Lied so benannt? Ha ha ha ha ha ha ha ha ha ...«

Lan Wangji schien längst mit so einer Reaktion gerechnet zu haben. Als er sah, wie Wei Wuxian sich auf Kleiner Apfels Rücken vor Lachen krümmte, schüttelte er leicht den Kopf. Seine Miene wirkte ein wenig hilflos, und doch hatten sich seine Mundwinkel still und leise ganz leicht nach oben gekrümmt. Auch in seinen Augen konnte man vage eine Regung erkennen.

Er hob die Hand und stützte damit Wei Wuxians Hüfte, damit dieser nicht vom Rücken des Esels fiel. Nachdem er endlich genug gelacht hatte, sagte er ernst: »*Wangxian*, sehr gut, fantastisch! Ich mag ihn. Genau so sollte es heißen.«

Mit ausdrucksloser Miene stimmte Lan Wangji zu: »Ich mag ihn auch.«

»Er klingt äußerst rechtschaffen und sehr nach dem Gusu-Lan-Clan. So wie ich das sehe, kann dieser Titel direkt in die Liedersammlung eures Clans aufgenommen werden. Alle Schüler des Gusu-Lan-Clans sollten ihn zum Kultivieren lernen. Und wenn sie fragen, wie der Name des Lieds zu verstehen ist, kannst du ihnen direkt erklären, wie er zustande kam.«

Als Lan Wangji bemerkte, dass Wei Wuxian wieder Unsinn redete, nahm er die dünnen Zügel von Kleiner Apfel fest in die Hand und ging weiter vorwärts.

* Eine Verschmelzung ihrer Namen: Lan *Wang*ji und Wei Wu*xian*. Es bedeutet »Neid vergessen«.

Wei Wuxian plapperte weiter: »Wo gehen wir als Nächstes hin? Ich habe so lange nicht mehr das *Lächeln des Kaisers* getrunken. Wie wär's, wenn wir nach Gusu zurückkehren und uns ein wenig in der Stadt Caiyi vergnügen?«

»Gut«, stimmte Lan Wangji zu.

»Es ist schon so viele Jahre her, der Wasser-Abgrund wurde wahrscheinlich schon beseitigt, oder? Wenn dein Onkel meine Anwesenheit noch irgendwie erträgt, kannst du mich ja mit den Schnapskrügen zusammen in deinem Zimmer unterbringen; andernfalls können wir auch woandershin. So wie es klingt, haben Sizhui und die anderen ja viel Spaß bei der Nachtjagd mit Wen Ning.«

»Mhm«, stimmte Lan Wangji zu.

»Aber ich habe gehört, dass es schon wieder eine neue Fassung der Regeln des Gusu-Lan-Clans gibt. Also wirklich, passen die denn alle auf die Wand der Regeln vor dem Berg eures Eingangs ...?«, fragte sich Wei Wuxian.

Eine sanfte Brise wehte, und die Roben der beiden umspielten sie wie Schmelzwasser. Den Wind in seinem Gesicht betrachtete Wei Wuxian mit zusammengekniffenen Augen Lan Wangjis Gestalt. Er setzte sich in den Schneidersitz, überrascht, dass er sich in so einer sonderbaren und doch schönen Haltung tatsächlich auf Kleiner Apfels Rücken halten konnte und nicht herunterfiel.

Es war nur eine unbedeutende Kleinigkeit, und doch schien es, als hätte er etwas Neues, Kurioses entdeckt, dass er eiligst mit Lan Wangji teilen wollte. »Lan Zhan, schau mich an, schnell!«

Genau wie damals rief Wei Wuxian ihn lachend, und genau wie damals schaute Lan Wangji ihn an.

Seit diesem Tag hatte er seinen Blick nicht mehr abwenden können.

Ende

Extrakapitel

Das Clan-Bankett

»Warte auf mich«, sagte Wei Wuxian zu Lan Wangji. »Soll ich nicht lieber mit dir zusammen reingehen?«

Lan Wangji schüttelte den Kopf. »Wenn du mitkommst, wird er noch wütender sein.«

Wei Wuxian dachte einen Moment nach und kam zu dem Schluss, dass das wohl stimmte. Jedes Mal, wenn Lan Qiren ihn sah, war es, als würde er eine Herzattacke bekommen und jeden Moment sein Leben aushauchen – er keuchte dann sogar noch mehr als sonst. Wei Wuxian wollte ihm den Gefallen tun und nicht vor ihm erscheinen, ganz nach dem Motto: »Aus den Augen, aus dem Sinn.«

Lan Wangji sah ihn an und schien noch etwas sagen zu wollen, doch Wei Wuxian meinte sofort: »Ist gut, ich weiß schon. Rennen ist verboten, Krach ist verboten, dies und das ist verboten, richtig? Keine Sorge, dieses Mal werde ich so gut es irgendwie geht aufpassen und versuchen, keine einzige Regel von der Wand der Regeln zu brechen. Ich werde mich nach Kräften bemühen.«

Ohne nachzudenken erwiderte Lan Wangji: »Es macht nichts, wenn du sie ...«

Wei Wuxian spitzte die Ohren. »Hm?«

Lan Wangji bemerkte erst jetzt, wie ungeschickt gewählt seine Worte gewesen waren. Einen Moment lang drehte er sich weg, ehe er sich mit ernster Miene wieder an ihn wandte. »Nichts.«

Wei Wuxian war verwirrt. »Was hast du gerade gesagt? Es ist okay, wenn ich sie breche ...?«

Lan Wangji wusste, dass er absichtlich fragte, obwohl er die Antwort bereits kannte. Seine Miene blieb weiterhin ernst, als er sagte: »Warte draußen auf mich.«

Wei Wuxian winkte ab. »Dann warte ich eben, warum wirst du denn so böse? Ich spiele mit deinen Hasen.«

Und so ging Lan Wangji allein hinein, um sich Lan Qirens Moralpredigt anzuhören, während Wei Wuxian von Kleiner Apfel in einem Wahnsinnstempo mitgeschleift wurde. Dieser war seit ihrer Ankunft in der Wolkennische übermäßig aufgedreht und strotzte nur so vor Energie. Wei Wuxian gelang es nicht, ihn aufzuhalten und wurde von ihm bis zur sattgrünen Wiese gezogen.

Über hundert Schneebälle lagen dort ruhig zusammengerollt im Gras. Ihre rosafarbigen Münder zuckten hier und da, und ab und zu schüttelten sie ihre langen Ohren, sodass man deren rosige Innenseiten sah.

Mit erhobenem Haupt quetschte Kleiner Apfel sich zwischen sie und fand einen Platz zum Ausruhen für sich. Wei Wuxian hingegen hockte sich auf den Boden, schnappte sich den nächstbesten Hasen und kraulte ihm den Bauch.

Waren es das letzte Mal, als ich hier war, auch schon so viele? Ist das ein Männchen oder ein Weibchen? Ah ... Ein Männchen.

Erst jetzt fiel Wei Wuxian auf, dass er nie darauf geachtet hatte, ob Kleiner Apfel eine Stute oder ein Hengst war. Also konnte er es sich nicht verkneifen, in seine Richtung zu schielen. Noch bevor er etwas erkennen konnte, vernahm er jedoch plötzlich hinter sich ein Geräusch und drehte sich um.

Dort stand eine kleine junge Frau mit einem Körbchen, unschlüssig, ob sie näher treten sollte. Als Wei Wuxian sich so plötzlich umdrehte und sie ansah, war sie überfordert und lief purpurrot an.

Die junge Frau trug die Robe des Gusu-Lan-Clans, ebenso wie ein reinweißes Stirnband ohne treibende Wolken, das ordentlich um ihre Stirn gebunden war.

Das ist ja unfassbar! Ich habe tatsächlich eine zu Gesicht bekommen!

Sie war eine Kultiviererin. Eine Kultiviererin des Gusu-Lan-Clans.

Der Gusu-Lan-Clan war für seine starren Konventionen bekannt. Selbstredend wurden Regeln, wie dass Männer und Frauen unterschiedlich waren und daher kein enges Verhältnis pflegen sollten, den Schülern von klein auf Zigtausende Male gebetsmühlenartig eingebläut. Der

Lern- und Ruhebereich der Kultivierer und Kultiviererinnen war strikt getrennt, und es war nicht gestattet, auch nur einen Fuß über diese Grenzen zu setzen. Nur sehr selten verließen sie ihren eigenen Bereich. Selbst außerhalb der Wolkennische, bei den Nachtjagden, waren sie in der Regel getrennt unterwegs. Entweder waren es alles Männer oder alles Frauen, und für gewöhnlich kam es nicht vor, dass sie gemeinsam reisten. Die Regeln waren so altmodisch, dass sich einem die Haare sträubten.

Als Wei Wuxian damals als Gastschüler in der Wolkennische gewesen war, hatte er keine Frauen zu Gesicht bekommen und daher stark bezweifelt, dass es hier überhaupt Kultiviererinnen gab. Einige Male war ihm, als hätte er ihre Stimmen beim Lesen gehört und hatte neugierig einen Blick auf sie werfen wollen. Er war jedoch sofort von den patrouillierenden Clanmitgliedern mit ihren scharfen Augen und Ohren erwischt worden, die Lan Wangji herbeigerufen hatten. Nach mehreren Malen hatte Wei Wuxian jegliches Interesse verloren und keine Lust mehr gehabt, es zu versuchen.

Doch jetzt sah er zum ersten Mal eine wahrhaftige Kultiviererin innerhalb der Wolkennische. Eine echte! Eine Kultiviererin!

Sofort streckte Wei Wuxian seinen Rücken durch, seine Augen leuchteten auf. Gerade als er unwillkürlich zu ihr rübergehen wollte, hatte Kleiner Apfel sich bereits aufgerichtet und rannte ihn beinahe um, als er zu der Frau sprintete.

»?«

Nachdem Kleiner Apfel zu der jungen Frau gerannt war, senkte er brav den Kopf und führte diesen samt seiner Eselsohren freiwillig unter ihre Hand.

»?«

Mit rot angelaufenem Gesicht schaute die junge Frau Wei Wuxian an. Sie war verdutzt und wusste nicht, was sie sagen sollte.

Wei Wuxian kniff seine Augen zusammen. Sie kam ihm ein wenig bekannt vor. Einen Moment später fiel es ihm plötzlich wieder ein. War das nicht jene junge Frau mit dem runden Gesicht, die er nach seiner Abreise vom Dorf Mo auf dem Weg getroffen hatte, und der er auf dem Dafan-Berg wiederbegegnet war?

Doch selbst wenn sie eine völlig Fremde gewesen wäre, hätte er sie mit einem Lächeln angesprochen und so das Eis gebrochen. Bei einem Fräulein, dem er bereits mehrere Male begegnet war und das einen guten Charakter hatte, tat er das natürlich erst recht. Sofort winkte er ihr zu. »Ach, du bist's!«

Offensichtlich hatte er auch bei ihr einen tiefen Eindruck hinterlassen, ganz unabhängig davon, ob sein Gesicht mittlerweile gewaschen war oder nicht. Nachdem sie eine Weile herumgedruckst und ihre Hände gerungen hatte, mit denen sie den Korb hielt, antwortete sie mit gedämpfter Stimme: »Ja, ich bin's ...«

Wei Wuxian warf den Hasen, den er gekrault und dessen Geschlecht er bestimmt hatte, beiseite. Die Arme hinter dem Rücken verschränkt näherte er sich ihr einige Schritte. Als er die Karotten und den Kohl in ihrem Korb erblickte, lächelte er. »Bist du hier, um die Hasen zu füttern?«

Sie nickte. Da Lan Wangji gerade nicht da war und Wei Wuxian nichts zu tun hatte, wuchs sein Interesse. »Soll ich dir helfen?«

Die junge Frau wusste nicht, was sie tun sollte, und nickte schließlich erneut. Wei Wuxian nahm eine Karotte und die beiden hockten sich gemeinsam ins Gras. Kleiner Apfel steckte seinen Kopf in den Korb und wühlte eine Weile, fand jedoch keinen Apfel, sodass er notgedrungen eine Karotte herauszog und auf ihr herumkaute.

Sie waren überaus frisch, Wei Wuxian biss daher selbst erst ein Stück ab, ehe er seine an den Mund eines Fellknäuels führte und fragte: »Bist du immer für die Fütterung der Hasen zuständig?«

»Nein … Ich füttere sie erst seit Kurzem … Wenn Hanguang-Jun da ist, kümmert er sich um sie. Wenn nicht, tun es der junge Herr Lan Sizhui und die anderen. Und wenn auch sie nicht da sind, schauen wir nach ihnen …«

Wie füttert Lan Zhan die Hasen? Seit wann hält er sie? Trägt er dabei auch so einen kleinen Korb hierher?

Nachdem er die übertrieben niedlichen Szenen aus seinem Kopf verbannt hatte, fragte er weiter: »Du bist jetzt ein Mitglied des Gusu-Lan-Clans?«

»Ja«, bestätigte sie schüchtern.

»Der Gusu-Lan-Clan ist großartig. Seit wann bist du hier?«, wollte er wissen.

Die junge Frau streichelte einen der flauschigen, weißen Hasen, während sie antwortete: »Kurz nachdem wir uns beim Dafan-Berg getroffen haben …«

In diesem Moment hörten beide das sanfte Geräusch von Schuhen, die auf das Gras traten. Wei Wuxian drehte sich um und sah, wie erwartet, dass Lan Wangji auf sie zukam.

Einen Moment lang gestikulierte die junge Frau nervös mit Händen und Füßen, dann stand sie sofort auf und grüßte ihn respektvoll. »Hanguang-Jun.«

Lan Wangji nickte leicht, während Wei Wuxian noch im Gras saß und ihn grinsend anschaute. Die junge Frau schien große Angst vor Lan Wangji zu haben – was durchaus normal war, denn es gab niemanden in ihrem Alter, der Lan Wangji nicht fürchtete. Panisch hob sie ihren Rock an und rannte fort.

Wei Wuxian rief ihr hinterher: »Fräulein, Kleine! Dein Korb! Hey, Kleiner Apfel! Komm zurück, Kleiner Apfel! Wieso rennst du ihr hinterher?! Kleiner Apfel!«

Weder Mensch noch Esel reagierten auf seine Versuche, sie aufzuhalten, sodass Wei Wuxian nichts anderes übrig blieb, als die restlichen Karotten aus dem Korb zu nehmen und sie zu verfüttern. »Lan Zhan, du hast sie verschreckt.«

Wie hätten gleich alle beide seine Schritte vernehmen können, wenn das nicht von Lan Wangji beabsichtigt gewesen wäre?

Grinsend hielt Wei Wuxian ihm eine Karotte hin. »Isst du sie? Du fütterst die Hasen und ich füttere dich.«

»...« Lan Wangji sah von oben zu ihm runter. »Steh auf.«

Wei Wuxian schmiss die Karotte hinter sich und streckte in seiner Faulheit eine Hand aus. »Zieh mich.«

Lan Wangji hielt kurz inne, ehe er die Hand ausstreckte, um ihm aufzuhelfen. Plötzlich wendete Wei Wuxian jedoch Kraft auf und zog Lan Wangji zu sich herunter.

Als das Territorium der Hasen von sich merkwürdig verhaltenden Menschen annektiert wurde, war ihnen, als würden sie einem großen Feind gegenüberstehen. Ziellos umkreisten sie die beiden, die auf dem Boden aufeinanderlagen, und hoppelten hin und her.

Die, die Lan Wangji besonders gut kannten, stellten sich auf die Hinterbeine und klammerten sich an ihn, ganz so, als wären sie besorgt darüber, dass ihr Herrchen so plötzlich umgefallen war. Sanft vertrieb Lan Wangji sie und meinte dann langsam: »Die siebte Regel auf der Wand der Regeln der Wolkennische: Kultivierinnen zu stören ist verboten.«

»Du hast gesagt, es macht nichts, wenn ich die Regeln breche«, rechtfertigte sich Wei Wuxian.

»Habe ich nicht.«

»Wieso bist du so? Heißt das, dass du es nicht gesagt hast, nur weil dir der Satz herausgerutscht ist? Was ist mit dem Hanguang-Jun passiert, der sich stets an sein Wort hält?«

»›Täglich‹«, entgegnete Lan Wangji.

Wei Wuxian streichelte sein Gesicht und erkundigte sich sanft: »Hat dein Onkel gerade mit dir geschimpft? Sag schon, damit ich dich verwöhnen kann.«

Obwohl Wei Wuxian wie aus dem Nichts das Thema wechselte, kommentierte Lan Wangji das nicht. »Hat er nicht.«

»Wirklich nicht? Was hat er dann zu dir gesagt?«, wollte Wei Wuxian wissen.

Lautlos umarmte Lan Wangji ihn. »Nichts. Es ist selten, dass wir alle zusammen sind, morgen wird ein Clan-Bankett veranstaltet.«

Wei Wuxian lächelte. »Ein Clan-Bankett? Klasse, ich werde mich auf jeden Fall ins Zeug legen, um dich nicht zu blamieren.« Dann dachte er plötzlich an Lan Xichen und fragte: »Was ist mit deinem Bruder?«

Lan Wangji schwieg einen Moment, ehe er meinte: »Ich schaue später nach ihm.«

In letzter Zeit hatte Zewu-Jun sich ständig in die Isolation zurückgezogen, natürlich musste Lan Wangji ein ernstes Gespräch mit ihm führen. Wei Wuxian umarmte ihn und klopfte ihm sanft auf den Rücken. Einen Moment später meinte er: »Ach ja, wie kommt es, dass ich Sizhui und die anderen noch gar nicht gesehen habe?«

Normalerweise hätte die Gruppe ihn längst am Eingang umkreist und wild durcheinandergeredet.

Als Wei Wuxian die Jungen erwähnte, glättete sich Lan Wangjis Stirn ein wenig. »Ich bringe dich zu ihnen.«

Als sie bei Lan Sizhui, Lan Jingyi und den anderen ankamen, kam von den Sprösslingen nichts außer einiger Freudenrufe. Es war nicht so, dass sie nicht mehr Reaktion zeigen wollten, sie konnten es nur einfach nicht.

Über ein Dutzend von ihnen machten auf der Veranda Handstand. Jeder hatte seine Überjacke ausgezogen und nur ein schneeweißes, dünnes Hemd an. Während ihre Köpfe nach unten und ihre Füße nach oben zeigten, lagen vor ihnen einige weiße Blätter auf dem Boden verstreut, ebenso wie eine Stange Tusche. Mit der linken Hand stützten sie sich am Boden ab, während sie mit der rechten einen Pinsel hielten und unter großen Mühen die Blätter mit Schriftzeichen vollschrieben.

Da ihre Stirnbänder nicht den Boden berühren durften, hielten sie schweißüberströmt deren Enden mit ihren Mündern fest, sodass sie auch nicht sprechen konnten. Die sogenannten »Freudenrufe« bestanden daher auch nur aus einigen Wimmerlauten, während ihre Augen leuchteten.

Als Wei Wuxian sie so zittern und beben sah, fragte er: »Warum müssen sie denn Handstand machen?«

»Als Strafe«, erklärte Lan Wangji.

»Ich weiß, dass das eine Strafe ist. Ich sehe, dass sie die Regeln des Lan-Clans abschreiben, ›Riten‹ kenne ich bereits auswendig. Aber was haben sie angestellt, dass sie bestraft werden?«

Monoton antwortete Lan Wangji: »Sie sind nicht innerhalb der vorgeschriebenen Zeit zur Wolkennische zurückgekommen.«

»Ah.«

»Sie waren mit dem Geistergeneral auf Nachtjagd«, erklärte Lan Wangji weiter.

»Wow! Ihr traut euch ja was«, kommentierte Wei Wuxian.

»Zum dritten Mal«, ergänzte Lan Wangji.

Wei Wuxian strich sich übers Kinn. Wenn das der Fall war, dann war es kein Wunder, dass Lan Qiren sie derart dafür bestrafte, immerhin hasste er Böses wie die Pest. Da hatten sie sogar noch Glück gehabt, dass sie *nur* etwas im Handstand abschreiben mussten.

Er hockte sich vor Lan Sizhui und fragte: »Sizhui, warum ist der Stapel, der vor dir liegt, dicker als der der anderen? Oder bilde ich mir das nur ein?«

»Nein …«, presste Lan Sizhui hervor.

»Er hat sie angeführt«, erklärte Lan Wangji.

Wei Wuxian wollte Lan Sizhui auf die Schulter klopfen, konnte jedoch nirgends seine Hand drauflegen. Nach einer kurzen Pause drehte er seine Hand und klopfte von unten nach oben. Verstehend sagte er: »Hab ich's mir doch gedacht.«

Lan Wangji ging einige Male vor den Jungen entlang, ließ seinen Blick schweifen und kontrollierte dabei flüchtig ihre Abschriften. Dann meinte er zu Lan Jingyi: »Die Schrift. Sie ist unordentlich.«

Lan Jingyi hielt sein Stirnband mit den Zähnen fest und stimmte unter Tränen zu: »Jawohl, Hanguang-Jun. Diese Seite schreibe ich noch mal ab.«

Die anderen, die nicht von ihm aufgerufen worden waren, hatten die Kontrolle bestanden und atmeten erleichtert auf. Als die beiden die Veranda verließen, erinnerte sich Wei Wuxian an die harten Zeiten zurück, in denen er selbst zur Strafe etwas hatte abschreiben müssen, weshalb er ihr Leid sehr gut nachempfinden konnte.

»Es ist schon schwer genug, den Handstand überhaupt zu halten. Müsste ich das tun, wüsste ich nicht mal, ob ich irgendetwas schreiben könnte. Selbst wenn ich sitzen würde, wüsste ich nicht, ob ich ordentlich schreiben könnte.«

Lan Wangji sah ihn an und stimmte zu: »In der Tat.«

Wei Wuxian wusste, dass Lan Wangji ebenfalls gerade an die Zeiten zurückdachte, in denen er Wei Wuxian beim Abschreiben überwacht hatte. »War das auch so, wenn du als Kind Sachen zur Strafe abschreiben musstest?«

»Musste ich nie«, meinte Lan Wangji.

Natürlich nicht. Von klein auf war Lan Wangji das Vorbild der Schüler aller Kultivierungsclans gewesen, jedes Wort und jede Bewegung entsprachen derart der Norm, als hätte man mit einem Lineal abgemessen. Wie hätte er einen Fehler begehen können? Und wenn man keine Fehler beging, wie hätte man dann eine Strafe bekommen sollen?

Wei Wuxian lächelte. »Und ich dachte schon, deine erschreckende Armkraft würde davon kommen.«

»Ich wurde nicht bestraft. Aber sie stammt davon«, erklärte Lan Wangji.

»Wieso hast du Handstand gemacht, wenn du nicht bestraft wurdest?«, wunderte sich Wei Wuxian.

Ohne mit dem Blick abzuschweifen, antwortete Lan Wangji: »Es beruhigt.«

Wei Wuxian näherte sich seinem Ohr und seine Stimme wurde höher. »Was ist es, das den eiskalten Hanguang-Jun aus der Ruhe bringt?«

Lan Wangji sah ihn wortlos an. Innerlich zufrieden meinte Wei Wuxian: »Wenn das stimmt und du von klein auf so trainiert hast, dann kannst du doch bestimmt alles im Handstand machen, oder?«

Lan Wangji bestätigte seine Vermutung mit einem »Mhm.«

Als Wei Wuxian bemerkte, wie Lan Wangji beim Antworten die Augenlider senkte und ein wenig beschämt wirkte, plapperte er einfach weiter: »Kannst du mich dann auch im Handstand nehmen?«

»Versuchen wir es«, erwiderte Lan Wangji.

Wei Wuxian lachte. »Ha ha ha ha ha ha ... Was sagst du da?«

»Versuchen wir es heute Nacht«, wiederholte Lan Wangji.

»...«

Auch wenn Lan Wangji das gesagt hatte, so fanden die beiden in dieser Nacht nicht sofort eine Gelegenheit, um es »zu versuchen«. Lan Wangji musste nämlich zuerst Lan Xichen aufsuchen, der sich bereits seit einiger Zeit zum Meditieren zurückgezogen hatte, und ein langes Gespräch mit ihm führen.

Seit Neuestem hatte Wei Wuxian eine seltsame Angewohnheit: Er mochte es, auf Lan Wangji zu schlafen – egal ob mit dem Gesicht zur Decke oder mit dem Gesicht auf Lan Wangjis Brust. Seit er damit begonnen hatte, konnte er nicht mehr schlafen, wenn er nicht auf ihm lag. Vor Langeweile wühlte er im Ruhezimmer in den Schubladen herum und fand dabei eine Menge Dinge.

Lan Wangji war von klein auf pedantisch genau. Seine Schriftzeichenübungen, seine Malerei und seine Aufsätze waren penibel nach Jahren sortiert. Wei Wuxian schaute die Schriftzeichen durch, die Lan Wangji in jungen Jahren geschrieben hatte. Er lächelte und amüsierte sich, als er eine Anmerkung Lan Qirens in roter Schrift entdeckte und Zahnschmerzen bekam. Doch von den Tausenden Seiten, die er durchblätterte, fand er nur diese eine, auf der Lan Wangji ein Schriftzeichen falsch geschrieben hatte. Zudem hatte er dieses Zeichen auf der darauffolgenden Seite gewissenhaft hundert Mal abgeschrieben.

Das machte Wei Wuxian sprachlos. *Der Arme, er hat dieses Zeichen so oft geschrieben, dass er sicher nicht mehr wusste, wo oben und unten war*.

Er wollte diese alten, leicht vergilbten Seiten gerade noch weiter durchblättern, als draußen vor dem Ruhezimmer plötzlich ein schwaches Licht die Nacht erhellte.

Wei Wuxian hörte keine Schritte, rollte sich jedoch gekonnt in Lan Wangjis Bett und zog die Decke an seinen Füßen hoch bis zu seinem Kopf. Als Lan Wangji sanft die Tür aufstieß, fand er den sich schlafend stellenden Wei Wuxian nun so im Zimmer vor.

Lan Wangjis Bewegungen waren ohnehin schon lautlos, doch da er sah, dass Wei Wuxian bereits »eingeschlafen« war, atmete er umso leiser und schloss langsam die Tür des Ruhezimmers. Erst einen Moment später ging er in die Richtung des Bettes.

Noch bevor er sich nähern konnte, wurde sein Oberkörper von der auf ihn zukommenden Decke umhüllt.

»…«

Wei Wuxian sprang auf, drückte Lan Wangji, dessen Kopf bedeckt worden war, fest an sich und presste ihn auf das Bett. »Ein Überfall!«

»…«

Wei Wuxian fummelte grob an ihm herum, doch Lan Wangji blieb nach wie vor still und ruhig liegen und ließ ihn einfach gewähren. Kurz darauf verlor Wei Wuxian die Lust. »Hanguang-Jun, wieso wehrst du dich denn nicht im Geringsten? Was hat es denn für einen Sinn, wenn ich über dich herfalle und du dich kein bisschen rührst?«

Aus der Decke drang Lan Wangjis gedämpfte Stimme: »Was möchtest du?«

Wei Wuxian unterwies ihn: »Wenn ich dich runterdrücke, musst du mich wegstoßen. Du darfst es nicht zulassen, sondern musst mit aller Kraft deine Beine zusammenpressen, während du nach Leibeskräften um Hilfe schreist ...«

»Lärm ist in der Wolkennische verboten«, erinnerte Lan Wangji ihn.

Wei Wuxian überzeugte das nicht. »Du kannst ja auch leise um Hilfe rufen. Und außerdem, wenn ich dir die Kleidung vom Leib reiße, musst du dich nach Kräften dagegen wehren und deine Brust bedecken, koste es, was es wolle. Du darfst mich nicht einfach machen lassen.«

Unter der Decke war es einen Moment lang ruhig.

Schließlich meinte Lan Wangji: »Das hört sich sehr kompliziert an.«

»Ist das so?!«, fragte Wei Wuxian.

»Mhm.«

»Nun, dann lass uns tauschen, fall du über mich her ...«, schlug Wei Wuxian vor.

Noch bevor er ausgesprochen hatte, wurde er bereits umgedreht und die Decke flog in die Luft. Lan Wangji drückte ihn auf das Bett.

Da Wei Wuxian ihn gerade eine Weile mit der Decke festgehalten hatte, waren sein sonst so tadellos sitzendes Haar- und Stirnband ein wenig verrutscht. Sein schwarzes Haar war ein wenig unordentlich und einige Strähnen hingen herunter. Auch seine Wangen, die für gewöhnlich weiß wie Jade waren, zeigten einen Anflug von rosa. Im Kerzenlicht wirkte er wie eine schüchterne Schönheit. Nur leider hatte diese Schönheit eine immense Kraft und mit dieser hatte er Wei Wuxian nun so fest im Griff, als wären seine Hände Schraubstöcke.

Wei Wuxian flehte um Gnade: »Hanguang-Jun, Hanguang-Jun, bitte hab Erbarmen.«

Lan Wangjis Blick war starr, doch in seinen Augen flackerte leicht das gleißende Licht der Lampe. Mit ruhiger Miene stimmte er zu: »Gut.«

»Was heißt das? Dass du Handstand machst? Dass du mich hart rannimmst? Autsch! Meine Kleidung.«

»Das hast du jetzt alles gesagt«, meinte Lan Wangji.

Dann führte er seinen Körper zwischen Wei Wuxians Beine und presste sich für eine Weile gegen ihn. Wei Wuxian wartete eine Ewigkeit, ohne dass er einen Laut vernahm. Also fragte er: »Was ist denn?!«

Lan Wangji richtete sich etwas auf. »Warum wehrst du dich nicht?«

Wei Wuxian klemmte Lan Wangjis Hüfte zwischen seinen Beinen ein. Während er sich sanft an ihm rieb und ihn nicht entkommen ließ, grinste er. »Ach, was soll ich so schon machen?! Sobald du dich auf mich legst, kann ich gar nicht anders, als meine Beine zu öffnen. Ich kann sie einfach nicht schließen, als ob ich nicht die Kraft hätte zu widerstehen! Das ist sowohl für dich als auch für mich schwierig ... Halt, halt, komm schon, ich zeig dir erst mal was.« Er zog ein Blatt Papier aus seiner Brusttasche. »Lan Zhan, eine Frage: Wie kommt es, dass du so ein einfaches Schriftzeichen falsch schreiben konntest? Hast du dir beim Lernen überhaupt Mühe gegeben? Wo warst du bloß mit deinen Gedanken?«

Lan Wangji warf einen Blick auf das Blatt. Er sagte nichts, doch sein Blick sprach Bände: Wie konnte Wei Wuxian, der eine absolute Sauklaue hatte und aus Nachlässigkeit so viele Striche beim Schreiben wegließ wie kein anderer, die Frechheit besitzen, ihn dafür zu kritisieren, dass er ein einziges Schriftzeichen falsch geschrieben hatte?

Wei Wuxian tat so, als könnte er seinen Blick nicht deuten, und fuhr fort: »Schau nur mal auf das Datum, lass mich mal rechnen ... Damals warst du doch schon etwa fünfzehn oder sechzehn? In dem Alter noch so einen Fehler zu machen, du ...«

Doch als er noch mal genauer über das Datum nachdachte, bemerkte er, dass es genau in die drei Monate fiel, in denen Wei Wuxian als

Gastschüler in der Wolkennische gewesen war. Sofort freute er sich unwillkürlich und fragte absichtlich: »Könnte es sein, dass der zweite Bruder Lan sich damals nicht auf das Lernen und Schreiben konzentriert hat, weil er mit seinen Gedanken bereits nur bei mir war?«

Damals, als Wei Wuxian zur Strafe etwas im Bücherpavillon hatte abschreiben müssen, hatte er den ganzen Tag ein Theater vor Lan Wangji gemacht. Er hatte nur herumgelegen und ihn auf die unterschiedlichsten Weisen belästigt. Er hatte Lan Wangjis Ruhe gestört, sodass es diesem fast unmöglich gewesen war, nicht an Wei Wuxian zu »denken«. Es war allerdings nicht *diese* Art von »an jemanden denken« gewesen. Dass Lan Wangji durchgehalten hatte und seinen eigenen Dingen nachgegangen war, obwohl er Wei Wuxian beim Abschreiben der Regeln seines Clans hatte bewachen müssen, und dabei letztendlich nur ein einziges falsches Schriftzeichen herausgekommen war, war überaus bemerkenswert.

»Ach, ist das etwa schon wieder mein Fehler? Immer wirfst du mir Dinge vor«, meinte Wei Wuxian.

»…« Lan Wangji erwiderte mit gedämpfter Stimme: »Deine Schuld!«

Sein Atem war durcheinander und er wollte das Blatt an sich reißen, das einen Schandfleck in seinem Leben darstellte. Wei Wuxian liebte den Anblick, wenn Lan Wangji so in die Ecke gedrängt wurde, und stopfte es augenblicklich in seine Brusttasche. »Hol es dir doch, wenn du kannst.«

Ohne zu zögern streckte Lan Wangji die Hand unter seine Kleidung – und zog sie nicht mehr raus.

»Du hast es ja wirklich drauf!«, meinte Wei Wuxian.

Den Großteil der Nacht schliefen sie miteinander, und erst in der zweiten Hälfte gelang ihnen unter Mühen ein vernünftiger Wortwechsel.

Wei Wuxian lag noch auf Lan Wangji und vergrub sein Gesicht in dessen Nacken. Der Sandelholzduft, der von ihm ausging, schien immer intensiver zu werden. Träge kniff Wei Wuxian die Augen zusammen und erkundigte sich nach Lan Xichen. »Geht es deinem Bruder gut?«

Lan Wangji umarmte seinen nackten Rücken und streichelte ihn wieder und wieder. Nachdem er eine Weile geschwiegen hatte, meinte er: »Nicht sonderlich.«

Beide waren durchgeschwitzt. Als Lan Wangji Wei Wuxian streichelte, stieg das Kribbeln, ausgelöst durch seine Fingerspitzen, bis zu dessen Herzen. Er bewegte sich, wodurch Lan Wangji noch tiefer in ihn eindrang.

Leise meinte Lan Wangji: »In den Jahren, in denen ich mich zum Meditieren zurückgezogen habe, ist es immer mein Bruder gewesen, der mit mir gesprochen hat.«

Jetzt war es genau umgekehrt.

Was Lan Wangji in den Jahren der Zurückgezogenheit getan hatte, musste Wei Wuxian nicht fragen. Er küsste sein jadeweißes Ohrläppchen, zog die Decke an einer Seite hoch und hüllte sie beide darin ein.

Am nächsten Morgen wachte Lan Wangji pünktlich um fünf Uhr auf.

In den paar Monaten, die er und Wei Wuxian nun zusammenlebten, hatte er alles dafür getan, um Wei Wuxians Schlafrhythmus zu korrigieren, allerdings ohne Erfolg.

Die Clanmitglieder brachten warmes Badewasser, woraufhin Lan Wangji, der sich längst ordentlich angezogen hatte, den splitternackten Wei Wuxian aus der Decke schälte, zur Wanne trug und hineinsetzte – und Wei Wuxian schaffte es doch tatsächlich, im Wasser weiterzuschlafen.

Lan Wangji rüttelte ihn sanft, woraufhin Wei Wuxian seine Hand ergriff, sowohl die Vorder- als auch die Rückseite küsste und sie anschließend an seinem Gesicht rieb, ehe er weiterschlief. Als ihm das erneute Rütteln zu sehr auf die Nerven ging, schnaubte er einige Male und zog Lan Wangji mit geschlossenen Augen zu sich herunter. Dann nahm er sein Gesicht in beide Hände und küsste ihn einige Male, ehe er murmelte: »Brav, brav, hör auf damit. Bitte, ich steh auch gleich auf. Ja.«

Dann gähnte er, legte sich über den Badewannenrand und schlief weiter.

Wei Wuxian würde wahrscheinlich sogar dann weiterschlafen, wenn das Zimmer brannte, und sich lediglich einen anderen Schlafplatz suchen. Und obwohl Lan Wangji dies wusste, versuchte er trotzdem jeden Tag unermüdlich ab fünf Uhr morgens, ihn zu wecken. Was dazu führte, dass Lan Wangjis gleichbleibende Miene über sechzig Mal von Wei Wuxian willkürlich geküsst wurde.

Lan Wangji brachte das Frühstück in das Ruhezimmer und stellte es auf dem Tisch ab, auf dem sich einst nur seine Kalligrafiewerkzeuge befunden hatten. Dann zog er den immer noch schlafenden Wei Wuxian aus der Holzwanne, rieb ihn trocken, zog ihm etwas über und band seinen Gürtel fest. Erst als er damit fertig war, zog Lan Wangji ein Buch aus dem Regal und schlug die Seite auf, in der das Lesezeichen mit der getrockneten Blume klemmte. Er setzte sich an den Tisch und begann langsam zu lesen.

Wie erwartet richtete sich Wei Wuxian mit großer Pünktlichkeit um elf Uhr kerzengerade im Bett auf. Als würde er schlafwandeln, suchte er sich seinen Weg durch das Zimmer. Er ertastete Lan Wangji, schloss ihn in seine Arme und streichelte ihm einige Male über das Haar, ehe er ihm aus Gewohnheit in den Oberschenkel kniff. Nachdem er sich schnell das Gesicht gewaschen und Zähne geputzt hatte, war er endlich etwas wacher und fand seinen Weg zum Tisch. Mit wenigen Bissen aß er einen Apfel auf. Als er sah, wie viel Essen sich in den Essensboxen befand, zuckten seine Mundwinkel. »Gibt es heute nicht ein Clan-Bankett bei euch? Ist es dann kein Problem, wenn wir davor so viel essen?«

Ruhig richtete Lan Wangji sich sein Haar- und Stirnband, die soeben von Wei Wuxian durcheinandergebracht worden waren. »Fülle erst einmal deinen Magen.«

Wei Wuxian hatte bereits Bekanntschaft mit dem Essen in der Wolkennische gemacht. Es war fad und geschmacklos und bestand hauptsächlich aus vegetarischen Gerichten. Alles war grün, so weit das Auge reichte. Es gab unzählige Arten von Heilpflanzen, Baumrinden und Pflanzenwurzeln. Jedes Gericht verströmte einen erdrückenden, bitteren Geruch, in dem auch ein Hauch seltsamer Süße lag. Andernfalls hätte Wei Wuxian damals auch nicht vorgeschlagen, die beiden Hasen zu grillen.

Höchstwahrscheinlich würde man sich bei dem Clan-Bankett weder satt essen können noch würde das Essen sonderlich gut schmecken.

Wei Wuxian wusste, dass der Gusu-Lan-Clan es in dieser Hinsicht sehr genau nahm. Dass er am Clan-Bankett teilnehmen durfte, war im Grunde genommen gleichbedeutend damit, dass sie ihn als Lan Wangjis Kultivierungspartner anerkannten. Bestimmt hatte Lan Wangji lange mit Lan Qiren diskutieren müssen, ehe Wei Wuxian dieses Recht zugesprochen worden war.

Wei Wuxian seufzte und lächelte. »Keine Sorge. Ich werde mich benehmen, um dich nicht zu blamieren.«

Obwohl es ein Clan-Bankett war, unterschied sich das der Wolkennische gänzlich von jenen, die Wei Wuxian bislang bekannt waren.

Bei dem des Yunmeng-Jiang-Clans stellte man über ein Dutzend große, quadratische Tische draußen auf dem Übungsplatz zusammen, an denen Männer und Frauen aller Altersgruppen blind zusammengewürfelt saßen. Während des Banketts wurde wild durcheinandergeredet und auch die Küche wurde nach draußen verlagert. Das Feuer und der Duft von den Kochstellen waberte durch die Luft, und man konnte sich von den Gerichten nehmen, was man wollte. Und wenn es nicht reichte, wurde frisch nachgekocht.

Auch wenn er nie an einem Clan-Bankett des Lanling-Jin-Clans teilgenommen hatte, so hatte dieser nie einen Hehl aus den überaus luxuriösen Details gemacht: Die berühmten Schwerttanzeinlagen, die der

Unterhaltung dienten, die Bäume aus Korallen und Teiche aus Wein sowie der rote Brokat, der meterlang auf dem Boden ausgelegt wurde, sollten einem den Atem rauben.

Beim Clan-Bankett der Wolkennische hingegen ging es weder lebhaft zu noch war es luxuriös.

Die Lehren des Gusu-Lan-Clans waren seit jeher furchterregend an Strenge orientiert. Während des Essens und Schlafens war Sprechen untersagt, und obwohl das Bankett noch gar nicht angefangen hatte, sagte niemand auf den Sitzen auch nur ein Wort. Außer den Personen, die gerade hereinkamen und die Älteren leise grüßten, sprach niemand und man hörte erst recht keine lachenden Stimmen.

Alle trugen die gleiche weiße Kleidung, die gleichen weißen Stirnbänder mit dem Wolkenmuster und hatten den gleichen strengen, nahezu starren Gesichtsausdruck. Sie alle schienen aus ein und derselben Form gegossen worden zu sein.

Während Wei Wuxian die ganzen Menschen in »Trauerkleidung« sah, tat er so, als würde er die verwunderten oder unfreundlichen Blicke nicht bemerken. Er fluchte innerlich. *Soll das etwa ein Clan-Bankett sein? Das ist ja erdrückender als eine Beerdigung.*

Lan Xichen und Lan Qiren kamen in die Halle. Erst jetzt regte sich Lan Wangji, der still neben Wei Wuxian gesessen hatte.

Wahrscheinlich würde Lan Qiren bei Wei Wuxians Anblick einen Anfall erleiden, sodass der sich ganz einfach dazu entschied, ihn nicht anzusehen und einfach geradeaus zu schauen. Lan Xichen hingegen war sanftmütig wie immer. Ein leichtes Lächeln umspielte seine Mundwinkel und gab einem das Gefühl, im Frühlingswind zu baden. Und doch wirkte Lan Xichen um einiges abgemagerter auf Wei Wuxian und er wusste nicht, ob es vielleicht an seinem Rückzug zum Meditieren lag.

Nachdem Lan Xichen, das Clanoberhaupt, sich hingesetzt und eine kurze höfliche Ansprache getätigt hatte, begann das Bankett.

Zuerst wurde eine Suppe serviert.

Vor der Hauptmahlzeit eine Suppe zu essen, war eine Gewohnheit des Gusu-Lan-Clans.* Die glatte Schale, die in eine Hand passte, bestand aus einfachem, schwarzem Porzellan. Sobald man den Deckel abnahm, sah man erwartungsgemäß grüne und gelbe Blätter, Rinde und Wurzeln.

Allein vom Anblick runzelte Wei Wuxian die Stirn. Er führte einen Löffel zum Mund.

Obwohl er sich längst mental darauf vorbereitet hatte, kam er nicht umhin, die Augen zu schließen und sich an die Stirn zu fassen.

Erst eine ganze Weile später erwachte er aus der Trance, in der er sich nach dem gewaltigen Angriff auf seine Geschmacksnerven befunden hatte. Mühevoll stützte er sich mit den Ellbogen auf. *Wenn der Gründer des Lan-Clans ein Mönch war, hat er sicher Askese praktiziert.*

Wei Wuxian kam nicht darum herum, sich nach dem riesigen Topf voller Lotus und Rippchen zu sehnen, den es beim Bankett des Yunmeng-Jiang-Clans gab. Der Duft reichte über Kilometer hinweg und lockte alle Kinder in der Nähe an, die auf die Mauer des Lotuspiers kletterten und hineinlugten. Während ihnen das Wasser im Mund zusammenlief, kehrten sie anschließend weinend und jammernd nach Hause zurück, wild entschlossen, Mitglieder des Yunmeng-Jiang-Clans zu werden. Im Vergleich dazu wusste Wei Wuxian gerade nicht, ob er sich selbst bemitleiden sollte, weil sein ganzer Mund voll von diesem bittersüßen Geschmack war, oder vielmehr Lan Wangji, der mit diesem Essen aufgewachsen war.

Doch die Angehörigen des Lan-Clans tranken die Medizinsuppe aus, ohne dabei eine Miene zu verziehen, und sahen dabei auch noch so ruhig, elegant und natürlich aus, dass Wei Wuxian sich nicht traute, als Einziger so viel übrig zu lassen. Außerdem erinnerte er sich daran, dass unter den viertausend Regeln des Lan-Clans – ach nein, er wusste gar nicht mehr, wie viele es mittlerweile waren – auch welche darunter waren, die

* Anders als in Deutschland sind Suppen als Vorspeisen in China nicht üblich. Normalerweise wird Suppe mit dem Hauptgang oder als letzter Gang serviert.

Ansprüche an die Tischmanieren stellten. So durfte man nicht wählerisch sein und Essen übrig lassen, und man durfte auch nicht mehr als drei Schüsseln Reis essen. Obwohl er diese Regeln bizarr fand, wollte er auch nicht so schnell schon wieder Lan Qirens Missmut auf sich ziehen.

Doch gerade als er es einfach hinter sich bringen und diese sonderbare Medizinbrühe in einem Zug runterkippen wollte, bemerkte er, dass die Suppenschüssel vor ihm bereits leer war.

»?«

Er konnte nicht anders, als die schwarze, filigrane Porzellanschüssel hochzunehmen und sich zu fragen: *Ich habe gerade doch nur einen Schluck getrunken, oder? Ist unten etwa ein Loch, durch das sie geflossen ist?*

Doch der Tisch war ganz eindeutig strahlend sauber, kein Tropfen war ausgelaufen.

Wei Wuxian schaute zur Seite und sah, wie Lan Wangji gerade ungerührt seinen letzten Schluck Suppe trank. Dann verschloss er sie mit dem Porzellandeckel und senkte seine Lider, während er sich mit einem schneeweißen Tuch die Mundwinkel abtupfte.

Aber Wei Wuxian erinnerte sich eindeutig daran, dass Lan Wangji seine Schale längst ausgetrunken hatte. Und er bemerkte auch, dass Lan Wangjis Tisch viel näher an seinem stand als noch zu Beginn des Banketts, ganz so, als hätte ihn jemand still und leise näher herangerückt.

»…«

Er hob die Augenbrauen und formte tonlos Worte mit seinen Lippen in Lan Wangjis Richtung: ›*Hanguang-Jun, du bist ziemlich schnell, was?*‹

Lan Wangji legte das Tuch nieder und schaute ihn an, ehe er seinen Blick wieder ruhig abwandte.

Je ernster er wirkte, desto weniger konnte Wei Wuxian den Drang unterdrücken, Schabernack mit ihm zu treiben. Er klopfte leicht gegen seine schwarze Porzellanschale, wodurch ein winziges, klares Geräusch erklang, das nur sie beide hören konnten. Als Lan Wangji es vernahm, wanderte sein Blick kaum merklich zu Wei Wuxian.

Wei Wuxian wusste genau, dass Lan Wangjis Blick sich noch so weit wegbewegen konnte, in seinem Augenwinkel würde ihm keine einzige Bewegung von ihm entgehen. Also hob er die kleine Schale an und tat so, als würde er aus ihr trinken. Er drehte sie in seiner Hand zu der Stelle, wo Lan Wangji aus ihr getrunken hatte. Dann bedeckte er diesen Teil des Schalenrands mit seinen Lippen.

Lan Wangji reagierte wie erwartet. Die Position seiner Hände, die vorbildlich auf seinen Schenkeln lagen, veränderte sich auch jetzt nicht. Doch seine Finger, die von seinen weißen Ärmeln verdeckt wurden, krümmten sich leicht darunter.

Als Wei Wuxian ihn so sah, fühlte er sich so beschwingt, dass er für einen Moment lang seine Anspannung vergaß und sich unwillkürlich zu Lan Wangji hinüberlehnen wollte – da hörte er jedoch, wie Lan Qiren streng hustete. Hastig richtete Wei Wuxian seinen beinahe schrägen Körper wieder auf und setzte sich ordentlich hin.

Eine Weile nachdem die Suppe serviert worden war, wurden die Hauptgerichte gebracht. Jeder Tisch bekam drei Speisen auf kleinen Tellern, die entweder blau oder weiß waren. Das Essen unterschied sich nicht im Geringsten von dem, das Wei Wuxian hier damals als Gastschüler bekommen hatte. Nach all den Jahren hatte sich nichts am Geschmack geändert, mit der Ausnahme, dass er noch bitterer geworden war. Teils lag es sicher an der Region, aus der er stammte, und teils war es schon immer so gewesen, dass Wei Wuxian starke Geschmacksnoten gern hatte. Er liebte scharfes Essen, und außerdem mochte er es nicht, wenn das Fleisch fehlte. Bei so schlichten Gerichten verlor er jeglichen Appetit und stopfte sie einfach in sich rein, ohne zu wissen, was er da gerade überhaupt aß. Währenddessen wanderte Lan Qirens Blick gelegentlich zu ihm rüber, wobei er Wei Wuxian zornig anstarrte.

Es war wie zu seiner Zeit als Gastschüler, in der Lan Qiren jederzeit bereit gewesen war, ihn aufzurufen und fortzujagen. Allerdings hielt sich Wei Wuxian heute ungewöhnlich brav an die Regeln, sodass Lan Qiren nichts gegen ihn sagen konnte und ihm nichts anderes übrig blieb, als von ihm abzulassen.

Nach dem Verzehr des geschmacklosen Essens nahmen die Diener die Teller und Tische mit. Der gängigen Praxis entsprechend fasste Lan Xichen die aktuellsten Ereignisse im Clan zusammen. Nach nur wenigen Sätzen merkte Wei Wuxian aber, dass Lan Xichen mit seinen Gedanken ganz woanders war. Er hatte sogar zwei falsche Orte für die Nachtjagden genannt und es nicht einmal bemerkt, sodass Lan Qiren zu ihm schielte und sein Ziegenbart sich mehrere Male hob. Nachdem er Lan Xichen eine Weile lang zugehört hatte, hielt er es schließlich nicht mehr aus und unterbrach ihn.

Und so ging das Clan-Bankett hastig und mehr oder weniger glimpflich zu Ende.

Ein öder Auftakt, ein öder Hergang und ein öder Abschluss. Wei Wuxian war beinahe zwei Stunden von Ödheit erschlagen worden. Es hatte weder gutes Essen noch Unterhaltung gegeben. Es war so unerträglich gewesen, als hätte er ein halbes Jahr lang Flöhe gehabt.

Streng rief Lan Qiren Lan Xichen und Lan Wangji im Anschluss zu sich. Er schien den beiden wieder eine Predigt halten zu wollen. Da Wei Wuxian nun niemanden hatte, mit dem er Unsinn anstellen konnte, drehte er eine Runde. Er entdeckte ein paar der Sprösslinge des Lan-Clans, die zusammen herumgingen, und wollte gerade nach ihnen rufen und sich ein wenig mit ihnen amüsieren. Als Lan Sizhui, Lan Jingyi und die anderen ihn jedoch erblickten, veränderten sich ihre Mienen schlagartig. Sie drehten sich um und gingen.

Wei Wuxian verstand. Er streunte zu einem etwas abgelegenen Hain und wartete eine Weile, bis die Jungen verstohlen auftauchten.

»Wei Qianbei, wir haben dich nicht absichtlich ignoriert. Aber der werte Herr hat gesagt, wer mit dir redet, muss die Regeln des Lan-Clans einmal komplett abschreiben ...«, erklärte Lan Jingyi.

»Werter Herr« war die höfliche Anrede, mit der alle Schüler und Mitglieder des Gusu-Lan-Clans Lan Qiren ansprachen. Diese beiden Wörter waren allein ihm vorbehalten.

Wei Wuxian meinte vergnügt: »Macht nichts, das weiß ich doch schon längst. Euer werter Herr ist ja nicht erst seit gestern vor mir auf der Hut, aber kann er denn etwas gegen mich ausrichten? Wahrscheinlich fühlt es sich für ihn so an, als wäre der edle Chinakohl seines Clans von Schweinen ausgegraben worden, da ist es unvermeidlich, dass er wütend ist, ha ha ha ha ...«*

Lan Jingyi sagte nichts. Lan Sizhui lachte schwach.

Nachdem Wei Wuxian sich wieder beruhigt hatte, fragte er: »Ach ja, es hieß, dass ihr bestraft wurdet, weil ihr mit Wen Ning gemeinsam auf Nachtjagd wart, wie geht es ihm?«

»Wahrscheinlich versteckt er sich momentan irgendwo am Fuße des Berges und wartet darauf, dass wir ihn für die nächste Nachtjagd aufsuchen.« Lan Sizhui dachte einen Moment nach, ehe er besorgt fortfuhr: »Doch als wir das letzte Mal auseinandergingen, schien Oberhaupt Jiang immer noch sehr wütend zu sein. Ich hoffe, wir haben ihn nicht in Schwierigkeiten gebracht.«

»Hä? Jiang Cheng? Wie seid ihr ihm denn über den Weg gelaufen?«, fragte Wei Wuxian.

Lan Sizhui erklärte: »Wir haben letztes Mal den jungen Herrn Jin ebenfalls zur Nachtjagd dazugerufen, daher ...«

Wei Wuxian begriff sofort.

Es war unschwer zu erraten, dass Wen Ning natürlich nicht einfach nur Däumchen drehen würde, wenn Lan Sizhui mit anderen auf Nachtjagd ging. Mit Sicherheit war er ihnen heimlich gefolgt, um sie zu

* Im Chinesischen wird die Redewendung »Chinakohl wird von Schweinen ausgegraben« verwendet, wenn eine gute Partie eine*n Partner*in hat, der/die seiner/ihrer nicht würdig ist.

beschützen, und war in Erscheinung getreten und ihnen zur Hand gegangen, sobald sie in Gefahr geschwebt hatten. Und auch Jiang Cheng war Jin Ling garantiert heimlich gefolgt, weil er befürchtet hatte, dass er schon wieder in eine brenzlige Situation geraten würde. Und so waren die beiden mitten in einer Notsituation aufeinandergestoßen.

Als Wei Wuxian nachfragte, bestätigten die Jungen seine Annahme, sodass er nicht wusste, ob er lachen oder weinen sollte. Er hielt kurz inne, ehe er nachhakte: »Wie geht es Oberhaupt Jiang und Jin Ling zurzeit?«

Nach Jin Guangyaos Tod war Jin Ling von der Abstammung her der nächste Nachfolger des Lanling-Jin-Clans, aber es gab nicht wenige alte Herrschaften kleinerer Nebenzweige, die mit gierigen Augen die Situation beobachteten und nichts lieber täten, als diese Chance zu ergreifen.

Der Lanling-Jin-Clan wurde von den anderen Clans verhöhnt, während es intern allerlei Intrigen gab. Jin Ling war noch ein Jugendlicher, wie hätte er die Situation in den Griff bekommen sollen? Schließlich hatte Jiang Cheng mit Zidian in der Hand eine Runde auf dem Goldene Schuppen Plateau gedreht, wodurch Jin Ling vorerst den Posten des Clanoberhaupts hatte antreten können. Was von nun an passieren würde, konnte niemand vorhersehen.

Lan Jingyi verzog seinen Mund. »Es scheint ihnen ganz gut zu gehen. Oberhaupt Jiang ist wie immer und peitscht überall Leute aus. Und das Temperament des jungen Fräuleins hat sich gebessert. Wenn er früher ausgeschimpft wurde, hat er jedem Satz seines Onkels mit drei Sätzen widersprochen, jetzt sind es zehn.«

Für diesen Kommentar wurde er von Lan Sizhui gescholten. »Jingyi, wie kannst du jemanden hinter seinem Rücken nur so nennen?«

»Aber ich nenne ihn doch auch so, wenn er anwesend ist«, rechtfertigte er sich.

Bei Lan Jingyis Worten atmete Wei Wuxian etwas erleichtert auf. Eigentlich wusste er, dass dies alles gar nicht das war, was er in Wirklichkeit erfahren wollte. Doch da es Jiang Cheng und Jin Ling ganz gut zu gehen schien, gab es auch nichts mehr zu sagen. Er stand auf und klopfte seinen Saum ab. »Okay, das ist doch gut. Dann können sie ja so weitermachen. Amüsiert euch noch gut, ich habe noch etwas zu erledigen und gehe jetzt.«

Geringschätzig meinte Lan Jingyi: »Du hast in der Wolkennische doch nie etwas zu tun. Was könnte das also schon sein?!«

»An Chinakohl knabbern!«, antwortete Wei Wuxian, ohne sich auch nur umzudrehen.

Nachdem er zurück im Ruhezimmer war, schlief er erst einmal aus. So machte er den Tag zur Nacht und wachte erst auf, als die Dämmerung bereits einsetzte. Er hatte das Abendmahl verpasst und daher auch nichts gegessen. Allerdings hatte Wei Wuxian auch keinen Hunger und durchforstete lieber weiterhin Lan Wangjis Schubladen nach Schriftzeichenübungen und Aufsätzen, während er wartete. Doch auch als die Nacht anbrach, war sein schöner Chinakohl immer noch nicht zurück.

Erst jetzt merkte Wei Wuxian, dass er langsam Appetit bekam. In der Wolkennische galt aber bereits die Ausgangssperre. Den Clanregeln zufolge durften unautorisierte Personen nachts nicht ausgehen und erst recht nicht über die Mauer klettern und sich hinausschleichen. Früher hätte ihn nicht interessiert, was »nicht erlaubt« oder »verboten« war, er hätte einfach gegessen, wenn er Hunger hatte, geschlafen, wenn er müde wurde, Unfug getrieben, wenn ihm langweilig war und die Beine in die Hand genommen, wenn er in Schwierigkeiten steckte. Jetzt aber war es anders. Wenn er sich nicht benahm, würde das direkt auf Lan Wangji zurückfallen. So groß sein Hunger und seine Langeweile auch waren, ihm blieb nichts anderes übrig, als einen langen Seufzer auszustoßen und es zu ertragen.

Genau in diesem Moment hörte er von draußen ein leises Geräusch. Sanft wurde ein Türflügel einen Spalt breit aufgeschoben.

Lan Wangji war zurück.

Wei Wuxian lag auf dem Boden und stellte sich tot. Er hörte, wie Lan Wangji auf leisen Sohlen zum Schreibtisch ging und wortlos etwas darauf ablegte.

Eigentlich hatte Wei Wuxian vorgehabt, sich weiterhin tot zu stellen, doch Lan Wangji schien den Deckel von etwas abzunehmen. Ein beißend scharfer Geruch verbreitete sich augenblicklich und überdeckte den kühlen, klaren Sandelholzgeruch, der das Ruhezimmer erfüllt hatte. Mit einer Rolle stand Wei Wuxian vom Boden auf. »Zweiter Bruder! Ich werde dir mein Leben lang dienen!«

Mit unverändert ruhiger Miene holte Lan Wangji das Essen aus den Boxen auf dem Schreibtisch. Wei Wuxian huschte neben ihn und sah ein halbes Dutzend feuerrote Speisen auf schneeweißen Tellern. Er war so froh, dass man es ihm an den Augen ablesen konnte. »Hanguang-Jun, du bist zu gütig. Wie lieb, dass du mir extra Essen mitgebracht hast. Von jetzt an kannst du mich immer rufen, wenn irgendetwas ist, und es mir überlassen.«

Schließlich holte Lan Wangji ein Paar weiße Stäbchen hervor und legte sie horizontal auf eine Schale. Monoton sagte er: » Während der Mahlzeit ist Konversation untersagt.«

»Du bist auch der Meinung, dass man während der Nachtruhe nicht spricht. Aber ich rede jeden Abend so viel und stöhne so laut, wie kommt es, dass du mich da nicht aufhältst?«, konterte Wei Wuxian.

Lan Wangji warf ihm einen Blick zu, und Wei Wuxian plapperte weiter. »Ist ja gut, ist ja gut, ich sage nichts mehr. Wir stehen uns so nah, und trotzdem genierst du dich immer wegen jeder Kleinigkeit, genau das mag ich an dir. Hast du die Speisen in dem Laden mit den Xiang-Spezialitäten* in der Stadt Caiyi gekauft?«

* Regionale Küche der Region des Xiang-Flusses in China, auch Hunan-Spezialitäten genannt. Die Region ist bekannt für ihre extrem scharfen Speisen.

Lan Wangji äußerte sich dazu nicht, sodass Wei Wuxian es als eine stillschweigende Bestätigung ansah und sich an den Schreibtisch setzte. »Ich frage mich, ob es den Laden noch gibt. Früher haben wir dort oft gegessen, ansonsten hätte ich es hier wohl nicht ausgehalten, wenn es mehrere Monate lang nur das Essen eures Clans gegeben hätte. Hach, das sieht doch schon viel eher nach einem Bankett aus.«

»Wir?«, fragte Lan Wangji.

»Jiang Cheng und ich. Ab und zu waren auch Nie Huaisang und ein paar andere dabei.« Wei Wuxian schielte zu Lan Wangji und lachte. »Was schaust du mich so an? Hanguang-Jun, vergiss mal nicht, ich habe dich damals eingeladen, mit uns hinzugehen. Ich war so herzlich und habe mir so viel Mühe gegeben, aber du wolltest nicht mit. Sobald ich dich angesprochen habe, hast du mich nur kalt angesehen, und jeden Satz hast du mit einem ›Nein‹ begonnen und mich immer abblitzen lassen. Dafür habe ich dich noch gar nicht zur Rechenschaft gezogen, und trotzdem bist du so unleidlich. Ach ja ...« Er trat an Lan Wangjis Seite. »Ich habe mir noch Sorgen gemacht, dass ich eine Regel breche. Deshalb habe ich mich am Riemen gerissen und mich nicht hinausgeschlichen. Ich habe brav hier in deinem Zimmer auf dich gewartet. Wer hätte auch damit rechnen können, dass du, Hanguang-Jun, stattdessen selbst gegen die Regeln verstößt und mir von außerhalb etwas zu essen mitbringst. Wenn dein Onkel das wüsste, würde ihm das wieder das Herz brechen.«

Lan Wangji senkte sein Haupt und umfasste Wei Wuxians Hüfte. Er wirkte ruhig und regungslos, doch Wei Wuxian spürte, wie er ihn mit den Fingern streichelte. Hitze drang durch den Stoff auf die Haut und Wei Wuxian spürte die Berührung überdeutlich. Er schlang seine Arme um Lan Wangji und flüsterte: »Hanguang-Jun ... Von eurer Medizinsuppe ist mein ganzer Mund bitter. Ich kann nichts mehr essen, was nun?«

»Es war ein Schluck«, meinte Lan Wangji.

»Genau. Ich habe nur einen Schluck getrunken, aber der Nachgeschmack ist wirklich stark. Ich weiß nicht, wer diese Suppe zubereitet hat, aber der bittere Geschmack reicht von meiner Zungenspitze bis in den Rachen hinein. Sag schon, was jetzt?«, fragte Wei Wuxian.

Lan Wangji schwieg eine Weile, eher er vorschlug: »Neutralisiere ihn.«

»Wie denn?«, fragte Wei Wuxian demütig.

Lan Wangji hob seinen Kopf.

Der schwache Geruch von Heilkräutern umhüllte ihre Lippen. Der leicht bittere Geschmack ließ diesen Kuss besonders lange nachklingen.

Nachdem sie sich schließlich voneinander lösten, meinte Wei Wuxian sanft: »Hanguang-Jun, mir ist gerade eben erst eingefallen, dass du zwei von diesen Medizinsuppen getrunken hast. Der Nachgeschmack muss für dich also noch bitterer gewesen sein als für mich.«

»Mhm.«

»Aber du schmeckst immer noch recht süß. Wirklich seltsam«, wunderte sich Wei Wuxian.

Lan Wangji überlegte kurz. »Iss erst mal.« Er hielt kurz inne, fügte dann aber noch hinzu: »Danach schlafen wir miteinander.«

»Ich möchte erst Chinakohl essen«, meinte Wei Wuxian.

Lan Wangji runzelte leicht die Stirn und schien nicht ganz zu verstehen, warum er so plötzlich Chinakohl erwähnte. Wei Wuxian lachte laut auf und schlang seine Arme um Lan Wangjis Hals.

Ein solches Clan-Bankett fand am besten hinter verschlossenen Türen statt.

Der Weihrauchbrenner

Wei Wuxian hatte in der Schatzkammer der Wolkennische, der *Alten Kammer*, einen antiken Weihrauchbrenner gefunden.

Der Körper glich dem eines Bären, die Nase dem Rüssel eines Elefanten, die Augen denen eines Nashorns, der Schwanz sah aus wie der von einem Büffel und die Beine wie die eines Tigers. Der Brenner befand sich im Bauch dieses Wesens, während der Rauch sanft aus dessen Maul stieg.

Zurück im Ruhezimmer meinte Wei Wuxian: »Das Ding sieht ja ulkig aus. Es haftet keine grollende Energie daran, also ist es sicher nichts, was Menschen Schaden zufügt. Lan Zhan, weißt du, wofür es benutzt wird?«

Lan Wangji schüttelte den Kopf.

Wei Wuxian atmete den Duft ein und konnte auch daran nichts Merkwürdiges entdecken. Da beide keine Hinweise auf eine besondere Verwendung fanden, räumten sie den Weihrauchbrenner zur Seite, um ihn zu einem späteren Zeitpunkt noch mal genauer zu untersuchen. Kaum legten sie sich in dieser Nacht hin, wurden sie jedoch ungewöhnlich schnell müde und fielen in einen tiefen Schlaf.

Wei Wuxian wusste nicht, wie viel Zeit vergangen war, als er aufwachte und bemerkte, dass er und Lan Wangji nicht mehr im Ruhezimmer, sondern mitten in einem Wald in den Bergen waren. Er stand vom Boden auf.

»Was ist das für ein Ort?«

»Das ist nicht das Diesseits«, meinte Lan Wangji.

»Nicht das Diesseits? Das kann doch nicht sein.« Wei Wuxian schüttelte seine Ärmel aus. Er spürte eindeutig die Bewegung. »Was soll es dann sein?«

Lan Wangji antwortete nicht. Still trat er neben einen Bach und deutete Wei Wuxian hinunterzuschauen

Wei Wuxian stellte sich neben ihn. Als er seine Reflexion im Wasser sah, erstarrte er.

Das, was er dort sah, war seine Gestalt in seinem letzten Leben!

Sofort blickte Wei Wuxian auf. »Ist es wegen des Weihrauchbrenners?«

Lan Wangji nickte. »Wahrscheinlich.«

Eine ganze Weile starrte Wei Wuxian das Gesicht an, das er so lange nicht mehr gesehen hatte, ehe er seinen Blick davon abwandte. »Kein Problem. Ich habe den Weihrauchbrenner überprüft, es haftete keine grollende Energie daran. Es ist also kein bösartiger Gegenstand. Wahrscheinlich hat ihn irgendein Meister zum Kultivieren hergestellt, oder einfach zum Zeitvertreib. Wir sollten uns erst mal umsehen und die Lage auskundschaften.«

Langsam begannen die beiden, sich in dem Bergwald umzuschauen, ohne zu wissen, ob dies eine Illusion oder etwas anderes war. Kurze Zeit darauf entdeckten sie eine kleine Holzhütte. Erstaunt schrie Wei Wuxian bei ihrem Anblick auf.

»Was ist?«, fragte Lan Wangji.

Wei Wuxian betrachtete sie genauer und meinte: »Dieses Haus kommt mir irgendwie bekannt vor.«

Es war ein gewöhnliches Bauernhaus, sodass er sich trotz seines Verdachts nicht ganz sicher war. Plötzlich ertönte von drinnen das Klackern eines Webstuhls.

Beide tauschten Blicke aus, und ohne dass ein Wort nötig gewesen wäre, traten sie gemeinsam näher. Als sie jedoch am Eingang standen und hineinschauten, erstarrten sie augenblicklich.

Im Haus erblickten sie etwas, das ihre kühnsten Vorstellungen übertraf. Es war kein bösartiges Wesen, kein Biest und kein Untoter, sondern lediglich ein Mensch. Ein Mensch, der ihnen nur allzu vertraut war.

In der Holzhütte saß ein ›Lan Wangji‹!

Jener ›Lan Wangji‹ sah haargenau so aus wie der neben Wei Wuxian. Er hatte das gleiche schöne Gesicht und war von gleich großer Statur. Das schlichte und dennoch nicht schäbige blau-weiße Hemd, das er trug, wirkte an ihm wie das Gewand eines überirdischen, renommierten Kultivierers. Ein Webstuhl stand an der Seite und schien durch spirituelle Kräfte bedient zu werden. Er bewegte sich von selbst, während er klackernd Stoff webte. ›Lan Wangji‹ hingegen saß mit einem Buch in der Hand daneben und las konzentriert.

Wei Wuxian und Lan Wangji standen vor der Tür und hatten nicht wenige Geräusche gemacht, doch dieser ›Lan Wangji‹ schien sie überhaupt nicht bemerkt zu haben. Seine Miene war ruhig, als er mit seinen langen, hellen Fingern die Seiten umblätterte.

Wei Wuxian sah zunächst den Lan Wangji neben sich an, dann schaute er wieder zu dem im Haus. Plötzlich ging ihm ein Licht auf. »So ist das also, so ist das also!«

Lan Wangji hob leicht die Augenbrauen, was bedeutete, dass er verwundert war. »Was?«

»W...W...W... Wir befinden uns in meinem Traum!«

Noch bevor er zu Ende gesprochen hatte, taumelte ein schlanker Mann in einer schwarzen Robe herein. Während er redete, zog er die Silben in die Länge. »Zweiter Bruder, ich bin zurück!«

Beim Anblick dieses strahlenden ›Wei Wuxians‹, der eine Hacke über der Schulter, einen Fischkorb in der Hand und einen Grashalm im Mund hatte, verschlug es Lan Wangji noch mehr die Sprache.

Wenn es sich um Wei Wuxians Traum handelte, war es nur natürlich, dass diese Menschen sie nicht bemerkten.

Erst jetzt blickte der webende ›Lan Wangji‹ auf. Als er ›Wei Wuxian‹ sah, hoben sich leicht seine Mundwinkel, senkten sich jedoch auch augenblicklich wieder. Er stand auf, um ihn zu begrüßen, und schenkte ihm ein Glas Wasser ein.

›Wei Wuxian‹ spuckte den Grashalm in seinem Mund aus, setzte sich neben den kleinen Holztisch, trank das Wasserglas in einem Zug leer und meinte anschließend: »Heute schien die Sonne so stark, ich habe ordentlich geschmort. Also habe ich die Arbeit liegen gelassen. Ich mache weiter, wenn ich Zeit habe.«

»Mhm«, machte ›Lan Wangji‹ und zog ein schneeweißes Taschentuch hervor, um es ›Wei Wuxian‹ zu reichen. Grinsend kam dieser mit seinem Gesicht näher. Es hätte nicht offensichtlicher sein können, was er wollte – ›Lan Wangji‹ sollte den Dreck von ihm abwischen.

Dieser hatte nichts dagegen und reinigte ihm tatsächlich gewissenhaft und konzentriert das Gesicht. ›Wei Wuxian‹ genoss es und plapperte fröhlich weiter: »Ich war gerade eine Runde im Fluss schwimmen und habe dabei zwei Fische gefangen. Zweiter Bruder, mach mir heute Abend eine Fischsuppe!«

»Mhm.«

»Wie bereitet man in Gusu normalerweise Karauschen zu? Lan Zhan, weißt du, wie man Fisch mit sauer eingelegtem Gemüse kocht?* Das Gericht mag ich. Du darfst es auf keinen Fall süß machen, so habe ich es einmal gegessen und mich fast übergeben.«

»Mhm. Kann ich.«

»Es wird immer heißer, das Badewasser muss deswegen heute nicht so stark erhitzt werden, daher habe ich auch nur die Hälfte des Brennholzes gehackt.«

»Mhm. Macht nichts.«

»...« Lan Wangji sah den beiden beim Plaudern zu und fragte: »Dein Traum?«

Wei Wuxian lachte so sehr, dass es wehtat. »Ha ha ha ha ha ha ha ha ha, ah, ja. Eine Zeit lang habe ich ständig solche Träume gehabt, keine Ahnung wieso. Darin haben wir uns zurückgezogen, und ich bin jagen gegangen und habe das Feld bestellt, während du auf das Haus aufgepasst, gewebt und für mich gekocht hast. Ach ja, richtig, du hast auch die Buchhaltung gemacht und dich um die Finanzen gekümmert, und abends hast du auch noch meine Kleidung ausgebessert. Doch jedes Mal, wenn ich

* Ein typisches Gericht aus Chongqing, welches sauer-scharf schmeckt.

zu der Stelle kam, wo du abends das Badewasser erhitzt hast und wir gemeinsam baden wollten, bin ich aufgewacht – immer kurz bevor wir uns ausgezogen haben. Wie schade, ha ha ha ha ha ha ha ha ha ha ha ...«

Es war ihm überhaupt nicht peinlich, dass Lan Wangji diesen Traum von ihm miterlebte, im Gegenteil, er war überaus zufrieden mit sich. Als Lan Wangji sah, wie fröhlich er war, wurde sein Blick weich. »Auch gut.«

Wei Wuxians Traum bestand aus lauter trivialen Nichtigkeiten wie kochen, essen, Hühner füttern und Brennholz hacken. Und wie erwartet hörte der Traum abrupt auf, als das Badewasser aufgeheizt war.

Die beiden gingen einige Schritte weiter und kamen vom Bauernhaus zu einem eleganten, schönen Pavillon. Vor diesem stand ein ausladender Magnolienbaum, der einen erfrischenden Duft in der Nacht verströmte.

Der Ort des Traums hatte sich geändert, und sie beide wussten nur zu gut, wo sie waren: beim Bücherpavillon in der Wolkennische des Gusu-Lan-Clans.

Aus einem Flügel des Holzfensters im ersten Stock drang Kerzenlicht, ebenso wie die leisen Stimmen von Menschen. Wei Wuxian hob den Kopf. »Sollen wir rein und nachsehen?«

Wei Wuxian wusste nicht wieso, aber seltsamerweise stoppte Lan Wangji. Er starrte das Holzfenster an, schien in Gedanken versunken zu sein und zögerte. Wei Wuxian fand das merkwürdig und konnte keinen Grund ersinnen, weshalb Lan Wangji nicht reingehen wollte. »Was ist denn?«

Lan Wangji schüttelte leicht den Kopf und schwieg einen Moment. Gerade als er etwas sagen wollte, hörte man drinnen plötzlich ein lautes, ungehemmtes Lachen.

Wei Wuxians Augen leuchteten auf. Er eilte in den Bücherpavillon und erklomm in wenigen Schritten die Treppenstufen zum oberen Geschoss.

Da Wei Wuxian reingegangen war, blieb Lan Wangji natürlich nicht allein draußen stehen. Gemeinsam betraten sie das Zimmer, in dem noch Licht brannte, und sahen in der Tat etwas überaus Amüsantes.

Auf einer hellen Bambusmatte neben dem Schreibtisch, auf dem eine Strafarbeit lag, saß ein fünfzehn- oder sechzehnjähriger ›Wei Ying‹, der auf den Tisch klopfte und sich vor Lachen nicht mehr halten konnte.

»Ha ha ha ha ha ha ha ha ha ha ha ha ha ha ha!«

Auf dem Boden lag ein vergilbter Bildband, dem ein ebenfalls fünfzehn- oder sechzehnjähriger ›Lan Zhan‹ wie einer Schlange oder einem Skorpion tunlichst aus dem Weg ging. In eine Ecke des Bücherpavillons gedrängt, entfuhr ihm voller Wut: »Wei Ying!«

Der junge ›Wei Ying‹ lachte so sehr, dass er dabei fast unter den Schreibtisch rollte. Mit Mühe und Not schaffte er es, seine Hand zu heben. »Anwesend! Ich bin anwesend!«

Und auch der zusehende Wei Wuxian brach in Gelächter aus und zupfte am Ärmel des Lan Wangji neben sich. »Toller Traum! Ich kann nicht mehr, Lan Zhan. Sieh dich mal an, schau dir nur deinen Gesichtsausdruck von damals an, ha ha ha ha ha ha ...«

Merkwürdigerweise wurde Lan Wangjis Miene noch bizarrer. Wei Wuxian zog ihn zur Seite, wo sie sich auf Bambusmatten setzten. Er stützte seine Wangen mit den Händen ab und schaute grinsend ihren beiden jüngeren Versionen beim Streiten zu.

Der junge ›Lan Zhan‹ hatte bereits Bichen gezogen, während ›Wei Ying‹ hastig Suibian ergriff. Als er die Klinge zu einem Drittel herauszog, ermahnte er ›Lan Zhan‹: »Dein Benehmen! Zweiter junger Herr Lan! Achte auf dein Benehmen! Ich habe heute auch mein Schwert dabei. Was wird aus eurem Bücherpavillon, wenn wir jetzt kämpfen?«

Wütend fuhr ›Lan Zhan‹ ihn an: »Wei Ying! W... Was bist du nur für ein Mensch?!«

›Wei Ying‹ hob die Augenbrauen. » Was für ein Mensch soll ich schon sein? Ein Mann!«

»...« ›Lan Zhan‹ fauchte ihn scharf an: »Du bist schamlos!«

»Sollte ich mich etwa dafür schämen? Sag mir nicht, dass du dir so etwas noch nie angeschaut hast. Das glaube ich nicht«, meinte ›Wei Ying‹.

Nachdem er es eine Weile ertragen hatte, hob ›Lan Zhan‹ mit frostiger Miene sein Schwert und kam auf ›Wei Ying‹ zu. Erschrocken fragte dieser: »Was denn, du willst dich wirklich mit mir prügeln?« Er hob sein Schwert, um den Angriff zu parieren. Und so schlugen sich die beiden tatsächlich im Bücherpavillon.

An dieser Stelle drehte Wei Wuxian sich verwundert zu Lan Wangji. »War das so? Wieso habe ich dann in Erinnerung, dass wir uns gar nicht wirklich geprügelt haben?«

Lan Wangji schwieg. Wei Wuxian sah ihn eindringlich an, er jedoch wich seinem Blick unmerklich aus. Wei Wuxian kam sein Verhalten immer merkwürdiger vor und er wollte gerade nachfragen, als er plötzlich hörte, wie der junge ›Wei Ying‹ ›Lan Zhan‹ im Kampf neckte.

»Ist ja gut, ist ja gut. Du kannst sowohl zupacken als auch lockerlassen, tolle Technik! Aber Lan Zhan, wieso ist dein Gesicht so rot? Ist es, weil du gegen mich kämpfst? Oder weil du diese Bilder gesehen hast?«

Der junge ›Lan Zhan‹ war überhaupt nicht rot und schwang sein Schwert. »Unsinn!«

›Wei Ying‹ lehnte sich nach hinten, machte mit einer überaus geschmeidigen Bewegung eine Brücke und wich dem Schwerthieb aus. Danach richtete er sich wieder auf und kniff ›Lan Zhan‹ flink in seine helle Wange. »Ich rede keinen Unsinn, fühl doch mal selbst, dein Gesicht ist total heiß, ha ha!«

›Lan Zhans‹ Gesicht lief abwechselnd rot und weiß an. Gerade als er ›Wei Yings‹ Pranke wegschlagen wollte, zog dieser sie selbst zurück, sodass ›Lan Zhan‹ in die Leere schlug und beinahe sein eigenes Gesicht erwischt hätte. ›Wei Ying‹ drehte sich spielend leicht um und sagte gelassen: »Hach, Lan Zhan, ich will ja nichts sagen, aber schau dir doch mal andere in deinem Alter an. Keiner wird so rot wie du, nur weil man ihn ein wenig aufzieht. Nicht mal die kleinste Provokation kannst du wegstecken, du bist wirklich die Unschuld in Person.«

Da diese Szene nicht wirklich passiert und auch kein Traum von Wei Wuxian war, konnte es nur einer von Lan Wangji sein. Wei Wuxian schaute amüsiert zu. »Lan Zhan, du kennst mich wirklich gut. Genau so etwas würde ich sagen.«

Allerdings bemerkte er nicht, dass Lan Wangji beinahe etwas unruhig wirkte.

›Wei Ying‹ fuhr fort: »Nur Texte abzuschreiben ist so langweilig. Wie wäre es, wenn ich dir währenddessen diese Dinge beibringe? Quasi als Dank dafür, dass du mich überwachst ...«

›Lan Zhan‹ hatte seinen Unsinn so lange ertragen und hielt es schließlich nicht mehr aus. Bichen flog durch die Luft und prallte mit ›Wei Wuxians‹ Klinge aufeinander. Beide wurden aus dem Fenster geschleudert. Als Suibian ›Wei Yings‹ Hand verließ, war dieser leicht überrascht.

»Ah, mein Schwert!«

Er wollte aus dem Fenster springen, um sein Schwert zurückzuholen, als ›Lan Zhan‹ von hinten auf ihn zustürmte und ihn zu Boden warf. ›Wei Yings‹ Kopf schlug auf dem Holz auf und er wehrte sich mit Händen und Füßen, sodass die beiden zu einer wirren Masse verschmolzen. ›Wei Ying‹ kickte mit den Füßen um sich und versuchte ›Lan Zhan‹ mit seinen Ellbogen wegzustoßen, schaffte es jedoch einfach nicht, seinem Griff zu entkommen. Es war, als wäre er in einem undurchdringbaren Eisennetz gefangen.

»Lan Zhan! Lan Zhan, was machst du da? Das war doch nur Spaß, nur Spaß! Warum bist du so ernst?!«

Mit einer Hand umfasste ›Lan Zhan‹ seine beiden Handgelenke und presste sie hinter seinen Körper, während er mit tiefer Stimme fragte: »Was wolltest du mir gerade beibringen?«

Seine Stimme klang kalt, in seinen Augen schienen jedoch Vulkane auszubrechen.

Eigentlich waren sie sich kräftemäßig ebenbürtig. Da ›Wei Ying‹ aber einen Moment lang unaufmerksam gewesen war, wurde er nun fest zu Boden gedrückt. Ihm blieb nichts anderes übrig, als sich dumm zu stellen. »Nichts? Habe ich gerade eben irgendwas gesagt?«

»Nichts?«, fragte ›Lan Zhan‹.

Völlig überzeugt bestätigte ›Wei Ying‹: »Nichts!«

Dann sprach er weiter: »Lan Zhan, sei doch nicht so engstirnig. Nimm doch nicht jeden Satz von mir derart ernst. Du glaubst mir sogar meinen Unsinn, aber das ist doch nichts, worüber man sich aufregen muss. Reicht es denn nicht, wenn ich ab jetzt den Mund halte? Lass mich los, ich bin mit meiner Strafarbeit noch nicht fertig. Lassen wir die Spielchen, komm schon.«

›Lan Zhans‹ Gesichtszüge entspannten sich etwas und er lockerte seinen Griff ein wenig. Grinsend wollte ›Wei Ying‹ seine Handgelenke herausziehen und zuschlagen. ›Lan Zhan‹ war jedoch nach wie vor auf der Hut und als ›Wei Ying‹ sich regte, ergriff er ihn flink und presste ihn erneut nach unten. Dieses Mal packte er noch fester zu, sodass ›Wei Yings‹ Handgelenke sich noch mehr verdrehten. Vor Schmerz schrie er auf: »Ich hab doch gesagt, das ist nur Spaß! Lan Zhan! Sei doch nicht so missgelaunt!«

In ›Lan Zhans‹ Augen loderten unmerklich Flammen auf. Ohne ein weiteres Wort nahm er sein Stirnband ab, wickelte es dreimal fest um ›Wei Yings‹ Hände und machte anschließend einen Knoten.

Mit dieser Entwicklung hatte Wei Wuxian niemals gerechnet. Mit weit aufgerissenen Augen und offen stehendem Mund schaute er von der Seite aus zu! Erst eine ganze Weile später drehte er sich zu Lan Wangji. Obwohl dessen Gesicht immer noch schneeweiß war und man keinen Anflug von Röte darin erkennen konnte, bemerkte Wei Wuxian, dass seine Ohrläppchen rosa angelaufen waren. Nichts Gutes im Sinn habend, näherte er sich Lan Wangji.

»Zweiter Bruder Lan ... An deinem Traum ... scheint irgendetwas nicht ganz zu stimmen.«

»...« Plötzlich stand Lan Wangji auf. »Schau nicht weiter hin!«

Sofort ergriff Wei Wuxian ihn und rief: »Geh nicht! Ich will wissen, wie es in deinem Traum weitergeht – den besten Teil habe ich doch noch gar nicht gesehen!«

Der gefesselte ›Wei Ying‹ lag eine Weile heulend neben dem Schreibtisch. Allmählich beruhigte er sich und versuchte es mit Vernunft. »Lan Zhan, ein Gentleman greift zu Worten, nicht zu Gewalt. Sei doch nicht so kleinlich. Denk doch mal darüber nach, habe ich gerade irgendetwas gegen dich gesagt?«

Lautlos atmete ›Lan Zhan‹ ein und erwiderte kalt: »Denk du darüber nach, was du gerade von dir gegeben hast.«

»Ich habe doch nur gesagt, dass du keine Ahnung von solchen Dingen hast. Entspricht das etwa nicht der Wahrheit? Du weißt doch wirklich nichts über diesen Erwachsenenkram. Ist es denn nicht kleinlich, wenn du dich mir gegenüber so verhältst, weil ich die Wahrheit durchschaut habe?«, rechtfertigte sich ›Wei Ying‹.

»Wer sagt, dass ich keine Ahnung habe?«, fragte ›Lan Zhan‹ gleichgültig.

›Wei Ying‹ hob eine Augenbraue und grinste. »Ach, ist das so? Sei doch nicht so stur, es wäre wirklich seltsam, wenn dem so wäre, ha ha ha ha ha ha ... Ah!«

Er schrie plötzlich auf, weil ›Lan Zhan‹ ihn aus heiterem Himmel an einer bestimmten Stelle seines Unterkörpers gepackt hatte.

›Lan Zhans‹ schöne und doch etwas unerfahrene Miene wurde kalt, als er wiederholte: »Wer sagt, dass ich keine Ahnung habe?«

Wei Wuxian klammerte sich an Lan Wangji und schien an seinem Ohrläppchen knabbern zu wollen. »Genau, wer sagt denn, dass du keine

Ahnung hast? Man träumt nachts von dem, woran man tagsüber denkt. Lan Zhan, sei ehrlich, das hättest du nur zu gern mit meinem damaligen Ich getan, oder? Das hätte ich nie erwartet … So einer bist du also, Hanguang-Jun.«

Auch wenn Lan Wangjis Miene immer noch ausdruckslos war, kletterte die Röte bereits seinen hellen Hals nach oben. Auch seine Finger, die auf seinen Knien ruhten, krümmten sich unmerklich.

Der junge ›Wei Ying‹, gepackt an seiner Männlichkeit, lag paralysiert am Boden. Er keuchte einige Male. »Lan Zhan, was zur Hölle machst du da?! Bist du wahnsinnig?!«

›Lan Zhans‹ gesamter Körper befand sich bereits zwischen seinen Beinen. Eine Haltung, die äußerst bedrohlich wirkte. Als ›Wei Ying‹ erkannte, dass es nicht gut für ihn aussah, revidierte er hastig seine Worte. »Nein, nein, nein! Ich habe nicht gesagt, dass du keine Ahnung hast! L…L…L… Lass mich erst mal los, wir können doch über alles reden!«

Er schwang wild seine Arme, doch das Material, aus dem das Stirnband des Gusu-Lan-Clans bestand, war erstklassig. Egal wie sehr er auch versuchte, sich freizumachen, es gelang ihm einfach nicht. Er strampelte noch einige Male herum, als er bemerkte, wie ein Buch zu Boden fiel. Hastig hob er es auf und warf es auf ›Lan Zhan‹, in der Hoffnung, ihn durch den Treffer mit dieser heiligen Schrift wachrütteln zu können. »Komm wieder zu dir!«

Das Buch knallte erst gegen ›Lan Zhans‹ Brust, ehe es zwischen ›Wei Yings‹ gespreizten Beinen landete. Einige Seiten wurden dabei umgeblättert.

›Lan Zhan‹ schaute hinab und konnte seinen Blick nicht davon abwenden. Wie es der Zufall wollte, war die Pose auf dieser Seite des erotischen Bildbands äußerst explizit und gewagt. Zudem zeigte die Illustration zwei Männer!

Wei Wuxian erinnerte sich daran, dass das Buch, das er Lan Wangji damals gezeigt hatte, überhaupt nicht homoerotisch gewesen war und es so eine Seite mit Sicherheit nicht in ihm gegeben hatte. Er erschrak erneut. Die Details in seinem Traum waren ... so umfassend, so beeindruckend!

›Lan Zhan‹ schaute konzentriert die Seite an. Als ›Wei Ying‹ die Illustration sah, wurde er augenblicklich ein wenig verlegen. »Äh ...« Innerlich schrie er unaufhörlich auf, war dann aber doch der Ansicht, dass es besser wäre, Gewalt einzusetzen statt Worte. Mit aller Kraft zog er ein Bein nach vorn, um zuzutreten. Doch ›Lan Zhan‹ ergriff sein Knie mit einer Hand und spreizte seine Beine noch weiter auseinander. Geschwind zog er ihm Gürtel und Hose aus.

›Wei Ying‹ spürte bloß, wie es unten herum auf einmal kalt wurde. Als er runterschaute war ihm, als würde zusätzlich auch sein Herz gefrieren. »Lan Zhan, was machst du da?!«, schrie er schockiert.

Gebannt schaute Wei Wuxian von der Seite aus zu. Die Szenerie nahm ihn vollkommen ein und er kam nicht umhin, sich zu denken: *Na was wohl?! Dich flachlegen!*

Da ›Lan Zhan‹ ›Wei Ying‹ die Hose ausgezogen hatte, lag dieser nun mit splitternacktem Unterkörper da. Er kickte mit seinen hellen, schlanken Beinen um sich, ehe ›Lan Zhan‹ sie zu Boden drückte. Gemäß der Zeichnung des erotischen Bildbandes führte er seine rechte Hand zu der fest verschlossenen rosa Stelle zwischen den schneeweißen Pobacken.

Wei Yings gesamter Unterkörper wurde fest nach unten gepresst. Selbst als sein intimer Bereich schonungslos berührt wurde, konnte er sich nirgends verstecken.

›Lan Zhan‹ rieb die rosa Stelle mit zwei Fingern.

›Wei Ying‹ zitterte. Scham huschte über sein Gesicht, die er jedoch mit aller Kraft zu unterdrücken versuchte. Wie ein Wahnsinniger wand er sich hin und her. ›Lan Zhan‹ hingegen massierte ihn weiter gleichmäßig, während er die Augenlider senkte und die Lippen fest verschloss. Allmählich setzte er mehr Kraft ein, bis die Stelle weicher wurde und die zarte Öffnung sich ein klein wenig weitete. Schüchtern verschluckte sie einen kleinen Teil von einem von ›Lan Zhans‹ hellen Fingern.

Wei Wuxian schielte grinsend zu Lan Wangji. »Kein Wunder, dass du gerade nicht hineingehen wolltest, Hanguang-Jun. Jetzt, wo du von mir dabei erwischt wurdest, dass du das da in deinen Träumen mit mir anstellst, möchtest du sicher im Erdboden versinken ...«

Lan Wangji saß aufrecht neben ihm. Seine Lider waren gesenkt und seine Wimpern zitterten leicht.

Wei Wuxian stützte die Wange in die Hand ab und sah dabei zu, wie sein jüngeres Ich vom jüngeren ›Lan Zhan‹ zu Boden gepresst und rücksichtslos gedehnt wurde.

»Hanguang-Jun, wenn du den Mumm hattest, davon zu träumen, hättest du auch den Mumm haben sollen, das damals mit mir zu tun. Ich ...«

Noch bevor er zu Ende sprechen konnte, ergriff Lan Wangji seine beiden Hände, zog sie zu Boden und verschloss seinen Mund mit einem Kuss.

Wei Wuxian spürte seine glühenden Wangen und sein wild hämmerndes Herz. Er fand das amüsant, und als ihre feuchten Lippen sich voneinander lösten, murmelte er: »Was denn, genierst du dich etwa schon wieder?«

Lan Wangjis Atem war ungewöhnlich schwer. Er antwortete nicht.

Wei Wuxian sprach weiter: »Oder ... hat dich das Zuschauen erregt?«

Zur gleichen Zeit stieß ›Wei Ying‹ neben dem Schreibtisch ein langes, weinerliches Stöhnen aus. ›Lan Zhan‹ lag bereits mit seinem gesamten Körper auf ihm. Ihre beiden Unterkörper waren fest miteinander verbunden. Offensichtlich drang ›Lan Zhan‹ gerade in ihn ein.

Als dieses harte, fremde Glied sich Stück für Stück seinen Weg in sein Inneres suchte, krümmten sich ›Wei Yings‹ Beine vor Schmerz. Da seine beiden Hände aber mit dem Stirnband verbunden waren, konnte er sich nicht bewegen und lediglich einige Male heftig den Hinterkopf auf den Boden schlagen. ›Lan Zhan‹ legte seine Hand unter ›Wei Yings‹ Kopf, während er sich nun vollständig in ihn schob.

Es war bereits schwierig genug gewesen, einen Finger in sich aufzunehmen. Jetzt jedoch, wo er so weit gedehnt wurde und etwas heißes und hartes in ihn eindrang, glätteten sich die zarten Falten der Öffnung allesamt.

›Wei Ying‹ war noch ein wenig benebelt und schien nicht ganz zu verstehen, was hier gerade vor sich ging. ›Lan Zhan‹ hingegen ahmte das nach, was auf den Illustrationen des erotischen Bildbandes zu sehen war. Langsam fing er an, mit seiner Hüfte zu stoßen. Unbewusst wimmerte ›Wei Ying‹ leise.

Wei Wuxian meinte zu Lan Wangji: »Lan Zhan, du warst damals zwar noch jung, aber deine Größe war bereits beachtlich. ›Ich‹ bin noch Jungfrau, das wird mir ordentlich zusetzen.«

Während er redete, schob er absichtlich sein Knie zwischen Lan Wangjis Beine. Sich selbst mit eigenen Augen in der Hauptrolle eines erotischen Traums zu sehen, erregte ihn, und er wollte Lan Wangji in sich spüren. Dieser zerriss wortlos einen Teil seines Oberteils und seiner Hose. Ganz automatisch öffnete Wei Wuxian die Beine und schlang sie um seine Hüfte. Lan Wangji begann, mit seinem steifen Glied an seiner Öffnung zu reiben.

Sie schliefen nahezu täglich miteinander und ihre Körper und Herzen waren einander längst so vertraut, wie es nur möglich war. Fest umschlang Wei Wuxian Lan Wangjis Hals und nahm einen tiefen Atemzug, während er von dem scharfen Dolch durchstoßen wurde, der nun direkt in ihn eindrang.

Es geschah mühelos. Der Eingang war weich, das Innere warm und feucht und er umschloss lustvoll und fest Lan Wangjis riesiges Glied.

Sein Unterleib schien wie dafür geschaffen zu sein, es zu beherbergen. Es dauerte nicht lange und von dort, wo sie miteinander verschmolzen, vernahmen sie das feuchte Geräusch ihrer Erregung und das Aufeinandertreffen ihrer Körper.

Lan Wangjis Glied war beachtlich schwer und von Natur aus ein wenig nach oben gekrümmt. Bei jedem Stoß rieb er präzise gegen den sensibelsten und empfindsamsten Punkt in Wei Wuxians Inneren, und diese Reibung bescherte beiden ein überwältigendes Hochgefühl.

Wei Wuxian schwirrte von Lan Wangjis Bewegungen der Kopf und sein Inneres zog sich unkontrolliert zusammen. Ein Kribbeln breitete sich in seinem gesamten Körper aus. Genüsslich drehte er seinen Kopf und sah den jugendlichen ›Wei Ying‹ in Lan Wangjis Traum, der gerade die gleichen Glücksgefühle und Schmerzen durchlebte.

Er lag auf dem Boden, um ihn befanden sich verstreut Bücher, seine Hände waren fest zusammengebunden und befanden sich oberhalb seines Kopfes, sein Haarband war längst verschollen. Seine schwarzen Haare waren durcheinander, seine Augen leicht geschlossen. Er hatte Tränen in den Augen, sodass er nur noch verschwommen sehen konnte. ›Lan Zhan‹ presste ihn zu Boden, während er eine Weile seiner Lust ungehemmt Ausdruck verlieh. ›Wei Yings‹ Beine schienen ihm aber noch nicht gespreizt genug zu sein, also legte er einen seiner Unterschenkel über seine Schulter, bevor er sich erneut heftig bewegte.

›Wei Ying‹ hatte keine Kraft mehr in seinem Bein, sodass es in Lan Zhans Ellenbeuge rutschte. Die schönen, geschmeidigen Linien seiner Wade und die Muskeln auf der Innenseite seines Oberschenkels zuckten leicht. Bestimmt wurde auch dieser ›Wei Ying‹ gerade durch das ununterbrochene Penetrieren des gebogenen riesigen Glieds in den Wahnsinn getrieben. Da es sein erstes Mal war, wusste er nicht, was er tun sollte, und klammerte sich lediglich wie ein Ertrinkender fest an Lan Zhans Schultern. Wahrscheinlich wusste er nicht einmal mehr, wo er sich gerade befand, geschweige denn, dass er diese Qualen ebenjener Person zu verdanken hatte, die gerade in seinem Inneren wütete.

Wei Wuxian sah mit eigenen Augen, wie sein jüngeres Ich errötet und zitternd vom gleichaltrigen ›Lan Zhan‹ überwältigt wurde. Und doch fand Wei Wuxian, dass dies noch nicht genug war. Der junge ›Lan Zhan‹ sollte noch etwas grober, noch etwas rücksichtsloser mit ihm umspringen und den jungen ›Wei Ying‹ so lange schikanieren, bis dieser anfing laut zu weinen. So wie jetzt reichte es noch lange nicht.

In dem kleinen, schmalen Bücherpavillon spielten sich zwei Szenen hemmungsloser Lust ab.

Es schien, als wäre der benommene ›Wei Ying‹ durch das obszöne, flutschende Geräusch wieder ein wenig zu sich gekommen. Er starrte an die Decke des Bücherpavillons und zitterte. Ganz so, als würde er nachsehen wollen, wie es seiner unteren Körperregion ging, wanderte sein Blick hinab, er traute sich schließlich aber doch nicht hinzuschauen. Zufällig hob ›Lan Zhan‹ aber genau in dem Moment, nachdem er sich so wild verausgabt hatte, ›Wei Yings‹ Oberschenkel hoch und legte sie sich über die Schultern. Als ›Lan Zhan‹ erneut anfing zu stoßen, beugte ›Wei Ying‹ vorsichtig seine Hüfte und sah durch seinen Tränenschleier, was sich dort unten abspielte.

Die ursprünglich saubere, feine rosa Öffnung war so stark beansprucht worden, dass sie mittlerweile eine tiefrote Farbe angenommen hatte und ihr Rand bemitleidenswert angeschwollen war. ›Lan Zhans‹ harte, heiße und lange Waffe drang immer wieder in sie ein. An der Stelle, wo die beiden sich vereinigten, vermischten sich milchige Flüssigkeit, leichte Spuren von Blut und etwas Durchsichtiges unklaren Ursprungs. Sein eigenes Glied war ebenfalls leicht aufgerichtet und aus seiner Spitze trat etwas weißer Saft aus.

Bei diesem Anblick war ›Wei Ying‹ wie vom Donner gerührt. Es dauerte etwas, doch dann fing er plötzlich an herumzustrampeln. Es war unklar, woher er die Kraft nahm, aber er schüttelte ›Lan Zhan‹ ab, drehte sich um und kroch auf den Knien vorwärts, um zu fliehen.

Da er von ›Lan Zhan‹ zu Boden gepresst und derart grob rangenommen worden war, hatte er allerdings keine Kraft mehr. Seine Beine zitterten unentwegt und nachdem er sich nur eine kleine Strecke vorwärtsgewunden hatte, gaben sie endgültig nach, und er plumpste auf den Boden. Seine beiden schneeweißen, prallen Gesäßhälften zeigten nach oben. Augenblicklich flossen die weiße Flüssigkeit und das Blut wild durcheinander aus seinem Anus an seinen Oberschenkeln hinab. Die Innenseite seiner Oberschenkel war voller blauer und roter Spuren, die von Fingern stammten. Ein kurzer Blick auf ihn genügte, damit die dominante Ader in einem entfacht wurde.

All das entging ›Lan Zhans‹ Augen nicht.

Er befand sich hinter ›Wei Ying‹. Wortlos und mit geröteten Augen verfolgte er ihn. Der spürte, wie es um seine Hüfte eng wurde und ihn jemand fest einklemmte. Die Stelle, die gerade eben erst wieder frei geworden war, wurde sofort wieder verschlossen.

»Nicht ...«, stöhnte er leise.

Er war so lange durchgenommen worden, dass seine Öffnung längst feucht und weich war. Sie leistete keinerlei Widerstand mehr, sodass sein Inneres ohne Probleme erneut die Erektion vollständig verschlang. ›Wei Ying‹ kniete auf der Bambusmatte und bewegte sich bei jedem Stoß nach vorn. In seinem Gesicht stand pure Fassungslosigkeit.

Als er früher in den Bergwäldern umhergewandert war, hatte er Tiere in dieser Pose beim Akt gesehen. Daher war es nur verständlich, dass er sich jetzt, wo ein Mensch ihn so von hinten in Besitz nahm, noch ein wenig mehr schämte. Sein Anus zog sich heftig zusammen, während ›Lan Zhan‹ seine Hüfte ergriff und noch heftiger stieß, ohne jede Gleichmäßigkeit. Nach einer Weile ertrug ›Wei Ying‹ diesen rauen Akt schließlich nicht mehr. Eine Gesichtshälfte und sein Oberkörper klebten am Boden und wurden derart nach unten gepresst, dass sie beinahe deformiert wurden. Unverständlich brachte er hervor: »G...G... Gnade ... Lan Zhan, zweiter junger Herr Lan, Gnade ...«

Das Betteln brachte überhaupt nichts, stattdessen drang ›Lan Zhan‹ nur noch tiefer und schneller ein.

Wei Wuxian lachte. »Meine Güte, da werde ich ja beim Zuhören steif. Du darfst auf keinen Fall Erbarmen mit ihm haben, treib es bis zum Ende ... Ah!«

Lan Wangji hob ihn hoch und setzte ihn auf sich. Durch das Gewicht des Körpers drang er noch tiefer in Wei Wuxian ein, sodass dieser die Augenbrauen zusammenzog und sich sein Gesicht leicht verzerrte. Hastig lenkte er seine volle Aufmerksamkeit darauf, auf Lan Wangji zu reiten, sodass er keine Zeit mehr hatte, ungestüme Kommentare zu machen.

Mit den immer lauter werdenden Geräuschen der sich begegnenden Körper und Flüssigkeiten wurden auch ›Wei Yings‹ Schreie immer schmerzlicher. »Lan Zhan ... Lan Zhan ... H... Hörst du mich ...? Ah ... Das ist zu tief ... Dring nicht ganz ein ... Mein Bauch ... tut so weh ...«

Jedes Mal, wenn ›Lan Zhan‹ sich bewegte, schien er ihn durchbohren zu wollen. Seine gewaltige Kraft bildete einen starken Kontrast zu seinem zarten Gesicht.

›Wei Yings‹ Oberschenkel waren bereits rot und taub. Er hatte kein Gefühl mehr in seinem gesamten Unterkörper. Mit Mühe versuchte er vorwärtszukriechen, doch jedes Mal wurde er wieder kräftig zurückgezogen und gezwungen, ›Lan Zhan‹ tief in sich aufzunehmen. Dies wiederholte sich einige Male, bis er plötzlich stammelte, als würde er seinen letzten Atemzug tätigen: »H... Hör mir zu, draußen ... draußen ... draußen warten sie auf mich, Jiang Cheng und die anderen ... sie warten draußen auf mich ... Ah!«

Als ›Lan Zhan‹ dies hörte, zog er sich aus ihm zurück und drehte ihn um.

›Wei Ying‹ schluchzte und rollte sich sofort zu einer Kugel zusammen. Er war so hart, dass er jeden Moment kommen konnte. Überall an seinen Beinansätzen klebte Flüssigkeit, es war herrlich. Sein Intimbereich, der die ganze Zeit über rabiat penetriert worden war, war zwar überaus rot angeschwollen, öffnete und schloss sich aber weiterhin in unregelmäßigen Abständen und spuckte Ejakulat und etwas Rotes aus. Er schien unersättlich und sich nicht von ›Lan Zhans‹ Glied, das so hart in ihn eingedrungen war, trennen zu wollen.

Wei Wuxian wiederum wurde von Lan Wangji an der Hüfte und am Hintern gestützt, während er sich ungehemmt auf ihm auf und ab bewegte. Selbst in diesem Moment war Lan Wangjis Gesicht immer noch kalt und schön. Wäre sein Atem nicht ein wenig unruhiger gewesen als sonst, hätte man nur anhand seiner Miene überhaupt nicht erkennen können, was er da gerade tat. Und man wäre erst recht nicht auf die Idee gekommen, dass er die Kraft in seinen Händen, mit denen er Wei Wuxians Hintern stützte und gleichzeitig heftig knetete, überhaupt nicht kontrollierte und dadurch blau-violette Abdrücke auf dessen prallen, runden Pobacken hinterließ.

Er senkte den Kopf, nahm den hellroten Punkt auf Wei Wuxians linker Brust in den Mund und knabberte sanft daran. Wei Wuxians Hintern wiederum verschlang seine Erektion und presste sie wieder heraus, sodass das feuchte, violett-rote Objekt immer wieder zwischen seinen Gesäßhälften erschien und verschwand. Es fühlte sich so gut an, dass seine Kopfhaut kribbelte.

Auf der anderen Seite starrte ›Lan Zhan‹ den zutiefst erschöpften ›Wei Ying‹ eine Weile lang an, ehe er plötzlich die Kleidung an dessen Brust aufriss und kräftig in seine linke Brustwarze kniff. Anschließend drang er wieder in ihn ein.

›Wei Ying‹ hatte es endlich geschafft, seinen Atem ein wenig zu beruhigen. In diesem Moment war sein gesamter Körper überaus empfindlich, wie hätte er da mit dieser Behandlung nicht überfordert sein können? Er schluchzte und sowohl seine Öffnung als auch sein Inneres zogen sich fest zusammen, während ihm die Tränen herunterrollten.

›Lan Zhan‹ schien wütend auf die zwei Punkte auf seiner Brust zu sein, er kniff und knetete sie so lange, bis sie sich blutrot angeschwollen aufstellten.

Bei jedem von ›Lan Zhans‹ Stößen zog sich ›Wei Yings‹ Inneres heftig zusammen. Sein weicher, feuchter Darm biss sich an der eindringenden Waffe fest, sodass sich die Konturen von ›Lan Zhans‹ Glied klar und deutlich abzeichneten.

›Wei Ying‹ weinte. »Lan Zhan, ich lag falsch, ich lag falsch. Ich hätte nicht sagen sollen, dass du unerfahren bist, ich hätte nicht sagen sollen, dass du keine Ahnung hast. Ich wage es nicht mehr, dich zu belehren. Lan Zhan, Lan Zhan, hast du gehört, zweiter junger Herr Lan, zweiter Bruder Lan ...«

Als ›Lan Zhan‹ die letzte Bezeichnung hörte, die etwas nasal klang, wurde er langsamer. Tatsächlich zeigte er ein wenig Erbarmen. Mit verschwommenem Blick näherte er sich ›Wei Yings‹ Gesicht und küsste sanft seine schmalen Lippen, die gerade weinend um Gnade flehten.

›Wei Yings‹ untere Körperhälfte fühlte sich an, als wäre ein riesiger Stein über sie gerollt. Sein Innerstes brannte und glühte, seine Hüfte war geschwollen und taub. Seine Brustwarzen schmerzten immer noch und er war ein wenig benommen. Plötzlich merkte er, wie die Angriffe auf ihn schwächer wurden. Ihre Köpfe stießen leicht gegeneinander, während ihre kühlen Lippen sich zärtlich erkundeten.

Sie schmeckten ein wenig süß.

Als ›Wei Ying‹ die Augen öffnete, sah er, dass ›Lan Zhans‹ lange, pechschwarze Wimpern nur wenige Millimeter von ihm entfernt waren, während er ihn konzentriert liebkoste.

›Wei Ying‹ fühlte sich ein wenig getröstet. Also öffnete er den Mund, saugte sanft an ›Lan Zhans‹ Lippen und murmelte: »Noch mehr ...«

Eigentlich meinte er, dass er noch mehr Küsse wollte, doch Lan Zhan missverstand ihn und beschleunigte wieder das Tempo.

›Wei Ying‹ nahm einige Atemzüge, umschlang hastig seinen Hals und küsste ihn von sich aus.

Anfangs hatte er große Angst vor diesem langen, harten Glied gehabt, das in ihm wütete. Nach einer Weile verspürte er aber abseits des Schmerzes, der Taubheit und der Müdigkeit auch ein anderes Gefühl. Es erregte ihn allmählich. Besonders wenn die leichte Krümmung gegen eine bestimmte Stelle rieb, war es so, als würde ein Blitz durch seinen ganzen Körper fahren. Es fühlte sich so gut an, dass er zitterte. Sein Glied richtete sich immer weiter auf und es trat immer mehr weiße Flüssigkeit heraus. Schließlich hielt er es nicht mehr aus und bewegte selbst seine Hüfte. Wenn ›Lan Zhan‹ mal nicht die richtige Stelle traf, veränderte er die Position seines Unterkörpers und bemühte sich selbst um diese erregende Berührung. Auch bestanden seine Rufe nicht mehr aus Gnadengesuchen.

»Bruder ... Zweiter Bruder ... Zweiter Bruder Lan ... Ich ... Ich bitte dich ...«

›Lan Zhan‹ atmete ein. »Was?«, fragte er mit tiefer Stimme.

›Wei Ying‹ hielt ›Lan Zhans‹ Gesicht in den Händen und küsste ihn wild. Leise flüsterte er: »Stoß mich so wie vorhin ... Stoß an der Stelle, okay ...?«

»...«

›Lan Zhan‹ folgte seiner Bitte, senkte seine Hüfte und drang tief in ihn ein. Die folgenden Stöße schienen besonders heftig zu sein, denn ›Wei Ying‹ schrie erschrocken auf und umklammerte ihn fest mit all seinen Gliedmaßen. »Was ...«

Doch ›Lan Zhan‹ hatte seinen Mund bereits mit seinem versiegelt und konzentrierte sich darauf, ihn zu küssen.

Auch Wei Wuxian küsste gerade Lan Wangji. Mit seiner Zungenspitze zeichnete er die Konturen seiner schmalen Lippen nach. Als er hörte, was unweit von ihnen vor sich ging, sagte er: »Hanguang-Jun, du bist da drüben gekommen.«

Ein durchgeschwitzter ›Lan Zhan‹ umarmte einen ebenso durchgeschwitzten ›Wei Ying‹. Ruhig lagen sie auf der völlig zerknitterten Bambusmatte. ›Wei Yings‹ Brustkorb hob und senkte sich unaufhörlich, sein Blick war noch ein wenig benommen. Die beiden hatten sich noch nicht voneinander gelöst und sein Unterkörper umschlang noch immer fest ›Lan Zhans‹ Glied. Auch sein Sperma war noch in seinem Inneren versiegelt, nicht ein Tropfen kam heraus.

Wei Wuxian lächelte. »Schau mal dort rüber, sollten wir nicht auch ...«

Lan Wangji nickte und legte ihn flach auf die Matte. Er bewegte seine Hüfte einige Male auf und ab, bis er in ihm kam.

Wei Wuxian atmete auf. Auch wenn es sich wirklich gut anfühlte, so waren seine Hüfte und sein Hintern nicht aus Stahl. Nachdem er den beiden Jüngeren die ganze Zeit über zugeschaut und sie nachgemacht hatte, hatte er seine ganze Energie verbraucht. Zu seiner Überraschung zog Lan Wangji sich aber überhaupt nicht aus ihm zurück, sondern brachte Wei Wuxian in eine andere Stellung, während er noch in ihm steckte.

»Hanguang...Jun?«

Lan Wangji lächelte leicht, kam näher und flüsterte ihm etwas ins Ohr.

»Äh ... Moment mal? Mit ›bis zum Ende‹ habe ich gemeint, dass das der junge Lan Zhan mit meinem Ich in deinem Traum tun soll, und nicht ... Lan Zhan? Zweiter B... Bruder? Gnade!«

Am nächsten Morgen stand Wei Wuxian ausnahmsweise früher auf als Lan Wangji. Den ganzen Tag über zitterten seine Beine.

Sie holten erneut den tapirähnlichen* Weihrauchbrenner hervor und inspizierten ihn. Wei Wuxian zerlegte ihn und setzte ihn wieder zusammen, kam seinem Geheimnis aber einfach nicht auf die Schliche.

* Tapire gibt es in China auch als Fabelwesen, die Albträume fressen.

Er saß konzentriert neben dem Schreibtisch. »Wenn es nicht am Weihrauch liegt, dann zweifellos am Brenner. Das Ding ist wirklich unglaublich, die Erfahrung fühlte sich sogar so echt an wie bei *Empathie*. Gibt es darüber keine Aufzeichnungen in eurem Bücherpavillon?«

Lan Wangji schüttelte den Kopf.

Wenn Lan Wangji es verneinte, bedeutete das, dass wirklich niemand zuvor etwas dazu niedergeschrieben hatte.

»Na gut. Die Wirkung hat bereits nachgelassen, wir sollten ihn erst mal verwahren, damit niemand versehentlich mit ihm in Berührung kommt. Wenn uns irgendwann einmal ein Kultivierungsmeister besucht, der sich mit spirituellen Waffen auskennt, können wir ihn ja noch mal hervorholen und ihn danach fragen.«

Beide gingen davon aus, dass der Weihrauchbrenner keinen Einfluss mehr auf sie hatte, und keiner von ihnen rechnete mit dem, was danach geschah.

Tief in der Nacht, nachdem Wei Wuxian und Lan Wangji sich wie üblich im Ruhezimmer geliebt hatten, fielen sie zusammen in einen tiefen Schlaf. Kurz darauf öffnete Wei Wuxian die Augen. Er lag wieder unter dem Magnolienbaum vor dem Bücherpavillon.

Das Sonnenlicht schien durch die Zweige auf sein Gesicht. Er blinzelte und verdeckte es mit der Hand, ehe er sich langsam aufsetzte.

Dieses Mal war Lan Wangji nicht an seiner Seite.

Wei Wuxian legte seine rechte Hand an seinen Mund und schrie: »Lan Zhan!«

Niemand antwortete.

Wei Wuxian war verwundert. *So wie es aussieht, hat die Wirkung des Weihrauchbrenners doch noch nicht nachgelassen. Aber wo ist Lan Zhan? Stehe etwa nur ich unter dem Einfluss der restlichen Magie?*

Vor dem Magnolienbaum führte ein kleiner Weg mit weißen Steinen entlang. Einige Grüppchen von Schülern des Gusu-Lan-Clans in weißer Kleidung und mit Stirnband gingen mit Büchern in der Hand vorbei.

Sie wollten wohl gerade zum morgendlichen Unterricht und niemand würdigte Wei Wuxian auch nur eines Blickes. Sie konnten ihn nach wie vor nicht sehen.

Wei Wuxian ging in den Bücherpavillon, um nachzusehen. Doch Lan Wangji war nicht dort, weder der ältere noch der jüngere. Daher ging er weiter und streifte ziellos durch die Wolkennische. Kurz darauf hörte er plötzlich das Flüstern von zwei Jungen. Als er nähertrat, kam ihm die eine Stimme äußerst bekannt vor.

»Noch nie hat jemand welche innerhalb der Wolkennische gehalten, das widerspricht den Regeln.«

Einen Moment lang herrschte Schweigen, ehe der andere Junge mit gedämpfter Stimme erwiderte: »Ich weiß. Aber ... Ich habe bereits ein Versprechen gegeben, das kann ich nicht brechen.«

Interessiert beobachtete Wei Wuxian sie heimlich.

Wie erwartet handelte es sich bei den beiden, die auf einer grünen Wiese standen und sich unterhielten, um ›Lan Xichen‹ und ›Lan Wangji‹.

Es war Frühling. Eine sanfte Brise wehte. Die beiden Jungen, die wie makellose schöne Jade wirkten, glichen einander wie Spiegelbilder. Beide waren schneeweiß gekleidet und ihre weiten Ärmel und Stirnbänder wehten im Wind. Der Anblick glich einem Gemälde.

Auch diesmal war ›Lan Wangji‹ um die sechzehn Jahre alt. Er kniff leicht die Augenbrauen zusammen, ganz so, als würde ihn etwas bedrücken. Im Arm hielt er einen weißen Hasen, der seine rosa Nase bewegte. Zu seinen Füßen befand sich ein weiterer weißer Hase, der seine langen Ohren aufstellte und sich Männchen machend an seine Schuhe klammerte, als wollte er an ihm hochklettern.

›Lan Xichen‹ erwiderte: »Wie kann man denn im Spaß gemachte Äußerungen zwischen Jugendlichen als wirkliches Versprechen ansehen? Ist es wirklich deswegen?«

›Lan Wangji‹ senkte seine Augenlider und sagte nichts.

›Lan Xichen‹ lächelte. »Na gut. Falls unser Onkel fragt, musst du ihm das ordentlich erklären. In letzter Zeit hast du ein wenig zu viel Zeit mit ihnen verbracht.«

›Lan Wangji‹ nickte ernst. »Danke, Bruder.« Einen Moment später fügte er hinzu: »Es wird keinen Einfluss auf das Lernen haben.«

»Das weiß ich, Wangji. Aber du darfst unserem Onkel unter keinen Umständen erzählen, wer sie dir geschenkt hat. Andernfalls wird er sehr zornig und dich sicher dazu zwingen, sie zu verschenken.«

Bei diesen Worten schloss ›Lan Wangji‹ den Hasen noch etwas fester in den Arm. ›Lan Xichen‹ lächelte, hob einen Finger und spielte mit der Fingerspitze an der rosafarbenen Nase des Hasen herum, ehe er langsam wegging.

Nachdem er fort war, stand ›Lan Wangji‹ noch eine Weile gedankenverloren da. Der weiße Hase in seinem Arm wackelte ab und zu mit den Ohren und wirkte überaus zufrieden. Der andere klammerte sich immer ungeduldiger an seinen Fuß.

›Lan Wangji‹ schaute hinab, bückte sich und hob ihn ebenfalls hoch. Er streichelte die beiden – und die sanftmütige Bewegung stand im starken Kontrast zu seinem Gesichtsausdruck.

Von dieser Szene ging Wei Wuxian das Herz auf. Er trat hinter dem Baum hervor und wollte sich dem jungen ›Lan Wangji‹ etwas nähern.

Plötzlich wanden sich die Hasen aus seinen Armen und die ganze Atmosphäre veränderte sich mit einem Mal. Ruckartig drehte ›Lan Wangji‹ sich um. Einen Moment lang war sein Blick eisig, doch als er sah, wer gekommen war, war er augenblicklich wie vom Blitz getroffen. »Du ...?!«

Wei Wuxian erschrak noch mehr als er. Verwundert fragte er: »Du kannst mich sehen?«

Das war wirklich merkwürdig. Eigentlich dürften die Menschen im Traum ihn nicht sehen können. Doch ›Lan Wangji‹ starrte ihn immer noch an und meinte: »Natürlich. Du bist ... Wei Ying?«

Der Mann vor ihm sah aus, als wäre er über zwanzig. Er war auf jeden Fall kein Teenager, und doch hatte er haargenau das gleiche Gesicht wie Wei Wuxian. ›Lan Wangji‹ kannte die Identität des Fremden nicht und war daher auf der Hut. Hätte er sein Schwert dabeigehabt, wäre Bichen sicher längst aus der Scheide gekommen.

Wei Wuxian reagierte sofort und meinte ernst: »Ich bin's!«

Bei seiner Antwort wurde ›Lan Wangji‹ nur noch vorsichtiger und wich mehrere Schritte zurück. Mit verletzter Miene und Stimme sagte Wei Wuxian: »Lan Zhan, ich habe so viel auf mich genommen, um zurückzukommen und dich zu finden, wieso verhältst du dich mir gegenüber so?«

»Du ... bist wirklich Wei Ying?«

»Natürlich.«

»Wieso siehst du dann so anders aus?«

»Das ist eine lange Geschichte. In Wahrheit ist das so: Ich bin Wei Wuxian, aber ich bin der Wei Wuxian aus der Zukunft in sieben Jahren. Zu der Zeit habe ich ein unglaubliches spirituelles Objekt entdeckt, mit dem man in der Zeit zurückreisen kann. Gerade als ich es genauer untersuchen wollte, habe ich es aus Versehen berührt, weshalb ich jetzt hier bin!«

Das war so absurd, dass es lachhaft war. Kalt fragte ›Lan Wangji‹: »Kannst du das beweisen?«

»Wie möchtest du denn, dass ich es beweise? Was dich betrifft, so weiß ich alles. Den Hasen, den du gerade im Arm hattest, und den zu deinen Füßen habe doch ich dir geschenkt? Du hast sie so widerwillig angenommen, und jetzt gibst du nicht klein bei, wenn dein Bruder dir nicht erlaubt, sie zu halten. Du bist verliebt, oder?«, fragte Wei Wuxian.

Bei diesen Worten veränderte sich ›Lan Wangjis‹ Miene leicht. Er wollte etwas sagen, zögerte jedoch. Dann setzte er an: »Ich ...«

Wei Wuxian ging ein paar Schritte auf ihn zu, öffnete weit die Arme und grinste. »Was ist denn? Genierst du dich?«

Dieses merkwürdige Verhalten ließ ›Lan Wangji‹ vermuten, dass er es mit einem Feind zu tun habe. Seine Vorsicht stand ihm ins Gesicht geschrieben, als er mehrere Schritte zurückwich. Einen ›Lan Wangji‹, der sich ihm gegenüber derart verhielt, hatte Wei Wuxian schon lange nicht mehr gesehen. Innerlich hielt er sich den Bauch vor Lachen, während er nach außen hin Wut vortäuschte. »Was soll das? Warum weichst du vor mir zurück? Also wirklich, Lan Zhan, da sind wir schon so lange verheiratet und jetzt tust du so, als würdest du mich nicht kennen!«

Bei diesem Satz zerbrach ›Lan Wangjis‹ schöne, eisige Fassade.

»Du ... Ich? Wir sind ... verheiratet?!«

Fünf Worte, die er aber erst nach mehreren Unterbrechungen aussprechen konnte. Wei Wuxian tat so, als würde ihm ein Licht aufgehen. »Ach ja, vergessen, das weißt du ja jetzt noch nicht. Zu dieser Zeit haben wir uns doch gerade erst kennengelernt. Ich habe die Wolkennische gerade erst verlassen, oder? Macht nichts, dann erzähle ich es dir schon mal heimlich. In einigen Jahren werden wir Kultivierungspartner sein.«

»Kultivierungspartner ...?«

Zufrieden antwortete Wei Wuxian: »So ist es! Solche, die täglich zusammen kultivieren. Es war eine richtige, offizielle Hochzeit, wir haben uns sogar vor Himmel und Erde verbeugt.«

›Lan Wangji‹ war so erzürnt, dass sein Brustkorb leicht bebte. Nach einer Weile brachte er hervor: »Unsinn!«

Wei Wuxian versuchte, ihn zu überzeugen. »Dann erzähle ich noch ein wenig weiter, dann weißt du ja, ob ich Unsinn rede oder nicht. Beim Schlafen magst du es, mich ganz fest in die Arme zu schließen, und außerdem musst du mich unbedingt umarmen, sonst kannst du nicht einschlafen. Jedes Mal, wenn du mich küsst, ist es ein richtig langer Kuss, und zum Schluss magst du es, mich sanft zu beißen, ehe du dich von mir löst. Ach ja, und im Bett liebst du es ebenfalls, mich zu beißen. Das tust du immer, während wir miteinander schlafen, ständig ist mein Körper voller ...«

Vom ersten Satz an schien ›Lan Wangji‹ das bereits nicht mehr mit anhören zu können. Je mehr Wei Wuxian erzählte, desto schlimmer wurde es, sodass er sich wohl am liebsten die Ohren zugehalten hätte, um diesen Obszönitäten zu entgehen. Er holte zum Schlag aus. »Unsinn!«

Wei Wuxian wich aus und erwiderte: »Schon wieder ›Unsinn‹? Nimm doch mal ein anderes Wort! Und außerdem, woher willst du denn wissen, dass ich Unsinn rede? Ist das denn nicht so, wenn du mich küsst?«

›Lan Wangji‹ sprach langsam: »Ich ... habe noch nie jemanden geküsst ... Woher soll ich wissen, was ich beim ... mag?!«

Wei Wuxian dachte einen Moment nach und stimmte schließlich zu: »Auch wieder wahr, in diesem Alter hast du mich ja noch nicht geküsst, natürlich weißt du da nicht, was dir gefällt. Wie wär's, wenn du es jetzt ausprobierst?«

»...« ›Lan Wangji‹ war so wütend, dass er sogar vergaß, Clanmitglieder hinzuzurufen, um diese verdächtige Person ergreifen zu lassen. Immer wieder griff er an und zielte dabei direkt auf einen bestimmten Punkt am Handgelenk. Zu diesem Zeitpunkt war er aber noch sehr jung. Wei Wuxian war daher deutlich schneller als er und wich spielend leicht aus. Als sich ihm eine Gelegenheit bot, drückte er eine bestimmte Stelle an ›Lan Wangjis‹ Arm, der sich daraufhin nicht mehr bewegen konnte. Wei Wuxian nutzte die Gelegenheit und gab ihm einen Kuss auf die Wange.

»...«

Nach dem Kuss ließ Wei Wuxian seinen Arm wieder los und löste die Versiegelung.

Doch ›Lan Wangji‹ blieb wie angewurzelt stehen und kam auch nach langer Zeit nicht wieder zu Sinnen. Er war wie versteinert.

»Ha ha ha ha ha ha ha ha ha ha ha ha ha ha ha ...«

Wei Wuxian wachte vom Lachen auf.

Er lachte so sehr, dass er beinahe aus dem Bett gefallen wäre, doch glücklicherweise hatte Lan Wangji seine Hüfte immer fest im Griff.

Als er die Augen öffnete, zitterte immer noch sein gesamter Körper vor Lachen, sodass Lan Wangji nun ebenfalls aus dem Tiefschlaf erwachte. Sie setzten sich gemeinsam auf.

Lan Wangji schaute runter und massierte sanft seine Schläfen. »Gerade habe ich …«

Wei Wuxian grätschte hinein: »Hast du gerade geträumt, dass du um die sechzehn wärst und mein erwachsenes Ich getroffen hättest?«

»…« Lan Wangji starrte ihn an und meinte schließlich: »Der Weihrauchbrenner.«

Wei Wuxian nickte. »Ich dachte eigentlich, dass er größeren Einfluss auf mich gehabt hätte und ich deshalb noch mal geträumt hätte, dabei war sein Einfluss auf dich noch größer.«

Die Situation in dieser Nacht war anders als beim letzten Mal. Hinter dem jungen ›Lan Wangji‹ im Traum gerade hatte der echte Lan Wangji gesteckt.

Wenn man träumte, war man sich dessen oft nicht bewusst. Deswegen hatte Lan Wangji wirklich angenommen, dass er so jung war. Eigentlich war es ein ganz gewöhnlicher Traum gewesen mit Morgenunterricht, Spaziergängen und der Fütterung der Hasen, bis er Wei Wuxian begegnet war, der in der Szenerie Unfug getrieben hatte. Und nachdem er ihn geschnappt hatte, hatte Wei Wuxian seine Scherze mit ihm getrieben.

»Ich kann nicht mehr, Lan Zhan«, prustete Wei Wuxian. »Wie du den Hasen im Arm gehalten hast und einfach nicht loslassen wolltest, und wie sehr du gefürchtet hast, dass dein Bruder und dein Onkel dich sie nicht behalten lassen würden, das war einfach zu niedlich. Ha ha ha ha ha …«

Hilflos entgegnete Lan Wangji: »Es ist mitten in der Nacht, dein Lachen wird noch jemanden aufwecken.«

»Wir machen doch jede Nacht so einen Lärm?«, warf Wei Wuxian ein. »Warum bist du so früh aufgewacht? Hättest du noch ein bisschen weitergeträumt, hätte ich dich hinter den Berg deines Clans gezerrt und böse Dinge mit dir angestellt. Dann hätte ich dem jungen zweiten Bruder Lan mal die Freuden des Lebens gezeigt, ha ha ha ha ...«

Lan Wangji sah dabei zu, wie er neben ihm hin und her rollte, sagte aber nichts. Nachdem er eine Weile aufrecht dagesessen hatte, streckte er plötzlich seine Hand aus, presste Wei Wuxian runter und legte sich mit seinem Körper auf ihn.

Sie gingen davon aus, dass der Weihrauchbrenner nach der zweiten Nacht endlich seine Wirkung verloren haben musste. Doch auch in der dritten Nacht wachte Wei Wuxian erneut in Lan Wangjis Traum auf.

Er trug schwarze Kleidung und schlenderte gemütlich in der Wolkennische den kleinen Weg mit den weißen Steinen entlang. Chenqings rote Quaste schwang im Takt seiner Schritte hin und her. Kurze Zeit darauf hörte er die Stimmen von Menschen, die gerade laut vorlasen. Sie kamen aus der Richtung des Unterrichtsraums.

Wei Wuxian spazierte zu dem Raum, aus dem die Stimmen kamen, und wie erwartet saßen darin einige Schüler des Lan-Clans und widmeten sich ihren Abendstudien. Lan Qiren war nicht da, sodass ›Lan Wangji‹ sie beaufsichtigte.

Der ›Lan Wangji‹ in diesem Traum war immer noch jung, aber in etwa so alt wie damals, als sie in der Höhle der Xuanwu des Gemetzels gewesen waren; also um die siebzehn oder achtzehn. Er hatte ein schönes Gesicht und bereits die Aura eines renommierten Kultivierers, und doch haftete noch die Unerfahrenheit an ihm. Aufrecht und hoch konzentriert saß er vorn.

Ein Schüler hatte eine Frage zum Text und ging zu ihm. Ruhig warf ›Lan Wangji‹ einen Blick auf das Schriftstück und antwortete ihm sofort. Sein ernster Gesichtsausdruck stand dabei im starken Kontrast zu seiner unerfahrenen Aura.

Wei Wuxian lehnte sich an eine Säule außerhalb des Klassenzimmers. Nachdem er eine Weile zugeschaut hatte, sprang er lautlos auf das Dach und führte Chenqing an seine Lippen.

›Lan Wangji‹, der im Klassenzimmer war, war leicht verwundert.

Ein Junge fragte: »Junger Herr, was ist?«

»Wer spielt um diese Uhrzeit Flöte?«, fragte ›Lan Wangji‹.

Die Jungen schauten einander an. Einen Moment darauf antwortete jemand: »Es spielt doch niemand Flöte?«

Bei diesen Worten wurde ›Lan Wangjis‹ Miene noch ernster. Er stand auf, nahm sein Schwert und ging nach draußen.

Wei Wuxian steckte seine Flöte wieder weg und sprang leichtfüßig auf ein anderes Dach.

›Lan Wangji‹ bemerkte, dass sich jemand über die Dächer bewegte, und rief mit tiefer Stimme: »Wer ist da?«

Wei Wuxian pfiff zweimal klar. Er war bereits über hundert Meter entfernt und lachte. »Dein Ehemann!«

Als ›Lan Wangji‹ seine Stimme hörte, veränderte sich seine Miene. Er war sich nicht sicher. »Wei Ying?«

Wei Wuxian antwortete nicht.

›Lan Wangji‹ zog Bichen auf seinem Rücken hervor und verfolgte ihn. Wei Wuxian sprang hin und her, bis er schließlich auf den schwarzen Dachziegeln der hohen Mauer landete, die die Wolkennische umgab, und sich aufrichtete. ›Lan Wangji‹ landete keine zehn Meter von ihm entfernt. Er hielt Bichen schräg in seiner Hand, während sein Stirnband und seine Ärmel im Nachtwind wehten. Ein nahezu mystischer Anblick.

Mit den Händen auf dem Rücken grinste Wei Wuxian ihn an. »Was für schöne Fertigkeiten, was für ein schöner Mann! Es fehlt nur noch ein schöner Krug vom *Lächeln des Kaisers*, dann wäre alles perfekt.«

›Lan Wangji‹ starrte ihn an und meinte nach einer Weile: »Wei Ying, was bringt dich so spät abends uneingeladen in die Wolkennische?«

»Rate mal?«, meinte Wei Wuxian.

»…« ›Lan Wangji‹ entgegnete: »Langweilig!«

Bichens Klinge kam auf ihn zu, doch Wei Wuxian wich mit Leichtigkeit aus. Auch wenn der achtzehnjährige ›Lan Wangji‹ bereits sehr hohe Fertigkeiten besaß, so stellte er für den jetzigen Wei Wuxian keine allzu große Gefahr dar. Schnell bot sich ihm eine Chance und er verpasste ihm einen Talisman auf die Brust. ›Lan Wangjis‹ Körper erstarrte und er konnte sich nicht mehr bewegen. Wei Wuxian hob ihn hoch und rannte mit ihm zu einem Berg hinter der Wolkennische. Er fand einen dicken Wasserdost-Strauch und setzte ›Lan Wangji‹ dort neben einem weißen Stein ab.

»Was hast du vor?«, wollte er wissen.

Wei Wuxian kniff ihm in die Wange und erwiderte ernst: »Eine Vergewaltigung.«

›Lan Wangji‹ konnte nicht sagen, ob er einen Scherz machte oder nicht. Er wurde ein wenig bleich und sagte mit tiefer Stimme: »Wei Ying, du … Tu nichts Unbesonnenes.«

Wei Wuxian lächelte. »Du kennst mich doch, ich liebe es, unbesonnene Dinge zu tun.« Während er sprach, schob er seine Hand unter die zahlreichen Schichten von ›Lan Wangjis‹ weißer Kleidung und umfasste seine Männlichkeit. Er war dabei äußerst geschickt und wandte weder zu viel noch zu wenig Kraft auf.

›Lan Wangjis‹ Miene wurde schlagartig äußerst seltsam. Seine Mundwinkel verzerrten sich und er presste die Lippen fest zusammen. Er schaffte es schließlich, seine Gesichtszüge unter Kontrolle zu bringen, und gab sich alle Mühe, ruhig zu wirken.

Wei Wuxian ging noch einen Schritt weiter und löste seinen Gürtel. Mit nur wenigen Handgriffen zog er ihm nun seine untere Kleidung aus.

Anschließend wog er ›Lan Wangjis‹ schweres Glied in seiner Hand, welches so überhaupt nicht zu seinen feinen Gesichtszügen passte, und war voll des Lobes. »Hanguang-Jun, du warst ja bereits so jung schon besonders stattlich ausgestattet.«

Anschließend schnippte er sogar noch leicht gegen den Schaft.

Als er so an ›Lan Wangji‹ herumspielte, schien dieser derart wütend zu werden, dass er am liebsten Blut spucken und tot umfallen wollte. Ohne auf sein Image zu achten, fuhr er Wei Wuxian harsch an: »Wei Ying!«

Der lachte sich ins Fäustchen. »Schrei nur, du kannst dir ruhig die Seele aus dem Leib schreien, es wird niemand kommen, um dich zu retten.«

›Lan Wangji‹ wollte noch etwas erwidern, als Wei Wuxian aufhörte zu lachen und sich eine Haarsträhne hinter das Ohr klemmte. Dann nahm er sein Glied in den Mund.

›Lan Wangjis‹ Blick verriet seinen Schock. Er konnte es nicht fassen, sein ganzer Körper erstarrte.

Der achtzehnjährige ›Lan Wangji‹ hatte zwar noch etwas Unerfahrenes an sich, aber seine Größe war bereits damals schon nicht zu unterschätzen gewesen. Langsam führte Wei Wuxian den langen Schaft in seinen Mund, und noch bevor er ihn vollständig in sich aufnehmen konnte, spürte er, wie die samtige Spitze gegen seinen Rachen stieß.

Der Schaft war dick und heiß, und er spürte das heftige Pulsieren der Venen auf ›Lan Wangjis‹ Glied. Da es Wei Wuxians Mund gänzlich ausfüllte, blies er seine Wangen auf, und obwohl es ihn viel Mühe kostete, schob er auch noch das letzte Stück geduldig immer tiefer hinein.

Wei Wuxian war überaus geübt, was Lan Wangji betraf. Er gab sich vollkommen hin. Er saugte und leckte geräuschvoll, als würde er hoch konzentriert eine Delikatesse kosten.

Auch wenn ›Lan Wangjis‹ Gesicht von Natur aus schneeweiß war und nicht rot anlief, zeichnete sich nun Scham auf seinem Nacken und seinen Ohren ab, während sein Atem sich beschleunigte. Wei Wuxian saugte eifrig, bis seine Wangen taub wurden, und doch kam ›Lan Wangji‹ nicht zum Höhepunkt. Verwundert fragte er sich, was los war – er konnte sich nicht vorstellen, dass seine Fertigkeiten dem jungen ›Lan Wangji‹ nicht genügten. Als er den Kopf hob, sah er, wie der versuchte durchzuhalten. Offensichtlich war seine Erektion bereits so hart wie ein Stück Eisen, und doch harrte er standhaft aus und hielt seinen Orgasmus zurück, als könnte er dadurch irgendeine letzte Grenze aufrecht erhalten.

Wei Wuxian fand dies überaus amüsant und das Verlangen, noch mehr Schabernack mit ihm zu treiben, kam wieder in ihm hoch. Mit seiner feuchten Zungenspitze leckte er wiederholt über die kleine Öffnung an der Eichel. Und nachdem er ›Lan Wangjis‹ Glied mehrmals vollständig und tief in den Mund genommen hatte, konnte dieser sich schließlich nicht mehr zurückhalten und kam.

Das Ejakulat war überaus dickflüssig und Moschusgeruch durchströmte Wei Wuxians Kehle. Er richtete sich auf und hustete einige Male leicht, dann wischte er sich mit dem Handrücken seine Mundwinkel ab. So wie sonst auch schluckte er es vollständig.

›Lan Wangji‹ sagte kein Wort, nachdem er gekommen war.

Es war ungewiss, ob es eine Reaktion seines Körpers nach dem Orgasmus oder ob er einfach sehr beschämt und wütend war, aber er starrte Wei Wuxian intensiv mit geröteten Augen an.

›Lan Wangjis‹ gedemütigter Anblick machte Wei Wuxian schwach. Sanft gab er ihm einen Kuss auf die Wange und meinte: »Ist ja gut, mein Fehler, ich hätte dich nicht schikanieren dürfen.«

Während er das sagte, strich er mit zwei Fingern über ›Lan Wangjis‹ Schaft. Dann zog er sie zurück, öffnete seinen eigenen Gürtel und entkleidete sich selbst unten herum.

Wei Wuxian hatte schlanke Beine, seine Oberschenkel waren so hell wie Jade und ihre Konturen schön und kraftvoll. Sein Hintern war prall und rund. Er bot einen prächtigen Anblick. ›Lan Wangji‹ saß genau so, dass er angelehnt an den weißen Stein alles von Wei Wuxian klar und deutlich sehen konnten. Der kniete sich mit dem Rücken zu ›Lan Wangji‹ zwischen die Wasserdost-Büschel. Dann legte er sich auf den Boden und benetzte mit dem weißen Saft an seinen Fingern seinen Intimbereich. Der Eingang lag tief verborgen zwischen seinen Gesäßhälften, die Wei Wuxian nun leicht spreizte, sodass man einen Blick auf den kleinen rosa Punkt erhaschen konnte. Die Knospe war überaus weich und niedlich. Eigentlich war sie fest verschlossen gewesen, doch nachdem Wei Wuxian sie mit ›Lan Wangjis‹ Liebessaft mit zwei schmalen Fingern befeuchtet und einen Moment lang sanft massiert hatte, öffnete sie sich ein wenig und verschluckte schüchtern seine Fingerspitzen. Langsam, aber bestimmt führte Wei Wuxian seine Finger bis zum Ansatz hinein, schließlich begann er damit, sie vor und zurück zu bewegen. Nach einer Weile beschleunigte er das Tempo ein wenig, und im Zuge dessen wurde auch seine Erregung äußerlich sichtbar.

Als er das obszön klingende glitschende Geräusch vernahm, ließ er einen dritten Finger hineingleiten. Er keuchte leicht und schien es kaum noch ertragen zu können. Er kannte seine Grenzen und verlangsamte seine Bewegungen daher etwas.

In der Nacht waren solche Details eigentlich nicht gut zu erkennen, doch ›Lan Wangji‹ hatte sehr ausgeprägte Sinne, gerade sein Sehvermögen war hervorragend. Jetzt, wo sich direkt vor ihm eine derart anrüchige Szene abspielte, konnte er seine Augen einfach nicht davon abwenden.

Während des Akts mochte Wei Wuxian es, zusammen mit Lan Wangji den Höhepunkt zu erreichen. Um nicht zu früh zu kommen, vermied er es daher bewusst, die empfindsamste Stelle in seinem Inneren allzu sehr zu berühren. Lan Wangji hingegen widmete sich dieser immer, sodass sein Körper sich jetzt, wo er einfach keine Befriedigung erfuhr, außergewöhnlich stark zusammenzog, ganz so, als wäre sein Inneres unzufrieden. Wenn er mit den Fingern den Punkt nicht berührte, senkte sich sein Hintern unkontrolliert, sodass die Stelle zu den Fingern wanderte.

Wei Wuxian rieb mehrmals, bis seine Beine nachgaben und leicht zitterten. Er konnte kaum noch knien und zog daher hastig seine Finger heraus. Um sich zu beruhigen, nahm er sich einen Moment, ehe er sich umdrehte.

›Lan Wangji‹ war nicht darauf vorbereitet, dass Wei Wuxian Augenkontakt mit ihm herstellte, augenblicklich schloss er sie.

Wei Wuxian lächelte. »Hey, Lan Zhan, was tust du da? Sagst du innerlich die Regeln des Lan-Clans auf?«

Wei Wuxian hatte richtig geraten, woraufhin ›Lan Wangjis‹ Wimpern leicht flatterten. Er schien die Augen öffnen zu wollen, aber es gelang ihm, diesen Drang zu unterdrücken.

Gelassen fragte Wei Wuxian: »Schau mich an, wovor fürchtest du dich denn? Ich werde dir schon nicht wehtun.«

Wei Wuxian hatte von Natur aus eine schöne Stimme. Während er sprach, klang er so lässig und kokett wie ein lockender, kleiner Angelhaken. Doch ›Lan Wangji‹ schien entschlossen, ihn nicht anzusehen, ihm nicht zuzuhören und nichts zu sagen. Beharrlich ignorierte er ihn.

»Du meinst es also wirklich ernst und würdigst mich keines Blickes?«

Wei Wuxian neckte ihn weiter, doch egal, was er versuchte, ›Lan Wangji‹ öffnete einfach nicht die Augen. Also hob er die Augenbrauen. »Nun, wenn das so ist, leihe ich mir mal kurz Bichen, das macht dir doch sicher nichts aus, oder?«

Noch beim Sprechen hob er das Schwert hoch, das auf den Boden gefallen war.

Sofort riss ›Lan Wangji‹ die Augen auf und fuhr ihn an: »Was hast du vor?!«

»Was denkst du denn, was ich damit vorhabe?«, fragte Wei Wuxian.

»Ich ... weiß es nicht!«

»Wenn du es nicht weißt, warum wirst du dann so nervös?«

»Ich! Ich ...«

Grinsend starrte Wei Wuxian ihn an und schwang Bichen in seiner Hand hin und her. Dann senkte er seine Lider und küsste sanft dessen Griff. Anschließend streckte er seine rote Zungenspitze aus und fing an, vorsichtig an ihm zu lecken.

Bichens Klinge war transparent und klar wie Eis. Der Griff bestand aus reinem Silber, das durch eine geheime Technik geschmolzen worden war. Er war überaus schwer und mit schlichten und doch würdevollen Schnitzereien verziert. Diese Szene war überaus verführerisch.

›Lan Wangji‹ wirkte extrem wütend. »Lass Bichen los!«

»Warum?«, wollte Wei Wuxian wissen.

»Das ist mein Schwert! Du kannst damit nicht ... nicht ...«

Wei Wuxian war verwundert. »Ich weiß doch, dass das dein Schwert ist. Ich habe doch nur ein wenig Gefallen daran gefunden und spiele deshalb ein wenig damit herum, mehr nicht. Was dachtest du denn, wofür ich es benutze?«

»...« ›Lan Wangji‹ blieben die Worte im Hals stecken.

Wei Wuxian hielt sich den Bauch vor Lachen. »Ha ha ha ha ha ha ha ha, Lan Zhan, was denkst du denn? Du hast aber obszöne Gedanken!«

Als Wei Wuxian es nicht nur absichtlich abstritt, sondern ihn auch noch bloßstellte, war ›Lan Wangjis‹ Miene einfach herrlich. Da er ihn nun eine Weile geneckt hatte, war er zufrieden und meinte: »Wenn ich dein Schwert nicht weiter anrühren soll, dann tausch mit ihm. Na, wie wäre das? Möchtest du?«

›Lan Wangji‹ konnte nicht »Ja« sagen, aber er wollte ihn auch nicht weiter mit seinem Schwert herumspielen lassen, weshalb es ihm schwerfiel zu antworten.

Wei Wuxian kniete kerzengerade auf dem Boden und kletterte nun auf ›Lan Wangji‹ rauf. Er versuchte, es ihm schmackhaft zu machen. »Du musst nur ›Ja‹ sagen, dann gebe ich dir dein Schwert zurück und mache tolle Dinge mit dir. Na?«

Einen Moment später brachte ›Lan Wangji‹ hervor: »Nein!«

Wei Wuxian hob die Augenbrauen. »Okay. Ganz wie du willst.«

Er schob sich von ›Lan Wangji‹ runter, setzte sich ihm gegenüber hin und machte lachend die Beine breit. »Dann schau dabei zu, wie ich mit Bichen spiele.«

In einer derart schamlosen Pose, in der seine Beine so weit gespreizt waren, hatte ›Lan Wangji‹ freie Sicht auf alles.

Durch die einladende Bewegung wurde auch die rosafarbene Öffnung zwischen seinen hellen Gesäßhälften ein wenig entblößt. Sie war von zuvor noch ein wenig dunkler und geschwollen, durch die glänzende Flüssigkeit wirkte sie jedoch wesentlich zarter.

Wei Wuxian drehte Bichen um, sodass der Griff in Richtung der Öffnung zeigte. Er nahm einen leichten Atemzug und wandte ein wenig Kraft auf. Sofort glätteten sich die zarten Falten und saugten das Ende des Griffs ein. In einem Zug wurde ein kleiner Teil verschlungen.

Er war kalt wie Eis oder ein Stück Eisen, sodass es Wei Wuxian schauderte. Durch die Temperatur zog sich sein Inneres noch stärker zusammen und drückte den Griff sogar ein wenig wieder heraus. Sofort packte Wei Wuxian Bichen und schob es energisch wieder hinein. Dann fing er langsam an, es rein und raus zu bewegen.

In ihm war es ohnehin schon eng, sodass die vielen unebenen Ornamente, die in den Griff eingearbeitet waren und nun an der Innenwand rieben, ihn in den Wahnsinn trieben. Als sie eine bestimmte Stelle trafen, stöhnte Wei Wuxian leise und schloss leicht die Beine. Ihm wurde schwindelig und seine Kopfhaut prickelte, während seine Erregung deutlich sichtbar wurde.

Aus ›Lan Wangjis‹ Sicht war dies ein unvorstellbar obszöner Anblick. Wei Wuxian lag vor ihm, die Beine weit geöffnet, und hatte Bichen in seinen Hintern eingeführt. Der Griff war so hart und kalt, wodurch der zarte Eingang derart anschwoll, dass es überaus bemitleidenswert aussah. Und trotzdem schob Wei Wuxian ihn immer wieder energisch rein und raus. Er wurde immer schneller und die Bewegungen geschmeidiger. Er keuchte leicht, während er ›Lan Wangji‹ mit glasigen Augen ansah.

»Lan Zhan ... Lan Zhan ...«

Seine leicht nasalen Rufe klangen wie das Betteln oder Gemurmel, das einem im Rausch herausrutschte. Doch egal was es war, es wühlte seinen Zuhörer auf und zog ihn in seinen Bann. ›Lan Wangji‹ war es gänzlich unmöglich, die Augen wieder zu schließen oder seinen Blick abzuwenden. Wie verzaubert starrte er Wei Wuxians Gesicht an, sah dabei zu, wie er sich lustvoll wand, während er mit Bichen herumspielte, und wie er am ganzen Körper zitterte, während er sich selbst befriedigte.

›Lan Wangjis‹ Fingerknochen knacksten.

Wei Wuxian hingegen bekam überhaupt nichts davon mit. Unter den Qualen, die Bichen ihm zufügte, kniff er die Beine unbewusst noch mehr zusammen, bis seine Gesäßhälften fest zusammengepresst waren und der Schwertgriff noch fester in der Öffnung steckte.

Wei Wuxian atmete aus. Er hatte in seinen Armen und Beinen keine Kraft mehr und legte sich auf die Seite. Gerade als er sich einen Moment lang ausruhen wollte, wurden seine Knöchel von zwei Händen gepackt, deren fester Griff Schraubstöcken glich. Mit Kraft wurden seine Beine gespreizt.

Wei Wuxian erschrak.

›Lan Wangji‹, dessen Augen beängstigend rot waren, sah ihm direkt ins Gesicht, während Flammen in seinen Pupillen aufloderten. Er packte Bichen, zog es heraus und schmiss es weit fort.

Als der Griff entfernt wurde, stöhnte Wei Wuxian unzufrieden auf.

»Schamlos!«, schrie ›Lan Wangji‹ wütend.

Er presste Wei Wuxian zu Boden und drang wutentbrannt mit seinem rötlich-violetten Glied in ihn ein. Sofort stieß er hemmungslos zu, ohne auch nur einen Moment lang zu pausieren.

Automatisch schlang Wei Wuxian seine Beine um ›Lan Wangjis‹ Hüfte und ließ sich auf ihn ein, indem er mit den Händen seinen Nacken umfasste. Seine Haltung war überaus liebevoll und entgegenkommend. Nach kurzer Zeit jedoch hielt er es nicht mehr aus. ›Lan Wangji‹ war einfach zu grob. Er hatte das Gefühl, als würde er jeden Moment von seinen Stößen weggeschleudert werden. Sein Steißbein schmerzte so sehr, dass er rief: »Sanfter! Zweiter Bruder, sei etwas sanfter ...«

Wei Wuxian hatte vergessen, dass er gerade älter war als der ›Lan Wangji‹ im Traum. Und dass er ihn im Affekt »zweiter Bruder« genannt hatte, führte nicht etwa dazu, dass ›Lan Wangji‹ sich stärker zurückhielt, im Gegenteil: Seine Stöße wurden noch heftiger und er schien wild entschlossen, Wei Wuxian als Strafe den Hintern zu spalten.

Wei Wuxian streckte seinen Hals. Inmitten dieser heftigen, sturmähnlichen Stöße nahm er mit Mühe und Not einen Atemzug. »So ... heiß!«

Bichen hatte eine kühle Aura ausgeströmt. Der Schwertgriff hatte zwar dafür gesorgt, dass er weicher geworden war, allerdings war es auch ein wenig kalt gewesen. ›Lan Wangjis‹ Glied hingegen war dicker und heißer. Daher fühlte es sich bei jedem Eindringen so an, als würde ein Feuer seinen Bauch verbrennen – so heiß, dass Wei Wuxian sich am liebsten auf dem Boden hin und her rollen wollte. Da er sich aber so lange selbst befriedigt hatte und ›Lan Wangjis‹ grobe Bewegungen seinen Körper bereits so geschwächt hatten, dass er die Kontrolle über ihn verloren hatte, konnte er nur noch unter den Angriffen erzittern. Egal wie hoch seine Kultivierungsfertigkeiten auch im Vergleich zu ›Lan Wangjis‹ waren, in diesem Moment konnte er sich ihm einfach nicht widersetzen. Als es so heiß wurde, dass er es nicht mehr aushielt, blieb ihm nichts anderes übrig, als hastig auszuweichen. Er drehte seine Hüfte und wollte fliehen, wurde jedoch von ›Lan Wangji‹ festgehalten – der mehrmals so tief in Wei Wuxian eindrang, dass dieser nicht mal mehr in der Lage war, einen Laut von sich zu geben.

Neben Wei Wuxians Ohr rief ›Lan Wangji‹ mit tiefer Stimme: »Wer ist hier der Ehemann?!«

Wei Wuxian war noch so benommen, dass er nicht darauf reagieren konnte, sodass ›Lan Wangji‹ noch einmal fragte und ihn dabei so fest stieß, dass Wei Wuxian Hören und Sehen verging. Hastig antwortete er: »Du! Du! Du bist es, du bist der Ehemann ...«

Das geschah ihm recht.

Wei Wuxian biss brav die Zähne zusammen und ließ sich eine Weile hart rannehmen. Erst als sein Inneres durch die Reibung eine angenehme Wärme angenommen hatte, fühlte es sich ein bisschen besser an.

Er spürte die Rundung der Eichel, welche in seinem Körper wütete, klar und deutlich.

Alles in ihm war glatt und feucht und während er sich unregelmäßig zusammenzog, saugte er den Schaft unentwegt hinein. Der leicht nach oben gekrümmte Schwellkörper rieb wieder und wieder über den einen Punkt. Es fühlte sich so gut an, dass Wei Wuxian jeden Moment den Verstand verlieren konnte, und doch musste er unbedingt den Schwachen spielen, der diesem Techtelmechtel nicht standhalten konnte. Während er sich von ›Lan Wangjis‹ starken, rhythmischen Stößen auf und ab bewegen ließ, griff er nach seinem Arm und bettelte: »Zweiter Bruder ... Lan Zhan ... Kannst du bitte etwas sanfter sein ...? Es tut weh ... Ich glaube, es blutet ...«

Die Stelle, an der sie sich vereinigten, war samtig und das glitschende Geräusch wurde immer lauter. Bei Wei Wuxians Worten schaute ›Lan Wangji‹ augenblicklich nach unten und war leicht verdutzt.

Wei Wuxian stöhnte. »Blutet es?«

›Lan Wangji keuchte schwer.‹ »Nein?«

»Nicht? Was ist es dann?«

Leise antwortete ›Lan Wangji‹: »Flüssigkeit.«

Sie wussten nicht, wann es passiert war, doch die Innenseiten von Wei Wuxians Oberschenkeln waren von einer Flüssigkeit überzogen ebenso wie ›Lan Wangjis‹ Erektion. Sie konnte nur von Wei Wuxian stammen.

Wei Wuxian tat so, als könnte er das nicht glauben. »Wirklich? Wirklich?« Während er fragte, ergriff er ›Lan Wangjis‹ Hand und führte sie zu der Stelle, wo die beiden vereinigt waren. Dessen hartes, pulsierendes Glied dehnte die kleine Öffnung maximal. ›Lan Wangji‹ spürte die samtige Flüssigkeit und ebenso wie sie gerade eng miteinander verbunden waren. Als wäre er von einer Nadel gestochen worden, zog er ruckartig die Hand zurück. Er sah, dass die Flüssigkeit durchsichtig war. Wie erwartet war es kein Blut.

Wei Wuxians und ›Lan Wangjis‹ Körper waren äußerst kompatibel. Im Eifer des Gefechts reagierten sie natürlich ganz von selbst. Wei Wuxian trieb gerade absichtlich seine Spielchen mit ihm. Als ›Lan Wangji‹ bemerkte, wie sich Wei Wuxians Mundwinkel nach oben krümmten, wusste er, dass er reingelegt worden war. Er fing wieder an, heftig zu stoßen. Wei Wuxian, dessen Atemzüge dadurch mehrmals unterbrochen wurden, rief hastig: »Lan Zhan, Lan Zhan, lass mich nach oben, lass mich oben sein, okay?«

›Lan Wangji‹ schien nicht zu verstehen, was »oben sein« bedeutete, und zögerte etwas. Wei Wuxian umarmte ihn daher und versuchte mühevoll, ihn umzudrehen und die Position mit ihm zu tauschen. Schließlich lag ›Lan Wangji‹ flach auf dem Boden und Wei Wuxian saß auf ihm, eng verbunden an Hintern und Hüfte.

Während des Stellungswechsels war ›Lan Wangji‹ in Wei Wuxian geblieben. Keine Sekunde hatte er seinen Körper verlassen, sondern bewegte sich lediglich mit ihm in seinem Leib. Es tat so gut, dass Wei Wuxian die Augen zukniff und ihm schon wieder etwas schwindelig wurde.

Er schaute hinab. Vielleicht irrte er sich, aber er hatte das Gefühl, als hätte sich auf seinem flachen Unterleib durch die Stöße eine kleine Erhebung gebildet, also wollte er seinen Bauch abtasten. Kaum hatte er jedoch die Hand draufgelegt, hob ›Lan Wangji‹ auch schon seinen Hintern an und zwang ihn, sich in Bewegung zu setzen.

Wei Wuxian wurde von ihm auf und ab bewegt. Er hob ihn so hoch, dass nur noch die klar definierte Eichel drinblieb, und ließ ihn anschließend so weit sinken, dass er in die tiefsten Tiefen seines Körpers vordrang. Wei Wuxian zog die Augenbrauen zusammen. Es ging so schnell, dass er kaum Zeit hatte zu atmen.

Die Reiterstellung war bei jedem Mal Pflicht, weil Lan Wangji so am weitesten eindringen konnte und Wei Wuxian das am meisten mochte. In diesem Moment jedoch drang er zu tief ein, sodass Wei Wuxian darunter litt.

Der junge ›Lan Wangji‹ war von seinen Neckereien in den Wahnsinn getrieben worden und konnte seine Kraft überhaupt nicht mehr kontrollieren. Wei Wuxian wurde so hart rangenommen, dass seine Beine zitterten. Er konnte nicht mehr aufstehen, geschweige denn der Lage entkommen, er bot ein klägliches Bild. Also ging er dazu über, sich mit beiden Händen an Lan Wangjis festem Unterleib abzustützen und leicht einzuatmen.

Wei Wuxian hatte von Natur aus eine dünne Taille. Und auch wenn sein Hintern schmal war, so hatte er dort doch viel Fleisch. ›Lan Wangji‹ vergrub seine Finger tief in seinen Pobacken und knetete sie so kräftig, dass sie wenig später violette und blaue Spuren aufwiesen.

Wei Wuxians ganzer Körper kribbelte. Sein Hintern jedoch tat so weh, dass er eine Hand von ›Lan Wangji‹ wegschieben musste. Das schien diesen allerdings höchst unzufrieden zu stimmen. Er kniff die Augenbrauen fest zusammen und seine Miene verfinsterte sich. Dann gab er Wei Wuxian einen kräftigen und überaus lautstarken Klaps auf den Hintern.

Wei Wuxian war wie vom Donner gerührt.

Noch nie in seinem gesamten Leben hatte ihn jemand an dieser Stelle geschlagen. Wenn er als Kind frech gewesen war, hatte Frau Yu ihm einen Peitschenhieb verpasst, und das aber nur am Rücken und an den Handinnenflächen. Jiang Fengmian und Jiang Yanli hatten es nie übers Herz gebracht, ihn derart zu bestrafen. Wenn er gesehen hatte, wie anderen Kindern die Hosen heruntergezogen und sie auf den Hintern geschlagen worden waren, wenn sie sich ungezogen verhalten hatten, hatte er das beschämend und peinlich gefunden, und er war überaus stolz darauf, dass es ihm selbst nie so ergangen war.

Doch jetzt hatte Lan Wangji dieses Gebot gebrochen, und dann war es auch noch ... der junge ›Lan Wangji‹ gewesen.

Augenblicklich wurde Wei Wuxian abwechselnd rot und dann wieder blass. Zum ersten Mal verspürte er beim Sex eine unkontrollierbare Scham.

Je mehr er darüber nachdachte, desto weniger konnte er den Gedanken ertragen. Seine Gesäßhälfte brannte noch wie Feuer, als er hastig schrie: »Ich mache nicht mehr weiter!«

Er rollte von ›Lan Wangji‹ herunter und krabbelte eifrig mit seinen schwachen Beinen in eine Richtung, um seine Hose zu suchen.

›Lan Wangji‹ war gerade erregt, und außerdem war er zuvor die ganze Zeit über von Wei Wuxian massiert und gekniffen worden. Er hatte an ihm herumgeschnippt, ihn geküsst, gestreichelt und ihm gedroht. ›Lan Wangji‹ war voller unaussprechlicher Wut. Und jetzt, wo er plötzlich Wei Wuxians große Angst vor Schlägen auf den Hintern entdeckt hatte, ließ er ihn natürlich nicht einfach so davonkommen. Er schwang einen Arm, woraufhin die Hose, die Wei Wuxian sich gerade bis zu den Knien hochgezogen hatte, in Fetzen gerissen wurde. Dann drehte er ihn um, fixierte mit einer Hand seine Handgelenke hinter dem Rücken und schlug ihm mit der anderen noch einmal kräftig auf seinen schneeweißen Hintern.

Von dem Klaps erzitterte Wei Wuxians gesamter Körper. Er schrie auf: »Autsch!«

Eigentlich tat es gar nicht weh, er war nur so beschämt, dass er es kaum aushielt.

Wei Wuxian hielt sich beim Stöhnen nie zurück, sodass er jedes Mal heiser wurde. Dieser Laut klang nicht so, als würde es ihm wirklich weh tun, sondern vielmehr sentimental. Als ›Lan Wangji‹ das hörte, stoppte er kurz und schaute runter.

Die pralle Pobacke ruhte in seiner Hand. Durch die beiden Schläge war die schneeweiße Haut gerötet und wies zudem noch überall grobe Handabdrücke auf. Weil die Gesäßhälften so gewaltsam geöffnet und bearbeitet worden waren, waren sie nicht ganz geschlossen und man konnte die geschwollene Öffnung sehen, die sich schüchtern zusammenzog. So rot, wie sie gerade war, wirkte sie noch zarter und man fragte sich ernsthaft, wie Bichens Griff und ›Lan Wangjis‹ beängstigend großes Glied dort hineingepasst hatten. In der Gesäßspalte und in der Nähe seiner Beinansätze befanden sich überall noch dünne Spuren seines Höhepunkts.

›Lan Wangjis‹ Blick verfinsterte sich immer mehr. Und Wei Wuxian, der sich in seinen Fängen befand, befürchtete weitere Schläge, sodass er hastig seinen Hintern anspannte. Eifrig schloss und öffnete sich der kleine Stern in der Hoffnung, dadurch ›Lan Wangjis‹ Aufmerksamkeit auf sich zu ziehen. Er sollte sich wieder auf die eigentliche Sache konzentrieren, anstatt Wei Wuxians beiden Pobacken das Leben schwer zu machen.

Und tatsächlich, ›Lan Wangjis‹ Atem hinter ihm wurde nun schwerer. Er drehte Wei Wuxian um und drang erneut in ihn ein. Die Penetration klappte problemlos, und als Wei Wuxian abermals von ihm ausgefüllt wurde, atmete er schließlich erleichtert auf.

Doch noch bevor er vollständig ausgeatmet hatte, gab ›Lan Wangji‹ ihm einen weiteren Klaps auf den Hintern. Wei Wuxian erzitterte und seine Knospe zog sich unkontrolliert zusammen. Als ›Lan Wangjis‹ Eichel an seiner sensiblen Stelle entlangglitt, richtete sich sein Glied weiter auf und wurde härter, ein wenig weiße Flüssigkeit trat hervor.

Anschließend schlug ›Lan Wangji‹ ihm bei jedem Stoß auf eine Pobacke. Wei Wuxians Inneres hingegen zog sich bei jedem Mal zusammen, wenn die Spitze seine empfindsamste Stelle traf. Was dafür sorgte, dass seine Erregung immer sichtbarer wurde. Durch die Kombination dieser Stimulation war ihm, als befände er sich mitten in einem Sturm. Leise winselte er: »Bitte nicht ... Lan Zhan ... Hör auf ... Schlag mich nicht mehr ... Wach auf! Lan Zhan, wach auf ...«

Lan Wangji war im Bett schon immer wild gewesen, und eigentlich mochte Wei Wuxian das ja auch. Doch noch nie hatte es dieses Ausmaß angenommen.

›Lan Wangji‹ hatte ihn Dutzende Male geschlagen, sodass Wei Wuxians schöner Hintern rot und heiß war. Zudem war er leicht geschwollen und brannte so sehr, dass bereits die leichteste Berührung schmerzte. Auch sein restlicher Körper wurde immer empfindlicher.

Als ›Lan Wangji‹ erneut tief in ihn eindrang, senkte er dabei den Kopf und küsste ihn auf die Lippen. Nahezu kraftlos umarmte Wei Wuxian ihn an der Schulter und tauchte in den Kuss ein. Völlig erschöpft kam er schließlich. Milchige Flüssigkeit verteilte sich auf ihren Unterleibern.

›Lan Wangji‹ tat es ihm gleich und ergoss sich vollständig in Wei Wuxian.

Wei Wuxian umarmte ihn eine Weile lang brav, ehe er heiser meinte: »Das tut weh ...«

Nachdem ›Lan Wangji‹ das zweite Mal gekommen war, schien er sich endlich ein wenig beruhigt zu haben und wieder zur Besinnung zu kommen. Während er noch auf Wei Wuxian lag, fragte er ein wenig hilflos: »Wo?«

»…« Er konnte nicht sagen, dass sein Hintern schmerzte, also flüsterte er lediglich: »Lan Zhan, küss mich, schnell …«

Wei Wuxian senkte die Augenlider und benahm sich ungewöhnlich zahm. Bei diesem Anblick liefen ›Lan Wangjis‹ hellweiße Ohrläppchen rot an. Er tat, worum er gebeten worden war, und umarmte ihn fest, legte seine Lippen auf die von Wei Wuxian und küsste ihn sanft.

Als ihre Lippen sich wieder voneinander lösten, biss ›Lan Wangji‹ Wei Wuxian sanft auf die Unterlippe.

Dann wachten beide auf.

Sie lagen im Holzbett im Ruhezimmer und schauten einander einen Moment lang in die Augen. Anschließend schloss Lan Wangji Wei Wuxian in die Arme. Während er ihn so hielt, küsste er ihn eine ganze Weile. Zufrieden kniff Wei Wuxian die Augen zusammen.

»Lan Zhan … Ich möchte dir eine Frage stellen: Kommst du jedes Mal in mir, damit ich dir einen kleinen jungen Herrn Lan gebäre?«

Im Traum hatte er es nicht geschafft, Lan Wangji auf den Arm zu nehmen, sondern war stattdessen hart rangenommen worden. Als er nun aufgewacht war und ihn sah, konnte er nicht anders, als wieder Unsinn zu reden. Lan Wangji war jedoch nicht mehr so leicht zu provozieren wie damals und meinte lediglich: »Wie soll das gehen?«

Wei Wuxian bewegte seine tauben Arme und bettete seinen Kopf auf sie. »Hach, so wie du tagtäglich mit mir im Bett umspringst, hätte ich dir schon längst einen Batzen geschenkt, wenn ich könnte.«

Lan Wangji konnte sich solche Obszönitäten nie mit anhören. »Hör auf.«

Wei Wuxian zog ein Bein nach oben und grinste. »Genierst du dich schon wieder? Ich …« Noch bevor er aussprechen konnte, spürte er, wie Lan Wangji ihm einen sanften Klaps auf den Hintern gab.

Wei Wuxian fiel beinahe aus dem Bett.

»Was tust du da?!«

»Überprüfen«, antwortete Lan Wangji.

Wei Wuxian machte eine Rolle. Ungeachtet seiner zitternden Beine richtete er sich auf.

»Nicht nötig, Lan Zhan. Ich erinnere mich genau daran, was für tolle Sachen du in deinem Traum getan hast. Noch nie hat mich jemand so behandelt! In Zukunft darfst du das nicht tun. Wenn du mich vögeln willst, dann tu das, ich spreize dafür auch meine Beine. Aber schlagen darfst du mich nicht!«

Lan Wangji zog ihn zurück auf das Bett. »Ich schlage dich nicht.«

Als Lan Wangji ihm das versprach, beruhigte sich Wei Wuxian wieder. »Hanguang-Jun, ich nehme dich beim Wort.«

»Mhm.«

Nach den Turbulenzen der letzten drei Nächte überkam Wei Wuxian die Müdigkeit. Er hatte keine Kraft mehr. Wieder vergrub er sich in Lan Wangjis Armen und murmelte: »Noch nie hat mich jemand so behandelt ...«

Lan Wangji streichelte seine Haare und küsste ihn auf die Stirn. Kopfschüttelnd lächelte er.

Böse Freunde

Xue Yang saß neben dem kleinen Holztisch eines Straßenstands und trat mit dem Fuß gegen die lange Sitzbank, während er eine Schüssel voller Klebereis-Klößchen in Reiswein* verspeiste.

Klirrend schlug er mit dem Löffel gegen die Schüssel. Anfangs war er sehr zufrieden gewesen, doch zum Ende bemerkte er, dass die Klößchen zwar schön klebrig waren, der Reiswein aber nicht süß genug.

Xue Yang stand auf und kickte den Stand um.

* Tangyuan werden in China häufig zum Laternenfest gegessen. Häufig sind sie mit süßer Lotuspaste oder schwarzem Sesam gefüllt.

Der Besitzer, der gerade noch alle Hände voll zu tun gehabt hatte, war wie vom Blitz getroffen. Mit weit aufgerissenen Augen schaute er zu, wie der Jugendliche plötzlich ausrastete.

Nachdem Xue Yang den Stand verwüstet hatte, wandte er sich grinsend ab und ging, ohne ein Wort darüber zu verlieren. Erst einen ganzen Moment später reagierte der Besitzer, folgte ihm und schimpfte zornig: »Was hast du getan?!«

»Deinen Stand zerstört«, entgegnete Xue Yang.

Der Besitzer tobte vor Wut. »Du bist doch krank! Ein Wahnsinniger!«

Xue Yang blieb davon ungerührt.

Der Standbesitzer zeigte auf ihn und schrie: »Du kleiner Mistkerl! Nicht nur bezahlst du dein Essen nicht, sondern wagst es auch noch, meinen Stand zu verwüsten?! Ich ...«

Xue Yangs rechter Daumen regte sich leicht. Klirrend trat das Schwert an seiner Hüfte aus der Scheide. Es leuchtete düster.

Sanft klopfte er mit Jiangzai gegen das Gesicht des Standbesitzers und sagte mit süßer Stimme: »Die Klöße waren lecker. Tu das nächste Mal mehr Zucker rein.« Anschließend drehte er sich um und stolzierte weiter.

Der Besitzer war gleichermaßen schockiert wie verängstigt. Trotz seiner Wut wagte er es nicht, etwas zu erwidern, und schaute fassungslos dabei zu, wie Xue Yang sich immer weiter entfernte. Plötzlich überkamen ihn der Frust und die Wut. Einen Moment später explodierte er und brüllte: »Mit welchem Recht nimmst du dir mitten am helllichten Tag so etwas heraus, und auch noch ohne einen Grund?!«

Ohne sich umzudrehen winkte Xue Yang ab. »Mit keinem Recht. Auf dieser Welt passieren nun mal viele Dinge ohne jeden Grund. Das nennt man Pech. Tschüss!«

Schnellen, leichten Schrittes ließ er einige Straßen hinter sich. Nachdem er eine Weile gelaufen war, tauchte jemand hinter ihm auf. Die Hände hinter dem Rücken verschränkt holte die Person ihn ruhigen Schrittes ein.

Jin Guangyao seufzte. »Da drehe ich mich nur mal kurz um und du bereitest mir schon wieder so einen Ärger. Eigentlich hätte ich nur eine Schüssel Klöße bezahlen müssen, aber jetzt muss ich sogar für die Tische, Stühle und die Küchenutensilien aufkommen.«

»Mangelt es dir denn an dem bisschen Geld?«, fragte Xue Yang.

»Nein.«

»Wieso seufzt du dann?«

»Ich denke, dass es dir ebenso wenig an dem bisschen Geld mangelt. Wieso kannst du nicht zur Abwechslung mal versuchen, ein normaler Gast zu sein?«

»In Kuizhou habe ich nie für etwas bezahlt, das ich haben wollte. So war das eben.«

Während er sprach, nahm er sich beiläufig einen Spieß mit kandierten Weißdornfrüchten von einem Stand am Straßenrand. Dem Besitzer blieb der Mund offenstehen. Wahrscheinlich sah er zum ersten Mal jemanden, der so unverschämt war.

Xue Yang biss ab. »Und außerdem, wirst du etwa nicht damit fertig, wenn ich einen kleinen Stand verwüste?«

Jin Guangyao lächelte. »Du Kleinkrimineller, verwüste ruhig so viele Stände, wie es dir beliebt. Selbst wenn du die gesamte Straße niederbrennen würdest, würde es mich nicht interessieren. Nur eines musst du beachten: Trage nicht die Robe mit der *Sterne-im-Schnee*-Blüte und verhülle dein Gesicht. Lass niemanden wissen, wer es getan hat, ansonsten bekomme ich Probleme.«

Er warf dem Händler Geld zu.

Xue Yang spuckte die Weißdornkerne aus und sah im Augenwinkel eine violett-blaue Stelle an Jin Guangyaos Stirn, die nicht richtig verdeckt war. Er lachte. »Was ist denn mit dir passiert?«

Jin Guangyao warf ihm einen leicht scheltenden Blick zu. Er richtete seinen Hut und bedeckte die Prellung. »Eine lange Geschichte.«

»Hat Nie Mingjue dich geschlagen?«, wollte Xue Yang wissen.

»Denkst du, dass ich noch hier stehen und mit dir reden könnte, wenn das der Fall wäre?«

Xue Yang fand das sehr plausibel.

Die beiden verließen die Stadt Lanling und kamen zu einem seltsamen Gebäude mitten in der Einöde.

Es war keinesfalls schön, und nachdem man die langen Mauern hinter sich gelassen hatte, wurde eine Reihe düsterer länglicher Häuser sichtbar. Davor befand sich ein Platz, der von einem brusthohen Eisenzaun besetzt mit roten und gelben Talismanen umgeben war. Auf dem Platz befanden sich seltsame Geräte wie Eisenkäfige, Guillotinen und Nagelbretter. Außerdem schlenderten dort noch einige »Menschen« in zerschlissener Kleidung umher.

All diese »Menschen« hatten grau-blaue Haut und leere Blicke. Ziellos irrten sie umher und stießen dabei gelegentlich gegeneinander, während sie merkwürdige Zischlaute von sich gaben.

Ein Untoten-Transformationsplatz.

Jin Guangshan hatte alles Mögliche unternommen, um das Yin-Tiger-Amulett in die Finger zu bekommen. Doch was er auch getan hatte, Wei Wuxian hatte nicht nachgegeben, sodass er in seinem Bestreben erfolglos geblieben war. Dann dachte er sich: *Wenn Wei Wuxian es geschafft hat, dann muss es doch auch andere geben, die dazu in der Lage sind?! Ich glaube einfach nicht, dass du der Einzige auf der ganzen Welt bist, der das kann, Wei Ying. Eines Tages wird dich jemand übertrumpfen. Du wirst im Staub kriechen und von den Menschen, die nach dir kommen, ausgelacht werden. Mal sehen, ob du dich dann immer noch so aufspielen kannst.*

Also suchte Jin Guangshan im großen Stil nach den Kultivierern, die Wei Wuxians dämonischen Pfad imitierten, um sie zu rekrutieren. Er investierte viel Geld und Materialien in diese Menschen und befahl ihnen, heimlich die Konstruktion des Yin-Tiger-Amuletts zu untersuchen und zu analysieren, um es zu replizieren und wiederherzustellen. Nur wenige von ihnen hatten damit Erfolg gehabt. Derjenige, der es am weitesten gebracht hatte, war der jüngste unter ihnen, und er war von Jin Guangyao persönlich empfohlen worden.

Xue Yang.

Jin Guangshan war so erfreut, dass er ihn zum Gastkultivierer ernannte und ihm übermäßig viel Macht und Freiheiten einräumte. Der Untoten-Transformationsplatz war ein Gebiet, dass Jin Guangyao extra für Xue Yang beantragt hatte. Er diente einzig seinen geheimen Forschungen – was auch bedeutete, dass er sich hier so sehr austoben konnte, wie er wollte.

Als sie an dem Platz ankamen, lieferten sich gerade in der Mitte zwei bösartige Untote einen Kampf.

Zwischen diesen beiden und den anderen Untoten bestand ein himmelweiter Unterschied. Ihre Kleidung war völlig unversehrt und ihre Augen waren weiß. In der Hand hielten sie Messer und während sie kämpften, flogen überall Funken umher.

Vor dem Eisenzaun standen zwei Stühle. Xue Yang und Jin Guangyao setzten sich gleichzeitig, woraufhin Letzterer seinen Kragen richtete.

Ein schwankender Untoter taumelte mit einem Tablett zu ihnen herüber.

»Tee«, meinte Xue Yang.

Jin Guangyao warf ihm einen Blick zu. In der Teeschale schwamm ein seltsamer violett-roter Gegenstand, der sich mit dem Wasser vollgesogen hatte. Es war ungewiss, um was es sich dabei handelte. Lächelnd schob er die Schale von sich weg. »Danke.«

Xue Yang schob sie zurück und entgegnete herzlich: »Diesen Tee habe ich nach einem Geheimrezept selbst gekocht, warum trinkst du ihn nicht?«

Wieder schob Jin Guangyao die Teeschale weg und meinte freundlich: »Gerade weil du ihn nach einem Geheimrezept gekocht hast, traue ich mich nicht, ihn zu trinken.«

Xue Yang hob die Augenbrauen und wandte sich wieder dem Kampf der bösartigen Untoten zu. Dieser wurde immer heftiger.

Mittlerweile benutzten sie Schwerter und schwangen sie gleichzeitig mit ihren Klauen. Fleischfetzen flogen durch die Luft. Die Leere in ihren Gesichtern wurde noch deutlicher. Einen Moment später schnippte Xue Yang plötzlich und machte ein Handzeichen. Sofort drehten die beiden bösartigen Untoten zuckend die Klingen um und köpften sich selbst. Die übrig gebliebenen kopflosen Körper plumpsten, immer noch zuckend, zu Boden.

»Aber sie waren doch mitten im Kampf?«, fragte Jin Guangyao.

»Zu langsam«, entgegnete Xue Yang.

»Sie waren viel schneller als die beiden Untoten vom letzten Mal«, meinte Jin Guangyao.

Xue Yang streckte eine Hand mit einem schwarzen Handschuh aus, hob einen Finger und bewegte ihn hin und her. »Das kommt darauf an, womit man sie vergleicht. Sie würden es nicht mal lange mit den gewöhnlichen bösartigen Untoten aufnehmen können, die Wei Wuxian mit seiner Flöte befehligt hat, von Wen Ning ganz zu schweigen.«

Jin Guangyao lächelte. »Wieso hast du es so eilig? Nicht mal ich bin so ungeduldig. Immer mit der Ruhe, gib mir Bescheid, wenn du etwas benötigst. Ach ja«, er zog etwas aus dem Ärmel und übergab es Xue Yang, »vielleicht brauchst du ja das hier?«

Xue Yang blätterte es durch und stand plötzlich von seinem Stuhl auf. »Wei Wuxians Manuskripte?«

»Genau«, bestätigte Jin Guangyao.

Xue Yang senkte seinen Kopf und schaute sie mit strahlenden Augen durch. Kurz darauf blickte er wieder auf. »Sind das wirklich die eigenhändig von ihm verfassten Manuskripte? Die, die er mit neunzehn geschrieben hat?«

»Natürlich. Jeder hat sich darum gerissen und es hat mich ganz schön viel Mühe gekostet, sie alle zu sammeln«, meinte Jin Guangyao.

Xue Yang fluchte leise, die Aufregung in seinen Augen wuchs. Nachdem er alles durchgeblättert hatte, stellte er fest: »Die sind nicht vollständig.«

»Bei dem großen Brand und dem Kampf bei den Grabhügeln können wir schon froh sein, dass wir diese Reste gefunden haben. Nutze sie weise«, meinte Jin Guangyao.

»Und was ist mit seiner Flöte, kannst du Chenqing besorgen?«, wollte Xue Yang wissen.

Jin Guangyao zuckte mit den Schultern. »Nein, Jiang Wanyin hat sie mitgenommen.«

»Hasst er Wei Wuxian nicht am meisten? Wozu braucht er da Chenqing? Du hast doch Wei Wuxians Schwert in deinem Besitz? Tausch es gegen die Flöte ein«, schlug Xue Yang vor. »Wei Wuxian hat das Schwert lange nicht benutzt, und Suibian hat sich selbst versiegelt, niemand ist in der Lage, es herauszuziehen. Was für einen Nutzen hat es schon? Es ist bloß noch verdammte Dekoration.«

»Junger Herr Xue, du verlangst das Unmögliche von mir. Denkst du denn, ich hätte es nicht versucht? Das ist alles nicht so einfach. Dieser Jiang Wanyin hat den Verstand verloren. Er denkt immer noch, dass Wei Wuxian nicht tot ist. Wenn er zurückkäme, würde er nicht unbedingt sein Schwert holen, aber mit Sicherheit Chenqing. Deswegen wird er die Flöte sicher nicht herausrücken. Wenn ich es noch weiter versuche, verliert er noch die Beherrschung.«

Xue Yang lachte auf. »Was für ein Verrückter.«

In diesem Moment schleppten zwei Mitglieder des Lanling-Jin-Clans einen Kultivierer mit offenem, wirrem Haar herbei.

»Du willst doch noch weitere bösartige Untote herstellen, oder? Das trifft sich gut, ich habe dir Versuchsmaterial mitgebracht.«

Der Kultivierer hatte rote Augen und wehrte sich mit aller Kraft. Er starrte Jin Guangyao an und seine Augen schienen förmlich Funken zu sprühen.

»Wer ist das?«, wollte Xue Yang wissen.

Jin Guangyao antwortete ungerührt: »Natürlich sind alle, die ich dir bringe, Verbrecher.«

Bei diesen Worten stürmte der Kultivierer nach vorn und spuckte das Stoffknäuel in seinem Mund zusammen mit Blut aus. »Jin Guangyao! Du Schwerverbrecher, du elendes Vieh! Du besitzt doch tatsächlich die Frechheit, mich so zu nennen?! Welches Verbrechen habe ich denn begangen?!«

Jede Silbe betonte er überdeutlich und er schleuderte ihm die Worte entgegen, als wären es spitze Nägel, mit denen er Jin Guangyao am liebsten durchstochen hätte.

Xue Yang prustete. »Was ist passiert?«

Der Kultivierer wurde von den Personen hinter ihm zurückgezogen, als wäre er ein Hund an einer Leine. Jin Guangyao winkte ab: »Stopft ihm den Mund.«

»Warum denn? Lass mich doch mal hören. Wieso bist du ein Schwerverbrecher und ein elendes Vieh? Er kläfft wie ein Hund, ich verstehe nicht, was er sagt«, warf Xue Yang ein.

Jin Guangyaos Ton hatte etwas Scheltendes. »Der junge Herr He Su ist trotz allem ein renommierter Kultivierer, wie kannst du nur so unhöflich sein und ihn als Hund bezeichnen?«

Der Kultivierer lachte kalt. »Ich bin dir bereits in die Hände gefallen und dein Opfer. Wozu also hältst du diese Scharade noch aufrecht?«

Freundlich erklärte Jin Guangyao: »So dürft Ihr mich nicht ansehen, ich habe wirklich keine andere Wahl. Es ist unumgänglich, ein Oberhaupt der Kultivierungswelt zu wählen. Wieso musstet Ihr also überall Schwierigkeiten machen? Ich habe Euch mehrmals gewarnt, doch Ihr wolltet einfach nicht hören. So, wie es jetzt steht, gibt es kein Zurück mehr. Ich bedauere es ebenfalls ...«

He Su ließ das nicht gelten. »Was soll das heißen, es ist unumgänglich? Und dass ich überall Schwierigkeiten mache? Jin Guangshan will diesen Posten doch nur ins Leben rufen, weil er wie der Qishan-Wen-Clan die Alleinherrschaft anstrebt. Denkst du etwa, dass das niemand wüsste? Du verleumdest mich doch bloß, weil ich die Wahrheit gesagt habe!«

Jin Guangyao lächelte, sagte jedoch nichts.

He Su sprach weiter: »Wenn euch das wirklich gelingen sollte, wird die ganze Kultivierungswelt das wahre Gesicht des Lanling-Jin-Clans erkennen. Denkst du denn, die Sache wäre allein damit erledigt, dass du mich tötest? Da hast du dich aber gründlich geirrt! Unser Tingshan-He-Clan hat überaus fähige Leute. Wir werden mit vereinten Kräften kämpfen und uns sicher nicht ergeben. Ihr seid nichts weiter als Wen-Hunde in einem anderen Gewand!«

Bei dieser Aussage verengten sich Jin Guangyaos Augen leicht und er hob seine Mundwinkel. Es war das gleiche sanfte, freundliche Gesicht wie sonst auch. Als He Su dies sah, schlug sein Herz schneller.

Plötzlich hörte man Tumult vom Untoten-Transformationsplatz, darunter auch die Schreie und das Weinen von Frauen und Kindern.

He Su drehte sich ruckartig um. Er sah, wie eine Gruppe von Kultivierern des Lanling-Jin-Clans sechzig oder siebzig Menschen in gleichfarbigen Roben hereinzerrte. Unter ihnen waren Frauen und Männer, Junge und Alte. Einige standen unter Schock und waren verängstigt, während andere bereits wie Schlosshunde heulten. Eine junge Frau und ein junger Mann knieten gefesselt auf dem Boden und brüllten in He Sus Richtung: »Großer Bruder!«

He Su war wie vom Donner gerührt. Augenblicklich wurde er leichenblass. »Jin Guangyao! Was hast du vor?! Reicht es nicht, wenn du mich umbringst?! Warum ziehst du meinen gesamten Clan mit hinein?!«

Jin Guangyao senkte den Kopf und richtete seinen Ärmel. Lächelnd entgegnete er: »Habt Ihr mich nicht gerade selbst daran erinnert? Wenn ich nur Euch töte, wäre die Sache damit nicht erledigt. Der Tingshan-He-Clan hat überaus fähige Leute. Mit vereinten Kräften wird er kämpfen und sich sicher nicht ergeben. Ich hatte solche Angst und habe mir den Kopf darüber zerbrochen, mir bleibt keine andere Wahl.«

He Su schien ein Kloß in der Kehle zu stecken, er konnte nichts erwidern. Einen Moment später brachte er wütend hervor: »Hast du denn keine Angst davor, von der Öffentlichkeit verurteilt zu werden, wenn du meinen Clan grundlos auslöschst?! Hast du keine Angst vor den Konsequenzen, wenn Chifeng-Zun davon erfährt?!«

Als er Chifeng-Zun erwähnte, hob Jin Guangyao die Augenbrauen.

Xue Yang lachte so sehr, dass er beinahe vom Stuhl fiel.

Jin Guangyao warf ihm einen Blick zu, ehe er ruhig antwortete: »So kann man das nicht sagen. Der gesamte Tingshan-He-Clan hat rebelliert und versucht, ein Attentat auf Oberhaupt Jin zu verüben. Ihr wurdet auf frischer Tat ertappt, was heißt hier also grundlos?«

Einige schrien weinend auf: »Bruder! Er lügt! Das haben wir nicht, wirklich!«

He Su erwiderte: »Nichts als Lügen! Mach deine Augen auf, verdammt! Hier sind neunjährige Kinder! Alte, die nicht mal mehr gehen können! Was heißt hier rebelliert?! Wieso sollten sie ohne jeden Grund ein Attentat auf deinen Vater verüben?!«

»Natürlich weil Ihr einen Fehler begangen und jemanden getötet habt, junger Herr He Su, und deswegen am Goldene Schuppen Plateau verurteilt wurdet. Das konnten die anderen nicht auf sich sitzen lassen«, erklärte Jin Guangyao.

Erst jetzt fiel He Su das Verbrechen ein, wegen dem er zu diesem gespenstigen Ort verschleppt worden war. »Nichts als falsche Anschuldigungen!

Ich habe keinen Kultivierer vom Lanling-Jin-Clan umgebracht! Ich habe die Person, die gestorben ist, noch nie in meinem Leben gesehen! Ich weiß nicht einmal, ob sie überhaupt zu eurem Clan gehört! Ich ... Ich ...«

Er stotterte eine Weile, ehe er zusammenbrach. »Ich ... Ich weiß überhaupt nicht, was passiert ist. Ich weiß überhaupt nichts!«

Doch an so einem Ort würde niemand seinen Rechtfertigungen Gehör schenken. Vor ihm saßen zwei abgrundtief böse Schurken, die ihn bereits als einen Toten ansahen und seinen Todeskampf genossen.

Lächelnd lehnte Jin Guangyao sich zurück und winkte ab: »Stopft ihm den Mund.«

Im Wissen, dass er mit Sicherheit sterben würde, zeichnete sich Verzweiflung auf He Sus Miene ab. Er biss die Zähne zusammen und brüllte: »Jin Guangyao! Du wirst noch deine gerechte Strafe bekommen! Dein Vater wird früher oder später in einem Haufen von Huren verrotten, und dein Ende wird auch nicht viel besser sein, Sohn einer Prostituierten!«

Xue Yang hatte gerade amüsiert zugehört, als er plötzlich als schwarze Silhouette mit einem silbernen Lichtblitz loszischte.

He Su schrie auf und hielt sich den Mund. Er spuckte Blut.

Einige seiner Clanmitglieder weinten, während andere fluchten. Es herrschte Chaos, doch egal wie unruhig es auch zuging, sie wurden alle festgehalten.

Xue Yang stand vor He Su, der auf dem Boden lag und nicht mehr aufstehen konnte, und warf einen bluttriefenden Gegenstand in seinen Händen hoch und runter. Er schnippte mit den Fingern und befehligte zwei der Untoten: »Sperrt ihn in den Käfig.«

»Du sperrst einen Lebenden ein?«, fragte Jin Guangyao.

Xue Yang drehte sich um und verzog seinen Mund zu einem Grinsen. »Wei Wuxian hat noch nie Lebende transformiert, das möchte ich mal ausprobieren.«

Die beiden Untoten gehorchten und zogen He Su, der immer noch entsetzlich schrie, an den Beinen in den Eisenkäfig auf dem Untoten-Transformationsplatz. Als die Jüngeren sahen, wie ihr großer Bruder wie verrückt seinen Kopf gegen die Eisengitter des Käfigs hämmerte, stürmten sie nach vorn und jaulten auf. Ihr Weinen war so schrill, dass Jin Guangyao eine Hand hob und seine Schläfen massierte. Er schien einen Schluck Tee zur Beruhigung trinken zu wollen, doch als er den Kopf senkte, fiel ihm erneut das violett-rote, aufgedunsene Objekt ins Auge, das in der Schale schwamm. Er hob den Kopf und sah die Zunge, die Xue Yang amüsiert immer wieder in die Luft warf. Er überlegte einen Moment, bis ihm plötzlich ein Licht aufging. »Damit machst du deinen Tee?«

»Ich habe einen ganzen Krug davon, möchtest du?«

»Ich verzichte. Räum hier lieber auf und komm mit mir, um jemanden abzuholen. Lass uns woanders Tee trinken«, meinte Jin Guangyao.

Dann schien ihm etwas einzufallen. Er richtete seinen Hut und kam aus Versehen an die violett-blaue Stelle an seiner Stirn, die er versteckte. Schadenfroh fragte Xue Yang: »Was hat es denn nun mit der Beule an deinem Kopf auf sich?«

»Das habe ich doch schon gesagt, es ist eine lange Geschichte«, wiederholte sich Jin Guangyao.

Jin Guangshan schob alle Aufgaben, egal ob groß oder klein, Jin Guangyao zu, während er sich selbst an allen möglichen Orten betrank und Bordelle besuchte, ohne nachts nach Hause zu kommen. Dadurch tobte Frau Jin auf dem Goldene Schuppen Plateau. Als Jin Zixuan noch da gewesen war, hatte er zwischen seinen Eltern vermittelt, doch nun gab es zwischen ihnen nichts mehr, dass sie verband.

Jedes Mal, wenn Jin Guangshan ausging, um sich mit Frauen zu vergnügen, musste Jin Guangyao ihn decken und eine Ausrede für ihn finden. Und da Frau Jin ihren Mann nicht in die Finger bekam, ließ sie ihre Wut eben an Jin Guangyao aus. An einem Tag zerschmetterte sie einen Weihrauchbrenner, am nächsten verschüttete sie Teewasser. Um weiterhin friedlich auf dem Goldene Schuppen Plateau leben zu können, musste Jin Guangyao daher persönlich alle Bordelle absuchen und Jin Guangshan pünktlich nach Hause bringen.

Nachdem er diesen Ablauf mehrere Male durchlebt hatte, wusste er bereits, an welchen Orten er Jin Guangshan am ehesten finden würde.

Jin Guangyao kam bei einem prächtigen, kleinen Gebäude an und ging mit den Händen hinter dem Rücken hinein. Der Verantwortliche in der Haupthalle hieß ihn mit einem freundlichen Lächeln willkommen, doch Jin Guangyao hob die Hand und bedeutete ihm dadurch, dass das nicht nötig sei. Beim Vorbeigehen nahm sich Xue Yang einen Apfel, der auf dem Tisch eines Gasts lag. Langsam ging er mit Jin Guangyao die Treppen hoch, während er den Apfel an seiner Brust abwischte und anschließend knackend hineinbiss. Kurz darauf hörten sie über sich das Gekicher von Jin Guangshan und einigen Frauen.

Sie zwitscherten: »Oberhaupt, ist meine Zeichnung nicht schön? Sieht die Blume auf meinem Körper nicht echt aus?«

»Was ist so toll daran, wenn man malen kann? Oberhaupt, seht Euch meine Kalligrafie an, wie findet Ihr sie?«

Jin Guangyao war dies längst gewohnt und wusste, wann er in Erscheinung treten sollte und wann nicht. Er gab Xue Yang ein Handzeichen und sie stoppten.

Xue Yang schnalzte ungeduldig mit der Zunge. Gerade als sie wieder runtergehen und warten wollten, hörten sie plötzlich Jin Guangshans schroffe Stimme. »Frauen sollten sich um Blumen kümmern und Puder auftragen. Reicht es denn nicht, wenn sie sich einfach nur hübsch machen? Wozu Kalligrafie? Welch eine Enttäuschung.«

Eigentlich hatten die Frauen damit seine Gunst gewinnen wollen. Jetzt, wo er plötzlich so etwas sagte, breitete sich mit einem Mal eine peinliche Atmosphäre in dem Raum aus. Auch Jin Guangyao erstarrte leicht.

Kurz darauf lachte jemand. »Aber ich habe gehört, dass es damals in Yunmeng eine talentierte Prostituierte gegeben haben soll, die gerade aufgrund ihrer literarischen Kenntnisse und ihren Fertigkeiten in den vier Künsten* allen den Kopf verdreht hat!«

Wie unschwer zu hören war, war Jin Guangshan bereits sturzbetrunken. Selbst seine Worte schienen vom Alkohol zu taumeln. Er erwiderte: »Das ... kann man so nicht sagen. Ich habe jetzt verstanden, dass es besser ist, wenn Frauen sich weniger mit diesen unnützen Dingen befassen. Frauen, die ein wenig Bildung genossen haben, halten sich für etwas Besseres. Sie haben so viele Ansprüche und den Kopf ständig in den Wolken. Das sind die lästigsten.«

Xue Yang stand vor einem Fensterflügel und lehnte sich zurück. Mit den Armen stützte er sich ab, während er den Apfel aß und seinen Kopf zur Seite drehte, um die Landschaft draußen zu betrachten.

Jin Guangyaos Lächeln schien eingefroren zu sein, seine Mundwinkel waren regungslos nach oben gekrümmt.

Die Frauen in dem Raum stimmten lachend zu.

In Jin Guangshan schien irgendeine alte Erinnerung hochzukommen und schließlich sagte er zu sich selbst: »Wer weiß, wie viel Kopfzerbrechen sie mir noch bereitet hätte, wenn ich sie freigekauft hätte und sie dann nach Lanling gekommen wäre. Wäre sie einfach brav dortgeblieben, wo sie war, hätte sie sich wahrscheinlich noch einige Jahre großer Beliebtheit erfreut. Dann wäre sie für den Rest ihres Lebens frei von Geldsorgen gewesen. Warum musste sie denn unbedingt einen Sohn gebären? Er ist der Sohn einer Prostituierten, was erhofft sie sich denn ...?«

Eine Frau fragte: »Oberhaupt Jin, wen meint Ihr denn damit? Welcher Sohn?«

* Die vier Künste im traditionellen China waren: Zitherspiel, Weiqi (im Westen unter »Go« bekannt), Kalligrafie und Malerei.

Benommen meinte Jin Guangshan: »Sohn? Ach, erwähn ihn nicht.«

»Gut, dann erwähnen wir ihn nicht mehr!«

»Wenn Euch unsere Kalligrafie und Malerei nicht gefällt, Oberhaupt Jin, dann lassen wir das eben. Wie wäre es, wenn wir uns anderweitig vergnügen?«

Jin Guangyao stand eine halbe Stunde lang auf der Treppe, während Xue Yang in der Zeit die Landschaft betrachtete. Erst danach verstummte das Lachen oben allmählich.

Einen Moment später drehte Jin Guangyao sich mit ruhiger Miene um und ging langsam hinunter. Xue Yang schmiss den Apfelstrunk aus dem Fenster und folgte ihm.

Die beiden spazierten eine Weile die Straßen entlang, als Xue Yang plötzlich ohne jede Zurückhaltung loslachte. »Ha ha ha ha ha ha! Scheiße, ha ha ha ha ha ha ...«

Jin Guangyao hielt an und fragte kalt: »Worüber lachst du?«

Xue Yang hielt sich den Bauch vor Lachen. »Du hättest dein Gesicht gerade echt mal im Spiegel betrachten sollen. Dein Lächeln sah echt schlimm aus. Derart gestellt, dass es schon eklig war.«

Jin Guangyao schnaubte. »Was weiß ein kleiner Krimineller wie du schon. Man muss lächeln, ganz gleich, wie gestellt und eklig es ist.«

Gelassen antwortete Xue Yang: »Das hast du dir selbst zuzuschreiben. Wenn es jemand wagen würde zu sagen, dass ich von einer Hure aufgezogen wurde, würde ich zuerst seine Alte aufsuchen und sie ein paar Hunderte Male ficken. Anschließend würde ich sie in einen Puff werfen, damit andere sie Hunderte Male durchnehmen könnten. Dann würden wir ja sehen, wer von einer Hure aufgezogen wurde, so einfach wäre das.«

Jin Guangyao lachte ebenfalls. »Leider habe ich nicht die Zeit und Muße wie du.«

»Du vielleicht nicht, aber ich schon, und ich habe nichts dagegen, das für dich zu erledigen. Ein Wort von dir und ich fick sie für dich, ha ha ha ha ha ...«

»Nicht nötig, spar dir lieber deine Kräfte, junger Herr Xue. Hast du die nächsten Tage Zeit?«

»Ich muss es doch sowieso erledigen, egal ob ich Zeit habe oder nicht?«

»Geh für mich nach Yunmeng und räume einen Ort für mich auf, erledige es gründlich.«

»Es heißt, wenn Xue Yang sich einer Sache annimmt, wird weder Huhn noch Hund verschont. Hast du irgendwelche Zweifel an der Gründlichkeit meiner Arbeit?«

Jin Guangyao schaute ihn an. »Davon habe ich noch nie etwas gehört.«

Die Nacht war längst angebrochen. Überall war es ruhig und nur wenige Menschen waren noch unterwegs. Die beiden unterhielten sich im Gehen und kamen an einem kleinen Stand vorbei. Der Besitzer war gerade dabei, erschöpft die kleinen Tische aufzuräumen. Als er aufschaute, schrie er plötzlich lauthals auf und sprang nach hinten.

Seine Reaktion war so beängstigend, dass selbst Jin Guangyao leicht erschrak und seine Hand sofort auf Henshengs Griff legte, das an seiner Hüfte hing. Als er bemerkte, dass es nur ein gewöhnlicher Händler war, ignorierte er ihn sofort. Xue Yang allerdings ging zu ihm rüber und kickte wortlos seinen Stand um.

Erschrocken und ängstlich entfuhr dem Händler: »Du schon wieder?! Warum?«

Xue Yang lächelte. »Habe ich es dir nicht gesagt? Es gibt keinen Grund.«

Er wollte gerade noch einmal zutreten, als er plötzlich einen schneidenden Schmerz auf seinem Handrücken spürte. Seine Pupillen verengten sich und er wich einige Schritte zurück. Er hob seine Hand und sah blutrote Striemen, die sich über seinen Handrücken zogen. Als er den Kopf hob, sah er einen schwarz gekleideten Kultivierer, der gerade einen Fliegenwedel zurückzog, und ihn kalt ansah.

Der Kultivierer war groß und schlank. Er hatte attraktive, kühle Gesichtszüge. In der Hand hielt er einen Fliegenwedel, während er auf dem Rücken ein Schwert trug.

Die Quaste wehte leicht im Nachtwind. Sofort blitzte Mordlust in Xue Yangs Augen auf und er schlug zu. Der Kultivierer in der schwarzen Robe wischte einmal mit dem Fliegenwedel, um den Angriff damit abzuwenden, doch Xue Yangs Angriffe waren bizarr und unvorhersehbar. Urplötzlich änderte er die Richtung und zielte auf das Herz.

Der schwarz gekleidete Kultivierer runzelte leicht die Stirn. Er wich zwar aus, wurde jedoch am linken Arm gestreift. Obwohl er offensichtlich körperlich nicht verletzt worden war, wurde seine Miene plötzlich eisig. Irgendetwas schien ihn anzuwidern, es schien ihm unerträglich zu sein.

Diese winzige Veränderung in seiner Mimik fiel Xue Yang ins Auge, sodass er kalt auflachte. Noch bevor er erneut zum Angriff übergehen konnte, mischte sich eine schneeweiße Gestalt ins Kampfgeschehen ein.

Jin Guangyao stellte sich zwischen die beiden.

»Bitte hör mir zuliebe auf, Song Zichen Daozhang.«

Der Händler war längst Hals über Kopf geflohen.

Der Kultivierer in der schwarzen Robe erwiderte: »Lianfang-Zun?«

»Ganz genau«, bestätigte Jin Guangyao.

»Wieso deckst du diesen Schurken, Lianfang-Zun?«, wollte Song Zichen wissen.

Jin Guangyao lachte bitter und spielte den Hilflosen. »Song Daozhang, er ist ein Gastkultivierer des Lanling-Jin-Clans.«

»Und wieso tut ein Gastkultivierer so etwas Schändliches?«

Jin Guangyao räusperte sich. »Song Daozhang, es gibt etwas, das du nicht verstehst, er ist ... sonderbar und außerdem noch so jung. Bitte nimm es ihm nicht übel.«

In diesem Moment erklang eine klare, sanfte Stimme: »Er ist tatsächlich noch sehr jung.«

Wie ein Mondlichtsplitter in der Nacht erschien ein in Weiß gekleideter Kultivierer lautlos neben den dreien. Im Arm hielt er einen Fliegenwedel, auf dem Rücken trug auch er ein Schwert.

Der Kultivierer war schlank und sowohl seine Ärmel als auch die Quaste an seinem Schwert schwangen sanft mit, während er langsam auf sie zuging. Es war, als würde er über Wolken gleiten.

»Xiao Xingchen Daozhang«, grüßte Jin Guangyao ihn.

Xiao Xingchen erwiderte den Gruß und lächelte. »Wir haben uns vor mehreren Monaten gesehen. Ich hätte nicht erwartet, dass du meine Wenigkeit noch nicht vergessen hast, Lianfang-Zun.«

Jin Guangyao erwiderte: »Wie du Shuanghua führst, ist in aller Welt bekannt, Xiao Xingchen Daozhang. Es wäre doch eher seltsam, wenn ich mich nicht erinnern würde.«

Xiao Xingchen lächelte leicht und schien nur allzu gut zu wissen, dass Jin Guangyao von Natur aus stets etwas Schmeichelndes beim Reden an sich hatte. »Zu viel der Ehre, Lianfang-Zun.« Anschließend wandte er seinen Blick Xue Yang zu. »Doch auch wenn er jung ist, so sollte er sich als Gastkultivierer des Goldene Schuppen Plateaus doch zügeln. Immerhin ist der Lanling-Jin-Clan ein renommierter Clan und muss in vielerlei Hinsicht ein Vorbild sein.«

Seine schwarzen Pupillen strahlten, sein Blick war sanft. Er sah Xue Yang an, ohne dass etwas Scheltendes darin lag. Daher klang er, obwohl er ihn gerade belehrte, keinesfalls unsympathisch.

»Selbstverständlich«, entgegnete Jin Guangyao ruhig.

Xue Yang prustete los. Doch Xiao Xingchen wurde nicht wütend, sondern musterte ihn einen Augenblick und murmelte: »Außerdem sind die Angriffe dieses jungen Mannes äußerst ...«

»Brutal«, beendete Song Zichen kalt seinen Satz.

Bei diesen Worten lachte Xue Yang auf. »Du meinst, dass ich jung bin, doch wie viel älter seid ihr denn schon? Meine Angriffe sollen brutal sein?

Wer hat mich denn sofort mit dem Fliegenwedel angegriffen? Wie lustig, dass ihr beiden andere belehrt.«

Während er sprach, hob er wedelnd seine blutige Hand. Offensichtlich hatte er zuerst den Stand umgeschmissen, und dennoch verdrehte er jetzt die Tatsachen und sah sich im Recht. Jin Guangyao wusste nicht, ob er lachen oder weinen sollte und meinte zu den beiden Kultivierern: »Die beiden Herren, das ...«

Xiao Xingchen konnte ein Lächeln nicht verbergen. »Das ist wirklich ...«

Xue Yang verengte seine Augen. »Wirklich was? Sprichst du es nun aus oder nicht?«

Sanft mischte Jin Guangyao sich ein: »Chengmei*, bitte halte deinen Mund.«

Bei diesem Namen verfinsterte sich Xue Yangs Miene augenblicklich. Jin Guangyao sprach weiter: »Die beiden Herren, bitte entschuldigt das, was ihr heute gesehen habt. Bitte nehmt es ihm mir zuliebe nicht übel.«

Song Zichen schüttelte den Kopf. Xiao Xingchen klopfte ihm auf die Schulter. »Zichen, lass uns gehen.«

Song Zichen sah ihn an und nickte leicht. Gemeinsam verabschiedeten sie sich von Jin Guangyao und gingen.

Mit teuflischem Blick starrte Xue Yang ihnen nach. Lachend biss er die Zähne zusammen. »Zur Hölle mit diesen beiden verfluchten Kultivierern.«

»Sie haben dir doch nichts getan, wieso bis du so wütend?«, wunderte sich Jin Guangyao.

Xue Yang schnaubte. »Solche ach so noblen Typen, die sich so viel auf sich selbst einbilden, widern mich am allermeisten an. Dieser Xiao Xingchen ist doch eindeutig kaum älter als ich. Er liebt es, sich in die Angelegenheiten anderer einzumischen, und dann belehrt er mich auch noch.

* Hofname von Xue Yang. Bedeutet »schön werden«.

Mir kommt's schon hoch, wenn ich ihn sehe. Und dieser Song Zichen ...« Er lachte kalt. »Ich habe ihn doch nur gestreift, was sollte also dieser Blick? Eines Tages werde ich ihm die Augen auskratzen und sein Herz zermalmen, mal schauen, ob er das dann immer noch kann?«

»Da hast du aber etwas missverstanden. Song Daozhang hat einen leichten Sauberkeitstick. Er wird einfach nicht gern von anderen berührt, das war nichts gegen dich«, erklärte Jin Guangyao.

»Wer sind diese beiden verdammten Kultivierer?«, fragte Xue Yang.

»Nach all der Unruhe gerade weißt du wirklich nicht, wer sie sind? Sie sind aktuell in aller Munde. Es heißt ›Xiao Xingchen strahlt hell wie der Mond und ist sanft wie eine Windbrise, Song Zichen ist unnachgiebig wie der Schnee und kälter als der Frost‹. Hast du noch nie etwas von ihnen gehört?«, fragte Jin Guangyao.

»Nein. Verstehe ich nicht. Was soll das denn heißen?«

»Vergiss es. Kurz gesagt, du solltest die beiden Edelmänner nicht provozieren, dann ist alles gut.«

»Warum?«

»Es heißt, dass man lieber Schurken vor den Kopf stoßen sollte als Edelmänner.«

Xue Yang warf ihm einen überaus skeptischen Blick zu. »So eine Redewendung gibt es?«*

»Aber natürlich. Wenn du einen Schurken vor den Kopf stößt, kannst du ihn einfach töten und die Sache wäre damit erledigt. Andere Menschen würden dann sogar noch applaudieren. Wenn du aber einen Edelmann gegen dich aufbringst, ist das alles nicht so einfach. Solche Menschen sind am lästigsten. Sie verfolgen dich auf Schritt und Tritt und lassen nicht von dir ab. Und wenn du ihnen auch nur ein Haar krümmst, bringst du alle anderen gegen dich auf. Deswegen ist es besser, genügend Abstand zu ihnen zu halten. Zum Glück dachten sie, dass es bloß an deinem jugendlichen Übermut liegt und du deswegen ein wenig anmaßend bist.

* Eigentlich lautet die Redewendung umgekehrt: »Lieber sollte man Edelmänner vor den Kopf stoßen als Schurken.«

Hätten sie gewusst, was du den ganzen Tag über so treibst, hätten sie uns nicht in Ruhe gelassen.«

Xue Yang prustete. »Du bist ja übervorsichtig. Ich habe jedenfalls keine Angst vor ihnen.«

»Du vielleicht nicht, aber ich schon. Besser, man hat ein Problem weniger als eines zu viel. Lass uns gehen.«

So viele Schritte mussten sie gar nicht machen, denn kurz darauf kamen sie an eine Kreuzung. Der rechte Pfad führte zum Goldene Schuppen Plateau, der linke zum Untoten-Transformationsplatz. Sie lächelten einander an und gingen getrennte Wege.

Von der Morgen- zur Abenddämmerung

Es war längst nach neun Uhr, doch er war nach wie vor nicht zurückgekehrt.

Die Papierlaterne auf dem Tisch brannte noch. Lan Wangji starrte den verschwommenen Lichtschein an, ohne zu blinzeln.

Einen Moment später stand er auf, ging zur Holztür des Ruhezimmers und öffnete sie.

Nachdem er eine Weile dagestanden hatte, schien er hinaustreten zu wollen, als er plötzlich hinter sich ein seltsam plumpsendes Geräusch vernahm.

Ruckartig drehte Lan Wangji sich um.

Er wusste nicht, wann es passiert war, doch das Fenster war geöffnet worden – die Flügel bewegten sich noch leicht im Nachtwind. Unter der dünnen Decke des Bettes befand sich eine große Beule. Irgendetwas schien durch das Fenster hineingekommen zu sein, sich in die Decke gewickelt zu haben und sich nun darunter zusammengerollt hin und her zu bewegen.

Für einen Moment verschlug es Lan Wangji die Sprache, ehe er leise die Tür schloss und ins Zimmer zurückkehrte. Auf seinem Weg blies er die Laterne aus und schloss das Fenster. Dann legte er sich ins Bett.

Er lag neben der riesigen Beule, zog still die andere Decke über sich und schloss die Augen.

Kurz darauf kroch das große, eiskalte Etwas plötzlich unter seine Decke.

Es krabbelte auf seinen Körper und schmiegte sich an seine Brust. Freudig rief es: »Lan Zhan! Ich bin zurück, schnell, heiße mich willkommen.«

Lan Wangji schloss Wei Wuxian in die Arme. »Warum bist du so kalt?«

»Ich war den halben Tag lang draußen im Wind. Wärme mich!«, forderte Wei Wuxian.

Kein Wunder, dass er am ganzen Körper voller Gras und Staub war. Sicher war er wieder mit den Sprösslingen der Wolkennische in den abgelegenen Bergen unterwegs gewesen und hatte die Tiere und bösartigen Kreaturen dort aufgeschreckt.

Obwohl er sich so schmutzig ins Bett gerollt hatte und unter seine Decke gekrochen war, machte es Lan Wangji, der von Natur aus sehr reinlich war, überhaupt nichts aus. Er wandte noch ein wenig mehr Kraft auf und schloss Wei Wuxian umso fester in die Arme. Nachdem er ihn eine Weile gewärmt hatte, meinte Lan Wangji schließlich: »Zieh wenigstens die Schuhe aus.«

»Ist gut«, gehorchte Wei Wuxian. Dann kickte er seine Schuhe mit den Füßen weg und robbte anschließend wieder unter die Decke, um Lan Wangji abzukühlen.

»Hör auf«, sagte Lan Wangji ruhig.

»Ich liege bereits in deinem Bett und du willst, dass ich aufhöre?«, fragte Wei Wuxian.

»Onkel ist zurück«, warf Lan Wangji ein.

Lan Qiren wohnte unweit von Lan Wangjis Ruhezimmer entfernt. Er mochte Wei Wuxian ohnehin schon nicht, würde er nun noch ungebührliche Geräusche vernehmen, wäre er am nächsten Tag wohl so außer sich, dass er wahrscheinlich Wei Wuxian gegenüber einen Wutanfall bekommen würde.

Doch Wei Wuxian klemmte trotzdem sein Knie zwischen Lan Wangjis Oberschenkel. Er bewegte es einige Male vielversprechend und frech und offenbarte so seine Einstellung dazu.

Lan Wangji schwieg einen Moment, ehe er Wei Wuxian ruckartig umdrehte und nach unten drückte. Seine Bewegung war so ausladend und er hatte so viel Kraft aufgewandt, dass das Holzbett knarzte.

»Langsam, langsam, langsam ... lang...sam!«

Lan Wangji presste Wei Wuxian fest auf das Bett, während er unaufhaltsam in ihn eindrang. Mit nur einem Mal glitt er so tief, dass sein Unterleib vollständig an Wei Wuxians nacktem Gesäß klebte. Erst als er wirklich nicht weiter vordringen konnte, stoppte er.

Wei Wuxian nahm einige Atemzüge und schüttelte den Kopf. Er wagte es nicht, sich leichtfertig zu bewegen, sondern rollte nur mit den Augen und wollte schmerzerfüllt die Hüfte drehen, um das Glied, das in seinem Unterleib steckte, ein wenig herauszudrängen. Doch Lan Wangji bemerkte sein Vorhaben, packte seine Hüfte und schob sich augenblicklich wieder in ihn hinein.

»Autsch!«, entfuhr es Wei Wuxian. »Hanguang-Jun!«

Lan Wangji hielt sich eine Weile zurück, ehe er meinte: »Geschieht dir recht.« Nach einer kurzen Pause begann er mit seinen rhythmischen Stößen.

Wei Wuxian wurde von ihm nach unten gepresst. Seine Beine krümmten sich, seine Haare waren durcheinander und auf seinem Gesicht zeigte sich Röte. Bei jedem Stoß bewegte sich Wei Wuxians Körper mit nach oben und er stöhnte einmal. Stieß Lan Wangji ihn zweimal, so stöhnte Wei Wuxian zweimal. Nach einer Weile konnte Lan Wangji ihn schließlich nicht mehr einfach gewähren lassen, obwohl er selbst bereits mit aller Kraft seine heftigen Atemzüge unterdrücken musste, die in seiner Brust zu explodieren drohten. »S… Sei etwas leiser«, flüsterte er.

Wei Wuxian hob eine Hand und streichelte sein Gesicht. *Das ist wirklich seltsam. Lan Zhans Gesicht glüht so sehr, dass es beängstigend ist, aber es wird einfach nicht rot. Es ist immer noch schneeweiß und so schön, dass ich dahinschmelzen könnte. Ich kann mich kaum zurückhalten. Nur seine Ohrläppchen sind ein wenig rosa angelaufen.*

Keuchend fragte er: »Zweiter Bruder, du willst nicht, dass ich stöhne?«

»…«

Lan Wangji war zu peinlich berührt, um die Wahrheit zu sagen, und doch zu aufrichtig, um zu lügen. Bei diesem Anblick überkam Wei Wuxian eine unaussprechliche Freude und seine Gefühle für Lan Wangji überwältigten ihn.

»Wenn du befürchtest, dass jemand mein Stöhnen hört, ist die Lösung doch ganz einfach: Bring mich zum Schweigen.«

Lan Wangjis Brust bebte heftig, Äderchen stiegen ihm in die Augen.

Wei Wuxian ermutigte ihn: »Komm schon! Bring mich zum Schweigen. Nimm mich so heftig ran, wie du kannst, damit ich nicht mehr stöhnen kann …«

Noch bevor er zu Ende gesprochen hatte, beugte Lan Wangji sich zu ihm runter und verschloss seinen Mund mit seinem.

Wei Wuxian umarmte ihn mit Armen und Beinen. Eng umschlungen wälzten sie sich auf dem Bett. Die Decke lag längst auf dem Boden.

Für gewöhnlich wechselte Lan Wangji während des Liebesakts nicht oft die Stellung. Nachdem Wei Wuxian eine Stunde von ihm in Besitz genommen worden war, breitete sich das Taubheitsgefühl von seinem Rücken auf seine Arme und Beine aus. Er hatte schon die Befürchtung, dass er die ganze Nacht in dieser einen Pose verweilen würde. Lan Wangji machte keine Anstalten aufzuhören, sodass es vielleicht wirklich so kommen würde. Daher ergriff Wei Wuxian die Initiative, drehte sich mit ihm und ritt auf Lan Wangji. Er schlang seine Arme um Lan Wangjis Hals und bewegte sich auf und ab, während er an Lan Wangjis Ohrläppchen knabberte. »Na, ist das nicht tief?«

Das Flüstern an Lan Wangjis Ohr war feucht und heiß. Lan Wangji streckte eine Hand aus und presste Wei Wuxians Schulter heftig nach unten.

Er drang wirklich tief ein. Wei Wuxian schrie erschrocken einmal auf und klammerte sich fest an ihn. Lan Wangji massierte seine Hüfte und fragte: »Ist das nicht tief?«

Wei Wuxian hatte sich noch nicht von dem Schreck erholt. Seine Lippen zitterten ein wenig und noch bevor er antworten konnte, verzog er plötzlich wieder das Gesicht. Dann rief er: »Ah! Warte! N...N... Neunmal seicht und einmal tief!«

Er schützte seinen Unterleib mit seiner Hand, doch es war zwecklos. Die Finger der anderen Hand vergrub er in Lan Wangjis festen, aber nicht übertriebenen Schultermuskeln. Er schrie sich beinahe die Seele aus dem Leib: »Lan Zhan! Weißt du denn nicht, was neunmal seicht und einmal tief bedeutet?! Du ... musst ... nicht ... jedes ... Mal ... so ... so ...«

Der letzte Satz zerbrach durch die Stöße in seine Einzelteile und Wei Wuxian konnte ihn nur noch stotternd hervorbringen.

»Weiß ich nicht!«, erwiderte Lan Wangji.

Auch wenn er anfangs so viel geschrien und alles Mögliche gesagt hatte, damit Lan Wangji sanfter mit ihm umging, umschlang er Lan Wangjis Hüfte auch noch spät in der Nacht, nachdem sie bereits zwei Runden hinter sich hatten, eisern mit seinen Beinen und ließ nicht los.

Lan Wangji bedeckte Wei Wuxian mit seinem gesamten Körper und vermied es vorsichtig, ihn mit seinem Körpergewicht zu erdrücken. Die Partien, an denen sie miteinander verbunden waren, waren feucht und glitschig. Lan Wangji schien aufstehen zu wollen, doch sobald er sich auch nur minimal bewegte, zogen Wei Wuxians Beine ihn zurück und der kleine Spalt, der sich dadurch geöffnet hatte, wurde sofort wieder geschlossen.

Lethargisch meinte Wei Wuxian: »Nicht bewegen, es ist windig. Bleib doch noch eine Weile auf mir liegen.«

Lan Wangji tat wie ihm geheißen und regte sich nicht. Einen Moment später fragte er: »Ist es nicht unangenehm?«

Wei Wuxian spielte den Bemitleidenswerten: »Doch, ich habe höllische Schmerzen. Hast du nicht gehört, wie entsetzlich ich vorhin geschrien habe?«

»...« Nach einer kurzen Pause sagte Lan Wangji: »Ich ziehe ihn raus.«

Sofort schlug Wei Wuxians Miene um und er sagte frei heraus: »Aber ich mag es, wenn du mich so ausfüllst. Das fühlt sich gut an.«

Nachdem er das gesagt hatte, spannte er seinen Schließmuskel einmal fest an.

Lan Wangjis Miene veränderte sich und sein Atem stockte für einen Moment. Eine ganze Weile hielt er sich zurück, ehe er heiser erwiderte: »Schamlos!«

Als Wei Wuxian sah, wie Lan Wangji beinahe wahnsinnig wurde, lachte er und küsste ihn auf den Mund. »Zweiter Bruder, gibt es irgendetwas, was wir noch nicht miteinander getan hätten? Warum genierst du dich denn noch?«

Hilflos schüttelte Lan Wangji sanft den Kopf und flüsterte: »Lass mich raus, du brauchst ein Bad.«

Wei Wuxian war ein wenig müde und antwortete benommen: »Nein, ich bade morgen. Heute bin ich todmüde.«

Lan Wangji küsste seine Stirn. »Nimm ein Bad. Sonst wirst du noch krank.«

Wei Wuxian war so müde, dass er Lan Wangji nicht weiter umklammern konnte und ließ seine schlaffen Glieder schließlich sinken. Lan Wangji stieg aus dem Bett und hob als Erstes die Decke auf, die auf dem

Boden lag, und deckte damit den splitternackten Wei Wuxian ordentlich zu. Dann hängte er die Kleidung, die kreuz und quer auf dem Boden verteilt war, an den Wandschirm und zog sich geschwind seine eigene ordentlich an. Anschließend ging er hinaus, um Wasser für das Bad zu holen.

Eine halbe Stunde später trug er Wei Wuxian, der mittlerweile beinahe eingeschlafen war, in die Holzwanne. Sie stand direkt neben seinem Schreibtisch.

Nach einer Weile im Wasser spürte Wei Wuxian, wie seine Energie zurückkehrte, und er klopfte gegen den Rand der Wanne. »Baden wir nicht zusammen, Hanguang-Jun?«

»Einen Moment«, erwiderte Lan Wangji.

»Warum? Komm doch jetzt rein«, warf Wei Wuxian ein.

Lan Wangji sah ihn an und schien über etwas nachzudenken. Einen Moment später meinte er: »Wir sind seit vier Tagen zurück, und seitdem sind im Ruhezimmer vier Badewannen kaputtgegangen.«

Bei seinem Blick hatte Wei Wuxian das dringende Bedürfnis, sich zu rechtfertigen. »Bei der letzten war es ja wohl nicht meine Schuld.«

Lan Wangji legte die Schachtel mit der Seife an eine Stelle, dic Wei Wuxian mit ausgestrecktem Arm erreichen konnte, und erwiderte ruhig: »Es war meine.«

Wei Wuxian spritzte Wasser auf seinen Hals, sodass die roten Knutschflecke immer deutlicher wurden. »Stimmt. Und vorletztes Mal war es auch nicht meine Schuld. Wenn wir es genau nehmen, warst jedes Mal du derjenige, der sie zerschlagen hat. Seit dem ersten Mal hat sich diese Angewohnheit von dir nicht gebessert.«

Lan Wangji stand auf. Als er zurückkam, stellte er einen Krug voll *Lächeln des Kaisers* neben Wei Wuxians Hand und setzte sich anschließend zurück an seinen Schreibtisch, dann stimmte er zu: »Ja.«

Wenn Wei Wuxian die Hand nur etwas weiter ausstreckte, könnte er Lan Wangjis Kinn kraulen, und genau das tat er auch.

Lan Wangji nahm einige dicht beschriebene Seiten und fing an, sie durchzuschauen. Währenddessen versah er sie mit einfachen Bemerkungen.

Wei Wuxian badete im Wasser, öffnete den Krug und trank einen Schluck. Beiläufig fragte er: »Was schaust du dir an?«

»Notizen über Nachtjagden«, antwortete Lan Wangji.

»Die der Jungen? Du bist doch gar nicht dafür zuständig, die Notizen zu korrigieren? Wenn ich mich richtig erinnere, liegt das doch in der Verantwortung deines Onkels.«

»Wenn er keine Zeit hat, übernehme ich das gelegentlich.«

Wahrscheinlich war Lan Qiren mit anderen, dringlicheren Dingen beschäftigt, sodass diese Aufgabe vorläufig Lan Wangji überlassen worden war. Wei Wuxian nahm sich einige Seiten und blätterte sie durch. »Dein Onkel hat damals nach jedem dritten Absatz einen Kommentar mit Hunderten von Schriftzeichen geschrieben, und am Ende hat er noch eine Zusammenfassung von fast eintausend Zeichen verfasst. Ich weiß gar nicht, wo er die Zeit hergenommen hat für diese ganzen Kommentare. Du hingegen schreibst echt wenige.«

»Ist das nicht gut?«

»Doch! Kurz und präzise.«

Dass Lan Wangjis Kommentare so kurz ausfielen, lag keinesfalls daran, dass er nachlässig war. Selbst den einfachsten Aufgaben ging er stets gewissenhaft nach. Nur war er es einfach gewohnt, nicht mehr als das Wesentliche mitzuteilen, egal ob beim Sprechen oder beim Schreiben.

Wei Wuxian tauchte seinen Kopf unter Wasser und erst eine Weile später wieder auf. Mit einer Hand schnappte er sich die Seife und rieb damit über seine nassen Haare, mit der anderen griff er nach einer kommentierten Seite auf dem Schreibtisch. Er überflog sie bloß, als er plötzlich losprustete. »Wer hat das geschrieben? So viele Rechtschreibfehler, ha ha ha ha ha ha ha ha, ich wusste, dass es Jingyi ist. Du hast ihm ein Yi* gegeben.«

* Note 2 von 4 (bei 100 Punkten entspricht das einer Punktzahl zwischen 70 und 79).

»Stimmt«, meinte Lan Wangji.

»Unter all den Berichten hier habe ich nur bei ihm ein Yi gesehen, der Arme.«

»Es sind zu viele Rechtschreibfehler und seine Ausführungen sind ausschweifend.«

»Was passiert, wenn man ein Yi bekommt?«

»Nichts. Er schreibt ihn noch mal.«

»Da hat er aber Glück gehabt, immerhin besser, als etwas im Handstand abzuschreiben.«

Still hob Lan Wangji die Aufsätze auf, die Wei Wuxian kreuz und quer verteilt hatte, und vereinte sie zu einem Stapel, welchen er ordentlich zur Seite legte. Als Wei Wuxian das sah, krümmten sich seine Mundwinkel automatisch nach oben. Dann fragte er: »Und welche Note hast du Sizhui gegeben?«

Lan Wangji zog einige Seiten hervor und reichte sie ihm. »Ein Jia*.«

Wei Wuxian nahm sie entgegen und schaute sie sich an. »Seine Schrift ist wirklich schön.«

»Logischer und klarer Aufbau, präzise und passende Worte.«

Nachdem Wei Wuxian die Seiten in seiner Hand durchgesehen hatte, betrachtete er den noch nicht korrigierten Stapel auf dem Tisch. »Die musst du alle noch durchschauen? Soll ich dir etwas abnehmen?«

Lan Wangji nahm das Angebot an: »Ja.«

»Ich muss nur die fehlerhaften Stellen markieren und kommentieren, oder?«, fragte Wei Wuxian.

Er streckte die Hand aus und nahm über die Hälfte des Stapels an sich. Lan Wangji wollte ihm einige wieder wegnehmen, doch Wei Wuxian zog die Hand zurück und fragte: »Was soll das werden?«

»Das ist zu viel. Du badest«, meinte Lan Wangji.

Wei Wuxian nahm einen weiteren Schluck vom *Lächeln des Kaisers* und schnappte sich einen Stift. »Ja, ich bade, da habe ich eh nichts zu tun. Es ist recht amüsant, die Notizen und Aufsätze der Jungen zu lesen.«

* Die beste Note.

»Nach dem Bad musst du dich ausruhen«, warf Lan Wangji ein.

Wei Wuxian redete großspurig daher: »Wirkt es auf dich, als würde ich jetzt einschlafen können? Ich könnte sogar problemlos zwei weitere Runden wegstecken.«

Bei dem Anblick, wie er über dem Wannenrand hing, konzentriert die Notizen durchlas und dabei gelegentlich die Ellbogen zum Schreiben auf dem Schreibtisch abstützte, flackerte Wärme in Lan Wangjis Augen auf, welche das Kerzenlicht reflektierten.

Auch wenn er gerade so große Töne gespuckt hatte, so war es doch unvermeidlich, dass er langsam müde wurde. Immerhin war er den ganzen Tag lang mit den Jungen in den Tiefen der Berge herumgestreunt und sie hatten sich in dieser Nacht nach seiner Rückkehr ordentlich im Bett verausgabt. Und nun korrigierte er auch noch die Aufsätze.

Nachdem Wei Wuxian sich zusammengerissen und seinen Stapel gewissenhaft durchgearbeitet hatte, warf er ihn auf den Schreibtisch und glitt ins Wasser. Schnell und sanft nahm Lan Wangji ihn hoch, rieb ihn trocken und trug ihn ins Bett.

Lan Wangji nahm ein schnelles Bad, stieg ins Bett und schloss Wei Wuxian in seine Arme. Dieser wachte kurz auf und murmelte neben Lan Wangjis Schlüsselbein: »Die Aufsätze eures Nachwuchses sind gut, nur bei den Nachtjagden könnten sie ein klein wenig besser sein.«

»Mhm«, stimmte Lan Wangji zu.

»Aber das macht nichts ... Das werden sie lernen, solang ich hier in der Wolkennische bin. Morgen ... werde ich wieder mit ihnen die Verstecke von Mandrillen verwüsten.«

Einbeinige Mandrille waren überaus stark. Schwarzes Fell bedeckte ihren gesamten Körper und sie fraßen Menschen, als würden sie Gemüse zerteilen. Wenn jemand anderes zugehört hätte, hätte er bei Wei Wuxians Tonfall aber viel eher daran gedacht, dass dieser eine Gruppe Kindergartenkinder mit laufenden Nasen auf ein Dach bringen wollte, um dort Vogeleier zu stehlen.

Lan Wangjis Mundwinkel zuckten leicht, als würde er sie heben wollen. »Ihr habt heute wieder Mandrille gejagt?«

»Genau, deshalb meine ich ja, dass sie noch mehr Übung brauchen. Sie können kaum schneller rennen als einbeinige Mandrille. Was sollen sie dann erst machen, wenn sie später auf vierbeinige Eidechsen, achtbeinige Spinnen oder hundertbeinige Tausendfüßler treffen, dann könnten sie sich ja direkt hinlegen und auf den Tod warten ... Ach ja, Hanguang-Jun, ich habe kein Geld mehr. Gib mir doch noch etwas.«

»Nimm das Jadesiegel und heb welches ab«, erwiderte Lan Wangji.

Wei Wuxian lachte gedämpft. »Mit dem Jadesiegel, das du mir gegeben hast, kann ich also nicht nur raus ... sondern auch noch Geld abheben?«

»Ja«, bestätigte Lan Wangji. »Habt ihr einen Stand oder ein Haus zerstört?«

»Nein ... Ach was ... Ich habe das ganze Geld aufgebraucht, weil ... ich nach der Nachtjagd noch mit ihnen in dem Restaurant mit den Xiang-Speisen in der Stadt Caiyi war ... Das, wo du damals nie mitwolltest, egal was ich auch versucht habe ... Ich bin todmüde ... Lan Zhan, sprich nicht mehr mit mir ...«

»Gut.«

»Ich habe gesagt, du sollst nicht mehr mit mir sprechen ... Sobald du auch nur ein Wort sagst, kann ich nicht anders, als immer weiterzureden ... Gut, Lan Zhan, lass uns schnell schlafen, ich ... kann nicht mehr ... Ich schlafe jetzt wirklich ein ... Lan Zhan, bis morgen ...«

Er küsste Lan Wangjis Adamsapfel und fiel tatsächlich kurz darauf in einen tiefen Schlaf.

Im Ruhezimmer war es stockdunkel und still.

Eine Weile später küsste Lan Wangji Wei Wuxian sanft auf die Stirn. Leise sagte er: »Bis morgen, Wei Ying.«

Ende

Charaktere

In der nachfolgenden Übersicht befinden sich neben der Auflistung der Charaktere auch die Bedeutungen der Schriftzeichen, aus denen sich ihre Namen zusammensetzen (siehe Klammern). Chinesische Schriftzeichen können unterschiedliche Bedeutungen haben. Die hier angegebenen dienen daher als Information und sollten nicht als endgültige Übersetzung angesehen werden.

Hauptcharakter
Wei Wuxian: Yiling-Patriarch (Titel), Wei Wuxian (Hofname; Familienname Wei, »keinen Neid empfinden«), Wei Ying (Geburtsname; Familienname Wei, »Kleinkind«), A-Ying, A-Xian, Xianxian (Spitznamen)

Mitglieder der Familie Mo
Mo Xuanyu: (Geburtsname; »nichts/niemand«, »mysteriös/schwarz«, »Federn«), hat Wei Wuxian in seinen Körper beschworen

Mitglieder des Jiang-Clans
Jiang Cheng: Sandu-Shengshou (Titel; »Meister von Sandu« bzw. »Meister der drei Gifte«), Jiang Wanyin (Hofname; »Fluss«, »Abend/spät«, »singen/rezitieren«), Jiang Cheng (Geburtsname; »Fluss«, »klar«), A-Cheng (Spitzname), aktuelles Oberhaupt

Jiang Chi: (»Fluss«, »langsam/spät«), Gründer des Jiang-Clans

Jiang Fengmian: (»Fluss«, »Ahorn«, »schlafen«), ehemaliges Oberhaupt

Jiang Yanli: (»Fluss«, »Trennungen verabscheuen«), A-Li (Spitzname), Tochter von Jiang Fengmian

Yu Ziyuan: (Familienname Yu, »violett«, »Milan«), violette Spinne (Spitzname), Frau von Jiang Fengmian

Mitglieder des Jin-Clans
Jin Chan: (»gold«, »erklären/enthüllen«), Schüler, hat eine Fehde mit Jin Ling

Jin Guangshan: (»gold«, »Licht«, »Freundlichkeit«), ehemaliges Oberhaupt, Vater von Jin Zixuan

Jin Guangyao: Lianfang-Zun (Titel; »Edelmann des versteckten Dufts«), Jin Guangyao (Hofname; »gold«, »Licht«, »kostbare Jade«), Meng Yao (Geburtsname; Familienname Meng, »kostbare Jade«), A-Yao, Xiao Meng (Spitznamen), Oberhaupt des Jin-Clans und Oberhaupt der Kultivierungswelt

Jin Ling: Jin Rulan (Hofname; »gold«, »einer Orchidee gleichend«), Jin Ling (Geburtsname; »gold«, »emporsteigen«), Erbe des Clans

Jin Rusong: (»gold«, »gleich«, »Kiefer«), A-Song (Spitzname), ermordeter Sohn von Jin Guangyao und Qin Su

Jin Zixuan: (Geburtsname; »gold«, »Sohn«, »Pavillon«), Vater von Jin Ling

Jin Zixun: (»gold«, »Sohn«, »Verdienst«), Cousin von Jin Zixuan

Qin Su: (Familienname Qin, »Aufrichtigkeit«), Frau von Jin Guangyao, hat Selbtsmord begangen

Mitglieder des Lan-Clans
Lan An: (»blau/Tempel«, »ruhig«), Gründer des Clans

Lan Jingyi: (Hofname; »blau/Tempel«, »Landschaft«, »Etikette«), Schüler

Lan Qiren: (Hofname; »blau/Tempel«, »erwacht«, »Güte«), Lehrer, Onkel von Lan Xichen und Lan Wangji

Lan Sizhui: Lan Sizhui (Hofname; »blau/Tempel«, »erinnern«, »etwas verfolgen/nach etwas streben«), Lan Yuan (Geburtsname; »blau/Tempel«, »Wunsch/Hoffnung«), Schüler

Lan Wangji: Hanguang-Jun (Titel; »Ehrwürdiger, dem Licht innewohnt«), Lan Wangji (Hofname; »blau/Tempel«, »frei von weltlichen Sorgen«), Lan Zhan (Geburtsname; »blau/Tempel«, »klar/tief«)

Lan Xichen: Zewu-Jun (Titel; »Ehrwürdiger des überwucherten Sumpfs«), Lan Xichen (Hofname; »blau/Tempel«, »Sonnenlicht«, »Vasall/Minister«), Lan Huan (Geburtsname; »blau/Tempel«, »sich auflösen «), aktuelles Oberhaupt

Lan Yi: (»blau/Tempel«, »Flügel«), einziges weibliches Oberhaupt in der Geschichte des Lan-Clans

Qingheng-Jun: (Titel; »Ehrwürdiger des grünen Duftkrauts«), ehemaliges Oberhaupt, Vater von Lan Xichen und Lan Wangji

Mitglieder des Nie-Clans

Nie Huaisang: (»flüstern«, »wertschätzen«, »Maulbeere«), der dreifache Nichtswisser (Spitzname), aktuelles Oberhaupt

Nie Mingjue: Chifeng-Zun (Titel; »Edelmann der scharlachroten Klinge«), Nie Mingjue (Hofname; »flüstern«, »hell/aufrichtig«, »penannularer Jadering«), ehemaliges Oberhaupt

Mitglieder des Wen-Clans

Wen Chao: (»lauwarm«, »Morgendämmerung«), jüngster Sohn von Wen Ruohan

Wen Mao: (»lauwarm«, »Macht ausüben«), Gründer des Clans

Wen Ning: Geistergeneral (Titel), Wen Qionglin (Hofname; »lauwarm«, Beschreibung für eine herrliche Landschaft im Reich der Unsterblichen), Wen Ning (Geburtsname; »lauwarm«, »friedlich«), A-Ning (Spitzname)

Wen Qing: (»lauwarm«, »Gefühle«), Schwester von Wen Ning

Wen Ruohan: (»lauwarm«, »Kälte gleichend«), ehemaliges Oberhaupt

Wen Xu: (»lauwarm«, »Morgendämmerung/aufgehende Sonne«), ältester Sohn von Wen Ruohan

Wen Zhuliu: (»lauwarm«, »verfolgen/vertreiben«, »fließen«), kernzerschmelzende Hand (Spitzname), treuer Untergebener von Wen Ruohan und Leibwache von Wen Chao, hieß früher Zhao Zhuliu (Familienname Zhao, »verfolgen/vertreiben«, »fließen«)

Weitere Personen

Anxin: (»Ruhe«, »Herz«), ehemalige Prostituierte, kannte Jin Guangyaos Mutter und Sisi

Baoshan Sanren: (»den Berg umarmen«, »wandernde Kultiviererin«), lebt zurückgezogen in den Bergen

Bicao: (»jadegrün«, »Gras«), ehemalige Dienerin und Vertraute von Qin Sus Mutter

Cangse Sanren: (»versteckt«, »Farbe«, »wandernde Kultiviererin«), Mutter von Wei Wuxian, ehemalige Schülerin von Baoshan Sanren

He Su: (Familienname He, »Essenz«), Oberhaupt des Tingshan-He-Clans, wurde von Xue Yang für seine Experimente mit lebenden Untoten benutzt

Luo Qingyang: (Familienname Luo, »schwarz«, »Schaf«), Mianmian (Spitzname), wurde in jungen Jahren von Wei Wuxian gerettet

Oberhaupt Ouyang: Oberhaupt des Baling-Ouyang-Clans und Ouyang Zizhens Vater

Oberhaupt Yao: Oberhaupt des Yao-Clans, nimmt an der zweiten Belagerung der Grabhügel teil

Ouyang Zizhen: (Familienname Ouyang, »Sohn«, »wahr/echt«), junger Kultivierer

Meng Shi: (Familienname Meng, »Gedicht«), Jin Guangyaos Mutter, Prostituierte

Mianmian: (»Watte«), Tochter von Luo Qingyang

Qin Cangye: (Familienname Qin, »dunkelgrün/grau«, »Beruf/Karma«), Vater von Qin Su, treuer Untergebener von Jin Guangshan

Sisi: (»denken/vermissen«), ehemalige Prostituierte mit einer Narbe im Gesicht, kannte Jin Guangyaos Mutter

Su She: Su Minshan (Hofname; Familienname Su, »Kummer«, »gutherzig/ausgezeichnet«), Su She (Geburtsname; Familienname Su, »mit etwas im Zusammenhang stehen«), Oberhaupt des Moling-Su-Clans, ehemaliges Mitglied des Gusu-Lan-Clans

Xue Yang: Xue Chengmei (Hofname; Familienname Xue, »jemandem bei seinen guten Taten helfen«), Xue Yang (Geburtsname; Familienname Xue, »Ozean«), Mörder

Glossar

Baxia: Säbel von Nie Mingjue, »mit gewaltiger Kraft beherrscht werden«, ist auch der Name einer Figur aus der chinesischen Mythologie (einer der neun Söhne des Drachenkönigs)

Bichen: Schwert von Lan Wangji, »weltliche Angelegenheiten vermeiden«

Chenqing: Flöte von Wei Wuxian, »an alte Beziehungen/Freundschaften zurückdenken, seine eigenen Gedanken darlegen«

Daozhang: höfliche Anrede für Kultivierer

Dong Xiao: chinesische Flöte

Fuxue: Schwert von Song Lan, »den Schnee fortwehen«

Guanyin: weiblicher Bodhisattva im Budhismus

Guqin: chinesische Zither

Hensheng: Schwert (Ruanjian) von Jin Guangyao, »das Leben hassen«

Jiangzai: Schwert von Xue Yang, »Unheil bringen«

Liebing: Flöte von Lan Xichen, »zerbrochenes Eis«

Lotuspier: Hauptsitz des Jiang-Clans, befindet sich in Yunmeng

Nachtlose Stadt/Nachtloser Himmel: Hauptsitz des Wen-Clans, befindet sich in Qishan

Nanping: Schwert von Su She, »etwas nicht vergessen können/eine Sache tief bedauern«

Qianbei: jemand, der (mindestens eine Generation) älter, in der Hierarchie höher oder erfahrener, aber nicht unbedingt mit einem verwandt ist oder demselben Clan angehört

Qilin: Fabelwesen aus der chinesischen Mythologie; steht für Glück, Frieden und Gerechtigkeit

Ruanjian: ein leichtes und meist sehr biegsames Schwert

Sandu: Schwert von Jiang Cheng, »drei Geistesgifte« – buddhistischer Begriff, gemeint sind die drei Wurzeln allen Unheils: Gier, Zorn und Unwissenheit

Sanren: jemand, der sich von der Zivilisation losgelöst hat und somit frei und ohne Zwänge lebt. Steht hier für wandernde Kultivierer*innen, die keinem Clan angehören.

Shidi: jüngeres, männliches Mitglied des gleichen Clans (entspricht vom Alter her einem jüngeren Bruder)

Shijie: älteres, weibliches Mitglied des gleichen Clans (entspricht vom Alter her einer großen Schwester)

Shixiong: älteres, männliches Mitglied des gleichen Clans (entspricht vom Alter her einem großen Bruder)

Shuanghua: Schwert von Xiao Xingchen, »Eisblume«

Shuoyue: Schwert von Lan Xichen, »Neumond«

Spirituelle Energie: Energie, die man zum Kultivieren benötigt

Suibian: Schwert von Wei Wuxian, »egal/gleichgültig«

Suihua: Schwert von Jin Ling, »Zeit/Jahre«

Unreine Reich: Hauptsitz des Nie-Clans, befindet sich in Qinghe

Wangji: Zither von Lan Wangji, »sich weltlichen Sorgen und jeglichem Kalkül entledigen/nicht berechnend sein«

Wolkennische: Hauptsitz des Lan-Clans, befindet sich in Gusu

Xiaobei: jemand, der (mindestens eine Generation) jünger, in der Hierarchie niedriger oder unerfahrener und i. d. R. mit einem verwandt ist oder demselben Clan angehört

Xuanwu: Fabelwesen aus der chinesischen Mythologie; eine Kombination aus einer Schildkröte und einer Schlange

Yang-Energie: die Kraft der Lebenden – jeder Mensch hat sie, egal ob er kultiviert oder nicht

Yao: böse, geisterartige Wesen aus der chinesischen Mythologie. Sie entstehen aus Lebewesen, die keine Menschen sind.

Yin-Energie: die Kraft der Untoten, Yao, Dämonen, Monster und Geister

Yin-Tiger-Amulett: wurde von Wei Wuxian erschaffen, mit ihm kann man Untote und bösartige Geister befehligen, es verfügt über unvorstellbare Kräfte

Zhangbei: Ein Zhangbei ist jemand, der (eine Generation) älter, in der Hierarchie höher oder erfahrener und der i. d. R. mit einem verwandt ist.

Zidian: Ring/Peitsche von Jiang Cheng, »violetter Strom/Blitz«

Mo Xiang Tong Xiu

Junge, abergläubische Frau, die für ihren Sticker-
Gebrauch auf der Socialmedia-Plattform Weibo bekannt ist.
Furchtbare Köchin, die beim Fotografieren anfängt zu zittern.
Langsame Tipperin, die nur schreibt, wenn ihr danach ist.
... Das ist alles gelogen.
In Wirklichkeit mag ich es, nachmittags einen Tee zu
trinken und in die Ferne zu schauen, oder mein geliebtes
Notizbuch aufzuschlagen und Gedichte zu schreiben.
Nein, nein, nein, das entspricht noch viel weniger der Wahrheit.
Na gut, schreiben tue ich ja schon.
Genau.

TOKYOPOP GmbH
Hamburg

TOKYOPOP
1. Auflage, 2022
Deutsche Ausgabe/German Edition
© TOKYOPOP GmbH, Hamburg 2022
Aus dem Chinesischen von Nina Zhao

Published originally under the title of《魔道祖师》(Mo Dao Zu Shi)
Author©墨香铜臭 (Mo Xiang Tong Xiu)
German Edition rights under license granted by 北京晋江原创网络科技有限公司
(Beijing Jinjiang Original Network Technology Co., Ltd)
Illustrations by 千二百 (Qian Er Bai)
Logo font granted under license granted by 2016 Reve Books Co., Ltd, Taiwan (平心出版)
German Edition copyright © 2022 Tokyopop
Arranged through JS Agency Co., Ltd.
All rights reserved

Redaktion: Simone Meinecke
Lettering und Herstellung: Annika Meyer-Wülfing
Umschlaggestaltung: Annika Meyer-Wülfing
Druck und buchbinderische Verarbeitung:
CPI–Clausen & Bosse GmbH, Leck
Printed in Germany

MIX Papier FSC® C083411

Wir achten auf die Umwelt.
Dieses Produkt besteht aus FSC®-zertifizierten und anderen kontrollierten Materialien.

Alle deutschen Rechte vorbehalten. Nachdruck, auch auszugsweise, verboten. Kein Teil dieses Werkes darf ohne schriftliche Genehmigung des Verlages in irgendeiner Form reproduziert oder unter Verwendung elektronischer Systeme verarbeitet, vervielfältigt oder verbreitet werden.

ISBN 978-3-8420-7125-4

www.tokyopop.de

OVERLORD – LIGHT NOVEL

Kugane Maruyama / so-bin

Zwölf Jahre lang beherrschte das Online-Rollenspiel Yggdrasil die Gaming-Welt. Für den Gildenmeister, den sogenannten Overlord, mit dem Alias »Momonga« und seine Gilde Ainz Ooal Gown war es ein aufregendes Abenteuer. Doch jetzt ist der Hype um das Game vorbei und die Server sollen abgeschaltet werden. Als sich Momonga ein letztes Mal einloggt, um da zu sein, wenn das Spiel offline geht, geschieht das Undenkbare: Er kann sich nicht mehr ausloggen. Und die Spielfiguren der Großen Gruft von Nazarick beginnen, sich wie lebendige Menschen zu bewegen und zu handeln. Die Fantasie wird zur tödlichen Realität. Auch wenn das Spiel vorbei ist, hat die epische Geschichte von Ainz Ooal Gown gerade erst begonnen ...

TOKYOPOP®

www.tokyopop.de

THE RISING OF THE SHIELD HERO – LIGHT NOVEL

Yusagi Aneko

Beim Stöbern in der Bibliothek entdeckt der Nerd Naofumi ein Buch mit der Aufschrift *Traktat der Waffen der vier Heiligen*. Nur wenige Augenblicke später verliert er das Bewusstsein und erwacht in einer videospielartigen Welt. Diese steht kurz vor ihrem Untergang und allein vier legendäre Helden sollen in der Lage sein, den bevorstehenden Angriffswellen der Monster aus anderen Dimensionen Einhalt zu gebieten. Naofumi ist einer von ihnen – der Held des Schildes. Allerdings genießt seine auf Verteidigung spezialisierte Waffe wenig Ansehen. Von Verachtung und Verrat umgeben, steht Naofumi nun vor seiner größten Aufgabe: der Held zu werden, den bisher niemand in ihm sieht!

TOKYOPOP®

www.tokyopop.de

KONOSUBA! GOD'S BLESSING ON THIS WONDERFUL WORD – LIGHT NOVEL

Natsume Akatsuki / Kurone Mishima

Kazuma glaubt, endlich mal eine große Heldentat vollbringen zu können – aber das Mädchen, dem er zu Hilfe eilt, schwebte nie wirklich in Gefahr und letztendlich stirbt er vor Schreck! Im Jenseits wartet eine zweite Chance auf ihn: Göttin Aqua bietet ihm an, sich in einer anderen Welt als Held zu beweisen. Dazu darf er sich ein legendäres Objekt aussuchen. Kurzerhand wählt Kazuma die freche Göttin! Das ungleiche Paar findet sich in einer an ein Game erinnernden Welt wieder. Doch statt des erhofften Ruhms erwartet sie bloß harte Arbeit. Bis sie versehentlich die Burg des Dämonenkönigs beschädigen ...

TOKYOPOP®

www.tokyopop.de